Taschenbücher von WILLIAM SARABANDE
im BASTEI LÜBBE-Programm:

13 432 Land aus Eis
13 465 Land der Stürme
13 510 Das verbotene Land

DIE URZEIT-SAGA

William Sarabande
DAS VERBOTENE LAND

DIE GROSSEN JÄGER

Ins Deutsche übertragen
von Bernhard Kempen

BASTEI-LÜBBE-TASCHENBUCH
Band 13 510

Erste Auflage:
Januar 1994

© Copyright 1989
by Book Creations, Inc.
All rights reserved
Deutsche Lizenzausgabe 1994
by Bastei-Verlag Gustav H. Lübbe
GmbH & Co., Bergisch Gladbach
Originaltitel: Forbidden Land
Lektorat: Helmina Christin/
Reinhard Rohn
Titelillustration: Hans Hauptmann
Umschlaggestaltung:
Quadro Grafik, Bensberg
Satz: KCS GmbH,
Buchholz/Hamburg
Druck und Verarbeitung:
Brodard & Taupin, La Flèche,
Frankreich
Printed in France

ISBN 3-404-13510-5

Der Preis dieses Bandes
versteht sich einschließlich der
gesetzlichen Mehrwertsteuer.

Widmung

Für Carla ... und im Gedenken an Hubert Howe Bancroft und all die gemeinsam gelesenen guten Bücher.

Und in liebendem Gedenken an meinen Ururgroßvater, den Brigadegeneral Wladimir Bonaventura Krzyzanowski, der in die Neue Welt einwanderte und dessen Reisen und wagemutigen Entdeckungsfahrten in den Jahren 1872 bis 1874 die Faszination des Autors für die Geschichte des Hohen Nordens auslösten.

»Alles war mir fremd«, schrieb er. »Es gab keine Hand, die mich vor der Verzweiflung schützte, und kein brüderliches oder schwesterliches Herz, das mit dem meinen im Einklang schlug.... Ich überstand die Verzweiflung in der Hoffnung, daß etwas Besseres daraus erwachsen würde, und wässerte diese mit meinen Tränen.«

Er war Vertreter des Finanzministeriums der Vereinigten Staaten und wurde manchmal als der Erste Gouverneur von Alaska bezeichnet, weil er in jenem Territorium oft der einzige höhere Beamte der US-Regierung war. Er bereiste die Hochsee und und die Pässe vom Zollhaus in Sitka bis hin zum Fluß Stikine, zum Fort Wrangell und den Goldfeldern des Klondike. Im Namen seiner Wahlheimat und der eingeborenen Amerikaner – deren Land und Recht er gegen die Schmuggler, korrupten Politiker und goldbesessenen Prospektoren zu verteidigen suchte – kämpfte er tapfer wie schon in Gettysburg, Bull Run, Chancellorsville und als Kommandant der Zweiten Brigade, Dritten Division, XX. Korps der Potomac-Armee in der Schlacht von Cross Keys.

Dieses Buch, *Das verbotene Land*, ist für dich, Kriz, und für all jene ›ersten‹ Amerikaner, die erkannten, wie wunderbar dieses Land ist, die den Mut zum Bleiben hatten, es mit ihren Tränen wässerten und mit ihrer Liebe und ihrem Leben verteidigten.

Personen

Torka	Jäger der Eiszeit
Lonit	seine erste Frau
Sommermond	seine Töchter
Demmi	
Schwan	
Umak	seine Zwillingssöhne
Manaravak	
Iona	seine zweite Frau
Grek	alter Jäger
Wallah	seine Frau
Simu	junger Jäger
Eneela	seine Frau
Dak	seine Söhne
Nantu	
Larani	seine Tochter
Karana	Zauberer
Mahnie	seine Frau
Naya	seine Tochter
Cheanah	Jäger
Zhoonali	seine Mutter
Xhan	seine erste Frau
Mano	seine Söhne
Yanehva	
Ank	
Ken	
Shar	seine Tochter mit Xhan
Kimm	seine zweite Frau
Honee	seine Tochter mit Kimm

Ekoh	Jäger
Bili	seine Frau
Seteena	sein Sohn
Klee	seine Tochter
Teean	alter Jäger
Frahn	seine Frau
Ram	Jäger
Kivan	Jäger
Buhl	Jäger
Kap	Jäger

TEIL I

IM SCHATTEN DES SCHWARZEN MONDES

1

»Jetzt!« Die Stimme der alten Frau war scharf wie ihre uralten Krallenhände, die kräftig gegen den Bauch der jungen Frau drückten. »Du mußt pressen! Jetzt!«

In der schattigen Dunkelheit der Bluthütte strengte Lonit sich an. Es folgte ein Sturzbach aus Blut und Schmerzen. Sie würde ihr Kind nicht mehr begrüßen können, denn sie war zu müde. Obwohl die Hebammen sie aufrecht hielten, spürte sie, wie sie das Bewußtsein zu verlieren drohte.

Die Frauen, die sie an den Oberarmen festhielten, schüttelten sie. Lonit stöhnte protestierend. Der Schmerz ließ nach, aber mit dem vielen Blut war kein Kind gekommen. Warum ließen sie sie nicht ausruhen? Das Blut floß ihre Schenkel hinunter und wurde von dem dicken Teppich aus Gras und Flechten aufgesogen, der den Fußboden bedeckte. Der süße Geruch des Blutes und die abgestandene Luft in der winterdunklen kleinen Hütte widerten sie an. Ihr wurde übel, wenn sie nur daran dachte, und sie wünschte sich, die Hebammen würde das verschmutzte Gras hinausschaffen und frisches holen, das nach Sommersonne roch. Wie sehr sie sich nach dem Sommer sehnte!

Die grauen Flechten und das goldene Gras kitzelten ihre Fußsohlen. Sie war zu schwach, um sich aus der hockenden Stellung aufzurichten, aber sie sollte sich auch nicht hinlegen. Der Pflanzenteppich war nicht zu ihrer Bequemlichkeit ausgebreitet worden, sondern um das Blut und die Nachgeburt aufzufangen. Ausruhen konnte sie sich später, wenn das Kind geboren war — wenn es jemals geboren würde.

»Frau aus dem Westen! Du mußt pressen, sage ich!«

Wer sprach da? Die alte Zhoonali mit den Krallenfingern? Wallah? Iana? Kimm oder Xhan? Lonit wußte es nicht. Im Innern der runden, überfüllten Hütte konnte sie die schwitzenden Frauen, die genauso wie sie nackt und mit Asche und ranzigem Fett bemalt waren, nur schemenhaft erkennen.

Über ihr bildeten die Mammut- und Kamelrippen ohne ein Abzugsloch das Gewölbe der Hütte. Miteinander verknotete Karibugeweihe hielten das Dach. Sie wünschte sich, eine der Hebammen würde eine Öffnung in den Fellen schaffen, damit der Rauch abzog und frische, kühle Luft eindrang. Es war so eng, dunkel und rauchig, daß sie kaum atmen konnte.

Sie verdrehte die Augen. Die Decke schien in unermeßlicher Höhe über ihr zu schweben. Der Rahmen aus Geweihen verschwand in einem Nebel, als ob die Geister der Karibus ihn in die Nacht entführten. Lonit fragte sich, ob ihre Seele ihnen folgen würde. Es wäre gar nicht so schlecht, jetzt zu sterben, sich mit ihren Vorfahren zu vereinigen und dem Schmerz und den Augen und Händen der Hebammen zu entfliehen. Sie würde den Geistern der Karibuherden folgen, wie ihr Stamm es seit Anbeginn der Zeiten getan hatte — nur daß sie diesmal allein gehen und nicht zurückkommen würde.

»*Nein!*«

Sie wurde von ihrem eigenen Protestschrei überrascht. Die Karibugeister verschwanden in der Nacht, und das Geweihdach hing wieder fest und unbeweglich über ihr. Plötzlich roch sie intensiv den beißenden Gestank verbrennenden Bisontalgs und wußte, daß die Moosdochte in den Steinlampen schon wieder flackerten.

Wie oft waren sie schon erneuert worden, seit ihr Mann sie stolz auf dem Weg zur Bluthütte begleitet hatte? Wie lange war es schon her, seit sie die Hütte betreten und die spezielle Schwangerschaftskleidung abgelegt hatte, die dann symbolisch im Feuer des Neuen Lebens verbrannt worden war?

Die Glut dieses Feuers war inzwischen genauso kalt wie die

Asche, mit der sie und die Hebammen eingerieben worden waren, um die lebensspendenen Mächte von Vater Himmel und Mutter Erde zu ehren.

Ihr Mund war trocken. Jemand gab ihr aus einem Schlauch zu trinken.

»Nur um die Kehle anzufeuchten. Nicht mehr!« Wallah lächelte, aber in den großen, liebevollen Augen der älteren Frau standen Trauer und Mitleid.

Lonit war so erschöpft, daß sie kaum trinken konnte. Sie schloß die Augen. Seit ihre Wehen eingesetzt hatten, war die Sonne zweimal aufgegangen und wieder hinter dem Rand der Welt verschwunden. Jetzt war es wieder Nacht, eine lange, kalte Polarnacht, die mit den Geräuschen des Windes und den langsamen, monotonen Gesängen des Stammes erfüllt war. Sie horchte. Es mußte schon sehr spät sein, denn sie hörte nur noch die Stimmen der Alten. Und die der Wölfe.

Wölfe! Sie öffnete die Augen. Sie konnte sie deutlich hören, sie waren nicht weit vom Winterlager entfernt. Die Raubtiere jagten jetzt in Rudeln auf der winterlichen Tundra unter dem Hungermond, um ihren Opfern den Tod zu bringen, während sie darum kämpfte, neues Leben aus ihrem Körper hervorzubringen, ohne dabei selbst das Leben zu verlieren.

Doch es schien, daß sie den Kampf verlor. Zwei Tage und zwei Nächte waren eine zu lange Zeit, um ein Kind zur Welt zu bringen. Ihre Wehen waren so kurz nacheinander gekommen, daß kaum die Zeit eines Herzschlages dazwischen lag. Von Anfang an waren es sehr heftige Schmerzen gewesen, die eine Frau mit der Zeit zermürben konnten.

Die Sorge stand in den Augen der Hebammen, aber Lonit war zu erschöpft, um sich ebenfalls Sorgen zu machen oder sich zu fragen, ob sie das Heulen der Wölfe als gutes oder als schlechtes Zeichen ansahen. Es war ihr egal, kein Zeichen konnte schlimmer sein als die Schmerzen, die jetzt erneut einsetzten. Sie schnappte nach Luft, hielt den Atem an, biß die Zähne zusammen und schloß die Augen.

Sie versuchte, an die Wölfe zu denken und daran, wie es war, ein Wolf zu sein — nicht eine nackte Frau, die in einer engen Hütte eingesperrt war, sondern ein wildes Tier, das sich frei im blauen Schein des Hungermondes bewegte. Sie schien den frischen Atem des Windes auf ihrem Rücken zu spüren und rannte hungrig über die weite, wilde Tundra, im Schatten der hohen, zerklüfteten Gebirgszüge und des Gletschereises der Wandernden Berge.

»Du mußt pressen, Frau aus dem Westen!« befahl Zhoonali. »Du bist die erste Frau unseres Häuptlings, aber genauso wie wir bist du nur eine Frau. Schrei, wenn du willst, aber du mußt pressen! Jetzt!«

Lonit war jung und stark, und es lag nicht in ihrer Natur zu schreien. Sie zwang sich, wieder mit den Wölfen über die weite Tundra ihrer Phantasie zu laufen. Ihr Blut floß, und ihr Herz klopfte schnell und heftig. Sie war keine Frau mehr, sondern ein Wolf. Sie war ein starkes, schlankes Tier wie der Wolf, der sie einst angesprungen und fast getötet hatte. An ihrem Arm waren noch die weißlichen Narben zu sehen, die die scharfen Zähne des Wolfes hinterlassen hatten. Ihr Mann trug das Fell und eine Halskette aus den Krallen und Zähnen dieses Tieres. Aber jetzt, während sie rannte, wurde sie von einem schrecklichen weißen Löwen mit schwarzer Mähne verfolgt.

»Torka!« In ihrer unermeßlichen Qual schrie Lonit seinen Namen, als eine neue Wehe die Muskeln ihres Unterleibs wie einen Riemen zusammenzog, der ihr ungeborenes Kind zu zerquetschen drohte. Doch dann wurde es endlich aus ihrem Körper herausgetrieben.

Das Baby kam! Sie konnte den Kopf spüren, der ihr zartes Fleisch zerriß und sich wie ein Wolf aus einer Falle befreien wollte — es aber nicht schaffte. Noch nie hatte sie solche Qualen erlebt, weder bei der Geburt ihres ersten Kindes Sommermond noch bei ihrer zweiten Tochter Demmi.

Lonits Augen weiteten sich vor Angst. Sie fragte sich, ob sie ihre Kleinen jemals wiedersehen und in ihren Armen halten würde.

Außerhalb des Winterlagers ihres Stammes zerstreuten sich die Wölfe und verschwanden in den fernen Hügeln und den Tiefen ihres fiebrigen Geistes. Ihre zwei Mädchen und ihr Mann folgten ihnen. Nur die Schmerzen blieben. Sie versuchte, den geliebten Menschen nachzurufen. Doch als sie gerade dazu ansetzte, drang grelles Licht in die kleine Hütte. Sie dachte kurz an die Sonne und fragte sich, ob der verstärkte Schmerz das Kind der Sonne war, denn Schmerz war immer mit grellem, blendendem Licht verbunden.

»Lonit! Komm zu uns zurück!«

Sie wollte nicht zurückkommen, aber Xhan und Kimm, die zwei Hebammen, die sie stützten, schüttelten sie heftig.

»Das Kind kommt!« rief Xhan. »Du mußt dich jetzt hinknien! Du mußt jetzt fester pressen!«

Lonit hatte sich bereits aufgegeben. Sie war keine Frau mehr, sondern ein Geist, der gemeinsam mit den Geistern der Karibus in Richtung der aufgehenden Sonne entfloh. Warum ließen die Frauen sie nicht in Frieden? Das Kind sollte selbst entscheiden, ob es auf die Welt kommen wollte oder nicht. Sie hatte überhaupt keinen Einfluß mehr darauf.

Xhans und Kimms Finger drückten sich in Lonits Achselhöhlen. Doch diesen Schmerz spürte sie kaum. Die Wehen kamen immer heftiger, während die Hebammen sie in eine hockende Stellung mit gespreizten Knien zwangen.

»Drücken!« befahl Kimm.

Lonit hing nur schlaff in ihren Armen. Der nachlassende Schmerz würde bald zurückkommen. Beim nächsten Mal würde er sie töten, und sie war froh darüber.

Wallah kniete sich vor sie hin, schüttelte den Kopf und starrte Lonit verzweifelt an. Mit einem bedauernden Seufzen schlug sie ihr zweimal ins Gesicht.

»Du wirst jetzt nicht aufgeben, Lonit! Das Leben, das du in dir trägst, ist das erste, das in diesem neuen Land geboren wird. Es wäre ein schlechtes Zeichen, wenn es nicht überlebt, und viel schlimmer, wenn es dich mit in den Tod nimmt! Sieh mich an, Frau aus dem Westen! Du hast noch niemals aufgegeben! Du mußt dich anstrengen!«

Benommen vor Schmerzen und Erschöpfung ließ sie sich nach vorn fallen, während ihr ganzer Körper zitterte. Blut und Fruchtwasser brachen aus ihrem Körper hervor, aber das Kind kam immer noch nicht.

»Geh zur Seite!« Zhoonalis Befehl galt Wallah, und die alte Frau nahm ihren Platz ein. Mit ihren Krallenfingern teilte sie den Vorhang aus schwarzem Haar, der über Lonits Gesicht gefallen war.

»Das geht jetzt schon viel zu lange. Eine Frau kann das nicht unbegrenzt lange durchstehen. Du hast schon zweimal Kinder auf die Welt gebracht, und wenn es die Mächte der Schöpfung erlauben, wirst du es wieder tun. Aber jetzt haben die Geister mit den Stimmen der Wölfe gesprochen. Das ist ein sehr schlechtes Zeichen. Das Leben in deinem Bauch muß genommen werden, bevor es Leben wird.«

Lonit blinzelte. Die letzte Wehe ließ ein wenig nach, gerade so viel, daß sie wieder einen halbwegs klaren Gedanken fassen konnte. Die alte Frau hatte mit sanfter Stimme gesprochen, in der dennoch eine Drohung lag. Langsam verstand sie, daß Zhoonali die Absicht hatte, ihr ungeborenes Kind zu töten.

Lonit starrte die alte Frau an. Sie konnte die Poren in den Falten ihrer breiten, flachen Nase sehen und das verlaufene Muster der Bemalung um ihre vom Rauch geröteten, wäßrigen Augen. Doch irgendwo in diesem verhärmten Gesicht, im dem die Zeit tiefe Spuren hinterlassen hatte, verbarg sich der Geist ehemaliger Schönheit. Lonit war nicht überrascht, in diesen verschmutzten und ausgetrockneten Zügen ein tief empfundenes Mitleid zu entdecken. Zhoonali hatte viele Kinder zur Welt gebracht, aber nur eines hatte überlebt, um sie in ihren alten Tagen zu trösten. Diese Frau hatte selbst Schmerz und Tod erlebt.

»Nein...« stöhnte sie und wich vor der alten Frau zurück. Sie legte ihre langen, dünnen Arme schützend über die große Schwellung ihres Bauches. Es war ihr Baby! Als die Wehen eingesetzt hatten, war am westlichen Horizont ein neuer Stern erschienen! Ein winziges, glühendes Auge mit dem hellen Schweif eines Fohlens. Das war ein sehr gutes Zeichen gewesen! Das hatte auch Karana, der Zauberer, gesagt.

Wo war Karana? Er sollte hier sein, draußen vor der Bluthütte, und magischen Rauch und magische Tänze für sie machen, die wie eine Schwester für ihn war. Hatte er erneut das Lager verlassen, um bei den Mammuts Rat zu suchen? Hatten Zhoonali und die anderen Frauen vielleicht recht, und er war tatsächlich noch zu jung und unzuverlässig für diese verantwortungsvolle Stellung?

Lonit stöhnte. Das Baby bewegte sich in ihrem Bauch. Es lebte, ob die Zeichen nun gut oder schlecht waren, ob der Zauberer anwesend war oder nicht, und Zhoonali hatte kein Recht, von der Tötung des Kindes zu sprechen. Das Kind würde leben oder sterben, ganz wie es die Mächte der Schöpfung entschieden. Ansonsten hatten nur sein Vater oder der Zauberer das Recht, ihm einen Platz innerhalb des Stammes zu verwehren. Dieses Baby war Torkas Kind, vielleicht Torkas Sohn! Und welcher Mann, der nur Töchter an seiner Feuerstelle hatte, würde einem Sohn das Leben verwehren?

Wieder stieg der Schmerz wie eine Welle in ihr auf und schlug über ihr zusammen. Lonits Rücken und Hüften wurden auseinandergerissen. Es war ein grausamer Schmerz, aber diesmal stellte sie sich ihm. Sie biß die Zähne zusammen und schloß die Augen, aber sie dachte nicht an Wölfe oder Geister. Sie dachte an ihren Mann und an sein Kind. Und mit einem lauten Schrei überließ sie sich dem Schmerz und drückte so fest, daß die Welt um sie herum auseinanderzubrechen schien. Sie schrie, bis sie das Gefühl hatte, ihr Schmerz würde ihren Schrei erwidern. Dann fiel sie in Ohnmacht, in eine alles umfassende schwarze Dunkelheit, in einen See des Vergessens, in dem sie ertrunken wäre... wenn sie nicht den Schrei eines Kindes gehört hätte, ihres Kindes!

»Es ist ein Junge!« verkündete Wallah voller Stolz, als wäre es ihr eigener Sohn.

Erleichtert brachte Lonit ein kurzes, stöhnendes Lachen zustande. Endlich! Bald würde sie ihr Kind an ihrer Brust halten! Sie hatte einen Sohn geboren! Karana hatte recht gehabt: Der neue Stern war wirklich ein gutes Zeichen gewesen. Torka würde so stolz sein!

Sie versuchte, ihre Augen zu öffnen, schaffte es aber nicht, denn ihre Lider waren zu schwer. Aber das war jetzt egal. Die langen Qualen der Geburt und die Schmerzen waren vorbei. Die Hebammen wuschen sie und streichelten ihren Rücken. Die alte Zhoonali knetete vorsichtig ihren Bauch, um die Nachgeburt herauszupressen.

Es war seltsam, aber sie hatte das Gefühl, ihr Unterleib wäre immer noch geschwollen und das Baby würde sich immer noch darin bewegen.

Doch dann versank sie wieder im schwarzen See des Vergessens. Er war tief und warm. Es war angenehm, sich darin versinken zu lassen und zufrieden auf das Treiben der Hebammen zu lauschen.

Dann hörte sie die traurige Stimme Zhoonalis. »Das Kind von Torka ist stark und gesund. Das erste Baby, das in diesem neuen und verbotenen Land geboren wurde, ist schöner als jeder andere Junge, den diese Frau je gesehen hat. Es ist eine Schande, daß dieses Kind sterben muß.«

»*Warum?*«

Torkas Frage schallte durch das Lager wie eine Speerspitze, die auf Stein traf. Er stand unter dem wilden, sternenübersäten Nachthimmel und sah Zhoonali an. Der Wind war kalt, aber sein Herz war noch kälter. Er spürte die Augen seiner Leute, die ihn aus ihren Hütten ansahen.

Männer, Frauen und Kinder, der ganze Stamm hatte Lonits schrecklichen Schrei gehört, dem fast unmittelbar der Schrei eines neugeborenen Kindes gefolgt war. Nach Tagen und Nächten des Wartens war es nun endlich auf die Welt gekommen.

Aber war die Geburt glücklich verlaufen? Hatte Lonit sie überlebt? Voller Angst und schrecklicher Vorahnungen kam Torka aus seiner Hütte gestolpert, während Sommermond und Demmi, zwei kleine, in Pelze gehüllte Gestalten, ihm folgten.

»Ist das neue Leben jetzt gekommen, Vater?« Die fünfjährige Sommermond war so zierlich und hübsch wie eine der Wildlederpuppen ihrer kleineren Schwester.

»Hat Mutter jetzt keine Schmerzen mehr, Vater?« Für ihre drei Jahre war Demmi ein aufgewecktes Mädchen und genauso mitfühlend und liebevoll wie Torkas Mutter, nach der sie benannt worden war.

Torka hatte keine Antwort gegeben. Er hatte selbst so viele Fragen.

Er blieb vor der Bluthütte stehen, während seine Leute von

der Neugier aus ihren Behausungen in die kalte, windige Nacht hinausgetrieben worden waren. Sie starrten ihn an, während er das Zittern seiner Knie unter Kontrolle zu bringen versuchte. Seine Töchter sollten nicht spüren, daß er Angst hatte.

Zhoonali war bereits mit dem Kind aus der Bluthütte gekommen. Das Mondlicht überflutete die Welt und ließ alle Formen und Schatten klar hervortreten. Torka sah, daß die nackte Haut der obersten Hebamme unter ihrem abgetragenen Bärenfell glänzte. Die Kapuze ihres Umhangs war zurückgeweht und setzte ihren grauhaarigen Kopf ungeschützt dem kalten Wind aus. Trotzdem verbreitete sie eine beeindruckende Aura uneingeschränkter Autorität. Als sie ihm das Kind in einer weichen Decke aus weißem Karibufell hinhielt, stieß er vor Erleichterung und Furcht dem Atem aus. Das Fell eines im Winter getöteten Karibus sagte ihm, daß sein Kind lebte. Bei einer Totgeburt wäre die Fellseite nach außen gekehrt gewesen. Doch er wußte immer noch nicht, ob das Kind lebensfähig war und ob seine Mutter die Geburt überlebt hatte. Er starrte Zhoonali an und suchte in ihren Augen nach einer Antwort.

»Die Mutter lebt, aber Torka muß sich von dem Kind abwenden«, verkündete die Frau.

Die Worte trafen ihn wie ein Schlag — zuerst vor Freude, weil Lonit am Leben war, dann vor Trauer, weil das Kind sterben sollte.

»Warum?« schrie er. Sein Stamm sah ihn erschrocken über diese Kühnheit an. Noch nie hatte jemand Zhoonali angeschrien. Sie war die Tochter, Enkelin und Witwe von legendären Häuptlingen, und sie war so alt, daß viele ihr Zauberkräfte zuschrieben.

Ihre eingefallenen, müden Augen waren schwarze Seen, in denen sich kalt die Sterne und der fast volle Mond spiegelten. Sie hob gebieterisch den Kopf und wies Torka in seine Schranken zurück, denn sie war Zhoonali und würde nicht zulassen, daß man ihre Weisheit in Frage stellte.

Aber er war ein Mann, für den es überlebensnotwendig geworden war, Dinge in Frage zu stellen. Und er war nicht in der Stimmung, sich in seine Schranken zurückweisen zu lassen.

»Mit welchem Recht sagst du mir, ich solle mich von meinem

Kind abwenden? Ich bin der Häuptling dieses Stammes, und nur der Zauberer darf mir einen solchen Befehl geben!«

Verblüfft rang sie einen Augenblick lang um ihre Fassung, aber dann sprach sie langsam und eindringlich. »Ich bin Zhoonali. Niemand in diesem Lager hat mehr Monde gesehen oder mehr Kinder auf die Welt gebracht als ich. Zhoonali ist die oberste Hebamme und braucht keinen Zauberer, um ihr zu sagen, daß die Mächte der Schöpfung es diesem Kind nicht erlauben werden, in diesem Stamm zu leben.«

Torka hatte früh gelernt, daß er seine Ungeduld zügeln mußte, wenn das Leben von Menschen von seinen Handlungen abhing. Das fiel ihm nicht leicht, denn er war der Sohn Manaravaks und der Enkel Umaks. In seinen Adern floß das Blut vieler Generationen von Häuptlingen und Herren der Geister. Er hatte siebenundzwanzigmal die warme Mitternachtssonne und die endlose Dunkelheit genauso vieler Winter erlebt. Sein Körper war mit Narben von Zähnen und Krallen von Wölfen, Bären und Löwen, von Mammutstoßzähnen und den Speeren und Messern von Menschen bedeckt.

Er war Häuptling dieses Stammes, aber diese Menschen waren nicht sein Stamm. Sie setzten sich aus den Überlebenden von vier verschiedenen Stämmen zusammen. Nicht eine gemeinsame Herkunft, sondern grausame Schicksalsschläge und Naturkatastrophen hatten sie zu einer Jagdgemeinschaft zusammengeschmiedet. Torka hatte die anderen Jäger nicht dazu gedrängt, ihn zum Häuptling über alle zu ernennen. Grek, Ekoh und Cheanah waren zurückgetreten und hatten ihn gebeten, ihre drei Stämme wie einen anzuführen. Damals hatte er sich geehrt und geschmeichelt gefühlt, doch er hätte ahnen müssen, daß sie aufgrund der kulturellen Verschiedenheiten nie zu einem gemeinsamen Stamm werden würden. Seit er sie vor ihren Feinden fort in die Sicherheit des Verbotenen Landes geführt hatte, war er sich noch nie so schmerzhaft der vielen Unterschiede bewußt geworden.

In Zhoonalis Armen bewegte sich das weiße Karibufell. Das Baby lebte, und es war sein Baby!

»Torka will dieses Kind sehen!«

Zhoonali trat zwei Schritte zurück und starrte ihn an. »Torka darf sein Gesicht nicht ansehen!« sagte sie mit Nachdruck und Entschiedenheit.

Er wußte, daß sie jetzt von ihm erwartete, sich abzuwenden und seinem neugeborenen Kind das Leben zu verwehren. Dieser Gedanke stieß ihn ab. Wenn er es seinem Kind nicht erlauben sollte zu leben, mußte er zumindest wissen, warum. Wenn er es nicht ansah, würde die Seele dieses Lebens ihm keine Ruhe mehr lassen.

Er streckte Zhoonali seine Hände hin und gab sich alle Mühe, seinen Tonfall zu besänftigen. »Torka bittet dich noch einmal, Zhoonali, ihn dieses Kind ansehen zu lassen.«

Sie reckte ihren Kopf noch höher und trat einen weiteren Schritt zurück.

Jetzt wurde er wütend. Bevor sie etwas erwidern oder sich ihm entziehen konnte, zerrte er an der Felldecke und riß ihr das Kind aus den Armen. Zhoonali schrie auf, als hätte er sie geschlagen, während ein ungläubiges Raunen durch die Anwesenden ging.

Cheanah, Zhoonalis einziger überlebender Sohn, trat aus dem Schatten einer größeren Erdhütte. Auch seine drei wolfsäugigen Söhne stellten sich kampfbereit an seine Seite.

Torka achtete nicht darauf. Er hielt sein Kind in den Armen und machte sich auf den Anblick eines monströs deformierten Körpers gefaßt. Doch statt dessen starrte er auf die blutige, aber vollkommene Gestalt seines Sohnes.

Der Wind fuhr kalt über die zarte, ungewaschene Haut des Kindes. Es strampelte mit den Beinen und ballte die winzigen Fäuste, während ein noch winzigerer Penis schrumpfte und sich blau verfärbte. Das runde kleine Gesicht verzerrte sich, als aus seinen gesunden Lungen ein wütender Protestschrei kam. Torka freute sich über die Wärme und Hartnäckigkeit dieses winzigen Lebens.

»Das Kind ist nicht lebensfähig!« schrie Zhoonali.

»Warum nicht?« entgegnete Torka wütend.

Sie langte nach dem Kind. »Du verstehst nicht!«

Torka wies sie grob zurück und brachte sie damit zum Schweigen. Der Wind zerrte an ihrem Bärenfell und enthüllte ihre dürren Schultern und ihre schlaffen, mit Asche bemalten Brüste. Sie war so alt und gebrechlich.

Torka hatte plötzlich Mitleid mit ihr. Er wollte ihr nicht ihren Stolz nehmen. Die wenigen Menschen, die ein so hohes Alter erreichten, verdienten Achtung während der kurzen Zeit, die ihnen noch blieb. »Dieser Stamm hat schon zuviel Tod erlebt! Hast du nicht allmählich genug davon, Zhoonali? Das Kind, das du mir hinausgebracht hast, ist gesund und männlich und hat seiner Mutter nicht das Leben genommen. Sieh in den Westen, auf das gute Zeichen des neuen Sterns, und heiße diesen neuen Jäger in diesem Stamm willkommen! Es ist das erste Kind, das im neuen Land geboren wurde!«

Er hob seinen neugeborenen Sohn mit starken und bloßen Händen hoch. Die Alten sagten, daß die Kälte den Kleinen einen starken, gesunden Atem gab, sie ließ sie nach Luft schnappen und nach Wärme schreien. Torka drückte das Kind an sich und blies ihm den warmen Atem des Lebens in die Nasenlöcher. Er wiegte es an seiner Brust und barg es in seinen Armen und der weichen Wärme seines goldenen Löwenfells, während er stolz den Mond und die schwarze, sternenübersäte Nacht anrief: »Umak! Vater meines Vaters, höre mich an! Möge deine Seele in den Körper dieses Kindes eingehen, um im Fleisch eines Menschen wiedergeboren zu werden, der deinen Namen mit Stolz trägt. Umak, der Herr der Geister, ist jetzt Umak, der Sohn Torkas! Torka nimmt dieses Leben an! Umak, möge der...«

»Torka! Nein!«

Zhoonalis Schrei ließ jeden im Lager vor Schreck zusammenfahren. Aber der Schrei, der ihm folgte, ließ Torka das Blut in den Adern gefrieren: Es war der heulende Schrei des Wanawut, die Stimme eines Windgeistes, eines monströsen Raubtieres, das nach der Legende halb Fleisch, halb Geist war. Es war die Bestie, die am Anfang der Welt geboren worden war, um den Menschen die Bedeutung der Furcht zu lehren.

Es war nur ein kurzer Augenblick, aber er schien ewig zu dauern. Kein Zeichen konnte schlechter sein als das Heulen des Wanawut. Es war eine Bestie, die den Tod brachte. Der Wanawut schwieg, aber dann drang Lonits furchtbarer Schmerzensschrei aus der Bluthütte.

Alle Menschen schraken zusammen und liefen zum Platz vor

der Hütte, wo sie gebannt auf die Felltür starrten. Zhoonali wandte sich ihnen zu und murmelte, daß kein Kind am Leben bleiben durfte, das unter dem Schrei des Wanawut geboren wurde, denn das würde für sie alle den Tod bedeuten. Trotzdem war es aufgenommen worden. Das Kind war jetzt wirklich ein Kind, denn mit dem Namen hatte es auch Leben. Es konnte jetzt nicht mehr aus dem Lager gebracht und den Raubtieren überlassen werden. Zhoonali sah zum Nachthimmel hinauf, an dem ein rotglühendes Polarlicht aufflammte. Der gefrorene Boden der Tundra zuckte und erzitterte in einem kleinen Erdbeben.

Die Hebammen stürzten aus der Hütte, Xhan und Kimm jammerten verängstigt. Nur Wallah schien sich beherrschen zu können. Sie sah auf, schüttelte den Kopf und winkte Zhoonali heran. »Komm! Es geht wieder los«, verkündete sie und verschwand seufzend in der Hütte.

»Wieder?« Torka war verwirrt. Er fühlte, wie seine kleinen Mädchen sich an seine Beine klammerten. Sie waren noch so jung, aber sie spürten bereits die Anspannung und die Gefahr, die nicht nur im brennenden Himmel, in der zitternden Erde und dem Schrei des Wanawut, sondern auch in den Augen des Stammes lag.

»Warum weint Mutter immer noch?« wimmerte Sommermond.

»Vielleicht hat sie Angst vor der zitternden Erde, meine Kleine.« Torka legte ihr beruhigend seine Hand auf den Kopf und wünschte sich, er würde sich so zuversichtlich fühlen, wie er klang.

Wind kam auf. Die Erde war ruhig, aber das Donnern aufgescheuchter Tierherden drang über die Tundra. Die Riesenwölfe heulten wieder in den Hügeln, und von den hochragenden Gletschern, die das Tundratal umgaben, drang ein halbmenschlicher Schrei durch die Nacht.

Karana war irgendwo unbewaffnet dort draußen. Torka hoffte, daß der Zauberer in Sicherheit war. Er hätte Karana jetzt lieber an seiner Seite gehabt, um das Lebensrecht seines Kindes zu bestätigen. Er starrte nach Westen und suchte nach dem neuen Stern, aber es war schon sehr spät. Der Stern war bereits hinter den Rand der Welt gewandert.

Torka hielt den winzigen Umak an sich gedrückt. Das einzige gute Zeichen, das der Geburt des Kindes vorausgegangen war, war verschwunden. Jetzt gab es nur noch brüllende Tiere, eine unruhige Erde, einen brennenden Himmel und eine schreiende Frau.

Zhoonalis Gesicht verzerrte sich, aber Torka konnte nicht erkennen, ob vor Böswilligkeit oder Mitleid. »Deine Frau schreit, weil noch ein Kind kommt! Ja! Es sind Zwillinge! Zwei Leben, die aus einem Bauch hervorkommen! Das ist verboten! Es ist unnatürlich! Das ist es, was diese Frau dir sagen wollte!«

Noch ein Kind? Vielleicht noch ein Sohn? Warum sollte das verboten sein? Torka verstand überhaupt nichts. »Zwillinge sind selten, Zhoonali, aber in meinem Stamm nichts Unnatürliches oder Verbotenes. Bringt nicht auch der Bär Zwillinge zur Welt, und der Wolf...«

»Dein Stamm?« In Cheanahs ernster Stimmung lag eine deutliche Drohung. »Wir sind jetzt dein Stamm. Aber für die Leute von Cheanah, von Grek und von Ekoh gibt es kein Zeichen – nicht einmal der Aufgang eines neuen Sterns – der das Leben von Zwillingen rechtfertigen könnte. Sieh hinauf in die Nacht! Vater Himmel ist zornig! Spürst du nicht das Zittern des Bodens? Mutter Erde ist beleidigt. Der Wanawut heult in den fernen Hügeln, und deine Lieblingsfrau Lonit mutet sich wie immer wieder zuviel zu! Eine Frau ist kein Bär und auch kein Wolf! In der Hungerzeit wird eine Frau mit zwei Säuglingen schwach. In der Zeit der langen Dunkelheit kann eine Frau mit zwei Babys in der Rückentrage nicht ihren vollen Anteil am Gepäck tragen, wenn der Stamm zu neuen Jagdgründen aufbricht.«

Seine Worte ernteten zustimmendes Gemurmel.

Zhoonali nickte mit erhobenem Kopf. Unter dem roten Polarlicht nahm ihr Bärenfell die Farbe verdünnten Blutes an. Sie näherte sich Torka und nahm sich das Recht heraus, ihn zu berühren. Sanft und mütterlich legte sie ihm die Hand auf den Arm, als wäre er ihr eigener Sohn. »Seit Anbeginn der Zeiten haben sich die Menschen an dieses Gesetz gehalten, Torka! Du bist ein Mann aus dem fernen Westen, und vielleicht war es in deinem eigenen Stamm anders. Aber von Torkas Stamm haben nur Lonit und Torka überlebt. Vielleicht waren die Geister zornig, daß Torkas Stamm es erlaubt hat, Zwillinge am Leben...«

»Mein Stamm starb, als ein Mammut durch das Winterlager tobte, nicht weil unsere Frauen Zwillinge durchgefüttert haben. Wir haben alle erlebt, daß die Erde schon vorher bebte und der Himmel in rotem Feuer brannte. Es ist keine Hungerzeit. Dieser Stamm ißt sich in einem Lager voller Fleisch satt. Die Zeit der langen Dunkelheit ist bald vorbei. Wir müssen nicht zu neuen Jagdgründen aufbrechen.« Torka wandte sich dem versammelten Stamm zu. »Umak, der Großvater von Torka, hat gesagt, daß Menschen in einem neuen Land neue Wege gehen müssen. Wir sind in einem neuen Land. Und wir sind jetzt *ein* Stamm. Wir haben den großen Einsturz der Wandernden Berge überlebt. Der Weg zurück ins Land unserer Vorfahren ist versperrt – vielleicht für immer. Solange Torka Häuptling ist, werden keine Kinder mehr unnötig sterben. Und nur der Zauberer kann die Zeichen deuten.«

Cheanah schnaufte verächtlich. »Wie gut für dich, daß der Zauberer nie in diesem Lager ist, wenn er gebraucht wird.«

»Und wenn du auf sein Wort wartest, wird deine Frau mit Sicherheit sterben«, warnte ihn Zhoonali.

Wenn es Zauber im Verbotenen Land gab, konnte Karana, der Zauberer, ihn nicht finden.

Zwei kurze, blasse Wintertage lang suchte er, und zwei lange, schwarze Sternennächte lang jagte er danach. Während dieser Zeit hörte eine innere und unwillkommene Stimme nicht auf, ihm zuzuflüstern: *Du verläßt deinen Stamm, wenn er dich braucht, Zauberer. Du läufst vor deiner eigenen Unzulänglichkeit davon. Jeder könnte einen neuen Stern ansehen und sagen, er wäre ein gutes Zeichen. Aber bist du dir sicher? Nein! Du bist dir in letzter Zeit überhaupt nicht mehr sicher. Du wirst den Zauber niemals finden. Niemals!*

Die Stimme machte, daß er sich alt und ohnmächtig fühlte. Aber er war jung, schlank und so stark gebaut wie ein Hengst – und nach den Worten seiner Frau genauso unruhig und hartnäckig. Er dachte an seine junge, süße und geduldige Mahnie, die Tochter von Grek und Wallah.

Sie hatte ihn angefleht, nicht zu gehen, und ihn gewarnt, es würde Probleme geben, wenn er es tat. Er war schon viel zu oft fortgewesen, wenn der Stamm ihn gebraucht hatte — ganz zu schweigen von Mahnie.

Er wußte, daß sie recht hatte, aber sein Gewissen ließ es nicht zu, daß er es sich eingestand. Er verfiel in einen Dauerlauf und verdrängte die Gedanken an Mahnie. Er bezichtigte die quälende innere Stimme der Lüge, bis sie verstummte. Es war nicht die Stimme, wonach er suchte, also hörte er ihr nicht mehr zu.

Er hatte weder einen Speer noch ein Messer, Tierfallen oder Werkzeug zum Feuermachen bei sich. Er wurde nur von dem großen wolfsähnlichen Hund Aar und, so hoffte er zumindest, von Mut und Weisheit begleitet. Mit solchen Begleitern brauchte er keine Waffen. Und die Geister, mit denen er Kontakt aufnehmen wollte, würden nicht zu einem Mann mit vollem Bauch sprechen.

Wenn er den Zauber finden wollte, mußte er ein leeres Gefäß sein, das offen für den Geisterwind war. Dazu mußte er die Unvollkommenheit von Fleisch, Blut und Knochen hinter sich lassen. Er reiste wie der Wind, ohne zu essen, zu schlafen oder sich Gedanken um seine Richtung zu machen. Er ließ seine Schritte nur von den unsichtbaren Mächten des wilden, eiszeitlichen Landes leiten.

Von Zeit zu Zeit sah ihn der Hund fragend mit seinen blauen, wachsamen Augen an. *Warum rennst du? Wonach suchst du? Wie weit noch, bis du deinem Freund Ruhe und Fressen gönnst?*

»Du kannst gerne jagen und dich ausruhen und fressen, Bruder Hund, aber ich muß zuerst den Zauber finden. Für sie.«

Er kam an Polarlöwen, Riesenwölfen und einem großen Kurzschnauzenbär vorbei, der sehr hungrig war, nachdem er monatelang von seinem eigenen Fett gelebt hatte. Die Raubtiere beobachteten ihn nur und rührten sich nicht, denn der Zauberer lief unbeirrt und ohne ein Anzeichen von Gefahr auf das fichtenbestandene Mammutgebiet zu. Er war so unangreifbar und furchtlos wie der Wind — zumindest bis jetzt.

»Lonit!« Laut rief er ihren Namen, und die unwillkommene innere Stimme meldete sich schmerzhaft zurück.

Der Wind riß ihm seine Kapuze vom Gesicht und tauchte es in das blutrote Glühen des Nordlichts. Während sein Haar frei im Wind flatterte und sein Körper in die Kleidung aus Fellen und Häuten vieler Tiere eingemummt war, hörte er den fernen Schrei einer Frau und blieb abrupt stehen, als die Erde unter seinen Füßen erzitterte.

Du hast dich geirrt, Zauberer! Der neue Stern war ein schlechtes Zeichen. Du wußtest es von Anfang an, hattest aber nicht den Mut, zu bleiben und die Wahrheit zu sagen. Du solltest nicht hier sein, sondern bei Lonit, die für dich wie eine Schwester und eine Mutter ist. Du solltest bei Torka sein, der dich seinen Sohn genannt hat, obwohl du nicht von seinem Fleisch bist. Du solltest bei deinem Stamm sein und magische Tänze am Feuer mit dem Zauberrauch machen, damit die Mächte der Schöpfung gnädig mit Lonit sind. Denn nur du weißt, daß zwei Herzen in ihrem Bauch schlagen. Es war deinetwegen, daß die Erde gebebt und Himmel Feuer gefangen hat!

Er fühlte sich übel vor Schuld und Scham. Sein Bedürfnis nach Rechtfertigung war so groß, daß er laut auf die innere Stimme antwortete.

»Wäre ich im Lager geblieben, hätte mein Stamm gesehen, daß ich keine Macht habe! Ich weiß nicht, wie man richtigen Zauberrauch macht, magische Tänze aufführt oder die richtigen altehrwürdigen Gesänge anstimmt, um Lonits Niederkunft zu beschleunigen. Ich hätte sie täuschen und beeindrucken können, aber die Geister und ich hätten um den falschen Zauber gewußt. Ich habe Angst, etwas zu tun, wodurch die Mächte der Schöpfung sich gegen meine Lieben wenden könnten. Ich weiß, daß die Überlieferung meines Stammes verlangt, daß alle Zwillinge sterben müssen. Aber ich kann dieses Todesurteil über Torkas und Lonits Kinder nicht sprechen! Ich kann es nicht! Also habe ich nur nach guten Zeichen und nicht nach schlechten gesucht. Selbst wenn ich keine finde, werden sich die Hebammen um Lonit kümmern, und je länger ich fortbleibe, desto eher wird der Stamm die Überlieferungen vergessen. Vielleicht sorgt auch Torka dafür, daß sie nicht befolgt werden.«

Und wenn sie es nicht tun? fragte die innere Stimme. *Wenn es zum Schlimmsten kommt, ist es allein Karanas Schuld!*

Sogar der Hund neigte seinen grauen Kopf mit der schwarzen Gesichtsmaske und schien ihn skeptisch zu mustern.

Karana wurde vor Verzweiflung wütend. Als kleiner Junge hatte er die Fähigkeit gehabt, den Regen oder den Blitz herbeizurufen. Seit frühester Kindheit konnte er in die Augen von Menschen oder Tieren sehen und erkennen, was in ihren Herzen war. Er konnte seinen Geist vom Körper lösen und über die Welt treiben lassen, um die Karibu-, Bison- und Elchherden aufzuspüren und sie in die Jagdgründe seines Stammes zu rufen.

Er war als Zauberer geboren worden. Und das war er auch gewesen – bis sie das Verbotene Land betreten hatten. Jetzt war seine Kraft des Sehens verschwunden, seine Stimme, mit der er das Wild rief, verstummt, und es lebte niemand mehr, der ihm sagen konnte, wie er seine Kräfte wiedererlangen konnte oder warum er sie verloren hatte.

Neben ihm legte der Hund seine Ohren zurück, und ein tiefes Grollen kam aus seiner kräftigen Brust. Karana war so tief in seine Gedanken versunken, daß er es nicht bemerkte. Er starrte nach Westen, in die Richtung, aus der er gekommen war, und wartete darauf, daß Lonit noch einmal schrie. Doch er hörte nichts. War die Geburt schon vorbei? Vor noch gar nicht so langer Zeit hätte er es gewußt.

Er hob den Kopf und schnupperte wie ein Tier im Wind. Er erkannte darin keinen Geruch nach rituellen Lagerfeuern mit geröstetem Fleisch oder nach menschlichen Behausungen. Er war weit – viel zu weit – vom Winterlager seines Stammes entfernt. Er schloß die Augen und befahl seinem Geist, über die Tundra zu fliegen und nachzusehen, ob Lonits Niederkunft gut oder schlecht verlaufen war. Doch sein Geist blieb in der Hülle seines Körpers eingesperrt, und er hatte nicht die Macht, ihn daraus zu befreien.

Es gibt keinen Zauber in diesem Land, dachte er. *Zumindest nicht für mich.*

Warum hatte er seine Kräfte verloren? Der alte Umak oder Sondahr hätten eine Antwort gehabt. Doch beide waren von Feinden ermordet worden, bevor sie ihm alles beibringen konnten, was er wissen mußte. Umak, Torkas Großvater, war Weiser, Lehrer und Herr der Geister gewesen. Sondahr, die weise Frau, war die Zauberin der Stämme gewesen, die zur Großen Versammlung zusammenkamen. Ihr Verlust schmerzte ihn sehr.

»Umak! Sondahr!« schluchzte er. »Sprecht zu mir aus der Geisterwelt! Helft mir! Legt mir Zeichen in den Weg, damit ich weiß, was ich tun soll! Gebt mir die Gabe des Sehens und des Rufens zurück, damit ich Torka und meinem Stamm helfen kann! Helft mir, die Gesänge zu lernen, damit ich Lonit und ihren Babys Kraft geben kann! Doch, bei allen Mächten der Schöpfung, verlangt nicht von mir, die Verantwortung für das Todesurteil über die Babys zu übernehmen, damit sie den Raubtieren zum Fraß überlassen werden!«

Sein Schluchzen war so schmerzvoll und verzweifelt, daß der Hund erschrocken vor ihm zurückwich.

Geister flüsterten im Wind und verspotteten den Zauberer. *Aber genau das ist die Voraussetzung für deine Kraft. Du bist zu schwach, um die Mächte der Schöpfung im Namen zweier seelenloser Säuglinge günstig zu stimmen. Also hast du deine Kraft verloren. Wir werden nicht auf dein Flehen hören. Lonits Zwillingen wird es nicht erlaubt werden, im Stamm zu leben. Und du bist nicht mehr würdig, die Gaben des Sehens und Rufens zur Verfügung zu haben. Du wirst deine verlorene Zauberkraft niemals wiederfinden, denn wir, die Vorfahren, haben sie dir fortgenommen, weil du ihrer unwürdig bist.*

Die Wahrheit verletzte ihn, aber seine Wut war stärker. Die Stimmen hatten nicht das gesagt, was er hören wollte. Sie hatten auch nicht im sanften, belehrenden Tonfall Umaks oder Sondahrs gesprochen. Dies waren die Geisterstimmen von bösartigen Fremden gewesen. Befand sich vielleicht Navahk, sein leiblicher Vater, darunter? Navahk, der Betrüger, der Frauen- und Kindermörder, der die Menschen seinem Willen unterwarf – der schöne, trügerische und furchtlose Navahk, der es gewagt hatte, einen Wanawut zu töten und in seiner Haut zu tanzen.

Ja, selbst im Tod ließ Navahk seinen Sohn nicht in Ruhe und versuchte ihm, die Kräfte eines Schamanen zu nehmen, mit denen er geboren worden war.

Der Hund knurrte, und wieder bemerkte es der Zauberer nicht. Der Geisterwind wehte nach Osten davon, in die fernen Regionen der Welt, wo die Sonne bald über hohen, mit Eismassen bedeckten Bergen aufgehen würde. Unter einem ähnlichen Gebirgszug weit im Westen lag Navahk begraben, seit eine Lawine aus Schutt und Eis über ihm zusammengebrochen war. Karana war froh, daß sein Vater nicht mehr am Leben war.

Er sah in die Ferne. Der Mond ging unter, und der neue Stern über dem westlichen Horizont würde ihm bald folgen. Das fast volle, pockennarbige Gesicht von Vater Himmel starrte wie immer leidenschaftslos und desinteressiert auf Karana hinunter. Nur daß sein Gesicht heute nacht in das rote Leuchten des Polarlichts getaucht war.

»Ich habe mich nie darum gedrängt, ein Zauberer zu sein!« rief Karana. »Du warst es, Vater Himmel, und all die Mächte der Schöpfung, die mich zu dem gemacht haben, der ich bin! Ich habe nicht um diese Last der Verantwortung gebeten! Gebt mir ein Zeichen, damit ich meinem Stamm helfen kann – und damit ich seine Kinder nicht zum Tod verurteilen muß, so wie ich selbst einst von Navahk, meinem eigenen Vater, zum Tod verurteilt wurde!«

Es war genau in diesem Augenblick, daß irgendwo im Schnee und Nebel des Hochlands direkt vor ihm auf den Schrei eines Tieres das Kreischen eines anderen folgte.

Karana fuhr herum, während der Jäger in ihm die beiden Laute sofort identifizierte: Wanawut und Säbelzahntiger.

Das erste Tier befand sich ganz in der Nähe. Das zweite war noch näher und bewegte sich schnell. Aar klemmte seinen Schwanz zwischen die Hinterläufe, hob den Kopf und sträubte sein Rückenfell.

Jeder Nerv im Körper des Zauberer machte sich auf die Gefahr gefaßt. Aber es war bereits zu spät. Der Hund ging zum Angriff über, und Karana erhielt einen Stoß in den Rücken, während der große Säbelzahntiger bereits über ihm war.

2

Das Licht der Sonne war am Rand der Welt kaum zu erkennen, als Zhoonali wieder in die Bluthütte trat.

»Wo ist mein Baby?« fragte Lonit.

»Es lebt.« Die erschöpfte Stimme der Hebamme war so kalt und gefühllos wie Schneefall an einem windstillen Tag. »Dein Mann hält Geburtswache im Licht der aufgehenden Sonne, aber sein Fasten ist sinnlos. Torka hat mit den Traditionen unserer Vorfahren gebrochen. Gegen den Willen des Stammes und ohne den Rat den Zauberers hat er deinen erstgeborenen Sohn Umak genannt. Er hat ihn Eneela gegeben, damit sie ihn an ihrer Brust säugt, ohne ihren Mann Simu um Erlaubnis zu fragen. Jetzt heult der Wanawut mit den Wölfen und Säbelzahntigern in den fernen Hügeln. Der Himmel ist zornig, und die Erde bebt. Umak wird leben . . . aber das noch ungeborene Kind wird es nicht.«

Verängstigt und verwirrt starrte Lonit die Hebammen an. Zhoonali warf ihren alten Umhang aus Bärenfell zur Seite und kam auf sie zu. Wallahs Mund hatte sich zu einem verbitterten Bedauern verzogen. Ianas traurige Augen waren unentschlossen. Xhan und Kimm schoben sich mit verbissenen Gesichtern vor und hielten Schlingen aus Lederriemen in den Fingern.

»Geht weg von mir!« fauchte Lonit sie an.

Sie hörten nicht auf sie, sondern versammelten sich um die saubere, frisch ausgelegte Matratze aus Gras und Flechten.

Lonit setzte sich auf, aber die Anstrengung machte sie schwindlig. Sie war immer noch von der ersten Geburt erschöpft, und jetzt setzten die Wehen erneut ein. Sie würde noch einmal mehrere Tage damit zubringen, ein zweites Kind zu gebären. Nach den anstrengenden und unerträglichen Schmerzen der Geburt ihres ersten Sohnes erschien es ihr unmöglich. Doch der Gedanke, daß sie vielleicht noch einen zweiten Sohn in sich trug, machte sie stolz. Sie verzog ihren Mund zu einem triumphierenden Lächeln. War Torka das Risiko eingegangen, seine Stellung als Häuptling zu verlieren, als er Umak angenommen hatte? Es war ihr gleichgültig — zumindest im Augenblick.

Die Schmerzen verstärkten sich. Sie sehnte sich so sehr nach Torka. Sie wollte sich mit ihm freuen und von seinen starken Armen gehalten werden, wenn sie ihren neugeborenen Sohn an ihre Brust legte. Aber kein Mann durfte die Bluthütte betreten, damit seine Männlichkeit keinen Schaden nahm. Und sie konnte ihr erstes Kind nicht vor der Geburt des zweiten stillen.

Die Hebammen beobachteten sie aufmerksam. Tränen standen in Ianas Augen, Wallah schüttelte mitleidig den Kopf, und Xhan und Kimm hatten gefährliche Blicke. Lonit biß sich auf die Unterlippe und zwang sich, regelmäßig zu atmen. Die Angst um das Leben ihres Kindes bestärkte ihren Willen, ließ sie ihre Panik vergessen und ihre Gedanken klar werden.

»Warum?« fragte sie.

Die alte Zhoonali antwortete ihr mit tonloser Stimme. Lonit hörte ihr zu, schnappte aber nur wenige Brocken auf. Sie war so müde — viel zu müde. Zhoonali erzählte irgend etwas über Zwillinge, Unglück und schlechte Zeichen, über Sterne, einen roten Himmel, eine zitternde Erde und heulende Tiere. Aber das alles spielte keine Rolle, denn Lonits Zwillinge kamen nicht in der Hungerzeit zur Welt. In solchen Zeiten, wenn das Lager voller Fleisch war, sollten Zwillinge als ein großes Glück angesehen werden, besonders wenn sich beide als männlich herausstellten.

Der Schmerz ging vorbei, und sie entspannte sich ein wenig. Wo war Karana? Seine sanfte Stimme und seine behutsamen Hände würden ihnen Schmerz lindern. Ihr schwindelte, und ihre Fingerspitzen fühlten sich taub an. Durch ihr langes ungekämmtes Haar beobachtete sie die Frauen. »Geht! Ihr laßt mir keine Luft zum Atmen.«

Zhoonali rührte sich nicht. Die lange, abgenutzte und blutverkrustete Kralle eines Riesenfaultiers lag auf ihrer Handfläche. »Wir werden dich nicht alleinlassen. Wir müssen der Sache ein Ende machen, bevor du daran stirbst. Es muß jetzt geschehen.«

Lonit riß die Augen auf. Zhoonali würde die Kralle benutzen, um das Kind abzustechen und es mit Hilfe der Schlingen aus ihrer Gebärmutter zu ziehen. Nur wenige Frauen überlebten eine solche Tortur. Die meisten starben langsam am Fieber und schrien, während ihre Bäuche aufquollen, ihre Lippen austrockneten und ihre Augen aus den Höhlen traten.

»Bleib, wo du bist!« warnte sie Zhoonali.

»Das kann ich nicht«, erwiderte die alte Frau mitfühlend und bedauernd. »Diese Geburt dauert schon viel zu lange. Sie wird dich umbringen, Lonit.«

»Diese Frau wird das Risiko eingehen. Diese Frau wird nicht erlauben, daß man ihr Baby tötet!«

»Und diese Frau kann der Häuptlingsfrau ein solches Risiko nicht zumuten. Torka wird wütend über Zhoonali sein, wenn seine Lieblingsfrau stirbt. Und wofür? Für einen seelenlosen Säugling, der ohnehin nicht am Leben bleiben kann! Nein, ein Kind, das seiner Mutter das Leben nimmt, wird dem Stamm auf ewig Unglück bringen. Jeder weiß das! Und selbst wenn Lonit nicht stirbt, ist der zweite Zwilling etwas Verbotenes. Die Tradition verlangt auf jeden Fall, daß es sterben muß. Torka hat die Geister bereits beleidigt, indem er den erstgeborenen Zwilling annahm. Niemals wird er auch den zweiten annehmen können. Niemals! Also warum solltest du ein solches Risiko für ein seelenloses Ding eingehen?«

»Seelenlos?« Lonits rechte Hand legte sich schützend über ihren straff gespannten Unterleib. Nach der Überlieferung ihres Stammes erhielt ein Kind erst mit dem Namen ein richtiges Leben. Vorher war es nicht mehr als ein Stück Fleisch, das man bedenkenlos zurücklassen oder in Hungerzeiten essen konnte.

Lonit runzelte die Stirn. War es nicht bereits am Leben? Die Frage beunruhigte sie. Sie hatte vier Babys in ihrem Bauch genährt, und jedes schien ihr schon lange vor der Geburt sehr lebendig gewesen zu sein – außer diesem letzten. Der zweite Zwilling mußte all die vielen Monde lang zusammengekauert unter dem ersten gelegen haben. Vermutlich war er sehr klein. Sie hatte seinen Herzschlag immer für ein Echo des ersten gehalten. Die Wehen, die sein Kommen ankündigten, waren schwächer und kamen in großen Abständen, als ob ihr Körper sich noch nicht über die rechte Zeit im klaren war. Dafür war sie dankbar, denn so hatte sie Zeit zum Ausruhen und Nachdenken ... über Leben oder Tod.

Unter ihren Händen rührte sich das Baby. Lonits Herz

klopfte. Es lebte! Es war ein Baby! Nicht ein »seelenloses Ding«, sondern ein lebendes Kind. Es bäumte sich nicht auf wie sein Zwillingsbruder, sondern bewegte sich ruhig und schläfrig wie ein Fisch im Wasser.

Als sie jetzt Zhoonalis Blick erwiderte, wollte sie das zarte kleine Leben auf keinen Fall mehr im Stich lassen. »Dies ist mein Kind!« verkündete sie selbstsicher. »Die Sitten von Zhoonalis Stamm sind gut, genauso wie die von Wallahs und Ianas Stämmen. Aber es sind nicht dieselben Sitten, an die sich Lonit halten muß. Ohne Einverständnis des Zauberers oder des Häuptlings wird Zhoonali weder dieses Baby noch mich anrühren!«

Zhoonali hob den Kopf. »Wir werden sehen.« Mit einem Kopfnicken gab sie den anderen ein Zeichen, den Kreis zu schließen.

Lonit kam sich wie ein in die Enge getriebener Wolf vor. Sie fletschte ihr starken weißen Zähne. »Geht weg!« warnte sie sie noch einmal und war bereit, sie anzuspringen, wenn sie ihr zu nahe kamen. Sie würde kratzen und beißen, um sie von sich fernzuhalten.

Aber ihr erschöpfter Körper konnte ihnen keinen Widerstand mehr leisten. Die Frauen — alle außer Iana — schlossen den Kreis. Wo war Iana? Sie war Torkas zweite Frau und wie eine Schwester zu Lonit, aber sie kam aus einem anderen Stamm. Vielleicht glaubte sie, daß Zhoonali richtig handelte, konnte es aber nicht ertragen, sich daran zu beteiligen. Doch das war egal, denn die anderen hielten sie jetzt fest und zwangen sie, sich auf den Rücken zu legen. Xhan und Kimm packten ihre Fußknöchel und zwangen ihre Beine auseinander.

»Kämpfe nicht mit uns, Lonit«, flehte Wallah und strich ihr zärtlich über die Stirn. »Diese Frau weint um das, was geschehen muß. Aber Zhoonali hat recht. Du wirst an diesem Baby sterben, wenn es dir nicht genommen wird. Außerdem sind Zwillinge nun einmal verboten. So ist es schon seit Anbeginn der Zeiten bei allen Stämmen!«

»Warum?« schrie Lonit und versuchte sich aus dem Griff der Frauen zu befreien. »Wie kannst du so sicher sein, etwas Richtiges zu tun, wenn kein Zauberer hier ist, der es dir sagt?«

Xhan verhehlte nicht ihre Ungeduld. »Der Zauberer hat dieses Lager verlassen! So wie er immer dann verschwunden ist, wenn man ihn braucht! Immer mußt du uns Ärger machen, Frau aus dem Westen. Du sprichst viel zu oft mit der Zunge eines Mannes, als hättest du das Recht, frei zu sprechen, zu fragen und deine Meinung zu sagen! Dein Geschick mit der Steinschleuder beschämt deine Stammesschwestern vor ihren Männern! Und wenn du glaubst, daß niemand zusieht, wagst du sogar, Torkas Speere anzurühren und wie ein Mann neben ihm zu jagen! Das alles ist schon schlimm genug! Aber du kannst einfach nicht zwei Babys auf einmal haben!«

»Es ist für deinen Stamm verboten, nicht für meinen!«

»Wir sind jetzt ein Stamm!« warf Zhoonali ein.

»Und wenn du dich weiter gegen uns wehrst, Frau aus dem Westen, dringt die Kralle vielleicht zu tief ein und nimmt nicht nur dem seelenlosen Säugling, sondern auch dir das Leben!« Kimms Drohung war unmißverständlich.

Lonit war benommen, aber sie hörte die offenkundige Befriedigung in Kimms Stimme. Lonit bäumte sich verzweifelt auf, befreite ihren Fuß aus Kimms schmerzhaftem Griff und trat nach ihr. Der kräftige Schlag gegen ihren Kiefer schleuderte Kimm zurück und ließ sie Blut und Zähne spucken.

»Ich kann und werde dieses Kind zur Welt bringen! Und ich werde mich bis zum letzten Atemzug gegen euch wehren, wenn ihr nicht aufhört!« schrie Lonit und versuchte sich aus Xhans Griff loszureißen.

Zhoonali befahl Kimm aufzustehen. Die jüngere Frau gehorchte langsam und verärgert, während ihre kleinen Augen haßerfüllt unter schmalen, gefurchten Brauen hervorblickten. Ihre dicken Finger betasteten ihren blutigen Gaumen. »Das wirst du mir heimzahlen.«

Xhan mischte sich ein. Sie war die ältere von Cheanahs zwei Frauen. Als Mutter seiner drei Söhne hätte sie auch dann einen höheren Status gehabt, wenn sie nicht seine erste Frau gewesen wäre. Als sie zu Kimm sagte, sie solle ihren Mund halten, damit ihr nicht auch noch die restlichen Zähne herausfielen, sah Kimm finster drein, widersprach ihr aber nicht. Xhan wandte sich an Lonit und rede nachdrücklich auf sie ein. »Bevor Cheanah sich entschloß, mit Torka als Häuptling zu gehen – das war in dem Jahr des großen Hungers, als die Karibus nicht auf ihren üblichen Wanderrouten zurückkehrten – da hat Kimm selbst sich der Kralle geöffnet und die Lebensgeister ihrer Zwillingssöhne zum Wohl aller geopfert. Es waren ihre einzigen Söhne!«

Lonit war übel vor Angst um ihr Kind und sich selbst und vor Mitleid mit Cheanahs zweiter Frau. Also hatte Kimm die Prozedur mit der Kralle überlebt. Lonit war nicht überrascht. Es war kein Geheimnis, daß die Frau unfruchtbar war. Nur ein Kind nannte sie Mutter, ein fettes kleines Mädchen, Honee, die offenbar geboren wurde, bevor ihre Mutter ausgerechnet unter dem Hungermond mit Zwillingen schwanger war. Lonit sah Kimm reuevoll an. Das Gesicht der Frau war bereits angeschwollen, und bald würde es ihr schwerfallen, den Mund zu öffnen, aber jetzt machte es Kimm keine besondere Mühe, sie eifersüchtig anzufauchen.

»Warum sollte man Lonit erlauben, auch nur einen ihrer Zwillinge zu behalten, wenn Kimm es nicht durfte? Beide müssen sterben, wie auch die Zwillinge Cheanahs starben, zum Wohl des Stammes!«

Lonits Mitleid für Kimm war nur von kürzer Dauer. »Wir haben keine Hungerzeit! Wie kann der Tod von einem oder beiden von Torkas Zwillingen dem Wohl dieses Stammes dienen?«

Zhoonali antwortete gelassen. »Wenn das zweite nicht mehr am Leben ist, wird sich vielleicht das Feuer am Himmel abkühlen, die Haut der Erde zur Ruhe kommen und die Wölfe und der Wanawut im Nebel verschwinden. Aber jetzt muß das sterben, was nicht geboren werden darf, bevor es seine Mutter tötet und Unglück über uns alle bringt. – Wo ist Iana? Macht nichts, haltet sie fest, und dann wird es bald vorbei sein!«

Lonit schrie, aber die Frauen kümmerten sich nicht darum. Selbst die mütterliche Wallah packte sie an den Schultern, während Xhan und Kimm wieder ihre Beine auseinander zerrten und sich auf ihre Füße setzten. Dann kroch Zhoonali heran. Lonit spürten ihren warmen Atem zwischen ihren Schenkeln, als sie sich vorbeugte und mit der eingefetteten Spitze der blutigen Kralle in sie eindrang. Lonit schrie und schrie, während sie immer tiefer vordrang, bis plötzlich ein männliche Stimme befahl: »Aufhören!«

Die Hebammen fuhren herum und hielten den Atem an. Im rötlichen Licht der Morgendämmerung, das durch die offene Felltür auf ihn fiel, hatte Torka mutwillig die höchsten Geschlechts-Tabus seines Stammes gebrochen. Während Iana ihm folgte, drang er unbeirrt in die Bluthütte ein, zerrte die schimpfende Zhoonali an ihren Haaren zur Seite und nahm Lonit in seine Arme.

»Was geht hier vor sich?«

Zhoonali starrte ihn schockiert an, während sie mit gespreizten, krampfadrigen Beinen vor ihm saß. »Wir tun, was getan werden muß. Sieh deine Frau an! Das seelenlose Leben in ihrem Bauch muß entfernt werden, bevor es sie tötet.«

Lonit barg ihren Kopf an seiner Brust. Er sollte nicht hier sein! Er beschwor den Zorn der Geister herauf, wenn er es wagte, hier einzudringen. Aber sie war so glücklich, ihn zu sehen, so dankbar für seine kräftigen Arme, daß sie es nicht übers Herz brachte, ihn fortzuschicken. Tränen brannten unter ihren Lidern. Aber sie würde nicht zulassen, daß Zhoonali oder er sie weinen sahen.

»Ich werde dieses Kind zur Welt bringen!« sagte sie unnachgiebig. »Wenn sie es nur kommen lassen, wie es will...«

»Sie werden Lonit und das Kind töten, wenn sie die Kralle benutzen!« sagte Iana. Sie sah die anderen Frauen an und wußte, daß sie sie sich zu Feindinnen gemacht hatte — außer Wallah, die sehr erleichtert schien.

Torkas ernster Blick blieb an der Kralle hängen. »Das ist nicht die Sitte meines Stammes«, sagte er kalt.

»Es ist die einzig mögliche Sitte! Zhoonali spricht für die Geister und die Mächte der Schöpfung! Du lästerst sie durch deine Anwesenheit an diesem Ort! Großes Unglück wird wegen deiner Überheblichkeit über uns alle hereinbrechen!«

Torka schloß die Augen, hielt seine Frau in den Armen und sprach leise in ihr Ohr. »Draußen vor der Hütte geht die Sonne auf. Das Feuer am Nachthimmel hat sich abgekühlt, die Erde hat sich beruhigt und der Windgeist Wanawut ist verstummt. Bald wird Karana mit dem Zauber zurückkehren, den er für dich gesucht hat — und für unsere Kinder. Er wird ihnen allen sagen, daß die Geister unseren Kindern wohlgesonnen sind. Bis dahin sei ganz ruhig, Frau meines Herzens, denn ich werde bei dir bleiben, bis das Baby geboren ist.«

»Dieses Baby wird unser aller Tod sein!« verkündete Zhoonali so sicher, als hätte sie in die Zukunft gesehen.

Lonit spürte, wie Torkas Muskeln sich vor Wut anspannten. »Oder nur dein Tod, wenn du noch einmal versuchst, dieses Kind umzubringen!«

Die Hebammen keuchten entsetzt. Noch nie hatten sie jemanden so zu Zhoonali sprechen gehört. Sie starrten sie an und warteten darauf, daß sie den Häuptling verfluchte. Doch sie stand ruhig und hoheitsvoll da und schien zu überlegen. Der Mann war müde und gereizt — und gefährlich nach zwei Tage langem Fasten. Es war nicht die rechte Zeit, ihn jetzt herauszufordern. Sie verbeugte sich unterwürfig. »So soll es sein. Es ist der Wille Torkas. Die Mutter wird leben oder sterben, das Kind wird geboren oder nicht geboren werden, ganz nach dem Willen der Mächte der Schöpfung und nicht durch den Eingriff dieser Frau. Und jetzt, bevor der Zorn der Geister über uns alle hereinbricht, laß uns allein, Häuptling. Denn du mußt wissen, daß Zhoonali noch nie ihr Wort gebrochen hat. Ob das Kind leben oder sterben soll, wird später vom Zauberer entschieden werden — wenn er tatsächlich ein Zauberer ist. Und wenn er jemals zu seinem Stamm zurückkehrt.«

»Er wird zurückkehren«, sagte Torka.

»Wir werden sehen«, erwiderte Zhoonali. »Wir werden sehen.«

Das riesige löwengroße Tier hatte den Zauberer in vollem Lauf angegriffen. Karana war zu Boden gegangen, und jetzt war die Katze keuchend und knurrend über ihm. Er wußte, daß er schon längst tot gewesen wäre, hätte er nicht seine dicke Kleidung gehabt und der Hund sich nicht so mutig verteidigt. Durch Aars Satz war er auf die Gefahr aufmerksam geworden und gewarnt. Dadurch hatte er gerade noch die Zeit gehabt, sich auf den Aufprall des fast dreihundert Pfund schweren Tieres vorzubereiten und seinen Sturz zu steuern. Als das Tier ihn zu Boden warf, hatte er sich zu einer Embryonalhaltung zusammengekauert, die ihn zumindest noch einen Augenblick lang vor dem Tod durch die Krallen oder Zähne der Katze schützen würde.

Tod! Das Worte hallte im Kopf des Zauberers wider. Ein Säbelzahntiger hatte ihn angesprungen, und jeden Augenblick würde der Schmerz und dann der Tod kommen. Er würde seine liebe, zauberhafte Mahnie nie mehr wiedersehen. Er würde nie den Zauber oder die Zeichen finden, nach denen er gesucht hatte. Er würde Lonit nie mit Tänzen oder Gesängen bei ihrer Geburt helfen. Ihr Schicksal und das ihrer Zwillingskinder lag nun bei den Mächten der Schöpfung. Er würde nichts an ihrem Schicksal ändern können, aber das hatte er eigentlich schon vorher gewußt.

Das Gewicht der großen Katze nahm ihm den Atem. Er spürte die Vibrationen ihres Knurrens. Ohne Speer oder Messer hatte Karana keine Chance gegen einen solchen Gegner. Es wäre das Beste gewesen, wenn die langen Eckzähne der Bestie ihm ohne Warnung einfach das Herz durchbohrt hätten, wenn er zerfleischt und gefressen worden wäre, bevor er überhaupt bemerkte, was mit ihm geschah.

Der Zauberer hörte Aars Bellen und Knurren. Er spürte, daß der Hund über der Katze war, sie angriff und sich wütend in ihrem Nacken verbiß.

Aar, mein alter Freund, lauf schnell weit weg! Du bist der Bestie, die mich tötet, nicht gewachsen!

Aber der Hund lief nicht weg. Karana wußte, daß er das niemals tun würde. In der Vergangenheit hatte der Hund immer zu ihm gehalten, genauso wie zu Umak, Torka und seinem ›Menschenrudel‹, und sie gegen Wölfe und Bären, angreifende Mammuts und Wollnashörner, Löwen und Säbelzahntiger verteidigt. Doch bisher waren die Menschen immer bewaffnet gewesen, so daß die Gruppe die Gefahren fast unverletzt überstanden hatte. Aber jetzt war der Hund allein, und es war nur noch eine Frage der Zeit, bis die Katze den Hund mit einem Tatzenhieb in den Tod schleudern würde.

Karana schämte sich. Es war seine Schuld, daß der Hund

sterben mußte. Er war ein überheblicher Narr, der allein und unbewaffnet das Lager verließ und dadurch seinen Bruder einer großen Gefahr aussetzte! Kein Wunder, daß die Geister ihn im Stich ließen. Er hatte den Tod verdient.

Doch Karana war jung. Auch wenn er den Tod verdient hatte, wollte er nicht sterben und empfand es als Ungerechtigkeit, daß der Hund mit ihm sterben sollte. Die Geister waren nicht fair zu ihm. Sie waren in sein Leben eingedrungen, hatten sich in seine Träume eingeschlichen und kamen in der Gestalt von Adlern, Wolken oder Blitzen zu ihm, um durch seinen Mund die Zukunft vorauszusagen und ihm tausendmal das Leben zu retten. Und jetzt, wenn er sie am nötigsten brauchte, ignorierten sie ihn.

Dieser Gedanke trieb ihn zu einer verzweifelten Wut und Entrüstung, die ihm neue Stärke verlieh. Er hatte wirklich einst die mächtigen Gaben des Sehens und Rufens besessen. Sicher, er hatte Navahk, seinem eigenen Vater, einen Speer entgegengeschleudert, aber er war dazu getrieben worden. Und in den folgenden Tagen hatten die Geister ihn zu einem Zauberer gemacht, dessen Macht nicht nur seinen Stamm, sondern ihn selbst beeindruckt hatte.

Dann hatte er das Verbotene Land betreten, und seine Macht war zu einem schwachen Schatten verblaßt. Und jetzt, nachdem er sich geweigert hatte, vor seinem Stamm das Todesurteil über Torkas Zwillinge zu sprechen, hatten die Geister ihn völlig im Stich gelassen. Wie konnte er die Kinder zweier Menschen verdammen, die er mehr als alles andere in der Welt liebte? Er konnte es einfach nicht! Und wenn die Geister das nicht verstanden, dann mußte er eben sterben! Aber zuvor würde er sie noch verfluchen!

Karana stemmte sich mit aller Kraft gegen den gefrorenen Boden und verschaffte sich unter dem Gewicht der Katze gerade soviel Luft, daß seine Lungen einen Schrei ausstoßen konnten.

»Vater Himmel! Mutter Erde! Geister dieser Welt und der Welt jenseits dieser Welt! Wenn ihr diesem Zauberer überhaupt noch helfen wollt, dann ist es jetzt an der Zeit! Ich schwöre beim Blut meines Lebens, daß, wenn ich jetzt sterbe, ich euch in die Geisterwelt folgen und euch dafür zur Rechenschaft ziehen werde!«

Plötzlich preßte die Säbelzahnkatze ihn flach auf den Boden — nicht mit ihrer Tatze oder ihren Zähnen, sondern indem sie ihr ganzes Gewicht auf ihm zusammensacken ließ. Karana wurde die Luft aus den Lungen gedrückt. Er wartete auf das, was jetzt unweigerlich folgen würde: Die Katze würde ihm an die Kehle gehen, dann seine Kleidung zerfetzen und ihm die Eingeweide herausreißen. Und er würde wie eine ausgeweidete Antilope daliegen und zuckend und keuchend verenden.

Aber die Katze lag einfach nur heftig atmend auf ihm. Von ihrem Gestank würde ihm fast übel. Noch stärker als der Blutgeruch — sein eigenes Blut, nahm er an — war der Gestank nach muffigem, altem Fell, entzündeter Haut, wundem Zahnfleisch und Zahnbelag.

Genau, es war eine alte Katze! Andernfalls hätten ihn die scharfen, gebogenen Fangzähne des Tieres längst durchbohrt. Karana schöpfte neue Hoffnung. Die Geister hatten ihn erhört. Sein Fluch hatte sie beeindruckt. Wenn ihm noch genug Atem geblieben wäre, hätte er jetzt vor Freude und Dankbarkeit aufgeschrien. Die Katze tötete ihn nicht, sondern er tötete die Katze, nicht durch eine körperliche Handlung, sondern mit der reinen Kraft seines Willens. Er spürte, wie das Leben des Tieres den Körper verließ. Er war also doch ein Zauberer und hatte mit seiner Macht sich und Bruder Hund vor dem sicheren Tod gerettet! Endlich hatte er den Zauber gefunden, nach dem er gesucht hatte! Und es war ein außergewöhnlich mächtiger Zauber!

Mit aller Kraft stemmte sich Karana gegen den Körper der Katze, bis sie von ihm herunterrollte. Nach zwei Tagen des Fastens war er außer Atem und schwindlig von der Anstrengung. Er blieb eine Weile zusammengekauert auf dem Boden hocken, rang nach Luft und suchte dann nach Verletzungen. Er war unendlich erleichtert, als er nur einen Riß in seiner Überkleidung entdeckte.

Der Hund lief aufgeregt im Kreis herum und wagte sich dann mutig vor, um nach der reglosen Katze zu schnappen. Karana sah, daß Aars Schnauze und Schultern blutig waren, aber es war das Blut der Katze, denn das Fell des Hundes war unversehrt.

Bruder Hund hat großes Glück, bei einem Zauberer zu sein, der so große Macht besitzt!

Karana lachte selbstgefällig. Diese Gefühlsregung hatte er bei anderen immer abstoßend gefunden, aber es war ein angenehmes Gefühl mit der toten Katze neben ihm. Jetzt drohte er den Geistern nicht mehr, sondern dankte ihnen, denn nicht er, sondern sie hatten die Katze getötet. Aber sie hatten es auf seinen Befehl hin getan! Diese Erkenntnis berauschte ihn und erfüllte ihn mit Stolz und neuer Entschlossenheit.

Zitternd stand er auf, mußte seine Hände aber noch auf den Beinen abstützen. Dankbar atmete er den durchdringenden Geruch der nahen Hügel ein. Der Wind wehte von den Bergen herab, und der Geruch nach Eis und Schnee, nach Moos und Fichten vertrieb den Gestank der Katze. Dann bemerkte er auch den Geruch nach Mammut und ... etwas anderem, das seinen Herzschlag beschleunigte, obwohl er es nicht identifizieren konnte.

Es war vertraut und auf eine seltsame Weise beruhigend, aber gleichzeitig bedrohlich. Der Geruch erinnerte ihn an Grasbüschel, ein verlorenes Messer aus Nephrit und silbrige Augen, in denen sich das Sternenlicht spiegelte. Aber wessen Augen? Er konnte sich nicht erinnern. Er schüttelte über seine merkwürdige Reaktion den Kopf und sagte sich, daß er offenbar nicht mehr klar denken konnte.

Er zwang sein Herz, langsamer zu schlagen. Als es gehorchte, lächelte er. Befriedigt über seine wiedergefundene Zauberkraft betrachtete er den Körper der Katze.

Sie war ungewöhnlich groß und lag auf der Seite. In den gelben Augen und den zuckenden Tatzen war noch ein Funken Leben. Am Rücken entdeckte er die Wunden, die Aar mit seinen Zähnen gerissen hatte. Doch am Bauch des Tieres klaffte ein großer Riß, durch den die Windungen der Eingeweide hervorquollen. Kein Hund konnte solche Verletzungen hervorrufen. Es schien, als wäre die Katze von einem ebenbürtigen Raubtier angefallen worden.

Die Geister und die Mächte der Schöpfung! Ja, sie hatten die

Säbelzahnkatze getötet. Karana war dem Tod nahe genug gewesen, um staunend dafür zu danken, am Leben zu sein. Wenn er den Angriff überlebt und die Katze mit seinem Willen besiegt hatte, konnte er vielleicht auch Lonit helfen. Auch wenn er die Rituale nicht genau kannte, gab es nichts, was er nicht mit Hilfe der Mächte der Schöpfung erreichen konnte! Nicht einmal Navahk, sein verhaßter Vater und legendärer Zauberer, hatte je über eine solche Macht verfügt. Die Menschen würden noch viele Generationen lang Lieder über Karanas Zauberkraft singen!

Er würde die alte, tote Katze mit einem ihrer eigenen Fangzähne häuten, dann in ihr Fell gehüllt und mit erneuertem Selbstbewußtsein schnell ins Lager zurückkehren. Man hatte ihn bereits einmal den Löwenbezwinger genannt, und man würde es jetzt wieder tun! Jetzt konnten auch die alte Zhoonali, Cheanah und die anderen Jäger seine Zauberkraft nicht mehr anzweifeln. Ein einsamer Jäger ohne Waffen und geschwächt nach Tagen des Fastens konnte sich nur mit einer Säbelzahnkatze messen, wenn er ein Zauberer war, dem die Geister günstig gestimmt waren und der die Mächte der Schöpfung seinem eigenen Willen unterwerfen konnte! Lonits und Torkas Zwillinge würden leben! Dafür würde er sich mit den Kräften dieser und der jenseitigen Welt einsetzen!

In diesem Augenblick blieb der Hund stehen und wich zurück. Er fletschte seine Zähne und ließ ein drohendes Knurren in seiner Kehle hören.

»Aar?« Karana runzelte die Stirn. Als er sich umdrehte, war er plötzlich wieder ein kleiner Junge und sprachlos vor Entsetzen.

Der Wanawut kam schnell auf ihn zugelaufen. Er lief aufrecht in seinem typischen, merkwürdig schwankenden Gang. In den morgendlichen Nebelschwaden sah es aus, als wäre er bekleidet, denn eine dicke Mähne bedeckte seine Schultern und das Rückgrat. Außerdem war der ganze Körper von einem Fell mit einzelnen langen grauen Haaren bedeckt, die die Gestalt seines riesigen Rumpfes verhüllten. Der kräftige Hals ging in ebenso kräftige Schultern über, aus denen lange, starke Arme entsprangen. Seine behaarten blutbefleckten Hände sahen wie die Hände eines Menschen aus, nur daß sie dreimal so groß und krallenbewehrt waren, und er hatte sie zu Fäusten geballt.

Aar griff das Wesen an. Karana sah ungläubig zu, als Bruder Hund im nächsten Augenblick nur noch ein pelziger Schatten war, der den Wanawut ansprang, um kurz darauf winselnd und kopfüber durch die Luft zurückgeschleudert zu werden.

Ohne seine Schritte zu verlangsamen, kam der Wanawut immer näher. Karana starrte ihn an und konnte sich vor Schrecken nicht rühren. Die Gesichtszüge des Wesens waren jetzt deutlich zu erkennen: eine fliehende Stirn, nebelgraue Augen, die tief unter vorspringenden Brauen lagen, groteske, halb-menschliche Spitzohren, eine blutige Schnauze und ein breitlippiger Mund, in dem glänzende, kräftige Eckzähne zu erkennen waren.

Karana verlor fast das Bewußtsein, als er schockiert erkannte, daß weder seine Drohungen, noch seine Bitten für den Tod der Säbelzahnkatze verantwortlich gewesen waren. Dieser Wanawut war der Geist gewesen, der die Katze angegriffen hatte, so daß sie um ihr Leben rannte — und einen dummen kleinen Jungen umwarf, der sich eingebildet hatte, die Mächte der Schöpfung wären an seinem Schicksal interessiert.

3

Draußen vor Torkas Erdhütte waren die roten Nordlichter der vergangenen Nacht zum rötlich-goldenen Schein des anbrechenden Morgens verblaßt. Es war ein Morgen ohne Zeichen mit niedrigen Wolken und Bodennebel. Jetzt konnte sich der Häuptling in seine Behausung zurückziehen und sich ein paar Stunden des dringend benötigten Schlafes gönnen, bis Lonits Wehen von neuem einsetzten. Als die lose Felltür im aufkommenden Wind flatterte, drang Licht in die dunkle Hütte ein. Es ließ Ianas langes Haar im Gegenlicht aufleuchten und ihr Kleid aus silbernen Luchsfellen glänzen. Sie kniete vor ihm und bot ihm Spieße mit gerösteten Fettstückchen auf einem Teller aus dem Hüftknochen eines Bisons an.

Ihre Stimme war so sanft und besorgt wie ihre dunklen, traurigen Augen. »Lonits Wehen haben noch nicht wieder eingesetzt. Wallah hat ihr ein Horn mit zerstampfter grüner Weidenrinde, Heidelbeerwurzeln und Markbrühe gegeben, damit sie schlafen kann. Xhan und Kimm sich gegangen, um sich um Cheanah und ihre Kinder zu kümmern. Zhoonali sagt, daß es bis zur Geburt des zweiten Kindes noch sehr lange dauern kann, wenn der Zauberer nicht bald zurückkehrt, um seine Geburtsgesänge anzustimmen. Das Baby hat noch nicht die Stellung kopfüber eingenommen, in der es leichter herauskommt. Jetzt muß Torka etwas essen. Er hat schon viel zu lange ohne Nahrung und Schlaf ausgehalten.«

Im Hintergrund der Hütte saß er im Schneidersitz auf dem zerwühlten Bett aus dicken Karibufellen. Seine Unterkleidung aus dem Fell eines Bisonkalbs, das von seinen Frauen gegerbt und weichgekaut worden war, hielt ihn warm. Trotz aller Bequemlichkeiten hatte er sich zu viele Sorgen um Lonit und Karana gemacht, um schlafen zu können. Er hatte seine verängstigten Töchter mit wunderbaren Geschichten vom Anfang der Welt beruhigt, über den Ersten Man und die Erste Frau, von Abenteuern und Zauber, die sie von der Not ihrer Mutter abgelenkt hatten. Jetzt lagen Sommermond und Demmi in seinem Schoß und schliefen eingerollt wie zwei haarlose Welpen. Hungrig und gereizt scheuchte er die Frau weg und versuchte, sich vom verlockenden Duft des heißen Fetts abzulenken. Es war nicht einfach.

Neben dem leisen, aber beständigen Heulen des Windes nahm er die Geräusche und Gerüche des langsam erwachenden Lagers wahr. Mit der aufgehenden Sonne und der Abkühlung des Feuers am Himmel hatte sich der Stamm schlafen gelegt. Doch da die Tage zu dieser Jahreszeit so kurz waren, hatten die Frauen sich bereits wieder den Aufgaben des Feuermachens, Essenkochens und der Versorgung ihrer Kinder und Männer zugewandt.

Iana hatte ebenfalls schon seit längerer Zeit gekocht, und Torka hatte ständig die Geräusche gehört, wie sie die Steine der Feuerstelle zurechtgerückt, den Dung, die trockenen Grassoden und Knochen als Brennstoff geholt und dann die gefrorenen

Fettstücke mit ihrem Steinmesser in kleine Stücke zerhackt hatte. Auf das Sirren ihres Feuerbogens war das leise Knistern des Feuers gefolgt. Als ihm der intensive Fettgeruch in die Nase stieg, lief ihm das Wasser im Mund zusammen, und er stellte sich vor, wie die kleinen Stücke anschwollen, weich wurden und das Fett in die Flammen tropfte. Er hatte seine Kinder und seine zweite Frau um die Mahlzeit beneidet, die bald für sie zubereitet war. Nie hätte er erwartet, daß Iana ihm etwas davon anbieten würde.

»Torka muß etwas essen!« drängte Iana. »Torka braucht Kraft für den kommenden Tag.«

»Ich kann nicht!« Er war sichtlich verärgert. Das Fett roch köstlich, und sein Magen knurrte. Gedankenverloren strich er seinen Mädchen über das Haar, als er Iana vorwurfsvoll ansah. »Iß du etwas! Auch die Kinder sollen essen! Aber Torka kann es nicht! Iana muß wirklich schon sehr erschöpft sein, wenn sie ihren Mann dazu verführen will, etwas zu essen. Es ist für ihn verboten, solange seine Frau noch in den Wehen liegt.«

Der Tadel war deutlich. Sie fühlte sich verletzt, obwohl er kaum mehr als geflüstert hatte, um die Kinder nicht zu wecken. Sie ließ den Kopf hängen. Er sah ihre Erschöpfung, die Reue und noch etwas anderes – Angst, große Angst. Ihr Gesicht erbleichte, und ihre Lippen waren zusammengekniffen. Er wußte, daß sie seine Sorgen um Lonit teilte. Es tat ihm leid, sie so angefahren zu haben, und er wollte mit ihr darüber reden. »Wir sind beide müde und voller Sorgen. Sag mir, Iana, hast du in deinem Stamm jemals von einer Geburt gehört, die so lange dauerte?«

Sie schüttelte den Kopf, sah kurz auf und ließ den Kopf dann wieder sinken. »Diese Frau weiß es nicht. Es ist nicht nur eine Geburt, Torka, es sind zwei! Iana hat noch nie von einem Stamm gehört, in dem dies erlaubt worden wäre. Wie Zhoonali gesagt hat, wurde eine solche Geburt immer beendet, bevor sie beginnen konnte.«

Es war nicht die Antwort, die er hatte hören wollen. Er funkelte sie an. »Warum hast du mich dann praktisch in die Bluthütte gezerrt, um ein solches Ende zu verhindern? In meinem Stamm war die Kralle unbekannt, also hatte ich keine Ahnung, daß die alte Frau dem Kind das Leben nehmen wollte. Wärst du nicht gekommen, wäre der zweite Zwilling jetzt tot. Zhoonali wäre zufrieden. Jeder wäre zufrieden. Außer Lonit und mir.«

Sie dachte einen Augenblick nach. »Iana konnte einfach nicht danebenstehen und zusehen, wie Lonit stirbt. Torka hat jetzt einen Sohn. Über das Schicksal des zweiten Zwillings kann später der Zauberer entscheiden.«

»Karana könnte niemals das Todesurteil über mein Kind sprechen.«

»Vielleicht muß er es. Und es ist noch kein Kind, solange es keinen Namen hat.« Die plötzliche Wut in seinem Blick brachte sie zum Schweigen. Außerdem sah er so furchtbar müde aus. Sie stellte den Knochenteller auf ihren Schenkeln ab und sprach weiter, obwohl sie damit riskierte, ihn weiter zu verärgern. »Diese Frau hat nicht die Sitten ihres Stammes vergessen, Torka. Aber sie denkt, daß es den Mächten der Schöpfung wahrscheinlich nichts ausmacht, wenn Torka zwischen der Geburt zweier Babys sein Fasten kurz unterbricht. Besonders heute braucht der Häuptling seine Kraft und einen klaren Geist.«

»Dieser Mann wird essen, wenn das zweite Kind geboren ist. Nicht vorher.«

Sie seufzte enttäuscht. »Zhoonali ist keine herzlose Frau, Torka. Sie ist eine weise alte Frau, die die Überlieferungen kennt und weiß, daß sie zum Wohl des Stammes befolgt werden müssen, auch wenn es schmerzt.«

»Ich werde meine Kinder nicht sterben lassen, nur weil es die Traditionen irgendeines Stammes verlangen. Ich bin der Häuptling dieses Stammes. Ihre Kenntnisse sind mir egal. Ich will nur, daß sie tut, was ich ihr gesagt habe.«

»Zhoonali würde niemals einem Häuptling den Gehorsam verweigern – nicht nachdem so viele ihrer Vorfahren, Brüder, Männer und Söhne selbst Häuptlinge waren.«

»Diese Tatsache hat sie oft genug betont«, brummte er. »Genauso wie Cheanah, ihr einziger überlebender Sohn. Es muß schlimm sein, so lange wie Zhoonali zu leben und so viele ihrer Lieben sterben zu sehen, während sie selbst immer weiterlebt.«

»Torka, du mußt mir zuhören! Iana hat dir mehr als nur Nahrung gebracht. Sie hat eine Warnung.«

»Wovor?«

Sie schluckte, dann sprach sie schnell.

»In einem Lager ohne Zauberer, der die Rechtmäßigkeit der Entscheidungen des Häuptlings bestätigt, sind Zhoonalis Worte mächtig genug, um den Menschen Angst zu machen. Eneela zittert vor Furcht, während sie Torkas Sohn gegen ihren Willen stillt, und ihr Mann Simu wendet ihr wütend den Rücken zu.«

»Sein Zorn wird bald besänftigt sein. Wenn der zweite Zwilling geboren ist und Lonit sich ausgeruht hat, wird sie selbst ihre Kinder stillen. Torka hat genug von deinen Worten, Iana. Iß, ruh dich aus und sammle deine Kräfte! Lonit wird dich bald wieder brauchen.«

»Es ist Torka, der etwas essen muß! Es ist Torka, der seine Kräfte sammeln muß! Und unterbrich diese Frau nicht wieder, bevor sie ihre Warnung aussprechen kann!«

Verblüfft über ihre ungewöhnliche Unverblümtheit starrte er seine normalerweise unterwürfige Frau an.

»Während Torka in der Dunkelheit seiner Hütte ruht, steht Cheanah kühn im vollen Tageslicht. Während Torka fastet, ißt Cheanah rohes Fleisch und versammelt seine Söhne um sich. Die anderen Jäger des Stammes suchen seine Nähe und horchen auf seine Worte.«

Torka runzelte die Stirn. »Die Geburtswache ist meine Aufgabe, nicht ihre. Sie bereiten sich auf die Jagd vor, bevor die Dunkelheit erneut hereinbricht. Vor einer Jagd müssen die Männer etwas essen.«

»Aber was wollen sie jagen, Torka? Sie schärfen keine Speerspitzen, sie machen keine Gesänge, um die Geister des Wildes günstig zu stimmen. Sie versammeln sich vor Cheanahs Hütte und tuscheln miteinander wie Frauen bei der Fellbearbeitung. – Aber es ist das Fell Torkas! In diesem Lager ist es kein Geheimnis, daß Zhoonali Cheanah ständig an seine stolzen Tage als Häuptling erinnert. Jetzt, wo Torka die Mächte der Schöpfung herausgefordert hat, denkt Cheanah vielleicht, daß er bald wieder Häuptling sein wird. Und wenn das geschieht, hat Torka keinen Einfluß mehr auf das Schicksal seiner Kinder oder seiner Frau!«

Er brachte sie mit einer heftigen Handbewegung zum Schweigen. Jetzt verstand er die Angst in ihren Augen. Dann sah er sie liebevoll an – nicht wie ein Mann seine Frau ansah, denn diese Liebe empfand er nur für Lonit, sondern mit der Liebe eines Bruders für seine Schwester. All die Jahre, die sie nun schon seine Feuerstelle teilte, war sie niemals mehr für ihn gewesen. Er bezweifelte, ob sie jemals wieder für einen anderen Mann mehr sein würde, wenn sie die Wahl hatte, denn in der Vergangenheit war sie von Männern sehr schlecht behandelt worden. An Torkas Feuerstelle würde sie immer die Wahl haben, das hatte er vor langer Zeit geschworen, und sie hatte aus Dankbarkeit geweint.

Er starrte in ihre traurigen Augen und erinnerte sich daran, daß sie mehr als viele Frauen gelitten hatte. In einer Welt, in der Hunger, Raubtiere und Naturkatastrophen das Leben von Jungen und Mädchen, Männern und Frauen ohne Mitleid dahinrafften, gewöhnten sich die meisten Menschen an das Leid. Einige, wie Iana, jedoch nicht. Ihre Wunden wurden von ihrer liebenswerten, scheinbar unerschütterlichen Natur verhüllt, doch Torka kannte sie besser. In den frühen Morgenstunden schrak sie oft aus Alpträumen hoch und hatte die Augen vor Schreck weit aufgerissen, während sie heftig atmete wie ein Reh, das von entschlossenen Männern gejagt wurde. Alle ihre Kinder waren eines gewaltsamen Todes gestorben, wie auch Manaak, der Mann, der sie mit ihr gezeugt hatte.

Torka sah den Schrecken in ihren Augen. Er versuchte ihn mit einer zärtlichen Berührung fortzuwischen. »Iana, du bist Torkas Frau. Was Cheanah auch immer vorhaben mag, du bist Torkas Frau, nicht seine.«

»Aber er hat mich angesehen. Und wenn er und die anderen sich gegen dich erheben, während Karana nicht im Lager ist...«

»Cheanah hat großen Hunger nach Frauen. Wenn du Freiwild wärst, würde er dich mit Haut und Haaren fressen. Aber Iana wird solange Torkas Frau sein, bis sie sich selbst für einen anderen Mann entscheidet.«

Ihre Mundwinkel zitterten, aber Torka wußte nicht, ob vor Erleichterung oder Furcht. »Wenn Torka zu lange in dieser Hütte bleibt und schwach vom Fasten wird, haben er oder ich vielleicht keinen Einfluß mehr darauf.« Sie hielt den Teller mit der einen Hand fest und streichelte mit der anderen behutsam die schlafenden Kinder. Ihre Augen waren voller Liebe, als sie sich flehend Torka zuwandten. »Deshalb sagt diese Frau zu Torka — obwohl es gegen die Tradition verstößt —, daß Torka essen muß! Und er muß seinen Körper mit der Bemalung und dem Gewand des Häuptlings schmücken. Im Fell des Löwen und mit der Halskette aus den Zähnen und Krallen der Wölfe muß Torka zu seinem Stamm hinausgehen und ihm seine Macht zeigen, bevor es für uns alle zu spät ist.«

Die Höhle war dunkel und stank nach Fäkalien, Urin, weggeworfenem Fleisch und verrottenden Knochen und Gras und nach etwas Großem und Lebendigem, das ganz in der Nähe im Schatten lauerte.

Karana fuhr aus dem Schlaf hoch, setzte sich auf, stieß sich den Kopf und fiel wieder in die Bewußtlosigkeit zurück, während er von einer Bestie träumte, die sich maunzend über ihn beugte, ihm ihren Atem ins Gesicht blies, ihn mit gewaltigen, pelzigen Armen anhob und ihn wiegte wie eine Mutter ihr verletztes Kind.

Irgendwo im Traum kam auch ein knurrender Hund vor, während die Bestie verzweifelt grunzte und ihm der nach Fleisch stinkende Atem entgegenschlug.

»Wah na wah ... Wah nah wut ...« schnurrte das Monstrum, während es sein Gesicht mit einer blutigen Kralle streichelte.

Karana lag ruhig da und versuchte, den Traum zu vertreiben, aber er wurde dadurch um so intensiver und der Schmerz in seinem Kopf heftiger. Er zwang sich, ruhig liegen zu bleiben, so ruhig, daß es ihn anstrengte. Seine Muskeln begannen zu zucken, doch er zwang sie zur Reglosigkeit. Er wußte, daß ihm andernfalls der Tod drohte. Sein Kopf schmerzte, und er spürte warmes, feuchtes Blut zwischen seinen Haaren hervorsickern.

Aber er wußte nicht genau, ob es wirklich passierte oder nur ein Teil seines Traumes war.

Die Bestie streichelte ihn immer noch schnurrend und betastete vorsichtig die Wunde in seiner Kopfhaut.

Plötzlich wußte Karana, daß er nicht träumte. Er schrie auf, und die Bestie zuckte überrascht zusammen und fiepte. Sie hielt ihn fester und wiegte ihn schneller.

Karana öffnete die Augen. Das Licht des Morgens umrahmte die monströse, muskulöse Gestalt der Bestie mit einem silbrigen Schein. Der Zauberer brauchte nicht die Gabe des Sehens, um zu erkennen, daß er in einer Höhle war – in der Höhle des Wanawut, des Windgeistes.

Er geriet in Panik. Er konnte kaum mehr als das Gesicht des Wanawut erkennen. Die Augen der Bestie starrten ihn an, als frage sie sich, ob sie ihn schon einmal gesehen hatte. Ihre längliche, bärenähnliche Schnauze bewegte sich, als sie seinen Geruch einsog. Die langen, feuchten Spitzen ihrer Zähne schimmerten in der Dunkelheit.

Die Größe und Nähe dieser Zähne machte Karana Angst. »Torka!« schrie er, wußte aber im selben Augenblick, daß sein Adoptivvater ihn nicht hören und ihm schon gar nicht helfen konnte.

Karana versuchte sich aus dem Griff der Bestie zu befreien, aber es war zwecklos. Das Monstrum hielt ihn fest in den Armen, schnatterte und grunzte und knuffte ihm dann mit der anderen Hand in den Bauch, als wollte sie sagen: *Sei endlich ruhig, du dummes Kleines!*

Das war auch das Beste, was Karana tun konnte, denn jetzt begann die Bestie, ihn wieder maunzend zu streicheln. Das war besser als in Stücke gerissen zu werden. Aber vielleicht hatte die Bestie genau das vor. Vielleicht hatte sie sich an dem Säbelzahntiger sattgefressen und ihn dann als Futtervorrat mitgenommen. Das Herz des Zauberers klopfte heftig bei diesem Gedanken.

Der Wanawut bleckte die Zähne. Lächelte er oder schnitt er eine Grimasse? Karana wußte es nicht. Ihm war übel. Er fragte sich, ob es die Bestie irritieren würde, wenn er sich erbrach. Vielleicht ließ sie dann angeekelt von ihm ab. Aber in dieser

Höhle stank es bereits so sehr, daß der Wanawut den Geruch nach Erbrochenem vermutlich gar nicht bemerken würde.

Karana schluckte und verdrängte seine Übelkeit, um die Bestie nicht zu irritieren. Trotz der Kraft, mit der sie ihn festhielt, war sie in erstaunlich friedfertiger Stimmung. Sie brabbelte vor sich hin, während sie so liebevoll an ihm herumfingerte, wie ein kleines Mädchen mit seiner Puppe spielte.

Karanas Herz klopfte. *Liebevoll?* Er verschluckte sich beinahe bei dem Gedanken. Das war unmöglich! Die Bestie spielte mit ihm, wie er schon viele Raubtiere mit ihrer Beute hatte spielen sehen, bevor sie mit der Mahlzeit begannen.

Ja, er war ein Zauberer, der bald Fleisch für eine Bestie sein würde. Es gab nichts, was er dagegen tun konnte. Die Angst lähmte ihn. Er wußte nicht einmal, wie er hierher gekommen war. Er konnte sich nur daran erinnern, wie der Wanawut den Hund zurückgeschleudert hatte und dann mit erhobenen Armen und gebleckten Zähnen auf ihn zugekommen war.

Offenbar war er dann ohnmächtig geworden. Von zwei Raubtieren an einem Tag angegriffen zu werden, war einfach zuviel für ihn gewesen. Sein Traum von den magischen Kräften des Zauberers war ebenso vorbei wie die Idee, im Löwenfell in das Lager seines Stammes einzuziehen. Lonit konnte er auch nicht mehr helfen – er konnte nicht einmal sich selbst helfen.

Draußen vor der dichten, stinkenden Dunkelheit der Höhle lachten bestimmt die Geister beider Welten über ihn – und Navahk, der Geisterjäger, der ein Wanawut getötet und in seiner Haut getanzt hatte, lachte mit ihnen.

Dann kam ihm ein Gedanke, der ihn mehr schockierte als der Tod. Hatte Navahk die Bestie geschickt, um ihn zu töten? Nein, Karana glaubte nicht daran. Nicht einmal Navahk konnte von den Toten zurückkehren, um etwas Lebendes zu einer solchen Tat zu veranlassen.

Der Wanawut war ganz aus eigenem Antrieb dem verwundeten Säbelzahntiger gefolgt, hatte dabei einen Menschen gefunden und ihn in seine Höhle hoch in den wolkenverhangenen Bergen gebracht, die seine Art bekanntlich bewohnte.

Karana schloß die Augen. Wie weit war er vom Lager seines Stammes und von Torka und Lonit und seiner geliebten Mahnie entfernt? Er hörte immer noch ihre Stimme: »Geh nicht! Es wird Probleme geben, wenn du es tust!«

Probleme! Wenn sie nur wüßte, welche Probleme er gerade hatte!

»Du bist viel zu oft verschwunden, wenn dein Stamm dich braucht, Karana«, hatte sie gesagt. »Und viel zu oft bist du von mir fortgegangen.«

Ich werde dich nie wiedersehen, meine Mahnie. Wir werden niemals zusammen ein Kind zeugen. Ich werde nie wieder mit Aar an Torkas Seite jagen, das Lachen von Lonit und der süßen Demmi hören oder die Grübchen der ernst dreinblickenden Sommermond sehen. Zhoonali wird dafür sorgen, daß die Zwillinge sterben. Torka und Lonit werden mich verfluchen, weil ich nicht versucht habe, ihnen zu helfen. Ich werde in dieser stinkenden Höhle sterben. Der Wanawut wird meine Knochen fressen, und niemand wird je erfahren, was mir zugestoßen ist. Und wenn meine Seele vom Wind davongetragen wird, wird Navahk mich lachend begrüßen. Denn endlich wird der Sohn, dessen Zauberkraft er mehr als alles andere gefürchtet hat, tot sein!

Die Finger der Bestie berührten seine Lider. Er hatte Tränen in den Augen. Erschrocken blinzelte er, denn er stellte sich vor, wie sie mit ihren Krallen in seine Augäpfel stach und sie ihm herausriß. Er selbst hatte schon oft erlegten Tieren die Augen mit seinem Daumen herausgedrückt. Die Augen waren das Beste an einer Beute. Aber er war noch nicht tot. Und er würde nicht darauf warten, bis die Bestie ihn zerfleischte und fraß. Außerhalb der Höhle war Licht, frische Luft, das Brausen des Windes und das ständige Knurren eines Hundes.

Aar! War Bruder Hund noch am Leben? Und war das ein Baby, das er irgendwo in – oder außerhalb – der dunklen Höhle hörte? Vielleicht war er gar nicht so weit vom Lager entfernt.

Es gab nur einen Weg, es herauszufinden. Es war der einzige Weg, auf dem er in die Welt der Lebenden zurückkehren konnte, doch dazu mußte er sein Leben riskieren. Mahnie wartete auf ihn, und Lonit und ihre Zwillinge brauchten ihn. Er war in das weite Land hinausgegangen, um nach einem Zauber zu suchen, der es ihm erlaubte, die Tradition zu umgehen, ohne den Zorn der Geister heraufzubeschwören. Hatte er die Erkenntnis nicht in diesem Augenblick gefunden?

Ja, denn der Zauber und die Zeichen, die er gesucht hatte, waren nicht auf dem Land oder im Himmel zu finden, sondern in ihm selbst, in seiner Liebe zu jenen, die er zurückgelassen hatte. Was machte es schon aus, wenn er nicht die richtigen Rituale kannte? Er war ein Schamane, der von den Besten ausgebildet worden war, vom alten Umak und der lieben und weisen Sondahr – und in gewisser Weise auch von Navahk. Wenn all seine Instinkte dagegen protestierten, Kindern das Leben zu verwehren, nur weil sie Zwillinge waren, dann war es richtig so! Er mußte sich nur die richtigen Worte ausdenken, die Zeichen entsprechend interpretieren, tanzen, singen und auf irgendeine Weise den Zauberrauch machen. Die Menschen würden ihm glauben. Er würde dafür sorgen, daß sie ihm glaubten, und die Zwillinge würden am Leben bleiben!

Mit einem trotzigen Schrei ruckte er seinen Körper heftig nach rechts. Seine Bewegung war so schnell und kräftig, daß er dem verblüfft aufschreienden Wanawut entglitt. Er rollte über spitze Knochenbruchstücke durch die Dunkelheit, griff nach etwas, das sich wie der Schenkelknochen eines großen Pflanzenfressers anfühlte und sprang auf die Beine. Er hielt den langen, vom Speichel schlüpfrigen Knochen wie eine Schlagwaffe und war bereit, um sein Leben zu kämpfen.

4

Das Baby kam mit viel Blut und Fruchtwasser, aber ohne Schmerzen für seine Mutter. Lonit wachte auf, bemerkte, daß sich etwas verändert hatte, und stellte überrascht fest, daß Zhoonali vor ihr kniete und ein Neugeborenes hielt, das noch rot und feucht war. Ihr Kind, ihr winziges Kind!

Träumte sie? Nein, sie wußte, daß sie wach war. Ihr Herzschlag beschleunigte sich vor Aufregung, und sie stemmte sich mit ihren Ellbogen hoch. Doch dann wurde ihr schwindlig, und sie fiel auf die Matratze aus Gras zurück. Ihre Blicke wanderten in der Hütte umher. Es schien nicht viel Zeit vergangen zu sein, seit sie eingeschlafen war. Xhan und Kimm waren noch nicht zurückgekommen. Und Iana auch nicht. Sie wußte, daß Karana noch nicht ins Lager zurückgekehrt war, denn dann würde sie seine magischen Gesänge hören können. Alles schien unverändert, nur daß jemand, vermutlich Zhoonali, getrocknete Fichtenzweige und Beifuß in der Talglampe verbrannt hatte. Lonits Nasenlöcher zogen sich bei dem strengen medizinischen Geruch zusammen. In einer dunklen Ecke der Hütte schnarchte Wallah. Lonit lächelte sanft, als sie die Augen schloß und an die ältere Frau dachte.

»Noch ein Sohn«, verkündete Zhoonali.

Lonit öffnete die Augen. Sie vergaß die Hebammen und stützte sich wieder auf ihre Ellbogen. Sie fiel beinahe vor Schwäche in Ohnmacht, bis der Stolz und die Freude beim Anblick des Kleinen ihr neue Kraft gaben. Es war ein runzliges, winziges Ding, aber vollkommen gesund, und es wand sich wie ein kleiner kalter Fisch in Zhoonalis Händen. Bald würde ihm warm sein. Sie würde es an sich drücken, und es würde die Wärme des Lebens aus ihren Brüsten saugen. Sie seufzte erleichtert. Sie hatte keine Angst mehr um dieses Kind, nicht seitdem Torka klargestellt hatte, daß Zhoonalis Aufgabe als oberste Hebamme nur darin bestand, das Baby auf die Welt zu bringen, und daß sie kein Recht hatte, es zu töten.

Die alte Frau hielt das Kind hoch und musterte es mit kritischen Blicken. »Es ist so winzig. Nur halb so groß wie das andere. Als hätte es nicht denselben Vater, sondern einen Erzeuger von viel kleinerer Gestalt.«

Ihre Worte weckten etwas Unheilvolles tief in Lonits Herzen. Ihr versagte der Atem. Im hintersten Winkel ihres immer noch benebelten Geistes regte sich eine Erinnerung, die sie seit vielen Monden verdrängt hatte. Eine Erinnerung an eine Vergewaltigung, an die Hände eines Mannes, der in das weiße Bauchfell eines im Winter erlegten Karibus gekleidet war, an einen Mann, der so stark und schön wie ein Löwe war – und so todbringend: Navahk!

Sie riß die Augen auf und starrte das Kind an. *Navahk ist tot! Und selbst wenn er es nicht wäre, hätte ich nicht von ihm empfangen können! Mein Körper hat zwischen der Vergewaltigung und meiner Rückkehr zu Torka geblutet. Nicht viel, aber genug, um sicher zu sein. Das Kind kann nicht von ihm stammen!*

Doch trotz dieser Versicherungen ließen ihr die Erinnerungen keine Ruhe. Ihr Herz begann wieder wild zu klopfen, und das Blut rauschte durch ihre Adern. Sie fauchte Zhoonali an. »Diese Frau will ihr Kind sehen!«

Zhoonali runzelte die Stirn, als sie die Veränderung in ihr bemerkte, und zeigte ihr das Kind.

Lonit atmete erleichtert auf. Das Kleine hatte ihre ungewöhnlich runden Augen mit den großen Lidern – und Torkas Gesicht! Sein Mund, seine Nase, die hohen Brauen und sogar die feinen, eng anliegenden Ohren. Die Ähnlichkeit war unverkennbar. Niemand würde jemals die Vaterschaft dieses Kleinen in Frage stellen.

Sie lachte laut und streckte die Arme aus. »Bitte gib ihn mir! Ich möchte meinen Sohn halten!«

Zhoonali schüttelte den Kopf. »Nicht bevor der Vater das, was du geboren hast, angenommen hat!«

Lonit senkte den Kopf. »Sprich nicht so von meinem Kind, Zhoonali!« drohte sie. »Mein Sohn lebt! Und bald wird er einen Namen haben. Er ist ein Mitglied des Stammes.«

Das Gesicht der alten Frau zeigte keine Regung. »Du mußt dich jetzt ausruhen, Frau aus dem Westen. Wenn der Häuptling das Neugeborene angenommen hat, dann wird man es dir an die Brust legen.«

Lonit lehnte sich erschöpft, aber zufrieden zurück. Auch wenn Karana noch nicht zurückgekehrt war, um sich über die grausamen Sitten der anderen hinwegzusetzen, würde Torka seinen Sohn annehmen, wie er auch seinen Zwillingsbruder angenommen hatte. »Zusammen mit seinem Bruder«, sagte sie.

Das Gesicht der alten Frau blieb ausdruckslos, aber ihre Augen wurden traurig und düster. »Ruh dich aus!« wiederholte sie und stand auf. Während sie das Kind in der linken Armbeuge hielt, nahm sie ihr Bärenfell, hing es sich um und griff nach dem Karibufell, in das sie das Neugeborene hüllte, um es zu seinem Vater zu bringen.

Lonit seufzte. In der Dunkelheit regte sich Wallah verblüfft über den Anblick des Babys.

»Was ... wie?« stammelte sie und rieb sich den Schlaf aus den Augen.

Lonit winkte ihre Freundin heran. »Dieses Kind kam so leicht wie der Morgen auf die Welt. Sei nicht böse, daß niemand dich geweckt hat. Dieses Kind hat bei seiner Geburt nicht einmal mich geweckt. Die Geister meinen es gut mit ihm und zeigen damit dieser Frau, daß sie nicht länger dagegen sind, daß Torka und Lonit ihre Zwillinge behalten möchten.«

Wallah runzelte die Stirn. »Es ist nicht gut, wenn eine einfache Frau sagt, was den Geistern gefällt und was nicht«, flüsterte sie.

Zhoonali reckte das Kinn. Sie wollte zu einer Erwiderung ansetzen, überlegte es sich dann aber anders. Als sie schließlich sprach, kamen ihre Worte tonlos, aber auch gezwungen. »Bleib bei der Frau aus dem Westen und kümmere dich um sie! Sie hat lange gelitten, viel Blut verloren und ist sehr schwach. Sie muß aus dem Medizinhorn trinken und noch mindestens einen Tag und eine Nacht lang schlafen. Zhoonali wird jetzt hinausgehen und das, was Lonit geboren hat, dem Vater zeigen. Wenn er es als Leben annimmt ...«

»Torka wird seinen Sohn annehmen!« fauchte Lonit. Sie hätte Zhoonali noch strenger getadelt, wenn sie nicht so erschöpft gewesen wäre. Zhoonali hatte recht, sie brauchte jetzt dringend Schlaf. Sie war sogar dankbar, als die alte Frau gehorsam nickte und demütig fortfuhr: »Zhoonali wird tun, was getan werden muß. Bleib hier, Wallah, Frau von Grek, und achte darauf, daß die Frau aus dem Westen nicht gestört wird.«

Sie blieb für einen Augenblick stehen und blinzelte im fahlen Licht des Morgens. Ihr kleiner Körper war in ihren großen, weißen Bärenfellumhang gehüllt, und das Neugeborene hielt sie dicht an ihrer Seite in der Armbeuge verborgen. An diesem Tag würde es nicht mehr Licht als die Morgendämmerung geben. Es würde weder einen Mittag, noch einen Nachmittag oder eine Abenddämmerung geben. Die Sonne würde bald wieder untergehen, bevor sie richtig aufgegangen war. Dann würde wieder die lange Dunkelheit hereinbrechen, doch dann wäre sie schon weit weg und allein.

Zhoonali hob das Kinn. Ihre Furcht und Unentschlossenheit, die ihr niemand zugetraut hätte, hatte sie verdrängt. Man würde nur ihre Entschlossenheit sehen, aber es sah sie niemand, als sie die Felltür schloß und reglos vor der kegelförmigen Gestalt der Bluthütte stand.

Das Lager war voller Leben und verwehtem Rauch. Torka hatte die ganze Aufmerksamkeit des Stammes auf sich gelenkt, als er wieder die Geburtswache übernommen hatte. Auch sie spürte, wie ihr Körper auf ihn reagierte, denn trotz ihres Alters war sie immer noch eine Frau. Der Anblick Torkas im vollen Häuptlingsschmuck erweckte eine sexuelle Erregung in ihr, die ihn verblüfft und vermutlich abgestoßen hätte, wenn er davon gewußt hätte.

Er war großartig, dieser Torka, dieser Mann aus dem Westen, dessen Totemtier Lebensspender war – das große Mammut, das in ihrem Stamm als Donnerstimme bekannt war – dieser Torka, den man auch den Mann mit den Hunden nannte, weil er mit seinen Zauberkräften über die Geister der wilden Hunde der Tundra befahl. Er war ein großer Mann, der winterschlank und sturmgestärkt vor seiner Erdhütte stand und sich der aufgehenden Sonne mit erhobenen Armen und zurückgeworfenem Kopf zugewandt hatte. Seine Hände waren fest um den Knochenschaft seines Speeres geschlossen. Sein Kopf wurde von einem Kranz aus den Flügelfedern von Adlern, Falken und den großen, schwarzweißen des Kondors umrahmt. Um den Hals trug er eine schwere Kette aus kunstvoll verknüpften Sehnen, die mit Steinperlen und winzigen versteinerten Muscheln besetzt war. Daran hingen Zierschlaufen aus geflochtenen Haaren des Moschusochsen, an denen die Krallen und Zähne von Wölfen und dem großen Bären befestigt waren, den er vor langer Zeit mit eigenen Händen getötet hatte.

Im fahlen Glanz der Morgendämmerung vermittelte seine in die Felle von Wölfen, Karibus und Löwen gehüllte Gestalt mit den wehenden schwarzen Haaren nicht den Eindruck der Unterwürfigkeit, sondern des Trotzes.

Zhoonali riß die Augen auf. War es ein Wunder, daß die Jäger und die Frauen dieses Stammes ihn mit Ehrfurcht und Beklommenheit betrachteten? Was war er nur für ein Mann, der ihnen allen und sogar den Mächten der Schöpfung nur wegen dieser Frau und seines neugeborenen Sohnes trotzte? Aber er wußte nicht, daß sie den zweiten seelenlosen Säugling in den Falten ihres Umhangs verborgen hielt.

Du kannst sie nicht beide haben! Ihr innerer Aufruhr war groß, und die unausgesprochenen Worte brannten in ihrer Kehle. Sie kniff die Augen zusammen und ließ ihren Blick über die Menschen des Stammes wandern. Ihre Augen waren kaum noch zwischen ihren dünnen weißen Wimpern zu erkennen. *Ist hier kein Mann, der mutig genug ist, sich ihm entgegenzustellen, wie es diese Frau versucht hat? Ist hier kein Mann, der ihm ins Gesicht sagt, daß diese Geburtswache gegen die Traditionen verstößt? Zwillinge sind eine Lästerung der Mächte der Schöpfung! Es mag noch angehen, daß ein Zwilling in den Stamm aufgenommen wird, aber Torka geht zu weit, wenn er um das Leben beider bittet! Jemand muß es ihm sagen!*

Sie alle waren so kräftige, muskulöse Jäger. Selbst die Jungen, der alte Grek und der greise Teean mit der Adlernase waren so kühn, wenn es um die Jagd ging. Aber Torka war kein Jagdwild, er war ihr Häuptling. Er hatte sie vor ihren Feinden in Sicherheit gebracht, an feuerspeienden Bergen vorbei und durch Schluchten, in denen es Eis regnete, in ein neues, aber durch die Traditionen verbotenes Land geführt, das ihnen bessere Jagdgründe bot, als sie sich jemals erträumt hatten. Und in diesem neuen Land hatte Torka an ihrer Seite gejagt und sie die magische Kraft gelehrt, die im Speerwerfer lag. Er war seinem Totem Lebensspender zu diesem Lager voller Fleisch gefolgt, und jene, die ihm bereitwillig gefolgt waren, saßen jetzt in ihren besten Winterfellen mit vollen Bäuchen und fettigen Lippen, aber furchtsamen Blicken im Halbkreis um Cheanahs Feuer.

Zhoonalis Lippen spannten sich über ihren abgenutzten Zähnen. Die Jäger kamen ihr plötzlich so schwach vor, als sie sich im Windschatten von Cheanahs großer Erdhütte zusammenkauerten. Die Behausung aus dunklen zottigen Bisonfellen, die straff über einen Rahmen aus Mammutknochen, Kamelrippen und Karibugeweihen gespannt waren, paßte zu dem großen Mann, der ein natürlicher Anführer seiner Jagdgefährten war – zumindest bis Torka ihn in den Schatten gestellt hatte.

Cheanah sprach leise und eindringlich auf seine Jäger ein. Zhoonali konnte die Sorge auf ihren Gesichtern erkennen. Nur Cheanah schien leidenschaftslos zu sein, aber sie wußte, daß ihr Sohn nervös war. Seine Mutter war vor dem ganzen Stamm zurechtgewiesen worden. Und zweifellos hatte Kimm über ihr zerschundenes Gesicht gejammert und ihn an die Zwillingssöhne erinnert, die sie zum Wohl des Stammes hatte aufgeben müssen.

Auch einem Mann fiel es nicht leicht, seine Söhne zu opfern. Torkas kühne Weigerung, dasselbe zu tun, war ein Schlag ins Gesicht für Cheanah, Kimm und die Sitten und Tabus ihrer Vorfahren. Es war kein Wunder, daß er, während der Zauberer immer noch abwesend war, die Männer zur Beratung zusammengerufen hatte. Bald würde er Torka ihre Sorgen vortragen.

Aber Zhoonali war bereits alt genug, um die Herzen der Männer zu kennen. Der Zauberer war kaum mehr als ein Kind und außerdem Torkas angenommener Sohn. Er hegte große Zuneigung für Lonit. Wenn er durch seine Gabe des Sehens erkannt hatte, daß zwei Herzen in Lonits Bauch geschlagen hatten, bezweifelte Zhoonali, daß er zurückkehren würde, bevor das Schicksal der Zwillinge entschieden war, damit er sie nicht selbst verurteilen mußte. Mit Torka zu reden, würde nicht ausreichen, um ihn von seiner Meinung abzubringen – aber sie war sich nicht sicher, ob Cheanah zu mehr bereit war.

Sie schämte sich. Sie hatte dieses Gefühl nicht gekannt, bevor Cheanah, ohne ihren Rat einzuholen, sich Torkas Führung untergeordnet hatte. Noch nie hatte Zhoonali in einem Stamm gelebt, in dem nicht entweder ihr Großvater, Vater, Mann oder Sohn Häuptling war. Sie empfand es als Schande, daß von all ihren Söhnen Cheanah als einziger überlebt hatte.

Sicher, er war immer der eifrigste gewesen. Sie wußte, daß seine Liebe zu ihr stärker war als die der meisten Söhne zu ihren Müttern. Doch trotz seiner Bärenkräfte und seines Geschicks als Jäger war er nicht sehr aggressiv. Er war zwar hübscher und kräftiger als die meisten Männer, hatte jedoch eine Natur wie ein Moschusochse mit einem ausgeprägten, kleinlichen Herdeninstinkt. Anpassungsfähigkeit und abstrakte Gedankengänge waren nicht seine Sache. Es bedurfte großer Anstrengung, um Cheanah zornig zu machen, und dann wurde er zu einem gereizten, vor Wut wahnsinnigen Bären. Nur wenn seine Familie — seine Söhne, seine fette kleine Tochter oder seine Frauen — der unmittelbaren Gefahr eines direkten Angriffs ausgesetzt waren, war er dazu gezwungen, die Initiative zu ergreifen. Auch jetzt mußte er zum Handeln gezwungen werden.

Aus ihrer Scham wurde Mitleid, als sich das kleine Leben in ihrer Armbeuge mit einem Gähnen reckte.

Zum Wohl des Stammes, meines Sohnes und meiner Enkel darf diesem Säugling nicht das Leben erlaubt werden, damit die Mächte der Schöpfung nicht uns allen den Tod bringen als Strafe für die Überheblichkeit seiner Eltern!

Sie hatte Torka versprochen, nichts während seiner Geburt zu unternehmen und daß sein Schicksal vom Zauberer bestimmt werden sollte. Aber zum Wohl ihres Sohnes Cheanah, ihrer Enkel Mano, Yanehva und Ank und ihrer Enkelin Honee und aller Söhne und Töchter des Stammes konnte sie das nicht zulassen.

Sie atmete tief ein, versuchte, neuen Mut zu fassen, machte auf dem Absatz kehrt und huschte aus dem Lager, ohne von jemandem gesehen zu werden.

Komm, seelenloser Säugling! Diese Frau muß dich aus dem Lager schaffen und dein Fleisch an einem Ort aussetzen, wo niemand jemals deine Knochen finden wird ... oder meine! Denn wenn mein Geist wegen eines Kindes, das nie hätte geboren werden dürfen, vom Wind davongetragen wird, wird mein Sohn Cheanah sich daran erinnern, daß er einst Häuptling seines Stammes war ... und sein Zorn wird ihn wieder zum Häuptling machen. Nicht einmal Torka wird Cheanah aufhalten können, wenn der Bär in seinem getrübten Geist endlich gereizt wird.

Der Wanawut kauerte im Schatten. Er hatte immer noch das Licht aus der Felsspalte im Rücken.

Der Zauberer konnte nur durch diesen Spalt entkommen, hinaus ins Licht. Wie sollte er an der Bestie vorbeikommen, ohne sein Leben zu verlieren oder von einem einzigen Schwung ihres starken Armes zerschmettert zu werden? Er schluckte, sein Herz schien in seiner Kehle zu klopfen. Er hatte gehört, daß der Geist eines zerfleischten Körpers dazu verdammt war, auf ewig die Welt der Lebenden heimzusuchen, um seine verlorenen Körperteile wiederzufinden.

Karana fühlte sich benommen. Er hatte nur zwei Möglichkeiten. Entweder er blieb und wurde gefressen, oder er versuchte zu entkommen, wobei er sterben, sich furchtbar verletzen oder heil durch den Spalt schlüpfen konnte. Er mußte sich völlig auf die Aufgabe konzentrieren, aus dieser dunklen, stinkenden Höhle zu fliehen. Er mußte sich dem Wanawut stellen und ihn überwinden, wofür er nur einen langen Knochen als Waffe hatte.

Er packte den Knochen fester. Er war so leicht, daß er schon lange hier gelegen haben mußte. Es war keine Spur von Blut oder Fleisch mehr daran, und das Mark war aus dem einen Ende ausgesaugt geworden. Der Länge nach zu urteilen stammte er vermutlich von einem Kamel, einem Bison oder einem Pferd ... oder vielleicht auch von einem Menschen. Aber das war kaum denkbar, denn soweit er wußte, gab es im Verbotenen Land keine Menschen.

Er schluckte. Die Jäger waren weit weg im sicheren Winterlager. Er mußte sich auf die Gefahr konzentrieren, die vor ihm lag.

Karana, Sohn Navahks, dein Stamm bezeichnet dich als Zauberer! Wenn die Menschen recht haben, wenn du nur einen Funken Zauberkraft hast, solltest du ihn jetzt aufbringen!

Die Bestie lief umher und gab kurze, tiefe Töne von sich, die ihre Nervosität verrieten. Hatte das Wesen Angst vor ihm? Es knurrte, kam aber nicht näher. Wenn es ein Mensch gewesen wäre, hätte Karana vermutet, daß es um Versöhnung bat, denn seine Stirn war sorgenvoll gerunzelt. Es breitete die Arme aus, fast als wolle ein alter Freund ihn darum bitten, nicht länger sein Feind zu sein.

Der Zauberer empfand diesen Gedanken als absurd. Die Bestie im Schatten war groß, mächtig und gefährlich, aber sie verfügte nicht über die entscheidende Waffe, die sie unüberwindlich machen würde – den Verstand.

Karana ging gebeugt vor dem Wanawut auf und ab und drohte ihm mit dem langen Knochen. Er stieß mit dem scharfen Ende, wo die Gelenkpfanne abgebrochen war, zu. Das Wesen hielt sich zurück, ging aber nicht aus dem Weg. Es starrte das zerkaute Ende des Knochens an, als würde es die Drohung verstehen.

Der Zauberer lächelte erleichtert. Das Wesen hätte längst über ihn herfallen können, aber aus ihm unverständlichen Gründen hatte es offenbar genauso viel Angst vor ihm wie umgekehrt. Wenn der Wanawut weiter auf und ab ging, würde Karana den Felsspalt bald im Rücken haben. Dahinter würde die Freiheit liegen, wenn er schnell genug hindurchkam, bevor die Bestie ihn schnappte.

Der Augenblick kam. Mit der freien Hand langte er nach hinten, um hektisch die Steine herauszureißen, die die Bestie in den Spalt geklemmt hatte, um die Öffnung zu verschließen. Nur wenige kleine lösten sich ohne Mühe. Seine Fingerspitzen bluteten, als er an den großen, rauhen und kalten Steinen zerrte.

Die Bestie kam auf ihn zu, mit Wut in den Augen.

Karana schrie vor Verzweiflung auf, als er mit dem langen Knochen nach dem Wanawut schlug. Die Waffe schwirrte durch die Luft und zerbrach am Unterarm der Bestie in zwei Hälften.

Verblüfft schrie der Wanawut vor Schmerz auf und machte einen Satz. Aber er sprang nicht auf Karana zu, um ihm mit einem Hieb das Leben auszulöschen, sondern zog sich in den Schatten der Höhle zurück.

Der Zauberer war schockiert. Draußen vor der Höhle wehte der Wind die Eiswolken vor der Sonne weg, so daß das volle Tageslicht die Welt übergoß und auch in die Höhle eindrang. Karana konnte den Wanawut jetzt deutlich erkennen, und er hielt vor Schreck den Atem an. Das Geschöpf war weiblich, auf eine abstoßende, groteske Weise weiblich, mit langen, aufgequollenen und haarlosen Brüsten auf dem behaarten Brustkorb, an denen getrocknete Milchreste klebten. Sie schlug ihre monströsen Fäuste auf die Schenkel und gab dabei ein helles Grunzen von sich.

Hinter ihr konnte er den Hintergrund der Höhle erkennen, wo schleimige Algen und Moos in der Feuchtigkeit wuchsen. Wo sich die Decke mit dem von Knochen und Abfällen übersäten Boden traf, erkannte er ein Nest aus Fichtenzweigen und Flechten, und in diesem Nest regte sich ein Junges, das sich wimmernd darüber beklagte, daß es aufgeweckt worden war. Doch dieses Junge war trotz des grauen Pelzes, der es vom Kopf bis zu den Füßen bedeckte, ein menschliches weibliches Baby.

Als die Bestie seine Reaktion bemerkte, spürte sie Gefahr für ihr Kleines, lief zum Nest und nahm es in ihre kräftigen, behaarten Arme. Sie wiegte es an ihren Brüsten, während sie sich in das Nest kauerte. Das kleine Wesen begann zu saugen. Karana konnte seine Augen nicht von diesem Anblick losreißen. Die Bestie wimmerte wie eine ängstliche Frau, die um Gnade fleht, während sie ihr Kind wiegte. Endlich konnte er seinen Blick abwenden.

Und dann sah er es: Auf einem Knochengerüst war eine Haut ausgebreitet, um das Nest vor heruntertropfendem Wasser zu schützen. Es war die leere Haut eines Menschen mit ausgebreiteten Armen, an der noch der Kopf befestigt war. Und eine Augenhöhle starrte leer ... auf seinen Sohn.

Es war Navahks Auge und Navahks Haut! Die Haut von Karanas Vater, dessen Leiche nicht unter der Eislawine in den fernen Bergen begraben lag, sondern in diese Höhle gebracht worden war, um vom Wanawut präpariert zu werden, der Bestie, die Navahk hinter sich hergelockt hatte, um seiner eigenen bösartigen Seele wie ein furchtbarer Schatten zu folgen. Und diese Bestie hatte sein Kind geboren, ein Junges, das Karanas Halbschwester war.

Der Ekel und das Grauen überwältigten den Zauberer, so daß er ohne nachzudenken handelte. Mit einem heulenden Wutschrei griff er die Bestie an und schwang das abgebrochene Ende des Beinknochens seines Vaters. Er wollte das Junge damit töten. Und aus Rache für diesen Mord würde auch der Wanawut sein Leben und seine Schande beenden.

Doch das Tier stand auf, um seinen Schlag abzufangen, und stieß ihn nur vorsichtig zur Seite, statt ihn anzugreifen. Dann stand die Bestie über ihm, maunzte leise und berührte ihn tadelnd mit einer zärtlichen Hand, als wäre er nicht jemand, der sie und ihr Junges hatte töten wollen, sondern ein geliebter Mensch, den sie nach langer Zeit wiedergefunden hatte.

Plötzlich wurde Karana übel. Die Menschen hatten ihm immer wieder gesagt, wie sehr er seinem Vater ähnelte – Navahk, dem Betrüger und Frauenmörder – der sich vor seinem Tod mit dem Wanawut gepaart hatte, um ein Kind zu zeugen, das seiner würdig war. Ein Tier.

Das kleine Wesen starrte jetzt auf ihn hinunter, während seine Mutter es an ihrer Brust hielt. Die halbmenschliche Bestie war eine Lästerung der Mächte des Lebens, und Karana langte nach oben, um dem Ding das Genick zu brechen. Doch der Wanawut stieß ihn erneut zurück, diesmal jedoch heftiger. Er stürzte mit dem Hinterkopf gegen einen Stein, und dann wurde es schwarz um ihn.

Als Karana erwachte, war es dunkel. Die Sonne war untergegangen, und in der Höhle war es kalt. Der Felsspalt war wieder mit Steinen verschlossen worden. Die Bestie war fort und hatte ihr Kind mitgenommen. Karana raffte sich auf, und während ihn die leere Augenhöhle seines Vaters aus einem leblosen Schädel anstarrte, entfernte er die Steine, die den Eingang der Höhle blockierten. Er brauchte nicht lange dazu. Obwohl seine Finger wieder bluteten, als er es geschafft hatte, war er innerlich so aufgewühlt, daß er den Schmerz überhaupt nicht bemerkte.

Draußen vor der Höhle schien der neue Stern am Nachthimmel. Sein Schweif war wie der eines jungen Fohlens, das über die Tundra tollte, in die Höhe gereckt. Karana starrte ihn finster an. War es ein gutes oder ein schlechtes Zeichen? Er wußte es nicht, und es war ihm auch gleichgültig. Er schämte sich so sehr, daß es ihm egal war, ob er leben oder sterben würde.

Überall waren Hundespuren. Also war Bruder ihm tatsächlich gefolgt. Blutflecken auf den Felsen verrieten ihm, daß Aar die Bestie angegriffen hatte.

Karana prüfte das Blut mit seiner Zunge. Es war nicht Aars Blut, sondern das der Bestie. Er schloß die Augen und versuchte mit seinen Gaben herauszufinden, ob das Wesen tot oder am Leben war. Aber er hatte nur das Bild des haarigen kleinen Jungen vor Augen. Er hoffte, daß es tot war, und das Monster, das es säugte, ebenfalls.

Nach kurzer Zeit hatte er genug trockene Zweige gesammelt, um die Höhle damit anzufüllen. Seine Finger waren steif, so daß es ihm schwerfiel, ein Feuer zu entfachen. Dann sah er zu, wie die Flammen den Abfall auf dem Boden der Höhle verzehrten. Das Feuer leuchtete rot und gelb, in den Farben der Sonne. Karana blickte durch die Glut auf das, was noch von Navahk übrig war.

Als die Haut und der Schädel seines Vaters in Flammen aufgingen, wandte er sich ab. Jetzt wußte er, daß er den Zauber niemals finden würde, denn er stand dem Sohn eines Mannes, der sich mit einer Bestie gepaart hatte, nicht zu.

Niedergeschlagen stieg er von den Bergen hinunter und überquerte die Hügel. Er wußte nicht mehr, wann Bruder Hund zu ihm stieß. Sie zogen gemeinsam über das Land und trotteten ziellos unter den Sternen dahin, während ein rötliches Polarlicht den Nachthimmel allmählich in die Farbe des Blutes tauchte. Doch Karana achtete nicht darauf. Irgendwann stellte sich ihm der Hund in den Weg, damit er anhielt, und warnte ihn so vor einer gefährlichen Gegend.

Um den Hund zu beruhigen, änderte er seine Richtung, bis er schließlich atemlos und erschöpft stehenblieb. Er spürte, daß sich etwas näherte. Eine Weile verging, während die Erde ganz leicht unter seinen Füßen zitterte. Und plötzlich war das Mammut da. Vielleicht war es schon die ganze Zeit über in seiner Nähe gewesen, das gewaltige Mammut Donnerstimme und Lebensspender, das Torkas Totem war und das sie sicher in das Verbotene Land geführt hatte. Jetzt stand es wie ein lebender Berg vor ihm und versperrte ihm den Weg.

Der Hund winselte leise. Das Mammut war so nah, daß sein Atem durch die zerfetzte Kleidung des Zauberers fuhr. Tränen liefen Karanas Wangen hinunter.

»Ich bin deiner nicht würdig, Lebensspender. Geh!«

Aber das Mammut blieb. Es berührte den schluchzenden jungen Mann mit seinem Rüssel und drängte ihn nach Westen, nach Hause. Und zum ersten Mal, seit er das Verbotene Land betreten hatte, spürte Karana wieder den Geisterwind in sich, jene seltsame innere Unruhe, die jedesmal dem Sehen vorausging. Jetzt wußte er, daß er wieder ein Zauberer war. Und er wußte auch, daß er sich beeilen mußte, wenn er seinen Lieben helfen wollte. Während das große Mammut vorausging, folgte er ihm, wie er ihm schon immer gefolgt war, denn im Schatten seines Totems erkannte Karana, daß seine magischen Kräfte wiederhergestellt waren.

5

Cheanahs erste Frau stand am Eingang der Bluthütte und hielt die Felltür auf. Hinter ihr glühte der Himmel. »Wo ist Zhoonali?«

Wallah blinzelte verwundert über Xhans Frage. »Fort. Schon lange. Um das Kind zu seinem Vater zu bringen.«

»Das *Kind?*«

»Natürlich. Warum starrst du mich so an, Xhan?«

»Der brennende Himmel ... die zitternde Erde ...«

Wallah nickte. Auch sie hatte Angst. Die schlechten Zeichen waren wiedergekommen, nicht aber die oberste Hebamme. Im Lager sollte es jetzt laut sein, während sich die Menschen Geschichten erzählten und feierten, um die Geburt von Torkas zweitem Sohn zu würdigen. Statt dessen war es beunruhigend still. Wallah schürzte die Lippen. »Wie lange müssen wir noch in der Bluthütte warten, bis Zhoonali uns mitgeteilt hat, daß das Kind von seinem Vater anerkannt wurde?«

Xhan runzelte die Stirn. »Das ist schon längst geschehen. Das weißt du doch.«

Wallah war irritiert. Irgend etwas stimmte hier nicht. Aber was?

Auf ihrem Bett aus sauberen Fellen, die über einer Matratze aus frischem Gras und Flechten ausgebreitet worden waren, rieb Lonit sich den Schlaf aus den Augen. Sie bereute es, einen so großen Schluck aus Wallahs Medizinhorn genommen zu haben. So hatte sie den ganzen kurzen Tag verschlafen und noch nicht einmal ihre Söhne an der Brust gestillt. Jetzt war es wieder dunkel, während der Himmel erneut in Flammen stand und die Erde bebte. Die Menschen des Stammes würden dies als schlechtes Zeichen betrachten, aber Lonit wußte, daß Torka nicht zulassen würde, daß seinen neugeborenen Söhnen etwas angetan wurde. Er hatte viel schlimmere Dinge erfahren und überlebt, so daß er zu der Überzeugung gekommen war, solche Angelegenheiten lägen außerhalb des Einflusses der Menschen. Das Leben von Männern und Frauen bedeutete so großen Mächten wie Vater Himmel und Mutter Erde sehr wenig. Doch Torka glaubte daran, daß man auf die Zeichen der Erde und des Himmels achten mußte, ohne sich ihnen zu unterwerfen. Karana war anderer Meinung, und Lonit war sich nicht sicher, aber jeder Stamm, bei dem Torka je gelebt hatte, hatte ihn für diese Überheblichkeit verdammt. Als sie jetzt Xhan darum bat, ihre Söhne halten zu dürfen, war sie überrascht, als die Frau sie wütend anfunkelte.

»Söhne? Wovon sprichst du, Frau aus dem Westen? Der eine Junge, den Torka leichtsinnigerweise angenommen hat, schläft in den Armen von Eneela. Und dein Mann hält immer noch Geburtswache für das zweite Baby.«

»Aber mein zweiter Sohn wurde im Licht der gestrigen Morgendämmerung geboren«, sagte Lonit verblüfft. Sie schlug die Felle zurück, unter denen sie geschlafen hatte. »Schau mich an, Xhan! Ich liege auf einem sauberen Bett. Wallah hat das blutige Gras weggebracht und mich gewaschen. Sieh! Mein Bauch ist flach, aber meine Brüste schmerzen, weil sie voller Milch für meine Söhne sind.«

Wallah sah Xhan irritiert an. Am Gesichtsausdruck von Cheanahs erster Frau war deutlich abzulesen, daß sie keine Ahnung von der Geburt des zweiten Babys hatte. Wallah kam schwankend auf die Beine. Auch sie hatte einen tiefen Schluck aus dem Medizinhorn genommen und nach diesen anstrengenden Tagen tief und fest geschlafen. Sie stöhnte. Ihr Übergewicht, das vom langen, guten Leben in diesem Lager herrührte, machte ihre Bewegungen schwerfällig.

Xhans Augenbrauen trafen sich über ihrer schmalen, flachen Nase. »Zhoonali ist nicht mit einem zweiten Kind aus der Bluthütte gekommen.«

»Aber sicher!« widersprach ihr Wallah. »Sie hat mir doch gesagt, ich solle hier mit Lonit warten, bis...« Die Frau unterbrach sich, weil ihr plötzlich ein unangenehmer Gedanke gekommen war. »...bis sie getan hat, was getan werden muß, hat sie gesagt.«

Und plötzlich verstanden sie, was geschehen war. Die alte Frau hatte die bösen Zeichen nicht mehr ertragen und es auf sich genommen, das Kind zum Wohl ihres Stammes auszusetzen.

Xhan schnappte nach Luft, und Wallah sah aus, als hätte sie der Blitz getroffen.

Lonit starrte sie beide an. Sie legte die Hand auf ihren Unterleib und dachte an das winzige Leben. Ein sehnsüchtiges Schluchzen entfuhr ihr.

»Du hast einen Sohn, Lonit! Sei damit zufrieden!« versuchte Wallah sie zu beschwichtigen. Sie kroch durch die Hütte, hockte sich neben die jüngere Frau und nahm ihre Hand. Ihre sanften Augen waren voller Mitleid.

Xhans Mundwinkel zogen sich nach unten, und obwohl ihre Augen hart waren, klangen ihre Worte verbittert. »Die alte Frau hat ihr Leben aufs Spiel gesetzt, weil Torka und seine erste Frau auf dem Leben eines Kindes bestanden, das niemals hätte geboren werden dürfen. Cheanah wird sehr zornig sein, wenn er davon erfährt – und der Stamm ebenfalls. Ich glaube, daß du bald gar keinen Sohn mehr haben wirst, Frau aus dem Westen, denn Torka hat als Häuptling versagt. Die Mächte der Schöpfung haben mit dem brennenden Himmel und der bebenden Erde das Zeichen gegeben, daß sie Cheanah als Häuptling dieses Stammes erwählt haben.«

Cheanah hatte darauf gedrängt, daß die Männer des Stammes der Spur der alten Frau folgten. Obwohl sie alles versucht hatte, ihre Fährte zu verwischen, war sie doch nur eine Frau und besaß nicht das Geschick eines Jägers.

»Zhoonali hat sich für ihr Alter sehr viel zugemutet«, sagte Grek, der vom Mut und der Kraft der alten Frau beeindruckt war, deren Spur sie nach Osten zu den fernen Hügeln und durch schwieriges Gelände führte.

»Warum hat sie das Ding nicht einfach aus dem Lager gebracht, ihm Mund und Nase mit Moos verstopft und es ersticken lassen, um dann sicher zu ihrem Stamm zurückzukehren?« brummte der alte Teean.

»Sie wollte sichergehen, daß wir es nicht finden würden.« Simus Stimme war jung und stark, aber vorwurfsvoll, während er Torka ansah. »Zum Wohl des Stammes wollte sie auf jeden Fall verhindern, daß ihm genauso wie dem anderen das Leben gewährt wird... gegen den Willen des Stammes.«

Torka reagierte nicht auf den offenkundigen Tadel. Er sah den jungen Jäger ausdruckslos an. »Sie hatte nicht das Recht zu einer solchen Entscheidung, Simu.«

»Du hast sie dazu gezwungen!« schnappte Cheanah. Er ging neben Torka, und sein Gesicht war vor Wut verzerrt. »Wenn ihr irgend etwas zugestoßen sein sollte, fordere ich dein Leben als Entschädigung!«

Torka musterte ihn ruhig. Er verspürte keine Feindseligkeit gegenüber Cheanah. Sie waren oft gemeinsam auf die Jagd gegangen und hatten viele Mahlzeiten und Nächte am Lagerfeuer geteilt, während sie fern von den Feuern ihrer Frauen die Herden verfolgten. Er verstand Cheanahs Zorn. Torka empfand es als bewundernswert, wenn ein Mann die Frau achtete, die ihm das Leben gegeben hatte. Viele taten es nicht.

»Wenn wir mein Kind lebend wiederfinden, werde ich deine Worte vergessen«, sagte er.

»Wenn dein Kind noch lebt, werde ich es mit meinen eigenen Händen töten!« erwiderte Cheanah. »Der Himmel brennt, und die Erde bebt! Der Wanawut heult, und jetzt riskiert eine alte Frau ihr Leben, weil sie den Stamm vor dem Zorn der

Mächte der Schöpfung bewahren will! Nur weil Torka nicht einsehen will, daß Zwillinge etwas Verbotenes sind, daß sie nur als Futter für die Wölfe, Hunde und die Aasfresser der Nacht taugen!«

Torka blieb stehen. Niemand konnte eine solche Drohung ignorieren, und ein Freund würde niemals solche Worte aussprechen. »Das Kind, das dieser Mann Eneela gegeben hat, um es zu säugen, und das Neugeborene, das Zhoonali aus Torkas Lager entführt hat, sind meine Söhne! Und jetzt warne ich dich, Cheanah! Denn ich werde jeden Mann zu Fleisch für die Aasfresser machen, der auch nur einem von ihnen etwas antun will!«

Zhoonali war erschöpft. Sie konnte keinen Schritt weitergehen. Sie legte das in Felle gehüllte Neugeborene auf den gefrorenen Boden und setzte sich daneben auf einen rauhen, mit Flechten bewachsenen Felsen.

Der Wind blies kalt aus westlicher Richtung und brachte den beißenden Geruch nach Rauch und Schnee mit. Sie zog sich das Bärenfell enger um ihre knochige Gestalt und sah zu den dünnen Wolkenfetzen am Himmel hinauf. Das Polarlicht ließ sie rötlich aufglühen. Sterne schienen wie die stumpfen Augen eines Greises durch diesen Schleier. Sie fragte sich, ob ihre eigenen Augen genauso aussahen. Nein, ihre Augen waren klar. Sie sah die Dinge ganz deutlich, genauso wie als kleines Mädchen.

Sie seufzte. Ihre Jugend schien noch gar nicht so lange her zu sein. Sie konnte sich noch genau an alles erinnern. Sie sah ihre Eltern vor sich, fühlte die starke Umarmung ihres ersten Mannes und hörte das Lachen ihrer schon lange toten Kinder und Enkel. Plötzlich überkam sie eine so tiefe Reue, daß ihr die Luft wegblieb. So viele Kinder tot! So viele gute Menschen, die der Welt für immer verlorengegangen waren!

Zhoonali spürte, daß die Geister der Toten sie beobachteten und in der Dunkelheit des Spätwinters flüsterten – ihre Söhne, Töchter und Männer. Sie riefen ihren Namen über den gewaltigen Abgrund der Zeit.

Zhoonali! — Mutter! — Geliebte Frau! — Komm mit uns, es ist Zeit!

Sie lauschte, aber sie konnte sich nicht einfach den Geisterstimmen überlassen, auch wenn sie sich nur deshalb so weit vom Lager entfernt hatte, um zu sterben und Cheanah damit zu motivieren, etwas gegen Torka zu unternehmen.

Sie würde ohnehin bald sterben. Sie war zwar alt und erschöpft, aber sie war immer noch Zhoonali, der es nicht in der Natur lag, sich einfach ihrem Schicksal zu überlassen. Sie saß auf dem Stein und spürte verärgert, wie ihre Müdigkeit gegen ihren Willen nachließ. Die Erschöpfung würde ihren Tod beschleunigen. Aber wie starb man eigentlich? Sie hatte manchmal beobachtet, wie die Seelen von alten Menschen einfach verschwanden. Aber wie? Und wohin gingen sie?

Sie blickte auf und versuchte blinzelnd, den Wind, die Geister der Toten und die unsichtbare Welt, die sie bewohnten, zu erkennen. Aber der Wind blies ihr nur Kälte und Staub in die Augen. Sie hatte schon genug Menschen sterben gesehen, um zu wissen, daß die jenseitige Welt den Lebenden unzugänglich war. Ging es den Toten irgendwie besser? Konnten sie sich auch in der Geisterwelt noch frei entscheiden? Sie wußte es nicht, und das beunruhigte sie mehr als die eigentliche Aussicht auf den Tod.

Sie seufzte erneut. Sie war immer Situationen aus dem Weg gegangen, die sie nicht überblickte. Schon früh im Leben hatte sie gelernt, daß sich nur das kontrollieren ließ, was man verstand. Und Zhoonali hatte gerne alles unter Kontrolle — Menschen, Situationen, ihr eigenes Leben und das der Menschen um sie herum. Vielleicht hatte sie deshalb so lange gelebt. Und vielleicht hatte sie Torka deshalb nicht kontrollieren können, weil sie diesen Mann niemals verstanden hatte. Aber sie verstand Cheanah, und deshalb wußte sie, daß sie das Richtige getan hatte.

»Er wird bald kommen«, sagte sie zu den Geistern des Windes. »Aber er wird mich nicht finden. Und in seinem Zorn wird er wieder zu dem werden, wofür er geboren wurde: zum Häuptling seines Stammes.«

Der Wind wurde kälter. Sie fragte sich, wie der Rauch aus dem Lager über die große Entfernung hinweg immer noch so beißend sein konnte. Der Rauch trug den Geruch nach verbranntem Fleisch und Fäkalien mit sich. Irgendwo in der Nähe heulte ein Wolf, und aus weiter Ferne in den Hügeln der Tundra antwortete ihm ein zweiter, dann ein dritter und noch einer.

Zhoonali lauschte. Plötzlich kam ihr so ganz allein in unbekanntem Land das Geheul der Wölfe feindlich und bedrohlich vor.

Sie sah nach unten. Zu ihren Füßen strampelte das Kind in seinem Karibufell. Es war ein so winziges Baby. Und so artig. Es hatte noch nicht einmal geschrien. Es hatte stundenlang zufrieden in ihrem Arm gelegen und schmatzende Geräusche gemacht, als es vergeblich versucht hatte, an seinen winzigen Fingern zu saugen. Zhoonali seufzte noch einmal. Das Baby würde schreien, wenn die Wölfe kamen. Sie fragte sich, ob sie dasselbe tun würde.

Der Gedanke war unerträglich. Sie sprang auf. Nein, sie wollte nicht einen solchen Tod haben! Sie würde zwar bald sterben, und was danach mit ihrer Seele geschah, lag außerhalb ihrer Kontrolle. Aber sie war immer noch Zhoonali, die Tochter, Enkelin, Frau und Mutter von vielen Häuptlingen, und solange sie atmete, würde sie ihr Leben selbst bestimmen, so wie sie es immer getan hatte.

Sie bückte sich und wickelte das Kind aus dem Karibufell. Die Augen des Neugeborenen waren noch geschlossen, aber sie spürte die Blicke anderer Augen auf sich, die Augen von Wölfen und Geistern. Sie bekam eine Gänsehaut auf dem Rücken, als sie die winzige Gestalt auf den gefrorenen Boden der Tundra legte und das Karibufell beiseite warf. Sie hatte ihr Versprechen an Torka gebrochen, nicht für das Leben oder den Tod dieses Kleinen verantwortlich zu sein. Aber sie würde auch nichts tun, um aktiv den Tod des Kindes herbeizuführen. Sie würde ihm weder das Genick brechen noch seine Körperöffnungen mit Moos verstopfen, um es zu ersticken. Außerdem würde sie verhindern, daß seine Seele den Körper als Dämon verließ, um jene heimzusuchen, die ihm einen Platz in der Welt der Lebenden verwehrt hatten. Zumindest an einen Teil ihres Versprechens würde sie sich halten, daß nämlich die Mächte der Schöpfung dem Kleinen die Seele nahmen.

Sie spürte immer noch Blicke auf sich, als sie schnell davoneilte. Bald würde der Wolf sich über das Kleine hermachen. Bis dahin hätte sie sich bereits in einer der hohen Berghöhlen versteckt, die sie im Osten gesehen hatte. Dorthin würde sie sich zurückziehen und sterben, während sie sicher vor Raubtieren war und bis zum Ende alles unter Kontrolle hatte. Sie beschleunigte ihre Schritte, weil sie weit weg von diesem seelenlosen Säugling sein wollte, wenn der Wolf ihn fraß. Sie wollte nicht seine Schreie hören.

Doch dann schrie sie selbst. Obwohl sie noch nicht weit gekommen war, sah sie plötzlich dem Tod ins Gesicht.

Er ragte höher als ein Mensch vor ihr auf. Aber es war kein Mensch und auch kein Geist. Es war groß, grau und weiblich, und sein tonnenförmiger, behaarter Körper roch wie die gesamten Abfälle aller Lager, in denen sie jemals gelebt hatte. Vor Entsetzen riß sie die Arme hoch und floh, während sie immer wieder seinen Namen rief, bis sie vor Erschöpfung zusammenbrach.

Sie murmelte immer noch seinen Namen, als Torka, Cheanah und die anderen Jäger sie fanden: »Wanawut...«

Die Jäger lauschten, während Zhoonali den Namen des Windgeistes aussprach. Sie hielten ihre Speere fest umklammert und ließen ihre Blicke unruhig hin und her wandern.

Nur Cheanah schien keine Angst zu haben, denn seine Sorgen waren völlig auf das Objekt ihrer Suche konzentriert. Er konnte weder seine Erleichterung noch seine Freude verhehlen, als er sich niederkniete und seine Mutter in die Arme nahm, als wolle er sie nie wieder loslassen.

Torka starrte auf sie hinunter. »Wo ist mein Sohn?«

Sie sah zu ihm auf, wandte dann den Blick ab und verbarg ihren Kopf im windzerzausten Fell von Cheanahs Umhang.

»Wo ist mein Sohn?« wiederholte Torka drängend.

Zhoonali blinzelte ihn mit aufgerissenen Augen an. Ihre

Pupillen waren vor Schreck geweitet. »Wanawut...« flüsterte sie und deutete auf die steinigen Hügel, aus denen sie gekommen war.

Torka sah in die angegebene Richtung. Sein Gesichtsausdruck war so verzweifelt, daß Simu seine frühere Feindseligkeit ihm gegenüber bereute. Der Schmerz des Häuptlings rührte ihn zutiefst. Er mußte an Dak denken, seinen einjährigen Jungen, und sah ihn vor sich, wie er seine glänzende Wange an Eneelas Brust kuschelte. Was hätte er getan, wenn der Stamm einstimmig gefordert hätte, daß der kleine Dak ohne sein Wissen oder seine Einwilligung seiner Mutter weggenommen worden wäre? Würde sein Gesicht nicht genauso leidend und traurig wie Torkas aussehen, wenn man seinen Sohn als Futter für die Raubtiere ausgesetzt hätte?

»Komm, Mutter! Wir gehen jetzt zurück ins Lager.« Cheanah half Zhoonali behutsam auf die Beine.

Sie hatte sich ein wenig beruhigt und ihre Würde wiedererlangt. Aufrecht stand sie im Schatten ihres großen Sohnes, während sie mit erhobenem Kopf und ruhigen Augen von einem Jäger zum nächsten blickte, bis ihr Blick an Torka hängenblieb. »Die Mächte der Schöpfung meinen es nicht gut mit dir, Mann aus dem Westen. Das, was aus dem Bauch deiner Frau geboren wurde, ist aus dem Stamm fortgebracht worden, aber der Himmel brennt immer noch, und der Wanawut zieht immer noch über das Land.«

Der Häuptling stand regungslos da. Er hielt den Kopf genauso hoch erhoben wie die alte Frau, und sein Blick war genauso ruhig, obwohl seine Augen brannten. »Du hattest nicht das Recht, meinem Kind das Leben zu nehmen, alte Frau.«

»Es war kein Kind! Es hatte noch keinen Namen und keine Seele! Und diese alte Frau hat ihm nichts genommen. Das seelenlose Ding hat sich noch bewegt und geatmet, als sie es verließ, aber der...«

»Mein Kind hat noch gelebt? Du hast es lebend ausgesetzt, damit es von Raubtieren in Stücke gerissen wird?«

»Das war bereits sein Schicksal, als es auf die Welt kam. Was sonst hätte sie damit tun sollen?«

Cheanahs eiskalte Erwiderung traf Torka wie eine frostige

Windböe. Wäre der Mann in Reichweite gewesen, hätte Torka ihn auf der Stelle niedergeschlagen. Doch statt dessen hob er seinen Speer und bedrohte ihn mit warnend gefletschten Zähnen, während Cheanahs Söhne sich zur Verteidigung im Kreis um ihren Vater aufstellten. Teean packte Torka am Speerarm.

»Halt, Torka! Willst du deswegen einen Bruder töten?« fragte der alte Mann.

Torka zitterte vor Wut. Ohne seinen Blick von Cheanah abzuwenden, sagte er: »Ein Bruder würde niemals so sprechen, wie Cheanah gesprochen hat. Und keines meiner Kinder soll lebend an Raubtiere verfüttert werden!«

»Es ist bereits tot«, versicherte ihm Zhoonali voller Mitleid.

Torka funkelte sie an. »Woher willst du das wissen?«

Sie schüttelte den Kopf. »Was diese Frau weiß oder nicht weiß, ist unbedeutend. Es geht jetzt nur darum, daß Zhoonali zum Wohl des Stammes getan hat, was sein Häuptling und Zauberer nicht tun wollten.«

»Es ist Sache dieses Mannes, seinem Kind das Leben zu gewähren oder zu verweigern!« erwiderte er nachdrücklich. »Und kein Kind meines Stammes, ob Hungerzeit oder Überfluß herrscht, ob es gesund oder mißgestaltet ist, wird je als Nahrung für die Raubtiere ausgesetzt werden!«

»Es ist schon tot.« Mano, Cheanahs ältester Sohn, wiederholte die Worte seiner Großmutter, während er seinen Vater beifallheischend ansah. Aber Cheanah hatte keine Zeit, darauf zu reagieren, denn Torkas Antwort kam schnell und heftig.

»Ich werde niemals den Tod eines Kindes akzeptieren, dessen Name schon auserwählt ist und dessen Seele schon in meinem Herzen lebt, bis ich seine Knochen gesehen und sie mit eigenen Händen bestattet habe.«

Die Jäger murmelten beunruhigt, während der Wind immer stärker wurde. Sie sahen zum roten Himmel hinauf und dann von ihrem Häuptling zu Cheanah, als wären sie nicht sicher, wer für sie sprechen sollte.

Zhoonali blieb der Atem in der Kehle stecken, während sie darauf wartete, daß ihr Sohn sich zusammenriß und endlich als Häuptling sprach. Aber der Augenblick ging vorbei, ohne daß er sich zu Wort meldete. Sie hätte ihn am liebsten anschreien mögen, wie er mit betrübtem Blick neben ihr stand.

Es war der alte Teean, der das Wort ergriff. »Wenn Torka in das Land des Wanawut hinausgeht, um das zu suchen, was niemals hätte geboren werden dürfen, dann geht er ohne diesen Mann.«

Die anderen murmelten zustimmend.

Torka sah sie alle finster an. »Dann werde ich allein gehen!«

»Nein!« Grek hatte gesprochen. Genauso groß und kräftig wie Cheanah, obwohl doppelt so alt, trat er mutig einen Schritt vor. »Torka ist der Häuptling dieses Mannes. Dieser Mann hat sich vor langer Zeit entschieden, Torka zu begleiten, und er hat gelernt, daß Torkas Wege gute Wege sind. Wenn Torka nach seinem Sohn suchen will, wird Grek mit ihm gehen. Grek hat keine Angst!«

Die anderen murmelten verärgert über die offenkundige Beleidigung. Zhoonali zischte wie eine alte aufgebrachte Gans, als Cheanah immer noch nichts sagte.

»Dann soll es so sein«, sprach Torka, drehte sich um und lief mit Grek an seiner Seite los.

Irgendwann begann das Kind in der tödlichen Kälte des Windes zu schreien.

Die Bestie erhob sich von den Überresten des toten Säbelzahntigers, von denen sie gefressen hatte. An ihrer Brust schlief ihr Junges zufrieden, aber die Schreie, die ihr der Wind zutrug, klangen überhaupt nicht zufrieden.

Die Bestie war von dem, was sie hörte, beunruhigt. Die verzweifelten Schreie klangen sehr wie die ihres eigenen Jungen. Verwirrt maunzte sie. Wie war das möglich? Sie hatte selbst zugesehen, wie das letzte Wesen ihrer Art von den fliegenden Stöcken der Menschen, die aufrecht in Tierfellen gingen, niedergemetzelt worden war — von Menschen wie dem, den sie in ihrer Höhle zurückgelassen hatte und der von den Toten wiederauferstanden war, obwohl seine Haut ihr Nest in der Berghöhle beschirmte.

Ihr Herz klopfte aufgeregt in ihrer weiten Brust. Wenn sie gegessen hatte, würde sie auch ihm etwas zu essen bringen. Dann würde er seinen wilden Blick verlieren und sie wieder lieben und streicheln. Dann wäre sie nicht mehr allein in dieser grauen Welt, wo nur ihr Junges das sanfte, goldene Glück in ihrer Seele wecken konnte.

Wieder schrie das Baby. Es war ein hohes, kreischendes Jammern.

Die Bestie stand da und zuckte zusammen, als ihre Schulter wieder schmerzte, wo der Hund sie gebissen hatte. Sie lauschte angestrengt auf die Schreie des Babys. Sie schnupperte im Nachtwind und sog den Geruch der Dunkelheit, der Kälte, des fernen Rauchs und des Jungen ein.

Wessen Junges war es? Plötzlich hatte sie wieder Hoffnung. Waren vielleicht doch noch andere ihrer Art am Leben? Andere, mit denen sie jagen und zusammenleben konnte? War ihre Mutter von den Toten zurückgekommen, um sich um sie zu kümmern, um ihre Freude und Verblüffung über das seltsame pelzige Leben zu teilen, das eines Tages so unerwartet nach einem furchtbaren Krampf aus ihrem Körper hervorgekommen war? *Mutter!*

Sie hielt ihr Junges geschützt in ihrer Armbeuge, stolperte über die hohen, kalten Hügel und versuchte den Schreihals mit ihrem Geruchssinn und ihrem Gehör zu finden. Dann blieb sie stehen und grunzte verwirrt, als sie es sah. Was war das?

Es lag auf dem Rücken und hatte die Beine über den Bauch hochgezogen. Sein Gesicht war verzerrt, aber es schrie nicht mehr, es war sogar ungewöhnlich ruhig. Sie war sicher, daß es den Atem des Lebens verloren hatte.

Neugierig wagte sie sich näher heran und sah es nachdenklich an. Es hatte dieselbe Form wie ihr Kleines, aber es besaß kein Fell, außer einem schwarzen Büschel auf dem Kopf. Und es war so winzig!

Sie beugte sich vor und schnupperte, zog sich jedoch angewidert zurück, als sein fader Gestank ihm verriet, daß es ein Menschenjunges war, das wie so viele andere ausgesetzt worden war.

Es wäre vielleicht eine Mahlzeit, aber sie hatte keinen Hunger. Außerdem war das Fleisch der Jungen weich und geschmacklos, genauso wie die Knochen. Mutter hatte ihr das beigebracht. Ihre Schnauze verzog sich enttäuscht. Es war nicht von ihrer Art und gab nicht einmal eine gute Mahlzeit ab.

Sie wollte sich schon umdrehen und das Geschöpf achtlos zurücklassen, als es sich plötzlich steif bewegte. Seine kleinen, krallenlosen Finger ballten sich zu Fäusten. Aus seinem bläulichen Mund kam ein jämmerliches Blöken. Also war doch noch Leben in dem Ding. Sie konnte seine Wärme riechen und stupste es neugierig mit der Fingerspitze an. Sie spielte mit ihm und amüsierte sich über seine Winzigkeit, bis die kleinen Hände plötzlich ihren Finger packten und zum Mund zerrten, wo es heftig daran saugte. Verblüfft ließ sie das Kleine gewähren.

Indem es ihren Finger hielt und daran nuckelte, weckte es ihren Mutterinstinkt, so daß sie sich abrupt niederhockte, das haarlose Wesen hochnahm und es an ihrer Brust wärmte. Mit einem erstaunten und freudigen Seufzen spürte sie, wie es ihre Brustwarze suchte ... und ihr Herz fand.

Karana hatte alles beobachtet. Er konnte sich nicht rühren. Er hatte den Wind auf seiner Seite, so daß die Bestie ihn nicht wittern konnte. War es Torkas Baby? Mit ziemlicher Wahrscheinlichkeit. Also hatte die Geburt doch stattgefunden.

Der Geisterwind ließ ihn sehen, daß das Neugeborene am Leben war. Es war ein Junge, genauso wie der andere Zwilling. Er konnte das Erstgeborene sehen, wie es verschlafen an Lonits Brust nuckelte. Und er sah auch Lonits Gesicht, das so unendlich traurig war. Also hatte man ihr den einen Zwilling gelassen und den anderen ausgestoßen.

Karana bereute es zutiefst, daß er nicht dabei gewesen war. Vielleicht hätte er sie beide retten können.

Neben ihm knurrte der Hund, als er die Witterung der Bestie aufnahm. Er senkte den Kopf und wäre zum Angriff übergegangen, wenn der Zauberer ihn nicht mit einem Wort zurückgehalten hätte.

Ein ganzes Stück entfernt entdeckte Karana eine Gruppe von Jägern, die sich in westlicher Richtung bewegten. Er runzelte die Stirn. Zhoonali war bei ihnen, er erkannte sie an ihrem Bärenfellumhang. Was machte sie so weit vom Lager entfernt? Gleichzeitig kamen Torka und Grek die Hügel hinauf in seine Richtung.

Er überlegte, daß es im Lager Meinungsverschiedenheiten über die Geburt der Zwillinge gegeben haben mußte. Hatte Torka sich gegen die Entscheidung gewehrt, das zweite Kind auszusetzen? Karana war sich sicher, daß er sich widersetzt hatte. Torka konnte einfach nicht anders handeln.

Er liebte und bewunderte seinen Stiefvater. Er hätte fast laut gerufen, daß er sich beeilen sollte, weil das Baby noch lebte, und daß sich die Mächte der Schöpfung zugunsten von Torkas Zwillingen entschieden hatten.

Er hätte vom hohen, nebligen Paß herunterklettern und auf die Bestie zustürmen können. Er hätte den Wanawut mit Schreien ablenken und Torka entgegentreiben können, wo die treffsicheren Speere des Häuptlings und Greks ihn getötet hätten.

Aber er rührte sich nicht von der Stelle, weil er daran dachte, daß Torka und Grek anschließend dieses... *Ding* bemerken würden. Sie würden sofort erkennen, daß es Navahks Kind war... und Karanas Halbschwester... eine Lästerung des Lebens.

Wenn Torka es sah, würde sich sein Verhältnis zu Karana grundlegend ändern. Torka würde immer dieses *Ding* in ihm sehen und wissen, daß er nicht mehr als der Sohn Navahks war, der sich mit einer Bestie gepaart und Lonit vergewaltigt hatte.

Karana zitterte vor Scham und Ekel und rührte sich nicht. Torka und Grek hatten ihn entdeckt. Während er mit einer Hand den Hund zurückhielt, wagte er einen Blick zum Wanawut. Sie stand auf und lief über den Abhang davon. Sie hielt immer noch das Kind in ihrem Arm, neben ihrem eigenen Jungen, während sie in einer tiefen, nebligen Schlucht verschwand.

Aar zitterte vor Verlangen, die Bestie zu verfolgen.

»Laß sie gehen«, flüsterte Karana. »Sie und das Monstrum, das sie säugt. Das Baby, das sie mitgenommen hat, war schon verdammt, bevor es geboren war.«

Noch während er sprach, spürte er, wie der Geisterwind sich in ihm legte, während auf dem nebligen Grat rechts von ihm das Mammut Lebensspender innehielt, ihn ansah und sich dann abwandte.

Der Zauberer saß mit verschränkten Beinen im Nebel, als Torka und Grek ihn schließlich erreichten. Sein Gesicht war aschfahl, seine Augen sahen alt aus, und in seinem Schoß lag das blutige Karibufell, in dem Zhoonali das Baby aus dem Lager gebracht hatte. Das Blut stammte von Karana und nicht vom Baby, aber Torka fragte niemals danach. So verbarg der Zauberer die Wunde am Unterarm, die er sich selbst zugefügt hatte, und mußte nicht lügen.

Sie standen eine Weile reglos auf dem hohen, kalten Hügel, während Torka trauerte und grübelte. Das Kleine war auf grausame Weise gestorben, und konnte jetzt ohne Namen niemals in die Welt der Menschen wiedergeboren werden.

Torka lauschte auf den Wind und spürte, daß sich ein Sturm anbahnte. Seit er erfahren hatte, daß es noch ein zweites Kind gab, hatte er gewußt, daß es ein Sohn war, und er hatte es freudig und heimlich nach seinem Vater Manaravak benannt, einem mutigen Jäger, der vor langer Zeit von einem großen weißen Bär getötet worden war.

Torkas Herz wurde eiskalt.

»Manaravak! Dein Geist wird in einem deiner Nachfahren wiedergeboren werden! Manaravak! Vater! Obwohl sein zartes Fleisch und seine winzigen Knochen im finstren Bauch des Wanawut liegen, wurde der Sohn, dessen Leben Torka nicht retten konnte, nicht nach dir benannt. Ihr könnt gemeinsam die Geisterwelt durchstreifen, bis Lonit unter einem günstigeren Himmel dich noch einmal auf die Welt bringt!«

Stumm machten sich die drei Männer auf den Rückweg zum Lager. Der Sturm zerrte jetzt heulend an ihnen und trieb harte, stechende Schneekristalle vor sich her. Nur einmal blickte Karana zurück. Die Berge lagen im Nebel, aber er sah dennoch, was er nicht sehen wollte, aber immer wieder sehen würde: eine Bestie mit grauem Pelz, der Wanawut, der seine Halbschwester im einen Arm und Torkas Sohn im anderen hielt.

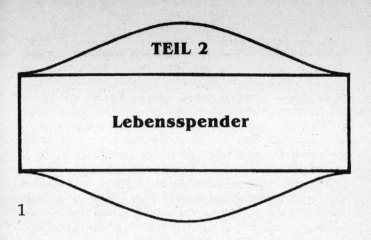

TEIL 2

Lebensspender

1

Die Bestie sah zu, wie die Menschen im Bodennebel verschwanden. Aus dieser Höhe sahen sie so klein aus, daß man sie überhaupt nicht mehr unterscheiden konnte. Sie wirkten nicht größer als die formlosen schwarzen Schatten von Vögeln, die am hellen gelben Loch im Himmel vorbeizogen. Sie hatte ihre Wurfstöcke erkannt und runzelte ihre fliehende Stirn. Die Menschen waren gefährlich. Sie hatten immer Hunger, waren immer auf der Jagd und immer bereit zu töten. Der Himmel verdunkelte sich. Die Bäuche der Wolken leuchteten in einem milchigen Rosa. Der Wind wurde stärker, und es schneite immer heftiger. Die Bestie sehnte sich nach dem Schutz ihrer Höhle.

Sie klemmte sich die Keule, die sie aus dem toten Säbelzahntiger gerissen hatte, unter den Arm und schritt mühelos durch den Sturm. Sie war ein Geschöpf der Berge, des Nebels und der rauhen, kalten Geröllfelder und Bergletscher. Stürme waren ihr vertrauter als schönes Wetter.

Im Schutz ihrer pelzigen Arme nuckelten die beiden Jungen zufrieden. Sie sah sie immer wieder an, während sie weiterging, und verglich den winzigen, haarlosen Säugling mit ihrem großen bepelzten Jungen. Sie sah die Ähnlichkeiten, aber auch die Unterschiede in ihrer Größe, ihrem Knochenbau, den Muskelansätzen und Gesichtszügen. Bei genauerer Betrachtung schienen zwischen den beiden Jungen weniger Unterschiede zu bestehen als zu ihr. Sie grunzte irritiert.

Sie ging schneller, als sie sich an den Menschen erinnerte, den sie in ihrer Höhle eingesperrt hatte. Sie wußte nicht, was sie von ihm halten sollte. War es derselbe, der ihre Mutter getötet und in deren Haut getanzt hatte? War es derselbe, der ihr zu essen gebracht hatte, als sie selbst noch ein Junges gewesen war, der mit seiner seltsamen Menschenstimme zu ihr gesprochen hatte, der sie gestreichelt und seinen Körper mit ihrem vereinigt hatte? Als er im Sterben lag, hatte sie unbeabsichtigt seinen Tod beschleunigt, ihn dann gehäutet und in ihre Höhle gebracht. Sie hatte gehofft, daß dadurch das Leben wieder in ihn zurückkehren und sie nicht mehr allein sein würde. Wie konnte er über ihrem Nest hängen, wenn er gleichzeitig in der Haut eines anderen lebte? Vielleicht war es gar nicht derselbe? Vielleicht war er Sternenauge, den sie vor langer Zeit im Land weit hinter den weißen Bergen gesehen hatte. Ein Mensch, der wie der Mörder ihrer Mutter aussah, aber viel jünger war, ein friedfertiger Mensch, in dessen Augen sich die Nacht mit all ihren Sternen gespiegelt hatte. Warum hatte er sie dann mit dem Knochen angegriffen und ihr weh getan?

Weil er ein Mensch war. Menschen waren Mörder. Sie mußte ihn laufenlassen oder fressen, bevor er ihr oder ihren Jungen etwas antat.

Der Gedanke an ihre Jungen befriedigte sie. Zum ersten Mal seit dem Tod ihrer Mutter fühlte sie sich nicht mehr allein. Jetzt war sie selbst Mutter, und seit dem Augenblick, als das haarlose Junge an ihrer Brust gesaugt hatte, war es für sie kein Mensch mehr. Es war nur noch ein Junges – ihr Junges.

Sie wandte ihre Aufmerksamkeit dem vereisten Weg zu, der zu ihrer Höhle führte. Ihre breiten, gewölbten Füße mit der dicken Hornhaut ermöglichten ihr einen sicheren Tritt. Ihr feiner Geruchssinn signalisierte ihr Gefahr. Es roch nach Verbranntem, Gras, Knochen, Abfällen und Haut. Sie blieb stehen, als der Gestank fast unerträglich wurde.

Die Höhle! In der Höhle hatte es gebrannt! Sie hatte Angst vor Feuer, seit sie gesehen hatte, was es mit dem Sommergras der Tundra anrichten konnte, wenn die krachenden weißen Finger aus dem Himmel es entzündeten. Sie schrie vor Panik auf, als sie losrannte und sich vorstellte, wie der gefangene Mensch schwarz wurde und verkohlte.

Der Atem kratzte in ihrer Kehle, und beide Jungen weinten, als sie endlich ihre ausgebrannte Höhle erreichte. Sie stand im Wind und Schnee und bemerkte, daß die Steine, mit denen sie den Eingang verschlossen hatte, entfernt worden waren.

Sie schnupperte die üble Luft. An den Steinen und am Boden um den Eingang war der Geruch nach dem Menschen. Sie bückte sich und schnüffelte daran. Es war ein roter Geruch, in dem sie seine Angst, seinen Haß auf sie und seinen Willen zu fliehen wahrnahm.

Der eiskalte Wind fuhr durch ihr Fell, zerteilte die langen silbrigen Haare und drang in den dicken kurzen Pelz bis zu ihrer Haut vor. Sie erschauderte, beruhigte ihre Jungen und ging hinein.

Jetzt fletschte sie vor Wut die Zähne, denn sie roch, daß der Mensch das Feuer in ihre Behausung gebracht hatte. Sie atmete tief durch ihre breiten Nüstern ein. Die Gerüche vermittelten ihr ein genaues Bild dessen, was geschehen war: wie er trockene Zweige gesammelt und sie um ihr Nest unter der Haut aufgeschichtet hatte, wie er den Stock zwischen seinen Händen gedreht und das Feuer die gesamte Höhle verbrannt hatte.

Alles war schwarz und stank nach beißendem, kaltem Rauch. Der Mörder ihrer Mutter war nur noch ein Aschehaufen, in dem ein kieferloser schwarzer Schädel lag. Ihre Nahrungsvorräte — hauptsächlich Wühlmäuse, ein paar Hasen, ein zur Hälfte gefressenes Murmeltier, getrocknete Beeren und Knollen und abgelagerter Tierkot — waren nur noch ein schmieriges schwarzes Pulver mit weißen Knochen- und Zahnresten. Sie wühlte darin herum und knurrte. Unter der Asche lag ihr Menschenstein, das Messer, das sie vor langer Zeit neben dem verwundeten Sternenauge gefunden hatte, als er von seinem Stamm ausgestoßen worden war.

Plötzlich war sie müde und hungrig und legte die Keule ab. Sie setzte sich in den hintersten Winkel der Höhle und wiegte die Jungen. Während sie an ihrer Brust saugten, nahm sie den Menschenstein, um damit ein Stück windgetrocknetes und gefrorenes Katzenfleisch abzuschneiden.

Bald schliefen die Jungen in der Wärme ihres dichten, grauen Pelzes. Sie lehnte sich gegen die verrußte Felswand, lauschte auf den Wind und starrte in die Dunkelheit hinaus. Ihr Atem bildete kleine Nebelwölkchen vor ihrem Gesicht. Sie horchte auf das vertraute Geräusch des Wassers, das durch die Decke sickerte und heruntertropfte, aber es war so kalt, daß das Wasser gefroren war. Sie nickte eine Weile ein, und erwachte vom Kläffen wilder Hunde weit unten am Berg. Sie dachte an den wilden Hund, der Sternenauge begleitete. Würden der Hund und der Mensch zurückkommen, da sie wußten, daß sie in dieser Höhle lebte? Wollten sie sie und ihre Jungen mit fliegenden Stöcken und Menschensteinen töten? Sie sah liebevoll auf ihr schlafendes Junges und das andere hinunter. Dieses häßliche, winzige Ding hatte eine unglaubliche Lebenskraft.

Hatten die Menschen auf dem Abhang unter ihr danach gesucht? Wollten sie sichergehen, daß es tot war? Oder wollten sie seinen winzigen Körper fressen? In ihren Schritten hatte so viel Entschlossenheit gelegen, und der eine hatte so wütend geschrien. Sie konnte sich noch an den Schrei erinnern. *Ma-na-ra-vak*. Sie versuchte ihn nachzumachen. »Mah... nah... rah... vahk... mah... nah...«

Sie verstummte. Sie hatte Angst vor diesem Ma-na-ra-vak-Schrei, weil sie instinktiv erkannte, daß es ein Schmerzensschrei war, eine Forderung, das Junge dem Menschenrudel zurückzugeben. Aber das kam nicht in Frage. Schließlich hatten sie es ausgesetzt, und sie hatte es gefunden. Seit es von ihrer Milch getrunken hatte, wußte sie, das es zu ihrem eigenen Rudel gehörte.

Und während sie jetzt allmählich einschlief und ihre Jungen an sich kuschelte, wußte sie, daß dies der letzte Sturm war, den sie im Schutz ihrer Höhle erleben würde. Sobald der Wind und das Wetter es erlaubten, würde sie dieses menschenverseuchte Land verlassen und ihren Jungen beibringen, auf Wanawut-Weise zu jagen und zu überleben.

Der Sturm hielt einen Tag und eine Nacht an und ließ erst in der stumpfen, knirschenden Kälte eines sonnenlosen Morgens nach. In Cheanahs Hütte spielten drei seiner Söhne gelangweilt Knochenwerfen auf ihren gemeinsamen Schlaffellen, als Honee ihrer Mutter Kimm eine neue Kompresse aus mit Fett vermischten Weidenblättern brachte.

Cheanah hockte im Schatten auf seiner eigenen Schlafstelle und beobachtete im Licht von Zhoonalis Talglampe betrübt, wie Kimm den Umschlag ohne ein Wort des Dankes annahm. Mit ihren dicken, kurzen Fingern steckte sie ihn sich in den Mund und biß vorsichtig hinein, wobei sie es immer noch schaffte, sich bei ihrem Mann zu beschweren.

»Sieh mich an! Mein Kiefer ist geschwollen, und mein Gaumen blutet immer noch, wo die Frau Lonit mich getreten hat. Zwei Zähne sind für immer verloren! Alles ist schlecht — meine Schmerzen und dieser Sturm. Sie ist schuld, daß es nie wieder aufhören wird. Sie und er sind schuld! Und du sitzt da...«

Cheanahs Blick brachte sie zum Schweigen. Seine Stimmung war so rauh und kalt wie das Wetter. Obwohl sie klug genug war, jetzt zu schweigen, hing ihre unausgesprochene Anschuldigung in der Luft: Und du sitzt da, der du einmal ein Häuptling warst, und unternimmst nichts!

Wenn sie in Reichweite gewesen wäre, hätte Cheanah ihr vielleicht noch einen Zahn ausgeschlagen. Er hatte noch nie eine Frau geschlagen, aber jetzt juckte seine Hand vor Verlangen danach. Was erwartete sie von ihm? Was konnte er tun?

Torka, Grek und der Zauberer waren auf dem Höhepunkt des Sturmes mit dem Hund zurückgekehrt, aber ohne den zweiten Zwilling oder ein Wort der Erklärung. Sie waren in ihren Erdhütten verschwunden, um den Schneesturm abzuwarten. Die Drohungen, die Torka und Cheanah sich gegenseitig gemacht hatten, hingen immer noch in der Luft, während der Wind brauste.

Zhoonalis alte Augen fingen seinen Blick auf, der ihr deutlich sagte, daß seine Geduld mit seiner Frau bald ein Ende hatte. Sie wandte sich an Kimm. »Eine Frau, die einen Zahn verliert, verliert ein Jahr ihres Lebens. Du kannst dich bei der Frau aus dem Westen dafür bedanken. Du hast recht: Es ist schlecht — sehr schlecht!«

»Sie sollte bestraft werden. Wenn Cheanah Häuptling wäre,

würde er sich schon darum kümmern!« sagte Kimm störrisch und hielt sich ihr geschwollenes Kinn. Sie stöhnte und sah Cheanah erwartungsvoll an.

Er funkelte sie verärgert an und überlegte, ob er ihr mit der bloßen Hand ins Gesicht schlagen sollte. Ihr Genörgel ging ihm allmählich auf die Nerven.

Yanehva, Cheanahs mittlerer und klügster Sohn, sah von seinem Spiel auf und versuchte, die Stimmung seines Vaters einzuschätzen. Er war ein schlanker, sehniger junger Mann, trotz der Überfülle an Nahrung und der ständigen Mahlzeiten, die die Frauen an der Feuerstelle seines Vaters zubereiteten. »Die Frau aus dem Westen hat ihre Strafe schon erlitten. Sie hat einen Sohn verloren.«

Cheanah nickte dankbar. Mit seinen elf Jahren zeigte Yanehva bereits alle Anzeichen der Reife. Seine ausgeglichene, zurückhaltende Natur erfreute seinen Vater ebensosehr wie sie seine Mutter verärgerte, Zhoonali besorgte und Kimm irritierte.

»Was weiß ein kleiner Junge schon von solchen Dingen?« schnappte sie und funkelte den Jungen an.

»Es heißt, daß Karana in meinem Alter schon den Regen herbeirufen und das Wild vor die Speere der Jäger locken konnte, weil...«

»*Karana!*« Kimm spuckte den Namen verächtlich aus. »Dieser Zauberer spricht nur zum Wohl Torkas und Lonits — nicht zu unserem Wohl! Die Frau aus dem Westen hat zwar einen Zwilling an den Wanawut verloren, aber wo ist der andere Zwilling? Kimm sagt dir, wo er ist: an Lonits Brust! Beide Zwillinge sollten tot sein, genauso wie meine eigenen Zwillinge.«

Die fünf Jahre alte Honee, die so fett wie ihr Halbbruder Yanehva dünn war, bedachte ihre Mutter mit einem tieftraurigen Blick. »Ich wäre gern ein Sohn für dich, Mutter«, flüsterte sie. »Einmal hat dieses Mädchen den Zauberer gebeten, es so zu machen, aber Karana hat gesagt, daß mein Vater meiner Seele keinen Namen gegeben hätte, wenn er nicht gewollt hätte, daß ich in seinem Stamm lebe. Und deshalb wollte der Zauberer mich nicht ändern.«

»Er konnte es nicht!« korrigierte Xhan sie vorwurfsvoll.

Wenn Kimm von diesem Eingeständnis ihres einzigen Kindes

gerührt war, dann zeigte sie es nicht. Sie hielt nur ihr Kinn und stöhnte, als hätte sie das Mädchen überhaupt nicht gehört.

Mano zeigte auf seine Halbschwester. »Honee liebt Karana! Ha! Karana ist wahrlich ein großer Zauberer! Er kann sich sogar unsichtbar machen, wenn er gebraucht wird! Und jetzt verkriecht er sich in seiner Erdhütte und versucht nicht einmal, diesen Sturm aufzuhalten...«

»Er könnte es, wenn er wollte!« unterbrach ihn das kleine Mädchen leidenschaftlich.

»Ha!« höhnte Mano. »Unser Vater hat sich schon gefragt, ob Karanas Macht genauso fruchtlos wie seine Männlichkeit ist. Was ist er für ein Zauberer, daß er kein Baby in den Bauch seiner Frau pflanzen kann?«

Honees hängendes Kinn zitterte. »Er könnte es, wenn er wollte!«

Cheanah blickte überrascht auf, als er Mano mit seinen Worten sprechen hörte. Er konnte sich nicht erinnern, sie in Gegenwart seiner Söhne gesagt zu haben. Er mußte in Zukunft besser aufpassen, was er sagte. Mano hätte gedankenlos alle seine Worte wiederholen können – einschließlich seines Wunsches, die junge Mahnie gegen eine seiner Frauen einzutauschen oder sie sich einfach zu nehmen, ob der Zauberer nun damit einverstanden war oder nicht. Er würde mit ihr das vollbringen, was der Zauberer nicht geschafft hatte.

»Karana kann alles tun! Alles!« In der bebenden Stimme des kleinen Mädchens lag unverkennbar Bewunderung.

»Könnte er dir auch ein Kinn und kleinere Ohren machen?« hänselte Mano und kugelte sich gemeinsam mit dem sechsjährigen Ank vor Lachen, während Yanehva ihnen verärgert einen Klaps gab.

Honee sackte sichtlich zusammen.

Cheanah bemerkte den verstohlenen Blick, den sie ihm zuwarf. Zweifellos hoffte sie darauf, daß er sie wenigstens diesmal gegen ihre Brüder in Schutz nahm. Aber er tat ihr den Gefallen nicht. Sie war nicht mehr das hübsche Baby, das eine angenehme Abwechslung von dem ewigen Gezank seiner Söhne gewesen war. Honee war überhaupt nicht mehr hübsch. Diese Erkenntnis beunruhigte Cheanah. Sie war ihm ans Herz gewachsen, obwohl er sie ursprünglich nur mit dem Hintergedanken akzeptiert hatte, daß seine zwei Frauen im Alter Hilfe bei der Frauenarbeit gebrauchen konnten.

Kimm hätte sie bereitwillig aufgegeben, um ihre Mutterpflichten nicht an ein Mädchen zu verschwenden. Sie hatte oft genug deutlich gemacht, daß sie das Kind überhaupt nicht mochte, als ob es Honees eigene Schuld wäre, daß sie nicht als Junge auf die Welt gekommen war.

Cheanah spürte, wie seine Feindseligkeit gegenüber seiner zweiten Frau zunahm. Sie war mit den Jahren viel zu fett und anspruchsvoll geworden. Honee hatte zwar ihre Neigung zur Fettleibigkeit geerbt, nicht aber ihre ehemalige Schönheit. Trotzdem erkannte Cheanah auch sich selbst in Honees breiten Zügen wieder. Genauso wie seine Söhne hatte sie ein mutiges und starkes Wesen. Es war eine Schande, daß sie kein Junge war. Aber ihre Brüder hatten dafür gesorgt, daß sie flink, furchtlos im Kampf und gemein wie ein gereizter Dachs geworden war. Sie hätte einen Jäger mit beneidenswertem Geschick abgegeben. Unglücklicherweise ließen sich einige Dinge nicht ändern, auch wenn sie dem Zauberer etwas Derartiges zutraute. Honee würde mit ihrem Aussehen und ihrem Charakter nie einen Mann für sich gewinnen können. Sie würde später ganz allein auf ihre eigene Stärke angewiesen sein, so daß Cheanah nichts gegen die Quälereien ihrer Brüder unternahm. Dadurch würde sie nur noch stärker werden. Zhoonali würde das Kind später trösten, wie sie es immer tat.

Cheanah war stolz auf seine Tochter, als sie Mano wütend anfunkelte und ihm erwiderte: »Dieses Mädchen schert sich nicht um das, was du sagst! Karana hat gesagt, daß Cheanahs Tochter hübsch ist! So hübsch wie Sommermond und...«

»Und das ist sie auch, ganz gewiß!« unterbrach Zhoonali sie mit der blinden Liebe einer Großmutter. »Alle Kinder von Zhoonali sind hübsch! Seit Anbeginn der Zeiten hat Zhoonalis Familie nur hübsche Menschen hervorgebracht. Zhoonali selbst und ihre Töchter, ihre Söhne, ihre Enkelin... und ihre Enkel... besonders die Zwillinge, die Kimm so mutig dem Wohl des Stammes geopfert hat, als Cheanah noch Häuptling war. So ist es! Die Zwillinge waren die hübschesten Söhne überhaupt.«

Xhan und ihre Söhne warfen ihr finstere Blicke zu.

Cheanah erkannte den ausgeworfenen Köder und knirschte mit den Zähnen, während er sich dazu zwang, nicht darauf anzuspringen.

Kimm jammerte. »Meine Babys! Meine Söhne! Wie kann Cheanah nur ruhig dasitzen, solange auch nur einer von Torkas Zwillingssöhnen die Milch des Lebens aus seiner verfluchten Frau saugt?«

Cheanahs Augenbrauen senkten sich. Konnte Kimm nicht erkennen, daß Zhoonali ihre Gefühle beeinflußte? Natürlich erkannte sie es, aber sie wollte sich beeinflussen lassen. Er wußte, daß Kimm auf Lonit eifersüchtig war. Sie war auf jede Frau eifersüchtig, die er jemals bewundernd angesehen hatte — und das waren im Laufe der Jahre eine ganze Menge gewesen. Er teilte ihre Mißbilligung von Torkas Weigerung, Lonit die Zwillinge wegzunehmen. Damit hatte dieser den ganzen Stamm erzürnt und beinahe das Leben seiner geliebten Mutter auf dem Gewissen gehabt. Doch dank Zhoonalis selbstlosem Mut war nun einer der Zwillinge tot. Wegen des zweiten konnte man jetzt nichts mehr unternehmen. Es war ein Kind mit einem Namen und einem Leben, seit es offiziell von seinem Vater anerkannt worden war.

Als er diese Tatsache ansprach, schüttelte Zhoonali den Kopf. Während draußen der Wind heulte, sah ihr Gesicht im fahlen gelben Licht so öde wie eine Geröllebene aus. Aber ihre Augen waren klar, als sie ihn jetzt mit einem nachdenklichen und fordernden Blick fixierten, der seine zunehmende Verwirrung nur noch verstärkte. »Denk nach, Cheanah, denk nach! Der erstgeborene Zwilling wurde von seinem Vater akzeptiert, nicht aber vom Stamm. Kimm hat recht. Dem Neugeborenen darf kein Platz in diesem Stamm gewährt werden, sonst wird es bald keinen Stamm mehr geben.«

Draußen heulte immer noch der Schneesturm. Cheanah konnte sich nicht erinnern, jemals einen schlimmeren Sturm oder einen heftigeren Wind erlebt zu haben. Es war, als rasten die Mächte der Schöpfung wütend über die Welt und wollten die Erdhütten aus ihrer Verankerung reißen, um den Stamm über den Rand der Welt zu schleudern. Vielleicht würde es ihnen gelingen, bevor der Sturm vorbei war. Dann würde Zhoonali recht behalten. Aber was würde es dann noch ausmachen? Wegen Torkas Halsstarrigkeit wären sie dann alle tot.

»Es ist seltsam«, sagte Zhoonali und sah ihn aus nachdenklich verengten Augen an. »Du siehst aus wie mein Sohn.«

Cheanah spürte die kritischen Blicke seiner Söhne auf sich ruhen. Er setzte sich kerzengerade auf, reckte die Brust und erwiderte den Blick seiner Mutter. Er versuchte wie ein Sohn auszusehen, der befürchtete, daß ein geliebter Elternteil allmählich der Gebrechlichkeit des Alters zum Opfer fiel. »Natürlich sehe ich wie dein Sohn aus! Ich bin dein Sohn! Der einzige, der dir geblieben ist!«

Die alte Frau nickte und lächelte mit offensichtlicher Erleichterung. »Das ist die Antwort, die ich mir erhofft hatte, Cheanah. Du wurdest als Häuptling deines Stammes geboren. Du hättest niemals Torka folgen und dich ihm unterordnen dürfen. Er ist nicht von unserem Stamm. Er ist ein Fremder. Er ist nicht mein Sohn!«

»Mutter, ich bin dein Sohn, und du brauchst vor nichts auf dieser Welt Angst zu haben, solange du Cheanah hast, um dich zu beschützen.«

»Aber wie lange werde ich dich noch haben? Torka und seine Frau haben die Traditionen verletzt! Wenn du wirklich mein Sohn Cheanah bist, dann mußt du Torka aufhalten! Du mußt von ihm verlangen, daß er beide Zwillinge aufgibt, so wie du selbst deine Söhne zum Wohl des Stammes geopfert hast. Sonst wird es für uns alle bald zu spät sein!«

»Nein.«

Torkas Antwort war klar und ruhig, aber sie erschütterte die versammelten Stammesmitglieder stärker als der nachlassende Sturm.

Sie standen in ihren schweren Winterfellen da, hatten die Kapuzen über den Kopf und die Kragen um den Hals gezogen, während sich die Kinder an ihren Beinkleidern festklammerten.

Doch es gab niemanden in dieser Versammlung, der eine andere Antwort von ihm erwartet hätte.

»Es muß endlich geklärt werden«, sagte Cheanah.

Torka sah zum Himmel hinauf. »Einen Tag und eine Nacht lang hat der Sturm getobt. Jetzt dämmert es, und das Wetter klart auf. Das ist für Torka ein weiterer Grund, nicht nachzugeben. Mein Kind lebt. Der Stamm lebt. Der Sturm hat uns nicht fortgeweht!«

Zhoonali stand aufrecht in ihrem Bärenfell neben Cheanah. Im Gegensatz zu ihrem Sohn hielt sie sich nicht zurück. »Lästere nicht über die Macht von Vater Himmel und Mutter Erde, Torka! Als du deinem erstgeborenen Sohn ein Namen gabst, haben alle den brennenden Himmel gesehen und die zitternde Erde gespürt. Einen Tag und eine Nacht lang hat diese alte Frau wachgelegen und auf die Geisterstimmen ihrer Ahnen gehorcht. Sie waren es, die Zhoonali aus der Geisterwelt zurückgebracht haben. Sie waren es, die mir den Wanawut in den Weg gestellt haben. Sie waren es, die Cheanah in die fernen Hügel geführt haben, damit er mich findet und ich jetzt zu dir sprechen kann. Es ist dieser Frau zu verdanken, daß der Sturm nachläßt. Die Mächte der Schöpfung haben den Wanawut geschickt, damit er die Seele deines zweiten Sohnes frißt. Jetzt wartet der Wanawut hungrig. Er wird nicht weichen, ehe er auch das Fleisch von Torkas anderem Zwilling verzehrt hat. Und wenn das nicht geschieht, wird sich die bebende Erde öffnen und den ganzen Stamm verschlingen, und der brennende Himmel wird niederstürzen, um unsere Knochen unter sich zu begraben!«

Der Zauberer, der ein Stück entfernt stand, versteifte sich. Die alte Frau war in guter Verfassung, und machte mit ihren wütenden Blicken und dem drohend erhobenen Finger großen Eindruck. Er entdeckte Lonit, die niedergeschlagen neben Wallah von der Bluthütte aus zusah. Sie hatte ihre Schlaffelle um sich gewickelt, hielt den Atem an und drückte den kleinen Umak dichter an sich. Karana wußte, daß sie keine Angst um sich, sondern um ihr Kind hatte. Zhoonali hätte ihre Drohung nicht schärfer formulieren können, und es gab niemanden, der davon nicht sichtlich beeindruckt war.

Außer Torka. »Dann hat der Wanawut also zu dir gesprochen, Zhoonali? Und Vater Himmel und Mutter Erde haben dir dies gesagt?«

Jetzt zögerte Zhoonali, aber nur für einen kurzen Augenblick. »Er hat gesprochen. Sie haben es gesagt.«

Sie hat Angst, dachte Karana, *aber wovor? Vor der Bestie? Vor den Mächten der Schöpfung?* Er war sich nicht sicher. Alle hatten Angst. Nur Torka schien von den Worten der Frau ungerührt, während der Wind ein ängstliches Flüstern durch die Versammlung trug. Der Zauberer erkannte die tödliche Macht, die daraus werden konnte, wenn sie sich gegen Torka verbündeten. Seine Hartnäckigkeit schürte die Flammen ihrer Furcht. Als Karana in ihre Gesichter sah, wußte er, daß sie Torka und alle, die ihm nahestanden, zerstören konnten, wenn es ihm nicht gelangt, ihnen die Furcht zu nehmen.

Der Zauberer verlagerte sein Gewicht und verschränkte die Arme über der Brust. Alle Augen waren jetzt auf ihn gerichtet. Sie warteten darauf, daß der Zauberer zu ihnen sprach.

Aber in ihm war keine Zauberkraft mehr. Er wollte sprechen, aber was sollte er sagen? Wie konnte er ihnen beweisen, daß die alte Frau log? Denn er wußte, daß sie die Wahrheit sagte. Also sagte er gar nichts, wie er es schon seit seiner Rückkehr ins Lager gehalten hatte.

Auch zu Mahnie hatte er kein Wort gesprochen. Als sie neben ihm in ihrer Erdhütte gelegen hatte, ihn gestreichelt und Worte voller Liebe und Dankbarkeit über seine Rückkehr geflüstert hatte, hatte er ihr den Rücken zugewandt. Er war ihrer Liebe nicht würdig und bereute es, zurückgekommen zu sein. Er hatte sich gewünscht, er wäre tot. Denn er war Karana. Navahks Sohn, Bruder von Bestien, Kindermörder und Verräter.

Und jetzt sah er seine geliebte Mahnie unter den windzerfetzten, sich langsam verziehenden Wolken bei den anderen Frauen stehen. Sie starrte ihn an, wie ihn alle anstarrten, und wartete auf seine Worte, wie sie alle darauf warteten. Sie hofften darauf, daß er Zhoonalis Verdammung von Torkas Sohn bestätigte. Sie konnten nicht wissen, daß er bereits einen von Torkas Zwillingen verdammt hatte. Jetzt forderten sie, daß er auch den anderen verdammte oder sich auf Torkas Seite gegen Zhoonali und alle Mächte der Schöpfung stellte.

Tief in seinen Eingeweiden rührten sich Ekel, Scham und Schuld, bis sie ihn mit dem Wissen quälten, daß Torkas Baby noch am Leben sein könnte, wenn er es nicht selbst zum Tod verurteilt hätte. Aber er würde sich nie sicher sein können. Er wußte nur, daß seine Schwester am Leben war und die Milch trank, die aus dem Fleisch von Torkas Sohn entstanden war.

Karana wurde übel. Auch er war Torkas Sohn — wenn auch nur dem Namen nach. Und als sein Sohn konnte er seinen Vater nicht zweimal betrügen. Aber er konnte sich auch nicht zu einer Entscheidung durchringen, die dem ganzen Stamm den Tod bringen könnte. Er wäre am liebsten allein in die stürmischen Hügel hinausgelaufen, um sein eigenes Leben den Mächten der Schöpfung zu opfern.

Aber niemand erwartete ein solches Opfer von ihm. Der Häuptling brachte sie alle mit einer Armbewegung zum Schweigen.

»Der Sturm ist vorbei«, verkündete Torka. »Zhoonali ist eine furchtsame alte Frau, die in der Nacht von ihren Träumen gequält wird. Geh zurück in deine Hütte, Mutter Cheanahs. Ruh dich aus und schlaf! Und was die übrigen von euch betrifft: Was getan wurde, ist getan. Denkt nicht mehr daran!«

Im zunehmenden Licht des Tages erwiderte Zhoonali ungerührt seinen Blick. Sie richtete sich auf, damit ihre Würde nicht wie eine zarte Pflanze in Torkas frostigem Tadel dahinwelkte. »Nicht mehr daran denken bedeutet, daran zu sterben!« fuhr sie ihn an.

Der Stamm hielt überrascht den Atem an. Frauen stritten sich nicht mit Männern — zumindest nicht in der Anwesenheit von Zuhörern. Nur Zhoonali, die mutigste aller Frauen, konnte davon ausgehen, daß ihr Alter und ihre Abstammung ihr das Recht gaben, den Häuptling vor dem gesamten Stamm zurechtzuweisen.

Torka warf ihr einen prüfenden Blick zu. Seit dem letzten Sonnenaufgang hatte Zhoonali ihm schwer zu schaffen gemacht. Zhoonali war schuld, daß einer seiner Söhne tot war, daß der andere in Gefahr war und er riskierte, die Herrschaft über den Stamm zu verlieren. Jeder andere Häuptling hätte sie niedergeschlagen und ihren Sohn ignoriert, um zu verkünden, daß sie trotz ihres Alters wegen ihres Verhaltens das Recht auf einen Platz im Stamm verwirkt hatte.

Aber Torka war anders. Er sah Zhoonali als alte, nicht mehr anpassungsfähige Frau, die so sehr in der Tradition verwurzelt war, daß sie blind für die Weisheit anderer Menschen geworden war. Was sie sagte und tat, beruhte nicht auf ihrer Selbstsucht oder Grausamkeit, sondern auf ihrem tiefverwurzelten Glauben, daß sie zum Wohl aller handelte. Während diese Überlegung verhinderte, daß Torka sie haßte, übersah er einen Teil ihres Wesens, der der gefährlichste von allen war: ihr Ehrgeiz in bezug auf ihren Sohn.

Und so wies er sie nicht mit einem Tadel zurecht oder ehrte sie mit einer Antwort, die den Status anerkannte, den sie sich selbst zugelegt hatte. Statt dessen sah er Cheanah an und richtete seine Worte direkt an ihn.

»Zhoonali ist eine alte Frau, die über ihr Alter vergessen hat, welchen Platz sie im Stamm hat. Du hast ihretwegen diese Versammlung einberufen. Jetzt löse sie ihretwegen auf und laß uns im Licht der neu aufgegangenen Sonne vergessen, welche bösen Worte zwischen uns gefallen sind.«

Er wollte sich gerade die Kapuze aus der schwarzen Mähne seines Löwenfells über den Kopf ziehen und fortgehen, als Cheanahs starke Hand ihn zurückhielt. Cheanah kam jedoch nicht mehr dazu, etwas zu sagen, weil in diesem Augenblick die Wölfe in den fernen Hügeln zu heulen begannen und ihnen irgendwo im nebligen Hochland die Stimme des Wanawut antwortete.

Zhoonali versteifte sich. Triumphierend drehte sie sich um sich selbst und gestikulierte mit den Armen. »Hört! Der Wanawut hat Hunger! Es ist so, wie Zhoonali es euch gesagt hat. Der Wanawut ist gekommen, um vom Fleisch des Stammes zu fressen, als Strafe für Torkas und Lonits Eigensinn!«

Torka spürte den plötzlichen Meinungsumschwung des Stammes. Es war ein kalter Hauch der Besorgnis, des Mißtrauens und der Furcht vor dem Unbekannten. Sie hatten das Vertrauen in ihn verloren. Der Wanawut lebte, und Manaravak war tot. Aber er hatte noch einen zweiten Sohn, der dem Geist der kalten, grauen Bergnebel zum Wohl des Stammes überlassen werden sollte.

»Nein...« sagte er und schüttelte den Kopf. Er sah Karana an, der mit ausdruckslosem Gesicht und leeren Augen abseits von den anderen stand. Warum sprach der Zauberer nicht?

Statt dessen sprach Cheanah. »Zhoonali ist alt, aber sie ist weise. Und sie hat recht! Viel zu lange hat dieser Mann sich Torkas Willen gebeugt! Jetzt muß Torka sich Cheanahs Willen beugen... und dem Willen des Stammes!«

»Ich werde nicht zulassen, daß man meinen Sohn tötet!«

»Es steht dir nicht zu, darüber zu entscheiden. Das, was uns alle betrifft, muß auch von allen entschieden werden! So ist es schon immer gewesen, seit Anbeginn der Zeiten!«

Torka konnte sich der Wahrheit nicht länger verschließen. Der Stamm hatte recht. Es gab niemanden, der Cheanahs Worte nicht murmelnd bestätigte.

Aber dies war eine Wahrheit, der Torka sich nicht beugen konnte. Er spürte die Augen aller Stammesmitglieder auf sich, die Augen von Freunden, von Männern und Frauen, die sich ihm freiwillig angeschlossen hatten und ein gutes Leben unter seiner Führung gehabt hatten. Aber weil sie sich fürchteten, waren sie jetzt seine Feinde. Sie würden ihn töten, wenn er ihnen nicht nachgab. Und dann würden sie sein Kind töten.

Wut kochte in ihm hoch und wich dann dem schrecklichen Gefühl, betrogen worden zu sein. Wie schnell sie alle die guten Tage vergessen hatten, die gute Jagd und die Gefahren, die sie gemeinsam in diesem neuen Land überstanden hatten.

Die Spannung war beinahe greifbar, als Cheanah zwischen Torka und die Bluthütte trat. Seine Söhne waren an seiner Seite — seine helläugigen, selbstsüchtigen Söhne. Sie platzten fast vor Stolz, als Cheanah mit einem Kopfnicken befahl: »Geht mit eurer Großmutter! Holt den Säugling, den Torka als seinen Sohn bezeichnet, von seiner Mutter und bringt ihn her.«

Sie wollten bereits losstürmen, aber Torka machte einen schnellen Ausfall erst zur einen, dann zur anderen Seite und brachte damit alle drei zu Fall. »Ich habe dich schon einmal gewarnt, Cheanah, daß ich jeden Mann zu Futter für die Aasfresser machen werde, der meinem Sohn etwas antun will.«

Cheanah nickte. »Aber wie lange hat er noch zu leben, nachdem ich dich zu Futter für die Aasfresser gemacht habe, Torka?«

2

Während der Stamm in atemloser Spannung zusah, stürzte sich Cheanah auf Torka. Die Männer gingen wie zwei brünftige Elchbullen aufeinander los. Sie stießen heftig zusammen und rangen miteinander, bis sie ächzend und keuchend zu Boden gingen, wo sie weiterkämpften. Keiner von ihnen war bereit, den anderen lebend aus diesem Kampf entkommen zu lassen.

Zhoonali erkannte sofort, daß Cheanah den falschen Augenblick für einen Angriff gewählt hatte. Sie sah den bodenlosen, schwarzen Abgrund der Entschlossenheit in Torkas Augen und hatte Angst um das Leben ihres Sohnes.

Endlich war Cheanah wieder Häuptling. Doch dazu hätte er sich nicht erst mit Torka prügeln, sondern nur abwarten müssen, wie die Autorität des Mannes aus dem Westen dahinschwand, während alle Zeichen und eine alte Frau auf seiner Seite waren.

Sie hatte es geschafft, den Bären in Cheanahs Seele aufzustacheln, aber sie hatte nicht die vollen Konsequenzen ihrer Umtriebe vorausgesehen. Er dachte wie ein Bär, nicht wie ein Mensch. Er reagierte nur, ohne nachzudenken. Konnte er nicht sehen, daß er mit diesem Ringkampf nicht mehr erreichte als eine Beschmutzung seines männlichen Stolzes? Und was war, wenn Torka sich als der bessere Kämpfer herausstellte? Dadurch konnten sie und Cheanah alles wieder verlieren.

Also wußte Zhoonali, was sie tun mußte, als nun plötzlich Torkas Totemtier auf einer Anhöhe erschien, trompetete und sich den fernen Hügeln im Osten zuwandte. Sie nahm die Haltung einer Seherin ein und rief so laut, daß alle es hören konnten:

»Nein! Hört auf mit diesem Kampf! Es gibt einen anderen Weg! Seht doch! Das Mammut wendet sich nach Osten, fort von diesem Tal und den Jagdgründen dieses Stammes! Die Mächte der Schöpfung haben gesprochen! Sie haben uns einen anderen Weg gezeigt!«

Karana war durch ihre Worte wie gelähmt. Er wußte, daß er als Zauberer derjenige war, der den Konflikt zwischen Torka und Cheanah hätte beilegen müssen, bevor es zum offenen Schlagabtausch kam. Als Torkas Sohn hätte er sich in den Kampf stürzen müssen, genauso wie Cheanahs Söhne darauf brannten. Aber in ihm war keine Stimme. Die Mächte der Schöpfung hatten sie ihm genommen und sie Zhoonali gegeben. Er starrte nach Osten und sah, wie das Mammut ihnen den Rücken zukehrte, während er den Boden unter den Füßen zu verlieren schien.

Die alte Frau zeigte darauf und rief mit der Stimme einer Seherin: »Seht die Donnerstimme! Seht den Lebensspender! Er gibt unserem Stamm ein Zeichen!«

Ihre Worte waren wie Keile, die den Erdspalt unter Karanas Füßen noch weiter auseinandertrieben. Mutter Erde öffnete sich, um ihn zu verschlingen. Er hörte das Mammut noch einmal trompeten, als er mit hochgerissenen Armen in die Erde fiel – in eine absolute Finsternis. Um ihn herum wehte der Geisterwind, und das kalte, steinige Fleisch von Mutter Erde ächzte und stöhnte, wurde dann heiß und flüssig, um ihn zu verbrennen, zu verschmelzen und zu einem Teil von sich werden zu lassen.

So plötzlich wie er gefallen war, kam Karana aus der glühenden Hitze wieder in eine kalte Finsternis. Er fiel immer noch, bis er durch den Boden der Welt wirbelte. Dann folgte lautes Dröhnen und explodierendes Licht, während er das Gefühl der Schwerelosigkeit hatte, als der Geisterwind ihn hochriß.

Wie ein Fisch, der von der Strömung eines Flusses davongetrieben wird, wurde Karana herumgewirbelt, um die ganze Welt herum. Er trieb höher und höher bis in das Reich Vater

Himmels hinein, einen riesigen, sternenübersäten Raum, in dem die unsichtbaren Toten wohnten.

Er erschrak, als er ihre Berührung spürte und sie ihn in ihrer Welt festhalten wollten. Verzweifelt wand er sich aus ihren Händen. Er hörte ihre Stimmen flüstern und rufen, die sich miteinander verwoben wie Wolken in einem Sturm. Doch dann erhob sich eine unverkennbare Stimme über alle anderen – die Stimme Navahks, seines Vaters.

Hör zu, Karana! Ich habe deinen und Torkas Tod im Gesicht der aufgehenden Sonne gesehen, jenseits eines endlosen Tals aus Eis und Stürmen...

»Wir müssen alle eines Tages sterben!« Es war seine eigene trotzige und wütende Stimme, aber er hatte gar nicht gesprochen, sondern der Geist seiner Jugend. Er wurde zusammen mit Navahk und all den anderen Geistern davongespült, bis Karana schließlich allein mit dem Wind und dem Himmel war und schwerelos in den schwarzen, sternengesprenkelten Armen von Vater Himmel lag. Links von ihm schien der Mond und rechts die Sonne.

Schau nach unten, Zauberer! befahl Vater Himmel.

Sieh! sagte der Geisterwind.

Karana schaute nach unten, und erstaunt sah er die Welt. Er sah nicht alles von ihr, keine Unendlichkeit aus Land und Himmel wie sonst, sondern eine blau-weiße Kugel, die auf unfaßbare Weise im Meer des Raumes schwebte, zur Hälfte in der Dunkelheit der Nacht, zur Hälfte im Licht des Tages. Sie drehte sich unablässig, während ihre Landmassen unter meterhohen Eisdecken begraben lagen.

Atemlos fuhr er näher heran und blickte in ein Tal zwischen riesigen, vergletscherten Gebirgszügen. Er sah das Lager seines Stammes, eine winzige Anhäufung von Pocken, die aus Fellen bestanden und von Fleisch und Häuten umgeben waren, die im Wind trockneten. Die Menschen hatten sich versammelt und sahen zwei Männern zu, Torka und Cheanah, die am Boden miteinander rangen. Zhoonali, die aus dieser Höhe wie eine Ameise aussah, stand in ihrem schmutzig-weißen Umhang da und zeigte auf einen Mann, der mit seinem Hund abseits stand... ein Mann, der ihm selbst auf beunruhigende Weise ähnelte.

Orientierungslos sah Karana hinunter und fragte sich, wie er gleichzeitig im Himmel und auf der Erde sein konnte.

Zauber, kam es ihm in den Sinn. Es war die Gabe des Sehens. Der Geisterwind hatte ihn in überirdische Höhen gehoben, aber er wurde nicht davongeweht, sondern hatte eine Vision, wie er sie noch nie zuvor erlebt hatte. Eine staunende Ehrfurcht erfüllte ihn. Bald würde die Vision schwinden und er wieder in seiner Haut gefangen sein. Also sah er hinunter und nahm alles in sich auf, was er erkennen konnte. Es war atemberaubend und überwältigend schön.

Plötzlich war er ein Vogel, ein Adler oder ein großer Kondor, dessen mächtige Flügel ihn direkt in die Gesichter der Sonne und des Mondes hinauftragen konnten. Die Flügel seiner Vision schwebten über den vertrauten Umrissen hoher, wolkenverhüllter Hügel. Seine Augen durchdrangen die Wolken und erlaubten ihm einen Blick in das dunkle, rauchgeschwärzte Innere einer niedrigen Höhle. Und dort sah er den Wanawut. Sie schlief, während *zwei* Junge zufrieden an ihrer abscheulichen Brust träumten!

Manaravak lebte! Die Bestie hatte ihn nicht gefressen.

Die Mächte der Schöpfung waren mit Torka gnädig gewesen und hatten seinem Kind das Leben geschenkt.

Sie waren auch mit dem Zauberer gnädig gewesen, der seine Kräfte verloren hatte, und hatten den Geisterwind gerufen, um Karana die Wahrheit zu zeigen. Sie hatten ihm noch eine Chance gegeben, seine Schuld an Torka abzutragen. Er wußte jetzt, daß das Kind lebte und wo es war. Er konnte Torka zu seinem Sohn führen.

Er war begeistert. Gut bewaffnet und furchtlos konnten sie der Bestie das Baby entreißen. Die Mächte der Schöpfung würden ihnen helfen, den Wanawut zu töten. Der Stamm würde wissen, daß die Mächte der Schöpfung ihrem Häuptling immer noch gnädig gestimmt waren. Die Menschen würden Torka und seine Zwillinge vorbehaltlos akzeptieren. Und alles würde wieder gut sein im Stamm.

Und Karana wäre wieder der Zauberer, der Herr der Geister, ein Schamane, wie ihn die Welt noch nie gesehen hatte! Wie stolz Mahnie und Lonit auf ihn sein würden!

Seine Begeisterung flaute ab. Welcher Mann würde noch jemanden seinen Sohn nennen, der wissentlich die Unwahrheit über den Tod seines Kindes gesagt hatte, während sie es auf ein Wort von ihm aus den Klauen des Wanawut hätten befreien können? Karana schüttelte den Kopf. Nicht einmal Torka war dazu in der Lage, und er konnte es ihm nicht einmal übelnehmen.

Karana seufzte resigniert. Als er Torka in dem Glauben gelassen hatte, daß sein zweitgeborener Zwilling tot sei, hatte er sich in eine Lüge verstrickt, aus der es keinen Ausweg gab. Torka hatte das Leben eines seiner Söhne retten können und mußte sich mit dem Verlust des anderen abfinden. Warum sollte er ihn mit der Wahrheit beunruhigen, wenn er jetzt seinen Verstand brauchte — ebensosehr wie das Vertrauen in den Rat seines Zauberers und seines ältesten ... Sohns?

Er hatte einen bitteren Geschmack im Mund. Der Geisterwind sollte ihn nur führen, aber er würde ihm nicht folgen.

Der Wind seufzte, als wäre er von ihm enttäuscht, und die Flügel, die Karana durch die Luft trugen, schmolzen dahin. Er spürte, wie er zur Erde stürzte, an einem Mond vorbei, der in Dunkelheit versank, und durch kalte Flüsse voller Sterne. Würde der Geisterwind ihn in den Tod schleudern, nachdem er beschlossen hatte, seine Vision zu ignorieren?

Er wartete ab. Er klammerte sich mit Armen und Schenkeln an den Wind, so wie er sich einst vorgestellt hatte, auf einem der Hengste der Tundra zu reiten. Die Erde kam ihm entgegen. Er war sicher, daß er auf ihr zerschellen würde, bis er außerhalb des Lagers das große Mammut sah, das der aufgehenden Sonne entgegentrottete. Sein Weg führte es in ein weites, offenes Tal, dessen Gras sich zwischen riesigen, eisbedeckten Bergen erstreckte. Es war ein wunderbarer Streifen Tundrasteppe, der immer weiter dahinfloß, bis er sich im Süden in den Nebeln des unbekannten Verbotenen Landes verlor.

Hör zu, Karana! Ich habe deinen und Torkas Tod im Gesicht der aufgehenden Sonne gesehen, jenseits eines endlosen Tals aus Eis und Stürmen ...

Noch einmal quälte ihn die drohende Stimme Navahks, während er unbemerkt in seinen Körper zurückschlüpfte und mit glasigen Augen zwischen denen stand, die keine Ahnung hatten, daß er fortgewesen war.

Nur Sekunden waren vergangen, seit Zhoonali Torka und Cheanah angerufen hatte, aber in dieser Zeit sah Karana, daß Torka seinen Griff lockerte, der Cheanah an den Boden gefesselt hatte. Torka starrte seinen angenommenen Sohn ernst und ruhig an, während er sich von seinem Gegner erhob, und Cheanah aufstehen ließ.

»Wir alle müssen eines Tages sterben.« Karanas Antwort auf die Geisterstimme seines Vaters machte für die, die sie hörten, keinen Sinn. Sie nahmen darin nur eine erschreckende, zusammenhanglose Drohung wahr.

Er spürte, wie die Kraft ihn verließ. Er hatte die Gabe des Sehens mißbraucht. Er hatte sich von dem Weg abgewandt, auf dem er das Leben eines Kindes hätte retten können, weil er befürchtete, die Liebe des Mannes zu verlieren, der ihn wie einen Sohn aufgezogen hatte. Als das große Mammut sie verließ, wußte Karana, was geschehen würde – und geschehen mußte – und überzeugte sich selbst davon, daß es so das beste für alle war.

Während die Augen aller Stammesmitglieder auf ihm ruhten, richtete Karana sich zu seiner vollen Größe auf und hielt seine Arme hoch erhoben. Er bemerkte Mahnies besorgten Blick, aber auch wie Zhoonali ihn anfunkelte, als hätte sie Angst, die augenblickliche Kontrolle zu verlieren. Er konnte ihr nicht erlauben, ihre Herausforderung aufrechtzuerhalten. Langsam senkte er einen Arm, als wäre er ein Speer. Mit ausgestrecktem Zeigefinger deutete er pathetisch auf die alte Frau. Eine unsichtbare Macht entströmte seinem Finger und traf die alte Frau wie ein Pfeil.

Überrascht fiel ihr eigener ausgestreckter Arm herunter. Sie packte ihn mit der anderen Hand und hielt ihn sich schützend an die Seite. Karana wußte nicht, ob er ihr tatsächlich Schmerzen zugefügt hatte. Er wußte auch nicht, warum sie überhaupt auf ihn gezeigt hatte. Aber Zhoonali fürchtete sich sichtlich vor der Veränderung des Zauberers, dessen Macht sie offen bezweifelt hatte, bis sie jetzt fast an den Worten erstickte, die sie hatte sagen wollen.

»So wie alle Menschen eines Tages sterben müssen...« sagte Karana in verändertem Tonfall, um seinen folgenden Worten mehr Gewicht zu verleihen. »...daher müssen sich alle Dinge verändern.« Er sah der alten Frau direkt in die Augen, die zur Überraschung aller in ihrem großen weißen Bärenfell sichtlich zusammenschrumpfte.

Karana entging weder das leise, ehrfürchtige Gemurmel seines Stammes noch der verwirrte Gesichtsausdruck Cheanahs, der langsam auf die Beine kam.

Jetzt hatte er sie! Jetzt würde er sie seinem Willen unterwerfen! Torkas erstgeborener Zwilling würde leben, ob Cheanah von Torka besiegt worden war oder nicht. Was machte es schon aus, daß der zweitgeborene dem Wanawut ausgeliefert war? Torka würde niemals davon erfahren. Es war nur ein winziger Sohn, und Torka hatte noch einen.

Nimm dich in acht! Karanas Magen verkrampfte sich bei der plötzlichen inneren Warnung. Erinnerungen stiegen vor ihm auf, wie er selbst auf Navahks Befehl mit so vielen anderen Kindern ausgestoßen worden war... auch zum »Wohl« des Stammes. Es war schon lange her, während der Hungerzeit in einem weit entfernten Land, auf dem Höhepunkt eines Winters, dem nacheinander alle außer ihm zum Opfer gefallen waren. Selbst noch ein kleiner Junge, hatte er immer wieder sein Leben riskiert, um die kleineren Kinder vor der tödlichen Kälte, dem Hunger und den Wölfen zu retten, obwohl er den Kampf schließlich doch verloren hatte. Die Erinnerung brannte immer noch heiß in ihm: Er hatte überlebt, und sie waren gestorben. Aber auf eine Weise lebten sie in ihm weiter, diese ausgesetzten Kinder mit den traurigen Augen, dessen kleine, in Felle gehüllten Körper er selbst so aufgebahrt hatte, daß sie für immer in den Himmel blickten. Wenn dann die Wölfe gekommen waren, war er selbst nur knapp mit dem Leben davongekommen.

Hatten ihre Mütter und Väter weniger um sie getrauert, weil die meisten von ihnen noch andere Kinder als Trost hatten, oder weil ihr Tod vielen anderen ermöglichte, mit den mageren Vorräten zu überleben? Nein.

Aber jetzt verstand er, wie er auch damals verstanden hatte, daß manchmal unbarmherzige Entscheidungen getroffen werden mußten. Jetzt, genauso wie damals, war wieder die Zeit dafür.

Nimm dich in acht! Diesmal war die Warnung noch eindringlicher. Diesmal kam sie von Sondahr, der großartigen Seherin der Großen Versammlung. Als Lehrerin, Geliebte und wahre Schamanin hatte sie die Gaben des Sehens und Rufens in ihm erkannt und ihn erwählt, zum Empfänger ihrer Weisheit und Leidenschaft zu werden. Sie hatte ihm von den Unterschieden zwischen den Menschen aus reinem Fleisch und denen mit überragendem Geist erzählt. Die letzteren waren sehr selten, hatte sie gesagt, und daß er solch ein Mensch war. Und sie hatte ihn davor gewarnt, seine Gabe nicht zu mißbrauchen, damit seine Zauberkraft nicht zu etwas Verzerrtem, Dunklem wurde, und sie schließlich nicht einmal mehr ihm selbst dienen würde.

Sondahrs Warnung hallte in ihm nach, aber er wollte jetzt nichts davon hören. Sie war tot — ermordet. Er lebte und war der Zauberer in einem Lager, wo er schon viel zu lange geschwiegen hatte. Entscheidungen mußten getroffen werden, die das Leben aller betrafen. Und sie mußten schnell getroffen werden.

»Hört jetzt die Worte Karanas, denn es sind die Worte des Geisterwinds!« rief er. Für einen Augenblick fragte er sich, ob die Mächte der Schöpfung ihn als Strafe für eine solche Lüge mit Taubheit oder Blindheit schlagen würden. Aber der Augenblick verging, ohne daß etwas geschah. »Zhoonali hat recht — es gibt einen anderen Weg für Torka und Cheanah, um ihren Streit beizulegen. Das große Mammut Lebensspender verläßt das Land der Menschen in östlicher Richtung! Es ist ein Zeichen. Zwischen uns soll keine weitere Feindschaft mehr sein. Die Traditionen von Zhoonalis und Torkas Stamm sind nicht dieselben. Wenn Torka seinen Sohn Umak behalten will, muß Torka das tun, was er immer wieder getan hat. Er soll seine Frau und seine Kinder nehmen und seinem Totem folgen. Laßt ihn seinen Sohn nehmen und diesen Stamm verlassen.«

Und das Land des Wanawut, dachte er schuldbewußt. *Weit*

weg von der Wahrheit über Karanas Verrat — eine Wahrheit, die in den Armen der Bestie leben oder sterben wird — wie eine Bestie — für immer.

3

Und so wurde Torka aus dem Lager ausgestoßen, zu dem er selbst seinen Stamm geführt hatte. Es war jetzt nicht mehr sein Stamm, und jetzt erkannte er deutlich, daß er es niemals gewesen war.

»Geh!« forderte Teean.

»Geh!« drängten Cheanahs Söhne.

»Geh!« schrien Ekoh und Ram, Kap, Nuvik und Buhl, während ihre Frauen den Ruf aufnahmen, ihre Fäuste schüttelten und mit den Füßen stampften. Das Wort schallte wie ein Echo in der Versammlung hin und her. Nur Simu und Eneela, der alte Grek, Wallah und ihre Tochter Mahnie, die Frau Karanas, schwiegen.

»Geh!« befahl Cheanah mit wiedergefundener Autorität, während er sich in der offenen Bewunderung seiner Söhne und Frauen sonnte.

Torka funkelte ihn wütend an. Wer Cheanah jetzt ansah, hätte niemals vermutet, daß er noch vor wenigen Augenblicken am Boden gelegen und hilflos mit den Beinen gestrampelt hatte, wenn Zhoonali und Karana nicht Torkas Anstrengungen unterbrochen hätten. Cheanah war breiter und schwerer als er gebaut, aber Torka hatte gewußt, daß er langsam und schwerfällig war. Er hatte ein Temperament, das sich ebenso schnell abkühlte wie seine Entschlossenheit. Sobald Cheanah auf dem Bauch gelegen und Torka ihm die Arme auf den Rücken gedreht hatte, war der Zorn des Mannes verraucht, vermutlich um unnötigem weiteren Schmerz und vielleicht sogar dem Tod zu entgehen.

Aber jetzt gab es für Torka keine Möglichkeit mehr, dem Stamm zu beweisen, daß er der bessere Häuptling war. Selbst wenn er noch einmal mit Cheanah kämpfen und gewinnen würde, machte es keinen Unterschied mehr, weil Karana gesprochen hatte. Durch seinen Mund hatten die Mächte der Schöpfung bestimmt, wer bleiben und wer gehen sollte.

Torka funkelte Cheanah an. »Wenn ein Mann dieses Tal verlassen muß, solltest du es sein und nicht ich«, sagte er.

Der zurückhaltende Blick in Cheanahs Augen zeigte ihm, daß der Sohn Zhoonalis die Wahrheit erkannt hatte. Aber in diesem Lager hing die Wahrheit nicht davon ab, wer recht oder unrecht hatte, sondern von der Anzahl der mit Speeren bewaffneten Jäger, die sich jetzt auf Cheanahs Seite gestellt hatten.

Sie waren viele, und Torka war allein. Sie beobachteten ihn und warteten ab, was er tun würde. Aber er tat nichts, sondern stand nur da und sah kalt von Cheanah zu Karana.

Das Gesicht des jungen Mannes war ausdruckslos, seine ruhigen Augen verrieten nichts über seine Gedanken. Torka wurde plötzlich wütend über die verwirrende Veränderung des Zauberers und verstand nicht, warum er, der zuvor wie ein Sohn für ihn gewesen war, nun zu seinem Feind geworden war. Es hätte nur ein Wort oder eine Handbewegung genügt, um die Dinge wieder zu Torkas Gunsten zu wenden, aber Karana hatte sich für das Gegenteil entschieden. Warum?

»Die Zeit der langen Dunkelheit ist noch nicht vorbei«, sagte Torka und überlegte verzweifelt, wie er den Zauberer zu einem Gesinnungswandel bewegen könnte. »Die Tage sind kurz, und die großen Herden sind noch nicht aus dem Gesicht der aufgehenden Sonne in dieses Land zurückgekehrt. Hat der Geisterwind dir wirklich gesagt, du sollst von einem Mann, den du Vater nennst, verlangen, seinen neugeborenen Sohn dem sicheren Tod zu überlassen und mit seinen Frauen und Kindern ohne den Schutz eines Stammes über die gefrorene Welt zu ziehen?«

Karana zögerte einen Augenblick. »Der Geisterwind hat gesprochen! Kein Zwilling darf in diesem Stamm leben. Deshalb hat der Himmel vor Zorn gebrannt, die Erde gebebt und der Wanawut geheult. Aber für Torka gibt es kein Verbot, Zwillinge am Leben zu lassen. Für seinen Weg gibt es zwei Zeichen: den neuen Stern und das Mammut, das nach Osten in den neuen Tag zieht.«

Torka war verwirrt. Hatte der Zauberer recht? Nein, Lonit war noch zu schwach für eine solche Reise, und vielleicht mußten sie einen weiten Weg gehen, bis sie neue Jagdgründe fanden, die so gut wie diese waren.

Er war froh, als er Iana hörte, die im Windschatten ihrer Erdhütte stand. Sie legte Sommermond und Demmi beruhigend ihre Hände auf die Schultern. »Habt keine Angst!« sagte sie zu den ängstlich zitternden Mädchen. »Wir werden gemeinsam mit Torka dieses Lager verlassen, und alles wird gut werden. Solange Torka der Häuptling dieser Familie ist, brauchen wir keinen Stamm zu unserem Schutz.«

Der Wind verbreitete ihre Worte über das Lager. Alle hörten sie, und Torka war stolz. Sie sprach nicht nur ihr Vertrauen in seine Führungsqualitäten aus, sondern auch in Karanas seherische Gaben. Von letzteren war Torka selbst allerdings nicht überzeugt.

Cheanah erkannte genauso wie jeder andere die Sorge und Unentschlossenheit in Torkas Gesichtsausdruck. Der Sohn Zhoonalis faßte neuen Mut und verschränkte die Arme über der Brust. Es war ein gutes Gefühl, jemanden, der ihm überlegen war, in die Position des Verlierers gebracht zu haben und die Lage zu kontrollieren, obwohl es ihm eigentlich nicht zustand. »Wenn du deine Meinung änderst, darfst du in Cheanahs Stamm bleiben!«

Cheanahs Stamm! Die Worte waren ausgesprochen, und niemand stellte sie in Frage.

Cheanah hätte nicht so übereilig sein dürfen, diesen Stamm für sich zu beanspruchen. Mit der Zeit hätte Torka sich vielleicht damit abgefunden, aber Cheanah war viel zu sehr von der neuen Situation überwältigt, als daß er noch in Ruhe hatte nachdenken können. Es war gut, wieder Häuptling zu sein. Es gefiel ihm, wie die anderen Jäger und seine Frauen und Söhne ihn ansahen. Und es berauschte ihn, zur Abwechslung einmal Torka zum Nachgeben zwingen zu können. Er war Cheanah, und es lag ihm im Blut, die Herrschaft innezuhaben.

Aber es lag ihm auch im Blut, kleinlich, verstockt und

unnachgiebig zu sein. Deshalb hatte er Torka das seiner Meinung nach großzügige Angebot gemacht, mit dem er gleichzeitig seine neugewonnene Autorität behaupten und jemanden erniedrigen konnte, dem beinahe dasselbe mit ihm gelungen war — obwohl Cheanah es sicherlich niemals vor sich selbst zugegeben hätte. Sein höhnisches Grinsen und der gemeine Unterton in seinen hochtrabenden Worten verursachten Torka eine Gänsehaut.

»Ja«, sagte Cheanah. »Torka sollte seine Meinung ändern! Torka ist willkommen, in diesem Lager bei den Menschen zu bleiben, die Cheanah zu ihrem Häuptling erwählt haben. Aber Torka muß seine Zwillinge zum Wohl des Stammes opfern, genauso wie es Cheanah getan hat. Unsere Frauen können doch immer wieder neue Babys bekommen! Es sei denn, Torkas Frauen sind anders, oder vielleicht hat Torka Angst, daß er keine weiteren Söhne mehr zeugen kann. In diesem Fall würde Cheanah zusammen mit Torkas Frauen gerne diese Aufgabe übernehmen.«

Torkas schockierte Reaktion begeisterte ihn, während er auf das Gekicher seiner Söhne und das zustimmende Brummen seiner Jäger lauschte. Wenn Torka jetzt einen Angriff machte, würden die anderen ihn aufhalten. Deshalb erlaubte Cheanah sich, dem unwiderstehlichen Drang nachzugeben, den Mann aus dem Westen bis zum Äußersten zu reizen.

Mit einem Lächeln, das jedoch keinerlei Spur von Freundlichkeit zeigte, hob er beschwichtigend eine Hand, die seine Worte Lügen strafte. »Man kann nicht behaupten, daß Cheanah etwa dem Mann gegenüber illoyal war, der einmal der Häuptling dieses Stammes war. Torkas zweite Frau Iana mag vielleicht behaupten, daß sie keine Angst hat, dieses Lager zu verlassen, aber Cheanah bietet ihr an, zu bleiben und an Cheanahs Feuerstelle zu kommen, wenn Torka darauf bestehen sollte, seinen Sohn zu behalten, der ihm verboten ist.«

Der Sohn Zhoonalis hatte sich schon seit längerem mit diesem Gedanken beschäftigt, der für ihn eine sehr reizvolle erotische Vorstellung war. Obwohl er wußte, daß Xhan und Kimm ihm böse Blicke zuwarfen, richtete er seine nächsten Worte direkt an Iana. »Wenn Torka dieses Lager verläßt, wird dieser

Mann sich viel besser um Iana kümmern. Am Feuer eines Jägers ist immer Platz für eine weitere Frau, um Häute zu bearbeiten, Fleisch zuzubereiten...«

Torka spannte sich an. Es gab kaum eine größere Beleidigung, wenn ein anderer Mann ohne seine Erlaubnis zu seiner Frau sprach. Aber der Sohn Zhoonalis war noch darüber hinausgegangen und hatte Torkas Männlichkeit in Frage gestellt. Diese Beleidigung konnte er nicht hinnehmen.

Torka trat einen Schritt auf ihn zu, womit er zweifellos einen weiteren Kampf herausgefordert hätte, aber Cheanah grinste befriedigt, als die Jäger Ram, Buhl und Teean sich drohend zwischen sie stellten. Selbst der kleine Ank stürmte kampflustig wie ein kleiner Dachs vor.

Cheanah strahlte über das ganze Gesicht. Er hatte sich schon lange nicht mehr so gut gefühlt. Er würde sich später bei Zhoonali mit einem neuen Schlaffell und einer besonderen Mahlzeit bedanken, mit deren Zubereitung er Xhan und Kimm beauftragen würde. Doch jetzt sah er Iana mit unverhohlener Lüsternheit an.

»Komm!« winkte er einladend und wußte, daß nach den Sitten seines und Torkas Stammes die Entscheidung darüber nur Torka zustand. Wenn Iana seiner Einladung ohne Torkas Erlaubnis folgte, war es sein Recht, sie zu töten – einschließlich des Mannes, der sie dazu verführt hatte, ihn zu beschämen. Aber Cheanah war zuversichtlich, daß Torka sich diese Rache jetzt nicht mehr erlauben konnte. Und tief in seinem lüsternen Herzen war er überzeugt davon, daß die liebreizende Iana lieber ihn erhören würde als mit Torka in den nahezu sicheren Tod zu ziehen. Schließlich war sie schon seit geraumer Zeit die zweite Frau des Mannes aus dem Westen und hatte ihm noch keine Kinder geboren. Cheanah ging davon aus, daß sie bereitwillig ihr Glück mit einem anderen Mann versuchen würde – vor allem wenn dieser Mann jetzt Häuptling war.

Doch Iana antwortete ihm mit offener Verachtung. »Solange Torka Iana an seiner Seite duldet, wird sie auch dort bleiben – als Lonits Schwester und zweite Mutter für Torkas Kinder!«

»Warum sollte Iana sich damit zufriedengeben, die zweite Mutter von Kindern einer anderen Frau zu sein?« Cheanah war sich sicher, daß sie ihre Meinung ändern würde, wenn er ihr nur gut zuredete. »Torka ist nicht mehr der Häuptling. Torka hat Iana immer noch kein eigenes Kind verschafft. Und jetzt verlangt er von ihr, daß sie ihr Leben riskiert, und das nur wegen eines Babys einer Frau, die er offenbar höher schätzt! Iana bedeutet ihm überhaupt nichts! Cheanahs Lager dagegen ist warm, sicher und voller Fleisch!«

Iana spannte sich an. »Dieses Lager ist voller Fleisch, weil Torka uns hierher geführt hat. Für Iana ist kein Lager warm oder sicher genug, wenn sie nicht Torka an ihrer Seite hat.«

Die Antwort der Frau beschämte Cheanah vor dem ganzen Stamm, seinen Frauen, seinen Söhnen und seiner Mutter. Zum ersten Mal wurde er wütend. Er funkelte Iana an, dann Torkas kleine Mädchen und schließlich Lonit. Er überlegte, wie er sie benutzen konnte, um Torka weiter zu verletzen.

»Frag deine Töchter, ob sie Angst haben«, bohrte er hinterlistig nach und sah die Mädchen an, um sie einzuschüchtern und ihnen gleichzeitig Sicherheit in seinem Stamm anzubieten. »Ja, Torka wird euch ganz allein hinaus in die unbekannte Weite des Verbotenen Landes führen, wo Wölfe und Löwen davon träumen, das zarte Fleisch kleiner Mädchen zu fressen! Und warum tut Torka so etwas? Nur weil er den Stamm erzürnt hat wegen eines kleinen Bruders, worauf der Himmel Feuer fing, die Erde zitterte und der Wanawut heulte.«

Mit aufgerissenen Augen starrten ihn die kleinen Mädchen an. Wie hübsch sie waren, besonders die ältere. In ein paar Jahren ... Er spann den Gedanken weiter, ohne jedoch seine Rede zu unterbrechen. »Um das Leben eines Säuglings zu retten, setzt Torka seine Töchter einer großen Gefahr aus. Sie sind in diesem Stamm willkommen, ob Torka nun bleibt oder geht. Cheanah wird sie wie seine eigenen Kinder aufziehen, für sich selbst und für seine Söhne, die ihre Männer sein werden, wenn sie groß sind.«

Torka starrte ihn eine Weile mit kalter Verachtung an, bevor er anscheinend zu einem Entschluß kam. »Ist das eine Einladung oder eine Drohung? Oder kennst du selbst den Unterschied nicht, Cheanah?«

Cheanah haßte ihn. Es war ihm nicht gelungen, Torka zu

erniedrigen, sondern er hatte sich dadurch nur selber herabgesetzt. »Mögen die Geister des erzürnten Himmels auf dich hinunterstürzen, Torka! Ich bin jetzt Häuptling, und zum Wohl des Stammes sage ich dir, daß du entweder deinen Säugling nimmst und den Stamm verläßt oder ihn aussetzt und bleibst. Die Mächte der Schöpfung haben durch Karanas Mund gesprochen, durch deinen eigenen Sohn! Bevor du gehst, werde ich noch Lonit fragen, damit die Menschen erkennen, wie du wirklich bist. Ich frage sie, die von den endlosen Qualen in der Bluthütte erschöpft ist, ob sie keine Angst hat, allein und ohne den Schutz eines Stammes in der Welt umherzuziehen, nur wegen eines Säuglings, der nie hätte geboren werden dürfen.«

»Ja, es ist wirklich an der Zeit, daß Lonit gefragt wird!«
Verblüfft über die Feindseligkeit und unerwartete Strenge in ihrer Stimme starrten alle sie an. Torka drehte sich um und sah seine geliebte erste Frau mit Wallah im Eingang der Bluthütte stehen. Während sie den kleinen Umak in die Schlaffelle gewickelt schützend an sich drückte, verriet ihre Haltung den Grad ihrer Erschöpfung. Die Morgensonne erleuchtete ihr Gesicht und hob die dunklen Schatten unter ihren Augen hervor. Trotzdem hielt sie den Kopf aufrecht, und ihre Stimme war klar und eindringlich. Sie sprach laut, damit alle ihre Worte wie auch ihre Verachtung für Cheanah hören konnten.

»Lonit ist *Torkas* Frau, für immer und ewig. Wo Torka geht, wird Lonit ihm folgen, glücklich und ohne Zweifel oder Angst. Lonit ist die Mutter von Torkas Töchtern und seinem Sohn! Ja, diese Frau ist von ihren Leiden erschöpft, aber ihre Trauer um ihr gestohlenes Baby, das Zhoonali an den Wanawut verfüttert hat, ist viel größer. Nein, Cheanah, Lonit hat keine Angst, allein mit Torka und ihren Kindern dieses Lager zu verlassen. Aber sie hätte große Angst, wenn sie bleiben müßte, denn wieviel Vertrauen verdient ein Häuptling, der nur dann handelt, wenn seine Mutter ihn dazu drängt und wenn er starke Männer an seiner Seite hat, die ihn vor den Folgen seiner Handlungen schützen? Und wieviel Treue ist von einem Stamm zu erwarten, der sich so bereitwillig gegen seine Freunde wendet und gesunde Babys an Bestien verfüttert, nur weil er sich lieber der Furcht beugt als neue Wege in einem neuen Land zu gehen?«

Cheanah riß die Augen auf. Er war schockiert über die Kühnheit und offene Verachtung der Frau. »Keine Frau darf in Cheanahs Lager so zu einem Mann sprechen!«

Lonit ließ sich davon nicht beeindrucken. Ihre müden Augen suchten Torka. »Dann ist es Zeit für uns zum Aufbruch.«

Torka hätte sie auf der Stelle vor dem gesamten Stamm küssen können. Doch er nickte nur. Als er jetzt die Selbstsucht in den Gesichtern derer sah, die ihm noch vor wenigen Tagen ewige Treue versprochen hatten, war zum ersten Mal kein Zweifel mehr in ihm über den einzuschlagenden Weg. Er würde Umak niemals aufgeben, nur um sich der Furcht solcher Menschen zu beugen!

Für Cheanah und seine Anhänger würden die Zeichen immer schlecht stehen. Torka mußte kein Zauberer sein, um das zu erkennen. Trotzdem wartete er darauf, daß Karana etwas sagte, was ihm diese Entscheidung erleichterte oder vielleicht sogar die Situation änderte und Torka wieder zum Häuptling machte.

Doch Karana stand ausdruckslos abseits, als wäre er ein Blinder. Was der junge Mann auch immer fühlen oder denken mochte, er hielt sich absichtlich fern, nicht wie ein Sohn, sondern wie ein unbeteiligter Fremder, der auf unergründliche Weise das Schicksal von Torka und seiner Familie bestimmt hatte, ohne daß ihn die Folgen etwas angingen.

»Torka, seine Frauen und sein unheilbringendes Baby werden nicht überleben«, orakelte Cheanah düster.

Torka wartete darauf, daß Karana etwas zu seiner Verteidigung sagte. Als er es nicht tat, wurde eine winzige Wunde in Torkas Herz gerissen, und das Herz eines Mannes wird immer bluten, wenn er erkennt, daß sein Sohn sich gegen ihn gewandt hat. Er drehte sich um und verbarg seinen Schmerz in einer erbitterten Wut auf Cheanah. Er fühlte sich jetzt stärker, so als hätte er gerade reichlich gegessen. »Aber wir müssen überleben, Cheanah, und zwar nicht nur um unseretwillen. Denn wenn Zhoonali irgendwann nicht mehr an deiner Seite ist, um dir zu sagen, was du tun mußt, wenn Cheanah unter der unbeugsamen Last der Traditionen zusammenbricht, muß jemand kommen und ihm zeigen, wie man in diesem neuen Land überlebt.«

Cheanah reagierte, als hätte Torka ihm einen Schlag versetzt. Zhoonali, die im Schatten ihres Sohnes stand, kochte vor Wut, während sie auf eine Reaktion von ihm wartete. Und so stand Cheanah verärgert über Torkas Beleidigungen und Lonits Zweifel an seiner Eigeninitiative aufrecht da und hielt sich selbst für beeindruckend und den Herrn der Lage.

»Geht! Zwischen uns wird es keine weiteren Worte mehr geben. Die Geister des erzürnten Himmels und der zitternden Erde haben gegen dich gesprochen. Verlaß dieses Lager! Nimm deine Frauen, deine Kinder und deinen Säugling mit! Aber wenn ihr jemals in dieses Land zurückkehrt, wird Cheanah euch töten!«

4

Die Nacht war bereits angebrochen, als sie endlich für die Abreise bereit waren. Torka hätte gerne bis zur Morgendämmerung gewartet, bevor sie loszogen, aber ihm wurde keine Wahl gelassen.

Er hielt seinen Speerwerfer und die Keule aus einem versteinerten Walknochen in den Händen, während er seine Speere waagerecht durch seine schwer beladene Rückentrage aus Karibugeweihen gesteckt hatte. Stumm führte er seine Frauen und Kinder unter einem aufgehenden Mond ostwärts über eine blaue Welt davon, unter einem Himmel, dessen Glut erloschen war.

Neben ihm ging Lonit gebeugt unter einer Rückentrage, die viel leichter als gewöhnlich war. Sie ging mit langsamen, aber sicheren Schritten, während sie das Baby Umak an ihrer Brust hielt. Sie sah zum Himmel hinauf, sagte aber nichts. Sie war sehr müde, obwohl sie sich seit dem Aufbruch immer wieder gesagt hatte, daß sie es nicht war.

»Ein gutes Zeichen...« bemerkte Iana, die ebenfalls zum Himmel aufsah, während sie neben Torka ging.

»Vielleicht«, stimmte er zu. Er wußte, daß die Menschen in Cheanahs Lager es sicherlich als solches deuten würden. Aber er wollte nicht mehr an Zeichen oder Cheanahs Lager denken, denn diese Gedanken brachten nur Erinnerungen an den Zauberer, und Torka wollte nicht mehr an Karana denken.

»Ich werde mit dir kommen«, hatte der junge Mann erklärt und war neben Torka getreten, als er gerade vor der Erdhütte sein Steinwerkzeug für die Reise verpackte.

Torka hatte zu ihm aufgeblickt und den Kopf geschüttelt. »Nein, ich denke nicht. Ich bin der Enkel Umaks, und in meinen Adern fließt das Blut vieler Generationen von Herren der Geister. Torka braucht keinen Zauberer auf der Reise, die er jetzt antreten muß.«

»Aber ich bin auch ein Jäger, und sogar ein guter! Das weißt du doch! Du hast mir doch alles beigebracht!«

»Es fällt mir schwer, mich daran zu erinnern, da du selbst so leicht vergißt. Ich sehe dich nicht als einen Jäger, sondern als einen jungen Mann, der meine Seite verließ, als ich seinen Zauber am dringendsten benötigte, der in die nebligen Hügel davonlief und nicht die Macht hatte, mein Kind vor dem Wanawut zu retten. Und dann hast du dich gegen mich gewandt und stumm zugesehen, während du mit nur einem Wort die Angst der Menschen zu meinen Gunsten hättest wenden können. O ja, Karana, du bist ein Zauberer. Aber ein Zauberer braucht einen Stamm, den er mit seinem Zauber beeindrucken kann. Nein danke, ich bin der Häuptling einer Handvoll Frauen und Kinder und bin nicht beeindruckt. Dein Zauber bedeutet für mich nur Gefahr und Tod. Also geh! Du hast dich für den Weg entschieden, den du gehen willst, und für die Menschen, mit denen du ihn gehen willst.«

Karana starrte ihn ungläubig an. »Aber die Geister ... die Mächte der Schöpfung ...«

»Haben durch deinen Mund gesprochen und Torka, seinen Frauen und seinen Kindern einen Platz im diesem Stamm verwehrt.«

»Aber das Mammut zieht nach Osten! Du hast es doch auch gesehen! Du weißt doch, daß wir Lebensspender gemeinsam folgen müssen! Wir haben dasselbe Totem! Wohin Torka auch immer geht, welchen Gefahren er auch immer begegnet, Karana wird immer bei ihm sein! Ich bin dein Sohn!«

Torka hatte gespürt, wie der Zorn sich in ihm regte wie die Spitze eines Speeres, die sich in eine Wunde bohrt. Er hörte sich selbst kalt erwidern: »Nein, Karana. Ein Sohn hält zu seinem Vater, wenn er ihn braucht. Er steht nicht abseits. Du hast Torka gezeigt, daß er nur *einen* Sohn hat, einen Säugling namens Umak. Karana ist jetzt ein Mann und braucht keinen Vater mehr – vor allem keinen Vater, den er vor dem ganzen Stamm verdammt hat.«

»Aber ich wollte doch nicht ... du verstehst nicht.«

Er hatte gewartet und versucht, ihn zu verstehen. Aber in diesem Augenblick hatte er aus der Erdhütte, die er gerade abbrechen wollte, gehört, wie der kleine Umak hungrig an Lonits Brust saugte. Und so hatte er gesagt: »Nein, Karana, du bist nicht mehr mein Sohn. Söhne stellen sich nicht gegen ihre Väter. Du hast eine Frau in diesem Lager. Bleib mit Mahnie hier bei diesem Stamm, über den Torka noch Häuptling wäre, wenn du die Geisterstimmen nicht durch deinen Mund hättest sprechen lassen. Wegen deiner sogenannten Vision ist mein Leben und das meiner Familie in Gefahr. Torka hat schon ohne dich überlebt. Und jetzt wird er es deinetwegen wieder tun.«

Als er jetzt seine Frauen und Mädchen langsam durch rauhes und steiniges Gelände aufwärts führte, bedauerte er seine Worte ebenso wie seine ungewöhnlich impulsive Entscheidung, Karana zurückzulassen. Wenn die Geister durch Karanas Mund gesprochen hatten, wie konnte er ihn dafür verantwortlich machen? Er hatte sich seine Gaben nicht ausgesucht, die Geister der Schöpfung hatten ihn zu dem gemacht, was er war. Wie hatte Torka ihm den Rücken zuwenden können, der für ihn wie ein Sohn war und es immer sein würde? Aber er hatte es getan. Karana war in Cheanahs Lager geblieben, und Torka war gegangen. Es war undenkbar, jetzt noch zurückzukehren, und selbst wenn es ihm möglich wäre, bezweifelte er, daß der junge Mann ihm jemals vergeben würde, wie kalt und abweisend er ihn behandelt hatte.

Obwohl er von ihnen keine Klagen hörte, ging Torka bewußt langsam, um Lonit und den kleinen Mädchen nicht zuviel zuzumuten. Sie durchquerten das Land des Vielen Fleisches, wie Cheanah es genannt hatte. Er gab seiner Familie oft Gelegenheiten zum Ausruhen, ohne eine Bemerkung zu machen, wie sehr sie eine Wanderung verzögerten, die ein Jäger ohne Mühe mit ausholenden Schritten viel schneller hinter sich gebracht hätte. Ab und zu warfen ihm die Frauen verstohlene Blicke zu. Beide waren schon mit ihm gewandert und hatten ihn auf der Jagd gesehen, so daß sie wußten, wie sehr er sich zurückhalten mußte. Er wußte, daß sie ihm dankbar dafür waren.

Als sie den sanften Anstieg in die Hügel in Angriff nahmen, machte Demmi sich ein Vergnügen daraus, eine längere Strecke in den Armen ihres Vaters getragen zu werden, bis Sommermond sie mürrisch »Babyfuß« nannte. Die Beleidigung zeigte ihre Wirkung, und Demmi bestand darauf, wieder zu Fuß zu gehen.

Es wurde bald offensichtlich, daß sie, obwohl sie sich alle Mühe gab, das Gegenteil zu beweisen, noch ein Baby war, eine stolze kleine Dreijährige, die immer wieder von der unvertrauten Landschaft abgelenkt wurde oder sich auf einen mondbeschienenen Stein setzte, wenn ihr die Füße schmerzten.

Als es zum zweitenmal passierte, zerrte Sommermond an Torkas Beinkleidern und rollte mit den Augen, wie es Kinder taten, die sich wie Erwachsene geben wollten.

Torka drehte sich um. Als Demmi das erstemal zurückgeblieben war, hatte Lonit trotz ihrer zunehmenden Erschöpfung darauf bestanden, daß sie weitergehen oder getragen werden mußte.

»Ich glaube, es ist Zeit, daß Iana diese Kleine trägt«, sagte Torkas zweite Frau und streckte ihre Arme nach Demmi aus. »Sie wird keine Last für mich sein. Auch wenn mein Gepäck schwer ist, habe ich doch kein anderes Baby, das ich tragen muß.«

»Demmi ist kein Baby!« schimpfte das kleine Mädchen.

Sommermond sprang begeistert auf dieses Stichwort an. »Du bist doch ein Baby!« höhnte sie. »Babys bleiben ständig zurück und . . .«

Lonit legte ihr sanft, aber nachdrücklich die Hand auf den Mund.

Im Mondlicht war Demmis innerer Kampf deutlich zu erkennen. Um den verletzten Stolz seiner kleinen Tochter zu reparieren und Sommermonds offensichtliche Eifersucht zu mindern, kniete Torka sich hin und winkte sie beide mit der Miene eines Verschwörers heran. »Hört zu, ich werde euch ein Geheimnis verraten, das ihr auf keinen Fall weitererzählen dürft!«

Gespannt hörten sie zu.

»Dieser Mann gesteht euch, daß es für ihn ab und an eine große Hilfe wäre, wenn er wenigstens eine von euch tragen könnte – beide wären sogar noch besser – damit er das Gewicht seiner Rückentrage ausgleichen kann. Wenn Mutter oder die zweite Frau sehen, daß Torkas Trage ausgeglichen werden muß, kommen sie vielleicht auf die Idee, daß er *sie* tragen soll. Aber, wie ihr selber sehen könnt, sind sie viel zu groß und schwer für einen Mann, der auch nicht mehr der Jüngste ist. Aber mit euch beiden auf seinen beiden Hüften wäre es das perfekte Gegengewicht zur Rückentrage.«

Sie waren noch viel zu jung, um eine Hinterlist zu erkennen, und waren sofort bereit, ihm zu helfen. Sie hoben ihre Arme und drängten sich um die Ehre, ihrem Vater als erste helfen zu können.

Lonit und Iana errieten sofort, was Torka zu den Mädchen gesagt haben mußte, und wandten sich ab, damit die Kinder nicht sahen, daß sie lächelten.

Lonit beobachtete ihre kleine Familie unter ihrer Kapuze aus Wolfsschwänzen. Ihr Winterreisemantel bestand aus dunklem, zottigem Bärenfell. Die Ärmel waren aus den Häuten von im Winter erlegten Karibus mit der Fellseite nach innen genäht. Tief in dieser warmen Umhüllung geborgen räkelte sich der kleine Umak in den Riemen, mit denen er an ihrer Brust gehalten wurde. Ohne daß es jemand außer Lonit bemerkte, konnte sie ihn jederzeit säugen, wenn er Hunger hatte, und mußte dazu nicht anhalten.

Er trank gerade und sog kräftig mit seinem harten Gaumen,

so daß sie die Ansätze seiner Zähne spürte, die sich noch entwickeln mußten. Wenn es soweit war, hatten ihre Brüste sich darauf eingestellt. Jetzt waren sie noch so zart und empfindlich wie ihr Herz, als sie Torka und ihre Töchter ansah und sich nach dem verlorenen Sohn sehnte, der niemals ihre Umarmung kennenlernen würde.

Manaravak. Fast hätte sie den Namen laut ausgesprochen. Ihr Mund zeigte keine Regung, aber in ihren Augen stand ein trauriges, bittersüßes Lächeln. Torka hatte alles riskiert, um den Schwur einzuhalten, den er vor langer Zeit in einem fernen Land gemacht hatte. Er wollte niemals Kinder oder Babys seines Stammes aussetzen, weil sie die Zukunft des Stammes waren. Wenn ein Stamm sich nicht um seine Zukunft kümmerte, könnte irgendwann der Tag kommen, wo er keinen Platz mehr darin hatte.

Im klaren, blauen Licht des Mondes beobachtete sie, wie Torka mit Sommermond und Demmi umging. Er verhielt sich genauso, wie sie es erwartet hatte, sanft, geduldig, liebevoll und weise. Als er die beiden Mädchen hochhob und weiterging, als wäre ihr Gewicht nicht drückender als das Mondlicht, wurde ihre Liebe zu ihm so groß, daß sie ihre unendliche Erschöpfung und ihre Schmerzen nicht mehr spürte.

»Komm!« sagte Iana und hakte ihren Arm unter Lonits Ellbogen. »Stütz dich auf mich. Gemeinsam werden wir beide uns stärker fühlen. Vielleicht ist dein Gepäck zu schwer. Ich könnte noch etwas mehr tragen, wenn es dir dann besser geht.«

Lonits Zuneigung zu Iana war tiefer als sie in Worten hätte ausdrücken können. Dies war ein guter Stamm! Er war zwar sehr klein und verletzlich, aber bald würde sie wieder kräftig genug sein, um an Torkas Seite zu jagen. Sie bedauerte es überhaupt nicht, Cheanahs Lager und die anderen Stammesmitglieder hinter sich gelassen zu haben, obwohl sie Wallah, Mahnie und den mürrischen, aber liebenswerten alten Grek vermissen würde. Für einen schmerzlichen Augenblick vermißte sie auch Karana. Aber Torka hatte recht. Karana hatte sich ihnen gegenüber wie ein Fremder verhalten — wenn nicht gar wie ein Feind. Es war das beste, wenn sie ihn vergaß und hoffte, daß die Mächte der Schöpfung ihm wohlgesonnen waren und er mit

Bruder Hund und Mahnie das Glück fand, das Lonit ihm wünschte.

Mit einem zustimmenden Seufzen ging sie neben Iana weiter und versicherte der Schwester ihrer Feuerstelle, daß sie keine Hilfe brauchte.

»Wirklich, ich kann mein Gepäck allein tragen, und wenn du an meiner Seite bist, fällt mir die Reise leicht, Iana, so wie immer.« Sie fühlte sich wieder stark, als sie in den Spuren des Mammuts den Grat hinaufstiegen, hinter dem es verschwunden war.

Als sie ihn erreicht hatten, bestand Torka darauf, daß sie Rast machten. Gemeinsam aßen sie etwas, während sie den Mond beobachteten, der langsam im sternenübersäten Meer der langen Nacht tiefer sank. Nachdem sie sich an getrockneten Streifen Bisonfleisch und mit Beeren versüßten Fettstückchen gesättigt hatten, schliefen Sommermond und Demmi eng an Iana gekuschelt, während Lonit an Torkas Seite kam.

Er saß allein auf dem Grat und sah zurück ins Tal, wo ein flackernder Feuerschein den Standort des Lagers anzeigte, über das jetzt Cheanah der Häuptling war.

»Hör zu...« sagte er und winkte ihr, sich neben ihn zu setzen.

Sie konnte mit Mühe einen fernen Gesang und Trommeln hören, als sie sich niederkniete. Machte Karana gerade seinen Zauberrauch und seine Geistergesänge für Cheanahs Stamm? Oder machte er sie für Torkas Familie... oder gegen sie?

In den fernen Hügeln hörte sie das Bellen eines Hundes. Aar, Bruder Hund!

»Werden wir sie jemals wiedersehen?«

Er zuckte teilnahmslos die Schultern. »Nur die Geister der jenseitigen Welt wissen darauf eine Antwort.«

Sie nickte und rückte näher an ihn heran, um ihren Kopf auf seine Schulter zu legen, als sie seine Traurigkeit spürte. »Sie werden für immer im Herzen dieser Frau weiterleben.«

»Und in meinem«, gab er zu und zog sie seufzend an sich. Er hüllte sie in seinen weiten, warmen Reisemantel, so daß sie gemeinsam mit dem schlafenden Baby wie in einem Zelt geborgen waren.

Sie spürte, wie er einschlief. Im Tal tief unten verwandelte sich der Feuerschein in ein kleines rotes Auge, das verschlafen blinzelte. Sie lächelte bei diesem Gedanken. Der Mond ging unter und nahm das blaue Licht mit sich. Die Welt um sie herum wurde immer dunkler.

Lonit nickte ein, bis das Bellen eines Hundes sie weckte. Das Geräusch war näher als Aars Bellen, das sie vor einer Weile gehört hatte. Es war nur ein Hund, kein Rudel. Ein Hund war keine Gefahr. War er ebenfalls ein Ausgestoßener, der genauso wie sie und ihre Familie allein die Welt durchstreifte?

Der Schlaf brachte ihr einen kurzen, leichten Traum von vergangenen glücklichen Tagen, die niemals wiederkommen würden. Doch dann rührte sich Umak schläfrig an ihrer Brust, so daß sie in Torkas Umarmung erwachte und daran dachte, daß sie eigentlich zwei Kinder an ihrer Brust tragen sollte.

»Manaravak...« flüsterte sie den Namen des Babys, das man ihr fortgenommen hatte und trauerte um seine Wärme und Liebe, die sie niemals erfahren hatte. Sie haßte die alte Frau, die ihn einem kalten, grausamen Tod ausgeliefert hatte, ohne daß er jemals die Berührung oder den Kuß einer Mutter erlebt hatte.

Plötzlich war ihre Trauer so groß, daß sie sich schluchzend aufsetzte. Ohne Torka zu wecken stand sie auf und ließ sich den Wind ins Gesicht wehen. Irgendwo weit weg in der Nacht hörte sie ein Heulen, aber es war weder ein Hund noch ein Wolf. Es klang beinahe menschlich. Der Wanawut? Sie zitterte heftig. »Manaravak...« hauchte sie den Namen ihres Sohnes und versuchte, nicht daran zu denken, auf welche Weise er gestorben sein mußte oder wie sehr er ihrem geliebten Torka ähnlich gesehen hatte.

Umak kniff sie mit seinen winzigen Fingern. Sie zuckte zusammen und wurde unvermittelt aus ihren düsteren Gedanken gerissen. Der Wind drang unter ihre Kapuze und strich ihr übers Gesicht. Sie sah auf. Der neue Stern stand hoch am Himmel und leuchtete hell und klar in der mondlosen Nacht.

Irritiert spürte sie die Nähe ihres verlorenen Sohnes, seines Geistes. Lebte er dort oben im Himmel, und sah ihr zu, während er sie mit dem kalten Wind trösten wollte? Ja! In diesem Augenblick verlor sich Lonits unendliche Trauer.

Sie wußte, daß Manaravak für immer in ihrem Herzen weiterleben würde, genauso wie Karana und Bruder Hund, Simu, Eneela, Dak und Mahnie, Wallah und Grek für immer ein Teil ihres Stammes sein würden.

Selbst jetzt konnte sie sie sehen, wie sie in der Dunkelheit durch das Tal zogen. Sie erkannte sie an ihren schweren Fellumhängen, während sich ihre Gestalten vor dem Hintergrund der Sterne unter der schweren Last der Rückentragen beugten. Ein großer breitschultriger Hund lief ihnen voraus und folgte dem Weg, den Torka und seine Familie durch das Verbotene Land genommen hatten.

TEIL 3

DAS VERBOTENE LAND

1

Sie folgten dem Mammut nach Osten in Richtung der aufgehenden Sonne, aber zuvor hatten Torka und Karana sich gegenseitig eine Hand auf die Schulter gelegt und ihre Freundschaft neu besiegelt.

»Karana *ist* der Sohn dieses Mannes«, versicherte Torka ihm. »Das, was wir gemeinsam erlebt haben, hat uns dazu gemacht. Keine zornigen Worte können daran etwas ändern.«

Für einen Augenblick sah Karana aus, als wollte er weinen. Er setzte an, etwas zu sagen, behielt seine Gedanken dann jedoch für sich und zerbiß sie zwischen den Zähnen. So blieb sein Gedanke unausgesprochen, als er den Jäger umarmte, der ihn großgezogen hatte. »Nie wieder wird Karana Worte sprechen, die Torka verletzen oder derentwegen sein Vater sich zornig von ihm abwendet. Nie wieder!«

Die Frauen nickten zur Bestätigung, und der Hund wedelte mit dem Schwanz. Als sich die beiden Männer voneinander lösten, sah Torka langsam von Karana zu Mahnie, der Frau des Zauberers, und dann zu Grek und Wallah, ihren Eltern. Grek hatte sich in der Vergangenheit immer wieder als zuverlässiger Freund erwiesen, und Torka war nicht überrascht, daß er es erneut getan hatte. Aber Simu und Eneela verwirrten ihn. Er wußte, daß es Eneela schwergefallen sein mußte, ihre Schwester Bili, die Frau von Ekoh, zurückzulassen. Außerdem hatte er Simus offene Feindseligkeit ihm gegenüber nicht vergessen.

»Warum hat Simu seine Frau und sein Kind aus einem Lager voller Fleisch fortgebracht, um mir zu folgen?«

Der junge Mann schaute beschämt drein. Seine Frau jedoch nicht. Sie hielt ihren Kopf hoch erhoben, während sie ihren einjährigen Jungen wiegte und ihren Mann mit einem Blick ansah, der ihn zu einer Antwort aufforderte.

Simu schluckte und sprach dann leise zu seiner Verteidigung. »Ihretwegen folge ich dir! Wegen Eneela. Ich konnte mit ihr nicht im Lager eines Häuptlings bleiben, der sie ständig mit hungrigen Augen anstarrt oder der gute Jäger in die Welt hinausschickt, weil sie ihre Babys nicht aufgeben wollen.«

Torka bedachte ihn mit einem prüfenden Blick. »Ist Simu nicht mehr der Meinung, daß Zwillinge Unglück bringen?«

Der junge Mann dachte lange nach. »Vielleicht ist das, was Unglück bringt, nicht in jedem Stamm dasselbe. Seit er Torka gefolgt ist, hat Simu immer Glück gehabt. Und Simu hat ebenfalls ein Baby. Einen Sohn! Eneela hat zu diesem Mann gesagt, wenn wir in Cheanahs Lager bleiben, könnte der Himmel wieder Feuer fangen oder eine Hungerzeit anbrechen. Und vielleicht wird Zhoonali dann mit dem Finger auf unseren Sohn zeigen und sagen, daß der kleine Dak zum Wohl des Stammes den Raubtieren geopfert werden muß. Und weil es Torka und nicht Cheanah war, dem Simu in dieses ferne Land gefolgt ist, dachte er, daß Torka vielleicht nichts dagegen hätte, wenn er ihm weiter folgt.«

Der alte Grek gluckste wie ein Moschusochse. »Warum sollte Torka etwas dagegen haben?« entgegnete er und sah Simu an, als hätte der junge Mann gerade die dümmste Frage gestellt, die er je gehört hatte.

Bevor der junge Mann antworten konnte, versetzte Wallah ihrem Mann einen Stoß mit dem Ellbogen. »Simu hat nicht zu dir gesprochen, sondern zu Torka!« wies sie ihn mit ernstem Blick und geschürzten Lippen zurecht.

Torka erwartete bereits eine heftige Reaktion Greks auf den beschämenden Tadel seiner Frau, aber die beiden lebten dafür schon viel zu lange zusammen. Statt seine Frau zu züchtigen, drückte Grek sie an sich. »Ein Mann kann niemals zu viele Frauen haben«, ärgerte er sie.

»Grek hat jedoch nur eine!« rief sie.

»Und die ist mehr als genug für mich!« Er drückte sie fest an sich, bis sie protestierte und verlangte, daß er sie losließ.

Er gehorchte und zwinkerte dann Simu, Karana und Torka zu. »In einem guten Lager muß es den Menschen nicht unbedingt gut gehen. Seht euch zum Beispiel Wallah an! Seht, wie fett sie geworden ist – und es ist nicht nur der Winterspeck, den wir alle brauchen, bevor der Hungermond aufgeht ... sondern Bärenfett, fettes Fett.«

Wallah sah ihn böse an. »Diese Frau hat bis jetzt noch keine Beschwerden von Grek gehört!«

»Dann wird es Zeit«, verkündete er und nahm sie wieder in die Arme.

Torka sah zu, wie sich die Frau aus der Umklammerung ihres Mannes zu befreien versuchte, aber Grek drückte sie nur noch fester an sich. Mahnie, die stolz neben Karana stand, legte sich ihren Handschuh über den Mund, damit die anderen nicht sahen, wie sehr sie über die Mätzchen ihrer Eltern lachen mußte.

»Also sage ich, daß es gut ist, wenn wir das Land des Vielen Fleisches verlassen!« erklärte der alte Jäger. »Grek ist genauso wie Torka ein Jäger, ein Nomade, der ständig den Herden folgt, auf der Suche nach Karibus, Pferden, Moschusochsen...«

Torka mußte ihn unterbrechen. »In diesem neuen Land könnten uns magere Zeiten erwarten.«

»Gut!« sagte Grek begeistert und kniff Wallah in ihr stattliches Hinterteil. Obwohl sie durch die dicken Felle ihres Reiseumhangs, ihres Wintermantels, ihrer Hosen und Unterkleidung kaum etwas gespürt haben konnte, tat sie den Anwesenden einen Gefallen und zuckte zusammen, während sie sich mit beiden Händen die Stelle rieb.

Torka versuchte nicht zu lachen, aber seine Mühe war vergebens.

»Cheanah soll doch in seinem Lager bleiben und alles essen, was ihm über den Weg läuft«, fuhr Grek fort. »Er ist ein Nagetier und kein Mann! Grek hat beschlossen, wieder einmal mit

Torka zu gehen und dem großen Mammutgeist ins Gesicht der aufgehenden Sonne zu folgen. Grek denkt, daß Torka sich freut, wenn sein kleiner Stamm verstärkt wird, denn selbst ein so großer Jäger wie er kann ab und zu einen weiteren Speerarm gebrauchen, vielleicht sogar zwei oder drei!«

Torka nickte und lachte vor Freude, als er dem alten Jäger eine Hand auf die Schulter legte und Simu die andere. Und da er keinen dritten Arm hatte, sah er Karana in die Augen, als er antwortete: »Ich denke, daß ich euch gut gebrauchen kann!« Er war nicht mehr allein. Er hatte wieder einen Stamm. Und kein Häuptling konnte sich bessere Jäger wünschen als Grek, Simu und Karana oder stärkere und zuverlässigere Frauen als die dieser guten Männer.

Und so zogen sie weiter, während sie oft Rast machten, aber nie länger als eine Nacht in einem Lager blieben, bis sie die Hügel, hinter denen Cheanahs Stamm lagerte, weit hinter sich gelassen hatten.

Dann standen sie am Rand eines unbekannten Landes und waren tiefer in das Verbotene Land eingedrungen als je ein Mensch zuvor.

»Warum heißt es das Verbotene Land?« fragte Sommermond, während sie neben Torka ging und sich mit ihren Handschuhen an den muschelbesetzten Fransen seiner Hose festhielt.

Er blieb stehen, kniete sich hin und nahm seine Tochter in den Arm, während er in die Ferne starrte. »Niemand kann es sagen. Niemand weiß es. Es heißt, daß noch niemand so weit in dieses ferne Land vorgedrungen ist. Vielleicht ist es verboten, weil die Menschen vor dem Angst haben, was sie nicht verstehen.«

Das kleine Mädchen dachte über seine Worte nach. Sie seufzte und lehnte ihren Kopf an seine Schulter. »Lebensspender hat keine Angst davor. Er geht immer weiter, als wüßte er genau, wohin er geht.«

Torka stand auf und hob seine Tochter auf die Schultern. »Vielleicht kennt er es wirklich, meine Kleine«, sagte er, als er weiterging.

Hinter ihnen lag die Vergangenheit und vor ihnen die Zukunft. Torka führte seinen Stamm weiter und sah nicht mehr zurück.

2

Ein weites Land erstreckte sich vor ihnen. Es war eine hochgelegene, windige und karge Steppe, die zu einem großen gefrorenen Fluß hin abfiel, der sich zwischen breiten eisfreien Gebirgszügen hindurchschlängelte. Am fernen Horizont ging die Sonne über gewaltigen schneebedeckten Gipfeln auf, die so hoch waren, daß es schien, als könnten Vögel nicht darüber hinwegfliegen. Aber sie taten es, und manchmal in so großen Schwärmen, daß es einen ganzen Tag dauerte, bis der letzte vorbei war.

»Woher kommen die Vögel, Vater?« wollte Sommermond wissen, der offenbar nie die Fragen ausgingen.

»Aus dem Gesicht der aufgehenden Sonne«, sagte er ihr.

»Und wohin fliegen sie?«

»Dem Nordwind entgegen, auf der Suche nach guten Futterplätzen in dem Land, aus dem wir gekommen sind.«

»Aber die Seen sind noch gefroren, und es gibt nur wenig Gras«, sagte Simu.

»Nicht mehr lange«, antwortete Torka und beobachtete den immer höher werdenden Bogen der Sonne.

Auf der Spur des Mammuts führte er seinen Stamm weiter. Das Land war rauh, der Weg schwierig und das Wild knapp. Obwohl Grek verächtlich über den Überfluß sprach, der sie alle im Land des Vielen Fleisches verweichlicht hatte, sehnte sogar er sich allmählich nach einem weiten, windgeschützten und wildreichen Tal wie dem, das Cheanah und seine Anhänger Torka abgenommen hatten.

»Seht ihr, wir sind alle weich geworden wie altes Fleisch«, brummte Grek.

»Sprichst du nur von dir?« fragte Simu und grinste, als der

ältere Jäger ihn anfunkelte und ihm mit einem furchterregenden Knurren die Zähne zeigte.

Während Bruder Hund vorauslief, ging Karana an Torkas Seite. Während sie Meile um Meile weiterzogen, fragte sich der Zauberer allmählich, ob sie jemals wieder gute Jagdgründe finden würden. Während die Tage vergingen, sah Karana, wie die Kraft der Frauen und Kinder immer mehr nachließ. Als auch die Jäger immer stiller wurden, wußte er, daß sie sich nicht mehr sicher waren, ob sie sich für den richtigen Weg entschieden hatten.

»Was sieht der Zauberer in dem Land, das vor uns liegt?« flüsterte Mahnie, die sich nachts eng in ihrem Reisezelt aus Bisonfell an ihn kuschelte.

Ihre Worte überraschten ihn. In seinem Kopf wurden seine Grübeleien zu einem stechenden Schmerz.

Nichts. Karana sah überhaupt nichts, nur alptraumhafte Visionen der Vergangenheit und seine eigenen Selbstvorwürfe. Aber das konnte er ihr nicht sagen. Statt dessen erzählte er ihr, daß er ein gutes Land sah. Und in den folgenden Tagen und Nächten begann er von dem zu sprechen, nach dem er und sie alle sich sehnten, nur damit sie immer weitergingen. Er bemerkte es selbst nicht mehr, daß er log, als er Geschichten über ein wunderbares Tal vor ihnen erfand.

Immerhin hatte er es deutlich vor Augen, so wie jeder Geschichtenerzähler die Dinge vor sich sieht, die er erfindet und mit Worten zum Leben erweckt. Irgendwo hinter dem großen Fluß, hinter einem großen blauen See, hinter dem weiten Arm eines Gletschers, von hohen Gipfeln vor dem Wind geschützt, mußte es einfach ein solches Tal geben. Ob sie es finden würden oder nicht, ob es wildreich war oder nicht, konnte er nicht sagen. Er wußte nur, daß sie irgendwo in diesem Land der vielen Flüsse, Gletscher, Seen und Gipfel auf ein solches Tal wie aus seinen Erzählungen stoßen würden.

So wurde seine Geschichte über dieses wunderbare Tal von Tag zu Tag immer überwältigender. In der Nacht war sie wie eine Eule, die vor dem Mond vorbeiflog, einen riesigen Schatten warf und deren Lied von Hoffnung und guter Jagd vom Wind und den Sternen verschönt wurde.

Auch an diesem trostlosen Tag, wo der Himmel von Schneewolken bedeckt war und Torka seinen Stamm rasten ließ, damit Lonit oder die Kinder nicht zurückfielen, weckte der Zauberer ihre entmutigten Seelen mit Visionen von der wunderbaren neuen Heimat, die im Osten auf sie wartete.

»Seht!« sagte er, als er sich bückte, in einem Haufen aus vereistem Gras stöberte und einen zitternden Langsporn hochhob. Erschöpft von seinem langen Flug über das Land war der winzige spatzenähnliche Vogel zur Erde gestürzt und hatte sich mit bebender Brust und zitternden Flügeln nur unzulänglich verstecken können. Während die anderen Stammesmitglieder zusahen, hielt Karana das ängstliche Geschöpf in den Händen und wärmte es mit seinem Atem. Dann ließ er die begeisterten Mädchen einen Blick durch seine Finger darauf werfen.

»Seht ihr? Der Langsporn weiß es«, sagte er zu ihnen.

»Was weiß er?« drängte Sommermond und sah Karana mit müden, aber bewundernden Augen an.

»Daß es Frühling ist, obwohl der Winter allem Anschein nach nie enden will. Wenn er sprechen könnte, würde der Langsporn euch sein Geheimnis verraten, das er gerade auch mir erzählt hat. Er hat das schöne, geschützte Tal gesehen, das auf diesen Stamm wartet, ein Tal, wo die großen Herden überwintern, wo die Flüsse bald vor springenden Fischen überschäumen werden, wo Teiche auf die Versammlung der Kraniche und Reiher, Gänse und Schwäne warten, wo warme Quellen zwischen duftenden Fichten aus der Erde sprudeln ... und wo Kinder sehr, sehr vorsichtig sein müssen.«

Er wartete ab, bis er die Frage in ihren Augen sah, und sprach dann weiter: »Weil sie in der Sommerzeit nicht einen einzigen Schritt gehen können, ohne sich die Beine mit dem purpurroten Blut der Heidelbeeren zu besudeln. Und im Herbst wird es dasselbe sein, wenn sie mit ihrer Mutter in die Berge gehen, um Preiselbeeren zu sammeln.«

»Wir werden sehr vorsichtig sein!« versprach Sommermond eifrig, denn ihre Phantasie hatte sie bereits in Reichweite der begehrten Sommerfrüchte versetzt.

»Demmi mag keine Preiselbeeren«, sagte ihre kleine Schwester mit ernstem Gesicht. »Demmi will Heidelbeeren essen!« Sie seufzte, worauf sich vor ihrer Kapuze eine Kondenswolke bildete. Sie war müde und setzte sich hin. »Langsporn ist zu beneiden. Flügel sind besser als Füße, sagt Demmi.« Sie sah Karana an und neigte den Kopf. »Hat Langsporn dem Zauberer wirklich von dem Tal erzählt?« Sommermond regte sich auf. »Würde der Zauberer uns etwa anlügen?«

Karana zuckte bei den Worten des Mädchens leicht zusammen. Er stand auf, während er den Vogel immer noch in den Händen hielt. Er drehte sich um und ging davon. Bruder Hund folgte ihm. Als er das Zelt erreichte, das Mahnie gerade aufbaute, strich sie dem Hund über das dicke Schulterfell und streckte ihre andere Hand Karana entgegen.

»Komm!« sagte sie. »Ruh dich bei mir aus.«

Er schlug ihr Angebot aus, ohne ihren verletzten Gesichtsausdruck zu bemerken. Sie begann in ihrem Reiseproviant herumzuwühlen, um etwas zu suchen, das ihm gefallen würde. Stumm setzte er sich neben sie und schlang seine Arme um die Knie, während er ständig an den Wanawut denken mußte.

Ja, der Zauberer würde euch anlügen. Ja, er hat euch angelogen.

Und er war entschlossen, weiter zu lügen. Karana spürte, wie sich seine Lügen in ihm verhärteten. Als Mahnie ihm etwas zu essen anbot, lehnte er barsch ab.

Erschrocken wich sie vor ihm zurück. In ihren Augen stand Schmerz und Verwirrung. »Warum ist der Zauberer böse auf seine Frau?«

»Er ist nicht böse!« erwiderte er scharf. Er hielt sie nicht zurück, als sie den Kopf hängen ließ und ihn mit seinen Grübeleien allein ließ.

Er war froh darüber. Er wollte ihre Gesellschaft nicht. Mahnie war zu sehr bemüht, ihn glücklich zu machen. Er hatte es nicht verdient, glücklich zu sein. Er war kein Zauberer, sondern ein Lügner.

Er sah hinunter auf seine geballte Faust und öffnete sie langsam. Der kleine Langsporn lag tot in seiner Hand.

Die Tage vergingen.

Wenn es irgendwo ein solches wunderbares Tal wie das Land des Vielen Fleisches gab, so konnten Torka und sein Stamm es nicht finden. Sie zogen weiter, schliefen in ihren Reisezelten und schlugen nur dann ein Lager auf, wenn ihr Proviant aufgebraucht war oder das Wetter sich verschlechterte, was oft geschah. Die Zeit, die sie an einem Ort blieben, wurde durch das verfügbare Wild, das Wetter und Lebensspenders Wanderung bestimmt.

Wenn die Männer mit Aar auf die Jagd gingen, stellten die Frauen und Mädchen Fallen auf und bewunderten Lonits Geschick mit der Steinschleuder. Es war eine sehr einfache Vorrichtung: vier lange, scheinbar harmlose Sehnenschnüre, die an einem Ende zusammengefaßt und mit einer weiteren geflochtenen Schnur verknüpft waren, zusammen mit zwei Kondorfedern, die die Flugbahn stabilisierten. An den losen Enden befanden sich vier gleichgroße Steine. Aber erst in Lonits geübten Händen wurde die Steinschleuder zu einer Waffe. Jetzt, wo sie wieder kräftig und gesund war, auch wenn sie das Baby Umak noch an ihrer Brust trug, konnte sie die Jagdwaffe mit tödlicher Geschwindigkeit schleudern. Wenn die Schnüre ihr Opfer fanden, wickelten sie sich um den Hals oder die Beine des unglücklichen Vogels oder Tieres.

»Irgendwann würde ich auch gerne eine solche Steinschleuder benutzen«, gestand Mahnie, als sie mit Lonit nach einem erlegten Schneehuhn suchte.

»Man lernt es durch Übung. Ich wäre sehr stolz, wenn ich die Frau Karanas unterrichten könnte! Schließlich ist unser Zauberer für mich ein Bruder, also bist du meine Schwester!«

Mahnie sah zu der liebenswürdigen, viel größeren Frau auf. »Ich habe mir oft gewünscht, eine Schwester zu haben, Frau aus dem Westen.« Sie sammelte ihren Mut. »Und als deine Schwester möchte ich dich fragen, warum unser Bruder mich so haßt.«

Lonit war nicht überrascht über diese Frage. Karana machte auch ihr Sorgen. Er war so traurig und so launisch und schien nicht mehr derselbe Mensch zu sein, als den sie ihn gekannt und geliebt hatte. Er war ein wilder kleiner Junge gewesen, als

Torka, der alte Umak und sie ihn am Berg der Macht in einem fernen Land entdeckt hatten, wo er ausgesetzt worden war und nur durch seine eigene Schlauheit überlebt hatte. Sie hatten das Kind gezähmt und es ins Herz geschlossen. Dann war er zu einem mutigen, ansehnlichen und fröhlichen Jungen herangewachsen, der im Tal der Stürme in den Armen der geheimnisvollen Sondahr zum Mann geworden war.

Lonit seufzte. *Sondahr*. Hatte Karana sie vielleicht immer noch nicht vergessen? Es hieß, daß man seine erste Liebe niemals vergaß. Sie konnte es nicht beurteilen, denn Torka war ihre erste und einzige Liebe geblieben. Für Karana war es etwas anderes. Sondahr war eine Frau, die kein Mann jemals vergessen würde.

Karana würde immer vom Schatten einer verlorenen Liebe verfolgt werden, so wie Lonit vom Haß auf seinen Vater Navahk. Sie schauderte, weil sie den Gedanken an ihn nicht ertragen konnte, wie seine Hände sie berührt hatten, wie er sie mit Gewalt genommen und ihr dabei Schmerzen zugefügt hatte...

Doch ohne es zu wollen, erhob sich tief in ihr das drohende Gespenst Navahks aus ihren Erinnerungen. Sie versuchte sich auf Mahnie zu konzentrieren und die Vergangenheit zu verdrängen, zurück in das ferne Land, wo sie sie nicht mehr behelligen konnte.

»Was ist, Frau aus dem Westen? Du siehst verstört und blaß aus. Komm, ich werde den Vogel tragen. Stütz dich auf mich. Ich bin zwar klein, dafür aber kräftig. Wir gehen zurück ans Feuer und setzen uns dort.«

Lonit atmete tief durch. Die Liebe des Mädchens beruhigte sie. Wie konnte Karana nur so kalt zu Mahnie sein? Lonit hatte niemals ein besorgteres und liebevolleres Mädchen kennengelernt. Karana hatte ein hartes und trauriges Leben geführt, aber die Mächte der Schöpfung hatten ihn dafür entschädigt, als sie ihn mit Torka zusammenbrachten und ihm Mahnie zur Frau gaben.

»Hab Geduld mit Karana, meine Schwester. Er trägt eine furchtbare Trauer mit sich herum. Sie umhüllt ihn Tag und Nacht wie ein unsichtbarer Mantel, aber irgendwann wird er sie fortwerfen, wenn er in deinen Armen liegt und sich deiner Liebe sicher ist.«

»Glaubst du wirklich?«

»Ja, wirklich«, versicherte Lonit, aber in ihrem Herzen hegte sie noch Zweifel.

An diesem Abend aßen sie gut und auch an den folgenden Abenden. Es war hauptsächlich das Fleisch von wintermageren Steppenantilopen, zähen Hasen, knusprigen Wühlmäusen, Erdhörnchen oder Schneehühnern. Obwohl sie nicht hungern mußten, träumten sie alle davon, sich im verheißenen Tal niederzulassen und richtiges Fleisch zu essen: Keulen, Buckel und Flanken, Leber und Zunge, saftige Augäpfel und Eingeweide, die mit halbverdauten Gräsern und Flechten vollgestopft waren und durch die Magensäure der grasenden Tiere zu einer Delikatesse wurden.

Die Zeit der großen frühjährlichen Wanderungen war gekommen, aber das gefrorene, windgepeitschte und noch oft schneebedeckte Grasland zwischen den Bergen beherbergte nur kleines Wild, überwinternde Vögel, gelegentlich einen Fuchs oder Hasen und Tiere, die sich unter der Erde verkrochen hatten. Frauenfleisch nannten es die Männer, aber in einem Land ohne großes Wild war es besser als gar kein Fleisch.

Als ihr Reiseproviant aufgefrischt und die Umgebung des Lagers leergejagt war, zog der kleine Stamm weiter. In den Spuren von Lebensspender suchten sie die Herden großer grasender Tiere. Und während sie gingen, stimmten die Jäger die altehrwürdigen Gesänge an, die die Männer aller Stämme sangen, wenn sie das große Wild herbeirufen wollten, das den Menschen seit Anbeginn der Zeiten als Nahrung diente.

Torka rief mit diesem Gesang das Karibu, denn für ihn hatte es das köstlichste Fleisch, die weichste Haut, das wärmste Fell, die geschmeidigsten Sehnen, und sein Blut war für seinen Stamm das Blut des Lebens. Grek verlangte es nach Bison und dem köstlichen Geschmack von Pferdefleisch. Sein Gesang ging über Hörner und Staub, über fliegende Mähnen und Hufe. Simu sang von blutarmen Steaks von jedem großen Jagdtier, das ihm die Ehre erwies, unter seinem Speer zu sterben, um auf zugespitzten Knochen geröstet zu werden.

Während die Jäger zusammen mit dem Zauberer vom Fleisch sangen, drehten sich die Gesänge der Frauen um die gemeinsame Arbeit des Häutens, der Ölherstellung, der Sehnenbearbeitung und das Schneiden und Nähen der Felle.

Tage und Nächte vergingen, in Wind und Sturm oder unter klarem, kaltem Himmel. Der neue Stern stand immer noch am Horizont, und sein Schweif schien länger geworden zu sein. Er war fast durchscheinend, als würde der Wind der Erde auch über den Himmel wehen und ihnen wie das Mammut den Weg zur aufgehenden Sonne zeigen.

Am Zusammenfluß zweier großer Ströme hielten sie sich an den breiteren, der in östlicher Richtung verlief, und folgten dem Mammut in ein weites, von Flüssen durchströmtes Tal mit ausgedehnten Schwemmebenen. Große grasüberwachsene Dünen säumten gefrorene Seen, die im dünnen, kalten Licht glitzerten.

»Ist dies das wunderbare Tal?« fragte Demmi.

Torka ließ seinen Blick über das Land schweifen. »Nein, meine Kleine. Dies ist kein wunderbares Tal. Die Dünen sagen uns, daß hier zuviel Wind ist. Jetzt ist der Boden vielleicht noch fest, aber alle Zeichen deuten darauf hin, daß es während der Tage des Lichts ein fliegenreicher Sumpf sein wird. Wir werden in diesem Tal rasten und jagen. Dann werden wir weiterziehen – im Gefolge Lebensspenders. Sieh, selbst jetzt zieht er schon weiter. Er wird nicht in diesem Land bleiben, wo wir keine Spuren von seiner Art gefunden haben.«

»Und auch nicht von unserer«, sagte Grek mit leiser und besorgter Stimme.

Der Wind riß ihm die Worte von den Lippen und blies sie davon. Dennoch lagen sie denen, die sie gehört hatten, auf der Seele.

Bevor es dunkel wurde, erlegten sie in einer nahen, leicht bewaldeten Schlucht einen Elch. Es war ein alter Bulle, der in diesem kargen Land so ausgehungert war, daß er vor Erleichterung zu seufzen schien, als Simus Speer ihn traf. Sie schlachteten ihn, hielten ein Festmahl und bereiteten Steaks als Reiseproviant vor. Aber der Wind in diesem Tal war so kalt und schneidend, daß er das Elchfleisch zwar innerhalb eines Tages getrocknet, es aber auch so sehr mit Staub gesprenkelt hatte, daß es ungenießbar wurde.

Der Stamm brach das Lager ab und zog weiter. Das Mammut ging ihnen voraus. Seine riesige, zottige Gestalt war im feinen Schnee, der vom ständigen Wind fast waagerecht über das Land getrieben wurde, kaum zu erkennen.

Dann fanden sie endlich erste Spuren von früheren Wanderungen großer Herden Bisons, Karibus, Pferde, Kamele, Moschusochsen, Elchen und flüchtiger und hakennasiger Antilopen des Graslands. Aber es waren alte Fährten, die aus einer Zeit stammten, als die Großväter der Jäger noch kleine Jungen gewesen waren. Aber immerhin waren es Spuren, die ihnen die Hoffnung gaben, daß sie irgendwann auch neuere finden würden. Doch nirgendwo war auch nur ein Anzeichen zu entdecken, das vor ihnen je ein Mensch diesen Weg gegangen war.

Sommermond hatte ihre Arme um Torkas Hals geschlungen und sah sich besorgt um. »Wird es in diesem neuen Land keine Kinder geben, mit denen wir spielen können, Vater?«

»Es ist ein einsames Land«, stellte Simu fest.

»Jetzt nicht mehr«, sagte Torka. »Wir sind jetzt hier, und wir werden es mit unseren Gesängen beleben.«

3

Das große Mammut ernährte sich von trockenem Ried- und Wollgras und fraß ganze Bestände von Fichten und zwergwüchsigen Lärchen und Weiden kahl. Immer wenn das Mammut eine Pause einlegte, schlugen auch Torka und seine Leute ein vorübergehendes Lager an einem Südhang auf und träumten von den großen Herden, auf die sie bald stoßen mußten. Unterdessen jagten sie kleine Tiere und stellten Fallen auf.

Während des kurzen Tageslichts schwirrten Lonits und Ianas Steinschleudern und die der Anfängerinnen Mahnie und Eneela. Der Stamm stimmte hoffnungsvolle Gesänge an.

Sie fanden ausreichende, wenn auch unbefriedigende Nahrung, während sie in den langen, kalten Nächten des arktischen Frühlings rasteten. Aber der Wind war ein ständiger Begleiter, der immer noch kein Tauwetter gebracht hatte und heulend an den Riemen zerrte, mit denen sie ihre Zelte gesichert hatten. Oft lagen sie wach und versuchten, seinen Gesang zu verstehen. Dann zogen sie sich die Schlaffelle über den Kopf, um den Wind zu vergessen, denn er sang nur von endlosen, leeren Steppen und hohen, schneebedeckten Gipfeln, von funkelnden Gletschern auf hohen Pässen, gefrorenen Flüssen und dem Gras, das auf die Herden wartete.

Während die anderen gut eingemummt schliefen, stand Torka in dieser Nacht auf, hüllte sich in seine Schlaffelle und verließ sein Zelt, um allein unter den Sternenhimmel hinauszutreten.

Überall war nur das Klagen des Windes. Es war ein trockener, frostiger und staubiger Wind, der den Geruch nach urzeitlichen Meeren und dem alten Eis ewiger Winter mit sich brachte.

Wird dieser Winter niemals zu Ende gehen? fragte er sich. *Wird dieser Wind niemals aufhören? Wird das Eis der Flüsse niemals im Frühlingstauwetter aufbrechen? Werden die Karibus, Bisons, Pferde und Elche niemals kommen, um meinen Stamm zu ernähren und ihn wieder glücklich und froh zu machen?*

Vielleicht werden die großen Herden niemals kommen, antwortete der Wind höhnisch. *Vielleicht sind die Wanderwege versperrt. Das hast du schon einmal im fernen Land erlebt. Du hast bittere Winter überlebt, deren unnatürliche Kälte bis weit in den Frühling und Sommer hinein andauerten, so daß der Schnee auf den Pässen zunahm und sich wie ein Fluß aus Eis über das Land ergoß.*

»Ja...« hauchte Torka. Seine Erinnerungen bestätigten die geflüsterten Warnungen des Windes — oder kamen die Warnungen aus seinem eigenen Herzen? »Ich habe es erlebt...«

Der Wind wurde stärker, und zerrte heftig an ihm. *Wenn die Eisberge wandern, werden alte Wanderwege abgeschnitten. Wenn die Herden nach Westen ziehen, müssen sie sich neue Wege durch die Berge suchen, um die alten Plätze zum Kalben zu erreichen. Wenn das so ist, wohin hat Torka seinen Stamm dann geführt? Wie lange werden Torkas Jäger sich noch damit zufriedengeben, Frauenfleisch zu essen? Vielleicht ist es an der Zeit, dorthin zurückzukehren, wohin du gehörst, Torka, Mann aus dem Westen. Kehre in das Land deiner Vorfahren zurück, in das gute Lager, das Cheanah dir weggenommen hat!*

Soll ich dafür das Leben meines Sohnes opfern? Torkas Kiefermuskeln arbeiteten. »Niemals!« schwor er.

Der Wind drehte sich pfeifend und schien davonzubrausen. Seine Augen folgten ihm. Oben schien zwischen unzähligen Sternen der neue Stern. Er war wunderschön mit seinem nach oben gerichteten Schweif.

Umaks Stern! dachte er und lächelte. Er war überzeugt, daß es wirklich ein gutes Zeichen war. Er holte tief Luft, hielt den Atem an und stieß ihn dann gemeinsam mit seinen Zweifeln aus.

Torka würde nicht mehr auf das Flüstern und Klagen des Windes hören. Sicher war es nur die Stimme seiner eigenen Angst. Das Mammut war sein Totem. Wenn Lebensspender das Land des Vielen Fleisches verlassen hatte, mußte Torka ihm in das Verbotene Land folgen. Er war ein Narr, wenn er sich zu viele Sorgen über seine Entscheidung machte.

Er wollte schon in die Wärme seines Zeltes zurückkehren, als er sah, wie eine Gestalt aus Karanas Unterschlupf zum Vorschein kam. Der Hund erhob sich vor dem Hintergrund der Sterne und trat neben den Zauberer. Torka vermutete zunächst, daß Karana in die Nacht hinausgetreten war, um sich zu erleichtern, aber der junge Mann stand reglos und mit zurückgeworfenem Kopf wie in Trance da.

Leise ging Torka zu ihm hinüber. »Der Wind spricht in dieser Nacht zu uns beiden, scheint mir«, sagte der ältere Mann.

In der Dunkelheit war der Zauberer ein regloser Schatten vor den Sternen und wirkte wie aus Stein. »Der Wind spricht immer.«

»Und was erzählt er dem Zauberer, was er einem einfachen Jäger nicht verraten will?«

Karana antwortete nicht. Selbst im ständigen Wind konnte Torka seinen angestrengten Atem hören. Lauschte der junge Mann auf den Wind und versuchte, seinen Gesang zu übersetzen? Oder suchte er nur nach einer passenden Antwort?

»Der Wind . . . sagt, daß er bei uns ist . . . immer.«

Torka runzelte die Stirn, als er Karanas ausweichende Worte hörte. »Sag mir etwas, das ich nicht schon weiß.«

Doch Karana sagte nichts und rührte sich auch nicht. Nur der Hund an seiner Seite senkte den Kopf, als er die Anspannung des Zauberers spürte.

»Was bedrückt dich?« fragte Torka drängend.

Karana schwieg.

In den fernen Bergen im Osten dröhnte eine Lawine wie der Schmerzensschrei eines sterbenden Riesen. Das Mammut antwortete.

Karana hielt den Atem an. In den Geräuschen schwang eine deutliche Drohung mit.

Obwohl er nackt in seinem Fell geschlafen hatte, war Torka bis jetzt nicht kalt geworden. Er legte seine kräftige Hand auf Karanas Schulter. »Der Wind spricht in der Nacht zu den Menschen. Ein Berg ruft, und das Mammut antwortet. Was hat das zu bedeuten?«

Karana zögerte. »Daß wir weiterziehen müssen«, sagte er schließlich.

»Zum Tal, von dem du gesprochen hast?«

Wieder sprach sein Zögern Bände. »Ja, zum Tal.«

»Du hast es gesehen? Wirklich gesehen?«

Als Karana endlich antwortete, war seine Stimme so schwach, daß der Wind sie mühelos verschluckt hätte, wenn er etwas heftiger gegangen wäre. »Natürlich habe ich es gesehen! Ich bin doch der Zauberer! Ich habe es in den Spuren des Windes und des großen Mammutgeistes gesehen. Lebensspender geht uns voraus, und wir müssen ihm folgen. Hat uns unser Totem jemals in die Irre geführt?«

Sie standen eine Weile schweigend nebeneinander, bis sich Torka schließlich abwandte und ging.

Karana sah ihm nach, während die Stimme seines Gewissens schrie: *Kehre mir nicht den Rücken zu! Du kannst mir nicht mehr trauen, denn ich bin kein Zauberer! Ich folge unserem Totem genauso blind wie du! Ich habe den Geisterwind in dieser Nacht nicht gehört! Ich bin nur in die Dunkelheit hinausgetreten, um dem Geheul des Wanawut zu entfliehen, das meine Träume heimsucht. Und in diesen Träumen habe ich deinen Sohn Manaravak weinen gehört, und ich habe ihn als Erwachsenen gesehen, mit deinem Gesicht und deiner Gestalt, der uns in die weiße Haut der Bestie gehüllt verfolgt und seinen Namen mit der Stimme einer Bestie ruft.*

Aber ich weiß nicht, ob es ein Traum oder eine Vision war! Ich weiß nur, daß ich in dieser Nacht deinen Tod gesehen habe – deinen und Lonits und den all derer, die dir vertrauen. Ich habe dich in der gewaltigen Finsternis ertrinken sehen, die das wunderbare Tal erfüllt, nach dem du auf meine Veranlassung suchst. Habe ich die Wahrheit gesehen oder nur das häßliche schwarze Herz meiner eigenen Furcht?

Ich weiß es nicht! Ich weiß nur, daß Navahk vor langer Zeit unseren Tod im Verbotenen Land vorausgesehen hat.

Aber alle Menschen müssen irgendwann irgendwo sterben, also werde ich schweigen. Ich bin Karana und dein Sohn! Ich werde deinem Totem folgen. Und wenn sich meine düsteren Träume bewahrheiten, werde ich die Mächte der Schöpfung bitten, mir Weisheit zu geben, damit ich die Gefahren erkenne, die uns erwarten, und ich Torka, meinen Vater, guten Dingen entgegenführen kann!

4

Vor ihnen verengte sich die Steppe. Sie gingen zwischen rauhen und steinigen Hügeln weiter, bis sie schließlich erneut auf ein weites, von Flüssen durchzogenes Tal stießen.

Es war ein trostloser grauer Tag. Die Luft war drückend, und der Wind fuhr von fernen Pässen herunter und brachte Staub und Schnee mit. Als die Wolken sich auftürmten, die Temperatur fiel und Wallahs Knochen schmerzten, wußten sie, daß ein Sturm im Anzug war.

»Das schlechte Wetter wird eine ganze Weile anhalten«, verkündete sie. »Die Knochen dieser Frau haben sich noch nie geirrt.«

Der Stamm beobachtete den Himmel und war ernüchtert. Hohe Wolkenbänke wurden ihnen vom Wind entgegengetrieben und rasten wie eine Herde auf der Flucht vor einem Steppenfeuer dahin. Dieser Sturm würde sie auf der Stelle erfrieren lassen, wenn sie sich nicht angemessen schützten.

Ohne ein weiteres Wort begannen die Männer, einen weiten Kreis von einem Fuß Tiefe aus dem gefrorenen Boden der Steppe zu hacken. Mit geschärften Karibugeweihen und Steinkeilen lösten sie dicke Grassoden, die später um den Rand der Mulde aufgeschichtet werden würden, um die runde Gemeinschaftsunterkunft zusätzlich gegen Wind, Schnee und Staub zu sichern.

Die Frauen und Mädchen packten das Material, aus denen normalerweise die einzelnen Familienzelte errichtet wurden, zusammen und legten den Grundstock für das große gemeinsame Rundhaus. Die langen Knochen und Rippen großer Tiere wurden nur zu diesem Zweck von den Männer neben den Speeren auf ihren schweren Rückentragen mitgenommen.

»Warum bauen wir eine so große Hütte?« fragte Sommermond.

»Weil dieser Sturm sehr schnell kommt und viele Tage lang dauern kann«, antwortete Lonit, während sie ihr Reisegepäck öffnete und der ewig hungrige kleine Umak an ihrer Brust saugte. »Der Sturm wird uns erreicht haben, bevor jeder für sich einen eigenen Unterschlupf hätte errichten können. Außerdem ist es in einer großen Hütte viel wärmer, und wir können uns besser die Zeit vertreiben. Du wirst schon sehen!«

Obwohl Lonit ihr die Sache schmackhaft zu machen versuchte, spürte Sommermond die Besorgnis in ihrer Stimme. »Hat Mutter Angst vor dem Sturm?«

»Mutter hat keine Angst!« erwiderte Demmi entrüstet. »Meine Mutter hat niemals Angst!«

»Es kann nie schaden, wenn man sich vor einem Sturm in acht nimmt«, sagte Lonit beschwichtigend. »Und es ist gut, wenn man sich auf das Schlimmste vorbereitet, damit man gewappnet ist, wenn es wirklich dazu kommt.«

Sommermond gefiel es überhaupt nicht, was ihre Mutter gesagt hatte. Außerdem ging ihr Demmi auf die Nerven.

»Demmi ist viel zu klein, um zu helfen!« beschwerte sich Sommermond.

»Bin ich nicht!« heulte Demmi.

»Ruhe jetzt!« schimpfte Lonit. »Wir müssen alle helfen, erste Tochter. Wenn Demmi nicht mithilft, wird sie nie lernen, die Aufgaben zu erfüllen, die sie später erwarten.«

Sommermond hockte sich hin und seufzte schwermütig. Sie wünschte sich, sie wäre nicht die erste, sondern die einzige Tochter.

»Komm schon, schmoll nicht!« tadelte Lonit. »Siehst du? Iana hat schon längst ihre Sachen ausgepackt und ihre Felle bereitgelegt, mit denen die große Hütte gedeckt werden soll. Los, hilf mir mal, den Handschuh deiner Schwester aus dieser Schnur zu befreien!«

Sommermond beobachtete, wie die anderen hektisch zusammenarbeiteten, um die Hütte zu errichten. Es schien eine Menge Arbeit zu geben, und sie fühlte sich schuldig. Sie sollte wirklich mithelfen, aber wie konnte sie das, wenn Demmi ihr ständig im Weg war? Unter ihrer Kapuze blickte sie zum Himmel auf. Die Sturmwolken rasten majestätisch wie graue Pferde vorbei.

»Der Zauberer könnte die Wolken einfangen«, sagte sie und lächelte. Wenn sie nur an Karana dachte, vergaß sie Demmi. Er war so hübsch, und seine Augen so traurig und freundlich. »Karana könnte die Wolken mit Zauberfallen einfangen und und sie verscheuchen!« sagte sie bestimmt. »Warum bittet Vater nicht den Zauberer, den Sturm aufzuhalten?«

»Vielleicht hat er das schon«, erwiderte Lonit mit unverkennbarer Gereiztheit. »Aber jetzt kommen die Wolken immer näher, und wir brauchen jede Hand – einschließlich Karanas und deiner — um einen Unterschlupf zu bauen! Beeil dich, wir haben keine Zeit mehr für Unterhaltungen!«

Demmi wollte vor Scham im Boden versinken. Die Felle waren ausgepackt, aber jetzt hatten sich die Fransen ihres Fäustlings in der Schnur verheddert, die die Rückentragen zusammengehalten hatte. Sie beobachtete, wie Lonit sich gegen heftige Windböen stemmte und nur langsam vorankam. Der Wind fuhr in ihre Felle und ließ sie wild hin und her flattern. Demmi riß die Augen auf, als Lonit dem Wind den Rücken zuwandte und die Felle zu einem dichten Bündel zusammenzuraffen versuchte. Aber mit dem kleinen Umak an ihrer Brust war sie in ihren Bewegungen behindert. Die Felle flatterten wie große Flügel, rissen Lonit herum und warfen sie zu Boden.

Demmi schrie auf, aber Lonit stützte sich bereits auf Händen und Knien ab. Wallah, Iana und Eneela kamen herbei und halfen ihr, aufzustehen und die Felle zu der Stelle zu bringen, wo die Männer das Dach der Hütte errichteten.

»Sitz endlich ruhig! Sieh nur, was du angerichtet hast! Dieser Knoten läßt sich nie wieder entwirren!« schimpfte Sommermond und versuchte, den Handschuh zu befreien. »Du kleines Baby!«

»Du bist auch nicht so groß!« wehrte sich Demmi.

»Aber größer als du!« Das ältere Mädchen riß heftig an Demmis Hand. »Bald habe ich sechsmal die Zeit des Lichts erlebt! Ich bin schon fast erwachsen!«

»Dieses Mädchen hat drei Sommer erlebt! Das ist auch schon sehr alt!«

»Drei Sommer sind überhaupt nichts!«

Der Wind brauste jetzt mit wütender Intensität, und auch Demmi war wütend. Sie wollte lieber ihren Handschuh im Riemen zurücklassen als noch länger die Gemeinheiten ihrer Schwester zu ertragen. Sie hätte am liebsten losgeheult, aber dann hätte Sommermond noch mehr Grund gehabt, sie ein Baby zu nennen. Sie zog so heftig sie konnte an ihrer Hand, und zu ihrer Überraschung kam sie frei, obwohl der Handschuh immer noch mit der Schnur verknotet war. Triumphierend winkte sie. »Jetzt gehe ich und sage Mutter, was du für ein gemeines Mädchen bist!«

»Nein, das tust du nicht! Komm sofort zurück, bevor dir deine Hand abfriert!«

»Nein!« schrie das Mädchen.

Sie stürmte los, wobei sie fast vom Wind davongetragen wurde, um Trost bei ihrer Mutter zu suchen. Die Frauen hockten in einem engen Kreis beieinander und nähten hektisch die Felle zusammen. Dabei achteten sie darauf, daß sie noch genug Lederriemen übrigbehielten, um die Felle später am Knochengerüst des Daches festzubinden. Sie wollten offenbar nicht bei dieser wichtigen Aufgabe gestört werden, denn Lonit, Iana, Wallah, Mahnie und Eneela schimpften nur mit dem kleinen Mädchen, nicht nur weil sie ihrer Mutter nicht gehorcht, sondern auch, weil sie ihren Handschuh bei diesem Frost zurückgelassen hatte.

»Das hab' ich dir doch gesagt!« rief Sommermond laut genug, um den Wind zu übertönen, als sie Demmi nachgelaufen kam. Das ältere Mädchen wandte sich an ihre Mutter. »Bitte, Mutter, ich bin groß genug, um zu helfen!«

»Hol deinen Handschuh, Demmi, und zieh ihn sofort an!« sagte Lonit kurzangebunden. »Sommermond, du hilfst uns hier!«

Tränen schossen Demmi in die Augen. Damit es niemand bemerkte, zog sie ihre Kapuze über den Kopf, steckte ihre bloße Hand tief in den warmen Pelz, der ihr Gesicht schützte, und ging zurück.

Dann sah sie, daß Aar gerade dabei war, ihren Handschuh zu fressen. Der Hund war so groß wie ein Wolf und hatte scharfe Zähne. Was konnte sie tun, um ihn aufzuhalten?

»Bruder Hund frißt Fleisch und keine Handschuhe!« rief sie und zeigte mit dem Finger auf ihn. Dann steckte sie den Finger schnell in den Mund und saugte daran. Er war schon so kalt, daß er schmerzte.

Der Hund neigte den Kopf zur Seite. Seine Augen waren fast geschlossen, um sie vor dem Wind zu schützen, der heftig an seinem Fell zerrte. Er spuckte aus, was noch von dem Handschuh übrig war, hustete ein paarmal und ließ sie gewähren, als sie das auflas, was vor wenigen Augenblicken noch ein kunstvoll zusammengenähtes Kleidungsstück gewesen war.

Jetzt war der Handschuh zerfetzt und feucht vom Speichel des Hundes. Doch Demmi zog ihn trotzdem an, während sie bestürzt feststellte, daß die Fransen abgekaut waren und der Gepäckriemen ihrer Mutter fehlte. Sie bückte sich, um danach zu suchen, aber dann traf sie eine Böe, worauf sie neben dem Hund zu Boden ging.

Dieses Mädchen mag diesen Wind überhaupt nicht, dachte sie und hoffte, daß der Wind nichts davon gehört hatte.

Der Hund war groß und warm, und sein Körper brach die Kraft des Windes. Demmi sah zu seinem grauen Kopf mit dem schwarzen Gesicht hoch und stellte überrascht fest, daß das Tier ihren Blick erwiderte. Seine lange feuchte Zunge fuhr unter ihre Kapuze und leckte ihre Wange. Es kitzelte, aber es nahm ihr die Angst.

Demmi kicherte und kuschelte sich an den Hund. Sie mochte ihn. Er war viel netter als Sommermond. Zumindest war er ihr nicht böse.

»Du bleibst bei mir, Aar! Hilf Demmi, die Schnur zu suchen!« Sie hielt einen Arm um seine Vorderpfote geklammert.

Aar blieb bei ihr, aber nicht, weil das Mädchen ihn dazu aufgefordert hatte. Der Wind hatte etwas Bösartiges, etwas Gefährliches und Furchtbares. Das Mädchen und der Hund wußten es. Demmi spürte seinen schnellen, heftigen Herzschlag und seine Nervosität, als er seinen Kopf senkte und seine Schnauze in die Richtung drehte, wo die Männer sich alle Mühe gaben, das Dach der Hütte zu errichten.

Durch den Staub- und Schneeschleier konnte Demmi erkennen, daß sie damit nicht sehr viel Erfolg hatten. Die Hütte würde sehr groß werden — wenn sie überhaupt je fertig wurde. Sie hatten bereits die Löcher für die Pfosten in den Boden gehackt und steckten die langen, verzweigten Karibugeweihe und die Rippenknochen hinein, die das Gerüst ihrer Rückentragen gebildet hatten. Doch sobald ein Knochen aufgerichtet und mit Sehnenschnüren mit den anderen verknotet war, warf ein neuer Windstoß ihn wieder um. Immer öfter fluchten die Männer, während die Frauen bestürzt stöhnten.

Demmi machte sich Sorgen. Sie wußte, daß die Knochen erst dann sicheren Halt gaben, wenn das Felldach darüber gespannt, gut verknüpft und an den Seiten mit Soden beschwert war. Sie wußte auch, daß es seit Anbeginn der Zeiten verboten war, daß Männer und Frauen gemeinsam am Bau einer Hütte arbeiteten. Die Errichtung des Knochengerüsts war Männerarbeit, und die Fellbespannung Frauenarbeit. Aber wenn die Männer und Frauen nicht zusammenarbeiteten, würden sie es niemals schaffen. Der Sturm würde über sie hereinbrechen, bevor sie sich einen Unterschlupf gebaut hatten.

Unterschlupf. Plötzlich bekam dieses Wort eine völlig neue Bedeutung für Demmi. Als sie erschrocken und atemlos zusah, wurden sie und der Hund von einer ungewöhnlichen heftigen Windböe umgeworfen.

Es war ein kalter schwarzer Wind, der wie tausend hungrige Löwen brüllte. Demmi schlang ihre Arme um Aars Hals, um nicht davongeweht zu werden. Doch dann rollte sie zusammen mit dem Hund über den Boden, während Aar verzweifelt wieder auf die Beine zu kommen versuchte. Er knurrte den Wind an und stellte sich schützend vor sie.

»Aar!« schrie sie voller Angst und vergrub ihr Gesicht in seinem Nackenfell, während sie sich gemeinsam gegen den Wind stemmten. Obwohl sie ihre Fersen in den gefrorenen Tundraboden zu graben versuchte, rutschte sie immer weiter. Sie konnte weder aufstehen noch ihre Bewegung aufhalten.

Die Hand, mit der sie sich an Aar festhielt, war die mit dem zerfetzten Handschuh. Sie spürte ihre Finger nicht mehr und verlor langsam den Halt. Als sie zu den Männern zurückblickte, sah sie, wie Simu flach auf den Bauch geworfen wurde, während Grek, Torka und Karana zwischen zusammenfallenden Knochen in die Knie gingen. Wallah, Eneela und Iana klammerten sich aneinander, und Lonit griff nach Sommermond, als mehrere größere Felle vorbeiwirbelten. Lonit wurde davon getroffen und fiel hin, worauf Sommermond schreiend davongeweht wurde ... und direkt auf Demmi zugerollt kam.

In ungläubigem Entsetzen sah Demmi zu, wie die fellumhüllte Gestalt ihrer Schwester immer näherkam, bis sie zusammenstießen. Gemeinsam mit dem Hund purzelten sie durcheinander und wurden vom Wind immer weiter, scheinbar bis ans Ende der Welt geweht.

Torka hatte es nicht für möglich gehalten, daß ein Mensch fliegen konnte, aber der Wind hatte seine Kinder mit sich gerissen, und so segelte er mit ausgebreiteten Armen wie auf Flügeln hinterher. Während der Wind ihm in den Rücken fuhr und ihn zu Boden drücken wollte, sprang er auf und rannte los.

»Demmi! Sommermond!« schrie er.

Vornübergebeugt spürte er, wie die Macht seiner Willenskraft jede Faser seines Körpers erfüllte. Aber der Wind war stärker. Er warf ihn um und brachte seine Kinder und den Hund außer Reichweite.

Schmerz flammte in seinen Knien und Handflächen auf, während er weiter vorwärts stolperte und sich kaum auf den Beinen halten konnte. Doch der Schmerz war größer, wenn er daran dachte, daß seine Kleinen hilflos der unsichtbaren Gewalt des Sturms ausgeliefert waren. Aus dem Schmerz wurde Wut, die seine Entschlossenheit anstachelte.

Und so rannte Torka erneut los, und diesmal kam er dem umhergewirbelten Knäuel aus Armen, Beinen und Fellen ein ganzes Stück näher.

Der Wind wurde stärker und brüllte wütend. Er blies über ihn hinweg, zerrte an ihm und hätte ihn niedergedrückt, wenn Torka sich nicht mit einem Wutschrei hochgeworfen hätte.

Er spürte, wie er in hohem Bogen wie ein Speer davongetragen wurde. Für einen Augenblick dachte er begeistert, daß er wie ein Adler oder ein Kondor flog.

Der Wind versuchte ihn zu Boden zu schmettern, doch dann landete er so weich, als wären seine Arme Flügel und seine Knochen hohl wie die eines Adlers. Mit ausgebreiteten Armen bekam er die Kinder und den Hund zu fassen. Er klammerte sich fest an sie, während der Wind plötzlich drehte und sich legte.

»Der Sturm wird weitergehen«, orakelte Wallah. »Seht! Die Wolken werden sogar noch dicker und dunkler!«

Lonit umarmte ihre beiden Kleinen, nahm sie in die Mitte der Frauen und untersuchte sie auf Knochenbrüche oder Verletzungen. »Wir müssen uns mit der Hütte beeilen! Kommt! Wir brauchen alle Hände — Männer und Frauen müssen zusammenarbeiten«, sagte Torka.

Lonit blickte auf. Torka stand zwischen den Frauen und Männern, während Karana neben ihm kniete und sich davon überzeugte, daß Bruder Hund nichts passiert war.

»Ja, wir müssen uns beeilen!« stimmte Grek zu. Er prüfte den Himmel und stellte fest, daß der Wind schon wieder zunahm. »Du bist die erfahrenste der Frauen«, sagte er zu Wallah. »Du kümmerst dich darum, daß die Felle wieder eingesammelt werden, und wenn wir Männer die Knochen errichtet und gesichert haben, werdet ihr zusammen...«

»Nein!« unterbrach Torka. »Das Dach muß aufgestellt werden, während die Felle darübergezogen werden. Männer und Frauen müssen *zusammen* arbeiten, denn wir brauchen jede Hand, um die Felle zu verschnüren, wenn...«

Lonit sah, wie der junge Simu erstarrte. »Die Frauen dürfen die Knochen nicht berühren, bis sie sicher in den Löchern stehen und mit den anderen verknotet...«

»Wir werden sie von unten verknüpfen«, schnitt Torka ihm das Wort ab. »Die Felle werden die Kraft des Windes brechen und das Knochengerüst zusammenhalten, bis die letzten Knoten geknüpft sind.«

»Das ist verboten!« protestierte der junge Jäger.

Grek nickte und senkte den Kopf. »Im fernen Land ist es verboten. In allen Stämmen...«

»Wir sind nicht im fernen Land!« entgegnete Torka schroff. »Dies ist ein neues und unbekanntes Land. Und in neuen und unbekannten Situationen müssen die Menschen neue Wege lernen, wenn sie überleben wollen!«

Lonits Herz schlug rasend. Der kleine Umak regte sich unruhig an ihrer Brust, als sich Sommermond und Demmi eng in ihre schützenden Arme kuschelten. Die Gesichter der Jäger und ihrer Frauen sahen so verloren und so verängstigt aus.

Aber ein großer Sturm war im Anzug, und Lonit wußte wie alle anderen, daß der kleine Stamm nur dann eine Überlebenschance hatte, wenn sie einen Unterschlupf errichteten. Langsam, aber entschlossen stand sie auf. Auf jeder Seite hielt sie eine ihrer Töchter im Arm und sah ihren Mann und dann den Stamm an.

»Kommt! Und zwar alle!« sagte sie ruhig, als stünde sie vor einer fertigen Erdhütte im Sonnenschein. »Ihr habt euch dazu entschieden, mit Torka zu gehen, als die Mächte der Schöpfung uns in dieses neue Land führten. Der große Mammutgeist zeigt uns den Weg. Wenn wir auf eine neue Weise zusammenarbeiten müssen, dann ist es, weil die Geister es so wollen. Dieser kalte Wind ist ein Raubtier, und wir werden seine Beute werden, wenn wir keinen Unterschlupf haben. Kommt! Wir sind Menschen der offenen Tundra und haben schon andere Stürme erlebt. Lonit wird mit Torka zusammenarbeiten, Seite an Seite, Frau und Mann. An seiner Seite wird Lonit niemals Angst vor neuen Wegen haben.«

5

Gemeinsam errichteten sie die Erdhütte. Noch bevor die letzten Knochen aufgestellt und die Felle verschnürt waren, brüllte der Wind wieder los und wirbelte Staub und Schnee durch die Luft.

»Bruder Hund hat dieses Mädchen warmgehalten«, rief Demmi ihrem Vater aus der Hütte zu, der hektisch mit den anderen Stammesmitgliedern nachprüfte, ob nichts von ihrem Besitz draußen liegengelassen worden war. »Kann Aar mit in die Hütte kommen?«

Niemand schlug dem Mädchen diesen Wunsch ab — außer dem Hund.

Karana rief ihn. »Komm, mein Bruder! Du bist willkommen, während dieses Sturms die Unterkunft mit deinem Menschenrudel zu teilen.«

Der Hund sah ihn lange an, bis er die Aufforderung ignorierte und davontrottete, um sich im Windschatten eines hohen Grasbüschels einzurollen.

»Er scheint nicht sehr großes Vertrauen in unsere Hüttenbaukunst zu haben«, bemerkte Grek.

Niemand konnte über diesen Versuch eines Scherzes lachen. Sie alle hatten schon Stürme erlebt, aber noch nie den Schutz einer gutgesicherten Hütte verloren. Doch es gab Geschichten über Stürme, die ganze Stämme über den Rand der Welt hinaus fortgeweht hatten . . . so wie dieser Sturm beinahe die Mädchen und Aar fortgeweht hatte.

Sie kauerten sich stumm zusammen und lauschten auf das zunehmende Getöse des Sturms. Alle wußten, daß sie die Traditionen ihrer Vorfahren gebrochen hatten, als sie beschlossen, daß Männer und Frauen gemeinsam die Hütte errichten würden. Und alle wußten, daß Lonit ein Kind an der Brust trug, das unter einem brennenden Himmel auf einer zitternden Erde geboren worden war.

Doch als der Sturm über sie hereinbrach, vermieden sie es, daran zu denken.

»Sing!« befahl Torka. »Sing laut und kräftig und mit großer Ehrfurcht! Der Stamm braucht einen Zauberer, der ihm die Angst vor dem Sturm nimmt!«

Karana zuckte zusammen. Er hatte grübelnd auf der Männerseite der Feuergrube gesessen, die die Frauen in der Mitte der Hütte ausgehoben hatten. Jetzt sah er mit traurigem und nachdenklichem Blick auf. Torka hatte im Befehlston gesprochen, aber der Sturm hatte seine Worte fast unhörbar gemacht.

»Sing!« befahl Torka noch einmal.

Karana starrte wieder auf die Feuergrube. Wallahs Feuerbohrer drehte sich zwischen sorgfältig ausgebreitetem trockenem Gras und Dung, aus dem jetzt die ersten kleinen Flämmchen schlugen. Von kleinen Steinen und Grassoden eingerahmt war die Feuergrube eine Quelle, die bald Wärme und Licht abgeben würde, während sie penibel von Wallah überwacht wurde. Das Feuer begann bereits, die Dunkelheit, die der Sturm gebracht hatte, zu vertreiben.

Außerhalb der Hüttenwände erreichte der brüllende Wind dieselbe Stärke, wie die Böe, die fast den Hund und die Mädchen fortgeweht hatte. Karana wollte nicht daran denken, denn als Torka zur Rettung seiner Kinder in den Sturm hinausgesprungen war, hatte Karana sich zu Mahnie geflüchtet. Er hatte sie fest an sich gedrückt, während sie ihn anflehte, den Wind fortzuschicken. Er hatte es versucht. Er hatte in den Sturm gerufen, er solle Gnade mit seinem Stamm haben. Aber der Sturm hatte weitergetobt, und nur Torkas selbstloser Wagemut hatte ihn so verblüfft, daß ihm für einen Augenblick die Luft ausging.

Er verachtete sich selbst. *Warum fordert Torka mich zum Singen auf? Es war sein Zauber, der die Geister dieses Sturms zurückgehalten hat. Das muß er doch gemerkt haben!*

Karana wandte seinen Blick nicht von Wallahs rituellen Handlungen ab. Sie kniete nahe an der Umfassung aus Grassoden und legte nacheinander kreuzweise kleine Knochen ins Feuer, während sie sich mit einer Lederschürze vor den Funken schützte. Das Gras, das als Zunder für den Feuerbogen gedient hatte, war fast völlig verbrannt. Die Halme hatten sich schnell in weißglühende Fasern verwandelt, die über dem schwelenden Dung bald zu Asche zerfielen, doch zuvor entzündeten sie noch die Knochen. Als das Feuer zu rauchen begann, fächelte sie ihm langsam mit ihrer Schürze Luft zu. Als sie sie dann in ihren Schoß zurückfallen ließ, flammten die Knochen und der Dung plötzlich hell auf. Ihre Mundwinkel verrieten ihre Zufriedenheit über diesen eindrucksvollen Effekt. Sie war die älteste Frau in diesem Stamm, und sie kannte sich mit den Feuergeistern aus.

Hinter ihr murmelten die Frauen und Mädchen anerkennend, während sie ihr Hab und Gut an die Wände stapelten, um die Hütte zusätzlich vor dem Sturm zu schützen. Auf der Männerseite des Feuers brummte Grek voller Lob für seine Frau, worauf Wallah sich auf ihre Fersen hockte und ihn stolz anstrahlte.

Karana sah, wie der zufriedene Ausdruck von ihren Gesichtern verschwand, als der brüllende Wind jetzt so heftig Schnee gegen die Außenwand warf, daß es sich anhörte, als würde ein großes Raubtier sich darauf stürzen. Die Lederriemen zerrten an den Rippenknochen, und die losen Enden flatterten. Eine

heftige Böe schlug gegen die Hütte, worauf sich das ganze
Gewölbe zur Seite neigte. Es schüttelte sich so heftig, daß
Karana für einen Moment befürchtete, die Pfosten würden sich
aus der Erde reißen und die ganze Hütte mit dem Sturm davon-
fliegen.

Dann war es schon wieder vorbei. Die Verankerungen hielten, und das Felldach blieb an Ort und Stelle. Die Sehnenschnüre scheuerten knirschend, aber das Dach hielt, obwohl es
zitterte. Dann hörte der Wind auf.

Karana horchte und wartete. Auf der Frauenseite der Feuergrube rührte sich niemand. Die kleinen Mädchen, die Lonit im
Arm hielt, weinten. Auf der Männerseite hielten Grek und
Simu den Atem an. Torka saß mit untergeschlagenen Beinen
da, und sein ganzer Körper war angespannt. Dann setzte der
Wind langsam wieder ein, als ob die Sturmwolken nur tief Luft
geholt hatten.

»Mach, daß es aufhört!« schluchzte Sommermond, die ihr
Gesicht im Schoß ihrer Mutter vergraben hatte.

Aber es hörte nicht auf. Karana spürte, wie die Luft aus der
Hütte gesaugt wurde. Draußen waren seltsame schnappende
Geräusche zu hören, während das Feuer flackerte und dann auf-
loderte. Dann tobte der Sturm weiter.

Die Menschen schrien auf, als sie wieder Luft bekamen. Der
Wind schlug jetzt heftiger als vorher auf die Hütte ein und
schrie wie ein monströses, unsichtbares Raubtier, das über die
Welt raste und alle Menschen in ihren Zelten und alle Tiere in
ihren Schlupfwinkeln zerfleischen wollte. Karana hatte noch
nie einen solchen Wind erlebt.

Draußen polterte etwas krachend vorbei und verfehlte die
Hütte offenbar nur knapp. Dann zwängte sich plötzlich ein
schneeüberkrusteter Aar durch die Felle, die den Eingang verschlossen. Karana begrüßte den Hund, beeilte sich, die Felltür
wieder zu verschließen und bedeutete ihm, sich an seine Seite
zu legen. Er fühlte sich schuldig, denn bis zu diesem Moment
hatte er überhaupt nicht mehr an das Tier gedacht. Bruder
Hund schüttelte sich, und Schnee flog durch die Hütte, aber
niemand beschwerte sich. Dann jaulte der Hund und legte sich
neben Karana. Er steckte seine Schnauze tief unter den Schen-

kel des Zauberers, als würde er sich schämen, daß ein so mutiges, wettergewöhntes Tier Schutz bei seinem nicht so wetterfesten Menschenrudel suchen mußte.

Karanas Finger kraulten das dichte, feuchte Nackenfell des zitternden Hundes. Wenn das Tier Trost bei ihm suchte, war es eigentlich zum falschen Mann gekommen. Obwohl sein Stamm ihn hoffnungsvoll als Zauberer ansah, hatte er selbst Angst.

Es war nicht Karana, der dich vor dem tödlichen Wind gerettet hat, mein Freund. Es war Torka. Und nur Karanas Lügen sind daran schuld, daß Torkas Stamm hier ist, in diesem lebensfeindlichen Land, in dem sie ein kalter Tod erwartet.

Aber er konnte seine Gedanken nicht laut aussprechen, denn er sah das Entsetzen in den Gesichtern der Menschen und hörte das Schluchzen der Kinder. Eneela wiegte ihren kleinen Jungen und vergrub ihr Gesicht in ihren Fellen und in Daks Haaren. Neben ihr hatte sich Wallah vom Feuer zurückgezogen und ihre erwachsene Tochter schützend in die Arme genommen.

Mahnie! Karana hätte fast laut ihren Namen gerufen. Als sich ihre Blicke trafen, sprang ihm aus ihren Augen die Angst entgegen. Sie war noch so jung! Er verfluchte die Sitte ihrer Vorfahren, die es verbot, daß Männer und Frauen sich in einer Gemeinschaftshütte mischten, solange noch Leben in der zentralen Feuerstelle war. Er würde so gern zu ihr hinübergehen und sie in die Arme nehmen. Aber er hatte genausoviel Angst wie sie und wagte es nicht, ein Tabu zu brechen, wenn der Sturm sie bedrohte.

»Karana!« rief Mahnie liebevoll und verlangend. Dann klammerte sie sich an ihre Mutter, als wäre sie wieder ein Kind und als würden alle Probleme der Welt verschwinden, wenn sie sich nur tief genug zwischen ihren Armen und Brüsten verbarg.

Ihm gegenüber hockten Lonit und Iana mit den kleinen Mädchen. Dann stellte Sommermond mit einer Stimme, kaum lauter als das Piepen eines winzigen Vogel, eine Frage, die sie alle mit größerer und bedrohlicherer Wucht traf als der Sturm.

»Sind die Geister wieder böse auf das Baby Umak, Zauberer?«

»Nein!« schrie Lonit, bevor Karana etwas erwidern konnte, als könnte sie mit dieser Ablehnung die Frage zunichte machen.

Die Augen des Stammes konzentrierten sich auf sie und das Kind, das unter ihren Fellen versteckt war.

»Sing jetzt, Zauberer!«

Diesmal konnte der junge Mann Torkas Befehl nicht ausschlagen. Er sang, obwohl er die uralten Worte nicht genau kannte. Außerdem war er überzeugt, daß es ohnehin keinen Unterschied machte. Er saß mit untergeschlagenen Beinen da, hatte die Hände auf die Knie gelegt, hielt den Rücken völlig gerade und sang mit geschlossenen Augen, um die Mächte der Schöpfung zu bitten, ihn anzuhören. Er bat nicht für sich, denn er selbst verdiente nur Verachtung, sondern für den Stamm.

Er wußte nicht genau, wann ihn die Trance überkam, wann der Sturm nachzulassen begann oder wann der Hund zu ihm aufsah und seine Hand anstupste. Er wußte nur, daß seine Augen plötzlich geöffnet waren. Obwohl sein Atem vor seinem Gesicht zu einer Wolke kondensierte, war es unter dem weiten Gewölbe der Gemeinschaftshütte nicht mehr kalt. Der Dung und die Knochen hatten ihre Substanz und ihre Wärme an die glühenden Steine darunter abgegeben. Draußen heulte immer noch der trockene, eiskalte Wind über die Welt wie ein unsichtbares Rudel hungriger Wölfe, aber sie mußten unterwegs etwas zu fressen gefunden haben, denn ihre Schärfe hatte nachgelassen. Die Hütte roch nach Wärme und Leben, und im sanften flackernden Schein, der aus der Feuergrube drang, schienen die Gesichter der Mitglieder von Torkas Stamm in der Dunkelheit zu schweben, als sie alle ihn ehrfürchtig anstarrten.

6

War es Karanas Zauber gewesen, der Torkas Stamm vor dem Sturm bewahrt hatte? Vielleicht, aber Karana war sich nicht sicher. Der Wind hatte spürbar nachgelassen. Und etwas war mit Karana geschehen — er fühlte sich, als wäre er verwundet worden und hätte viel Blut verloren, als hätte seine Seele den Körper verlassen, so daß er nur noch eine kalte Hülle war, die gar nicht mehr zu ihm gehörte. Jetzt kehrte seine Seele und damit auch die Wärme und das Bewußtsein langsam in den Körper zurück.

Mahnie kniete vor ihm und streichelte ihm liebevoll über Gesicht, Schultern und Arme, als wäre sie nicht sicher, ob er noch lebte. »Karana?« flüsterte sie seinen Namen wie ein Gebet.

Er hatte noch nicht die Kraft zu einer Antwort.

Sommermond lugte hinter Mahnie hervor und lächelte. Mit ihrem runden Gesicht und ihren großen Antilopenaugen, die ihn immer voller Bewunderung ansahen, war sie ein so nettes Wesen. »Dieses Mädchen hat zu seiner Mutter gesagt, daß Karana den Sturm vertreiben kann, wenn er es will! Das hier ist für den Zauberer, von Sommermond, die froh ist, daß Karana sie nicht dem Sturm ausgeliefert hat.«

Auf ihren Handflächen lagen zwei Geschenke, ein Büschel flaumiger Eulenfedern und ein grünlicher, ungewöhnlich glatter Kieselstein. Diese Dinge, die auf ihrem Weg durch das Verbotene Land aufgelesen worden waren, hatten eigentlich keinen Wert. Aber der Zauberer wußte, daß sie für das Kind von großer Bedeutung waren. Er erwiderte ihr Lächeln und brachte für sie die Kraft auf, seine Hand zu heben und die Geschenke Sommermonds anzunehmen.

Er hielt sie in den Händen, als ihn wieder der Schlaf überkam. Und zum ersten Mal seit langer Zeit schlief er ruhig und ungestört, denn Sommermonds Vertrauen, daß er den Sturm vertrieben hatte, drang bis in seine Träume vor.

Das Schlimmste des Sturms war überstanden. Der Wind hatte sich ausgetobt, und das Wetter beruhigte sich. Es war kühl, aber nicht unerträglich kalt. Schnee fiel völlig geräuschlos zu Boden und bedeckte die Welt, bis es keine Erde und keinen Himmel mehr gab, sondern nur noch Schnee. An Aufbruch war noch lange nicht zu denken.

Aar hatte wieder Wache außerhalb der Hütte bezogen. Gelegentlich war das Trompeten des großen Mammuts zu hören. Lebensspender war ganz in der Nähe. In ihrer gemeinsamen

Unterkunft kauerten sich die Menschen zufrieden zusammen. Sie hatten zu essen, es war warm, und ihr Zauberer hatte sie gerettet. Sie hatten bereits schlechtes Wetter überstanden und zweifelten nicht daran, daß es bald wieder dazu kam.

Sie verbrachten die verschneiten Tage und immer kürzer werdenden Nächte auf die Weise ihrer Vorfahren. Die Frauen gingen hinaus, um Fallen aufzustellen, und die Jäger machten kurze Jagdausflüge. Sie erlegten nicht viel, aber sie hatten noch genügend Reiseproviant und waren es gewohnt, sich ihre Vorräte einzuteilen.

Es schneite nur noch gelegentlich, aber sie wußten, daß das Wetter noch keine Weiterreise zuließ. Sie aßen sparsam, schliefen viel und verbrachten lange Stunden der Muße mit Spielen oder den einfachen Arbeiten, die täglich in einem Lager anfielen. Die Männer brachten ihre Jagdwaffen in Ordnung. Die Frauen nähten und flickten die Kleidung mit Knochennadeln und Fäden aus Sehnen und Moschusochsenhaaren, wobei sie den Mädchen die Fellbearbeitung beibrachten, indem sie ihnen Reste gaben, aus denen sie sich Puppen nähen sollten. Lonit machte einen neuen Handschuh für ihre jüngste Tochter, und Torka ritzte Verzierungen in seine Walknochenkeule ein.

Und so vergingen die guten und erholsamen Tage. Sie träumten immer noch von »richtigem« Fleisch, doch allmählich rückte die Verwirklichung dieses Traumes immer näher. Denn in den leichten Farbveränderungen der Felle und Federn erlegter Tiere und den kürzeren Nächten erkannten sie, daß es bald Frühling werden mußte. Außerdem wurden die Tage spürbar länger, und der Schnee bekam eine andere Konsistenz. Bald würde der Winter auch in den hohen Pässen vorbei sein, so daß die sehnsüchtig erwarteten Herden ihnen aus der aufgehenden Sonne entgegenkommen würden.

Weitere Tage vergingen, die voller Lachen und Liebe waren und die Aussicht auf noch bessere Tage versprachen. Wenn Torka durch Erinnerungen an jene Nacht beunruhigt wurde, als der Wind zu ihm über Eis, versperrte Pässe und Wanderwege gesprochen hatte, zwang er sich, an die Sonne zu denken, an schmelzenden Schnee, reißende Flüsse und das große Mammut Lebensspender, das durch ein lebendes Meer aus Hufen, Fellen,

Hörnern und Geweihen dahintrottete. Er würde Karana ansehen und sich an die Worte des Zauberers erinnern: »Hat uns unser Totem jemals in die Irre geführt?«

Und dann würde er Lonit ansehen, die seinen Blick im goldenen Schein des Feuers erwidern und lächeln würde. Nachdem das Feuer seine Kraft verloren hatte, gingen die Männer auf die Frauenseite des Kreises, damit sie die Zeit mit Geschichtenerzählen verbringen und später mit ihren Frauen schlafen konnten. Torka sehnte sich nach Lonits Armen, und sie war dankbar für seine Zärtlichkeiten.

»Es ist gut für uns in diesem neuen Land«, flüsterte sie unerschütterlich.

»Ja«, stimmte er zu und verlor sich im Duft ihres Haars und ihrer Haut und in der Geschmeidigkeit ihres Körpers. »Es ist gut.«

Sie saßen aneinandergekuschelt nebeneinander, während die Kinder auf einem einzigen Haufen aus Fellen, Armen, Beinen und schläfrigen Augen zusammenlagen. Die Frauen hatten es sich an ihrer Seite bequem gemacht, und die Männer sangen den Kleinen abwechselnd Gute-Nacht-Gesänge ihres Stammes vor. Es waren wundersame Geschichten, die von ihren Ahnen seit Anbeginn der Zeiten über die Generationen hinweg überliefert worden waren.

Die monotonen Gesänge Greks und Simus erinnerten an wahre und erfundene Abenteuer, bis sie schließlich beide gähnten. Zu Torkas Überraschung drängte Sommermond Karana, die Geschichten zu erzählen, die er als Zauberer auf der Großen Versammlung im fernen Westen gelernt hatte.

»Es ist schon spät!« wehrte Karana ab.

»Dieses Mädchen ist noch gar nicht müde!« erwiderte Sommermond.

Torka sah, wie Mahnie ihre kleine Hand auf Karanas Unterarm legte. »Erzähl uns, was du von den Schamanen erfahren hast.« Mahnies Aufforderung war behutsam und voller Liebe und Stolz.

Karana gab nach. Er sprach langsam und zögernd, als würde er sich nicht gerne an die Vergangenheit erinnern. Torka sah, wie er sich allmählich entspannte, als er sich den Erzählungen voller Zauber hingab. Er sang sie nicht nur in der Art eines wahren Geschichtenerzählers, sondern reicherte sie mit den Schöpfungsgeschichten und Abenteuern aller Stämme an, die zur Großen Versammlung der Mammutjäger im fernen Land zusammengekommen waren.

Torka beobachtete die gespannten Gesichter der begeisterten Zuhörer, die sich von Karanas Worten mitreißen ließen. Er entführte sie aus der Hütte und über das öde verschneite Land durch die Legenden der Menschen in die Zeit, als der große Mammutgeist Donnerstimme zornig den Himmel erschütterte. »Niemals«, sagte Karana, »seit Anbeginn der Zeiten hat es ein größeres Mammut gegeben. Als es ging, zitterten die Berge, genauso wie die Männer, Frauen und Kinder, die unter seinen Füßen starben, während sie seinen Namen riefen – Zerstörer!«

Torka beugte sich vor. Er spürte, wie sich Lonits Herzschlag beschleunigte, als Karana davon sprach, wie viele Stämme von Mammutjägern unter dem Gewicht des wütenden Zerstörers starben, bis nur ein Mann, eine Frau, ein Herr der Geister und ein wilder Hund übrig waren, um sich ihm entgegenzustellen.

»Hatten sie keine Angst?« wollte Sommermond wissen, die so gefesselt war, daß sie vergessen hatte, daß sie als Kind den Erzähler auf keinen Fall unterbrechen durfte.

Karana lächelte nachgiebig. »O ja, sie hatten große Angst. Aber noch größer war ihr Verständnis. Sie wußten, daß der Zorn des Mammuts aus der Trauer geboren worden war, weil seine Kinder von Menschen getötet worden waren. Und so wurde ein Bündnis zwischen ihnen geschlossen: Der Mann würde nie wieder Fleisch von den Kindern des Mammuts essen. Und seit diesem Tag ist dieses großartige Geschöpf das Totem dieses Mannes, und seit diesem Tag lebt sein Stamm sicher im großen, lebensspendenden Schatten des Mammuts.« Karana hob seine Stimme, und seine Augen leuchteten. »Und dieser wunderbare Mammutgeist war Lebensspender! Und der Hund war Aar, der erste Hund, der jemals mit Menschen zusammenlebte! Und die Frau war Lonit, die erste Frau Torkas und Mutter von Sommermond, Demmi und dem kleinen Umak. Und der Herr der Geister war der alte Umak, der Vater des großen Jägers

Manaravak und Großvater von Torka, dem Häuptling dieses neuen Stammes in diesem neuen Land.«

Die Menschen des Stammes murmelten anerkennend und zufrieden.

Torka seufzte. Karana hatte die Fähigkeit, einer Erzählung den Schmerz zu nehmen. Auch der alte Umak war dazu in der Lage gewesen, aber schließlich war Umak Karanas Lehrer gewesen. Jetzt würde der alte Mann für immer im Fleisch und Blut des Urenkels weiterleben, der seinen Namen trug. Torka berührte das schlafende Kind zärtlich mit einem Finger, das nackt bis auf seine Mooswindeln in Lonits Schoß lag.

So ein hübsches Baby! dachte Torka voller Stolz, doch seine Stirn legte sich in Falten, denn in den zarten Gesichtszügen war etwas Beunruhigendes, das ihn an etwas erinnerte... Als er aus dem verschneiten Land das Heulen von Wölfen hörte, wurden seine Gedanken unterbrochen. Er war froh, sie sofort wieder zu vergessen.

Karana erzählte eine neue Geschichte, die seine Zuhörer sofort wieder in ihren Bann zog.

»Am Anfang, als das Land noch ein Land war, als die Menschen noch ein Stamm waren, lange bevor Vater Himmel die Dunkelheit machte, die die Sonne verschlang, und bevor Mutter Erde die Eisgeister gebar, die die Berge bedeckten...«

»Nein, das ist nicht die Geschichte vom Anfang der Zeit«, unterbrach Grek ihn freundlich, aber nachdrücklich. »Du erzählst sie falsch, vielleicht kannst du dich nicht richtig erinnern. Zuerst war da nur Mutter Erde, und es gab noch kein Land, keine Menschen und nicht einmal Geister. Und in dieser Zeit vor dem Anfang der Dinge hatte Mutter Erde noch keine Gestalt, denn sie bestand nur aus Dunkelheit, und die Dunkelheit war überall. Niemand weiß, woher sie kamen, aber dann erschien plötzlich der erste Mensch in der Dunkelheit, zusammen mit dem ersten Fuchs, dem ersten Hasen und den Samen des ersten Grases.«

»Nein, nein«, mischte Simu sich ein und hatte zur Unterstreichung seiner Worte einen Finger gehoben. »Du erzählst sie auch falsch, Grek. Du bist vom Stamm Supnahs. Ich, Simu, aus dem Stamm von Zinkh, werde dir sagen, wie die Geschichte geht:

Zuerst war Mutter Erde da, das ist richtig, aber sie war nicht die Dunkelheit, sie war *in* der Dunkelheit, wo sie wie eine große schwarze Wolke schwanger mit Regen für die Kinder des ersten Grases war.«

»Nein. Das ist die falsche Geschichte«, brummte Grek verärgert, während Wallah neben ihm besorgt die wachsende Spannung zwischen ihm und Simu beobachtete.

»Vielleicht hat man sie im Stamm von Simu so erzählt«, fuhr der alte Jäger fort. »Aber in den Tagen, als Supnah noch lebte und einen großen Stamm mit vielen Jägern hatte, wurde sie so erzählt: Zuerst kam Mutter Erde, und dann Vater Himmel.«

Simu und Grek bedachten sich gegenseitig mit finsteren Blicken und reckten das Kinn, als wären sie zwei Moschusochsen, die gleich mit den Hörnern aufeinander losgehen wollten. »Und wie soll nach Simus Geschichte das Licht in die Welt gekommen sein?«

Der junge Mann stieß seufzend den Atem durch seine Zähne aus, als könnte nur ein kleines Kind eine solche Frage stellen. »Das weiß doch jeder! Der erste Fuchs rief, und so kam aus seinem Mund das erste Wort, das jemals in der Welt gehört wurde. Und dieses Wort war *Dunkelheit*, denn der Fuchs hat schon immer die Dunkelheit geliebt, in der er und seine Art sich anpirschen und den Jägern ihre Vorräte stehlen kann.«

Grek ließ seinen Kopf vor- und zurückschwingen. Er knurrte ungehalten. »Ja, das ist richtig. Deshalb nennen alle Menschen den Fuchs einen Dieb. Aber der erste Fuchs hat das Wort dreimal gerufen, nicht nur einmal! Außerdem hast du mir immer noch nicht erzählt, wie das Licht in die Welt kam!«

Simu funkelte Grek ungeduldig an. »Einmal, zweimal, dreimal – was macht das schon? Wichtig ist nur, daß dieses erste Wort ein großer Zauber war. Aber es war ein gestohlener Zauber, und zwar von Mutter Erde und Vater Himmel. Und wegen dieses Diebstahls kam das Licht in die Welt.«

»Wie?« drängte Grek.

Simu war gereizt, konnte sich aber noch beherrschen. »Ich werde es dir sagen, wenn du die Geschichte nicht kennst.«

»Ich kenne sie! Die Frage ist, ob *du* sie kennst!«

»Seit der Zeit vor meiner Geburt hat meine Mutter mir diese Geschichte erzählt!«

»Du mußt ja gute kleine Babyohren gehabt haben, daß du sie durch die Haut ihres Bauches hindurch hören konntest!«

Torka hätte beinahe eingegriffen, aber Simu winkte ihn zurück und atmete tief ein, um sich zu beruhigen. »Ja, dieser Mann hat schon immer gute Ohren gehabt, und ein scharfes Gedächtnis, schärfer als das einiger anderer Menschen, scheint es. Aber Grek ist schließlich nicht mehr so jung, wie er einmal war.«

Grek knirschte mit den Zähnen, wie er es immer tat, wenn er kurz davor stand, seine Beherrschung zu verlieren. Wallah hörte das Geräusch seiner mahlenden Backenzähne und stieß ihm heftig mit dem Ellbogen in die Seite. Sie hatte diese Angewohnheit an ihm noch nie gemocht. Doch Grek achtete nicht darauf. Seine Zähne waren immer noch gesund. Er würde wetten, daß der dreiste junge Simu nicht so starke Zähne hatte.

»Ich glaube nicht, daß es so war«, fuhr der junge Jäger fort. »Das Licht kam in die Welt, als Mutter Erde von der Macht dieses ersten gestohlenen Wortes hörte. Sie war davon so überrascht, daß sie sich zu einem Knäuel zusammenzog, wobei aus den Falten ihrer Haut die Berge und Täler entstanden. Und als Mutter Erde stöhnte und sich vor Wut über den gestohlenen Zauber schüttelte, flog Vater Himmel zornig auf. In diesem Augenblick wurde der erste Vogel geboren, und zwar aus den Federn der Achselhöhlen von Vater Himmel, als er seine Arme ausstreckte. Er streckte sich so weit, daß er so dünn würde, daß kleine Lichtschimmer durch die Dunkelheit seiner Haut schienen. In diesem Augenblick erkannte auch der erste Hase die Macht des Wortzaubers und rief *Licht*, denn Hasen mögen die Helligkeit des Tages, in dem sie gute Futterplätze finden können. Und so wurde aus diesem Wortzauber die Sonne und dann der Mond, und seit dieser Zeit gibt es Tag und Nacht, Licht und Dunkelheit.«

Grek war enttäuscht, daß der junge Mann die Geschichte offenbar doch kannte. »Hmmm«, brummte er. Er wollte sich nicht ohne weiteres geschlagen geben. »Aber der erste Hase rief nicht einmal, sondern dreimal!«

Simu verdrehte die Augen. »Wenn die Geschichte in deinem Stamm so erzählt wird, ist es für dich eben dreimal. Für mich ist es einmal.«

»Dann hat Simus Stamm keine Ahnung! Denn wenn die Zauberworte nicht dreimal ausgesprochen worden wären, würden sich Wölfe und Hunde nicht dreimal im Kreis drehen, bevor sie sich hinlegen. Karana, du bist ein Zauberer, der die Geschichten von den Schamanen erfahren hat. Sag Simu, daß es so ist!«

Aber es war nicht Karana, der ihm antwortete.

»Es gibt keine ›richtige‹ oder ›falsche‹ Geschichte«, sagte Torka schroff. »Dieser Mann sagt euch jetzt, daß er schon lange und in verschiedenen Lagern verschiedener Stämme gelebt hat. Er hat die Schöpfungsgeschichte schon so oft gehört, daß er etwas verstanden hat: Die Erzählung der Schöpfung ist wie ein großes Stück Fleisch, daß unter vielen verteilt werden muß, wenn alle überleben sollen. Jeder hat ein anderes Stück davon gegessen, und doch haben sich alle an demselben Fleisch gesättigt.« Er schwieg einen Augenblick.

Alle Augen sahen ihn an.

Er nickte zufrieden. Es war wichtig, daß sie seine nächsten Worte beachteten. »Ich habe schweigend zugehört, als Grek und Simu sich gestritten haben. Dabei habe ich gespürt, wie der Zorn des einen auf den anderen Mann immer größer wurde. Wenn sie ihren Streit fortgesetzt hätten, wären sie bald nicht mehr Brüder eines und desselben Stammes.«

»Wir sind keine Brüder!« schnaufte Grek.

»Nein!« stimmte Simu zu. »In diesem neuen Land müssen wir die Sitten der anderen respektieren. Grek hat kein Recht zu behaupten, daß Simus Geschichte falsch ist und daß seine Geschichte die einzig wahre Geschichte ist! Wir dürfen nicht vergessen, daß wir ursprünglich nicht vom selben Stamm sind. Wir haben verschiedene Sitten, verschiedene Überzeugungen und verschiedene...«

»Aber jetzt *sind* wir ein Stamm!« ereiferte sich Torka. »Ein sehr kleiner Stamm. Wir dürfen niemals vergessen, daß es keinen größeren Zauber gibt als die Macht der Worte – sei es zum Guten oder zum Bösen. Und da ihr mich zum Häuptling ernannt habt, werdet ihr jetzt zuhören, wenn ich Worte spreche, deren Zauber uns gemeinsam stark machen wird!«

Simu starrte ihn betroffen über die Nachdrücklichkeit in Torkas Tonfall an. »Dieser Mann wird zuhören.«

Grek räusperte sich und nickte.

»Gut. Hört gut ihr, ihr beide. Es wird zwischen uns keine weiteren zornigen Worte mehr geben über das, was richtig und falsch ist, wenn es um Dinge geht, die kein Mann oder keine Frau beweisen kann. In den Erzählungen der Vorfahren Torkas wurden weder Vater Himmel noch Mutter Erde zuerst geboren. Es hieß, daß das Männliche und Weibliche, die Erde und der Himmel, einen gemeinsamen Anfang hatten. So sage ich euch jetzt, daß wir *ein* Stamm sind, der *einen* gemeinsamen Anfang hat.«

Er ließ seine Worte eine Weile wirken. Die Vorstellung beunruhigte seine Zuhörer, sie rückten nervös in ihren Schlaffellen hin und her.

Torka redete weiter. »Genauso wie die großen Herden, die aus dem Gesicht der aufgehenden Sonne kommen, einmal eine Herde waren, so waren auch die Menschen einmal ein Stamm. Dieser Stamm spaltete sich dann in viele Stämme auf und diese wiederum in viele neue, bis sich niemand mehr an die Wahrheit des Anfangs erinnern konnte. Genauso muß es für uns jetzt in diesem neuen Land sein. Dieser Stamm muß *ein* Stamm sein, oder es wird überhaupt kein Stamm sein. Ihr seid nicht mehr vom Stamm Zinkhs oder vom Stamm Supnahs. Ihr werdet auch nicht vom Stamm Torkas sein, denn eines Tages wird dieser Mann Zinkh und Supnah folgen und in die Geisterwelt eingehen, und bald wird kein Mensch mehr leben, der sich an unsere Namen erinnert.«

In der Hütte war es still. Draußen seufzte der Wind, die Wölfe heulten, und im Osten trompetete ein Mammut. Torka wußte, daß Lebensspender in der Nähe war. Das Mammut verlieh seinen nächsten Worten Kraft, und für alle, die sie im schattigen Innern der Gemeinschaftshütte hörten, waren sie ein großer Zauber.

»Hier in diesem Verbotenen Land werden wir aus den Vergangenheiten jedes einzelnen eine gemeinsame Vergangenheit machen. Aus unseren verschiedenen Sitten und Gesetzen, werden wir uns nun auf eine Tradition einigen, nach der wir leben und stark werden. Wenn in Zukunft Meinungsverschiedenheiten auftreten, werden sich alle versammeln, um sie zu klären, bis die Betroffenen zufrieden sind. Nie wieder werden die Menschen dieses Stammes wie wilde Tiere aneinander geraten und sich bekämpfen, wie sich Cheanah und Torka einst im fernen Land bekämpft haben. Von diesem Tag an bis in die ferne Zukunft werden unsere Kinder und Kindeskinder die Lieder singen, die unser Zauberer zu Ehren dieses neuen Anfangs schaffen wird! In diesem neuen Land am Anbruch einer neuen Zeit werden wir nicht mehr die Männer und Frauen von Zinkh, Supnah oder Torka sein. Wir sind die, die es wagen, in das Gesicht der aufgehenden Sonne zu ziehen, und von diesem Augenblick an bis zum letzten Tag der Welt sind wir ein Stamm!«

7

Drei Tage später erwachte Demmi in der Morgendämmerung weinend. »Mutter Erde wacht auf! Ihre Haut bewegt sich! Ihr Bauch knurrt!«

Im dünnen Licht eines kalten, wolkenlosen Morgens sprang das nackte Kind auf und war sicher, daß die Erde sie und ihren Stamm gleich verschlingen würde. Aber der Augenblick ging vorbei, ohne daß etwas geschah. Doch die Menschen fuhren hoch, als wären sie gleichzeitig an einer Sehnenschnur aus ihren Träumen gerissen worden. Niemand schien zu atmen, als sie ihre Hände auf den fellbedeckten Boden der Hütte drückten. Niemand bewegte sich, und alle starrten Demmi an.

Sie starrte zurück. Was war los? Die Männer knieten sich plötzlich hin, reckten ihre bloßen Hintern und legten ihre Ohren auf den Boden, während die Frauen sich immer noch nicht rührten.

Demmi zitterte, jetzt war sie verwirrt und ängstlich. »Ist M-Mutter Er...«

»Scht!« brachte Lonit sie zum Schweigen.

Und dann hoben Grek, Simu, Karana und Torka gleichzeitig ihre Köpfe und sahen sich an. Wie aus einem Mund kam dann plötzlich ihr begeisterter Freudenschrei. »Aieeh!«

Die Frauen klatschten in die Hände und antworteten mit kleinen Schreien, während sich alle in die Arme fielen. Sie streiften sich hastig ihre Stiefel über und zogen ihre Kleidung an.

»Demmi wird die erste Zunge bekommen!« verkündete Torka, wickelte sie in sein Löwenfell, küßte ihre kleinen runden Wangen und erstickte sie fast mit seiner Umarmung.

»Wessen Zunge?« fragte Sommermond und kam ängstlich unter ihren Schlaffellen hervor.

Gelächter erfüllte die Hütte. Torka hüllte Demmi in ihre Winterfelle, hob sie hoch auf seine Schultern und nahm sie mit nach draußen. Seine Schulter war warm, breit und fest unter ihrem Hinterteil. Der angenehme Duft seines Haars umgab sie, während er sie mit einer starken Hand festhielt. Ihre kleinen Arme hatte sie um seinen Kopf geschlungen. Sie fühlte sich, als würde sie auf Lebensspender selbst reiten. »Schau, meine Tochter! Schaut alle!«

Demmi runzelte die Stirn. Sie konnte nicht mehr erkennen als eine große Staubwolke am östlichen Horizont. Dann sprangen alle Erwachsenen außer Karana wie verrückt herum und schwenkten die Arme, als wären sie kleine Kinder.

Der Zauberer stand splitternackt abseits von den anderen. Neben ihm waren Bruder Hund und Mahnie. Sein hübsches Gesicht war vor Kälte angespannt, aber seine Augen leuchteten vor Freude.

»Seht und freut euch! Wenn der Wind aus dem Osten bläst, wird der Stamm wissen, was wir in den kommenden Tagen jagen werden!« rief er.

Verständnislos kuschelte sich Demmi an Torka. Sie sah immer noch nicht mehr als eine Staubwolke und keinen Anlaß zur Freude. »Werden wir Staub essen?«

Er lachte und verlagerte sein Gewicht. »Nein, meine Kleine! Unter der Staubwolke im Osten ziehen die großen Herden, auf die wir so lange gewartet haben. Bald werden wir Fleisch essen – richtiges Fleisch! – und Demmi wird die Zunge bekommen, die unserer ersten Jagdbeute herausgeschnitten wird, weil sie als erste gespürt hat, wie die Herden über das Land ziehen!«

Das kleine Mädchen strahlte. »Ein Baby hätte das nie tun können«, rief sie, daß alle es hörten.

Tief unter ihr zwischen den Falten von Torkas Wintermantel sah Sommermond neidisch zu ihr auf, als Torka sagte: »Nein, Tochter, ein Baby könnte das nicht!«

Vormittags war die Staubwolke immer noch weit entfernt am hohen gebirgigen Horizont. Der Wind hatte sich gedreht und trieb den überwältigenden Gestank der Herde über das Land, den Geruch nach Fell und Geweihen, nach sabbernden Mäulern, die nach den kargen Resten des vorjährigen Sommergrases suchten, nach Urin und Fäkalien, die nach verdauten Flechten und Moosen rochen. Der Wind gab den Tieren einen Namen: Karibu!

Trotzdem wagte es niemand, das Wort auszusprechen, bevor sie die Tiere nicht geehrt hatten. Sonst wäre es eine Beleidigung der Lebensgeister der Herde, und die Tiere könnten sich in Dämonen verwandeln, die Jagd auf die Menschen machten. Vielleicht wandten sie sich auch ab, so daß nicht einmal eine alte Kuh oder ein schwaches Kalb sich von den Speeren des Stammes töten ließ.

Torka hob als erster die Arme. »Kommt zu diesem Stamm!« rief er und stimmte für die Mächte der Schöpfung den Rufgesang an, der seit Anbeginn der Zeiten bei seinem Stamm gesungen wurde:

> Großer Bulle,
> Moosfresser,
> Vater der Karibukinder,
> Nahrung der Menschen seit Anbeginn der Zeiten,
> Komm jetzt, komm wieder zu denen, die warten!
> Folge der großen Kuh,
> Folge den Karibukindern
> Komm und sei Nahrung für die Menschen!

»Ich kenne diesen Gesang!« rief Grek begeistert.

»Ich kenne ihn auch!« sagte Simu und stimmte gemeinsam mit den älteren Jägern in die Litanei ein, während Karana, die Frauen und die Kinder staunend zuhörten. Es war ein und derselbe Gesang, und diese Gemeinsamkeit bewies, daß Torka recht gehabt hatte. Im Anbeginn der Zeiten waren die Menschen ein Stamm gewesen.

»Kommt, kommt und seid Nahrung für die Menschen!« sangen die Jäger gemeinsam und standen mit erhobenen Armen neben Torka.

Karana sang mit: »Kommt und seid Nahrung für die Menschen!«

Und dann sangen alle vier Männer mit einer Stimme:

> Großer Bulle,
> Große Kuh,
> Kleine Karibukinder,
> Flechten- und Moosfresser,
> Kommt und teilt euren Geist mit uns,
> Kommt und laßt uns die Wölfe sein, die euch stärken!
> Unsere Speere sind scharf,
> Unsere Kinder sind hungrig.
> Kommt!
> Damit wir singen können
> Von eurem heldenhaften Tod,
> Der diesem Stamm Leben gibt!

Der Gesang war zu Ende. Die Tage vergingen mit den Vorbereitungen für die Jagd. Die Wolke war viele Meilen entfernt, hinter einer weiten Ebene und hohen Hügeln auf der anderen Seite eines Bergpasses.

»Wann werden sie kommen, Mutter?« fragte Sommermond.

»Das wissen nur sie selbst, meine Tochter. Sie und der Wind und die Mächte der Schöpfung.«

Am Morgen des dritten Tages war die Wolke immer noch nicht näher gekommen, obwohl die Erde weiterhin dröhnte. Die Jäger konnten inzwischen keine frischen Mammutspuren mehr in der Nähe des Lagers entdecken. Es war Karana, der mit

Aar das Lager verlassen hatte, um einen Platz zum Meditieren zu suchen, der Lebensspenders Fährte weit im Osten wiederfand.

»Lebensspender verläßt dieses Land und zieht in das Land der Karibus, wie es scheint«, sagte er, als er in das Lager zurückkehrte.

Torka nickte. Irgendwie hatte er es bereits geahnt. »Dann ist es auch für uns Zeit zum Aufbruch.«

So brachen sie endlich ihr Lager ab und folgten dem Mammut nach Osten in die Morgendämmerung, um den Karibus den Weg abzuschneiden und sie zu jagen.

8

Sie gingen durch Bodenschnee, der leicht vom Wind aufgewirbelt wurde, durch eine scheinbar konturenlose Welt, die nur aus Farbe und Raum bestand. Das Land war weiß, die Berge grau und der Himmel blau. Manchmal schienen die Farben sich zu bewegen und zu vermischen. Dann war der Himmel weiß, die Erde grau oder die Berge blau. Manchmal berührten die Wolken den Horizont, und dann schienen sich das Land und die Berge mit den Wolken zu vermischen.

Die Tage des Sturms hatten die Steppe mit einer Schneedecke überzogen. Nachdem der Wind zurückgekehrt war, reichte sie kaum noch tiefer als zwei Finger. Aber dies war Frühlingsschnee, so daß die dicken feuchten Flocken am Boden zu festem Eis gefroren waren, als der kalte Wind gekommen war. Sie kamen nur mühsam voran, da es rutschig war, trotz der Eiskrallen aus Knochen, die sie unter ihren Stiefelsohlen festgeschnürt hatten.

Nur das Mammut trieb sie zum Weitergehen an – und ihre Träume von köstlichen Karibusteaks, die über offenen Feuern tropften, und von schönen dicken Winterfellen, die auf Trockenrahmen gespannt waren. Außerdem hatten sie Angst, daß diese Steaks und Felle wieder verschwinden könnten, bevor ihr kleiner Stamm die fernen Jagdgründe erreicht hatte.

Die Männer stützten sich mit ihren Speeren ab, aber als Torka vorschlug, die Frauen sollten dasselbe tun, waren alle entsetzt.

»Das kann nicht sein!« protestierte Simu.

»Es ist Frauen verboten, die Jagdspeere der Männer zu berühren, damit der männliche Zauber nicht von ihnen genommen wird und sie weich werden!« fügte Grek hinzu und sah Torka an, als könnte er nicht glauben, daß der Häuptling das nicht wußte.

Doch Torka wußte es sehr gut. Es gab einmal eine Zeit, in der er diese Überzeugung mit seinem Leben verteidigt hätte. »Haben wir nicht gemeinsam, Männer und Frauen, gearbeitet, um die Hütte gegen den Sturm aufzurichten, obwohl es die Sitten unserer Vorfahren verboten? Und waren die Mächte der Schöpfung unserer Arbeit nicht wohlgesonnen und haben den Zorn des schrecklichen Windes von uns abgehalten? So war es! Und vor langer Zeit in einem fernen Land, als dieser Mann allein mit Lonit und dem alten Umak auf der Wintertundra war, hat Umak selbst einen Speer in Lonits Hand gelegt, damit wir überlebten. Es war Umak, der Herr der Geister, mit dem es nicht einmal der angesehenste Schamane aufnehmen konnte, der Torka beigebracht hat, daß Menschen, wenn sie allein sind und vor neuen Problemen stehen, neue Wege lernen sollten.«

Simu und Grek verdauten die Worte, als wären sie eine Mahlzeit aus Fleisch mit fragwürdigem Geschmack.

An ihrer Zurückhaltung erkannte Torka, daß er sie nicht vollständig überzeugt hatte. Er nickte. Der Tag war noch jung, und sie hatten noch viele Meilen bis zum Anbruch der Nacht vor sich, während vor ihnen eine Herde auf ihre Speere wartete. Unter diesen Umständen würde er es respektieren, wenn sie zögerten, mit alten Sitten zu brechen. Zumindest vorerst.

Sie gingen weiter, bis der Tag fast vorbei war. Während die Frauen und Mädchen die Schlitten abluden und die Unterkünfte für die Nacht errichteten, nahmen die Männer ihre Speere und Speerwerfer und verließen das Lager.

Sie fanden nichts, bis Karana, der mit dem Hund ein gutes Stück vorausging, auf eine halbverhungerte Antilope zeigte, die zitternd und keuchend im Schutz einiger Grasbüschel lag. Sie war kaum mehr als Haut und Knochen und mußte schon seit dem letzten Schneefall hier gelegen haben, da in der Nähe des Verstecks keine Spuren zu entdecken waren.

Der Hund sprang los, um sie aufzuscheuchen, und Karana sah, wie die Antilope den Kopf hob. Das Tier klagte mitleiderregend, als es auf die Beine zu kommen versuchte und zitternd dastand. Ihre Gedärme entleerten sich vor Angst, und sie senkte den Kopf, um den Hund aus verschleierten Augen anzustarren, in denen bereits der Tod stand.

Karana blieb unvermittelt stehen. Ihre grauen Augen erinnerten ihn an ein anderes Tier, an die graubepelzte Bestie mit den nebelfarbenen Augen, den Wanawut. In ihren Armen sah er ein menschliches Kind und ein halbmenschliches Ding, das ihn aus weiter Ferne anrief. *Bruder! Laß mich nicht im Stich! Bruder! Vergiß mich nicht!*

Erstarrt von dieser Vision bemerkte er nicht, wie die anderen sich der Jagdbeute näherten, bis sie neben ihm waren und ihre Speere warfen. Die Knochenschäfte fanden sirrend ihr Ziel, und Karana kam gerade rechtzeitig wieder zu Bewußtsein, um den Lebensgeist des Tieres zu ehren, während es starb. In seinem Herzen, seinem Bauch und seiner Kehle steckten die Speere von Torka, Simu und Grek.

Er kam sich dumm vor, als er mit seinen eigenen Speeren noch in den Händen dastand, während die anderen ihre Waffen wiederholten und bestimmten, wer den tödlichen Wurf gemacht hatte.

»Torka!« verkündete Grek. »Torka hat das Herz getroffen!«

Karana spürte Torkas Blick, der ihn fragte, ob alles in Ordnung war. »Ich ...« Er zögerte und war sich nicht sicher. Die anderen machten sich bereits an dem toten Tier zu schaffen, öffneten die Kehle und schnitten die Zunge heraus. Sein Magen gab ein lautes, würdeloses Knurren von sich, das überhaupt nicht zu seiner Stellung als Zauberer paßte.

Torka versuchte vorzugeben, daß er es nicht gehört hatte. »Komm!« lud er ihn ein. »Wir werden die Augen teilen. Simu und Grek werden eins nehmen, und du und ich werden den Saft des anderen aussaugen. Immerhin hast du uns zu dieser Beute geführt. Dir steht davon genausoviel zu wie uns.«

Karana begutachtete das kleine Tier. Er war froh, daß Simu und Grek die Augen entfernt hatten... die grauen Augen... die ihn verfolgt und Bruder genannt hatten. Trotzdem machte ihn der Anblick des Kadavers übel. »Es ist nicht viel Fleisch«, sagte er, nur um überhaupt etwas zu sagen.

»Viel oder nicht, Fleisch ist Fleisch!« erwiderte Torka.

»So ist es!« bestätigte Grek.

»Und wir würden immer noch Vogelknochen auslutschen, die unsere Frauen in ihren Fallen gefangen haben, wenn unser magischer Fährtenleser Karana nicht gewesen wäre«, fügte Simu hinzu. »Deine Augen sind schneller als der Speer dieses Mannes! Simu spricht die Wahrheit, wenn er sagt, daß unser Zauberer mit seiner Gabe des Sehens uns zu diesem Festmahl geführt hat!«

Festmahl? Karana widersprach nicht, aber die kleine Antilope reichte kaum aus, die zwölf Menschen im Lager zu sättigen. Trotzdem tat ihm Simus Lob gut. Er nahm es schweigend und mit einem Nicken an, obwohl er wußte, daß seine Gabe des Sehens ihn nicht zu der Antilope geführt hatte. Bruder Hund war direkt darauf zugelaufen.

Sie weideten das kleine Tier aus, teilten die Leber und die Augen sofort unter sich auf und stopften dann die Eingeweide in die Bauchhöhle zurück. Obwohl das Tier nicht aus der Karibuherde stammte, bestand Torka darauf, daß sie die Zunge für Demmi aufbewahren. Die Eingeweide würden sie den anderen Frauen geben, hatte er beschlossen.

»Sie haben heute einen langen Weg zurückgelegt«, gab der Häuptling zu bedenken. Da sein Speer die tödliche Wunde verursacht hatte, warf er sich den schlaffen Kadaver über die Schulter und führte die anderen zum Lager zurück, während Karana auf seinen Wunsch hin an seiner Seite ging.

»Und zwei davon mit Babys an der Brust!« fügte Simu mit dem Stolz eines Vaters und Mannes hinzu.

Grek nickte. »Dieser Mann weiß, daß seiner Frau die Hüften schmerzen. Sie hat eine besondere Behandlung verdient, und es gibt nichts Besseres als Eingeweide von frisch geschlachteten Tieren, um eine Frau wieder zum Lächeln zu bringen.«

Alle stimmten ihm zu. Sie hatten einen anstrengenden Tag hinter sich und waren müde. Es war fast dunkel, und der Wind trug den Geruch eines Kochfeuers heran, das die Frauen während ihrer Abwesenheit entzündet hatten und auf dem ein Schneehuhn und ein Hase rösteten.

Die Frauen lobten die Jagdbeute und waren so rücksichtsvoll, nicht darauf hinzuweisen, daß es die einzige Beute war. Ihre Männer sahen zufrieden zu, als die Frauen und Mädchen mit Genuß die Innereien verzehrten, die die Jäger ihnen so unerwartet überlassen hatten. Demmi platzte fast vor Stolz, als ihr Vater ihr die Zunge mit umständlichen Zeremonien überreichte.

»Und dieser ganz besondere Teil unserer Jagdbeute ist für Demmi, um sie dafür zu ehren, daß sie als erste das Wild gespürt und damit dieses Festmahl möglich gemacht hat. Iß gut und gib davon ab, was du magst, denn von heute an bist du in den Augen des Stammes kein Baby mehr!«

Nachdem sie ein Stück Fleisch gegessen hatte, teilte sie ihre Belohnung mit Sommermond und dann mit den Frauen.

Karana beobachtete, wie sie die geschätzten Stücke unter sich aufteilten, und war dann erstaunt über den bewundernden Blick in Mahnies wunderschönen Augen, den sie ihm plötzlich zuwarf. Sie strahlte voller Stolz. »Mein Zauberer hat die anderen zu dieser Beute geführt!«

Karana sah sie kalt an, als ob sie oder ihre Worte ihm überhaupt nichts bedeuteten. Wenn er zuließ, daß sie seine wahren Gefühle erkannte, würde sie ihn als den Betrüger, der er war, durchschauen. Also wandte er sich ab, sah aber noch, wie sie den Kopf hängen ließ. Heute nacht würde er am Rand des Reiselagers die Einsamkeit suchen. Er war genausoweit gelaufen wie alle anderen und hatte ebenfalls die Schlitten gezogen, aber aus Gründen, die er niemandem anvertrauen konnte, hatte er den Jägern bei der Jagd nicht helfen können.

Er hatte keinen Appetit auf diese Antilope. Mahnie würde ihm sicher etwas davon aufbewahren. Später würde er es dem Stammesmitglied zu essen geben, das noch nicht den ihm zustehenden Anteil bekommen hatte. Bruder Hund würde ihm dankbar sein.

Als die Nacht hereingebrochen war, hielt der Stamm ein Festmahl ab. Sie rösteten das Muskelfleisch der Antilope und nagten die Knochen des Schneehuhns und des Hasen sauber. Später würden sie die Überreste ins Feuer werfen und den Kopf der Antilope auf die Glut legen. Wenn er über Nacht in der Asche lag, würde er am Morgen eine schmackhafte Mahlzeit abgeben.

Es war eine mondlose Nacht, aber viele Sterne funkelten am Himmel. Sie veränderten ihre Positionen mit den Jahreszeiten, aber der neue Stern war immer noch zu sehen, wie er über sie wachte.

Lonit sah zu ihm hoch. Sie saß mit den anderen Frauen auf ihrer Seite des Feuers und benutzte ihren kleinen Knochenschaber, um auch noch den Rest des wertvollen fetten Marks aus einem Beinknochen zu holen, den Torka aufgebrochen und ihr gegeben hatte. Sowohl Eneela als auch Lonit hatten großzügig bemessene Portionen erhalten, da sie Säuglinge zu stillen hatten und ihre Männer sich um sie kümmerten.

Sie lächelte. Torka war schon immer so besorgt um sie gewesen. Dann verschwand ihr Lächeln. Karana kümmerte sich nicht einmal halb soviel um Mahnie. Das arme Mädchen saß ganz allein da und aß nichts. Dabei liebte sie ihn so sehr. Lonit beschloß, einmal mit Karana zu reden. Er war vielleicht der Zauberer, aber er war auch noch so jung. Es war Zeit, ihm zu erklären, daß eine Frau nicht nur Fleisch von seiner Jagdbeute als Nahrung brauchte, sondern auch Zuneigung.

Sie sah zu Karana hinüber, dessen Gestalt sich auf einer steinigen Anhöhe vor dem Hintergrund der Nacht abzeichnete. Er und Bruder Hund hielten sich in den letzten Tagen immer abseits vom Stamm. Was machte ihm nur solche Sorgen?

Sie wollte bereits aufstehen und hinübergehen, aber in diesem Augenblick schmatzte Umak zufrieden und lenkte sie ab. Seine Mooswindeln waren gewechselt und sein Hintern gesäubert worden, und jetzt hing er wieder hungrig an ihrer Brust.

Er war ein gesunder und gut umsorgter Junge, dessen kleines Gesicht im Licht der Sterne fettig glänzte.

Glücklich und zufrieden sah sie zum neuen Stern auf. Doch dann schwand ihre Zufriedenheit, als sie daran dachte, daß sie eigentlich zwei Söhne hatte. Aber der eine war verloren, allein in der Wildnis ausgesetzt, um...

Aber nein, sie wollte nicht an ihn denken. Sie wollte nicht, daß ihre Brüste, ihre Arme und ihr Herz sich nach ihm sehnten. Manaravak war tot. Doch warum quälte ihre Seele sie dann mit dem verzweifelten Gefühl, daß er noch irgendwo lebte und nach der Liebe seiner Mutter schrie?

Ihre Sehnsucht erstickte sie fast. Sie war den Mächten der Schöpfung gegenüber ein undankbares Geschöpf, da sie so lange um ein verlorenes Kind trauerte, während sie doch Sommermond, Demmi und den kleinen Umak als Trost hatte.

Seufzend sah sie wieder hoch und versuchte, sich auf den neuen Stern zu konzentrieren. ›Umaks Stern‹ – so hatte Torka ihn in letzter Zeit genannt. Wenn sie blinzelte, sah er durch ihre Wimpern wie ein springender Löwe mit mächtiger Mähne und einem Pelz aus weißglühendem Feuer aus.

Lonit fror plötzlich. Der Stern sah wie der Löwe aus, der in ihr gebrüllt hatte, als sie Umak geboren hatte. Warum fühlte sie sich durch ihn bedroht? Warum zog sie instinktiv ihr Kind näher an sich, wenn sie daran dachte?

Vielleicht sah sie gar nicht das Bild eines Löwen, sondern eines Mannes von wilder Schönheit – einen beeindruckenden Mann, der ganz in die Felle von im Winter erlegten Karibus gekleidet war, während in seinem rabenschwarzen, knielangen Haar die weißen Federn einer Polareule schimmerten... einen Zauberer, der mit knochenweißen, zugespitzten Zähnen lächelte, wenn er wild im Sternenlicht ihrer Erinnerung tanzte, der den Traditionen seiner Vorfahren trotzte und die Nacht entflammte... und ihren Körper, bevor er sie vergewaltigte.

Navahk war der Löwe, der sie in ihren Träumen heimsuchte! Navahk war der Löwe im Himmel. War er auch der Vater ihres Sohnes? »Nein!« schrie sie in dem Moment, als Umaks Milchzähne sie bissen. Sie war so verwirrt, daß sich ihre Faust fest um den Markschaber klammerte und ihn entzweibrach.

Neben ihr lächelte Iana nachsichtig. Sie vermutete, daß Lonit wegen Umaks gierigem Saugen aufgeschrien hatte.

In den fernen Bergen begannen Wölfe und wilde Hunde aufgeregt über die bevorstehende Jagd zu bellen und zu heulen. Vom Rand des Lagers antwortete ihnen Bruder Hund.

»Hört zu!« sagte Torka auf der Männerseite des Feuers. Seine starken Gesichtszüge wurden durch den Schein der Flammen hervorgehoben, und sein Blick ruhte auf Lonit, als spräche er nur zu ihr. »Die Wölfe und Hunde verlassen ihre Winterhöhlen, um sich zu Rudeln zusammenzuschließen. Sie wissen, daß die Herden zurückgekommen sind, um ihnen und ihren Jungen Nahrung zu geben, so wie sie auch uns und unseren Kindern Nahrung geben werden.«

Lonit starrte ihn an. *Unseren Kindern.* Unseren Töchtern und unserem Sohn!

»Ja!« Ihre Bestätigung klang so sicher und fest wie die Stimmen der Wölfe. *Unser Sohn. Torkas und Lonits Sohn! Nicht Navahks. Es kann nicht anders sein!*

9

Sie gingen immer weiter. Eiskristalle tanzten im Licht des Tages, und obwohl es Frühling war und die Tage immer wärmer wurden, überquerte das Mammut einen gefrorenen Fluß. Der Stamm folgte ihm.

Jetzt ragten die Berge direkt vor ihnen auf. In ehrfürchtiger Andacht blieben die Menschen stehen. Ein Stück weiter ging die vertraute Tundrasteppe in karge Hügel über, die von Schmelzbächen durchzogen wurden, an denen dichtes Weidengebüsch wuchs. Doch die Menschen starrten nicht auf die Hügel, sondern auf die Berge, die sich entlang des ganzen östlichen Horizonts wie eisbedeckte Wände erhoben, die den Himmel zu tragen schienen.

Sie waren jetzt seit Tagen stumm unter diesen hohen Gipfeln dahingezogen, während das Mammut und der verlockende

Geruch der Herden sie immer weiter nach Osten führte. Doch obwohl der Geruch jetzt stärker geworden war, deuteten immer noch keine Spuren darauf hin, daß jemals Karibus über dieses Land gewandert waren. Das Mammut trottete immer weiter, ohne zum Grasen anzuhalten, durch die Hügel und in die schattigen Tiefen eines großen Passes hinein.

Der Geruch nach Gletschern, nach Eis und verwittertem Gestein, war intensiv. Hinter dem Paß lag ein Gletscher, der groß genug war, den Paß zu blockieren und den Karibus den Weg zu versperren. Niemand sprach darüber, denn jeder sah es, während sich im Wind der Geruch der fernen Herde mit dem des Eisstromes mischte.

»So hoch!« staunte Sommermond und lenkte Torka für einen Moment ab. Seine ältere Tochter stand dicht neben ihm und zeigte nach oben. Noch nie hatte Sommermond so hohe Berge gesehen.

»Wann werden die Tiere kommen, um durch unsere Speere zu sterben?« fragte Demmi, die auf seiner Hüfte ritt. »Dieses Mädchen kann nicht mehr weit laufen.«

»Demmi läuft ja überhaupt nicht!« rief Sommermond und bedachte ihre Schwester mit einem entrüsteten Blick. »Wenn sie nicht auf einem Schlitten sitzt, läßt sie sich von Vater tragen!«

Lonit, die neben Torka getreten war, brachte die Mädchen zum Schweigen. Torka war ihr dankbar, denn er fühlte sich müde, und ihr Gezank störte ihn. Er war genauso erschöpft wie Demmi, und das Land vor ihnen sah hoch, rauh und unwegsam aus. Wenn wirklich ein massiver Gletscher den Paß versperrte, mußte der Stamm den Karibus entgegengehen – nicht nur durch den Paß, sondern auch über den Gletscher.

Diese Aussicht war wenig erfreulich, denn Gletscher waren lebende Bestien, die Menschen und Tiere verschluckten, ohne jemals wieder ihre Knochen freizugeben.

»Vielleicht ist diese Herde gar nicht für uns gedacht«, gab Simu zu bedenken. »Sollten wir vielleicht in das Land zurückkehren, wo wir die alten Spuren der Herden verlassen haben und ...«

»Zurück in Cheanahs Jagdgründe? Niemals!« Karana hatte ihn angeschrien. »Wir können nicht mehr zurück! Das große Mammut nimmt diesen Weg, und wir werden ihm folgen!«

Simu zuckte bei diesem Tadel des Zauberers zusammen, der ihn vor allen anderen beschämte. »Dies ist ein schlechtes und karges Land für ein Mammut. Es wird auch für unsere Frauen und Kinder beschwerlich und gefährlich werden.«

»Lebensspender führt uns zu den Herden!« antwortete Karana erregt. »Lebensspender weiß, was unsere Frauen und Kinder brauchen! Hinter diesen Bergen gibt es gute Weideplätze, und wo es gute Weideplätze gibt, sind auch gute Jagdgründe!«

»Im wunderbaren Tal?« fragte Sommermond.

»Ja«, antwortete der Zauberer. »Natürlich. Im wunderbaren Tal.«

Torka runzelte die Stirn. Karana schien so zuversichtlich, als hätte er bereits das Land hinter den Bergen besucht. Doch in der Nacht, als sie unter den Sternen gestanden und dem Wind zugehört hatten, war ein zögernder und bedauernder Ton in seiner Stimme gewesen.

»Aber diese Berge sind so schwarz und so hoch auf jeder Seite des Passes!« beschwerte sich Wallah, während sie sich ihre rechte Hüfte rieb. Ihr Blick verriet, daß sie die Berge und diesen Paß überhaupt nicht mochte.

Grek trat neben Torka und sah ihm in die Augen. »Diese hohen Pässe und Gipfel sind vielleicht die Jagdgründe von Windgeistern. Es gibt genug Eis auf diesen Bergen, wo sie sich wohl fühlen würden. Sie könnten leicht über sorglose Reisende herfallen.«

»Wir werden nicht sorglos sein«, fuhr Karana ihn unnachgiebig an.

Torka sah, wie Simu den Zauberer nachdenklich musterte, dann wandte auch er Karana seinen Blick zu. Karana ereiferte sich auf eine Art und Weise, die ihm Sorgen machte.

»Es gibt auch noch andere Herden«, sagte Simu ruhig.

»Nein!« Karanas Stimme war scharf und drohend. »Niemand weiß, wo er Fleisch finden wird — nur ob er es finden wird! Aber der große Mammutgeist, mein Totem, Torkas Totem, weiß es, und er hat uns noch nie in die Irre geführt.«

»Noch nie?« wiederholte Simu düster.

»Noch nie!« bestätigte Karana.

Simu nickte. Dann wandte er sich an Torka. »Wenn dieser Mann an die großen Entfernungen denkt, die wir zurückgelegt haben, ohne ein frisches Zeichen von Wild zu entdecken, erinnert er sich daran, daß einst im fernen Land unter dem Hungermond eine Geschichte von den Alten erzählt wurde, die...«

»Jetzt ist nicht die Zeit, Geschichten zu erzählen!« unterbrach Karana ihn gereizt.

»Vielleicht nicht«, antwortete Simu ruhig. »Aber diese Geschichte handelt von den uralten Mammutbullen, die am Ende ihres Lebens zum Sterben allein zu einem fernen Ort wandern, der noch hinter dem Verbotenen Land liegt, irgendwo jenseits des Endes der Welt, wo kein Mensch und kein Tier jemals seine Knochen finden wird.«

Der kleine Stamm murmelte besorgt.

Torka wurde eiskalt, als er wieder an den Gletscher dachte, der vor ihnen lag. Er hatte in seinem Leben schon einige der großen lebendigen Gletscher gesehen und würde diesen Anblick niemals vergessen. Es waren nicht nur kleine Eisfelder, sondern Flüsse aus fließendem Eis, die so weit waren, daß ein Mensch kaum ihre gesamte Ausdehnung überblicken konnte.

»Ist es das, was Simu glaubt?« fragte Torka. »Daß der große Mammutgeist uns nicht zu besseren Jagdgründen führt, sondern in den Tod am Rand der Welt?«

Simu atmete tief ein. Der ganze Stamm starrte jetzt den jungen Jäger an. Simu schluckte und schien in seinen Fellen zu schrumpfen, als er den Kopf schüttelte und Torka ansah. Sein Gesichtsausdruck verriet, daß er nicht im Mittelpunkt der Aufmerksamkeit stehen und schon gar nicht der Grund für einen neuen Streit sein wollte.

»Dieser Mann *glaubt* überhaupt nichts«, sagte er sehr ernsthaft. »Aber dieser Mann *fürchtet* – um seine Frau und seinen Sohn.«

»Das Mammut wird uns sicher durch die Berge zu den Herden führen!« versprach Karana.

Simu richtete sich wieder auf. »Hast du es gesehen?«

»Ich habe es gesehen!«

Er war sich sehr sicher, dachte Torka und machte sich jetzt noch mehr Sorgen. Nicht einmal die legendäre Sondahr oder sein Großvater Umak waren sich jemals so sicher gewesen. Als er Karana ansah, erschrak er, denn der Zauberer hatte seinen Blick abgewandt. Torka war gewarnt. *Er lügt! Er hat gar nichts gesehen! Er hat Angst umzukehren!*

Aber das war unmöglich! Seitdem sie wie Vater und Sohn zusammenlebten, hatte Torka noch nie erlebt, daß Karana vor irgend etwas Angst gehabt hatte. Dennoch er benahm sich sehr seltsam. Aber schließlich waren sie alle müde und gereizt.

»Keine weiteren Diskussionen!« entschied der Häuptling. »Wir werden hier rasten und essen. Morgen werden zwei von uns dem Mammut in den Paß folgen und nachsehen, was uns erwartet!«

»Und wenn ein Gletscher zwischen uns und den Herden liegt?« wollte Simu wissen.

Bevor Torka etwas sagen konnte, antwortete Karana erregt: »Das Mammut würde uns nie in ein Land führen, das wir nicht durchqueren können! Wir müssen folgen! Wir dürfen uns hier nicht aufhalten! Wir müssen weiter! Wir können nicht umkehren!«

Torka sah ihn überrascht an. In Karanas Stimme lag unverkennbar große Angst. Wovor fürchtete sich der Zauberer so sehr? Sicher nicht vor Cheanah, denn in seinem kurzen Leben hatte sich Karana schon oft mit seinesgleichen messen müssen, und er war jedes Mal als Sieger aus diesen Auseinandersetzungen hervorgegangen. Gemeinsam mit Torka hatte er sich Löwen und Wölfen und sogar angreifenden Mammuts und Wollnashörnern entgegengestellt.

Was konnte so furchtbar sein, daß Karana lieber sich und den ganzen Stamm einer gefährlichen Gletscherüberquerung aussetzte, als sich ihm zu stellen?

10

Sie wußten nicht, wer die Löwen zuerst gehört hatte, aber dann verstummten plötzlich alle Gespräche. Im nächsten Augenblick waren sie auf den Beinen und nahmen ihre Kleinen in die Arme, während die Männer nach ihren Waffen griffen. Alle standen mit dem Rücken zum Feuer da und lauschten. Die Flammen prasselten, als die Fettstückchen auf den Knochenspießen tropften und verbrannten, aber niemand achtete mehr darauf.

»Was ist los?« fragte Sommermond, der es nicht gefiel, daß sie festgehalten wurde.

»Wir sind nicht die einzigen in diesem Land, die Hunger haben«, erklärte Torka.

»Aber wir haben doch gar keine Löwenspuren gesehen«, flüsterte Eneela und drückte Dak an sich.

Grek antwortete Simus Frau. »Vielleicht sind uns die Löwen gefolgt, genauso wie wir der Herde gefolgt sind.«

»Wir sind doch Menschen!« protestierte Sommermond und vergaß wieder einmal, daß sie nur ein Kind war. »Menschen sind doch keine Beute!«

Lonit brachte sie zum Schweigen, während Demmi in ihren Armen vergeblich darum bettelte, heruntergelassen zu werden.

Torka war stolz auf seine beiden Töchter. Sie waren so mutig! Aber was konnte man erwarten, wenn sie eine Mutter wie Lonit hatten? Später würde er mit Sommermond reden, damit sie nicht wieder ihre Stellung vergaß, aber jetzt verdiente das Mädchen eine Antwort, während die Löwen wie Donner im Gebüsch am Fluß grollten.

»Die Mächte der Schöpfung haben uns gemacht, Männer, Frauen, Kinder... Raubtiere und Opfer. Die Löwen haben Hunger, genauso wie du, und auch sie müssen essen. Wenn wir vom Fleisch der Beute der Löwen essen, nehmen wir den Lebensgeist der Tiere in unser Fleisch und Blut auf. Und daher sind auch wir Fleisch, meine Tochter. Da die Mächte der Schöpfung uns ohne die Schnelligkeit der Grasfresser und ohne die Krallen und Zähne der Fleischfresser geschaffen haben, haben sie uns klug gemacht, damit wir einen engen Kreis um das Feuer bilden können, an den sich kein Löwe heranwagen wird.«

In dieser Nacht entfachten sie ein helles und heißes Feuer. Sie warfen alles Gras und Geäst in die Flammen, das sie finden konnten, und fügten auch noch die von vielen Mahlzeiten aufgehobenen Knochen und den Dung, den die Frauen während der Wanderung gesammelt hatten, hinzu. Eigentlich war dieser wertvolle Brennstoff als Vorrat für die Zukunft gedacht gewesen, aber dieses Feuer loderte mit der Kraft vieler Feuer. Während die Funken flogen und die Flammen knisterten, hielten die Männer unter Torkas Führung mit ihren Speeren Wache. Der Stamm sang laute Lieder, damit die Löwen ihre Stimmen hörten und wußten, daß die Herren über das Feuer stark und furchtlos waren.

Vielleicht sangen sie zu laut, oder ihr Feuer war zu heiß. Irgendwann in der Nacht, lange nachdem die Löwen verstummt waren, drehte sich der Wind und die Luft erwärmte sich. In dieser sanften Stunde kurz nach der ersten Dämmerung am Horizont, wurden die Menschen von einem gewaltigen, furchtbaren Geräusch aufgeschreckt und starrten in die Richtung, aus der sie gekommen waren.

Das Eis des Flusses brach auf. Endlich hatte das Tauwetter eingesetzt. Es kam mit gewaltiger, schrecklicher Macht, als aus tausend Schluchten das lange gefrorene Wasser zu fließen begann.

Seit Tagen hatte das Tauwetter angehalten, das sich tief in der Erde, im Schnee der Berge und im Fluß bemerkbar machte. Vermutlich hatten es bis jetzt nur tief am Grund des Flusses lebende Fische bemerkt oder die Nagetiere in ihren Felsverstecken an südlichen Bergwänden, als das Moos allmählich aufweichte. Die Schafe flohen mit ängstlich zurückgelegten Ohren vor dem Geräusch fließenden Wassers, das sich tief im Innern des Gletschers bewegte, und zogen sich auf höhere Eisflächen zurück, während sie vorsichtig in Schneematsch traten, der noch vor Tagen fest gewesen war.

Es begann mit einem einzigen Wassertropfen, der so klar wie die Luft war. Es war eine einzige Träne Feuchtigkeit, die traurig über das Ende des Winter weinte — oder vor Freude über die Hoffnung auf den Frühling. Doch bald waren es schon zwei Tropfen, dann Tausende und schließlich Abertausende. Bald war aus dieser einzigen Perle ein mächtiger Strom geworden, der von vielen Eisfeldern, Gletschern und Schneeflächen gespeist wurde, bis er unter der dünnen Winterdecke aller Bäche und Flüsse des Landes dahinströmte. Der gefrorene Fluß, den Torka und sein Stamm noch vor Tagen mühelos überquert hatten, war zu einem wütenden Lebewesen geworden, das bald mit großem Getöse seine Oberfläche aufgebrochen hatte. Das schäumende Wasser schoß zwischen den Eisschollen dahin, die von seiner Gewalt umhergewirbelt wurden. Der Lärm des wiedererwachten Flusses schallte durch die Welt und drang bis in die höchsten Pässe hinauf, als der Winter zu Ende ging.

Karana stand reglos neben Torka und sah über den Fluß und das weite Land zurück nach Westen, wo das ferne Land Cheanahs lag und ein menschliches Kind an der Brust einer Bestie saugte, neben einem halbmenschlichen Säugling, der ihn eines Tages Bruder nennen würde.

»Wir können nicht mehr umkehren«, sagte er, als wäre er gerade aus einem Traum erwacht.

»Nein«, gab Torka ihm recht, als die anderen sich zu ihnen gesellten. »Die Mächte der Schöpfung haben gesprochen. Wir können nicht umkehren. Es scheint, daß das Mammut uns doch auf den richtigen Weg geführt hat.«

Als der Fluß weiter anschwoll und über seine Ufer trat, folgten sie dem Mammut in den Paß. Er war breit und gut begehbar, und das Gras reichte bis hoch über den Fluß hinaus. Obwohl die hohen Eisgipfel im Wind heulten und die Geräusche des Frühlings die Welt unter ihnen erfüllten, spürten sie keine Gefahr, denn es gab kein Anzeichen dafür, daß sie das Ende der Welt erreicht hätten. Am Tag zogen Kondore am Himmel ihre Kreise, die für den Stamm immer ein gutes Zeichen gewesen waren. Wo der große Aasfresser flog, gab es auch Wild.

Am Ende der dritten Tagesreise seit dem Aufbruch vom Fluß, nachdem sie am steinigen Ufer eines großen Sees entlanggegangen waren, von dessen Nordostseite sich große Eisberge von den steilen Eisklippen lösten, hielten sie auf einem langen flachen Grat am Ende des Passes an.

»Das wunderbare Tal!« rief Sommermond.

Niemand widersprach ihr. Vor ihnen fielen die Berge steil ab. Zwei breite, von Flüssen durchzogene Schluchten schnitten durch die Geröllebene. Eine Schlucht öffnete sich nach Osten und Süden und ermöglichte ihnen einen direkten Weg hinunter in das riesige Tal. Die andere verlief nach Norden und wurde von dem Gletscher blockiert, den sie gefürchtet hatten. Jetzt konnten sie ihn zum ersten Mal deutlich erkennen. Es war ein gewaltiger breiter Gletscher. Nach oben erstreckte er sich bis zu den weißen Klippen, die auf der anderen Seite des Passes den See begrenzten. Nach unten verschwand er als schmutzigweißer Schorf zwischen den steilen Felswänden der nordseitigen Abhänge.

Bruder Hund sah winselnd auf die trügerische Aussicht hinunter, auf die zerklüftete Oberfläche und in die finstere Schlucht, die das Eis gefangenhielt.

Der Stamm hatte sich bereits nach Südosten gewandt und schätzte die zweite, weniger steile Schlucht ab, die in das Tal führte. Sie war eisfrei und mit vielen Harthölzern und Fichten bewachsen.

»Mammuts ... viele Mammuts!« rief Grek, denn während sie hinunterstarrten, drang aus den schattigen, windgeschützten Wäldern das Trompeten vieler Mammuts zu ihnen herauf. »Es sieht nicht so aus, als wäre unser großer Mammutgeist auf dem Weg zum Ende der Welt gewesen, um zu sterben«, sagte er und zwinkerte Simu zu. »Du kannst deine Angst vergessen, mein Bruder, denn Lebensspender weiß, wohin er wollte. Hört nur! Seine Frauen und Kinder warten auf ihn, wie das Wild uns in diesem guten Tal erwartet!«

Das atemberaubend schöne Tal war von Hügeln und Bergen umgeben und voller Tiere, soweit das Auge reichte. Nicht nur Karibus – es waren Tausende von Karibus, deren Gestank jeden anderen Tiergeruch überlagerte – sondern auch Bisons und Pferde, Kamele und Elche, die vom neuen Gras fraßen und aus weidenumsäumten Gebirgsbächen tranken, die sich in die vielen kleinen Seen ergossen, die sich an einem gewundenen Fluß entlangzogen.

Der Stamm stand schweigend und verzaubert da, bis Grek

sagte: »Wir müssen Vater Himmel und Mutter Erde danken, daß sie uns sicher zu diesem Ort geführt haben!«

»Und allen Mächten der Schöpfung, daß sie uns Lebensspender als Führer gaben«, fügte Simu hinzu.

»Und unserem Zauberer!« krähte Sommermond. »Er hat uns versprochen, daß wir dieses wunderbare Tal finden würden!«

Gesänge voller Dank für Vater Himmel und Mutter Erde, für Lebensspender, den Zauberer und alle Mächte der Schöpfung wurden angestimmt. Dann nickte Torka grinsend.

»Wir haben noch jemanden vergessen«, sagte er zu ihnen. Obwohl er in ernsthaftem und respektvollem Ton sprach, blitzten seine Augen amüsiert. »Wir müssen auch dem Sohn Zhoonalis danken, denn wenn Cheanah uns nicht vertrieben hätte, hätten wir niemals dieses Tal im Verbotenen Land gefunden... dieses wunderbare Tal, das er niemals sehen wird.«

TEIL 4

GEISTERWIND

1

Die Zeit war gekommen, in der Cheanahs Stamm die Wiedergeburt des Lichts feierte. Es wehte ein sanfter Frühlingswind, und das Land erwachte. Die Flüsse dröhnten, und die Löwen antworteten ihnen. Säbelzahntiger wagten sich aus den Weidengebüschen und jagten in den Sümpfen, in die die Tiere aus der immer grüner werdenden Steppe gekommen waren, um zu trinken. Es war die Zeit, die der Stamm als Mond des grünen Grases bezeichnete.

Es war auch die Zeit für die Jagd und die Zusammenkunft der Männer und Frauen. Mit neuer Begeisterung teilten die Männer ihre Frauen mit den anderen, bis alle befriedigt waren, während die kleinen Jungen zusahen, lernten und sich fragten, ob sie auch eine Frau bekommen würden, wenn sie erwachsen waren. Denn an allen Feuerstellen von Cheanahs Lager war Honee, die fette, unscheinbare Tochter des Häuptlings, das einzige weibliche Kind.

»Sie wird sich den Besten aussuchen, und ich werde ihr beibringen, wie sie ihn zufriedenstellt!« verkündete Zhoonali, als sie vor ihren Sohn trat.

Er saß auf einem Kissen aus Pferdefell, das mit Flechten gefüttert war, während sein breiter Rücken von einer fellgepolsterten Knochenlehne gestützt wurde. Cheanah war in Gedanken versunken und genoß das intensive Sonnenlicht.

»Cheanah, hast du deine Mutter gehört?« drängte die alte Frau. Ihr Tonfall deutete darauf hin, daß sie diese Rede seit langem vorbereitet hatte. Nun ärgerte sie sich, daß der Angesprochene offenbar nicht interessiert war. »Von jetzt an bis auf eine noch zu bestimmende Zeit müssen alle gesunden weiblichen Babys in Cheanahs Stamm am Leben bleiben... ob ihre Eltern sie behalten wollen oder nicht.«

Cheanah runzelte die Stirn und blickte verärgert auf. Zhoonali stand ihm in der Sonne, aber dies war es nicht, was ihn irritierte. Sie hatte genau die Sorge angesprochen, über die er hier allein vor seiner Erdhütte nachgegrübelt hatte. Er hatte sich an jeder Frau im Stamm befriedigt — mit Ausnahme seiner Mutter natürlich und der alten Frahn, für die sich nicht einmal mehr ihr eigener Mann interessierte. Die Jäger hatten nicht gegen den Frauentausch protestiert, im Gegenteil, sie waren begeistert über den Vorschlag gewesen. Die Vorfahren behaupteten, daß ein solcher Tausch den Stamm zu einer stärkeren Einheit verschweißte.

Begeistert hatten alle am uralten Ritual des Plaku teilgenommen, nachdem Torka es nicht mehr verbieten konnte. Mano, sein ältester Junge, hatte vergnügt gelacht, als er ihn verächtlich vom Mann mit den Hunden hatte sprechen hören. Die alte Frahn, Teeans Frau, war die erste gewesen, die sich ausgezogen, ihren nackten Körper eingeölt und sich mit Federn und Perlen geschmückt hatte. Sie hatte gestampft und gesungen, mit den Hüften gerollt und ihre schlaffen Brüste mit den braunen Brustwarzen in die Richtung möglicher Partner geschwenkt. Doch zum Schluß hatte sie am Rand der Versammlung gesessen und sich auf die Schenkel geschlagen. Sie war dazu verurteilt, den anderen beim Geschlechtsakt zuzusehen — selbst ihrem eigenen Mann.

Von den erwachsenen Frauen hatte sich nur Zhoonali freiwillig von der Orgie ferngehalten. Cheanah hatte ihren Wunsch respektiert. Es war Zhoonalis Recht, darauf zu verzichten, nicht nur wegen ihres fortgeschrittenen Alters, sondern auch weil sie die Mutter des Häuptlings war. Er kannte seine Mutter gut genug, um zu wissen, daß sie sich niemals freiwillig in die Situation von Frahn begeben hätte, die sich durch die Abweisung nur selbst erniedrigt hatte.

Als ob irgendein Mann noch solche alten, trockenen Knochen besteigen und stoßen möchte, wenn genug junge und frische Frauen zu haben sind! dachte er.

Jetzt hörte er, wie eine Frau heftig mit ihrem Kind schimpfte. Cheanahs Augen suchten die Quelle des Lärms. Es war Bili, Ekohs Frau. Ihr Sohn Seteena hatte offenbar einen Fleischspieß vom Feuer stibitzen wollen und sich dabei die Hand verbrannt.

Cheanah wandte seinen Blick nicht von Bili ab, die ihm ihren schmalen Rücken zugekehrt hatte, als sie sich vornüberbeugte, um dem Jungen vermutlich Fett auf die dicken Finger zu reiben. Während sie schimpfend mit ihm beschäftigt war, drehte sie sich gerade so weit, daß Cheanah ihre üppige Brust von der Seite sehen konnte, die sich am weichen Rehfell ihrer Jacke rieb.

Jemand rief ihr etwas zu, anscheinend eine spöttische Bemerkung über Seteenas Unbeholfenheit. Als Cheanah feststellte, daß es Mano war, verspürte er Stolz auf seinen Sohn. Der Junge hatte noch nicht einmal dreizehn Sommer erlebt, entwickelte aber bereits eine ungeduldige und zunehmende Männlichkeit, die sein Vater an ihm schätzte. Die Frauen des Stammes waren jederzeit für Mano bereit, wenn er das Bedürfnis nach Erleichterung verspürte. Alle außer Ekohs Frau. Bili schien den Jungen nicht zu mögen. Als sie sich jetzt umdrehte, und seine Bemerkung erwiderte, wußte Cheanah, daß der Zorn in ihren schwarzen Augen Mano nur weiter aufstacheln würde. Das würde so lange weitergehen, bis Ekoh den Jungen aufforderte, eine andere Frau zu ärgern.

Es dauerte nicht lange, bis sich Cheanahs Voraussagen bewahrheiteten.

Aber da keine andere Frau und kein anderes Mädchen in der Nähe war, die er quälen konnte, wandte Mano sich seinem liebsten Zeitvertreib zu und ärgerte seinen kleinen Bruder Ank. Cheanah beobachtete, wie sein jüngster Sohn aufsprang und schimpfte, Mano solle ihn in Ruhe lassen.

Ank ließ sich viel zu leicht von seinem Bruder aufhetzen, stellte der Häuptling fest. Der Junge würde noch lernen müssen, sich zu beherrschen, sonst würde aus ihm nie ein guter Jäger werden.

Der Häuptling ließ seinen Blick über das Lager schweifen.

Die anderen Jäger und Jungen hockten vor ihren Hütten, dösten, arbeiteten an ihren Waffen, knabberten an Knochen oder spielten Knochenwerfen. Die Frauen arbeiteten gemeinsam am Fell eines vor kurzem erlegten Kamels. Am vorigen Abend hatten sie ein Festmahl aus den besten Stücken des Tieres mit dem fetten Höcker zubereitet. Den größten Teil des Fleisches und die Knochen hatten sie den Aasvögeln überlassen, wie sie es in Zeiten des Überflusses oft taten. Obwohl Kamelfell im Vergleich zu anderen Tieren mit dickerem Fell von wenig praktischem Nutzen war, schätzten die Frauen doch das braungelbe, leicht getupfte Fell. Also hatten die Jäger es mitgenommen. Jetzt war das Fell über den Boden gespannt und mit Knochenstäben befestigt, während die Frauen die Fleischreste abschabten.

Er sah zu, wie sie knieten, sich vor und zurück beugten und damit die Schaber mit den breiten Klingen rhythmisch über die Fellunterseite zogen. Ihre Hintern bewegten sich auf eine Weise, die ihn normalerweise sexuell erregt hätte – aber nicht mehr jetzt. Er seufzte. Mit Ausnahme von Frahn, seiner Mutter und seiner eigenen Tochter Honee hatte er bei allen gelegen. Er dachte an seine eigenen Frauen Xhan, die offenbar schwanger war, und an Kimm. Es war gebrauchtes Fleisch und im Fall von Kimm fades Fleisch und außerdem viel zuviel davon.

Es war traurig für einen Mann, wenn er feststellen mußte, daß es keine Herausforderung zukünftiger Verführungen mehr gab, zumindest nicht, bis neue Frauen in diesem Stamm zu einem Alter herangewachsen waren, in dem sie sexuell interessant wurden.

Das wird noch lange dauern, dachte er. *Sehr lange, mindestens neun Jahre. Vielleicht weniger, aber nicht viel weniger.*

Er seufzte erneut. Nur Bili konnte ihn noch erregen, vielleicht nur aus dem Grund, weil sie kaum verbarg, daß sie ihn nicht mochte. Ein Lächeln erschien in Cheanahs Mundwinkel. Darin lag noch eine gewisse Herausforderung.

»Cheanah! Hör auf Zhoonali! Wenn die Jungen dieses Stammes Männer geworden sind, werden sie darum kämpfen, wer Honee, unser schönes und liebes Kind, an sein Feuer nehmen darf. Sie werden sie sich teilen müssen, aber obwohl sie stark und hübsch anzusehen ist, kann man nicht von ihr erwarten, eines Tages alle Männer dieses Lagers zu befriedigen. Außerdem wird es ihr verboten sein, zu ihren Brüdern zu gehen.«

Cheanah zog seine Stirn in Falten. Zhoonali war auf beiden Augen blind, wenn es um Honee ging. Das Mädchen war wirklich stark, aber keinesfalls hübsch, und er bezweifelte, ob je ein Mann um sie kämpfen würde.

»Wenn die Frauen in diesem Lager älter werden«, fuhr Zhoonali eindringlich fort, »braucht Honee Stammesschwestern, die ihr helfen. Es wäre nicht gut, wenn sie in einem Lager ohne jüngere Frauen alt würde.«

Er blickte verärgert zu ihr hoch. Seit der Mann mit den Hunden fortgeschickt worden war, schien seine Mutter immer stärker zu werden. Sie nährte sich von dem Stolz, daß jemand aus ihrer Familie endlich wieder Häuptling war. Ständig nörgelte sie an ihm herum, und das mochte er überhaupt nicht.

»Cheanah, hörst du mir zu?«

»Das ganze Lager wird zuhören, wenn meine Mutter nur noch ein wenig lauter nörgelt!«

Ihre Augen blitzten, aber sie senkte ihre Stimme. »Irgend jemand muß doch nörgeln! Ich komme aus deiner Hütte, wo Xhan gemurmelt hat, daß sie, wenn sie ein Mädchen bekommt, es töten wird!«

Also war seine erste Frau doch schwanger. »Xhan wird tun, was ihr gesagt wurde. Ob Junge oder Mädchen – sie wird froh über jedes Leben sein, daß ich in ihren Bauch gepflanzt habe.«

Der Windstoß, der in diesem Moment durch das Lager fuhr, war warm und süß mit dem Vorgeschmack längerer Tage. Cheanah atmete ihn tief ein und fand ihn genauso schmackhaft wie rohes Fleisch.

»Cheanah, wir dürfen unsere neugeborenen Mädchen nicht mehr töten, bis die Anzahl der Frauen groß genug ist, die Zukunft unseres Stammes zu sichern!«

Cheanah dachte jedoch an die Vergangenheit und an die Frauen und Mädchen in Torkas Stamm. Die große antilopenäugige Lonit, die zarte Iana, das bewundernswerte Mädchen Mahnie, die hübsche Eneela mit dem üppigen Busen und die starken und schönen Kinder Demmi und Sommermond.

Sommermond! Das war ein Kind, das eines Tages die Lenden eines Mannes anfachen würde! In der Zwischenzeit könnte man sie anlernen, sie führen und vorsichtig ihren Körper öffnen... Er hielt inne. Wenn er nur an die Freuden dachte, die dieses Mädchen versprach, wurde er unruhig und hart vor Verlangen.

Wenn die Frauen von Torka noch hier wären, könnte er schon damit beginnen, Sommermond in die Lehre zu nehmen. Aber zuerst würde er ihre Mutter nehmen, dann Iana und Mahnie, um schließlich an den prallen, reichlichen Brüsten von Eneela zu nuckeln...

»Cheanah!« Zhoonalis scharfe ungeduldige Stimme ging ihm durch und durch.

Er sprang auf und achtete nicht darauf, daß seine Mutter das anstarrte, was sich nun aufrecht unter seinem leichten Umhang erhoben hatte und verlangend pulsierte. »Dieser Mann hätte niemals erlauben dürfen, daß die Frauen des Mannes mit den Hunden dieses Lager verlassen. Oder seine Töchter. Wenn sie noch hier wären, könnte sich deine Zunge ausruhen!«

Ihr Gesicht verzog sich voller Wut, als sich ihre Blicke trafen. »Vergiß sie! Wir haben selbst Frauen. Der Himmel hat nicht gebrannt und die Erde nicht gebebt, und seit Torka aus diesem Land vertrieben wurde, ist auch die Stimme des Wanawut verstummt.« Dann veränderte sich plötzlich ihr Gesichtsausdruck und wurde gierig wie der eines Raubvogels, während sie unverfroren auf seine erigierte Männlichkeit starrte. »Schau dich nur an! Du kannst noch eine alte Frau stolz machen! Wenn ich nicht schon zu alt und es nach den Sitten unserer Vorfahren nicht verboten wäre, würde ich selbst mich dir öffnen! Ah, was könnten wir zusammen für Kinder machen!«

Er starrte sie angewidert an, und bevor er sich abwenden konnte, griff sie unter seinen vorstehenden Umhang und packte ihn mit ihren alten, knochigen Fingern.

Sie lachte laut über seinen Gesichtsausdruck, als sie ihn mit sicheren und erfahrenen Bewegungen bearbeitete. Als sie seine Reaktion spürte, trat sie schnell zurück und ließ ihn los. »Wozu braucht Cheanah Torkas Frauen? Geh! Geh sofort, sage ich! Wir haben genug Frauen in diesem Lager. Vergeude nicht deine männliche Glut! Damit kannst du neue Frauen für diesen Stamm machen!«

Wenn er in den folgenden Tagen und Nächten bei den Frauen seines Stammes lag, wußte er, daß es gute Frauen waren, die — bis auf Bili — bereit waren. Aber sie waren nicht Torkas Frauen.

2

Die Bestie stützte sich auf die Knöchel und beugte sich vor, um die Welt unter ihrer neuen Behausung zu betrachten. Sie schüttelte den Kopf und knurrte empört. Seit sich das Wetter aufgeklart hatte und das in den Augen brennende Loch immer länger am Himmel geblieben war, hatten sich die Menschen ihrem Berg immer weiter genähert und jetzt ihre Fellnester um das Feuer herum aufgebaut, während der Wind die Gerüche von Fleisch, Knochen und Dung herantrug.

Oft war das helle Loch am Himmel gekommen und wieder gegangen, seit sich die Bestie auf die nebligen Höhen zurückgezogen hatte. Sie fing unachtsame Murmeltiere und Wühlmäuse und stillte ihre Jungen, während der Hundebiß an ihrer Schulter eiterte und sie krank machte, bis er langsam heilte. Als sie nach und nach wieder zu Kräften gekommen war, hatte der Gedanke sie beruhigt, daß die Menschen mit ihren wilden Hunden und fliegenden Stöcken weit weg waren.

Aber jetzt beobachtete sie sie von den Klippen herab, von denen sie einen Ausblick über eine weite Steppe und den nördlichen Rand des Menschentals hatte. Ihr lief vor Hunger das Wasser im Mund zusammen. Die Menschen war wieder einmal gierig und verschwenderisch. Jetzt ließen sie gerade den Kadaver eines Riesenfaultiers zurück, so wie sie es Tags zuvor mit einem Kamel gemacht hatten. Warum hatten die Menschen das große schwerfällige Faultier getötet, wenn sie nicht davon aßen oder zumindest die besten Teile mit an ihr Feuer nahmen, wie sie es mit dem Kamel gemacht hatten?

Sie kniff die Augen zusammen. Aus dieser Entfernung und Höhe wirkten die Menschen kaum größer als die winzigen geflügelten Dinger, die herumschwärmten, seit sich die Südwand vor ihrer Höhle genug erwärmt hatte, um eisgefüllte Spalten in veralgte Tümpel zu verwandeln. Die Bestie mochte die geflügelten Dinger genausowenig wie die Menschen. Sogar jetzt umschwirrten sie sie und versuchten in ihre Nasen- und Ohrenlöcher hineinzukrabbeln. Sie schlug danach und zerquetschte sie auf ihren muskulösen Armen und Schenkeln. Dann sammelte sie sie mit einem angefeuchteten Finger auf und aß sie, während sie weiterhin die Bewegungen der weit entfernten Menschen beobachtete und sich über ihre merkwürdigen Geräusche und ihre Verschwendung ärgerte.

Gestern hatte sie sich noch nicht stark genug gefühlt, um die Klippen herabzusteigen und sich mit den anderen Aasfressern um die Überreste des Kamels zu streiten. Sie wollte auch nicht ihre Jungen unbewacht zurücklassen, obwohl ihnen hier oben in den Klippen keine Gefahren drohten. Sie konnten noch nicht kriechen, geschweige denn gehen. Waren sie auch schon so schwach vor Hunger wie sie selbst? Obwohl ihre Milch noch floß, war sie dünn und roch auch nicht mehr so intensiv nach Fett wie zu Anfang. Seit Tagen hatte sie weder vorbeifliegende Vögel noch irgendwelche Nagetiere gefangen. Wahrscheinlich hatte sie sie alle gegessen.

Sie drehte sich um und ging in die Höhle. Im Hintergrund, wohin niemals Licht drang, regte sich das nackte kleine Menschenjunge unruhig neben ihrem eigenen in ihrem gemeinsamen Nest aus Zweigen, Flechten und Knochen. Das Menschenbaby war fast immer in Bewegung. Hier im Schatten war es kühl, so daß die Bestie ihren Atem sehen konnte. Ihr eigenes Junges hatte seine Decke aus trockenen Blättern, Federn und Fellfetzen beiseite gestrampelt. Die starke und stämmige Gestalt im warmen grauen Pelz schlief auf der Seite. Neben ihr lag das Menschenbaby auf dem Rücken, schüttelte seine kleinen Fäuste und wand sich vor Kälte. Sein Körper war so kahl und blaß wie der eines gerade geschlüpften Vogelkükens.

Die Bestie war besorgt. Das Menschenjunge fror ständig und schrie, wenn es nicht unter einer dicken Schicht aus Federn und

Blättern im Nest lag oder sich in den dicken Pelz ihrer Arme kuscheln konnte. Es zitterte jetzt sehr heftig, und es bekam eine bläuliche Gänsehaut. Es wuchs sehr schnell, war im Vergleich zu ihrem Jungen aber noch klein. Abgesehen vom dichten schwarzen Fell auf dem Kopf war es immer noch so haarlos wie am ersten Tag. Einige der kleinen vielfüßigen geflügelten Dinger krabbelten darüber hinweg. Knurrend verscheuchte die Bestie sie und beugte sich dann über das Menschenkind.

Besorgt neigte sie den Kopf zur Seite. Kleine Blutflecken waren auf seinen Wangen, Armen, Beinen und dem Bauch. Ohne Fell würden die geflügelten Dinger ihm so gierig das Blut aussaugen, wie sie es mit den Ohren und Nüstern der grasenden Tiere taten — oder wie die Bestie selbst ihren Opfern das Blut aussaugte.

Aber sie konnte es doch nicht die ganze Zeit halten, um es zu wärmen! Sie konnte es auch nicht ständig vor den Bissen der geflügelten Dinger schützen! Sie mußte die Höhle verlassen und auf die Jagd gehen, bevor sie alle verhungerten.

Sie nahm ihn hoch und leckte ihm das Blut von den Wunden. Dann ging sie mit ihm zu Eingang der Höhle in die Wärme des Lochs im Himmel. Ihre Schulter schmerzte, wo die Reißzähne des Hundes ihr übel zugesetzt hatten. Das Menschenjunge klammerte sich hungrig an ihre Brust. Sie ließ es saugen und fühlte sich erleichtert, als es nicht mehr zitterte. Wenn es überleben sollte, brauchte es mehr als Muttermilch und vorgekautes Fleisch. Es brauchte ein neues dichtes Fell.

Was waren diese Menschen nur für seltsame, schwache Geschöpfe! Ohne Zähne, Fell oder Krallen waren sie so verletzlich. Sie fragte sich, wie sie überhaupt eine Jagdbeute erlegen konnten.

Aber als sie zusah, wie sie um den Kadaver des Faultiers wie junge Fohlen herumtollten, wußte sie, daß sie klug waren. Sie konnten mit Feuer und fliegenden Stöcken umgehen und sogar wilde Hunde dazu bringen, sie gegen Gefahren zu verteidigen.

Sie runzelte die Stirn, als ihr allmählich eine neue Erkenntnis kam. Als zwei Menschen zum Faultier zurückgingen, um die bekrallten Füße abzuhacken und dann freudig damit herumzuwedeln, erkannte sie, daß sie von Hals bis Fuß in die Felle toter Tiere gehüllt waren. So schafften es die Menschen also zu überleben! Jetzt wußte sie, wie sie ihr Menschenjunges warmhalten und vor Bissen schützen konnte!

Es schlief jetzt, während es eine Hand an ihre Brust geklammert hielt. So häßlich und winzig es war, empfand sie doch die zärtliche Liebe einer Mutter. Sie wiegte es, während sie in die Ferne starrte.

Das Menschenrudel verließ gerade den Jagdplatz und verschwand in Richtung Hügel. Noch nie hatte sie erlebt, daß die Menschen zu einem Jagdplatz zurückkehrten, wenn sie ihn einmal verlassen hatten. Sie schnupperte im Wind und roch warmes Blut und frisches Fleisch. Vögel wurden von dem Geruch angelockt, und auch ihr Bauch knurrte und schmerzte vor Hunger.

Aufgeregt und verzweifelt ging die Bestie ein paarmal im Kreis herum, bis sie das schlafende Baby ins Nest zurückbrachte. Dort bedeckte sie es schnell mit einer dicken Schicht aus Blättern, Federn und Fellresten. Dann ging sie zum Eingang der Höhle zurück, um die Tiere, die sich über den Kadaver des Faultiers hergemacht hatten, mit dem Schrei des Wanawut zu warnen. Es war ein dröhnendes Gebrüll, das den Himmel erfüllte und die Vögel in alle Richtungen flüchten ließ. Nicht ohne Befriedigung sah sie, wie die Aasfresser innehielten. Einige stoben davon, während sich andere wieder ihrer Mahlzeit zuwandten.

Sie ließ ein paar tiefe, leise Warnlaute folgen. Sie würde sie schon noch vertreiben, denn heute würde sie ihren Menschenstein mitnehmen und zum ersten Mal ihre Jungen unbewacht in ihrer Höhle zurücklassen. Obwohl ihre Schulter noch nicht ganz ausgeheilt war, würde sie wieder auf die Jagd gehen und jedes Tier töten, das ihr den Zugang zum Faultier versperrte. Sie würde sich schnell auf den Weg zum Kadaver machen, damit noch genug Fleisch für sie übrig war und genug Fell für ihr Menschenjunges. An diesem Tag verließ sie die Höhle und stieg die Felswand hinunter.

»Habt ihr es gehört?« fragte Xhan mit Angst in der zitternden Stimme.

Niemand antwortete, obwohl jeder es gehört hatte. Niemand wollte dem Gehörten einen Namen geben.

»Es war... weit weg. Sehr weit weg«, sagte Zhoonali schließlich. Sie stand reglos da, während sich die Frauen mit ihren Kindern um sie herum versammelten.

»Im Norden«, flüsterte der alte Teean, der einzige Mann im Lager. »Und nicht so weit weg wie vorher, glaube ich.«

Die Jagdgruppe war immer noch nicht ins Lager zurückgekehrt. Obwohl Teean ein kleiner Mann und so dünn wie ein kurz vor dem Verhungern stehendes Tier im Winter war, war er noch gelenkig und tapfer. Als er mit seinen Speeren dastand, zweifelte niemand, daß er sie trotz seines Alters und seiner Magerkeit auch benutzen konnte.

Der alte Mann stand scheinbar ewig so da und lauschte wachsam auf einen weiteren Ruf des Wanawut. Dann umkreiste er das Lager wie ein mißtrauischer alter Wolf, schüttelte seine Speere und schnitt furchtbare Grimassen. Aber die Bestie gab keinen Laut mehr von sich, und schließlich kehrten die Jäger zurück.

»Habt ihr das Geheul gehört?« fragte Mano, der vor Aufregung rot geworden war. Sein Speer hatte als erster das bärengroße Faultier getroffen, und jetzt hingen seine Tatzen – außer den beiden, die er seiner Mutter und seiner Großmutter zum Geschenk machte – an einem Riemen um seinen Hals.

Xhan und Zhoonali strahlten vor Stolz, als sie die noch blutigen Gaben von ihm annahmen, denn die starken Krallen des Riesenfaultieres waren als Grabwerkzeuge geschätzt.

»Wir haben seinen Schrei von den fernen Klippen über der Stelle gehört, wo wir gestern das Kamel erlegt haben«, erzählte er. »Dieser Junge wollte umkehren, um es aufzuspüren und zu töten, aber die anderen...«

»Menschen sollten das, was vom Berg herunterheult, weder suchen noch es wagen, einen Blick darauf zu werfen!« Ram war ein Jäger in den besten Jahren, stämmig, mit dicken Schenkeln und breiter Schulter. Sein breites Gesicht sah so finster aus, daß er jeden achtsamen Jungen damit zum Schweigen gebracht hätte.

Mano jedoch war nicht achtsam, sondern von Natur aus wagemutig und kampflustig. »Der Zauberer Navahk hat die Haut eines Wanawut auf dem Rücken getragen!« erwiderte er.

»Und Navahks Seele wandert im Wind als Belohnung für diese überhebliche Tat!« gab Ram zurück.

Die Jäger und ihre Frauen murmelten zustimmend.

Yanehva, der mittlere Sohn des Häuptlings, trat einen Schritt vor. »Der Windgeist war nicht der einzige Fleischfresser, der von unserer Jagdbeute angezogen wurde«, sagte er. »Wir haben Löwen, Säbelzahntiger und viele Vögel gesehen, als wir zurückschauten. Auch andere Tiere werden jetzt zu dem Platz kommen — Füchse, Wölfe, Luchse, vielleicht sogar der große Bär mit der schaufelförmigen Schnauze. Es ist nicht gut, soviel Fleisch an einem Jagdplatz zurückzulassen ... es sei denn, man will damit absichtlich Raubtiere anlocken. Torka hat recht gehabt.« Noch bevor er zu Ende gesprochen hatte, zog er sich zurück, weil alle ihn böse anfunkelten, sogar sein Vater. Er hatte etwas Falsches gesagt. Niemand sprach gut über den Mann aus dem Westen. Yanehva biß sich auf die Lippe und senkte beschämt den Kopf.

»Torka ist fort!« Das Gesicht des Häuptlings war wutverzerrt. »Warum spricht einer meiner Söhne von Torka oder schert sich darum, was er gesagt oder nicht gesagt hat?«

»Ich ...«

»Und mit Torka sind auch der brennende Himmel und die zitternde Erde verschwunden! Mit Torka sind die letzten Stürme und dunklen Wolken verschwunden, die die Sonne fraßen! Mit Torka sind seine Frau ...« Cheanah brach ab, schüttelte den Kopf und fuhr genauso leidenschaftlich fort. »Dieses Land des Vielen Fleisches ist jetzt unser, und wir werden darin jagen, wie unsere Vorfahren schon immer gejagt haben! Wir können nicht das gesamte Fleisch von jeder Beute verwerten! Unsere Jungen müssen die Jagd erlernen, auch wenn sie in einem Lager voller Fleisch leben. *Torka!*« Cheanah spuckte den Namen aus, als wäre er ein ungenießbarer Bissen. »Der Windgeist ist weit im

Norden. Wir müssen dort nicht noch einmal auf die Jagd gehen. Dieses Land des Vielen Fleisches ist voller Wild! Im Süden, Osten und Westen wird unser Stamm auf die Jagd gehen, wenn der Windgeist Wanawut das Land im Norden für sich beansprucht! Cheanah sagt, daß das gut so ist! In jenem Land sind wir nur auf Faultiere und Kamele gestoßen. Wir werden dort nicht mehr jagen!«

3

Die Bestie aß sich satt. Sie knackte die Knochen des Faultieres mit ihren massiven Kiefern und Backenzähnen, saugte sein Blut aus und verschlang das Fleisch. Mühelos vertrieb sie die anderen aasfressenden Tiere und Vögel, wenn sie zu nahe kamen, obwohl die meisten sich zurückgezogen hatten, als sie brüllend und fäusteschwingend aus dem Gebüsch hervorgesturmt war.

Der Kadaver stank nach den Menschen und ihren fliegenden Stöcken. Während des Essens achtete sie auf jedes Zeichen oder Geräusch, das auf ihre Rückkehr hindeuten könnte. Es war immer noch so viel gutes Fleisch an diesem Faultier. Wie konnten die Menschen nur so verschwenderisch sein?

Die Bestie schnurrte, während sie aß, und dachte an ihre wartenden Jungen. Sie hielt die hohle Röhre aus blutigem Faultierfell fest, die sie vom Arm des Kadavers gezogen hatte. Es war ein gutes dickes Fell, das das Menschenkind warm halten würde.

Es war Zeit, in die Sicherheit ihrer Berghöhle zurückzukehren, aber zuvor wollte sie noch einen einzigen weiteren Bissen nehmen ...

Plötzlich flogen irgendwo im dichten Gebüsch Vögel auf, und mehrere Antilopen schossen aus ihren Verstecken und sprangen auf den Fluß zu.

Die Bestie hörte auf zu essen, erhob sich, drehte sich in den Wind und roch ... einen Löwen! Dann sah sie das alte Männchen aus den Weiden hervorkommen. Es starrte sie mit Augen an, die die Farbe des Lochs im Himmel hatten, aber nicht seine Wärme. Ihr Kopf neigte sich auf die Seite. Löwen fraßen normalerweise bei Tag.

Der Löwe senkte den Kopf, und die Bestie ebenfalls. Sie sah, wie sich seine gelben Augen zur Hälfte schlossen, doch irgendwie schien ihr, als ob er sie jetzt genauer als vorher musterte. Sie hatte noch nie einen so großen Löwen gesehen, und auch keinen mit einem so blassen Fell. Wenn es nicht schlammverkrustet gewesen wäre — er hatte sich offenbar in einem der flachen Teiche in der Nähe gerollt — wäre sein Fell fast weiß gewesen. Seine Mähne jedoch war schwarz, so schwarz wie seine Absichten, als er jetzt zwischen ihr und dem Rückweg zu ihrer Höhle stand.

Sie wich nach rechts aus, um ihn zu umgehen.

Er versperrte ihr den Weg.

Daraufhin ging sie nach links.

Er kehrte um, um sie aufzuhalten. Dann blieb er stehen und schüttelte brüllend seine mächtige Mähne, um ihr zu sagen, daß er sie nicht vorbeilassen würde, daß nicht der Kadaver des Faultieres, sondern sie seine heutige Mahlzeit werden sollte.

Die Bestie schrie wütend auf und fletschte ihre Zähne. Sie stampfte mit den Füßen und schwang ihre Arme, ballte ihre Fäuste und zeigte ihm ihren Menschenstein.

Der Löwe ließ sich davon nicht beeindrucken.

Sie stampfte erneut auf, machte eine Drohgebärde und fletschte wieder die Zähne.

Die große Katze senkte lediglich ihren Kopf, schlug mit dem Schwanz und schlich geduckt auf sie zu. Wenn sie nahe genug war, würde sie springen.

Mit dem Menschenstein in der einen und dem Fell für ihr Junges in der anderen Hand rührte sie sich nicht von der Stelle. Sie glaubte nicht, daß der Löwe angreifen würde, wenn sie nicht nachgab. Sie war einfach zu groß, zu kräftig, zu gelenkig und zu gut bewaffnet. Sie hatte Krallen wie ein Bär, und ihre Eckzähne konnten es mit denen eines Löwen aufnehmen. Die Muskulatur ihres Gegners war stark und für den Angriff geschaffen, aber ihre war genauso... nur daß sie aufrecht ging, ähnlich wie die Menschen.

In einem weißen Bogen mit schwarzer Mähne sprang der Löwe sie an. Sie duckte sich, kam unter ihm wieder hoch und warf ihn mit einem Schulterdreh aus dem Gleichgewicht, daß er auf die Seite fiel. Benommen lag er da, aber nur für einen kurzen Augenblick.

Doch es war genug Zeit für die Bestie, um die Schwäche ihrer Schulter zu bemerken und den Schmerz zu registrieren. Eine warme Flüssigkeit lief ihr Bein hinunter. Dann sah sie, daß der Löwe es irgendwie geschafft hatte, ihr eine lange klaffende Wunde zuzufügen, die von der rechten Hüfte bis zum Knie reichte. Sie maunzte irritiert, bis das Knurren des Löwen sie alarmierte und sie ihn erneut zum Angriff ansetzen sah. Diesmal sprang er nicht, sondern lief einfach vorwärts, während er ihr Blut roch und ihre Schwäche spürte.

Er war alt und weise, dieser Löwe, aber er war unvorsichtig. Sie ging zum Überraschungsangriff über, zog ihm ihren Menschenstein quer durchs Gesicht und stieß noch einmal tief und schnell zu. Ein Auge des Löwen war zerstört und seine ganze linke Seite eine einzige Wunde, bevor er sich abwenden konnte. Sie sah ihn wie wahnsinnig im Kreis herumrennen und mit der Tatze über das Gesicht fahren, bis er sich umdrehte und davonrannte.

Sie wartete, bis er wieder im Weidengebüsch verschwunden war. Als sie ihn nicht mehr erkennen konnte, nahm sie das Faultierfell und drückte es in ihre Schenkelwunde, um den Schmerz und den Blutfluß zu stillen, während sie humpelnd den Rückweg antrat.

Es war schon dunkel, als sie ihre Höhle erreichte. Trotz des Schmerzes, der Schwäche und des Schocks durch den Blutverlust war die Bestie mehr um ihre Jungen besorgt als um sich selbst. Sie ging sofort zum Nest und entdeckte, daß das Menschenkind bloß lag.

Es war so still und seine Haut so kalt. Sie war sicher, daß der Atem seinen Körper verlassen hatte. Ihr eigenes Junges quengelte hungrig, aber es war warm und konnte noch warten.

Sie hob den kleinen Menschen hoch und blies ihm jammernd

ihren warmen Atem auf seine Gänsehaut, in die winzigen Nasenlöcher und den Mund. Immer noch voller Angst, er wäre tot, drückte sie ihn an sich und setzte sich, um ihn in ihrem pelzigen Arm zu wiegen, bis er zu zittern begann.

Er lebte! Die Erleichterung überwältigte sie fast. Erschöpft lehnte sie sich an die kalte Felswand der Höhle und lauschte auf das kräftige Schreien ihres eigenen Jungen. Trotz ihrer Schmerzen verzog sich ihr breiter, fast lippenloser Mund zu einem Lächeln. Das hungrige und gesunde Geschrei war genauso tröstlich wie die Freude, die sie empfand, als das Menschenkind zu zittern aufhörte und nach einer Brustwarze suchte.

Sie stillte ihn eine Weile und legte ihn dann auf den Boden. Während sie ihr Gesicht vor Schmerzen verzog, schob sie ihn in die Hülle aus Faultierfell. Es war noch feucht und warm von ihrem Blut, und das Menschenkind kuschelte sich zufrieden hinein. Als sie aufstand, um ihr eigenes Junges zu holen, und sich wieder an die Wand setzte, schlief der winzige Mensch so fest und zufrieden, als würde sie ihn noch in ihren Armen halten.

Wenn der Löwe sie besiegt hätte, wären jetzt auch ihre zwei Babys tot. Besorgt blinzelte die Bestie und versuchte die Erinnerung zu verdrängen. Sie war müde, ihre Schulter tat weh, und ihr Bein schmerzte. Sie war so schwach ...

Sie schlief sofort ein und wachte erst wieder auf, als ihre Jungen sich hungrig bemerkbar machten. Ihr Bein und ihre Schulter waren steif vor Schmerzen. Sie fühlte sich nicht stärker als vor dem Schlaf, aber der Anblick der Jungen tröstete sie.

Während sie sie stillte, träumte sie von ihrer Mutter und anderen starken, graubepelzten Geschöpfen ihrer Art. Das Menschenbaby lag warm in seinem Fell und war wieder eingeschlafen, doch dann hatte sie das Bedürfnis, ihn liebevoll in die Arme zu nehmen.

Wind kam auf, der die Wolken vor sich hertrieb, so daß das Loch im Himmel den grauen Morgen immer wieder mit Gold überschüttete. Das Licht erhellte das Gesicht des Menschenjungen, und zum erstenmal erkannte die Bestie darin die Züge des Mannes, der in das Fell eines goldenen Löwen gekleidet war und im fernen Land nach dem verlassenen Kind gesucht hatte.

Die Krallen ihrer haarigen Finger zogen die feinen Gesichtszüge des kleinen Jungen nach, während sie die Klage des Menschen, die sie nie vergessen würde, wiederholte: »Ma-na-ra-vak.«

Und zu ihrer Verblüffung brabbelte das Baby in ihrem Arm begeistert über diesen vertrauten Laut, der sein Name war.

4

Manaravak!

Lonit hatte den Namen ihres verlorenen Sohnes fast laut hinausgeschrien. Noch nie war das Gefühl so stark gewesen, daß er noch lebte und nach seiner Mutter rief, sie solle zu ihm kommen und ihn in ihre Arme nehmen, fort von...

»Lonit?« sprach Torka sie an.

Sie drehte sich um.

»Denk nicht mehr an die Vergangenheit«, sagte er und streckte ihr seine Hand hin. »Komm! Wir müssen weiter, ins wunderbare Tal.«

Und es war wunderbar. Mehrere Tage und Nächte lang hatten sie es beobachtet, während sie oben auf dem Grat lagerten. Sie hatten einzelne Zelte errichtet und die letzten Reste ihres Reiseproviants verzehrt. Dabei erholten sie sich von ihrer langen Wanderung durch das Verbotene Land.

Die Zeit verging schnell. Tagsüber brachte ihnen der Wind die verlockenden Gerüche und Geräusche aus dem Tal herauf. In der Nacht, wenn kalte Luft von den hohen Bergen herunterströmte, lauschten sie auf die hallenden Stimmen der Felsgeister, auf das Tropfen und Fließen des Schmelzwassers, auf das Krachen der Eisberge im Bergsee und auf das unruhige Knarren und Knirschen des Gletschers in der nördlichen Schlucht.

Dann packten sie wieder ihre Rückentragen. Während der Hund vorauslief, zogen sie weiter, unter der warmen Sonne oder dunklen Wolken, und folgten Lebensspender durch kleine

Hochwäldchen, die intensiv nach Fichten und Mammuts rochen. Sie gingen leise, denn obwohl sie auf den Spuren ihres Totems wanderten und keine Gefahr von ihm erwarteten, konnten sie nicht die Reaktionen seiner Artgenossen vorhersehen. Dies war das Revier der Mammuts, und als Fremde sollten sie sich hier respektvoll verhalten. Also hielten sie sich auf Distanz, wenn Sommermond und Demmi begeistert auf die Mammutbabys zeigten, die gemeinsam mit ihren großen zottigen Müttern, Tanten und Großmüttern durch die Wäldchen streiften, während junge Bullen paarweise grasten und die Weibchen aus der Ferne bewachten.

Der Stamm stieg ohne große Mühe durch die breite, sonnige Schlucht hinunter, wo es keine Spuren des Gletschers mehr gab. Fichten und schlanke Harthölzer, die allmählich grün wurden, spendeten ihnen Schatten. Noch nie in ihrem Leben hatten sie so hohe Bäume gesehen.

Dann kamen sie nur noch langsam voran, weil das Unterholz immer dichter wurde und sie sich vor eventuellen verborgenen Gefahren in acht nehmen mußten. Sogar der Hund war eingeschüchtert.

»Soviel Unterholz und so viele Bäume!« flüsterte Wallah, als sie stehenblieb und sich gedankenverloren die Hüfte rieb.

Grek ging gebückt, als wenn die Schatten der Bäume ihn niederdrücken würden, und trieb seine Frau zum Weitergehen an. Er mochte diesen Wald nicht. Ein Mann war in großer Gefahr, wenn er zwischen Bäumen ging, die über seinen Bauch hinausragten, und das Unterholz höher als seine Knie wuchs.

Grek rieb sich das Kinn, als er sich umsah. Obwohl diese Bäume doppelt so groß waren wie er, konnte er keine unmittelbare Gefahr darin erkennen. Sie standen weit auseinander und lagen in vollem Sonnenschein. Als er seinen Kopf hob, um die Gerüche der Schlucht einzuatmen, roch er nur den angenehmen Duft nach warmen Felsen, nach klarem, kühlem Schmelzwasser und den vielen Pflanzen, die im Schatten wuchsen. Er roch den harzigen Duft der Fichtennadeln und die schwellenden Blätter der Harthölzer. Ab und zu lag auch der strenge Geruch nach Mammut in der Luft und nach säuerlichen Fäkalien, die von Nagetieren, Füchsen, Dachsen und Luchsen hinterlassen worden waren. Irgendwo tief im Gebüsch mußte auch ein Elch sein, der an einem Teich graste, eine Kuh mit Jungen. Grek roch einen Euter und Milch, die an der Schnauze eines Kalbes in der Sonne trocknete.

Fleisch, dachte er und blieb erneut stehen, um die Luft zu prüfen.

Sie hatten die Schlucht verlassen. Die bewaldeten Hügel lagen hinter ihnen und das wunderbare Tal direkt vor ihnen. Jetzt konnten sie die Herde wieder hören und riechen. Und zum erstenmal sahen sie sie auch.

Karibus! Ein scheinbar unendlicher Strom aus Fell, Hufen und Geweihen! Es waren so viele Karibus, daß ständig eine Wolke über der Herde schwebte, die sich aus dem kondensierten Atem Tausender und Abertausender von Karibus zusammensetzte. Noch nie während der Geschichte der Welt waren so viele Tiere einer Art gemeinsam unter dem Himmel dahingezogen. Sie kamen aus dem Gesicht der aufgehenden Sonne, aus einem unbekannten Land fern im Osten, und zogen sich bis in die hohen, noch eisbedeckten Pässe der westlichen Gebirgszüge hinauf, während sie das Tal im Südosten streiften.

Torka und sein kleiner Stamm standen in atemlosem Schweigen da. Nicht einmal in ihren kühnsten Träumen hatten sie zu hoffen gewagt, daß das Mammut sie zu solch einer Herde führen würde.

»Dies ist wirklich ein wunderbares Tal, genauso wie es mein Mann, der Zauberer, versprochen hat!« sagte Mahnie, die dicht neben Karana stand und ihn voller Liebe ansah. Sie bemerkte nicht Sommermonds neidischen Blick, die dem Zauberer in diesen Tagen wie ein Schatten gefolgt war.

Karana selbst achtete weder auf das Kind noch auf Mahnie. Er ging ein paar Schritte weiter, um diese Welt aus Licht und Schönheit zu überschauen. Doch tief in seinem Innern erhob sich flüsternd der Geisterwind...

Verlaß diesen Ort! Hier lauert eine große Gefahr! Geh zurück, der untergehenden Sonne entgegen, bevor es zu spät ist... bevor sich Navahks Prophezeihung für euch alle erfüllt!

Karana zuckte bei dieser Warnung zusammen. Das war es

nicht, was er hatte hören wollen! Nicht jetzt, wo endlich das wunderbare Tal vor ihnen lag! Hier war der wirkliche Ort, nicht die Lüge oder der hoffnungsvolle Traum, sondern die Wirklichkeit, die in jeder Einzelheit bestätigte, was er dem Stamm erzählt hatte. Seine Worte hatten dem Stamm die Entschlossenheit und den Mut verliehen, den Weg zu diesem Land zu finden.

Ein dicker Kloß steckte ihm im Hals. Also besaß er doch die Gabe des Sehens! Vielleicht hatte er sie niemals verloren. Vielleicht waren nur sein mangelndes Vertrauen in seine Zauberkräfte, seine Schuldgefühle und seine Unentschlossenheit dafür verantwortlich, daß seine Sicht getrübt war. So mußte es sein.

Geh zurück! warnte ihn der Geisterwind. *Kehr sofort um, bevor es zu spät ist!*

»Lebensspender, der große Mammutgeist, hat meinen Stamm in dieses gute Land geführt. Noch nie hat uns unser Totem in die Irre geführt!« verkündete er laut und in rechtfertigendem Ton, während er die Arme über der Brust verschränkte.

»Und was sieht unser Zauberer für seinen Stamm in diesem wunderbaren Tal?« fragte Torka, als er neben ihn trat.

»Viele Dinge«, wich Karana aus.

»Und einige davon machen dir Sorgen?«

Karana fühlte sich ertappt. Torka hatte ihm schon immer ins Herz sehen können — außer an einem Tag vor langer Zeit, als der Jäger zu verletzt gewesen war, um die Täuschungen und Lügen zu erkennen, die sein Sohn verbreitet hatte.

»Da ist etwas, das dir Sorgen macht«, stellte Torka fest. »Schon seit wir Cheanahs Lager im Land des Vielen Fleisches verließen.«

Ihre Blicke trafen sich, bis Karana die Augen abwandte, damit Torka ihm nicht in die Seele sah und das erkannte, was er ihm niemals zeigen durfte, daß er nämlich ein Betrüger, ein Lügner und jemand war, der die Menschen für seine Zwecke manipulierte. Aber Karana wollte ihn jetzt nicht anlügen, wo sie am Beginn einer neuen Welt und eines neuen Lebens standen.

»Vielleicht ist dieses Tal nicht so wunderbar, wie es scheint«, antwortete er ausweichend.

»Nichts in dieser Welt ist so, wie es scheint«, erwiderte Torka. »Aber die Ahnen haben immer gesagt, daß ein Zauberer die Welt deutlicher als andere sieht. Ich dachte, du könntest mir vielleicht mehr sagen als das, was ich selbst sehe.«

Karana schüttelte den Kopf und behielt seine Antwort für sich: *Nein. Wir wissen viel weniger, weil wir zuerst durch den Nebel sehen müssen, den der Geisterwind vor unsere Augen treibt. Außerdem versucht er uns ständig in die Irre zu führen, zu verwirren und unsere Gaben fortzunehmen.*

»Es ist kein Wunder, daß wir den Zug dieser Tiere schon gehört haben, als wir noch so weit entfernt waren!« flüsterte Iana ehrfürchtig.

»So viele Tiere! So viel Fleisch!« seufzte Wallah gierig.

So viele Tiere! Ihre Worten hallten noch eine Weile in Torkas Gedanken nach. Karana war wieder einmal ausgewichen, aber trotzdem war es ein glücklicher Augenblick. Endlich waren die, die ihm gefolgt waren, belohnt worden. So konnte er sich einen Moment lang entspannen, und sich auf die Jagdzüge und Festmahle freuen.

Wie jedesmal, wenn er über den Anblick der großen Herden staunte, wurde Torka wieder von Fragen gequält, die ihn seit seiner Kindheit verfolgten: *Wie kann es so viele Tiere geben? Woher kommen sie? Wohin gehen sie?*

»Torka? Wir werden uns doch auf die Jagd vorbereiten, oder?«

Greks Frage beendete seine Grübeleien, und Torka nickte. Dies war nicht die Zeit für tiefschürfende Fragen. Dies war die Zeit für die Jagd – endlich!

Sie entluden ihre Rückentragen, errichteten provisorische Zelte, um sich vor unerwarteten Wetterveränderungen zu schützen, und bereiteten sich schnell auf die Jagd und das anschließende Schlachten vor.

»So viele Karibus ... und so wenige Jäger«, klagte Simu, der seinen Jagdumhang übergelegt hatte und zur Herde hinübersah.

»Es ist traurig, daß dieser Stamm weniger Speerarme hat als dieser Jäger Finger an einer Hand. Denkt nur, welche Fleischvorräte wir anlegen könnten, wenn wir mehr Männer hätten!«

»Dann zähle die Finger beider Hände!« sagte Torka und rief seine Frauen und Töchter herbei.

»Frauen gehen nicht gemeinsam mit Männern auf die Jagd!« protestierte Simu schockiert.

Torka bedachten den jungen Mann mit einem abschätzenden Blick. »Da ich weiß, daß es die Sitten unserer Vorfahren beleidigen würde, schlage ich nicht vor, daß unsere Frauen Speere nehmen und auf die Jagd gehen. Aber ich habe eine Idee, wie wir mit ihrer Beteiligung unsere Beute vervielfachen könnten.«

»Wir haben unsere Speerwerfer«, gab Grek zu bedenken. Ihm gefiel offensichtlich die Idee nicht, Frauen an der Jagd zu beteiligen. »Mit Speerwerfern können vier Männer das erreichen, was acht Männer eines anderen Stammes nur mit Mühe schaffen würden!« sagte er und schulterte das Jagdwerkzeug, das Torka vor langer Zeit im fernen Land erfunden hatte.

Es war ein länglicher Schaft aus im Feuer gehärtetem Knochen, der etwa die Länge eines Unterarms hatte. Auf den ersten Blick schien der Speerwerfer nicht mehr als ein Knochen mit einem Haken am einen Ende und einem mit Sehne umwickelten Griff zu sein. Doch wenn man einen Speer mit dem stumpfen Ende gegen die hakenförmige Halterung legte, verlängerte er die Hebelwirkung während des Speerwurfs, so daß ein Mann damit die Geschwindigkeit, Reichweite und Kraft eines Wurfs verdoppeln konnte.

Torka beobachtete Simu, der seinen eigenen Speerwerfer in der Hand wog. Das Gerät war für den jungen Jäger noch neu, und Torka wußte, daß er damit noch nicht so geschickt umgehen konnte, wie er es gerne würde.

»Das ist nicht so gut wie noch einen starken Jäger neben mir zu haben«, brummte Simu.

Grek, der fast jeder Situation noch eine humorvolle Seite abgewinnen konnte, erwiderte: »Aber es ist besser und zuverlässiger als jene sogenannten Jäger, die Cheanah folgen, der ständig steif wie ein Knochen ist und immer nur ja zu seiner Mutter sagt!«

Simu grinste. »Wäre es nicht gut, das Gesicht jenes Mannes zu sehen, wenn er einen Blick auf dieses gute und schöne Tal und die vielen Tiere werfen könnte, die nur darauf warten, vor den Speeren der Jäger dieses Stammes zu sterben?«

Grek lachte schallend. »Das wäre wirklich gut! So gut, daß ich fast zurückgehen möchte, um es zu sehen!«

Torka freute sich über die harmlosen Scherze seiner Männer, und sah, wie die Frauen erröteten und kicherten. Dann zog der Häuptling seinen Stamm ins Vertrauen. »Wir werden unsere Speerwerfer benutzen. Nur Männer werden Speere tragen. Aber was die Frauen betrifft, stelle ich mir das so vor...«

In ihren Jagdumhängen aus Karibufell, die sie aus dem fernen Land mitgebracht hatten, brachen die Jäger auf und ließen ihre Frauen und Kinder zurück. Sie gingen leise mit den Geweihen vor langer Zeit getöteter Tiere auf dem Kopf voran, während sie ihre Speere und Speerwerfer bereithielten. Kein Wort wurde gesprochen und nicht einmal geflüstert. Als sie in die Nähe der Herde kamen, hielten die Männer an, um Kot ihrer Beute zu sammeln und sich damit einzureiben, damit die Tiere ihren menschlichen Geruch nicht bemerkten.

Dann schlichen sich die Jäger wie Wölfe geräuschlos an die Karibus heran. Erst als die Tiere das Schwirren der Speere hörten, wußten sie, daß sie in Todesgefahr waren.

Jetzt wurden die Jäger tatsächlich zu Wölfen. Gemeinsam mit dem Hund Aar versetzten sie die Herde absichtlich in Panik. Sie heulten und schrien und liefen hinter den aufgeschreckten Tieren her, die wie vor einem Feuer die Flucht ergriffen.

Der Jagdplatz war sorgfältig gewählt worden. Die weite, offene Steppe lag direkt zwischen der Herde und den westlichen Ausläufern des Gebirges und wurde von einem seichten, steinigen Bach durchschnitten. Das Gelände lag weit von Seen oder Sümpfen entfernt, in die die Karibus hätten flüchten und womöglich im Morast versinken können, ohne daß die Jäger ihre Beute und die wertvollen Speere wiedersahen.

Hier im Gras am Flußufer hatten sich die Frauen und Mädchen versteckt. Grek war zu ihrem Schutz bei ihnen geblieben, falls etwas Unvorhergesehenes geschah. Alle hatten sich die größten Felle, die sie tragen konnten, übergezogen. Als die Herde näherkam, standen sie unter ihren Fellen auf und schrien und heulten wie Wölfe und Wanawuts. Die Karibus gerieten noch mehr in Panik und flohen. Dann setzten der alte Grek und die Frauen ihnen nach und trieben die Karibus zurück vor die Speere der wartenden Jäger.

Sie hatten so viel Fleisch erlegt, daß Wallah weissagte, noch in vielen Generationen würden die Kinder des Stammes von dieser magischen ersten Jagd im wunderbaren Tal erzählen. Torka bestand jedoch darauf, daß sie nichts mit Zauber zu tun gehabt hatte.

»Es war einfach nur eine gute Idee, die funktioniert hat«, sagte er zu ihr. »Wenn du Zauber willst, wende dich an Karana!«

Aber in dieser Nacht, als Iana und die Mädchen in einem gesonderten Zelt schliefen und Torka und Lonit zusammen unter ihren Schlaffellen lagen, sagte Lonit zu ihrem Mann, daß er sich geirrt hatte.

»Was du heute getan hast, war Zauber! Nicht einmal Karana hat je einen größeren Zauber bewirkt. Heute haben auf Torkas Befehl die Männer und Frauen aus mehr als einem Stamm wie ein Stamm zusammengearbeitet, und zwar zum Wohl aller. Schon einmal während des Sturms hast du die anderen dazu gebracht, trotz ihrer Furcht zusammenzuarbeiten, um die Hütte zu errichten. Das ist wirklich ein großer und mächtiger Zauber.«

Lonit legte den kleinen Umak hinter ihrem Rücken zum Schlafen ab. Dann kuschelte sie sich gegen ihren Mann. Ihre nackte Haut war warm und bald heiß, als sie sich auf ihn legte. Während sie sich auf ihren Händen abstützte, ließ sie ihre Brüste über ihn gleiten und öffnete sich ihm, wobei sie ihn ansah. Dann beugte sie sich herab, um ihn zu küssen und ihm ihre Liebe in die Nasenlöcher zu atmen. Es erregte ihn so, daß er keuchte und sie zu sich herabzog. Wieder einmal vereinten sich Mann und Frau im Lager von Torka.

»Zauber...« hauchte Lonit, während sie sich streckte, um ihre Vereinigung zu verlängern. Als die Nacht Feuer fing und mit der Glut ihrer Vereinigung brannte, wußte Torka, daß sie recht gehabt hatte: Wenn Lonit in seinen Armen lag, war es Zauber.

5

Die Tage des endlosen Lichts ergossen sich über das Leben, während Torkas Stamm auf die Jagd ging und sich unter der niemals untergehenden Sonne versammelte. Die Tiere erwachten aus ihrem Winterschlaf und kamen aus ihren unterirdischen Höhlen hervor, das Gefieder der Schneehühner und Eulen und das Fell der Kaninchen veränderte sich von winterlichem Weiß in sommerliches Braun. Gänse, Schwäne, Enten und andere Zugvögel kamen aus dem Süden, um sich zu paaren und ihre Jungen an den eisfreien Seen und Teichen aufzuziehen, die das wunderbare Tal wie Perlen durchzogen.

Im Lager von Torkas Stamm waren die Vorratsgruben gefüllt, und die Trockenrahmen beugten sich unter der Last des Fleisches. Müde Jäger hatten neue Geschichten von Wagemut und Abenteuern zu erzählen, wenn es Zeit war, von der Jagd auszuruhen und mit ihren Frauen und Kindern zusammenzusitzen. Während die Männer jagten und das Tal erkundeten, sangen und lachten die Frauen und Mädchen bei der Arbeit des Schlachtens und Häutens der Karibus, Pferde und Elche. Wallah wußte, daß Grek sich immer noch nach einem saftigen Steak aus dem Buckel eines Bisons sehnte, aber sie zweifelte nicht daran, daß sein Bedürfnis früher oder später befriedigt werden würde, denn es schien, als ob im wunderbaren Tal jeder Wunsch irgendwann in Erfüllung ging.

»Zauberer?« rief Demmis sanfte Stimme im warmen Wind.
Karana fuhr überrascht hoch, denn er hatte sich ein Stück

vom Lager entfernt auf ein mit Flechten gefülltes Bisonfellkissen gesetzt. Aar saß an seiner Seite, während er damit beschäftigt war, eine neue Speerspitze an seinen bevorzugten Knochenschaft anzubringen. Seine Stirn legte sich in Falten. Was machte sie hier? Es war doch die hübsche Sommermond, die jeden seiner Schritte voller Bewunderung verfolgte.

»Warum hat die zweite Tochter von Torka allein das Lager verlassen?« fragte er mit absichtlichem Tadel.

Demmi ließ den Kopf hängen. Als der Hund sie freudig anstupste, schlang sie ihre Arme um seinen Hals, damit er sie nicht umwarf.

Karana rief den Hund zurück. Aar gehorchte und hockte sich mit seinem Schwanz und einer knochigen Hinterbacke auf den rechten Schenkel des Zauberers.

Demmi folgte ihm und setzte sich auf sein linkes Bein wie ein kleiner Vogel, der sich in sein sicheres und gemütliches Nest kuschelte. »Wo ist Langsporn, Zauberer? Du hast gesagt, wir würden ihn in diesem Tal finden. Aber Demmi hat überall gesucht und ihn nirgendwo gefunden.«

Karana verspürte einen Stich, als er sich an den winzigen Vogel erinnerte, den er unbeabsichtigt in seiner Faust zerquetscht hatte.

»Überall in diesem guten Land sind Langsporne«, sagte er zu dem Kind.

Der junge Mann war überrascht über seine Reaktion auf ihre Nähe. Es lag etwas Beruhigendes in dem leichten Gewicht und der Wärme des ernsten kleinen Mädchens. Er sah den vertrauensvollen Blick in ihren Augen und wußte, daß es nur eine Möglichkeit gab, ihre Erwartungen zu erfüllen. Er beendete seine Arbeit an der Sehnenumwickelung der Speerspitze. »Komm!« Während er den Speer aufrecht in einer Hand hielt, nahm er sie in seinen schlanken, aber kräftigen Arm und stand auf. »Zusammen werden wir Langsporn finden.«

Begeistert nahm sie seine Hand, als er sie wieder absetzte und dem Hund befahl zurückzubleiben. Aar winselte enttäuscht und legte sich mit dem Kopf auf den Pfoten hin. Das Mädchen ging eine Weile neben dem Zauberer her, bis Karana sie zu ihrer offensichtlichen Freude wieder auf den Arm nahm.

»Zusammen kommen wir viel schneller voran, Schwester«, sagte er. Zu seiner Verblüffung beugte sich das Mädchen mit dem ernsten Gesicht zu ihm herunter und küßte ihn auf die Wange.

Schwester! Zum erstenmal seit Tagen mußte Karana lächeln. Es war ein gutes Gefühl, sie als seine Schwester anzusehen. Denn das war sie, nicht aufgrund von Blutsverwandtschaft, sondern durch ein viel tieferes Band, als der Zufall der Geburt es knüpfen konnte. Das Ding – das Kind von Navahk und der Bestie – war weit weg in einer anderen Welt und gehörte nicht mehr zu ihm, solange er nicht zurückkehrte und nach ihm suchte. Aber das würde er niemals tun.

Eine plötzliche, wundervolle Begeisterung überkam ihn, als er zum erstenmal das Gefühl hatte, Kontrolle über seinen wirklichen Vater zu haben. Navahk konnte nicht in einer Tochter wiedergeboren werden, also stellte das halbmenschliche Junge keine Bedrohung für ihn dar. Das einzige Stück, das von dem bösen Mann noch übrig war, war das Wesen, das weit weg in den Armen einer Bestie lag, und das, was in Karana weiterlebte und was er niemals weitergeben würde, wenn er nicht mit Mahnie schlief.

Und so trug er seine kleine Schwester Demmi mit leichten, fröhlichen Schritten zu einem breiten Streifen Tundra, wo sie sich flach auf den Boden legten und durch das Gras spähten. Das Kind sah nur ein ziemlich ödes Land mit Flechten und Moosen, bis Karana flüsterte: »Schau, meine kleine Schwester! Horch und sei ganz still!«

Demmi biß sich auf die Oberlippe, hielt den Atem an und lauschte angestrengt. Dann begann sie allmählich zu lächeln. Ihre Ohren nahmen jetzt die leisen Geräusche der Insekten wahr und das schnelle, melodische Tjuu-tjuu und das hohe pfeifende Tick-tick-tick der Langsporne.

Mit der Zeit bemerkte Karana den gleichmäßigen, kontrollierten Atem des Kindes. Er war so leicht, daß sie sich an seiner Seite kaum bewegte. Von ihr kam kein Geräusch, denn sie hielt sich die Hand vor den Mund, damit ihr Atem sie nicht verriet. Er hob eine Augenbraue. *Dieses Kind ist weiblich, aber es hat die Instinkte eines Jägers.*

So langsam, daß nicht einmal der Zauberer auf die Bewegung aufmerksam wurde, bis Demmis Finger direkt vor seiner Nase war, zeigte das Mädchen auf etwas. Ein ganz leichtes Zittern der Freude schüttelte sie, als sie endlich sah, wonach sie gesucht hatten: Hunderte von kleinen grauen Vögeln, die auf ebenso kleinen grauen Nestern saßen.

Er nickte. »Komm jetzt!« flüsterte er. Gleichzeitig standen sie auf und gingen durch einen Schwarm aufgescheuchter, zwitschernder Langsporne hindurch. Karana ging vor einer Mulde in die Knie, die kaum größer als seine Handfläche war. »Schau!«

Das Kind kniete sich hin und und bestaunte das winzige, von Federn gesäumte Nest, in dem ein halbes Dutzend blasser, flechtengrüner Eier lag. Sie riß ihre Augen vor Begeisterung auf.

»Für Demmi?«

»Nur für Demmi. Deine Mutter hat mir gesagt, daß Demmi Eier ganz besonders mag.«

Ihr rundliches Gesicht verzog sich entrüstet, als sie den Zauberer mit Augen ansah, die genauso schmal und schräg gestellt waren wie Torkas. »Demmi wird nicht Langsporns Babys essen!«

»Hier gibt es Tausende von Eiern. Langsporn wird schon nichts dagegen haben.«

»Hat er es dir gesagt?«

»Er ... hat es mir gesagt.«

»Hat er auch Langsporns Frau gefragt, ob Demmi ihre Kinder essen kann?«

»Es sind Eier, meine Kleine, keine Kinder.«

Also hockten sie sich hin und aßen Eier aus verschiedenen Nestern. Sie waren köstlich und glitschig auf der Zunge. Als der Zauberer zusah, wie das Mädchen glücklich die Eierschalen aussaugte, war er mit einer Wärme und Zufriedenheit erfüllt, die er schon seit viel zu vielen Monden nicht mehr verspürt hatte.

Es gab doch Zauber in der Welt, dachte er. Den zarten Zauber des Vertrauens zwischen einer kleinen Schwester und ihrem größeren Bruder. Er hatte sich entschieden, niemals ein eigenes

Kind zu haben, doch dafür hatte er Demmis Liebe, und das war mehr als genug für ihn.

Plötzlich verzog Demmi das Gesicht und spuckte einen winzigen Schnabel und einen Krallenfuß aus. »Baby!« kreischte sie und sprang auf. Sie zitterte und wand ihre Hände vor Schrecken, daß sie eins von Langsporns Kindern gegessen hatte.

Karana wußte nicht, wie er das Kind beruhigen konnte. Warum war sie so entsetzt? In ihrem kurzen Leben mußte sie schon Dutzende halbausgebrüteter Eier gegessen haben. »Es ist alles in Ordnung!« sagte er beruhigend zu ihr. »Langsporn hat mir gesagt, das es in Ordnung ist. Würde der Zauberer seiner Schwester etwa die Unwahrheit sagen?«

Sie starrte ihn mit bebendem Kinn an. »Kein Zauber!« beschuldigte sie ihn, drehte sich um und stapfte ins Lager zurück.

Karana folgte ihr, aber weder er noch Demmi sprachen ein Wort, als sie das Lager erreicht hatten. In den nächsten Tagen weigerte sich das Kind, die verschiedenen Eier zu essen, die der Stamm im Gras und in den Sümpfen gesammelt hatten. Nur er verstand sie. Er fragte nicht danach, damit sie ihn nicht in aller Öffentlichkeit einen Lügner nannte.

6

Der Sommer ging allmählich in den Herbst über. Unter dem wiedergekehrten Nachthimmel sahen die Menschen auf und hielten nach dem neuen Stern Ausschau, der zu Umaks Geburt am Himmel erschienen war.

Er war jetzt ein kräftiges Baby und krabbelte eifrig im Lager umher. Wallah prophezeite, daß er noch vor dem Ende der langen Dunkelzeit fast so gut laufen und sprechen konnte wie Dak, der Sohn von Eneela und Simu.

»Dak ist viel älter«, gab Eneela zu bedenken. Sie war entrüstet, weil die ausgezeichnete Entwicklung ihres Jungen in

Gefahr stand, von einem anderen Kind übertroffen zu werden.

»Sie werden wie Brüder sein«, ereiferte sich Lonit. Obwohl sie immer noch unter dem Verlust ihres geliebten zweiten Sohnes litt, zwang sie sich zu einem Lächeln. »Sie werden zusammen in diesem wunderbaren Tal aufwachsen!« sagte sie zu Eneela.

Jeden Tag fütterten Lonit und Eneela gemeinsam ihre Söhne. Als Umaks scharfkantige, kleine Zähne wuchsen, erschrak Lonit unwillkürlich, da sie sie mit den Zähnen Navahks verglich. Doch dann versicherte Eneela ihr, daß ihr eigener Sohn die gleichen Milchzähne gehabt hatte.

»Dak hat mich mehr als ein paarmal gebissen, bis meine Haut dagegen abgehärtet war!« erinnerte sie sich. »Viele Babys haben solche Zähne — besonders Jungen. Es sind kleine Löwen! Vielleicht brauchen sie ein bißchen Blut in der Milch, damit sie stark werden!«

Einen Augenblick knurrte der weiße Löwe in Lonits Erinnerungen, aber Eneela sprach unbekümmert und voller Stolz auf ihren Sohn weiter. Obwohl sie ihre Schwester Bili vermißte, war Eneela eine gute Freundin, die es immer wieder schaffte, Lonits Stimmung zu verbessern.

Am Ende jeden Tages nahm Lonit Umak in die Arme, hielt ihn hoch und zeigte ihm den neuen Stern, der zur Zeit seiner Geburt ein so gutes Zeichen gewesen war. Er gluckste und ahmte ihre Worte und Gesten nach. Abend für Abend, wenn Torka mit den Männern seines Stammes über die Jagd des Tages sprach, saßen Mutter und Sohn mit Demmi und Sommermond vor ihrer Erdhütte und warteten darauf, daß »Umaks Stern« sichtbar wurde. Doch als die Nächte länger wurden, brannten nur die alten, vertrauten Feuer in der schwarzen Haut des Himmels.

»Ist der Stern unseres Bruders für immer verschwunden?« fragte Demmi.

»Wir werden unseren Zauberer fragen«, schlug Lonit vor.

»Nicht ihn fragen! Mutter weiß besser als der Zauberer, was mit Umaks Stern ist.«

»Dieses Mädchen wird ihn fragen!« bot sich Sommermond an.

»Nein! Du sollst auch nicht fragen! Niemand soll den Zauberer wegen irgendwas fragen!« gab Demmi zurück.

Lonit entging nicht, daß Karana aus ihr unbekannten Gründen die Gunst ihrer kleinen Tochter verloren hatte. Doch als die Nächte immer länger wurden und der neue Stern immer noch nicht wiedererschienen war, beschloß Lonit, heimlich Trost in den Worten eines Sehers zu suchen.

»Was hat die Abwesenheit des neuen Sterns zu bedeuten?« fragte sie den Zauberer, als er allein vor seiner Erdhütte saß.

Er hatte sich in den letzten Tagen in sich zurückgezogen und war ständig traurig. Dadurch wirkte er plötzlich älter. Sie hatte ihn bislang nur als Jungen gekannt, aber das jungenhafte Aussehen, das er sich bis in seine Mannesjahre erhalten hatte, war jetzt verschwunden. Auch Mahnie hatte seit einigen Tagen unglücklich ausgesehen.

Karanas Gesicht war jetzt das eines Mannes, und da er schon immer seinem Vater sehr ähnlich gesehen hatte, sah er in dieser Nacht, als seine hübschen Züge im Sternenlicht schimmerten, genauso aus wie der Mann, den sie am liebsten vergessen wollte, es aber nicht konnte: Navahk, dessen äußerliche Schönheit genauso überwältigend war wie die Häßlichkeit seiner Seele. Sie hätte beinahe den Namen des verhaßten Mannes laut ausgesprochen.

»Vielleicht war der neue Stern nur ein Zeichen für eine ganz bestimmte Zeit . . .« sagte Karana dann und starrte zum Himmel hinauf, ohne Lonits plötzlich verbissenen Gesichtsausdruck zu bemerken. »Der neue Stern«, fuhr er nachdenklich fort, »war ein Zeichen, natürlich, ein Zeichen von den Mächten der Schöpfung, daß die Geburt von Umak, dem Sohn von Torka und Lonit, gut war. Aber nachdem das Zeichen gegeben war, gab es für den Stern keinen Grund noch einmal wiederzukommen.«

Obwohl sie das unbestimmte Gefühl hatte, daß er sich irgendwie rechtfertigen wollte, beruhigte ihn seine Antwort. Zumindest hatte er ihr die Sorge genommen. Außerdem war sie so irritiert über die Züge seines Vaters auf seinem Gesicht, daß sie ihn schnellstmöglich wieder verlassen wollte.

Als sie Karana später aus dem Windschatten ihrer Erdhütte beobachtete, schien die Ähnlichkeit zu Navahk nicht mehr so deutlich. Sie tadelte sich selbst, daß sie so heftig darauf reagiert hatte. War es nicht völlig natürlich, daß Karana ihm immer ähnlicher sah, wenn er langsam erwachsen wurde? Schließlich war er Navahks Sohn. Aber er war auch ihr Bruder im Herzen, und sie würde sich niemals von ihm abwenden, nur weil er das Pech hatte, jenem ähnlich zu sehen, den er selbst noch tiefer verabscheute als sie.

Überall auf der Steppe wechselten die Tiere ihr Sommerbraun wieder zum Winterweiß. Mannshohe Stengel Feuerkraut trockneten in der kalten, trockenen Luft und überzogen das Land mit dem roten Schimmer ihrer verwelkenden Blüten und reifenden Samen. Ein leichter Schnee fiel, wurde aber vom Wind davongeweht, bevor er liegenbleiben konnte.

Die Tage waren immer noch lang. Die Frauen zogen mit ihren Grabkrallen und Stöcken los, um fleischige Knollen und faserige, aber süße Wurzeln auszugraben. Die Preiselbeeren in den Hügeln waren jetzt reif, und obwohl das Beerenpflücken Frauenarbeit war, halfen sogar die Männer dabei. Alle aßen sich satt außer Demmi, die bei ihrem sauren Geschmack den Mund verzog. Sie half ihnen dabei, Felle auszubreiten, damit sie im schwindenden Sonnenlicht trockneten.

Es regnete mehrere Male. Der Himmel wurde schwarz vor Wolken und klarte sich dann wieder auf. Große Keile wandernder Zugvögel zeigten nach Südosten ins Gesicht der aufgehenden Sonne.

»Wohin ziehen sie?« fragte Lonit Torka, als sie ein Paar schwarzer Schwäne beobachtete, die sich gemeinsam von der Erde erhoben und in die Dämmerung davonflogen.

Er lächelte sie zärtlich an, als er die Frage hörte, die er sich selbst schon so oft gestellt hatte. »Zu einem weit entfernten Ort, wo die Sonne vielleicht niemals untergeht und die Welt niemals kalt wird.«

Grek war in Hörweite und sah von dem Knochenstab auf, den er in einem Feuer härtete, das er nur zu diesem Zweck entfacht hatte. Rauch und Dampf stiegen auf. Er starrte durch den Nebel auf seinen Häuptling und seine Frau, als Wallah aus ihrer Erdhütte kam und neben ihn trat. »Wir könnten ihnen dorthin folgen«, schlug er vor. »Und wenn die Zeit der langen Dunkelheit vorbei ist, ziehen wir mit den Vögeln zurück in unser wunderbares Tal, in das Gesicht der untergehenden Sonne.«

»Mit meiner schlechten Hüfte hoffe ich doch sehr, daß wir wie sie fliegen«, gab Wallah mürrisch zurück.

»Rastlos wie immer, mein alter Freund?« spöttelte Torka, ohne auf Wallahs untypische Mißstimmung einzugehen. »Immer der Nomade, Grek, selbst in so guten Jagdgründen wie diesen?«

Grek knirschte mit den Zähnen und sah sich um. »Es ist ein guter Ort, dieses Tal«, räumte er ein. »Ein gutes Lager. Wenn der Winter nicht ewig dauert, sind wir hier gut aufgehoben.«

Und das waren sie — in diesem und in den nächsten beiden Wintern.

Doch nach der roten Dämmerung ihres vierten Herbstes im wunderbaren Tal, sollten noch viele Monde auf- und wieder untergehen, bis es für Torka wieder etwas Wunderbares gab.

7

Der große Kurzschnauzenbär kam wie jeder wahre Schrecken in der Nacht, denn die Dunkelheit ist der Begleiter der Angst, die alle Dinge, vor denen sich die Menschen fürchten, viel größer und gefährlicher macht. Doch dieses Tier war bereits so riesig, daß die Nacht es kaum noch größer oder gefährlicher machen konnte. Auf allen vieren erreichten seine fetten Schultern mit dem dicken Pelz eine Höhe von mehr als eineinhalb Meter. Als er sich jetzt auf den Hinterbeinen aufrichtete und in die Nacht hinaussah, war er über dreieinhalb Meter groß. Durch seinen Umfang, seine Größe und sein Gewicht war er eins der größten Säugetiere, das jemals auf der Erde existiert hatte. Er besaß nicht wie sein Verwandter, der Grizzlybär, einen Fettbuckel, war jedoch fast ein Drittel größer und schlanker, wodurch er wesentlich flinker war. Sein merkwürdig gestauchtes Gesicht war nicht das eines Allesfressers. Der große Kurzschnauzenbär der Eiszeit ernährte sich ausschließlich von Fleisch — ob frisch getötet oder Aas.

Und jetzt sog seine breite Nase den Geruch der Vorratsgruben und den des Fleisches und der Felle ein, die im Lager von Torkas Stamm trockneten und verstaut waren. Während ihm freudig das Wasser im Mund zusammenlief, näherte er sich.

Langsam, noch lange bevor sie die Anwesenheit des großen Bären hörten oder rochen, begannen die Menschen in Torkas Lager sich unruhig im Schlaf zu wälzen. Bald lagen alle in ihren einzelnen Familienhütten wach und still da. Irgend etwas machte sich an den Vorratsgruben außerhalb des Lagers zu schaffen.

Rund um das Lager hatten sie Schlingen gelegt und Fallgruben ausgehoben, um Raubtiere fernzuhalten. Seit vier Jahren hatte kein Tier diese Sicherheitsvorrichtungen durchbrochen. Doch jetzt war in der Stille der Dunkelheit ein schnappendes Geräusch zu hören, das nach einem ausgelösten Fallstrick klang.

In seiner Hütte lauschte Torka und versuchte dem, was sich in der Dunkelheit bewegte, einen Namen zu geben. Er konnte es jetzt deutlich hören — die leisen Schritte, den noch leiseren Atem und sabberndes Kauen, das kaum lauter als das ständige Seufzen des Herbstwindes war. Es klang wie etwas Großes, aber in der Nacht konnten Nagetiere groß wie Wölfe und Wölfe groß wie Löwen klingen...

Aar, der neben Karanas Hütte schlief, bellte einmal, aber es klang, als wäre sich der Hund gar nicht sicher, ob es etwas gab, das er anbellen konnte. Da sein Menschenrudel mit ihm schimpfte, wenn er es grundlos aufweckte, hatte Aar schon vor längerer Zeit gelernt, daß er keinen falschen Alarm geben durfte. Doch dann begann der Hund laut und wild vor Angst und Wut zu bellen.

Torka zog seine Stiefel an, sprang auf, nahm seinen Speer in die eine und die Keule in die andere Hand und riß den Wetterschutz vor dem Eingang zur Seite. Hinter ihm fragte Umak, was los war, worauf Lonit und Iana dem Jungen bedeuteten, still zu sein, während sie selbst Torka warnten, sich in acht zu nehmen. Als ob er einen solchen Rat nötig hätte!

Das Herz des Jägers klopfte heftig, als er seine Frauen und Kinder mit einer Handbewegung zum Schweigen brachte. Er war so ruhig, daß er für einen Augenblick glaubte, überhaupt keine Angst zu haben. Aber er hatte Angst, denn vor langer Zeit hatte er eine Frau, einen jungen Sohn und einen Säugling an ein wütendes Mammut verloren.

Plötzlich brüllte der Eindringling in der mondlosen Nacht auf. Torka hörte eine Frau in Todesangst schreien. Es war Wallah! Dann das Fluchen eines Mannes. Grek!

Torka versuchte, seine Augen an die Dunkelheit anzupassen und sah den Bären im schimmernden Sternenlicht. Er war groß und fett, nachdem er sich während der endlosen Tage des Lichts vollgefressen hatte. Aber jetzt war er auch gereizt, nicht nur weil es Zeit für ihn war, sich zum Winterschlaf zurückzuziehen, sondern auch weil ihn ein aufgeregter Hund beim Fressen gestört hatte.

Dann hörte Torka den Schrei einer anderen Frau. Mahnie! Wo war Karana?

Torka blinzelte, dann sah er die Szene deutlich vor sich. Als der Bär sich umdrehte, erkannte er Karana und Simu, die nackt mit ihren Speeren herbeigekommen waren und das Monstrum anschrien, das über ihnen aufragte, während der Hund seine Beine anzugreifen versuchte. Zwei Speere steckten im Rücken des Bären, einer davon war offenbar nicht sehr tief in das Fett unter seinem Fell eingedrungen. Der andere hatte anscheinend Fleisch und Knochen verletzt, nach der Heftigkeit zu urteilen, mit der der Bär ihn mit seinen Tatzen herauszuziehen versuchte.

Torka hielt sich nicht länger auf, denn er konnte jetzt den Gestank des fleischfressenden Tieres riechen und spüren, wie sich seine gewaltige Masse in der Dunkelheit bewegte. Karana und Simu hatten bereits zwei weitere Speere geschleudert. Als sich das Nackenfell des Hundes sträubte, warf Torka seinen eigenen Speer, verfehlte den Bären jedoch, der plötzlich seine Vorderbeine auf den Boden stellte und mit Aar an seinen Fersen in die Nacht flüchtete.

Schockiert standen die drei Männer da, ohne ein Wort zu sprechen. Kurz darauf fielen sie sich vor Erleichterung in die Arme. Der Bär war fort! Sie hatten ihn vertrieben! Später fragten sie sich, wieviel Zeit vergangen war, bevor sie die Schreie der Frauen und Kinder und das Schluchzen des Mannes hörten, denn Wallah lag mit einer klaffenden Wunde da, die an ihrer Hüfte begann, wo eigentlich ihr rechtes Bein hätte sein sollen.

Torka wußte sofort, was getan werden mußte, um ihre Blutung zu stillen. »So wie das Fleisch von Tieren im Feuer hart wird, muß auch das Fleisch eines Menschen ausgebrannt werden«, sagte er.

Die Gesichter der anderen verdüsterten sich ungläubig und erschrocken.

»Angebranntes Fleisch blutet nicht mehr«, versicherte er. »Das habe ich von Umak, dem Herrn der Geister, gelernt, und dasselbe hat Karana von der Seherin und Heilerin Sondahr gelernt. Unser Zauberer ist sowohl von Umak als auch von den Heilern der Großen Versammlung unterrichtet worden. Für Wallah, die Mutter seiner Frau, wird Karana jetzt der Heiler dieses Stammes sein. Schnell!«

Er trat zur Seite, als sie an die Arbeit gingen. Während die Frauen Kompressen aus Fell auf die Wunde hielten, wurde ein Stein erhitzt und gegen die Fleischwunde gedrückt. Wallah wurde ohnmächtig, als der Schmerz begann. Sie erwachte, bevor er vorbei war. Aber die Frau von Grek schrie nicht ein einziges Mal auf.

Später an diesem Tag fanden die Jäger Wallahs Bein, aber sie wußten nicht recht, was sie damit anfangen sollten. Nach einer ergebnislosen Suche nach Bruder Hund kehrten sie ins Lager zurück. Der Stamm war froh, daß der Bär Wallahs Bein nicht gefressen hatte. Denn ansonsten wäre Wallah zu einem Dämon geworden, der dazu verdammt war, sich als Geist auf der Suche nach ihrem verlorenen Bein durch die Welt der Menschen zu schleppen. Sie brachten es an ihre Feuerstelle. Nachdem Mahnie es gesäubert hatte, starrte Grek es an und legte es neben seine Frau. Er forderte Karana auf, einen Gesang anzustimmen, als ob es sich dadurch mit Blut und Leben füllen und wieder an ihre Hüfte anwachsen würde.

Am zweiten Tag rieben die Frauen das abgetrennte Bein mit einer purpurroten Farbe aus getrockneten und wieder aufgeweichten Preiselbeeren ein. Sie hofften, daß sie dadurch den Blutfluß stimulieren könnten. Das Bein weigerte sich jedoch, sich wiederzubeleben und sich mit Wallahs Körper zu verbinden. Sie sprachen davon, es anzunähen, doch inzwischen hatte das Bein bereits begonnen zu verfaulen. Der Stamm sammelte Steine und begrub es in einer flachen Mulde außerhalb des Lagers. Sie schichteten die Steine darüber auf, um Raubtiere fernzuhalten, und alle kamen an dem kleinen Grab zusammen, um dem Geist von Wallahs Bein Ehre zu erweisen.

Am dritten Tag kam Bruder Hund zurück. Er war erschöpft und übel zugerichtet. Ihm fehlte fast das ganze linke Ohr.

Tagelang fiel Wallah vor Schmerzen und Fieber immer wieder stöhnend ins Delirium. Grek wachte an ihrer Seite, und Mahnie versorgte ihn und ihre Mutter. Karana versuchte, nicht an das Bein zu denken, das im Grab lag, als er seine Heilgesänge anstimmte, um Wallahs Qualen zu erleichtern. Gleichzeitig fragte er sich, wie eine einbeinige Frau in dieser erbarmungslosen Welt überleben sollte.

Allmählich wurden Wallahs Schmerzen geringer, nicht jedoch Torkas Furcht vor dem großen Bären. »Wenn er noch lebt, kommt er vielleicht zurück. Das ist seine Art«, warnte er.

Während Grek sich bereiterklärte, bei Wallah und den

Frauen zu bleiben, machten sich Torka, Simu und Karana auf die Suche nach dem Bären. Es war nicht sehr schwierig, denn das Tier hatte stark geblutet und war nach einigen Meilen immer öfter stehengeblieben, um schließlich seine Hinterbeine hinter sich her zu schleifen. Sie fanden ihn verendet im südöstlichen Seengebiet am Fuß einiger eisfreier, mit Höhlen gespickter Hügel. Sie zogen ihm die Haut ab, aber niemand hatte das Bedürfnis, von seinem Fleisch zu essen. Stumm entfernten sie ihre Speerspitzen aus dem Kadaver und nahmen das Fell und die Tatzen mit.

Es gab keine Feier seines Todes. Die Frauen waren nicht einmal an seinem Fell interessiert.

»Wer will in einem Fell schlafen, das einem Tier gehört hat, das von unserer Schwester gefressen hat?« fragte Lonit.

»Ich werde darin schlafen!« erklärte Wallah zur Überraschung aller. Ihr Gesicht war ungewöhnlich bleich und von den Stunden quälender Schmerzen ermattet, aber ihre Augen waren zum ersten Mal seit ihrer Amputation wieder voller Leben. »Wenn alles vorbei ist, denkt Wallah, daß es besser ist, eine einbeinige Frau zu sein als ein Bär ohne Fell!«

Und so wurde das Bärenfell für sie gestreckt, gereinigt und gegerbt.

Torka ging unterdessen unruhig im Lager auf und ab. Er wußte, daß er zum ersten Mal seit sehr langer Zeit einen Fehler gemacht hatte, und einen folgenschweren dazu. »Wir hätten viel vorsichtiger sein müssen«, gestand er. »Ich hätte viel vorsichtiger sein müssen!«

»Drei Winter sind eine zu lange Zeit, um sie in einem Lager zu verbringen.« Greks Stimme war so hart wie seine Augen, mit denen er Torka ansah. »Die Geister entziehen den Menschen ihre Gunst, die zu lange an einem Ort bleiben. Dieser Mann hat das schon vorher gesagt, und er sagt es jetzt noch einmal ... aber für Wallah ist es zu spät.«

»Sie lebt!« gab Karana zu bedenken. »Und da wir ihr Bein gefunden haben, wird sie ganz besonders in der Gunst der Mächte der Schöpfung stehen. Nicht viele Frauen können damit prahlen, daß sie im Dunkel der Nacht aus ihrer Erdhütte direkt in die Arme eines Bären gelaufen sind — und nun das Bärenfell für sich beanspruchen können!«

Greks Kopf fuhr herum. Aus der Härte in seinen Augen wurde Traurigkeit. »Die Geister geben mit der einen Hand und nehmen mit der anderen. Zauberer, erzähl du meiner Frau, daß sie begünstigt und nicht verdammt ist! Frag sie, was ihr lieber wäre, das Fell eines Bären oder ihr eigenes Bein!« Er seufzte und schloß die Augen, dann öffnete er sie wieder und bedachte Karana mit einem langen Blick. »Wie lange hat sie mit einer solchen Wunde noch zu leben? Wie lange? Du bist der Zauberer! Sag es mir! Die ganze Zeit kann sie vor Schmerzen kaum schlafen, und wenn sie endlich einschläft, wacht sie gleich wieder auf und sucht nach ihrem Bein. Sie sagt, daß sie es spüren kann. Ich muß nachsehen, ob ihre Zehen wackeln, aber da ist nichts. Nichts, was Wallahs Gewicht tragen könnte, wenn sie eines Tages vielleicht aufstehen und sich vor einem weiteren Bären oder Löwen in Sicherheit bringen muß!«

»Sie wird nie wieder davonlaufen müssen«, sagte Torka zu dem alten Jäger. »In den Hügeln über dem Kadaver des Bären habe ich Höhlen gesehen, gute, hohe und trockene Höhlen, die sich nach Süden öffnen. Wir könnten in einer von ihnen ein gutes Lager aufschlagen. Wallah hätte es dort bequem für den Rest ihrer Tage, während wir uns gegen jedes Raubtier verteidigen könnten, das uns anzugreifen versucht.«

»Menschen leben nicht wie Tiere in Höhlen!« protestierte Simu.

»Karana, Lonit und dieser Mann haben in Höhlen gelebt. Und wir sind keine Tiere«, entgegnete Torka.

Karana nickte. »Und als Zauberer sage ich euch, daß sowohl Grek als auch Torka die ganze Zeit über recht gehabt haben. Es ist nicht gut, wenn der Stamm zu lange in einem Lager bleibt. Und in diesem neuen Land muß sogar Simu neue Wege lernen!«

Eine Voraberkundung ergab, daß die Höhlen besser waren, als Torka angenommen hatte. Man mußte durch Fichtengestrüpp und Birken klettern, die entlang eines steilen Baches wuchsen, um sie zu erreichen. Es gab Wasser in der Nähe, und große Raubtiere wären keine Gefahr. Drei der Höhlen waren trocken, geräumig und hoch genug, daß ein Mann bequem darin stehen konnte. Zu Torkas unbeschreiblicher Freude wies die größte der drei die beste Südlage auf und hatte auch den ebensten Fußboden. Er kniete sich hin und strich mit dem Finger über den Boden. Es war nur eine dünne Staubschicht, und das war ein gutes Zeichen. Im Winter war das Innere offensichtlich vor Schnee, Staub und dem frostigen Wind geschützt.

Als er sich umsah, entdeckte er an den Wänden und der Decke keine Spur von Wasser, das irgendwo in die Höhle sickerte. Die Höhle war ganz anders als die, in der er vor langer Zeit gewohnt hatte. Damals hatte ein Gletscher über dem Hügelzug gelegen, dessen Feuchtigkeit in die Höhle drang, während durch die Eismassen an wärmeren Tagen Lawinen drohten, die ihnen allen den Tod bringen konnten. Torka stand zufrieden auf und wischte sich den Staub von den Fingern.

Simu und Karana hatten sich bereits umgesehen und standen im weiten Eingang unter dem Schatten eines überhängenden Felssimses. Der Ausblick war überwältigend. Unter ihnen breiteten sich die Seen und das Tal aus, während im Südosten die steilen, eisbedeckten Berge zu sehen waren.

»Es ist gut«, sagte Torka, als er zu den beiden trat.

»Es ist eine Höhle«, erwiderte Simu, der noch nicht ganz überzeugt war.

»Es ist unsere Höhle!« sagte Karana und begann ohne ein weiteres Wort mit dem Abstieg ins Tal, um Grek und den Frauen und Kindern zu erzählen, was sie gefunden hatten.

Weit entfernt im Westen war die Welt rot, golden und braun. Nachdem es von der Höhle des Wanawut herabgestiegen war, hielt das Menschenjunge an und sog tief die herbstliche Morgenluft ein und stieß vergnügte kurze Schreie aus. Etwas besonderes würde heute geschehen. Etwas Wunderbares!

Mutter blieb stehen und drehte sich um. Schwester folgte ihr gehorsam, wie sie es immer tat. Mutter starrte ihn an, während sich ihre Augenlider unter den schweren Brauen halb schlossen. Sie fletschte die Zähne, um ihm zu zeigen, daß ihr sein Verhalten mißfiel. Dann setzte sie ihren Weg den Berg hinunter in die große und schöne Welt fort.

Das Menschenjunge runzelte die Stirn, als seine Freude über den Anblick der Welt getrübt wurde. Er wünschte sich, daß er mehr wie Schwester war, die immer gehorchte und sich nie durch etwas ablenken ließ. Außerdem war Schwester größer, stärker und wuchs viel schneller. Schwester hatte Krallen und lange, scharfe Eckzähne, und sie hatte ein Fell, genauso wie Mutter, mit langen Büscheln seidengrauen Haars in einem dicken nebelfarbenen Pelz. Je älter Schwester wurde, desto ähnlicher wurde sie Mutter.

Der Junge seufzte. Es machte ihn traurig, weil er wußte, daß Mutter seine Fellosigkeit störte. Immer wenn sie ihn putzte, brummte sie besorgt und kniff ihm in die nackte Haut. Das strähnige dunkle Fell, das ihm auf dem Kopf wuchs, war immerhin schon sehr lang geworden. Es hing ihm jetzt bis auf die Schultern hinunter. Es war ein ungewöhnliches Fell, ganz anders als das von Mutter oder Schwester. Es erinnerte ihn an einen Pferdeschwanz.

Am Berg unter ihm drehte sich Mutter noch einmal um. Mit einem ärgerlichen Maunzen winkte sie ihm weiterzugehen. Er folgte, während er mit einer Hand an seinem Haar zupfte und mit der anderen an seinem Umhang aus Elchfell. Es war ein zerlumptes, übelriechendes und schlechtsitzendes Kleidungsstück. Mutter hatte es ihm erst vor kurzem gegeben, nachdem sie es von der Hinterkeule eines Elchs abgezogen hatte, die Löwen in einem Weidengebüsch versteckt hatten. Die Fellröhre war auf seinem Körper getrocknet. Jetzt war sie ihm an den Schultern und Hüften zu eng und um den Bauch viel zu weit.

Wenn er die Wahl gehabt hätte, wäre er im warmen, gelben Licht dieses goldenen Herbsttages lieber nackt gewesen. Der Wind strich sanft über seinen schlanken, gelenkigen, fast vier Jahre alten Körper. Aber er wußte, daß Mutter seine Nacktheit nicht erlauben würde, und er wollte nicht, daß Mutter auf ihn böse war. Nicht heute, wo sie ihn endlich in die Welt unten mitnahm.

Seit Monaten hatte Mutter ihre Jungen aus der Höhle geführt und ihnen beigebracht, zwischen den Felsen der Gipfel zu jagen. Aber noch nie hatten sie den Berg verlassen. Der Abstieg war viel steiler, als er sich vorgestellt hatte.

Heute würde er lernen, sich mit ihr anzupirschen und neben ihr loszurennen, wovon er schon so lange geträumt hatte, während er und Schwester in der Höhle bleiben mußten. Dort gab es so wenig Platz zum Rennen, wie die Löwen und Wölfe in der Welt unten rannten.

Mutter war jetzt ein ganzes Stück voraus und bewegte sich langsam und vorsichtig. Ihr Bein war steif, das mit dem langen, hellen Streifen bloßer Haut, der von ihrer Hüfte bis unter ihr Knie reichte. Ab und zu rieb sie sich im Gehen die Narbe. Das Menschenjunge dachte kaum darüber nach. Er kannte Mutter nicht anders als mit ihrem vernarbten Bein.

Er beeilte sich und lief bald neben Schwester. Sie suchte sich sehr vorsichtig und bedächtig ihren Weg. Während ihn neue Situationen faszinierten, jagten sie ihr immer einen Schrecken ein. Sie hatte schon die Ausflüge auf die Berggipfel nicht gemocht, und heute hatte Mutter sie anstoßen müssen, damit sie die Höhle verließ. Je älter sie wurden, desto weniger verstand er Schwester. Sie war so langsam auf den Beinen, wie er schnell war, und blieb ebenso bereitwillig zurück, wie er vorauslief. Er brummte sie an und wollte sie mit einer liebevollen Berührung ermuntern. Doch sie maunzte nur klagend.

Mutter drehte sich um und grunzte heftig. Schwester verstummte. Das Menschenjunge ging neben ihr und bückte sich, um sich mit den Handknöcheln abzustützen, obwohl ihm der aufrechte Gang leichter und natürlicher vorkam.

Der Abstieg wurde weniger steil, und bald überquerten sie das breite Schwemmland, das sich zum flußreichen Tal öffnete. Mit der Sonne auf dem Rücken und der Welt überall um ihn herum konnte der Junge die Freude nicht mehr zurückhalten, die in ihm explodieren wollte. Er begann zu laufen. Zum ersten Mal in seinem Leben rannte er, so schnell er konnte, aufrecht wie ein Menschenjunge, mit geradem Rücken und wirbelnden starken Beinen. Er warf seinen Kopf zurück und ließ sein langes schwarzes Haar im Wind flattern. Das Gefühl der Tundra unter seinen Füßen war genauso natürlich und angenehm wie das Gras, das wie Stengel aus warmem Sonnenlicht gegen seine Arme schlug. Er lief immer weiter, obwohl er Mutter hinter sich schreien hörte.

Vögel flatterten überall um ihn herum auf. Er lachte vor Freude und wedelte mit den Armen, als wollte er es ihnen nachtun. Als eine Antilopenherde aus ihrem Versteck im Gebüsch hervorbrach und vor ihm davonlief, rannte er schneller, um sie einzuholen.

Er kam jetzt in hohes Gras, lief aber nicht langsamer. Irgendwo vor ihm jaulten und bellten wilde Hunde. Mit erhobenen Armen antwortete er ihnen bellend und heulend, während er wild auf den Fluß zulief. Er brach durch das hohe Gras. Die Sonne stand hoch, und das Menschenjunge war ein Teil der Farben, Gerüche und Geräusche der Welt. Doch er ließ sich davon nicht überwältigen. In seinen Adern war der Geist von Tausenden Generationen von Nomaden der Tundra. Während er immer weiter rannte, schien es ihm, daß seine Seele mit der Erde und dem Himmel verschmelzen wollte.

Und dann blieb er plötzlich stehen. Wölfe standen zwischen ihm und dem Fluß. Er starrte sie an. Woher waren sie gekommen? Warum hatte er nicht gesehen, wie sie sich genähert hatten?

Wenn er die Sprache seiner Vorfahren beherrscht hätte, wäre ihm jetzt das Wort *leichtsinnig* in den Sinn gekommen. Er erinnerte sich an die Gefahren der Jagd auf den Berggipfeln und erkannte, daß es auch der Welt unten Gefahren gab.

Er hatte noch nie Wölfe aus der Nähe gesehen. Er war überrascht, wie groß, schlank und langbeinig sie waren. Ihr Fell war wie das Gras der Steppe, nachdem es geschneit hatte, und in ihren goldenen Augen war die Sonne. Es waren wachsame und hungrige Augen, die Augen von Raubtieren.

Sein Bauch knurrte. Auch er war hungrig. Auch er war oft ein Raubtier. Doch jetzt war er nur ein kleines, haarloses Menschenjunges, das das unbearbeitete Fell eines toten Elchs am Körper trug.

Die Wölfe rochen das getrocknete Blut und Fleisch auf dem

Elchfell. Der Leitwolf war ein großes Tier mit den Narben vieler Jagdzüge und Kämpfe mit seinen Artgenossen. Er trat einen Schritt vor.

Das Menschenjunge schluckte und tat dasselbe.

Der Wolf blieb stehen.

Das Menschenjunge ebenfalls.

Der Wolf senkte den Kopf.

Das Menschenjunge tat es ihm nach.

Der Wolf fletschte die Zähne.

Dem Menschenjungen würde übel. Der Wolf hatte hervorragende Zähne, aber seine eigenen waren schmal und flach und hatten Wolfszähnen nichts entgegenzusetzen. Eingeschüchtert trat er einen Schritt zurück.

Der Leitwolf hob den Kopf, als die Bestie plötzlich armeschwenkend durch das Gras stürmte. Die Wölfe drehten sich um und liefen davon.

Die Bestie verfolgte sie nicht weiter. Sie hielt kurz vor dem Menschenjungen an. Während ihr verirrtes Junges sich in ihren Schatten kauerte, schwang sie ihre kräftigen behaarten Arme und zeigte ihre Zähne, während sie vor Wut schrie und brüllte. Als sie schließlich auf ihn hinunterblickte, hätte er fast die Kontrolle über seine Blase verloren. Er hatte Mutter noch nie so wütend gesehen. Es war ein Anblick, den er niemals vergessen würde.

Mutters Zorn hatte jedoch schon an Intensität verloren. Er wußte, daß sie ihn liebte. Er war klein, kahl und von zweifelhaftem Nutzen als zukünftiger Jäger, aber dennoch war er ihr Junges. Als ihr linker Arm herunterfuhr, machte er sich und das Elchfell voll, aber Mutter schien es nichts auszumachen, als sich ihre kräftigen Finger um seinen Hintern klammerten und ihn hochhoben, um ihn in die Arme zu nehmen. Sie sah ihn lange streng an, ihre Augen waren vorwurfsvoll, aber auch erleichtert. Sie wandte sich Schwesters Versteck zu, klemmte sich den Menschenstein zwischen die Zähne und nahm ihr zweites Junges am Nacken hoch, ohne stehenzubleiben.

Bevor der Tag zu Ende ging, waren sie zurück in der Höhle. Mutter versetzte ihm einen heftigen Klaps, schickte ihn in sein

Nest und wollte ihn weder putzen noch in die Arme nehmen. Er kam vorsichtig näher und schlug Purzelbäume, aber sie ließ sich von seinen Späßen nicht erweichen, selbst als er sich vornüber beugte und sie kopfüber durch seine Beine ansah. Doch sein entschuldigendes Grinsen erwiderte sie nur mit einem kalten Blick. Sie grunzte und beachtete ihn nicht weiter.

Dies wird nie wieder passieren, dachte er. *Ich werde gehorchen und lernen. Mutter wird stolz auf mich sein.*

Doch in den folgenden Tagen und Nächten hatte das Menschenjunge keine Gelegenheit, es ihr zu beweisen. Mutter hatte völlig das Vertrauen in ihn verloren, und unter ihren wachsamen Augen war die Höhle zu seinem Gefängnis geworden.

Torka und sein Stamm brauchten viele Wochen, bis sie ihr Lager vollständig verlegt hatten. Sie führten den Umzug langsam und in mehreren Schritten durch. Zuerst kamen die Frauen und Kinder mit ihren Schlafsachen und dem Kochgeschirr — und mit Wallahs abgetrenntem Bein, ohne das sie das Lager auf keinen Fall verlassen wollte.

»Es ist ein Teil von mir«, sagte sie, »und ein Teil meiner Seele lebt noch darin! Ich werde ohne das Bein sterben. Ich weiß es genau.«

Es war Grek, der ihr Bein ausgrub, das, was noch davon übrig war, in weiche Felle einwickelte, die er mit Elchlederriemen verschnürte, und gemeinsam mit Wallah in seinen Armen zur Höhle hinauftrug. Wallah hielt ihr abgetrenntes Bein und war trotz ihrer Schmerzen zufrieden. Wenn sie das Bein bei sich hatte, fühlte sie sich nicht mehr als einbeinige Frau.

Die Vorratsgruben, die rings um das Lager verteilt waren, hatten sie nicht angerührt. Einige Vorräte befanden sich in tiefen Erdlöchern, andere in hohen Felsspalten oder unter sorgfältig aufgetürmten Pyramiden aus schweren Steinen. Obwohl sie sich damit alle Mühe gegeben hatten, wußten die Männer, daß einige Vorratslager mit der Zeit unweigerlich ausgeplündert werden würden. Als Vorsichtsmaßnahme hatten sie mehrere angelegt und mit gleichem Inhalt ausgestattet, mit getrockneter

Nahrung, Wasserschläuchen, Speeren, Fallen, Sehnenschnüren, Steinklingen, Meißeln, Mörsern, Angelhaken und Netzen sowie Stiefeln, Handschuhen und warmen Fellen. Daneben hatten sie Wundverbände, Päckchen mit grünen Weidenblättern zur Schmerzlinderung, Werkzeuge zum Feuermachen und fettgetränkte Knochen verstaut, die in trockenes Gras und Wurzeln eingewickelt waren und als Brennstoff für einen Jäger dienen konnten, der außerhalb des Lagers von einem Sturm überrascht wurde.

Schließlich war das alte Lager ganz aufgelöst. Lonit stand neben Torka im Eingang der Höhle. Es war Nacht, und die Sterne funkelten, als wären sie Eiskristalle, die über die schwarze Haut der Nacht verstreut waren. Am Horizont schimmerten die fernen Gebirgszüge wie die spitzen Zähne eines Raubtieres. Wolfsgeheul erschallte aus den fernen Schluchten, und gelegentlich riefen sich die Mammuts gegenseitig, während der Wind über die Welt heulte und die Luft mit einer kalten Vorahnung des kommenden Winters erfüllte. Die Menschen des Stammes schliefen tief im warmen Schutz des Berges.

»Komm, Frau meines Herzens! Es ist spät. Du solltest schlafen!« sagte Torka.

»Ich kann nicht nach Westen sehen«, sagte sie zu ihm.

»Im Westen ist die Vergangenheit. Sie liegt hinter uns. Es ist gut, daß wir nicht zurückblicken.«

Sie wußte, daß er recht hatte, doch tief in ihrem Herzen war immer noch die Trauer und die Sehnsucht nach ihrem verlorenen Zwillingssohn, die nur darauf warteten, durch ein Wort oder einen Traum geweckt zu werden. Würde diese Wunde niemals heilen?

»Blickt Torka niemals zurück und macht sich Gedanken? Spürt er nie seine Anwesenheit oder hört seine Stimme im Wind rufen? Dreht sich Torka niemals um, weil er dachte, er würde ihm folgen?«

Mit einer breiten starken Hand auf ihrer Schulter drehte er sie zu sich um und küßte ihren Mund, um sie zum Schweigen zu bringen. Es war der zärtliche und tiefe Kuß eines liebenden Menschen, der den Schmerz in der Seele des anderen kannte und lindern wollte.

Lonit zitterte. Sie schlang ihre Arme um seinen Hals. Ihre Liebe zu ihm war so groß, daß es schmerzte. Von ihrem ersten Kuß an bis zu ihrem letzten würde es immer so sein. So wie die Paare der großen Schwäne, die im Sommer majestätisch auf den Seen und Teichen der Tundra trieben, waren sie ein Herz, ein Atem und eine Seele, für immer und ewig! Wie konnte sie ihn nur fragen, ob auch ihn der Verlust ihres Sohnes schmerzte? Er war Torka! Er hatte alles riskiert in der Hoffnung, dem kleinen ausgesetzten Baby das Leben zu retten und es zurück in die Wärme und das Leben des Stammes zu bringen.

Außer Atem löste sie ihren Mund von seinem und sah ihm ins Gesicht. Das Sternenlicht ließ den Schmerz in seinen Augen aufschimmern, den Schmerz um einen verlorenen Sohn und um eine Frau, dessen Sehnsucht nach diesem Kind niemals gestillt werden könnte. Seine Lippen glänzten feucht von ihrem Kuß. Wieder zitterte sie. Er war nicht mehr der Junge, den sie als Kind bewundert hatte, und auch nicht mehr der Mann, den sie von ferne als junges Mädchen geliebt hatte. Er war ein erwachsener Jäger in den besten Jahren, dessen Gesichtszüge viel schöner als je zuvor waren. Stärke und Mitleid standen darin, als ob die Zeit sie mit einer Klinge hineingeritzt hätte. Kein Mann auf der Welt hatte ein so atemberaubendes Gesicht wie Torka. Nicht einmal der unvergleichliche Navahk, dessen hübsches Gesicht die schmalen und grausamen Züge eines Raubvogels mit scharfen, spitzen Zähnen gehabt hatte.

Sie erschauderte. Einst, vor langer Zeit, hatte sie Navahk begehrt. Ihr Begehren hatte nichts mit Liebe zu tun gehabt, nicht einmal mit Zuneigung, denn sie hatte den niederträchtigen Zauberer vom ersten Augenblick an verabscheut. Sie wollte an der Seite keines anderen Mannes als Torka gehen, aber alle Frauen hatten vor Verlangen nach Navahk gebrannt. Es war ein Zauber, den er über sie verhängt hatte.

Schließlich war das Feuer, das sie für ihn verspürt hatte, durch die Vergewaltigung gelöscht worden, doch tief im Innern hatte sie ihn in diesem Augenblick gewollt. Obwohl sie sich gegen ihn gewehrt hatte, hatte sie ihn gewollt und sich beinahe selbst aufgegeben – bis sie in seine Augen geblickt und darin seine schwarze Seele gesehen hatte. Sie hatte erkannt, daß es ihren Tod bedeuten würde, wenn sie sich ihm hingab. Nein, viel schlimmer, es hätte bedeutet, ihre Liebe zu Torka zu verraten. So hatte sie bis zum Ende gegen ihn gekämpft, und als er schließlich sein grausames Ziel erreicht hatte, hatte sie ihm alles verdorben.

»Ich bin seine Frau, für immer und ewig!« hatte sie gesagt.

Obwohl er sie bewußtlos geschlagen hatte, war sie für ihn unerreichbar geworden. Doch die Erinnerung an den Mann erfüllte sie immer noch mit Abscheu und Scham, weil sie ihn zu Anfang doch begehrt hatte.

Torka zog sie dicht an sich heran und hielt sie behutsam fest. »Du mußt die traurigen Dinge der Vergangenheit vergessen, Lonit. Komm jetzt in meine Arme, Frau meines Herzens, damit du vergessen kannst.«

Und so führte er sie in die Höhle zu dem Platz, wo ihre Schlaffelle auf einer dicken Matratze aus Flechten und Gras aufgehäuft waren. Iana hatte ihre Felle an das Feuer von Grek und Wallah gebracht, damit sie der alten Frau bei ihren täglichen Verrichtungen helfen und in der Nacht für sie da sein konnte. Dadurch konnte Grek ausschlafen und sich für die Tage der Jagd stärken, und Mahnie hatte Zeit, sich um ihr eigenes Feuer und um Karana zu kümmern. Sommermond, Demmi und der kleine Umak lagen nebenan in einem Fellhaufen an der Feuerstelle, die Lonit für ihre Familie errichtet hatte.

»Komm!« flüsterte Torka und entknotete die weichen Riemen, die Lonits Kleid zusammenhielten. Es fiel ihr die Hüften hinunter und setzte ihren Körper der nächtlichen Kälte aus. Er berührte sie, lächelte bei ihrem Anblick, nahm sie in seine Arme und legte sie auf die Felle. Als er sich ausgezogen hatte, legte er sich auf sie, um sie zu wärmen. »Der Westen ist Vergangenheit. Diese Höhle ist die Gegenwart. Unsere Kinder schlafen sicher in der Nacht. Laß uns in der Dunkelheit eins werden, damit keine Traurigkeit mehr zwischen uns ist.«

Ein steifer Wind trieb Schnee vor sich her und kündete einen Sturm an. Die letzten Herbstfarben wurden von Weiß überdeckt, während die Tiere Schutz vor dem ersten harten Sturm des Winters suchten. Doch in der Höhle in den Hügeln über den Seen hatte Torkas Stamm es warm und trocken und konnte sich in diesem guten Lager entspannen.

»Sing, Zauberer! Sing, um die großen Geister des Mammuts und des Bären zu ehren!«

Wie in der Nacht des großen Sturms konnte Karana sich dem Befehl des Häuptlings nicht verweigern. Er nahm seinen Platz in der Mitte der Höhle ein. Als die Menschen sich um ihn versammelt hatten, setzte er sich und begann zu singen. Sein Gesang war lang und gedankenverloren und ehrte die Macht der Geister des Mammuts, des Bären und der tapferen Frau, die ein Bein verloren hatte. Jetzt hockte sie auf ihren Schlaffellen und lehnte sich gegen Grek, während ihr Körper in das zottige, gut gepflegte Fell des Tieres gehüllt war, das sie verstümmelt hatte. Ein Bein hatte sie ausgestreckt, und das andere lag in ihrem Schoß in einer Hülle aus Elchfell. Der Zauberer sang, bis er Wallah stolz lächeln sah. Und als er keine Worte mehr wußte, mit denen er ihr, dem Mammut oder dem Bären zusätzliche Ehre erweisen konnte, schloß er die Augen und legte die Hände auf seine Knie. Er war überrascht, als Torka ihm ins Ohr flüsterte.

Der Häuptling hatte sich über ihn gebeugt, um ihm fast unhörbar eine Anweisung zu geben. »Der kommende Winter wird lang und dunkel werden. Erhebe dich, Zauberer! Du hast eine alternde, verwundete Frau wieder glücklich gemacht, aber du wirst alle Tricks eines Schamanen brauchen, um meinen Stamm in der langen Nacht endloser Kälte vor Streitigkeiten zu bewahren. Erhebe dich, sage ich, und gib uns eine eindrucksvolle Vorstellung deiner Zauberkünste!«

Verblüfft über Torkas weisen, aber beleidigenden Rat, starrte Karana ihn an. Und wenn nicht alle Augen des Stammes auf ihn gerichtet gewesen wären, hätte er geantwortet: *Ich bin nicht Navahk! Zauber ist keine Vorstellung, um die Menschen zu beeindrucken! Soll ich deinen Stamm betrügen, damit er zufrieden durch den Winter kommt?*

Torka lächelte. »Ja«, flüsterte er.

Hatte er Karanas Gedanken gelesen? Es schien fast so. Und jetzt las Karana die Gedanken des Häuptlings. Er wußte, was Torka wollte, und als er nach einem mürrischen Blick aufstand, tat er, worum Torka ihn gebeten hatte.

Karana stand im Licht der Feuerstellen seines Stammes. In den tanzenden Schatten der von Flammen erhellten Höhle tanzte Karana. Und während er sich zu einem mächtigen inneren Rhythmus bewegte, spürte er den Zauber in sich erwachen. Er erfüllte ihn und nahm ihn mit sich, während sich ein geistiger Wandel unter seiner Haut vollzog. Er war überhaupt nicht mehr Karana. Er war der große Bär. Er war dreieinhalb Meter groß, und sein Blut pulsierte im Rhythmus seines Gesangs.

Er wirbelte herum und brummte. Er stand mit erhobenen Armen und gebeugtem Kopf da, während seine Hände sich in Krallen verwandelt hatten.

Der Stamm erschrak, und Lonit war entsetzt. Noch nie hatte Karana mehr Ähnlichkeit mit Navahk gehabt. Dak und Umak schrien begeistert auf, und Mahnie stöhnte vor Stolz und mit dem seit langem ungestillten Verlangen einer Frau nach ihrem Mann.

Neben ihr zitterte Iana, die ebenfalls die Ähnlichkeit mit Navahk bemerkt hatte, genauso wie Wallah, die in ihrem Fell zusammenzuckte, als Grek seinen Arm um sie legte, damit ihr Zittern ihr nicht neue Schmerzen in ihrem immer noch leicht entzündeten Beinstumpf verursachte.

Demmi blinzelte und runzelte die Stirn. Sie wollte nicht die Macht oder die Schönheit eines Bruders bewundern, den sie einst verehrt hatte, bevor er ihr Vertrauen mit Lügen enttäuscht hatte.

Und Sommermond, die mit neun Jahren fast eine Frau und schon fast so schön wie ihre Mutter war, staunte atemlos über die Vollkommenheit und Pracht eines Mannes, den sie plötzlich nicht mehr als ihren Bruder ansehen konnte.

Draußen ließ der Wind etwas nach, und Schnee fiel, als es

Abend wurde. Irgendwo trompetete ein Mammut, und ein Artgenosse antwortete ihm.

In ihrer Höhle beendete Karana die Aufführung, und die Menschen schliefen neben ihren Feuerstellen in ihre Felle gehüllt ein.

Karana träumte von einer anderen Höhle ... vom Wanawut, der in der Dunkelheit stand, während sein gräßliches Gesicht von Licht der aufgehenden Sonne erhellt wurde.

»Karana?«

Hatte die Bestie ihn gerufen? Nein. Der Traum veränderte sich jetzt. Der Wanawut war verschwunden, und es gab nur noch Dunkelheit. Ein Flüstern, warm, sehnsüchtig und zitternd schwebte in der Dunkelheit ... und die warmen Hände, die seinen Körper streichelten, zitterten.

»Karana?«

Unter seinem Schlaffell strich ein feuchter, sanfter Atemhauch über seinen Nacken und Rücken. Er berührte ihn, leckte ihn, erregte ihn, umschloß ihn und vereinte sich mit seinem Fleisch. Während er sich bewegte, ließ er es zu und war wie in seinem Traum wieder ein dreieinhalb Meter großer Bär, der tanzend seine Macht versprühte ... bis sein Körper plötzlich wie ein vereister Fluß im Frühling aufbrach. Aber die Flut war kein Eis, sondern flüssiges Feuer – bis er seinen Namen erneut hörte und er keuchend die Augen öffnete... und erstarrte.

Mahnie lag in seinen Armen. Sie war mit ihm vereint, streichelte ihn und küßte ihn in die Achselhöhle. Dann sah sie ihn mit Tränen in den Augen an. »Karana...« flüsterte sie. »Du bist wieder mein Zauberer.«

»Nie wieder!« schrie er, stieß sie zur Seite, worauf sie unter den Schlaffellen wegrollte, hüllte sich in ein Fell und trat in den Eingang der Höhle.

Er wußte, daß alle Augen in der Höhle jetzt auf ihn gerichtet waren.

Sollten sie doch starren! Es machte ihm nichts mehr aus. Sie würden schnell genug merken, daß es nichts Interessantes an einem Mann gab, der in die Nacht hinausstarrte, und sich wieder umdrehen und weiterschlafen.

Er öffnete seinen Fellumhang und ließ den Schnee auf seine Haut fallen. Er zitterte, bezweifelte aber, daß ihm noch kälter werden konnte, als ihm ohnehin schon war. Sein Gesicht war gerötet, und sein Körper brannte. Aber sein Herz und seine Seele waren aus Eis.

Er wußte nicht mehr, wie lange er so dagestanden und blicklos in die Nacht hinausgestarrt hatte, durch den Schnee, der senkrecht aus den Wolken zur Erde fiel, so still wie der Tod und so weiß, wie seine Gedanken schwarz waren. Er hörte erneut, wie die Mammuts sich zuriefen, aber das Geräusch klang wie aus weiter Ferne.

Der Wind in ihm verstärkte sich. Es war der Geisterwind, und er strich so zärtlich über seine Seele, wie die Hände seiner Frau über seinen Körper gestrichen waren.

Ein Muskel zuckte in seinem rechten Mundwinkel und zog ihn nach oben. Bei einem Tier wäre es ein Zähnefletschen gewesen, doch bei ihm war es ein Lächeln, ein düsteres und bösartiges Lächeln. *Was ist Karana nur für ein Narr!* höhnte der Geisterwind. *Ständig muß er grübeln, ständig kehrt er seiner Frau den Rücken zu. Geh zurück zu deiner Frau, Zauberer! Ein Mann muß sich auch wie ein Mann verhalten. Und wenn du ein Kind in Mahnies Bauch gepflanzt hast, warum solltest du dir dieses Vergnügen verweigern? Weil du befürchtest, Navahks Geist könnte in seinem Körper wiedergeboren werden? Die Seele eines Mannes kann nicht in einem weiblichen Kind wiedergeboren werden. Und wenn es ein männliches Kind wird, ist es zwar von Navahks Fleisch, aber genauso wie du selbst. So wie du deinen Vater zu töten versucht hast, könntest du auch ein männliches Baby töten, bevor es als Kind angenommen wird. Das ist dein Recht. Als Sohn Navahks bist du dazu verpflichtet. Und wäre es nicht die süßeste Rache, wenn du seine Seele davon abhalten könntest, in diese Welt wiedergeboren zu werden?*

»So ist es«, sagte er laut, als er lächelnd dem Geisterwind antwortete. Ohne sich weiter aufzuhalten drehte er sich um und ging durch die Höhle zu Mahnie zurück.

Er bemerkte nicht die Augen des kleinen Umak, der ihn schläfrig beobachtete, und sah auch nicht, daß das Kind gähnte und sich streckte. Dabei schimmerte sein rundes Gesicht gesund im Schein von Torkas Feuerstelle... einem Schein, in dem für einen kurzen Augenblick die weißen, spitzen Zähne des Jungen aufblitzten, bevor er sich auf die Seite rollte und weiterschlief.

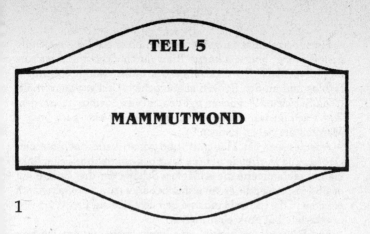

TEIL 5

MAMMUTMOND

1

Am nordöstlichen Rand des Tals, weniger als einen halben Tagesmarsch von Cheanahs Lager im Land des Vielen Fleisches entfernt, lagen mehrere kleine Seen innerhalb eines schilfbestandenen Sumpfgebietes. Ein alter Mammutbulle war im Mondschein auf dem Weg in das Feuchtgebiet. Als es Tag wurde und weiße Gänse in Richtung Süden vorüberflogen, lag er im Sterben.

Seit Stunden hatte er auf der Seite im Morast gelegen und vergeblich versucht sich aufzurichten. Aber während seiner Bemühungen hatte er kein Geräusch von sich gegeben, außer einem angestrengten Keuchen und verzweifelten Seufzern. Er hob nicht seinen Rüssel, um zu trompeten und seine Artgenossen zu Hilfe zu rufen. Vielleicht wußte er, daß es für ihn Zeit zum Sterben war.

Kurz nachdem die ersten Aasvögel begonnen hatten, über seiner erschöpften Gestalt zu kreisen, wurden drei Jäger von diesem Anzeichen angelockt und betraten den Sumpf. Ank und Yanehva, die Söhne Cheanahs, hatte sich geweigert, ihrem Bruder weiter als bis zum gelbbraunen Schilf zu folgen. Sie hatten Mano daran erinnert, daß der nördliche Rand des Tals von ihrem Vater zum verbotenen Land erklärt worden war. Als sie ihn vor möglichen Gefahren warnen wollten, hatte er abgewunken und war allein weitergestapft.

»Mammut!« hatte Mano seine Beute benannt.

Einen Augenblick lang überlegte er, ob er auf Lebensspender gestoßen war, aber ein kurzer Blick durch das Schilf zerstreute diese Bedenken. Die Stoßzähne des Bullen waren abgenutzt, farblos und an den Spitzen abgebrochen. Und er war verhältnismäßig klein. Verglichen mit dem großen Mammutgeist, dem Torka gefolgt war, hätte man dieses Tier für eine ganz andere Mammutart halten können.

Aber es war ein Mammut, und Mano hatte noch nie eins getötet. Die Vorfreude auf die Jagd begeisterte ihn. Seine linke Hand umklammerte die schlanken Schäfte der drei Speere mit den Steinspitzen, die er auf seiner Schulter trug. Langsam nahm er einen in die rechte Hand und bereitete sich auf den Wurf vor.

»Warte!« bat Ank eindringlich.

Die Stimme des Jungen war kaum mehr als ein Flüstern gewesen, aber dennoch störte sie Manos Konzentration. Sein Kopf fuhr nach rechts, und seine kleinen scharfen Augen fixierten nicht nur Ank, sondern auch Yanehva. Sie hatten ihre Meinung geändert und waren ihrem Bruder doch gefolgt. Sie waren bereit, ihn vor unsichtbaren Fleischfressern zu schützen, die sich vom sterbenden Mammut abwenden und vielleicht statt dessen Appetit auf Menschen bekommen könnten.

Mano runzelte die Stirn. Er hätte eigentlich ihre Annäherung bemerken müssen. Yanehva war nicht mehr der Strich in der Landschaft, der er als Junge gewesen war, als er durch das Gras schlüpfen konnte, so als wäre er selbst ein Grashalm. Mit fast sechzehn Jahren war er jetzt ein Mann. Und Ank mit fast elf Jahren warf inzwischen einen viel längeren Schatten als in den Tagen, bevor der Mann mit den Hunden aus dem Land des Vielen Fleisches verbannt worden war. Mehrere Herbste waren seitdem gekommen und vergangen, während ein weiterer Herbst bald in den Winter überging.

»Komm zurück«, sagte Yanehva ruhig. »Bald wird die Nacht das Land verdunkeln und Cheanah sich fragen, wo wir abgeblieben sind.«

Mano kniff die Augen zusammen. Er mochte es nicht, wenn man ihm sagte, was er tun sollte. Außerdem war Yanehva zwei Jahre jünger als er. »Hat Yanehva sein Augenlicht oder nur seine Nerven verloren? Das da vorne ist ein Mammut! Ein

Mammut, das im Schlamm feststeckt! Wir müssen es nur töten, und dann können wir viel Fleisch ins Lager zurückbringen. Cheanah wäre stolz.«

»Worauf?« fragte Yanehva gelassen. »Wenn ich mich recht erinnere, ist Mammut nicht gerade das beste Fleisch. Cheanah hat nie gesagt, daß er darauf Hunger hat. Ich glaube nicht, daß es ihm gefällt, wenn er erfährt, daß wir so weit im Norden waren. Und es gehört nicht viel Mut dazu, ein Tier zu töten, das im Morast feststeckt.«

Ank hatte die Augen aufgerissen. »Es ist verboten, Mammuts zu töten! Außerdem ist Mammutfleisch stinkendes und zähes Fleisch!«

Mano funkelte den Jungen an. Jetzt wollte auch noch Ank ihm Vorschriften machen! Er sagte ihm, er solle den Mund halten. »Was weißt du schon davon? Du hast ja noch an den Titten deiner Mutter genuckelt, als wir zuletzt Mammutfleisch gegessen haben!«

Ank sank in sich zusammen, aber Yanehva legte dem Jungen tröstend eine Hand auf die Schulter.

Durch das Schilf hindurch konnten sie erkennen, daß das Mammut versuchte, seinen Kopf zu heben. Als es ihm nicht gelang, seufzte es laut auf, worauf sein riesiger Schädel nur noch tiefer im Morast versank. Wasser spritzte auf, und kleine Wellen breiteten sich aus. Sie schwappten den Jägern über die bislang noch verhältnismäßig trockenen Stiefel. Mano achtete kaum darauf, Yanehva jedoch sah kopfschüttelnd nach unten. Er erinnerte seinen älteren Bruder daran, daß sie angemessene Fußbekleidung brauchten, wenn sie sich in einen Sumpf wagen wollten.

Mano blinzelte Yanehva an. Die leichte Ironie in den Bemerkungen seines Bruders ärgerte ihn, weil sie oft über seinen Verstand ging. Die Tage, in denen Mano ihn noch erfolgreich schikanieren konnte, waren schon lange vorbei. »Was ist nun?« fragte er ungeduldig und sah hoch, als die Flügel eines Kondors ihren Schatten auf den Sumpf warfen. »Wollt ihr mit mir jagen, oder wollt ihr hier stehenbleiben, während die Geschöpfe des Himmels sich über das hermachen, was uns gehören könnte?«

Yanehva antwortete nicht. Er stand reglos und vornübergebeugt neben Mano und starrte durch das Schilf.

Mano verdrehte die Augen. Yanehva brauchte wieder einmal ein halbe Ewigkeit, um eine Situation einzuschätzen. »Nun?« drängte er gereizt.

Yanehva richtete sich auf. »Wir müssen Cheanah fragen.«

Eine heiße Wut flammte in Mano auf, sein Temperament war schon immer sehr leicht erregbar gewesen. »Warum? Wir sind Jäger! Deshalb haben wir das Lager verlassen – um zu jagen!«

»Wir haben ein Lager voller Fleisch verlassen, um unserem Bruder Ank zu ermöglichen, seine Geschicklichkeit in der Jagd zu verbessern«, korrigierte Yanehva ihn gelassen. »Eins der wichtigsten Dinge, die wir ihm beibringen können, ist die Selbstbeherrschung, die Entscheidung, wann man jagen und wann man nicht jagen...«

»Es ist immer gut zu jagen! Es ist immer gut zu töten und Beute zu erlegen!« Manos Gesicht war gerötet, seine Augen traten hervor, und seine rechte Hand klammerte sich so fest um den Speer, daß die Knöchel weiß hervortraten. »Wenn wir zum Lager zurückkehren und das Mammut hier zurücklassen, wird es die Beute der Aasfresser!«

»Dann ist es der Wille der Geister, die es zum Sterben hierher geführt haben!«

Mano spuckte angewidert aus. »Woher weiß Yanehva, daß nicht wir von diesen Geistern hergeführt wurden, um als erste das Mammut zu finden?«

»Ich weiß es nicht«, antwortete Yanehva. Seine Hand lag wieder auf Anks Schulter, als er sich umdrehte und fortging. »Das muß Cheanah entscheiden. Er und nicht Mano ist der Häuptling unseres Stammes!«

Es war der kreisende Kondor, der das Menschenjunge von den kleinen Kreisen ablenkte, die es auf den Boden der Wanawut-Höhle gezeichnet hatte.

Es waren drei Kreise, die den Vollmond, den Halbmond und den Viertelmond darstellten. Und während seine Finger über einer unvollendeten Darstellung des Neumonds verharrten, runzelte der Junge die Stirn, als er im grellen Licht des Lochs im Himmel blinzelte und den Kondor beobachtete, der über dem fernen Sumpf kreiste.

Der Vogel war jetzt nicht mehr allein. Mehrere Artgenossen flogen herbei, um sich zu ihm zu gesellen. Irgend etwas war dort im Sumpf, etwas Totes. Vielleicht war es etwas Gutes zu essen. Aber er würde es niemals erfahren.

Wenn Mutter in diesen Tagen den Berg verließ, nahm sie Schwester mit, um in der Welt unten auf die Jagd zu gehen. Seit er beinahe den Wölfen zum Opfer gefallen war, hatte er die Höhle nicht mehr verlassen dürfen. Er seufzte unglücklich.

Sein Magen knurrte vor Hunger. Mutter würde von ihm erwarten, daß er sie auf die kreisenden Kondore aufmerksam machte. Drei Tage waren vergangen, seit er zuletzt etwas gegessen hatte. Obwohl seine Gedanken nur um Fleisch kreisten, wollte er nicht, daß Mutter heute die Höhle verließ. Das Sumpfgebiet war weit weg, und Mutter war müde — so müde, daß er sich Sorgen um sie machte.

Er drehte sich um und sah Mutter im dunklen Innern der Höhle. Sie schlief im Nest und hielt Schwester im Arm. Zwei Tage lang war sie unterwegs gewesen und hatte mit Schwester gejagt. Als sie endlich mitten in der Nacht des vorigen Tages zurückgekehrt war, hatte sie kein Fleisch mitgebracht. In ihrem Oberarm war eine tiefe Wunde gewesen, und ihr Gesicht hatte so schmerzverzerrt und erschöpft ausgesehen, daß er sich wunderte, wie sie überhaupt den Rückweg geschafft hatte.

Aber sie war wie immer zurückgekehrt. Aber diesmal war ihm zum ersten Mal klargeworden, daß sie eines Tages vielleicht nicht mehr zurückkehren würde. Als er die Tragweite dieses Gedankens erkannte, stieß er ein besorgtes Seufzen aus. Was würde dann mit ihm geschehen? Und mit Schwester? Wenn Mutter einem Raubtier zum Opfer fiel ... Nein! Er wollte nicht mehr daran denken!

Er wandte sich wieder dem Loch im Himmel zu. Die Kondore kreisten noch immer. Die Luft erschien kühler als noch kurz zuvor. Er wischte mit den Händen über die Monde, die er gezeichnet hatte, und löschte sie aus. Mutter mochte es nicht, wenn er etwas in die Erde ritzte. Am meisten regte sie sich auf, wenn er Menschen zeichnete. Er wußte nicht warum. Es waren nur kleine Strichfiguren, genauso wie seine Tierzeichnungen, aber wenn Mutter sie sah, knurrte sie und trampelte darauf herum, bevor sie sich daraufsetzte, als würde ihr Körpergewicht sie daran hindern, im Staub erneut Gestalt anzunehmen.

Er wollte einen verwirrten Laut ausstoßen, verschluckte ihn aber noch rechtzeitig. Er wollte Mutter nicht wecken, und schon gar nicht mit seinen Lauten. Denn seine zungenbrecherischen Artikulationsversuche frustrierten ihn ebenso sehr, wie sie seine Mutter irritierten. Warum tat er ständig Dinge, über die sich Mutter ärgerte?

Er schluckte und faßte einen großen Entschluß. Wenn Mutter nicht wollte, daß er in die Erde zeichnete, dann würde er es auch nicht tun. Wenn Mutter wollte, daß er in der Höhle auf dem Berg blieb, würde er ihr gehorchen. Er würde genauso gehorsam wie Schwester sein, bis er endlich Mutters Vertrauen zurückgewonnen hatte.

Aufgeschreckt sah er hoch und stellte fest, daß er auf dem Sims vor der Höhle nicht mehr allein war. Schwester war aufgewacht und war neben ihn getreten. Wie lange sie schon dagestanden hatte, wußte er nicht. Aber sie hatte die kreisenden Kondore entdeckt und schrie begeistert auf, ohne an etwas anderes als ihren Hunger zu denken. Sie sprang auf und ab und gestikulierte wild.

Mutter erwachte, stand auf und humpelte schwerfällig zum Eingang der Höhle. Ihr leises, verzweifeltes Jammern verriet dem Menschenjungen, daß ihre Armwunde immer noch schmerzte.

Schwester war so von der Aussicht auf Nahrung begeistert, daß sie nicht auf Mutters schwerfälligen Gang und ihre merkwürdig rosafarbenen, wäßrigen Augen achtete.

Das Menschenjunge war verärgert. Schwester war ein selbstsüchtiges Wesen, das sich nur um seine eigenen Bedürfnisse und Ängste kümmerte. Er neigte den Kopf, als er aufstand. Schwester hatte Hunger, genauso wie er, aber Hunger war nicht so schlimm. Sie konnte doch warten, bis Mutter sich ausgeruht hatte und wieder jagen konnte. Irgendwie wußte er, daß die bloße Haut auf Mutters breiter, schwieliger Handfläche heiß und trocken vor Fieber sein mußte, bevor er ihre Hand nahm, um sie zu ihrem Nest zurückzubringen.

Mutter riß sich von ihm los. Schwester nahm sofort darauf ihre Hand und riß heftig daran, um Mutter an den Rand des Felssimses zu drängen. Mutter gehorchte dumpf und reagierte auf Schwesters begeistertes Schreien, Hüpfen und Winken.

Das Menschenjunge sah sie böse an. Er stieß sie zur Seite und schlug ihren lang ausgestreckten Arm herunter, mit dem sie auf die kreisenden Kondore zeigte. Doch dann wurde er selbst zur Seite gestoßen, und zwar von Mutter. Sie tat ihm nicht weh, zumindest nicht körperlich. Ihr Stoß war sanft und beherrscht gewesen. Seine Unfähigkeit, ihr seine Angst mitzuteilen, war schrecklich, als Schwester ihren Bauch rieb und Mutter damit zeigte, daß sie Hunger hatte und darauf bestand, sofort etwas zu essen zu bekommen.

Mutter seufzte ergeben. Mit einem leisen Brummen, an dem das Menschenjunge erkannte, daß Schwester sich durchgesetzt hatte, ging sie in die Höhle zurück, um ihren Menschenstein zu holen. Sie winkte ihm zu, in der Höhle zu bleiben, drehte sich um, und begann gemeinsam mit Schwester den Abstieg.

Er ließ sich verzweifelt ins Nest sinken. Aber plötzlich waren seine eigenen Gefühle unwichtig geworden. Er sprang aus dem Nest und eilte wieder zum Eingang ihrer Höhle. Dort beobachtete er Mutter und Schwester beim Abstieg. Mutter zog ihr lahmes Bein nach und hielt sich den verletzten Arm. Sie ging ungewöhnlich langsam. Ihre gebeugte Schulter verriet ihm, wie erschöpft sie war. Sie sollte heute die Höhle nicht verlassen. Instinktiv wußte der Menschenjunge, daß sie in Gefahr war.

Er beugte sich in den Wind hinaus, der seine Haare über die Schultern zurückwehte, und verzog verzweifelt sein kahles Gesicht. Er schrie Mutter nach und schüttelte seine Fäuste, bis sie sich umdrehte und ihm mit einer Armbewegung bedeutete, in der Höhle zu bleiben und still zu sein.

Ihm wurde vor Angst fast übel. Mutter würde nicht mehr zurückkommen! Verzweifelt schrie er erneut und sprang auf und ab. Er glaubte, an seinem Elend sterben zu müssen. Wenn sie ihm nur vertrauen würde, könnte er auf die Gipfel klettern und Nagetiere fangen, während sie sich ausruhte. Es wäre nicht viel, aber zumindest wäre Schwester so lange zufrieden, bis Mutter sich wieder erholt hatte. Dann konnten sie gemeinsam in der Welt unten auf die Jagd gehen.

Tief in seiner Kehle formten sich die Laute, die Mutter so haßte. Seine Zunge bewegte sich in seinem Mund. Seine Kehle verkrampfte sich vor Verlangen, einen Laut hervorzubringen, der mehr als ein Schrei, ein Knurren oder ein Heulen war, sondern ein Laut, der ihr genau vermittelte, was er fühlte. Und so schrie er ihn nicht wie ein Junges, sondern wie ein Kind in den Wind hinaus. Doch dieser Schrei war mehr als ein Laut. Es war ein Wort, ein Wort aus seinen Träumen, daß er vor langer Zeit gehört hatte.

»Mah... nah... rah... vahk!«

Doch genauso wie damals trug der Wind den Schrei fort und wehte ihn über den Berg. Mutter trottete weiter den steinigen Abhang hinunter. Sie drehte sich nicht um.

2

Am selben goldbraunen Herbsttag, meilenweit vom Sumpf entfernt, in dem das Mammut im Sterben lag, blieb Lonit abrupt stehen und starrte nach Westen. Es war schon wieder da, tief in ihrem Herzen, dieses quälende Gefühl des Verlusts, diese zarte Stimme, die sie rief.

Mutter! Wo bist du, Mutter! Ich warte hier auf dich! Warum hast du mich alleingelassen... so weit weg... für immer verloren?

»Manaravak?« Kaum daß sie den Namen ausgesprochen hatte, wurde ihr klar, wie dumm es war, auch nur an ihn gedacht zu haben. Es war der vierjährige Umak, der sie gerufen hatte. »Mutter! Mutter, sieh nur!«

Sie sah, und die Trauer verflog. Er war ein tapferer, hübscher kleiner Junge, der ihr so ähnlich war, und gerade mit Dak im Schilf auf und ab hüpfte, während er begeistert auf Mahnies Steinschleuder zeigte, die durch die Luft schwirrte.

Lonits Augen folgten ihrem Flug über das vom Frost gerötete Gras. Die Waffe näherte sich einer Gans, die sich nicht so lange an diesem Tundrateich hätte aufhalten sollen, wo sie sich an den letzten Samenschoten und Algen fettgefressen hatte. Aber das Bedürfnis nach Nahrung war größer gewesen als die Notwendigkeit zu fliegen . . . bis sie Eneela und die Kinder durch das seichte Wasser platschen gehört hatte und erschrocken davongeflogen war.

Die meisten Gänse hatten auf ihrer jährlichen Wanderung nach Südosten bereits das Tal verlassen. Ein paar Vögel waren zurückgeblieben, von denen jetzt einige mit einer Lederschnur durch den Schnabel über Lonits Schulter hingen. Dann schlangen sich die vier Enden von Mahnies Steinschleuder um den Hals der Gans und brachen ihr sofort das Genick. Der Vogel stürzte tot zu Boden, während die Kinder begeistert aufschrien und Lonit und Eneela den Wurf lobten. Noch nie hatte Mahnie einen so hervorragenden Wurf mit ihrer Steinschleuder vollbracht.

Mahnie war nicht völlig von ihrem Erfolg überrascht. Sie hatte lange und hart unter Lonits Aufsicht daran gearbeitet, ihr Geschick zu verbessern, und schon mehrere kleine Tiere und Vögel mit der Steinschleuder erlegt. Aber noch nie hatte sie einen so großen Vogel getroffen und dazu mit solcher Schnelligkeit und Sicherheit. Als die Steinschleuder ihre Hand verließ, hatte sie ein ungewöhnliches Gefühl des Gleichgewichts und der Beherrschung verspürt.

Sie hätte vor Stolz jubeln müssen, doch irgendwie konnte Mahnie sich nicht recht begeistern. Es gab in diesen Tagen so viel, über das sie sich gefreut hatte, das wunderbare Tal, das trockene und gut eingerichtete Lager in der Höhle, ihr hart erarbeiteter Erfolg mit der Steinschleuder . . . und endlich ihr Glück mit Karana! Aber jetzt war auch das vorbei. Als sie an ihn dachte, fühlte sie sich so elend, daß sie für einen Augenblick völlig vergaß, daß sie gerade eine Gans erlegt hatte.

»Wir werden *was?*« Seine Frage hallte immer noch in ihrem Kopf nach.

»Ich... wir... werden ein Kind bekommen.«

»Ein Kind...« Er hatte das Wort ausgesprochen, als hätte sie ihm gerade gesagt, daß er sterben müßte.

»Ein Kind, ja. Von Mahnie und Karana. Endlich!«

»Ein männliches oder ein weibliches Kind?«

Sie hatte laut aufgelacht. »*Du* bist hier der Zauberer! Du mußt es mir sagen, wenn du kannst!«

Er hatte nicht darüber lachen können. Sein Gesicht war weiß wie das einer Leiche geworden. Langsam hatte er sich erhoben und den Kopf geschüttelt. »Ein Mädchen. Ich werde die Geister um ein Mädchen bitten.«

Verwirrt hatte sie mit den Schultern gezuckt und gelächelt. »Dann werde ich dasselbe tun. Doch was auch immer aus unserer Liebe entsteht, ob Mädchen oder Junge, es wird dem Herzen dieser Frau Freude bereiten.«

Er hatte sie eine Weile streng angestarrt, bevor er sich abwandte. Und seit diesem Tag hatte sie ihn nie wieder lächeln sehen, und er hatte auch nicht wieder die Schlaffelle mit ihr geteilt...

Neben ihr hielt Eneela ihre eigene Steinschleuder bereit, während sie besorgt Mahnies bleiches Gesicht bemerkte. »Was ist los?«

Mahnie schüttelte den Kopf. »Nichts...«

Eneela lächelte wissend. »Wir drei tragen alle Babys in unseren Bäuchen. Sicher hat deine Mutter dir schon erzählt, daß es völlig normal ist, wenn wir uns in dieser Zeit gelegentlich nicht ganz wohl fühlen.«

»Mir ist nicht schlecht«, erwiderte Mahnie.

»Aber du siehst so aus«, sagte Lonit und berührte ihre Augenbrauen.

Mahnie wehrte ihre Hand ab. Vor ihnen schrien Sommermond und Demmi auf, als Dak und Umak die älteren Mädchen jagten und sich mit der Gans und der Steinschleuder davonmachten. In weitem Bogen kamen sie zu Mahnie zurück und überreichten ihr die Beute. Gestern hätte sie sich noch über den Anblick der Kinder gefreut.

Aber als sich die Jungen jetzt umdrehten und davonrannten, um die Mädchen weiter zu ärgern, schlug ihr Herz schwerfällig, und ihre Mundwinkel sanken nach unten, während sie sich über ihren straffen Bauch strich. Sie hatte seit über zwei Monden keine Blutung mehr gehabt, und ihre Brüste waren angeschwollen. Aber wie konnte sie glücklich sein, wenn Karana es nicht war?

»Du mußt dir keine Sorgen machen, wenn er es tut«, riet Lonit ihr beruhigend. »Karana war schon immer sehr launisch. Hab Geduld mit ihm! Vielleicht muß er sich mit Lebensspender oder den Mächten der Schöpfung besprechen, um seinen Zauber für uns alle zu stärken.«

»Glaubst du?« fragte Mahnie voller Hoffnung. Manchmal, wenn alle anderen schliefen, spürte sie Karana neben sich wachliegen und über Dinge nachgrübeln, die er ihr nicht anvertrauen wollte.

»Natürlich!« bestätigte Lonit und nahm die kleine junge Frau in den Arm. »Wir alle haben so lange darauf gewartet, daß ein Kind im Bauch von Mahnie heranwächst. Wir hatten schon fast die Hoffnung verloren, daß es jemals geschehen würde. Vielleicht geht es Karana genauso. Jetzt, wo endlich ein neues Leben aus eurer Vereinigung entstanden ist, macht er sich Sorgen um dich. Weißt du, es ist keine einfache Sache, neues Leben auf die Welt zu bringen.«

Sie fühlte sich besser. Lonit hatte sie schon immer dazu gebracht, sich besser zu fühlen. »Karana hat das Lager und seine Frau verlassen, um in die hohen Wälder zu gehen. Du glaubst nicht, daß er böse auf Mahnie ist?«

Eneelas hübsches Gesicht verzog sich zu einem Grinsen. »Natürlich ist er böse! Wenn Mahnies Bauch erst einmal richtig anschwillt, wird Karana für lange Zeit keine Frau haben, zu der er in der Nacht kommen kann. In diesem kleinen Stamm wird es Simu und Torka genauso gehen.« Ihr Grinsen verschwand, als sie ihre Stimme senkte, damit die herumtollenden Kinder sie nicht hörten. »Eneela hat gehört, daß es in einigen Stämmen — im fernen Land, aus dem Torka uns geführt hat — Männer gibt, die wie Wölfe heulen und allein in ihren Schlaffellen keuchen, wenn sie keine Frau zur Verfügung haben. Manchmal nehmen sie ihre Speere und ziehen zu den Lagern anderer Stämme, um Frauen zu suchen. Und wenn die Männer in diesen Lagern ihre

Frauen nicht mit ihnen teilen wollen, gibt es Tote, und die Frauen werden gegen ihren Willen genommen, auf den Leichen ihrer Männer und Kinder.«

Mahnie riß ungläubig die Augen auf.

»Das ist wahr«, bestätigte Lonit und erschauderte vor ihrer eigenen Erinnerung. »Sowohl Iana als auch diese Frau wurden von solchen Männern gefangengenommen. Ianas neugeborener Sohn wurde von ihnen getötet und Sommermond fast auch, wenn Torka und Karana nicht gekommen wären, sie zu retten... rechtzeitig für mich, aber nicht für Iana.«

Eneela verzog das Gesicht und schüttelte sich. »Genug von diesen schrecklichen Dingen! Wir sollten alle froh sein, daß wir das Land solcher Männer verlassen haben. Simu hat dieser Frau gesagt, daß sich in seinem Stamm ein Mann damit abfinden muß, allein zu schlafen, wenn seine Frau ein Kind bekommt.«

»So ist es mit allen Männern, denen das Wohl ihrer Frauen am Herzen liegt«, fügte Lonit hinzu. »Trotzdem muß eine Frau Verständnis haben, wenn ihr Mann in dieser Zeit ein wenig unruhig wird. Aber Karana ist genug damit beschäftigt, die Zutaten für seine Zaubertränke zu sammeln, die er für uns in der Zeit der langen Dunkelheit zubereiten wird. Sicher hat er deswegen das Lager verlassen. Mahnie sollte froh darüber sein!«

Mahnie fühlte sich so erleichtert, daß sie Lonit noch einmal um den Hals fiel. »Du bist wirklich die Schwester meines Herzens, Lonit, Frau von Torka!«

Zu ihrer Überraschung umarmte Eneela sie alle beide. »In diesem guten Stamm sind wir alle Schwestern!« sagte sie und küßte sie beide auf die Wange, bevor sie zurücktrat und den fetten Körper der Gans begutachtete, der schlaff in Mahnies Hand hing. »Jetzt laßt uns unsere Kinder einsammeln und zum Lager zurückgehen. Vielleicht ist Mahnie ja bereit, die fette und wunderschöne Gans mit uns zu teilen!«

Torka wartete bereits, um sie zu begrüßen, als sie von der Vogeljagd zurückkamen. Die Frauen und Kinder wurden immer von mindestens einem Jäger begleitet, wenn sie das Lager verließen, um Fallen zu stellen, nach Knollen zu graben, Beeren zu sammeln oder mit ihren Steinschleudern zu jagen. Obwohl sie gewöhnlich auch Bruder Hund mit auf diese Ausflüge nahmen, damit er sie vor Gefahren warnte, untersuchte der Jäger das Gelände trotzdem zuerst auf Spuren von Raubtieren, bevor er die Frauen mit ihren Beschäftigungen allein ließ. Doch er blieb immer in der Nähe und beobachtete sie von einer Anhöhe aus, damit sie ständig in Sicherheit waren.

»Vater!«

Torka lachte, als er Umak und Dak sah, die seine Töchter überholten und auf ihn zuliefen. Die Jungen waren starke und schlanke Burschen mit leuchtenden Augen und Gesichtern. Bald würden sie mit ihren Vätern auf die Jagd nach größerem Wild gehen, aber jetzt waren sie noch jung genug, um den Frauen zu helfen. Umak blieb ein Stückchen hinter dem älteren Dak zurück, als sie vom Sumpfland die kleine Anhöhe hinaufrannten. Sie hielten vor Torka an und berichteten, daß es ein guter Tag gewesen war und die Frauen Erfolg gehabt hatten.

»Trotz der Mädchen!« sagte Umak, während Dak murmelte, daß sie immer nur im Weg waren und störten — gerade noch rechtzeitig, bevor die Mädchen zu ihnen aufgeschlossen hatten.

Demmi versetzte Umak einen Stoß. Er sprang vor, konnte dem Stoß aber nicht mehr entgehen. Mit ihren sieben Jahren war Demmi noch recht klein, aber immer noch größer als ihr Bruder und konnte sehr schnell laufen. Wenn die Jungen diesmal eher bei Torka gewesen waren, dann hatte sie ihnen absichtlich einen Vorsprung gelassen. Sommermond reckte das Kinn und hob ihre Nase, als ob solche Kindereien unter ihrer Würde wären.

Torka lächelte seine drei Kinder und Dak voller Liebe und Stolz an, während Lonit, Eneela und Mahnie sich näherten. Obwohl seine Frau mehr mit Mahnies Jagdgeschick prahlte als mit ihrem eigenen, sah er sofort, daß Lonit viel mehr Vögel am Riemen über ihrer Schulter trug. Karanas Frau errötete, und ihre Lippen verzogen sich zu einem Lächeln. Torka war froh, daß sie nach der Vogeljagd wieder besserer Laune war.

»Ich habe Aar vor einiger Zeit bellen gehört. Ich denke, daß Karana bald aus den Wäldern zurückkehrt«, sagte er zu ihr.

Vor Freude hätte sie fast laut aufgeschrien und eilte davon.

»Was ist mit der Gans?« rief Eneela. »Ich dachte, wir wollten sie teilen!« Aber Mahnie hörte nicht auf sie. Simus Frau kicherte, obwohl sie keinen einzigen Vogel an ihrem Schulterriemen trug. »Warum habe ich nur den Verdacht, daß diese schöne, fette Gans heute abend noch gar nicht gebraten und geröstet wird?«

Torka hatte einen besorgten Blick, als er seinen Arm um Lonits Schulter legte. »Karana sollte gebraten und geröstet werden, wenn er Mahnie nicht bald etwas zuvorkommender behandelt.«

»Wann hat er das jemals getan?« fragte Simus Frau, die sich Torka und Lonit anschloß, während sie begannen, die Kinder über die Hügel in die Höhle zu scheuchen.

»Mehr als zwei Monde lang ist alles gut zwischen ihnen gewesen«, gab Lonit zu bedenken. »Nur in den letzten paar Tagen gab es keine Freude an ihrer Feuerstelle mehr.«

Eneela seufzte. »Ich weiß, daß du ihn Sohn und Bruder nennst und wir seinen Zauberkräften unser Leben verdanken, aber ich würde Simu nie gegen ihn eintauschen wollen ... obwohl er ein sehr hübscher Zauberer ist.«

Sommermond nahm Torkas Hand und verkündete laut, so daß alle es hören konnten: »Der Zauberer wird eines Tages mein Mann sein!« Sie sprach mit großer Zuversicht, als wäre ihre Zukunft längst beschlossene Sache.

»Es ist wirklich noch zu früh für dich, an so etwas zu denken, meine Tochter!« sagte Lonit mit deutlicher Verwunderung.

Torka sah seine älteste Tochter an und bemerkte bestürzt, daß es gar nicht zu früh war. Sommermond war jetzt schon neun Jahre alt. Wie konnten nur schon so viele Herbste vergangen sein? Sommermond wurde allmählich erwachsen und brauchte bald einen Mann, der sie mit an seine Feuerstelle nahm. Er ärgerte sich, daß er nicht schon früher darüber nachgedacht hatte. Hatte er gedacht, seine Töchter würden für immer kleine Mädchen bleiben?

Es war still im Lager, als Mano, Yanehva und Ank vor ihrem Vater standen. Die zwei älteren Söhne hatten mit allem nötigen Respekt ihre Absicht vorgetragen: Mano wollte zurückgehen und das Fleisch, die Knochen und die Stoßzähne des Mammuts holen. Yanehva hatte diese Absicht nicht.

Die Arme über der Brust verschränkt stand Cheanah in der Haltung eines Mannes vor ihnen, der bereit zum Zuhören und Reden war. Er hatte ihnen zugehört, aber statt zu reden, sah er sie jetzt nachdenklich an. Zhoonali, die rechts neben ihm stand, hatte das Gefühl, an ihrer eigenen Ungeduld zu ersticken, wenn er noch länger schwieg.

Cheanahs Blick wurde immer unwilliger. »An den Geschmack von Mammutfleisch muß man sich zuerst gewöhnen«, sagte er schließlich. »Ich für meinen Teil habe nie versucht, mich daran zu gewöhnen. Und meine Söhne hätten nicht so weit im Norden jagen dürfen.«

Zhoonali wollte gerade etwas zur Verteidigung ihrer Enkel sagen, aber dann erwiderte Mano unbeeindruckt: »Es war der Geist des kreisenden Kondors, der zu mir sprach, mein Vater. Er sagte mir, ich solle meine Brüder in den Sumpf führen, damit wir das im Morast steckengebliebene Mammut finden. Wir haben kein Anzeichen des Wanawut gesehen oder gehört. Aber wir sahen das Mammut im Sumpf, das nur darauf wartet, geschlachtet zu werden. Seine langen Knochen ergeben die besten Speere, und aus seinen großen Stoßzähnen können wir...«

»Mano hatte keine Ahnung, was unter dem Schatten des Kondors lag, bevor er ins Sumpfland eindrang«, konterte Yanehva.

Zhoonali kaute nervös mit den wenigen Zähnen, die ihr noch geblieben waren. Ihre zwei ältesten Enkel waren flink und streitlustig. Niemand würde sie jemals hereinlegen können. Sie waren geborene Anführer – ganz im Gegensatz zu ihrem zögerlichen Vater. Cheanah wußte nicht, was er tun sollte, und sein Stamm spürte es genau und begann sich darüber zu ärgern.

Sie empfand eine bittere Enttäuschung. Warum hatte ausgerechnet der dümmste von all ihren Söhnen als einziger überlebt? Sie schüttelte ihren Kopf auf dem dünnen, sehnigen Hals.

Es war nicht gut, solche Fragen zu stellen, denn es gab keine Antwort darauf.

Jetzt reckte sich sich, so hoch sie konnte, in ihrem fersenlangen Kleid aus den weißen Federn einer Polareule. Es spielte keine Rolle, wieviel Stunden Arbeit in dieses Kleidungsstück gesteckt worden waren, jetzt kam es nur darauf an, daß es sie von allen anderen Frauen abhob. Es machte die Mutter Cheanahs und damit auch Cheanah selbst zu etwas Besonderem. Zhoonali war nicht mehr nur eine Hebamme, eine weise Frau und die Mutter des Häuptlings, sondern auch eine Zauberin. Dies war eine Illusion, die sie zum Wohl ihres Sohnes, des Stammes und zu ihrem eigenen Überleben hegte. Selbst in den schlimmsten Zeiten, wenn die Alten und Kranken als erste fortgeschickt werden würden, um sich für immer dem Wind zu überlassen, wurde ein Zauberer oder eine Zauberin gebraucht, um die Zeichen zu deuten — die einzige Macht Sterblicher, die für sie den Unterschied zwischen Leben und Tod ausmachen konnte.

Zhoonali holte einen Beutel aus Dachsfell hervor. Darin befanden sich weiße Knochensplitter und Zähne von jeder Tierart, die der Stamm getötet und verzehrt hatte, seit Karana mit Torka das Land des Vielen Fleisches verlassen und sie erkannt hatte, daß dies ihre Gelegenheit war, sich unentbehrlich machen.

»Wenn Cheanah wünscht, wird diese Frau, die ihre Macht aus seiner Stärke bezieht, für ihren Stamm die Knochen werfen, um festzustellen, was die Geister sagen.«

Und so wurden die Knochen geworfen, während Cheanah über ihr stand und den Eindruck zu erwecken versuchte, daß er und nicht die knochige Frau im Eulenfederkleid die Situation unter Kontrolle hatte.

Als Zhoonalis alte Finger in den Knochen herumstöberten, dachte sie nach: *Dieses Lager braucht das Fleisch nicht. Aber nirgendwo in diesem Lager gibt es die langen Knochen des Mammuts. Die Jäger wären zufrieden, wenn ihr Häuptling sie zu solchen Knochen führen würde, denn es ist richtig, wenn Mano sagt, daß sie die besten Speere ergeben. Und erst die großen Stoßzähne! Daraus könnte man hervorragende Pfosten für die neue Ratshütte des Häuptlings machen.*

Ihre Hände legten sich auf die Knochen, und sie beugte sich mit ihrem Körper darüber. Sie brauchte Zeit zum Nachdenken. *Die Worte dieser Frau müssen dem Stamm ins Bewußtsein bringen, daß sie für immer Cheanahs Stamm sind, mit ihren eigenen Traditionen, Totems und Tabus. Es ist Zeit, daß sie für immer mit Torka und seinem Totem brechen und sich auf die Sitten Cheanahs und ihrer eigenen Vorfahren besinnen!*

»Sprich, Zhoonali! Sag uns, wozu die Knochen uns raten!« drängte der alte Teean.

Zhoonali verzog verärgert den Mund. Teeans Alter gab ihm eine falsche Vorstellung von Wert und Autorität. *Die Knochen sagen überhaupt nichts, alter Mann! Es geht nur um das, was man glaubt, darin zu sehen.*

»Vielleicht...« begann sie mit einem leisen, lange geübten Krächzen. So mochte es klingen, wenn Knochen versuchten, durch den Körper eines Menschen zu sprechen. »Vielleicht... wenn die Mächte der Schöpfung den Mammutbullen in den Sumpf geführt haben... wenn der große Kondorgeist Mano zu ihm geführt hat... wenn der Stamm Cheanahs nicht von seinem Fleisch, seinen Knochen und Stoßzähnen nimmt, wäre es vielleicht eine Beleidigung des großen Mammutgeists und der Geister, die den Jägern dieses Stammes das Geschenk des Lebens gemacht haben...«

Sie zog sich von den Knochen zurück, blieb aber mit untergeschlagenen Beinen sitzen. Ihr Gesicht war ausdruckslos, aber innerlich lächelte sie. Sie hatte nichts gesagt, was später gegen sie verwendet werden könnte, sondern lediglich eine Vermutung ausgesprochen. Wie sie ausgelegt wurde, war Sache des Stammes. Aber für mutige Männer, die den Wert frischer Mammutknochen kannten und an die Macht der Geister glaubten, die durch lebende Menschen sprachen, gab es nur eine mögliche Entscheidung.

Ohne daß die alte Frau weiter drängen mußte, reagierte Cheanahs Stamm mit Begeisterung. Sie hatten den großen Bären und den Raben als Totemtiere, und inzwischen war das Mammut vermutlich ohnehin tot und schon zur Hälfte von Raubtieren gefressen. Aber die Geister hatten ihnen die Knochen und Stoßzähne zugedacht und was noch vom Fleisch übrig war. Die Mächte der Schöpfung hatten es durch die sprechenden Knochen Zhoonalis verkündet.

Doch als Cheanah seine Männer gefolgt von den Frauen mit dem Schlachtwerkzeug aus dem Lager führte, fiel Yanehva ein Stück zurück.

»Was ist los?« frage Ank, der stehengeblieben war, um auf ihn zu warten.

»Es gefällt mir nicht. Es war der große Mammutgeist des Mannes aus dem Westen, der unseren Stamm in dieses Tal geführt hat. Von seinem Fleisch zu essen wäre ein Frevel.«

Ank runzelte die Stirn. »Wenn unsere Großmutter und unser Vater nichts dagegen haben, ist es doch in Ordnung! Die Knochen haben gesprochen!« Er überlegte einen Augenblick. »Glaubst du, daß Torka noch am Leben ist?«

»Das spielt keine Rolle. Ob Torka lebt oder tot ist, es bleibt sein Totem, das uns in dieses gute Land geführt hat.«

»Er hatte eine hübsche Tochter«, erinnerte sich der kleine Ank verträumt. »Sommermond, so hieß sie.« Er duckte sich mit beschämt gerötetem Gesicht, als ihm sein Bruder einen gutmütigen Stoß versetzte.

»Ach, du denkst also auch schon an Mädchen!«

»Mädchen wachsen heran!« erwiderte Ank. »Und Jungen auch. Was haben wir in diesem Stamm schon für Mädchen, an die es sich zu denken lohnt? Nicht eine. Du und Mano, ihr müßt euch die Frauen der anderen teilen, und es wird noch Jahre dauern, bis die Babys von Ekoh und Ram alt genug sind, daß sie die Feuerstellen ihrer Väter verlassen können. Aber wenn Sommermond noch in diesem Lager wäre, wäre sie bald eine Frau, und vielleicht sogar meine Frau.«

»Sie ist aber nicht in diesem Lager und wird es auch nie wieder sein. Die Tochter von Torka ist unerreichbar! Unser Vater hat dafür gesorgt, daß wir weder sie noch sonst jemanden von Torkas Stamm jemals wiedersehen.«

3

Das Menschenjunge stand allein am Rand der Höhle und blökte wie ein verlorenes Kamel, während Mutter und Schwester vom Berg hinunterstiegen.

Vor Angst zitterte es. *Mutter ist müde und krank. Sie hätte heute die Höhle nicht verlassen dürfen!*

Als er endlich den ersten Schritt vor die Höhle setzte, konnte er seinen Ungehorsam vor sich selbst rechtfertigen. Wenn er Mutter nicht aus den Augen verlor, würde sie auch nicht verschwinden. Wenn ihr in der Welt unten Gefahr drohte, war er da, um ihr zu helfen. Selbst ein bißchen Hilfe war besser als gar keine. Außerdem war er sehr, sehr vorsichtig. Mutter würde niemals erfahren, daß er die Höhle überhaupt verlassen hatte.

Er bewegte sich langsam. Der Wind stand günstig. Wenn er sich nicht drehte, würde sie seine Witterung nicht wahrnehmen. Zu seiner Erleichterung sah sich Mutter kein einziges Mal um.

Ohne zu wissen, daß er ihnen folgte, hatten Mutter und Schwester ein gutes Stück zurückgelegt und drangen jetzt in das hohe, vom Frost trockene, braune Steppengras ein. Sie hinterließen eine Spur, die ihm die Verfolgung leicht machte. Die Grashalme juckten auf seinen ungeschützten Armen und Beinen. Der Wind wurde immer kälter und ließ ihn heftig zittern. Wenn er doch nur ein richtiges Fell hätte!

Er blieb stehen, als ihn für einen Moment der Schatten irritierte, der das Loch im Himmel verdunkelt hatte. Lange, durchscheinende Wolkenbänder warnten ihn. Er wußte, daß sie das Anzeichen für einen aufkommenden Sturm waren ... für einen großen Sturm!

Er folgte wieder Mutters und Schwesters Spur durch das Grasland. Nach einer Weile konnte er an der Höhe der abgebrochenen Gräser erkennen, daß Mutter jetzt Schwester trug. Sie mußte müde geworden sein. Er verstand, warum, denn noch nie hatte er sich so weit vom Nest entfernt. Seine Füße waren wund und blutig, als Mutter endlich das Sumpfgebiet erreicht hatte. Er war jetzt weit hinter ihr und stöhnte vor

Schmerzen, während er sich wunderte, wie Mutter ohne anzuhalten so weit wandern konnte.

Als er nicht mehr konnte, machte der Junge Rast. Das Schilf umgab ihn wie eine Mauer, die ihn von Mutter trennte. Das Schilf juckte noch stärker als das Gras. Er kratzte sich gereizt und setzte sich hin. Im nächsten Augenblick war sein Elchfell durchnäßt, und seine Hinterbacken zogen sich vor Kälte zusammen. Für seine Füße war der eiskalte Morast eine Wohltat.

Dann schrie Mutter plötzlich auf. Das Menschenjunge war sofort auf den Beinen und hatte seinen Schmerz und seine Müdigkeit vergessen. Sein Herz klopfte heftig in seiner Brust. Ein gutes Stück voraus flatterten Aasvögel kreischend aus dem Schilf hoch. Er duckte sich, damit die großen Falken, Adler oder Kondore ihn nicht entdeckten und womöglich davontrugen. Der Junge erkannte, daß Mutter geschrien hatte, um die Aasfresser vom Kadaver zu vertreiben, den sie nun für sich beanspruchte. Er war stolz auf seine Mutter.

Seine Zuversicht schwand jedoch, als er ein größeres Tier schwerfällig durch den Sumpf stapfen und keuchen hörte. Dann beschleunigte das dröhnende Brüllen eines Löwen seinen Herzschlag, und er hatte das Gefühl, daß er kaum noch atmen konnte. Der Wind brachte ihm den warmen, feuchten Gestank eines Fleischfressers.

Der Gestank irritierte ihn, denn er setzte sich aus mehreren verschiedenen Körpergerüchen zusammen. Dann hörte er die Schritte von mindestens zwölf Tatzen. Der Junge sah sich hektisch um. Mehrere Löwen hielten sich im Sumpf auf, und sie bewegten sich genau auf Mutter zu! Sie hatte sie vertrieben, aber jetzt kehrten sie zurück und schlossen langsam einen Kreis, um ihren Angriff vorzubereiten.

Dem Menschenjungen wurde übel vor Angst. Ohne zu zögern, kämpfte er sich einen Weg durch das Schilf, so schnell es sein kleiner Körper ihm erlaubte. Er schrie mit aller Kraft, so daß die Löwen ihm nur verblüfft nachsahen, als er plötzlich ihren Kreis durchbrach und weiterlief, ohne sich noch einmal umzublicken.

Die Bestie sah von ihrer Mahlzeit auf. Ihr Menschenjunges kam aus dem Schilf auf sie zugelaufen. Sie war stolz und froh, ihn zu sehen, spürte aber auch Verärgerung über seinen Ungehorsam. Neben ihr sah das Bestienkind stumpf das Menschenjunge an und aß weiter von der Schulter des toten Mammuts.

Dann entdeckte die Bestie die Löwen, die aus dem Schilf hervorkamen. Es waren zwei große zottige Weibchen und drei halberwachsene, aber kräftige Männchen. Die Bestie sprang auf, hob die Arme und schrie sie an, um sie mit ihren Zähnen, Krallen und dem Menschenstein abzuschrecken.

Die Bestie packte ihr Junges am Nacken, als die Löwen sich auf das Menschenjunge zubewegten. Es stolperte auf sie zu und hatte Mund und Augen vor Schrecken weit aufgerissen. Die Löwen würden ihn jeden Augenblick erreichen und seinem Leben ein Ende machen.

Mit einem Wutschrei sprang die Bestie vom Mammutkadaver herunter. Als sie hart im seichten Morast landete, pulsierten ihr Bein und ihr verletzter Arm schmerzhaft. Doch sie hatte jetzt keine Zeit, darauf zu achten. Sie knurrte verzweifelt, als sie auf ihr Junges zulief, weil sie wußte, daß ihre Kraft zu wünschen übrig ließ.

Die Löwen schlossen zum Menschenjungen auf, als plötzlich ein weißes, einäugiges Männchen mit schwarzer Mähne aus dem Schilf hervorbrach. Sie erinnerte sich. Sie kannte diesen Löwen.

Er blieb abrupt stehen. Sie sah in seinem mißgestalteten Gesicht, daß auch er sie wiedererkannte. Er schüttelte den Kopf und zeigte brüllend seine tödlichen Zähne. Aber sie lief weiter, denn sie wußte, daß er ihr Junges reißen würde, wenn er konnte, selbst wenn er sie nicht angreifen würde. Er brüllte erneut.

Vor ihm blieben die anderen Löwen stehen und blickten sich um. Ihre Schwänze zuckten, als würden sie auf ein Zeichen von ihm warten.

Die Bestie wartete nicht, bis er es gab. Sie hatte ihr Menschenjunges jetzt fast erreicht. Mit dem Menschenstein zwischen den Zähnen und ihrem weiblichen Jungen in der einen Hand, griff sie mit ihrer anderen nach ihm. Er klammerte sich sofort wie ein stechendes Insekt an ihr Fell, als sie herumfuhr und losrannte. Die Wunde in ihrem Arm hatte sich geöffnet, denn sie spürte eine warme Flüssigkeit herunterlaufen. Ihr Schenkel mit der alten Verletzung drohte sich zu verkrampfen. Sie schrie wütend auf, weil ihr Körper sie im Stich lassen wollte, aber es nützte nichts. Ihr Bein gab nach, und sie fiel hin. Sie lag flach am Boden, während ihre Jungen unter ihr Schutz suchten.

Der weiße Löwe war im nächsten Augenblick wie ein Blitz aus einer unsichtbaren Wolke über ihr. Er schien sich mit dem Gewicht der ganzen Welt auf sie zu stürzen und ihr das Leben herauszuquetschen, während er mit seinen großen Tatzen nach ihr schlug. Er versuchte sie umzudrehen, um an ihre Kehle und ihren Bauch zu gelangen. Sie spürte, wie er ihre Schulter aufriß, worauf sie ihren Menschenstein packte und mit aller Kraft zustieß. Der Löwe schrie vor Schmerz auf und machte einen Satz.

Während sie immer noch ihren Menschenstein hielt, nahm sie beide Junge in einen Arm. Sie versuchte aufzustehen und zu rennen. Dann hörte sie Geräusche, die sie seit vielen Monden nicht mehr gehört hatte. Es waren die Geräusche von Menschen, die aus dem fernen Grasland zu ihr drangen. Sie lief jetzt, während sich ihre Jungen an sie klammerten. Das kleine Weibchen verbarg sich zwischen ihren Brüsten. Das Männchen packte sie an ihrer Schulter und griff in die Wunde, die der Löwe mit seinen Krallen gerissen hatte. Sie wußte, daß das Menschenjunge versuchte, den Blutfluß aufzuhalten, aber damit er nicht das Gleichgewicht verlor, drückte sie ihn in den Schutz ihres kräftigen Arms zurück. Sie durfte nicht riskieren, ihn fallenzulassen. Sie durfte nicht langsamer werden. Sie mußte weiterfliehen, nicht nur vor den Löwen, sondern auch vor den Menschen, deren Stimmen sie gehört hatte.

Sie kamen mit ihren fliegenden Stöcken aus dem Grasland im Süden. Bald würden sie den Sumpf erreicht haben. Dann würden sie sie sehen und jagen, wie sie es schon immer getan hatten. Sie konnte sie bereits riechen.

Die Löwen mußten ebenfalls ihre Witterung wahrgenommen haben, denn obwohl sie neben ihr liefen, gaben sie die Verfolgung auf. Zu ihrer Erleichterung bogen sie ab und verschwanden im Gras. Sie durfte trotzdem nicht langsamer werden. Sie überquerte die Steppe und hielt auf die steinigen Hügel in der Ferne zu, während sie ihnen tief in das Grasland folgte.

Das Loch im Himmel war hinter dem zerklüfteten, schneebedeckten Horizont verschwunden, als sie sich von den Schmerzen und der Anstrengung erschöpft das neblige Hochland hinaufkämpfte. Wenn es einen Mond gab, konnte sie ihn durch die Wolken nicht sehen. Endlich erreichte sie ihre Höhle und kroch mit den Jungen sicher in den Armen in ihr Nest, um ungestört die lange Herbstnacht hindurch schlafen zu können.

Ohne ein Geräusch löste sich das Menschenjunge aus ihrer Umarmung und stand in der kalten Dunkelheit über ihr. In der Luft lag ein schwerer Geruch nach geronnenem Blut. Mutter blutete nicht mehr. Ihre jüngste Verletzung hielt sie nicht vom Schlaf ab — auch Schwester lächelte unbesorgt in ihren Träumen.

Das Menschenjunge wandte sich von ihnen ab. Er zitterte vor Kälte und setzte sich vor den Eingang der Höhle. Sein Bauch knurrte. Mutter und Schwester hatten ja vom Fleisch des Mammuts gegessen, er jedoch nicht. Aber das machte nichts, er hatte keinen Appetit. Er machte sich große Sorgen. Wieder war sie mit neuen Wunden in die Höhle zurückgekehrt, und wieder plagte er sich mit der Vorstellung, sie könnte eines Tages die Höhle verlassen und nicht mehr zurückkehren.

Er saß völlig still da und lauschte auf den Wind. Mondlicht strömte durch die Lücken in den Wolken. Er konnte die Welt unten fast so deutlich erkennen, als wenn es heller Tag gewesen wäre.

Am Rand des Graslands standen drei der zweibeinigen Menschen nebeneinander. Das Junge hielt seinen Atem an. Noch nie waren diese seltsamen, aufrechtgehenden Menschen dem Berg so nahe gekommen. Das Junge neigte den Kopf zur Seite, als er sie beobachtete. Ihren Rücken hielten sie genauso gerade wie die Stöcke, die sie bei sich trugen ... genauso gerade wie er selbst in unbewachten Momenten, wenn Mutter ihn nicht dazu zwang, die richtige, gebückte Haltung einzunehmen. Und ihre Arme waren nicht lang genug, um sich bequem auf den Knöcheln abzustützen. Tiefe Runzeln erschienen auf der Stirn des Jungen. Seine Arme waren ebenfalls zu kurz dafür! Die Arme der Menschen hingen gerade herunter und reichten bis zur Mitte ihrer Schenkel... genauso wie seine eigenen.

Ihre Behaarung war jedoch merkwürdig. Sie alle hatten unterschiedliche Felle. Aus der Entfernung sah es aus, als hätte einer am Körper das Fell eines Bären, an den Beinen das eines Yaks und an den Armen das eines Bisons. Ein anderer schien den Pelz eines Wolfes, eines Hundes und eines Karibus zu haben, während ihm lange Streifen Pferdefell den Rücken herabhingen. Zwei von ihnen besaßen große unförmige Köpfe mit Fuchsschwänzen daran. Ob sie auch Augen, Münder, Nasen oder Ohren besaßen, konnte das Junge nicht erkennen. Aber es sah, daß der größte von ihnen einen kleineren Kopf als die anderen hatte und daß sein Gesicht kahl war... während das Fell auf seinem Kopf lang und schwarz wie die Nacht war und so gerade und glatt wie ein Büschel frischen Grases.

Er hielt den Atem an. Seine Hände griffen an seinen Kopf. Seine Finger krallten sich um zwei dicke, verfilzte Haarsträhnen und zogen sie nach vorne. Sein eigenes Kopffell war genauso wie das des Menschen, der unten in der Welt stand. Wie konnte das sein?

Er starrte sie durch seine Haarsträhnen an. Die Menschen hatten einen engen Kreis gebildet. Der Wind hatte sich gedreht, so daß er sie jetzt hören konnte, wie sie abwechselnd Laute von sich gaben.

Seine Hände fuhren an seine Kehle. Die Menschen machten Laute! Sie gaben nicht nur Maunzen, Knurren, Kreischen oder Keuchen von sich. Jeder Laut hatte eine Form, in der eine Bedeutung zu stecken schien, die ihm zwar entging, aber ein beruhigendes Gefühl gab.

Er schloß die Augen und lauschte: Ein Mensch machte einen Laut, dann antwortete ein anderer. Irgendwie wurde auf diese Weise eine Botschaft übertragen. Er konnte es deutlich spüren und versuchte, sie nachzuahmen. Er holte tief Luft, drückte sie aus seinem Brustkorb und behielt sie in seinem Mund. Er ließ sie über seine Zunge streichen, gab ihr Form und ließ sie dann langsam als Laute entweichen.

»Ahh... kah... wah... mah...« Da die Laute für ihn keinen Sinn ergaben, wußte er nicht, warum sie ihn gleichzeitig befriedigten und traurig machten.

»Mah... nah... rah... vak...« Auf diese Lautreihe ließ er die folgen, die Mutter manchmal zum mitternächtlichen Mond hinaufrief: »Wah... nah... wah. Wah... nah... wut...« Er öffnete die Augen. In der Welt unten drehten sich die Menschen um und gingen zurück ins Grasland. Das Junge beobachtete sie.

Hinter ihm in der Höhle seufzte Mutter im Schlaf. Obwohl es keine artikulierten Laute waren, wußte das Menschenjunge, daß sie Schmerz bedeuteten.

Er stand auf und wollte der Nacht bereits den Rücken zuwenden, als er kurz etwas Weißes aufblitzen sah. Es bewegte sich im Gebüsch neben dem Fluß am Rand der Schwemmebene. Er sah genauer hin und erkannte den weißen Löwen. Es war der, der Mutter angegriffen und verletzt hatte.

Er stand im Eingang der Höhle und sah haßerfüllt auf die Welt hinunter. Solange Mutter schwach und langsam war, gehörte diese Welt den Löwen und Wölfen. Sie, Schwester oder er selbst waren darin nicht sicher.

Ein leichter Regen setzte ein. Das Junge drehte sich um und ging in die Höhle zurück. Er stand vor dem Nest und sah auf Mutter und Schwester hinunter. Sie schliefen tief und fest zwischen den schützenden Wänden des Berges.

In der Ferne brüllte ein Löwe. Das Menschenjunge zuckte zusammen und lauschte. Es wußte, daß Mutter und der Löwe sich gegenseitig wiedererkannt und gefürchtet hatten. War der weiße Löwe nicht nur für die Wunde auf ihrem Rücken, sondern auch für die Narbe an ihrem Bein verantwortlich? Hatte Mutter sein Gesicht verletzt und ihm ein Auge ausgestochen? Er hoffte es.

Langsam und vorsichtig, um Mutter oder Schwester nicht zu wecken, stieg er zurück ins Nest und kuschelte sich an sie. Schwester öffnete kurz ihre Augen. Sie lächelte und legte ihren langen, graubepelzten Arm um ihn, bis sie mit einem zufriedenen Schmatzen wieder einschlief.

Das Menschenjunge lag ruhig da. Jetzt war ihm warm.

Draußen vor der Höhle verwandelte sich der Regen in Schnee.

Der weiße Löwe brüllte noch einmal und war dann still.

Das Menschenjunge schlief und träumte. Es sah sich als Erwachsenen mit dem Menschenstein in der Hand, wie er allein die Höhle hinunterstieg, um den weißen Löwen zu töten, damit Mutter sich nie wieder fürchten mußte.

4

Die Sonne verschwand über den Bergen im Westen, und Winter senkte sich über das Land. Jetzt war die Zeit der langen Dunkelheit, wenn der Tag nur noch eine Erinnerung war und die Nacht ewig dauerte.

Stürme tobten über die Welt. Der Himmel war selten klar, aber wenn er es war, funkelten das verschneite Tal und die umliegenden Hügel und Berge im Licht des Mondes und der Sterne. Die Luft war so kalt, daß der Bodennebel aus Eiskristallen bestand, die Menschen und Tieren die Lungen zerreißen konnten, wenn sie sie zu tief einatmeten.

Tief in ihren Verstecken und Höhlen verlangsamte sich der Herzschlag der Tiere im Winterschlaf, während Felle, Federn und dicke Fettschichten die Kälte abhielten. In den Seen und Flüssen tauchten Fische in tieferes Wasser ab oder starben. Und in den windgeschützten Schluchten verbargen sich Vögel und Raubtiere vor den Stürmen, während die Herdentiere dichte Gruppen bildeten, um sich gegenseitig zu wärmen.

Torkas geräumige, gut ausgestattete Höhle wurde durch Felle am Eingang vor dem Winter geschützt. Als zusätzlichen Schutz vor der Kälte hatte der Stamm eine große Hütte errichtet, in der das Leben fast genauso seinen Gang ging, als würden sie auf der offenen Tundra lagern. Im Licht des heruntergebrannten Feuers und der Talglampen vertrieb das Lachen der Kinder die Schatten der endlosen Nacht.

Karana grübelte in der Winterdunkelheit. Mit dem großen Hund Aar an seiner Seite durchstreifte er die winterliche Welt, wann immer das Wetter es erlaubte. Unter der sternenübersäten Haut der Nacht suchte er den Kontakt mit den Geistern und bat sie, seinem Stamm beizustehen und im Bauch seiner Frau ein weibliches Kind heranwachsen zu lassen. Denn er wußte, daß er es zum Wohl des Stammes töten mußte, wenn es ein Junge wurde, damit Navahk nicht durch sein Fleisch wiedergeboren wurde.

Aber wie sollte Karana es töten? Unter welchem Vorwand? Und könnte er sich dazu überwinden, wenn es soweit war? Würde Torka ihm erlauben, das Kind zu ermorden?

Das spielte keine Rolle. Es mußte auf jeden Fall geschehen! Doch Karana wußte mit schmerzlicher Gewißheit, daß er anschließend seiner geliebten Mahnie nie wieder in die Augen sehen könnte. Aber der Tod des Neugeborenen und der Tod seines Lebens mit Mahnie waren der Preis, den er zahlen mußte, nachdem er sich leichtsinnigerweise dazu entschlossen hatte, als Mann mit ihr zusammenzuleben.

»Du machst dir zu viele Sorgen!«

Torkas Bemerkung überraschte ihn. Er hatte allein auf einem schneefreien Felsblock vor einem dichten Weidengebüsch gesessen. Aar war schon vor einiger Zeit verschwunden, um mit aufgerichtetem Schwanz die Gegend zu beschnuppern, hier und da sein Bein zu heben und gelegentlich leise wie im Selbstgespräch zu bellen. Karana fuhr erschreckt zusammen, als Torka plötzlich neben ihm stand.

»Und du solltest besser auf das achtgeben, was hinter deinem Rücken passiert!« tadelte Torka ihn ruhig, hockte sich neben den Zauberer und legte seine Speere über seine Schenkel.

»Ich mache mir keine Sorgen«, erwiderte Karana grimmig.

»Du machst dir ständig Sorgen ... aber nicht wegen deiner Rückendeckung, scheint mir.«

Karana fühlte sich in die Ecke gedrängt. »Ich bin ein Zauberer. Die Menschen erwarten von mir, daß ich mir Sorgen mache. Was tust du hier?«

»Du bist jetzt schon sehr lange von der Höhle fort. Mahnie wird unruhig, und Wallahs Knochen künden einen heraufziehenden Sturm an. Sommermond vermißt dich, denn sie möchte mit dir die Freude über das gute Lager teilen, in das uns deine Visionen vom wunderbaren Tal geführt haben.«

»Du hast dich auf die Bitte von Frauen hin auf den Weg gemacht?«

»Ich habe mich auf den Weg gemacht, weil ich um meinen Sohn besorgt bin. Du grübelst zuviel, Karana — es sei denn, der Geisterwind hat dir Anlaß zur Sorge gegeben. In diesem Fall solltest du deine Sorgen lieber mit mir teilen.«

»Nein!«

»Ist das eine Weigerung oder eine Verneinung?«

Karana hielt den Atem an. Er hatte vergessen, wie leicht Torka seine Gedanken erriet. »Ich stimme die Gesänge für den Stamm an, erzähle die Geschichten des Stammes und tanze die Beschwörungen mit dem Stamm! Was soll ich denn noch für ihn tun? Ich brauche Zeit, um mich mit den Geistern zu beraten. Ein Schamane hat viele Verantwortungen. Und seit wann ist es falsch, wenn sich ein Mann Sorgen um seine Frau macht, die ein Kind erwartet?«

»Das ist nicht falsch. Mehr als durch alle Gesänge, Geschichten und Tänze würde Mahnies Schwangerschaft durch ein einfaches Lächeln und die ehrliche Liebes ihres Mannes erleichtert werden.«

»Wenn das Baby geboren ist ... und ich mit eigenen Augen gesehen habe, daß alles in Ordnung ist, dann werde ich lächeln.«

Wenn es ein Mädchen ist, fügte er in Gedanken hinzu. *Denn wenn es ein Junge wird und ich es getötet habe, werde ich wohl nie wieder lächeln.*

Der Winter verging nur langsam.

Die Frauen verbrachten die Zeit damit, aus den vielen Fellen und Sehnenfäden, die hoch an den Wänden gestapelt und in der Zeit des Lichts vorbereitet worden waren, neue Kleidung zu nähen. Für die Männer gab es keine Notwendigkeit, auf die Jagd zu gehen. Wenn der Mond die Welt in bläuliches Licht tauchte und die wilden Hunde das Lied des Rudels und der Jagd sangen, lauschten die Männer des Stammes und seufzten gelangweilt.

»Wann glaubst du werden wir Bisons in diesem wunderbaren Tal finden?« fragte Grek. »Vielleicht würde sich meine Wallah nach einem guten, fetten Buckelsteak besser fühlen. Glaubt der Zauberer, daß wir bald auf Bisons stoßen?«

»Vielleicht . . . ja . . .« antwortete Karana im geübten Tonfall eines Sehers.

Aber nachdem die nächsten Stürme vorbei waren und Karana am östlichen Rand des Tals mit Bruder Hund auf Streifzug war, stieß er auf eine Bisonspur. Als er sie verfolgte, entdeckte er ein halb erwachsenes Kalb, das sich von einer kleinen Herde getrennt hatte, die nur ein paar Meilen weiter über die schneebedeckte Tundra zog. Der Zauberer kehrte sofort zur Höhle zurück, wo Grek in aller Eile seine Speere und Speerwerfer nahm und im nächsten Augenblick unterwegs war. Karana zeigte ihm den Weg, und Torka folgte ihm mit Simu. Der Zauberer hielt sich zurück, so daß Grek seine Beute erlegen konnte, bevor die anderen zu ihm aufgeschlossen hatten.

»Nicht schlecht für einen alten Mann, was?« rief er. Nachdem er die Zunge und zwei große Stücke aus dem Buckel herausgeschnitten hatte, überließ er ihnen den Rest des Tieres, während er schon zur Höhle zurücklief, um seine Schätze mit Wallah zu teilen.

Als Grek den Wetterschutz zur Seite schlug und zu seiner Frau trat, verflog sein Glück, als er Wallahs mattes Lächeln sah. Sie schien mit ihrem Bein auch ihren Appetit verloren zu haben. In den vergangenen Monden war sie sichtlich im Fell des Bären geschrumpft, der sie verstümmelt hatte. Ihre Wunde heilte. Die dicke Schorfkruste, die sich darüber gebildet hatte, blätterte allmählich ab, um frisch vernarbtem Gewebe Platz zu machen. Doch Grek wußte, daß sie immer noch Schmerzen hatte.

»Buckelsteaks, Frau! Und Bisonzunge!« verkündete er. »Damit sich meine Frau in der Winterdunkelheit besser fühlt!«

»Diese Frau fühlt sich gut genug!« protestierte sie und bemühte sich, begeistert auszusehen, als er sich vor ihr hinkniete.

Sie saß auf ihren Schlaffellen und stickte gerade eine Borte aus feinen Federn an die Tasche, in der Mahnie eines Tages ihr Baby tragen würde. Ihr einst stattlicher Körper sah jetzt klein und dürr aus.

Grek tat so, als würde er es nicht bemerken. Er nahm sein Messer, das vor der großen ausgehöhlten Talglampe lag, die er vor Jahren für sie aus einem länglichen grünen Stein geschnitzt hatte. Es war ein Teil ihres Brautpreises gewesen.

Der Preis hat sich ausgezahlt, dachte er, als er sich daran erinnerte, wie schön diese Tage gewesen waren und wie viele Jahre schon vergangen waren, seit er an der Lampe gearbeitet hatte. Jetzt saß eine alte, von Schmerzen gequälte Frau vor ihm, die jedoch immer noch Wallah war, genauso wie er immer noch Grek war. Er senkte den Blick und knirschte mit den Zähnen. In seinem Herzen und seinen Knochen und an den glatten, abgenutzten Schneiden seiner Backenzähne fühlte er, daß tatsächlich ein Lebensalter vergangen war.

Hinter ihr versuchten die anderen Frauen, das große Kochfeuer wieder in Gang zu bringen. Die Kinder liefen im Kreis herum und sangen die Lieder, die Karana ihnen beigebracht hatte und mit denen um gutes Fleisch gebeten wurde. Ihr Gesang munterte ihn ein wenig auf, als er daran dachte, daß bald ihr erstes Enkelkind an ihren Spielen und Liedern teilnehmen würde.

»Dies ist ein gutes Lager für uns«, sagte er, schnitt ein Stück Fleisch ab und gab es Wallah.

»Ein gutes Lager«, stimmte sie zu, nahm das Fleisch und bemühte sich, begeistert auszusehen.

Grek konnte sich nicht begeistern, als er ihr zusah. Er wußte, daß sie sich zum Essen zwang, weil sie ihn sonst unglücklich gemacht hätte. Sie bat ihn nicht um ein zweites Stück, und als er ihr ein weiteres reichen wollte, winkte sie ab und seufzte entschuldigend. »Vielleicht habe ich später mehr Hunger. Jetzt sollte Grek essen. Bitte! Er würde Wallah damit sehr glücklich machen.«

»Später«, sagte er. »Wenn die anderen zurückgekommen sind und Wallah sich am Festmahl beteiligt, dann wird Grek essen.«

Und das tat er auch.

Aber viel später, als das Festmahl vorbei und der Stamm eingeschlafen war, lag er nackt neben Wallah unter ihren Schlaffellen. Er genoß die wohlige Wärme im gemeinsamen Fellzelt, aber er machte sich Sorgen, als er wie so oft ihren Rücken streichelte und spürte, wie dünn sie geworden war. Wo war nur der große, breite Fleischberg geblieben, der einst so gut zu seinem Körper gepaßt hatte?

»Du mußt mehr essen! Du wirst allmählich zu einer dünnen Frau«, sagte er zu ihr.

Sie schnaufte. »Manchen Leuten kann man es einfach nicht recht machen! Mit deinem eigenen Mund hast du dich vor noch gar nicht so langer Zeit beschwert, daß ich eine fette Frau sei... so fett wie ein Nagetier, das sich auf den Winterschlaf vorbereitet hat!«

»Es ist Winter!« erinnerte er sie. »In Wirklichkeit hat dein Mann dieses Fett sehr geliebt, und er möchte, daß es wieder an seinen Platz zurückkehrt!«

»Und das Bein sicher auch.«

Ihre Bitterkeit verletzte ihn. Das war eine Sache, die er weder lindern noch herbeiwünschen konnte, wie sehr er es auch versuchen mochte. Also umarmte er sie fest, aber vorsichtig, um ihr keinen Schmerz zu bereiten. Er küßte ihren trockenen, schmalen Hals, der einst mit dem feuchten Fett einer Frau angefüllt gewesen war, die es liebte zu essen. »Grek hat nicht für ein Bein fünf Speere, eine Steinlampe und zwölf Bisonfelle vor die Hütte deines Vaters gelegt. Diese Dinge hat er für eine Frau gegeben... eine Frau namens Wallah.«

»Eine zweibeinige Frau namens Wallah.« Ihr Flüstern wurde fast von ihren Tränen erstickt.

Er setzte sich auf, so daß er ihr tränenüberströmtes, schmerzvolles Gesicht in seine Hände nehmen konnte. »Eine mutige Frau mit einem breiten Hintern und großem Busen namens Wallah.« Seine Hände glitten ihre Schultern hinunter und streichelten ihre Brüste, als er sich zu ihr herunterbeugte, um sie zärtlich zu küssen. »Was ist schon ein Bein, wenn Grek immer noch seine Frau hat... seine tapfere Frau, die selbst Bären in die Flucht schlägt! Seine Wallah!«

Sie schluchzte leise und wandte ihr Gesicht ab. »Ich bin alt und müde und so voller Schmerzen ... und mit nur noch einem Bein.«

»Wir werden gemeinsam alt, Frau! Nicht viele haben das Glück, das von sich behaupten zu können! Alt und in einem guten Lager, wo unsere Tochter vor neuem Leben anschwillt, das uns bald viel Freude machen wird! Außerdem hast du dein Bein doch noch! Dort, in dem Elchfellbeutel. Es ist ein Teil von dir, aber nicht der wichtigste. Der ist hier ...« Seine Hand legte sich zwischen ihre Brüste, auf ihr Herz. »Meine tapfere Frau, meine Frau mit dem Herzen eines Bären! Meine Wallah! Du mußt essen und wieder stark werden, wenn schon nicht um deinetwillen, dann wenigstens für unsere Mahnie. Sie wird dich in der nächsten Zeit brauchen, und ihr Baby wird ohne Großmutter nicht sehr glücklich sein ... und ...« Er verstummte, schüttelte den Kopf und legte sich auf ihr Herz, damit sie die Tränen in seinen Augen nicht sah. »Nein, meine Frau. Nicht für Mahnie oder ihr Baby, sondern für ihren Mann. Denn ohne seine Wallah wird Grek nicht mehr den Mut zum Weiterleben haben!«

Die Menschen begannen die Veränderung zu spüren, lange bevor der erste Hauch von Farbe kurz die Dunkelheit am östlichen Horizont aufweichte.

»Schau, Vater! Ich glaube, es ist Morgen!« rief Demmi begeistert.

Es war ein Morgen, aber nur ein kurzes goldenes Versprechen eines Sonnenaufgangs, der nie kam, eines Tages, schon wieder vorbei war, bevor er richtig begonnen hatte.

»Zwischen den Stürmen ist jetzt Licht am Himmel, Vater. Wenn du das nächste Mal mit den anderen auf die Jagd gehst, wirst du dann Dak und diesen Jungen Umak mitnehmen?«

»Ja«, stimmte Torka zu, als er Simu nicken sah. »Es ist Zeit.«

»Ja, es ist wirklich Zeit«, meinte auch Lonit nach einer Weile.

»Stimm die Gesänge für den kommenden Tag an, Zauberer! Denn dieses Mädchen sehnt sich nach der Rückkehr des dauernden Lichts!« bat Sommermond.

Karana kam ihrem Wunsch nach, und schon bald, nach vielen weiteren Dämmerungen zeigte sich die Sonne über den Gipfeln der Berge im Osten. Die Menschen versammelten sich im Eingang der Höhle, um sich über die Tage des Lichts zu freuen, die nun folgen würden.

5

Mit den ersten Anzeichen des Morgens kamen auch die ersten Windböen. Doch während des Hungermondes blieb es noch dunkel. Die Sterne standen an einem Himmel ohne Licht, nur am fernen östlichen Horizont war ein schwacher Lichtschein. In dieser unruhigen frühen Stunde sah Zhoonali wütend zu ihrem Sohn auf und hielt sich an den Fransen seines Ärmels fest. »Warte!« flüsterte sie.

Cheanah blieb vor seiner neuen, größeren Erdhütte stehen. Es war ein beeindruckender Bau, der den höchsten Häuptlingen gerecht wurde. Die Stoßzähne und vier der Rippen des alten, im Morast verendeten Mammutbullen stützten das gewölbte Dach, und das zottige Fell des Tieres bedeckte den Rahmen.

Mit der Herablassung eines Mannes, der sich an seine Herrschaft gewöhnt hatte − und viel zu sorglos geworden war − drehte Cheanah sich um und sah seine Mutter an. »Du bist sogar noch früher als gewöhnlich aufgestanden, Mutter. Was ist los?«

»Ist dein männliches Bedürfnis schon wieder über dich gekommen? Nicht einmal der große Bärengeist paart sich so oft, Cheanah! Die Männer des Stammes haben langsam genug davon, in der Winterdunkelheit zur Seite zu rollen, damit du ihre Frauen besitzen kannst!«

Das Sternenlicht schien wie kleine Schneeflocken in seinen zusammengekniffenen Augen. »Geh zurück unter deine Schlaffelle, Mutter! Du hast vergessen, wie es jungen Männern und Frauen geht.«

»Nimm dich in acht, Cheanah! Ekoh nimmt es dir übel, daß du seine Frau vorziehst. Du darfst seine Großzügigkeit nicht überstrapazieren. Und du mußt die Ängste zerstreuen, die deinen Stamm plagen!«

Er seufzte. Es war nicht das erste Mal, daß sie mit dieser Forderung zu ihm kam. »Dies ist ein gutes Lager. Meinem Stamm fehlt es an nichts.«

»Nein, es fehlt ihm nichts, und dies ist wirklich ein gutes Lager — aber ein so gutes, daß der Stamm sich fragt, wie lange das noch so weitergehen kann! Du hast versprochen, den weißen Löwen zu töten, aber es ist dir nicht gelungen. Finde den Löwen und töte ihn! Enthäute ihn und häng seinen Kopf...

»Ich würde ja, wenn ich könnte.« Er seufzte. »Ich habe keine Spur mehr von ihm gefunden, seit er mit dem Wanawut und seinen Jungen in den Hügeln verschwand.«

»Du hättest nicht damit prahlen sollen, daß du ihn töten würdest!«

»Vielleicht nicht. Aber was wollen wir mit noch einem Fell in einem Lager voller hervorragender Felle?«

»Es geht nicht um das Fell. Es zählt nur, was Cheanah gesagt hat.«

»Gesagt? Bah!« spuckte er aus und winkte ab. »Der weiße Löwe wird an den nördlichen Rand des Sumpflandes zurückkehren, wenn die Sonne wiedergekommen ist. Dann werde ich ihn jagen und töten. Und dann wird der Stamm erleben, daß nicht nur Torka im Fell eines Löwen durch das Land geht... wenn Torka überhaupt noch durch das Land geht!«

Zhoonali beobachtete, wie er das Lager durchquerte und in der Erdhütte von Ekoh und seiner Frau Bili verschwand. Sie runzelte besorgt die Stirn. In dieser harten, unsicheren Jahreszeit, wenn die Menschen hilflos ihren Ängsten ausgeliefert waren, sollten dickköpfige Häuptlinge sie nicht auch noch schüren.

Als sie hörte, wie die Felltür einer Erdhütte zurückgeschlagen wurde, sah sie, wie Ekoh splitternackt aus seiner Hütte kam. Er zog eins seiner Schlaffelle hinter sich her und starrte zum Himmel hoch. Der schlanke, normalerweise besonnene Jäger ballte die Fäuste und legte sich das Fell um die Schultern. Er brummte verärgert und ging ein paar Schritte weit auf Rams Hütte zu, bevor er sich umdrehte und einen Strahl Urin in Richtung seiner eigenen Erdhütte entließ.

Cheanah hatte sich diesen Mann zum Feind gemacht, dachte Zhoonali.

Sie fragte sich, ob Ekoh vielleicht überlegte, Torka doch noch ins Verbotene Land zu folgen. Ekoh hatte den Mann aus dem Westen bewundert. Seine Frau Bili hatte viele Tage lang über die Trennung von ihrer Schwester Eneela getrauert, aber Ekoh war ein praktisch denkender Mann. Er schätzte die junge Frau und Mutter seines Sohnes Seteena sehr und würde sie nicht leichtfertig den Gefahren des Unbekannten aussetzen.

Zhoonali seufzte. Warum suchte sich Cheanah von allen Frauen im Lager immer wieder Bili aus? Er mochte die junge Frau gar nicht. Außerdem hatte Bili niemals ein Geheimnis daraus gemacht, daß sie Cheanah abstoßend fand.

»Tanz!« forderte Cheanah.

»Such dir eine andere Partnerin!« riet Bili ihm, während sie sich gegen seinen Ansturm wehrte.

Er lag nackt über ihr, bewegte sich, versuchte sie zu küssen. »Tanz!« befahl er erneut und unterstrich seine Forderung mit starken Händen, die ihren Hintern bearbeiteten und ihre Beine auseinanderdrängten. Dann trieb er sein Organ so tief in sie hinein, daß Bili schmerzvoll aufstöhnte. »Komm, du weißt doch, daß du es willst! Wer sonst kann so tief zustoßen?«

Sie biß sich auf die Unterlippe, während sie sich gegen ihn wehrte.

»Beweg dich!« brüllte er und biß ihr aus Frustration über ihre mangelnde Reaktion in den Hals.

»Verschwinde, Cheanah!« brummte sie und stemmte sich gegen seine Schultern. Sie bewegte ihre Hüften, aber nicht um ihn zu befriedigen, sondern um sich von ihm zu befreien.

Er zog sich plötzlich aus ihr zurück und keuchte lustvoll, als er sie vor Überraschung und Schmerz stöhnen hörte. Er nahm ihre Brüste in die Hände und begann, ihre Brustwarzen zwischen Daumen und Zeigefinger zu bearbeiten. »Wenn du dich für Ekoh breitmachen kannst, kannst du es auch für mich.«

»Ekoh ist mein Mann! Und du kommst viel zu oft!«

»Ich bin dein Häuptling. Möchtest du nicht auch etwas Spaß mit Cheanah haben? Wer sonst hat solche Brüste? Deine Schwester Eneela vielleicht? Aber sie ist fort und hat ihre schönen großen Brüste mitgenommen, die dazu da sind, daß Babys und Männer daran nuckeln. Aber es ist gut, daß sie fort ist, denn Torka hätte seine Frauen nicht geteilt. Doch du bist hier, und ich will Ekohs Frau mit ihm teilen. Ja, so ist es gut, ja . . .«

Er bearbeitete ihre Brüste mit seinen Lippen. Erneut keuchte sie auf. Wenn Ekoh es so machte, fingen ihre Lenden Feuer. Sie bäumte sich auf und öffnete sich ihm mit einem lustvollen Stöhnen. Aber Cheanah küßte sie nicht – er saugte wie ein kleines Baby und berührte sie gleichzeitig tief zwischen ihren Schenkeln, nicht um sie zu ihrer beiden Freude bereit zu machen, sondern nur zu seiner eigenen Befriedigung. Er prüfte sie nur auf ihre Bereitschaft, wie er vielleicht ein Stück röstendes Fleisch betastete, um zu sehen, ob es schon gar war.

Bili verspürte nur Abscheu. Cheanah verlangte zuviel und zu oft und außerdem ohne jedes Geschick.

»Nein!« zischte sie und versuchte sich verzweifelt von ihm zu befreien. Aber es war zwecklos, sie konnte ihm nichts entgegensetzen. Für einen Moment verfluchte sie Ekoh, weil er ihren Körper so bereitwillig Cheanah überließ. Aber sie wußte, daß es auch für ihn nicht leicht war. Es war überhaupt nicht leicht.

Ihr offener Widerstand war die reinste Aufforderung für Cheanah. Deswegen war er zu ihr gekommen – weil gerade dies ihn am meisten erregte. Keine der anderen Frauen im Stamm würde sich gegen ihn wehren. Die Tradition verlangte, daß sie sich ihm fügten. Außerdem wurden ihre Männer geehrt, wenn der Häuptling um sie bat. Er lachte in sich hinein. Frauen waren so dumm. Wenn Bili wüßte, warum er sich unbedingt bei ihr befriedigen wollte, würde sie keinen Widerstand leisten. Wenn sie tanzen, seufzen und sich ihm öffnen würde, wäre der Reiz der Eroberung für ihn verloren.

»Geh . . .« bettelte sie mit einem verärgerten Unterton in der Stimme.

»Bald...« Er packte ihre Brüste und begann mit dem, was sie immer abstieß, worauf sie sich wie ein zappelnder Fisch gegen ihn wehrte. Er war ein großer Mann. Unter den Schlaffellen mußte er wie ein großer Bär wirken, der sich über ein Rehkitz beugte, während er ihre Arme und Beine mit seinen festhielt und tief zwischen ihre Schenkel stieß. Er drang mit seiner Zunge in ihren Mund ein, um den süßen Geschmack nach Frau zu spüren, bis...

Etwas warf sich knurrend und fauchend gegen seinen Rücken. »Laß meine Mutter zufrieden!«

Die Schläge des kleinen Seteena wurden durch die dicken Schlaffelle gemildert. Cheanah schwang nur einmal seinen Arm nach hinten, um den Jungen in die Ecke zu schleudern. Als er sich umdrehte, sah er den Jungen auf einem Haufen Schlaffelle liegen, während neben ihm die dreijährige Tochter Bilis und Ekohs verzweifelt heulte.

Cheanah knurrte verärgert. »Verschwinde!« befahl er dem Jungen. »Bring deine Schwester in eine andere Erdhütte! Du entehrst deinen Vater, wenn du deine Hand gegen jemanden erhebst, den er in seine Hütte und zu seiner Frau eingeladen hat.«

Der Junge hob den Kopf. Seine Nasenflügel bebten, und seine Augen funkelten.

»Geh!« sagte seine Mutter zu ihm, bevor er etwas erwidern konnte. Als Cheanah auf sie hinuntersah, stellte er befriedigt fest, daß sie Angst hatte, der Häuptling würde ihren Sohn für seinen Angriff bestrafen. »Nimm deine Schwester mit in die Hütte von Ram. Dein Vater ist auch dort.«

Mit offenem Groll gehorchte ihr der Junge.

Cheanah beobachtete, wie er seine Stiefel und Kleider anzog und seine Schwester in den Arm nahm. Er war recht klein für sein Alter. Länger als nötig stand der Junge mit dem Rücken zur Felltür da und starrte Bili an.

Als er verschwunden war, lächelte Cheanah und wandte seine Aufmerksamkeit wieder der Frau unter ihm zu. »So«, säuselte er. »Wo waren wir stehengeblieben?«

»Du wirst ihm doch nichts antun?... Er wollte nicht...«

»Er ist ein mutiger Junge, wenn er seine Mutter verteidigt.

Aber es ist nicht gut, wenn ein Junge einen Älteren beleidigt. Er muß bestraft werden... vielleicht aus dem Stamm verstoßen werden...«

»Nein, Cheanah! Bitte nicht! Bili wird für Cheanah tanzen... damit er nicht böse auf ihren Sohn ist!«

Und so tanzte sie und bewegte sich auf eine Weise, wie sie es noch nie für ihn getan hatte. Er lächelte und bebte vor Ekstase, als er sich in sie ergoß, während er sich fragte, wieso er jemals auf die Idee gekommen war, daß eine widerspenstige Bili ihm mehr Freude bereiten würde als die Frau, die jetzt unter ihm lag.

6

Immer wieder tobten heftige Stürme über das Verbotene Land, aber allmählich wurden sie seltener. Der Winter hatte eindeutig seinen Höhepunkt überschritten. Der Schnee, der jetzt fiel, war weich, und die Sonne blieb lange genug am Himmel, um Torka und seinen Stamm wieder Hoffnung schöpfen zu lassen.

In der Nacht wehte der Wind mit verringerter Heftigkeit. Lonit, Mahnie und Eneela lauschten, während sie ihre Hände über ihren geschwollenen Bäuchen verschränkt hatten und das geheimnisvolle Lächeln werdender Mütter lächelten. Denn der sanftere Wind war nichts gegen die Aussicht auf neues Leben, das sich in ihnen regte.

Wenn die Wölfe und Hunde in der Dunkelheit heulten, saß Aar im Eingang der Höhle und lauschte mit geneigtem Kopf und aufgestellten Ohren. Der Hund hatte lange vor den Menschen gespürt, daß sich ihr Gesang verändert hatte, bis es auch Karana und dem kleinen Umak als ersten auffiel.

Umak hatte enge Freundschaft mit dem Hund geschlossen. »Aar lauscht auf seine Brüder in der Nacht«, sagte er.

»Ja«, stimmte der Zauberer zu, der neben dem Hund am Höhleneingang saß. Hier verbrachte er die Nächte und den größten Teil der Tage. Weit weg von Mahnie und den anderen war er hier allein mit seinen Gedanken und Sorgen, während nur die Gesellschaft des Hundes seine Besorgnis etwas erträglicher machte. Mit Aar konnte er sprechen, und der Hund verlangte dafür nichts weiter, als daß er bei ihm war und ihn liebte. Karana blickte verärgert drein, als Umak sich neben den Hund setzte und seinen Arm über Aars breite Schultern legte.

»Bruder wäre lieber bei seinen wahren Brüdern und Schwestern und nicht bei seinem Menschenrudel«, sagte der Junge. »Bald wird er fortgehen. Eine lange Zeit wird vergehen, bis wir ihn wiedersehen.«

Karana runzelte die Stirn Das Kind stellte nur selten Fragen, meistens traf es Feststellungen, und seine letzte war besonders ärgerlich. »Das kannst du nicht wissen«, antwortete er ernst. »Außerdem kann Aar jederzeit nach Belieben kommen und gehen.«

»Er wird gehen«, wiederholte der Junge ruhig.

»Vielleicht.« Karana gefiel dieser Gedanke nicht. Er konnte sich kaum an eine Zeit erinnern, in der er und Aar nicht zusammengewesen waren — ganz zu schweigen von der Vorstellung, daß Aar eines Tages gar nicht mehr bei ihm sein würde.

»Dieser Junge wird dich vermissen, wenn du fort bist, Aar!« sagte der Junge und umarmte den Hund.

Aar drehte den Kopf und fuhr dem kleinen Umak mit seiner feuchten Zunge über das Gesicht. Der Junge leckte ihn ebenfalls und kuschelte sich an ihn.

Karanas Blick verdüsterte sich. Umak sprach mit dem Hund, als wäre er ein menschlicher Bruder, der seine Worte verstand — genauso wie Karana immer mit ihm gesprochen hatte und der alte Umak vor ihm. Dann lächelte Karana. Dem alten Umak würde es gefallen, wie sein Namensvetter und Urenkel hier mit Aar saß. In seinen Gesichtszügen war kaum etwas von Torka oder dem alten Mann, das Kind sah eher wie eine kleine, männliche Ausgabe seiner Mutter aus. Dennoch war er Umaks Urenkel, und Karana hatte in diesem Augenblick das starke Gefühl des Fortbestands.

Bei diesem Gedanken verschwand sein Lächeln. Hinter ihm in der warmen und sicheren Höhle schlief Mahnie mit dem

Kind in ihr. Es durfte niemals einen Sohn Karanas geben. Für Karanas Seele würde es nie einen Fortbestand geben.

»Du bist traurig, Zauberer«, stellte Umak fest.

»Ja.«

»Meine Mutter sagt, daß es nicht gut ist, wenn du so oft traurig bist.« Der Junge saß aufrecht da und sah ihn über Aars Schulter hinweg an. »Bruder Hund wird bald gehen, aber er wird auf jeden Fall zu uns zurückkommen.«

»Du solltest nicht mit solcher Gewißheit über Dinge sprechen, die du nicht wissen kannst, Umak.«

»Bruder Hund wird zurückkommen!«

Karana schüttelte tadelnd den Kopf. »Er ist noch nicht einmal fortgegangen.«

»Aber er wird es.« Der Junge seufzte und blinzelte schläfrig. »Darf dieser Junge hier beim Zauberer und bei Bruder Hund bleiben, bis die Sonne aufgeht?«

»Umak darf bleiben.«

Der Junge lächelte glücklich, als er sich wieder an die Wärme des Hundes kuschelte. »Dieser Junge freut sich, daß er Karana Bruder nennen darf«, gestand er.

Sein Zutrauen rührte den Zauberer. Wenn er doch nur der wahre Bruder des Jungen wäre, Torkas und Lonits wahrer Sohn! Dann wäre alles gut. Er würde glücklich in Mahnies Armen liegen und sich auf die Geburt so vieler Söhne freuen, wie sie zur Welt bringen konnte.

Noch vor Anbruch der Dämmerung schlief er ein und hatte schreckliche Alpträume von einer anderen Höhle und einem anderen Jungen ... von Torkas Sohn Manaravak ... bis er plötzlich aus dem Schlaf aufschreckte. Er schwitzte und wurde von schlimmen Erinnerungen geplagt.

Sterne funkelten am mondlosen Himmel. Aar war verschwunden. In Karanas Armen schlief Umak lächelnd wie ein kleines Baby. Der Zauberer drückte ihn an sich. Umak hatte recht gehabt, als er sagte, daß der Hund die Höhle verlassen wollte. Er hatte gewußt, daß Aar auf den Ruf der Wölfe und Hunde reagieren würde, doch Karana hatte es nicht bemerkt. Der Junge war wirklich der Urenkel eines Herrn der Geister.

Karana blickte ihn an. Selbst im schwachen Sternenlicht

ähnelte Umak noch seiner Mutter. Er war ein hübsches Kind. Karana liebte ihn wie seinen Bruder. Nachdem er festgestellt hatte, daß sie über ähnliche Gaben verfügten, würden sie sich näherkommen. Er könnte dem Jungen alles beibringen, was er vom alten Umak, von Sondahr und den Schamanen auf der Großen Versammlung gelernt hatte. Wenn er eines Tages alt war und er seine Seele für immer dem Wind überließ, würde er nicht ganz sterben, denn Umak würde sich an seine Lehren erinnern und sie an zukünftige Generationen von Zauberern weitergeben. Umak würde der Sohn werden, den Karana niemals haben durfte.

Wieder einmal war es die Zeit, in der die Karibus wiederkehren mußten. Viele Tage bevor die ersten Tiere gesichtet wurden, erzitterte die Erde unter dem Gewicht ihrer Hufe, und der Wind trug ihren Geruch heran.

»Dies ist die erste Zeit des Lichts, in der Umak und Dak alt genug sind, um mit ihren Vätern auf die Jagd nach großen Tieren zu gehen«, verkündete Torka stolz. »Sie werden von ihren Vätern lernen und ihre Speere in die Körper der Tiere senken, die schon immer das bevorzugte Fleisch für Torkas Stamm waren.«

»Karibus!«

Gleichzeitig gaben Umak und Dak ihrer Beute einen Namen. Die Kadaver von zwei kleinen Karibus lagen reglos zu ihren Füßen. Die Gesichter der Jungen röteten sich vor Stolz, als sich die anderen Jäger um sie und das erlegte Wild scharten.

Beide Tiere waren abgemagert, das eine vor Krankheit, das andere vor Alter, aber sowohl für Dak als auch für Umak waren sie großartig, während der Wind das Lied der Ersten Beute sang und die Hufe der Herde in der Ferne donnerten, die unter einer Staubwolke floh.

Die Frauen und Mädchen, die die Jagd von der Höhle aus beobachtet hatten, jubelten begeistert, als die erwachsenen Jäger einen Kreis um die Jungen bildeten. In ihren Jagdumhängen aus Karibufellen wirkten die Männer riesig. Sie sahen überhaupt nicht wie Menschen aus, sondern wie seltsame Geistergestalten, die halb Mensch, halb Karibu waren. Auf ihren Köpfen trugen sie die Schädel der vor langer Zeit getöteten rentierähnlichen Tiere, während die vielendigen gebogenen Geweihe wie Bäume aus Knochen aus ihren Köpfen wuchsen.

Umak sah mit offener Bewunderung zu ihnen auf. Bald würden Dak und er auch solche Umhänge und Geweihe tragen!

Er gab sich Mühe, nicht vor Freude zu zittern, als die Jäger, die Dak und ihn bei ihrer ersten Jagd geführt hatten, ihren Erfolg anerkennend, nickten. Er holte tief Luft. Jetzt war er ein Jäger! Es spielte keine Rolle, daß er noch klein war oder seine Speere kaum halb so lang wie die der Erwachsenen waren.

Der Junge wurde nachdenklich, als seine Begeisterung von der Erkenntnis getrübt wurde, daß Dak sein Karibu mit dem ersten sicheren Wurf niedergestreckt und es mit einem zweiten getötet hatte. Umak hatte vier seiner schlanken, gut ausgewogenen Speere gebraucht, um dasselbe zu erreichen, obwohl sein Tier kleiner war. Hatte Torka es bemerkt? Natürlich hatte er das — jeder hatte es bemerkt!

Egal! versuchte der Junge sich einzureden. Nachdem er endlich sein Ziel erreicht hatte, war er zuversichtlich, daß er sich beim nächsten Mal geschickter anstellen würde. Dak war immerhin älter als er. Es war nur natürlich, daß er schneller und kräftiger war. Umak war sicher, es bald mit ihm aufnehmen zu können. Immerhin war er der Sohn des besten Jägers des Stammes.

»Also...« sagte Torka und legte jedem Jungen eine Hand auf die Schulter. »Ihr seid nicht nur mit euren Vätern gemeinsam in der Winterdunkelheit auf die Jagd gegangen, sondern ihr habt auch beide eure erste Beute erlegt... die erste Beute in diesem neuen Land überhaupt!«

Es war ein wunderbarer und berauschender Augenblick. Umaks Zweifel verschwanden aus seinem Geist und seinem Herzen. Simu, Grek und Karana hatten einen merkwürdig melancholischen, glücklichen Gesichtsausdruck. Die Jungen wußten, daß sie sich an ihre eigene erste Beute erinnerten.

»Lobt jetzt die Lebensgeister des Wildes, das durch das

Geschick dieser neuen Jäger den Stamm ernähren wird. Lobt die Lebensgeister von Umak und Dak und heißt sie nach der Sitte in der Gemeinschaft des Stammes willkommen!«

Und so trug jeder erwachsene Mann einen kleinen Teil zur Zeremonie bei, je nachdem, wie er sich an seine erste Beute erinnerte. Diese Vereinigung der Traditionen schweißte sie zu einer engen Gemeinschaft zusammen. Das Ritual, das sie jetzt vollzogen, würde für alle Zeiten die Zeremonie der ersten Beute sein.

Torka wies die Jungen an, ihre Speere aus den Kadavern der Karibus zu ziehen und sie ihren Vätern zu überreichen. Sie gehorchten bereitwillig. Als Torka die Speerspitze vom Schaft entfernte, mit dem Umak den tödlichen Wurf vollbracht hatte, tat Simu dasselbe mit Daks Waffe. Simu beobachtete ihn genau, als der Häuptling jetzt Umaks Speere über seinem Schenkel zerbrach und sie zu Boden warf, wobei er die Speerspitze in der Hand behielt.

»Diese Speere werden gemeinsam mit eurer Kindheit weggeworfen«, sagte Torka feierlich zu den Jungen. »Aber die Speerspitze, mit der ein Mann seine erste Beute erlegt hat, muß für immer aufbewahrt werden.« Damit gab er Umak ehrfurchtsvoll die Spitze zurück.

Als der Junge die Steinspitze in die Hand nahm, nickte Simu und deutete damit an, daß ihm dieses Ritual vertraut war. Simu reichte Dak stolz seine Steinspitze, zerbrach die Speere des Jungen auf dem Knie und warf sie fort. »Jetzt wirst du neue Speere machen«, verkündete er feierlich. »Die Speere eines Mannes.«

»Und eure nächste Beute wird wie die der Jäger sein und dem Stamm als Nahrung dienen.« Torka versuchte, nicht zu lächeln, als er auf die Jungen hinuntersah.

Sie sahen kaum wie Männer aus. Dak, dessen Alter sechs Hungermonde betrug, stand breitbeinig da, seine kindliche Brust vorgestreckt. Sein rundes pausbäckiges Gesicht trug den herausfordernden Blick einer selbstzufriedenen Eule.

Torka wurde von seiner väterlichen Zuneigung fast überwältigt. Umak sah seiner Mutter so ähnlich, mit seiner feinen geraden Nase mit dem hohen Rücken, den großen Augen mit den schweren Lidern, den hohen, runden Wangen und den Grübchen. Umak strahlte seinen Vater an. In seinem Gebiß war eine Lücke, wo er gerade einen Milchzahn verloren hatte, aber sonst waren seine kleinen, weißen, zugespitzten Zähne wie die von ... *Navahk*.

Torka starrte Umak an und sah nicht mehr Lonit, sondern den Mann, der sie vergewaltigt hatte. Sein Herz war plötzlich eiskalt, und seine Hände ballten sich zu Fäusten. All seine liebevollen Empfindungen für den Jungen verschwanden. Er starrte seinen Sohn wie einen Fremden an.

Umak war von Torkas plötzliche Veränderung überrascht. Sein kleiner Körper spannte sich an, während er darauf wartete, daß sein Vater wieder Anerkennung und Stolz zeigte.

Dann sprach Karana und lenkte die Aufmerksamkeit auf sich. »Von diesem Tag an werden die Frauen von Umak und Dak erwarten, daß sie sie mit Nahrung versorgen.«

»Und in Hungerzeiten«, fügte Grek düster hinzu, »werden die Alten und Kranken kein Recht auf Leben haben, wenn Dak und Umak nicht ihre Jugend und Kraft mit ihnen teilen.«

Torka sah, wie die Jungen die Augen aufrissen, als sie der ernste Blick des alten Jägers traf. Greks Worte hatten sie beeindruckt. Als Umak nicht mehr lächelte, sah er wieder wie seine Mutter aus.

Was für ein hübsches, nachdenkliches Kind er ist, dachte Torka. *Was bin ich nur für ein Vater, daß ich mich von ihm abwende, besonders in einem Augenblick wie diesem!*

Die Jungen waren bereit, die Verantwortung zu übernehmen, die Grek ihnen soeben übertragen hatte.

Torka verspürte einen Augenblick lang Mitleid mit ihnen. *Das Leben eines Mannes ist hart, kleine Jäger. Seid lieber nicht so wild darauf!*

Umaks Augen suchten Torkas Anerkennung, die er ihm jetzt mit einem Lächeln und einem Nicken gab. Der Junge strahlte ihn wieder an.

»Jetzt müssen wir den Geistern der Tiere Ehre erweisen«, sagte er und kniete sich hin, um den Jungen zu zeigen, wie man die erlegten Tiere mit den Speerspitzen von der Kehle bis zum Bauch aufschlitzte.

Blut schoß hervor, und Eingeweide quollen dampfend heraus. Die Jäger aßen vom Herz, von der Leber und den Nieren jedes Tieres, denn das Blutfleisch dieser geheimnisvollen Organe enthielt den Lebensgeist der Tiere.

»Jetzt ist dieses Leben in euch und in uns«, sagte Karana zu den Jungen. »Die Jäger dieses Stammes haben sich im Blut der Jagd vereint.«

Der Zauberer tauchte seine Finger in die Körperhöhle des Karibus und bemalte dann die Stirn beider Jungen mit Blut.

Torka empfand plötzlich eine tiefe Trauer und Leere. *Manaravak sollte jetzt hier sein.*

Das Verlangen nach seinem verlorenen Sohn war so groß, daß er zusammenzuckte, als der Zauberer ihm das Blut des Karibus auf die Stirn strich.

»Du bist der Häuptling«, sagte Karana. »Es ist deine Aufgabe, dich um die Felle zu kümmern.«

Torka nickte. Während die Jungen fasziniert zusahen, löste er geschickt das blutige Fell von den Karibus und ließ die Köpfe mit den Geweihen und die Hufe intakt.

»Von diesem Tag an werden Dak und Umak in den Fellen ihrer ersten Beute auf die Karibujagd gehen«, sagte Torka, als er den neuen Jägern die Felle über Kopf und Rücken legte.

Beide Jungen schwankten unter dem unerwarteten Gewicht.

»Schaut auf die neuen Jäger dieses Stammes!« rief Karana.

»Aieeh!« riefen die anderen einstimmig und umtanzten die gebückten Gestalten mit den großen Geweihen, wobei sie rituell mit den Händen klatschten und mit den Füßen stampften.

Von der Höhle trug der Wind das Klatschen und Singen der Frauen und Mädchen heran. Torka drehte sich um und suchte in den Hügeln vor dem Hochland nach der Höhle, bis er die kleinen Gestalten der Frauen erkannte. Lonit war in ihrem hellen, muschelbesetzten Kleid aus Elchfell die größte, während ihr geflochtenes schwarzes Haar im Wind wehte. Sie sang und tanzte nicht, sondern hatte nur die Arme erhoben. Dankte sie den Mächten der Schöpfung für die erfolgreiche Jagd ihres erstgeborenen Sohns? Natürlich. Torka wußte, daß sie ebenfalls stolz auf Umak war. Aber sie teilte auch seinen Schmerz. Mit furchtbarem Verlangen sprach er laut den Namen seines verlorenen Sohns aus: »Manaravak...«

Die anderen Jäger hörten ihn nicht, weil sie ganz in ihrem Tanz und Gesang aufgingen. Dak trottete gebückt unter dem schweren Karibufell hinter Simu her. Sie sangen einen grölenden, heiseren Gesang über Lachen und Liebe.

Doch der kleine Umak hatte ihn gehört. Das Blut des Karibus auf seinem Kopf sickerte aus der Kehle des Tieres und lief dem Jungen über das Gesicht, so daß es aussah, als weinte er blutige Tränen.

Torka tat es sofort leid, denn er hatte nicht Umaks Freude trüben wollen, indem er den Namen seines toten Bruders aussprach.

»Komm!« sagte er und reichte dem Jungen versöhnlich die Hand. »Wir müssen deine Jagdbeute feiern!«

Umaks Gesicht behielt seinen strengen Ausdruck, als er das Blut wegwischen wollte, es dabei aber nur verschmierte. »Mein Bruder Manaravak ist tot, aber er hätte einen viel besseren Wurf als Umak angebracht! Manaravak hätte Torka stolz gemacht!«

»Nein!« rief Torka und trat einen Schritt auf den Jungen zu, aber es war zu spät.

Mit einem reuevollen Schluchzen drehte Umak sich um und lief davon.

Doch der Junge kam nicht weit, da das Gewicht des Karibufells ihn behinderte. Außerdem wollte er gar nicht davonlaufen. Er war froh, als Torka ihn einholte und darauf bestand, daß er wieder an der Feier ihrer ersten Beute teilnahm.

»Komm, mein Sohn! Der Tanz und der Gesang finden zu deinen Ehren statt.«

»Dak hat einen besseren Wurf als Umak gemacht.«

»Er ist älter und kräftiger. Aber Umak ist mein Sohn. Torka ist auf ihn stolz.«

Diese Worte taten gut wie die ersten Strahlen des Sonnenlichts nach der langen Dunkelheit. Umak wollte sie auf keinen Fall in Frage stellen.

7

Im Mond des aufbrechenden Eises brachte Eneela eine Tochter zur Welt. Simu nahm das winzige Mädchen an und nannte sie zu Ehren einer seit langem toten Schwester Larani. Der Stamm freute sich, und die Kinder waren begeistert von dem neuesten Mitglied ihres Stammes.

Doch schon bald ging der Mond des aufbrechenden Eises hinter den fernen Bergen unter. Die Nächte wurden kürzer und die Tage merklich länger. Der Mond des grünen Grases ging auf und füllte sich. Das große Mammut Lebensspender zog mit seinen Kindern durch das wunderbare Tal, und die Zugvögel kehrten in das Verbotene Land zurück. Obwohl sich der Stamm über den kommenden Sommer freute, konnte Karana ihre Freude nicht teilen.

Sie sahen ihn oft als einsame Gestalt vor dem schwindenden Licht des Tages, mit erhobenen Armen, zurückgeworfenem Kopf stehen und hörten seine erhobene Stimme. Manchmal sang er Tag und Nacht. Wölfe und wilde Hunde antworteten ihm, aber niemand konnte sagen, ob Aar bei ihnen war.

Dann brachte Lonit an einem Tag, der von ziehenden Schwänen verdunkelt war, noch ein Mädchen zur Welt. Sie nannten es Schwan, um die Lebensgeister der Vögel zu ehren, die zum Zeitpunkt ihrer Geburt über den Himmel gezogen waren.

»Schwan?« Umak sprach den Namen prüfend aus und war sich nicht sicher, ob er ihm gefiel. »Möchtest du ein Mädchen mit langem Hals und Flügeln und Federn?«

Torka lachte. »Nein, wir möchten ein Mädchen, das so schön und treu ist wie dieser gute Vogel, denn Schwäne bleiben ihrem Partner – wie Torka und Lonit – für immer treu.«

Dann setzten Mahnies Wehen ein. Es war ein wolkenloser Morgen, an dem die Mammuts in den Fichtenwäldchen am anderen Ende des wunderbaren Tals trompeteten. Ihr Baby kam so schnell und leicht wie der Morgen auf die Welt. Während die Männer, Frauen und Kinder sich über Karanas gesundes erstgeborenes Kind freuten, verließ Torka die Höhle, um nach dem jungen Mann zu suchen.

Für den Zauberer war es Zeit, nach Hause zu kommen.

Karana blieb plötzlich stehen. Was hatte ihn aus seiner Trance gerissen? Er hatte keine Ahnung, denn sein Geist war voller schwarzer, formloser Träume. Er schüttelte den Kopf, um die Visionen zu vertreiben. Er sah sich um und fragte sich, wo er war. Erschrocken stellte er fest, daß er nicht mehr im Windschatten des flechtenbewachsenen Felsblocks schlief.

Es war still. Die einzigen Geräusche waren der Wind und die Wellen einer halbgefrorenen Wasserfläche. Hinter ihm lag der große Bergsee. Als er den Blick über die Weite der Oberfläche mit den Eisbruchstücken streifen ließ, schlug etwas in ihm Alarm. Diese große, kalte Wassermasse hatte etwas Schwarzes und Bedrohliches. Sein ungutes Gefühl verstärkte sich, als er die steile, zerklüftete Wand des Gletschers am gegenüberliegenden Ufer sah. Mit einem überraschten Schrei sprang er zurück. Das wunderbare Tal lag direkt unter ihm. Wenn er nur einen Schritt weitergegangen wäre, wäre er in den sicheren Tod gestürzt. Er hätte eigentlich dankbar sein sollen, daß er noch am Leben war, aber er spürte nur eine tiefe, alles verschlingende Leere.

Er fühlte sich erschöpft und hockte sich hin, wobei er seine Arme auf den Schenkeln abstützte. Er hatte versucht, seine flüchtigen Zauberkräfte wiederzufinden, um Mahnies Wehen lindern und das Geschlechts ihres Babys bestimmen zu können. Doch er hörte nur das wilde Gekläff von Hunden, die irgendwo im Tal tief unter ihm auf der Jagd waren. Er fragte sich, ob Aar bei ihnen war. Seufzend hoffte er, daß es Bruder Hund gut ging.

Seine Kehle war heiser von unablässigen Gesängen. Oder waren es die inneren Geisterstimmen, die an seiner Kehle bissen und im Wind seines Geistes flüsterten?

Du suchst überhaupt nichts! Du läufst nur von deinem Stamm davon, wenn er dich braucht, Zauberer! Du wirst den Zauber niemals finden! Er steht jemandem wie dir nicht zu, dem Sohn Navahks, der geschworen hat, seinen eigenen Sohn zu töten, und nun Angst davor hat, es zu tun!

Die Last dieses Schwurs erdrückte ihn. Er stand auf, atmete tief die kühle Morgenluft ein und wandte sich der aufgehenden Sonne zu. Trotz der warmen Kleidung, die Mahnie ihm sorgfältig genäht hatte, zitterte er. *Mahnie! Inzwischen dürfte dein Schmerz überstanden und unser Kind geboren sein. Jetzt fragst du dich sicher, warum ich nicht bei dir bin.* Die Kälte in seinem Herzen wurde zu einer erstickenden Bitterkeit. *Sei froh, daß ich nicht bei dir bin, denn wenn unser Kind ein Junge ist, werde ich ihn dir fortnehmen und ihn töten müssen. Ich muß es tun, obwohl ich damit unsere Liebe zerstöre und meinen Platz im Stamm verlieren werde, wenn die anderen Zeugen meiner Tat werden.*

Er schluckte und fühlte sich so elend, daß er kaum noch atmen konnte.

»Ich darf diesem Geist nicht erlauben, wiedergeboren zu werden!« rief er laut. »Denn eines Tages wird er uns allen den Tod bringen!«

Die Übelkeit überwältigte ihn, und er übergab sich heftig. Aber in seinen Eingeweiden war nichts außer der Galle seines eigenen schrecklichen Entschlusses. Doch davon konnte er sich nicht befreien.

Als Torka ihn fand, war Karana auf dem Rückweg ins Lager. Sein Gesicht war grau, und er sah alt, ausgezehrt und krank aus.

Bis Torka sprach. Es waren nur diese zehn knappen Worte, die die Frische der Jugend in das hübsche Gesicht des Zauberers zurückbrachten, dem Freudentränen aus den Augen schossen: »Mahnie geht es gut. Sie hat dir eine Tochter geboren.«

8

Die Tochter von Karana und Mahnie wurde Naya genannt, um die Seele ihrer Urgroßmutter zu ehren.

»Naya war eine gute und liebenswerte Frau, die Grek das Leben geschenkt hat«, sagte der alte Jäger zum Stamm, der sich versammelt hatte, um dabeizusein, wenn die jüngste Tochter des Stammes von ihrem Vater angenommen wurde. »Grek dankt Karana, daß er erlaubt hat, Naya zu ehren, indem er seiner erstgeborenen Tochter ihren Namen gibt.«

Karana nickte langsam. *Lieber deine Vorfahren als meine*, dachte er, als er das Kind in seinen starken Armen hochhob. »Ich, Karana, nehme dieses Neugeborene meiner Frau Mahnie an. Möge der Geist ihrer Ahnin Naya im Fleisch ihrer Urenkelin zu neuem Leben erwachen!«

Das Baby rührte sich in Karanas Armen. Das weiße Karibufell, in dem es lag, fühlte sich weich in seinen Händen an. Er erstarrte, als der erste Lichtschein das Kind in einen rotgoldenen Schimmer tauchte. Er dachte an ein anderes Kind in einem anderen Karibufell, das durch die Lügen und das Blut des Zauberers besudelt worden war.

Er drehte sich um und sah Torka an, wie es die Tradition verlangte. Er hoffte, daß Torka nicht den gequälten Blick in seinen Augen bemerkte.

»Nimmt der Häuptling dieses Stammes die Tochter dieses Mannes und dieser Frau an?« fragte er.

»Mit Erlaubnis des Stammes nimmt der Häuptling dieses Kind an«, antwortete Torka.

»Mit unserer Erlaubnis!« riefen die Stammesmitglieder mit einer Stimme.

Karana sah dumpf zu, wie das Kind vorsichtig von einem zum anderen weitergegeben wurde. Alle hauchten ihm ihren Atem in die Nasenlöcher, um es nach dem uralten Ritual am Leben des Stammes teilhaben zu lassen. Karana wünschte sich, er könnte ihre Freude teilen, anstatt nur Erleichterung und Trostlosigkeit zu verspüren — Erleichterung, weil das Baby kein Junge war und er es nicht töten mußte, und Trostlosigkeit, weil er Mahnie liebte und sie mehr als je zuvor begehrte.

Ihre Blicke trafen sich. Es versetzte ihm einen Stich. Nie wieder würde sie in seinen Armen liegen und die Glut seiner Leidenschaft spüren. Nie wieder.

Er konnte und wollte diese Qualen nicht noch einmal durchstehen. Diesmal waren die Geister ihm gnädig gewesen. Aber sie hatten ihn auch gewarnt, denn beim nächsten Mal würde Mahnie einen Sohn auf die Welt bringen.

Als später die Höhle von der Nacht erfüllt war und der Stamm zufrieden schlief, drehte sich Karana nicht zu Mahnie um, als sie zu ihm kam und sich neben ihm hinkniete, wo er in die Nacht hinausstarrte.

»Ist mein Zauberer traurig, daß diese Frau ihm keinen Sohn geboren hat?«

»Ich bin nicht traurig. Ich freue mich über unsere Tochter.«

»Es ist ein gutes Baby. Meine Brüste geben Milch für sie, und sie schläft ganz ruhig.«

Er schloß die Augen und dachte an ihre Brüste, ihre weichen und warmen Brüste.

»Sie ist ein kräftiges und hübsches Mädchen.«

Wie ihre Mutter, dachte er.

»Bald wird meine Blutzeit vorbei sein. Bald werden wir noch ein Baby machen... einen Sohn. Mahnie will ihrem Zauberer viele Söhne gebären.«

Jetzt sah er sie an. »Nein!«

»Ich... ich verstehe nicht. Ich bin deine Frau.«

»Nicht mehr!«

Sie schrak vor ihm zurück. »Ich habe dich gekränkt.«

Du könntest mich niemals kränken, geliebte Mahnie.

»Das Kind... du bist doch unzufrieden mit dem Kind.«

Er hörte das Zittern in ihrer Stimme und sah die Verzweiflung in ihren Augen. Er wußte, daß er ihr die Angst nicht nehmen konnte. »Ich muß das sein, wozu ich geboren wurde, Mahnie. Es war falsch, daß ich dich überhaupt zu meiner Frau gemacht habe. Ein Zauberer braucht keine Frau. Nichts darf mich von meinem Zauber ablenken. Nicht einmal...« Es drängte ihn zu sagen: *meine Liebe zu dir.* »Es gibt zu vieles, was einen Zauberer ablenkt!« sagte er schließlich, sprang auf die Beine, hüllte sich in sein Schlaffell und ging hinaus in die Nacht.

Als er auch am Morgen des dritten Tages nicht zur Höhle zurückgekehrt war, gab Torka der Besorgnis von Grek, Mahnie und Sommermond nach, nahm seine Speere und die des Zauberers und folgte ihm. Er ging allein, nachdem er Grek und Simu überzeugt hatte, daß er ihre Hilfe nicht benötigte.

Karana hatte sich nicht die Mühe gemacht, seine Spuren zu verbergen. Torka fand ihn auf dem Grat, wo er allein hockte, um in das wunderbare Tal hinunterzuschauen.

»Deine Frau macht sich Sorgen um dich«, sagte Torka zu ihm.

»Das muß sie nicht.«

»Vielleicht.«

Karana sah nachdenklich zu Torka auf.

»Hier«, sagte der Häuptling und warf ihm seine Speere in den Schoß. »Wenn du diese bei dir hast, wird sich Mahnie nicht mehr so sehr um dich ängstigen müssen.«

»Ich brauche sie nicht.«

Torka schüttelte den Kopf. »Ein Zauberer besteht genauso wie jeder andere Mann aus Fleisch und Blut. Ich denke nicht, daß die Geister beleidigt sind, wenn du damit deine Haut verteidigst. Und selbst ein Zauberer muß sich von Zeit zu Zeit etwas Eßbares jagen.«

Karana sah finster drein, behielt jedoch seine Speere und lehnte auch nicht ab, als Torka ihm anbot, seinen Reiseproviant aus Fettwürfeln und Trockenfleisch mit ihm zu teilen.

Sie saßen eine ganze Weile schweigend nebeneinander, bis Torka nachdenklich sagte: »Du bist viel zu oft allein. Ein Vater sollte sich über die Geburt seines ersten Kindes freuen.«

Karana holte tief Luft. »Geh zurück zur Höhle! Sag Mahnie, daß sie sich keine Sorgen machen muß! Ich halte Zwiesprache mit den Mächten der Schöpfung ... um für sie und unser Kind zu bitten. Das ist die Aufgabe eines Zauberers.«

Ungehalten über Karanas niedergeschlagene Stimmung ließ

Torka ihn mit seinen Meditationen allein und machte sich auf den Rückweg zur Höhle. Es war schon spät, aber die Tage waren in dieser Jahreszeit bereits länger als die Nächte, so daß es ihm nichts ausmachte, allein zu reisen oder zu schlafen. Er hatte fast zwei Tage gebraucht, um Karanas Fährte im Dauerlauf zu verfolgen und den Grat zu erreichen. Für den Rückweg würde er genauso lange brauchen. Er blieb stehen und schaute zurück. Er bewunderte die atemberaubende Schönheit der Berge und winkte Karana in der Hoffnung zu, daß er es sich anders überlegen würde. Wenn er den geplagten jungen Mann doch nur überzeugen könnte, seine traurige und grausame Vergangenheit zu vergessen und sich über die Gegenwart zu freuen! Denn für jeden Menschen brach viel zu schnell die letzte Dunkelheit an, die durch nichts aufgehalten wurde.

Der junge Mann hob seinen Arm und winkte ihm weiterzugehen. Mit einem Seufzen erwiderte Torka den Gruß, drehte sich um und nahm seinen Dauerlauf wieder auf. Er sah immer noch den Ausblick vom Grat auf das Tal vor sich, die weite Steppe und die zerklüfteten Gebirgszüge mit den fernen Eisfeldern und der gefährlichen Schönheit des Bergsees.

Er wußte nicht, warum er ein ungutes Gefühl hatte, wenn er an den See dachte – außer daß keine Vögel die Fische fraßen, wenn es welche darin gab. Er hatte auch keine Spuren von anderen Tieren an seinem steinigen Ufer gefunden. Jetzt fiel ihm auf, daß er noch nie einen ähnlichen See gesehen hatte. Es war ein einsamer und trostloser Ort ohne das übliche sumpfige Ufer. Kahle Felsen und steile, farblose Eiswände umgaben eine kalte Wasserfläche hoch in den Bergen, auf der Eisstücke trieben.

Während er weiterlief, war er froh, daß er sich vom See entfernte. Irgendwo in den Bäumen vor ihm flog ein Schwarm kleiner Vögel auf, die durch Torkas Schritte aufgeschreckt wurden. Froh über diese Ablenkung blieb er stehen und sah sich erneut um. Er hoffte, daß Karana ihm vielleicht doch gefolgt war. Aber es war nichts von ihm zu sehen. Einen Augenblick lang bereute Torka es, daß er nicht darauf bestanden hatte, daß Karana ihm zur Höhle folgte. Dann wies er sich selbst zurecht. Karana war ein Mann, der das Recht hatte, allein zu sein, wenn ihm danach war, besonders als Zauberer. Als Torka weiterlief, lächelte er, weil er wie ein Vater dachte. Wenn er einmal alt und gebeugt war, während Karana neben ihm älter wurde, würde er sich dann immer noch um ihn sorgen wie um einen Jungen, der auf den Schutz seines Vaters angewiesen war? Sicher würde er das tun, alle Väter waren so. Dabei spielte es keine Rolle, daß Karana nicht von seinem Blut war. Er hatte ihn wie seinen eigenen Sohn großgezogen, und kein leiblicher Vater konnte seinen Sohn mehr lieben.

Er zwang sich, an etwas anderes zu denken, bevor er dadurch einen unliebsamen Geist beschwor. Trotzdem sah er für einen Moment das Gespenst vor sich: einen wirbelnd tanzenden Geist mit obsidianfarbenen Augen, in das weiße Bauchfell eines im Winter erlegten Karibus gekleidet ... Navahk ... der ihn über den nebligen Abgrund der Zeit hinweg raubtierhaft anlächelte.

»Du bist tot und vergangen, du Betrüger, Mörder und Frauenräuber!« rief er dem Gespenst zu, als er plötzlich innehielt und durch die Bäume in die anbrechende Nacht hinaufsah. War Navahk dort im Nebel, in den Wolken? »Nein!«

Er war ihm peinlich, laut gerufen zu haben, und noch peinlicher, daß es gar keinen Nebel gab. Aber irgend etwas bewegte sich rechts von ihm im Unterholz. Es war groß genug, um das Gebüsch in Bewegung zu versetzen und die kleinen Vögel erneut aufzuscheuchen. Torka fuhr herum. Seine Vision von Navahk war so intensiv, daß er seinen Speer hob und den Geist anschrie. »Ich habe dich sterben gesehen! Du bist und bleibst tot! Du bist in diesem Land nicht erwünscht!«

Das Unterholz zitterte, als würden die Sträucher sich auf ihn zubewegen. Dann warf er seinen Speer.

Etwas heulte auf. Die Bewegung des Gebüschs verlief in die entgegengesetzte Richtung, und dann sah Torka etwas Pelziges durch das Unterholz flüchten.

»Aar! Komm zurück, Bruder! Laß mich nachsehen, was ich dir angetan habe!«

Obwohl Torka immer wieder nach ihm rief, kam der Hund nicht zurück. Torka verfolgte seine Spur und fand seinen Speer wieder. Zu seiner Erleichterung entdeckte er daran und auch auf dem Boden und an den Sträuchern kein Blut. Die Spuren des Hundes führten die Schlucht hinauf und wurden von zwei kleineren Fährten begleitet.

Torka blieb in der zunehmenden Dunkelheit stehen und lächelte. Er spürte, daß der Hund ihn von oben beobachtete. Er hob seine Arme mit den Speeren zum Gruß und rief: »Bruder Hund! Vergib einem dummen Menschen, daß er vor Angst übereilt gehandelt hat! Torka verspricht dir, daß es an seinem Feuer immer einen warmen Platz für Aar und seine Frauen geben wird. Für immer!«

Die Nacht überraschte Torka in der Schlucht. Es wurde stockfinster. Er wußte, daß es eine Weile dauern würde, bevor der Mond aufging und er sich sicher weiterbewegen konnte. Er setzte sich mit dem Rücken gegen die Felswand. Mit den Speeren in Griffweite aß er ein Stück Fett und ein paar Streifen Trockenfleisch, bevor er allmählich einschlief. Doch er döste nur kurz und leicht, so daß er sofort aufwachen würde, wenn Gefahr drohte. Er wurde vom Heulen der Hunde auf dem Grat geweckt. Der Vollmond stand hoch am Himmel und erleuchtete die Schlucht mit kaltem, bläulichen Licht, das fast so hell wie Tageslicht war. Torka fühlte sich ausgeruht, stand auf und ging weiter.

Die Dämmerung hatte noch nicht eingesetzt, als er die Schlucht verließ und die baumbestandenen Hügel erreichte, die zum Talboden abfielen. In der Luft lag der strenge Geruch nach Mammuts. Torka passierte vorsichtig eine kleine Herde von Kühen und Kälbern. Als er eine Anhöhe mit dichtem Baumbestand überquerte, stieß er auf eine Lichtung und stand sich plötzlich Lebensspender gegenüber.

Torka blinzelte im ersten Licht der Dämmerung und hielt an. Das Mammut stand direkt vor ihm, so daß Torka mit ausgestreckten Händen seine Stoßzähne hätte berühren können. Das Tier ragte mit einer Schulterhöhe von fast fünfeinhalb Metern vor ihm auf. Als es seinen zottigen Kopf mit den zwei Höckern und dem behaarten Rüssel hob, zitterte die Erde unter Torkas Füßen. Er hielt ehrfürchtig den Atem an und wich unwillkürlich einen Schritt zurück.

Er hatte gesehen, wieviel Tod und Verderben dieses Tier bringen konnte. Seit Anbeginn der Zeiten hatte es sicher kein größeres, klügeres und gefährlicheres Mammut gegeben. Doch vor langer Zeit war ein magisches Bündnis zwischen ihnen geschlossen worden, so daß Torka respektvoll vor dem Mammut stehenblieb. Langsam streckte es seinen Rüssel aus, und Torka hob seine freie Hand. Es war ein magischer Augenblick, als sie sich berührten. Mensch und Tier hatten ihr Bündnis erneuert.

Ohne ein Geräusch drehte sich das Mammut um und ging davon. Ohne ein Wort folgte Torka ihm in das Hügelland, wo sein Stamm von der Höhle aus seine Rückkehr beobachtete.

Als er das Lager betrat, rauschte das Blut singend in seinem Herzen. Solange Lebensspender ihm vorausging, war er auf dem richtigen Weg.

»Wo ist Karana?« fragte Sommermond, bevor Mahnie etwas sagen konnte.

»Er wird bald kommen. Er sucht den Zauber... für uns alle«, antwortete er, während er an seine Feuerstelle eilte, um Lonit in die Arme zu nehmen. Als er sie festhielt, lächelte Umak ihn glücklich über seine Rückkehr an und entblößte dabei seine Zähne, die so weiß, gleichmäßig und spitz wie die Navahks waren. Torkas Stimmung verdüsterte sich, als ihn zum zweiten Mal die Ahnung zu überwältigen drohte, daß dieser Junge vielleicht gar nicht sein Sohn war, sondern gezeugt wurde, als Lonit von Navahk vergewaltigt wurde.

Weit entfernt stand Karana auf dem Grat und starrte in die Dämmerung. Aar war an seiner Seite. Zwei magere, langbeinige Weibchen beobachteten den großen, grauen Anführer ihres Rudels voller Verblüffung, als er neben dem Menschen stand.

Karana bemerkte die Hunde kaum, denn er war gebannt von dem Anblick Torkas, der mit dem Mammut in den Sonnenaufgang zog. Dieses Treffen hätte ihn eigentlich glücklich machen müssen, denn es gab kaum ein besseres Zeichen für seinen Stamm.

Doch seine Stimmung war düster, weil er in dieser Nacht vor dem Mondaufgang die Sterne beobachtet und plötzlich gewußt hatte, daß der rote Stern und der schwarze Mond wieder aufgehen würden ... Und in seinem Schatten würde Manaravak zu seinem Stamm zurückkehren. Würde er als Mensch oder als Bestie kommen? Und würde Karanas halbmenschliche Schwester an seiner Seite gehen?

Was spielte es für eine Rolle? Karana würde auf der Hut sein. Er würde sie erwarten, damit Torka nie die Wahrheit über seinen Verrat erfuhr. Er würde sie beide töten, so sicher wie er auch seinen eigenen Sohn getötet hätte. Hatte er noch eine andere Wahl?

TEIL 6

DIE SONNE
DES ZORNIGEN HIMMELS

1

Viele Monde gingen über dem Land des Vielen Fleisches auf und wieder unter. Zwei lange, harte Winter und viel zu kurze Sommer kamen und vergingen, ohne daß Cheanah sein Versprechen erfüllte, den weißen Löwen zu töten. »Es ist ein Geisterlöwe«, rechtfertigte er sich. »Ein Mensch kann keinen Geist töten.«

Mano, der mit ihm vor der Häuptlingshütte saß, sah seinen Vater mit kaum verhüllter Verachtung an.

»Vor langer Zeit hat Navahk den Wanawut getötet und in seiner Haut getanzt. Wenn Cheanah es wirklich wollte, könnte auch er einen Löwen töten, selbst wenn es tatsächlich ein Geist ist.«

Cheanah funkelte seinen Sohn an. Er mußte sich vor ihm in acht nehmen. »Navahk war ein Zauberer!« verteidigte er sich erregt.

»Er war auch Häuptling seines Stammes.«

»So wie ich jetzt Häuptling dieses Stammes bin!« erinnerte Cheanah ihn wütend über die Unverschämtheit seines Sohnes. »Vergiß das niemals! Niemals!«

»Ich werde es nicht vergessen«, antwortete Mano. »Die Frage ist nur: Vergißt du es nicht manchmal?«

In den folgenden Herbsttagen führte Cheanah seine Jäger und Söhne auf eine ausgiebige Jagd, die Mano nicht im Zweifel darüber ließ, wer den Stamm anführte. Cheanah war ein mutiger Jäger und ausgezeichneter Spurensucher. Jedes Tier, das einen Huf- und Pfotenabdruck oder auch nur eine Mulde im Gras hinterlassen hatte, wurde gejagt und getötet. Ob groß oder klein, alles wurde die Beute von Cheanah und seinen Jägern.

Bald stapelten sich im Lager das Fleisch und die Felle, und die Frauen waren von der vielen Arbeit erschöpft. Obwohl ihre Männer immer noch jagten, sahen die Frauen keinen Grund, das Fleisch ihrer Jagdbeute für die Vorratshaltung zu präparieren. Sie hoben keine Sehnen auf, sondern nahmen nur die besten Felle und aßen nur die Zungen und Augen, die Eingeweide, Keulen und Höcker. Der Rest wurde den Aasfressern überlassen.

Beim ersten Frost war das Wild in den einst tierreichen Jagdgründen bereits spürbar seltener geworden. Als der Winter anbrach, war der Stamm fett und bereit, die folgende Zeit im Lager zu verbringen. In der Zeit der langen Dunkelheit aßen sie reichlich und voller Zuversicht, daß die großen Herden der wandernden Karibus, Bisons und Elche mit der Sonne zurückkehren würden.

Aber in diesem Jahr war der Winter kälter und länger, als sie es jemals erlebt hatten. Die Nahrung wurde knapp. Babys quengelten, als die Milch ihrer Mütter spärlicher floß. Der Stamm wurde mager und ängstlich, während Raubtiere das Lager umstreiften. Wölfe, wilde Hunde und der Wanawut heulten vor Hunger in der endlosen, schneeverwehten Dunkelheit.

»Glaubst du, daß der große Mammutgeist diesen Stamm dafür bestraft, daß er von seinem Fleisch gegessen hat?« fragte Honee. Doch schon im nächsten Augenblick tat ihr diese Frage leid, denn Mano holte aus und versetzte ihr über das kleine Lagerfeuer in Cheanahs Erdhütte hinweg einen so heftigen Schlag gegen den Kopf, daß ihre Ohren klangen.

»Das ist schon lange her! Sehr lange her!« brüllte er. »Und das Mammut war das Totem von Torka und nicht von uns!«

Honee hielt sich den Kopf und kauerte sich aus Angst vor einem weiteren Schlag zusammen. Sie war dankbar, aber auch überrascht, als diesmal nicht Zhoonali, sondern Ank sie in Schutz nahm.

»Es war deine Idee, das Mammut zu schlachten, Mano! Nicht die des Stammes! Nicht einmal die deines Vaters! Wenn die großen Mammutgeister zornig sind, ist es allein deine Schuld!«

Als Honee durch ihre Finger lugte, sah sie noch, wie Mano sich knurrend auf den Jungen stürzen wollte, aber Cheanah packte seinen ältesten Sohn an seinen langen, fettigen Haaren und zerrte ihn heftig zurück. »Erwachsene Männer schlagen keine Jungen oder Mädchen, Mano!«

Honee sah über die Flammen zur Männerseite der Feuergrube hinüber. Manos Gesicht war vor Wut und Enttäuschung verzerrt. Er machte ihr Angst. Sie wünschte sich, daß mehr Frauen in diesem Lager wären, damit Mano endlich seine eigene Familie gründen könnte, statt in der Hütte seines Vaters zu wohnen und sich die Frauen des Stammes mit ihren Männern zu teilen.

»Es herrschen zu viele Spannungen im Licht dieses Feuers . . . und im ganzen Stamm. Das ist nicht gut, das ist gar nicht gut.«

Honee sah hoch, als ihre Großmutter aufstand. Zhoonali erschien unter dem hohen, schattigen Gewölbe aus Mammutknochen und Geweihen, die das Dach von Cheanahs Erdhütte bildeten, viel kleiner als sonst. Im flackernden Schein des Lagerfeuers wirkte die alte Frau so schwach, daß Honee plötzlich um das Leben ihrer Großmutter fürchtete – bis Zhoonali sich aufgerichtet hatte.

»Hört mich an, Geister des Windes und des Sturmes! Habt Gnade mit diesem Stamm! Gebt dem Land eure Gabe der Wärme, die Leben bedeutet!«

Zhoonalis Bitte wurde erhört. Die Sonne kehrte zurück, und die Karibus kamen aus den östlichen Bergen in das Land des Vielen Fleisches. Die Männer erregten sich so sehr über die Jagd, daß es niemandem auffiel, daß die Herde kleiner als gewöhnlich war.

Cheanah führte sie vor die Karibuherde in ein Gebiet mit

niedrigen Hügeln, wo er seine Jäger an beiden Ufern des gefrorenen Flusses aufstellte. Das Wasser unter dem Eis war nur seicht, so daß es abgesehen von der Kälte keine große Gefahr darstellte, wenn ein Mann einbrach. Das aufgebrochene Eis würde den Zug der Karibus verlangsamen, und an den gefrorenen Ufern würden aufgeschreckte Tiere leichter ausrutschen. Diejenigen, die dennoch entkamen, würden den Speeren der Jäger zum Opfer fallen, die in den umgebenden Hügeln Stellung bezogen hatten.

Die Jäger warteten geduldig darauf, daß die Karibus kamen, um den Fluß zu überqueren. Dann rannten sie los. Sie heulten und schrien wie wilde Hunde, die sich auf ihre Beute stürzten.

»Genug!« schrie Yanehva. »Wir haben genug getötet!«

Mano lachte laut auf. »Man kann niemals genug töten!« Er ließ Yanehva zurück. Als Mano durch das seichte Wasser stürmte, folgte Ank ihm, während die beiden Wasser und Schneematsch aufspritzen ließen.

Manos Herz klopfte. Seine Lenden glühten, und sein Glied war steif und hart wie seine Speere. Die Jagd erregte ihn jedes Mal von neuem.

Er hörte Ank hinter sich rufen, aber er wartete nicht auf ihn. Ank war noch jung, er würde bald lernen, daß es ebenso sinnlos war, einen Mann von der Jagd zurückzuhalten, wie von ihm zu fordern, sich zu beherrschen, wenn seine Ejakulation begonnen hatte. Bei diesem Gedanke erschien ein schräges Lächeln um seinen Mund, als er sich in den Kampf stürzte.

Der Fluß war eine kochende Masse aus Männern und Karibus. Die einen kämpften um ihr Leben, die anderen darum, es zu nehmen. Viele Karibus brachen in das Eis ein und versanken bis zur Brust im Fluß. Kälber ertranken und Kühe gingen unter, während Mano und seine Jagdkameraden durch das eisige, blutige Wasser stapften und immer wieder zustießen.

Obwohl Mano von panisch flüchtenden Tieren bestürmt wurde, hielt er ihnen stand. Ein Geweih stieß ihm in die Seite, aber der Schmerz erregte ihn nur noch mehr. Er warf den Kopf zurück und heulte auf, als er seinen Speer tief in die Flanke einer ängstlich brüllenden Kuh trieb. Das Tier lief ein paar Schritte weiter, verlor ihr ertrinkendes Kalb und stürzte hin, während Mano immer wieder zustieß. Als sich ihr Kopf aus dem Wasser hob, hatten sich die Eingeweide eines anderen Karibus in ihrem Geweih verfangen.

Er stieß immer wieder mit seinem Speer zu. »Stirb!« befahl Mano. »Stirb!«

Die Zunge der Kuh quoll hervor, und im Todeskampf entleerte sie ihre Gedärme ins Wasser.

Neben ihm stach Ank auf dasselbe Tier ein. Mano schubste den Jungen weg, während gerade eine andere Kuh über ihn hinwegsetzte.

»Such dir selber eine Beute! Das hier ist meine! Und sie ist schon tot!« Ank würde versinken oder davonschwimmen. Mano war es ziemlich egal.

Es war Yanehva, der durch das Gewühl von toten oder sterbenden Karibus stürmte, um den Jungen zu retten. Mano warf ihnen nur einen kurzen Blick zu, bevor er sich wieder an der Schlachtorgie beteiligte, bis er keine Kraft mehr in seinen Armen hatte.

Inzwischen waren die wenigen überlebenden Tiere hinter den schneebedeckten Hügeln verschwunden. In der Vergangenheit war die Herde so groß gewesen, daß sie viele Tage lang gebraucht hatte, um durch das Land zu ziehen. Doch wenn die Jäger sich darüber wunderten, dachten sie nicht weiter darüber nach. Sie nahmen sich zusammen und zogen einen Kadaver nach dem anderen auf das gefrorene Ufer.

»Du hättest den Jungen bedenkenlos ertrinken lassen!« beschuldigte Yanehva seinen ältesten Bruder, als Cheanahs drei Söhne tropfnaß neben ihrem Vater standen.

»Ständig nörgelst du herum wie eine alte Frau, Yanehva«, tadelte ihn Cheanah.

»Ank war bewußtlos, als ich ihn aus dem Wasser zog!«

»Nun mach nicht einen solchen Aufstand um nichts!« entgegnete Mano lässig.

Die Frauen und Kinder trafen am Schlachtplatz ein, aber es wurde nicht geschlachtet. Statt dessen begannen sie sofort mit dem Festmahl. Sie aßen, bis sie nicht mehr konnten, obwohl sie die Hälfte der erlegten Tiere noch gar nicht angerührt hatten.

»Wir werden niemals alle Tiere essen können«, stellte Ekoh mit einem nachdenklichen Stirnrunzeln fest.

»Wir werden nur die besten Stücke essen!« Der alte Teean schmatzte genüßlich und saugte rohe Fleischstücke mit seinen wenigen Zähnen aus.

»Und den Rest einlagern.« Ekoh nickte zufrieden über diese Aussicht.

»Diese Frau wird auf keinen Fall all diese Karibus enthäuten!« protestierte Kimm mit einem finsteren Seitenblick auf Bilis Mann.

»Wir werden nur die besten Felle und das beste Fleisch ins Lager mitnehmen!« verkündete Cheanah und steckte sich noch einen Augapfel in den Mund.

Die Menschen rülpsten, dösten und furzten, bis sie aufwachten, sich erleichterten und wieder aßen und dösten. Als das Heulen und Brüllen von Tieren in der Nacht hörbar wurde, erwiderten es die Jäger und schüttelten ihre Speere.

»Hört doch!« sagte Ank beklommen. »Wölfe und Hunde haben unsere Beute gerochen. Und Löwen auch.«

»Löwen...« Cheanah ließ das Wort auf der Zunge rollen, als wäre es ein Stück Fleisch.

»Und der Wanawut«, fügte Teean hinzu. »Habt ihr ihn auch gehört?«

Mano wischte sich den Saft von seinem Mund. »Laß sie doch heulen! Ich habe keine Angst vor ihnen! Manos Speere sind schärfer als ihre Zähne!«

Cheanah sah seinen Sohn mit schläfrigen Augen an. »Du prahlst zuviel. Die Lebensgeister der Tiere, die du verspottest, könnten Anstoß daran nehmen.«

Mano zwang sich zu einem Rülpsen und stieß es in Cheanahs Richtung aus.

Die Nacht wurde immer dunkler und kälter. Die Frauen errichteten ein Feuer. Es war keine Zeit für Gespräche. Der Stamm schlief auf der blutigen Erde unter dem sternenübersäten, mondlosen Himmel. Nur Ekoh lag mit seiner Frau Bili im Arm wach. Sie war wieder schwanger. Und schon wieder von Cheanah! Ekohs Mund verzog sich vor Abscheu und Wut.

Die Bestie ging mit ihren Jungen in der schwindenden Nacht auf die Jagd. Wie immer gingen ihre zwei Jungen ihr voraus. Die Mutter folgte dem kleineren, aber viel mutigeren und flinkeren Menschenjungen. Sie seufzte und humpelte hinter ihnen her. Wenn sie Beute fanden, würde sie ihnen helfen, sie zu töten. Ein Zittern des Zweifels fuhr durch sie. Ihr Rücken schmerzte immer noch, und ihre Schulter war heiß und steif. Die vom Löwen zerfleischten Schenkelmuskeln waren geschrumpft und hatten ihr Bein verkürzt, so daß sie bei der Jagd behindert war. Aus diesem Grund war sie gezwungen gewesen, in den Jagdgründen der Menschen zu bleiben, wo sie und ihre Jungen Nahrung fanden – und auf das angewiesen waren, was die Menschen übrigließen.

Sie blieb erneut stehen und prüfte schnuppernd den Wind, während sich ihre rechte Hand um den Menschenstein klammerte. Selbst mit dieser Waffe konnte sie es nicht mehr mit größeren Raubtieren aufnehmen. Daher mußte sie den Schlachtplatz vor ihnen erreichen oder auf die Mahlzeit verzichten. Sie konnte es auf keinen Fall riskieren, mit den Menschen und ihren fliegenden Stöcken zusammenzutreffen. Also wandte sie sich ab, nachdem sie mit ihren Jungen von der Höhle herabgestiegen war, und folgte den überlebenden Karibus. Einige der fliehenden Tiere waren verletzt, sie hatte ihren Geruch nach Angst und Blut im Wind wahrgenommen. Sie würden leicht zu töten sein.

Sie ging weiter und war zuversichtlich, daß sie und ihre Jungen noch vor Sonnenaufgang zum ersten Mal seit sehr langer Zeit etwas Gutes zu essen haben würden. Mit einem Seufzen ging sie schneller. Sie wurde alt und langsam, aber ihre Jungen brauchten sie noch.

Mano erwachte in der Dämmerung und lag mit dem Rücken auf seinem Jagdumhang, der durch das verkrustete Blut steifgefroren war, ebenso wie die äußere Schicht seiner schenkelhohen Stiefel. Als er sich aufsetzte, konnte er das Knirschen der dünnen Eisschicht auf seiner Überkleidung hören. Unter seiner dicken Kleidung war ihm warm, aber sein Atem bildete Wolken vor seinem Gesicht und schlug sich in Form von Eiskristallen auf seinen Augenbrauen und Haaren auf der Oberlippe nieder. Er hatte sich nicht die Mühe gemacht, den schwachen Bartwuchs auszurupfen, obwohl es als unschön angesehen wurde, wenn ein Mann Haare im Gesicht hatte. Aber es gab keine Frauen im Stamm, derentwegen er sich diese Mühe machen konnte, seit Cheanah ihm verboten hatte, Bili zu benutzen.

Mano war froh, daß Bili wieder schwanger war, denn jetzt konnten weder Ekoh noch Cheanah sie nehmen. Er hatte gehört, wie Cheanah sich murmelnd über den Verlust von Torkas Frauen beklagt hatte. Das war eine der wenigen Sachen, bei denen er mit seinem Vater übereinstimmte. Mano hörte, wie Ram und Kivan sich auf ihren Frauen zu schaffen machten. Die Geräusche erregten ihn. Er sah sich um und stellte fest, daß alle Jäger sich neben ihre Frauen gelegt hatten. Nur Kimm, die Kinder und die Alten schliefen allein.

Er stand auf und rieb seine Handschuhe gegeneinander. Er stieg über die schlafenden oder sich paarenden Gestalten hinweg und ärgerte sich über seine schlechten Aussichten. Im Augenblick war die zweite Frau seines Vaters das einzige, auf das er hoffen konnte, da Cheanah gerade mit Xhan schlief. Er versetzte Kimm einen heftigen Tritt in den Hintern.

Mit einem überraschten Schrei drehte sie sich um und sah auf. Als sie ihn erkannte, stöhnte sie. Dann drehte sie sich wieder auf die Seite und zog sich das Schlaffell über den Kopf.

Er trat erneut nach ihr und zerrte ihr nachlässig gebürstetes Schlaffell weg.

»Verschwinde!« schimpfte sie, doch sie hob bereits ihre Hüften und faßte unter ihren Kittel, um ihre Hosen zu öffnen.

»Dreh dich um! Auf den Bauch!« befahl er.

Sie tat ihm den Gefallen.

Ungeduldig kniete er sich hin und nahm sie von hinten. Trotz des langen, mageren Winters war Kimm immer noch fett. Im sanften Licht des Morgens schimmerten die beiden Wölbungen ihres Hinterns wie zwei fette Vollmonde. Es war kein angenehmer Anblick, aber immerhin war es der bereitwillige Hintern einer Frau, also machte er sich eifrig darüber her, drang gewaltsam ein, stieß heftig zu, pumpte in schnellen Stößen und kam bald zum Höhepunkt, worauf er sich noch eine Weile langsam bewegte, bis seine Erregung abgeklungen war. Kimm war bereits wieder eingeschlafen, bevor er fertig war.

Angewidert zog er sich zurück und setzte sich hin, als er irritiert bemerkte, daß seine Schwester Honee dicht neben Kimm geschlafen hatte. Die kleinen, eng beieinander stehenden Augen des Mädchens starrten ihn haßerfüllt unter dem windzerzausten Fell ihrer Kapuze aus Dachsfell an.

»Ist das alles, was ihr Männer außer Jagen könnt?«

Er knurrte sie an. »Sei still, du häßliches Ding, oder willst du, daß ich dir auch etwas von dem gebe, was ich deiner Mutter gegeben habe?«

»Wie kommst du darauf, ich könnte etwas von dir wollen? Rammel, rammel, schnell, schnell! Das ist es, was die Frauen über Mano sagen!«

Das Mädchen wußte, wann es schnell das Weite suchen sollte. Sie war sofort aufgesprungen und hatte sich bereits im Schatten der schlafenden Zhoonali in Sicherheit gebracht, bevor Mano sie fassen konnte.

Er starrte ihr nach, verfluchte sie und wollte ihr etwas antun, bis er Löwen in der Nähe brüllen hörte.

Cheanah erhob sich neben Xhan. Mano beobachtete den Häuptling, wie er still dastand und lauschte. Die großen Katzen gaben ein tiefes, dröhnendes Brüllen von sich, während sie sich dem Schlachtplatz näherten.

Mano ging zu Cheanah hinüber. »Ich möchte heute morgen etwas töten. Löwen wären mir ganz recht.«

Irgendwo in den dunklen Hügeln hinter dem Fluß heulte der Wanawut. Das Gebrüll eines Löwen antwortete ihm. Sie erkannten, daß es ein großer Löwe war, weil sein Brüllen zuerst wie ein Echo in seiner Brust klang, bevor es mit der Gewalt eines Donners hervorbrach.

»Vielleicht ein weißer Löwe...« In Cheanahs Stimme klang Unsicherheit, aber keine Angst, höchstens ein leises Zögern.

Mano war es nicht entgangen. »Ja«, erwiderte er und musterte seinen Vater. Die Unsicherheit in seiner eigenen

Stimme hatte nichts mit Löwen zu tun. »Vielleicht ist es an der Zeit, daß Cheanah seinen weißen Löwen erlegt ... wenn er kann.«

2

In der gewundenen Schlucht zwischen den Hügeln war es still. Die erschöpften Karibus irrten unruhig im knöcheltiefen Bodennebel herum. Sie hatten das Brüllen des Löwen gehört und lauschten jetzt wachsam mit erhobenen Köpfen und zuckenden Ohren.

Das Menschenjunge kauerte sich auf den Boden. Es horchte darauf, daß das nächste Brüllen in den Hügeln widerhallte. Schwester war auf der anderen Seite der Schlucht; er konnte gerade noch ihren Kopf über einem Hügel erkennen. Mutter war ans Ende der Schlucht gegangen.

Jetzt nahmen die Karibus zum erstenmal ihre Witterung auf. Mehrere Kühe hoben die Köpfe und stießen kehlige Warnlaute aus. Dampfwolken bildeten sich vor ihren Nüstern, als sie umherzustreifen begannen.

Das Menschenjunge wartete, bis Mutter sich zeigte und und ihre Arme hob. Sie schüttelte die Fäuste und ihren Menschenstein gegen den Himmel und kreischte. Es war ein furchtbares Geräusch, aber ihr Gesicht war noch erschreckender. Das Herz des Jungen schwoll vor Stolz an. Jede Bewegung verursachte ihr Schmerzen, und doch ging sie für ihre Jungen auf die Jagd. Sie war so mutig! Er liebte sie!

Mit Schwesters Hilfe wollte er versuchen, ihr zu zeigen, daß sie gar nicht für sie jagen mußte. Ihre Jungen waren zwar noch nicht ganz erwachsen, aber dank ihres Unterrichts konnten sie sowohl für sich selbst als auch für ihre Mutter sorgen.

Sie schrie erneut, worauf der Junge den Schrei zurückgab, wie sie es ihm beigebracht hatte. Schwester tat dasselbe und folgte dann dem Jungen, der auf einem Hügel stand, die Arme schwenkte und die Fäuste drohend zum Himmel reckte. So gut er konnte, versuchte er das Verhalten und den Schrei des Wanawut nachzuahmen, um dann laut heulend den Hügel hinunter auf die verblüfften Karibus loszustürmen.

Die Herde stob in Panik davon. Mutter stand direkt vor ihnen, als ihre schreienden Jungen von zwei Seiten auf sie zukamen. Die verängstigten Tiere wandten sich wieder schluchtaufwärts. Es war so eng, daß nur ein paar Tiere es schafften, die Richtung zu wechseln. Die kopflosen Kühe rannten sich gegenseitig um und zertrampelten Kälber, die im Bodennebel verschwanden. Mutter und Schwester stürzten sich darauf und begannen zu fressen.

Das Menschenjunge war jedoch zurückgeblieben, weil er auf eine schöne, schnelle Kuh aufmerksam geworden war, die den anderen voranlief. Er stand am Abhang und war bereit loszuspringen, sobald die Kuh unter ihm herkam. Und dann war er plötzlich mit einem Entzückensschrei in der Luft. Er heulte und jubelte, als er auf ihrem Rücken landete. Er packte sie am Geweih und klammerte sich rittlings an ihr fest.

Der Kuh quollen vor Schreck die Augen hervor, die Nüstern blähten sich schnaubend, und sie sprang und bockte, um sich von ihm zu befreien. Mit dem Wind im Haar und dem Speichel des Tieres wie warmer Schnee in seinem Gesicht, ritt er die vor Angst wahnsinnige Karibu-Kuh. Sie rannte immer weiter, während ihr Herz gegen ihre bebenden Rippen pochte und ihr Körper heiß wie Blut zwischen seinen Schenkeln wurde. Er hörte nur noch das Donnern ihrer Hufe.

Dann brach sie plötzlich und ohne Warnung tot zusammen. Das verblüffte Menschenjunge stürzte ebenfalls zu Boden. Das Karibu lag auf der Seite und hatte ihn unter sich begraben ... und auf dem Karibu war etwas Großes, das wütend knurrte, als es seine Krallen in den Körper der toten Kuh schlug.

Blut lief dem Jungen in die Augen, doch er sah noch die Farbe der Tatzen. Es war ein fahles Fell, das wie schmutziges, blutiges Gras um die riesigen Pranken des weißen Löwen wuchs.

»Schau! Dort im Nebel vor uns! Dort ist der Löwe, den du suchst« Mano und Cheanah waren stehengeblieben, als sie ein großes Karibu durch die Hügel rennen sahen. Das Tier schien etwas auf dem Rücken zu haben, aber aus dieser Entfernung konnten sie es nicht genau erkennen. Doch als das Karibu plötzlich zusammenbrach, entging den beiden Jägern nicht die weiße Gestalt, die unvermittelt aus dem Nebel aufgetaucht war, um es anzuspringen.

»Der weiße Löwe...« Cheanah schien ein Stück zu wachsen, als er diese Worte voller Verlangen aussprach. Dann lief er sofort im Dauerlauf los.

Mano, der an seiner Seite rannte, geriet bald außer Atem. »Der Wind steht günstig für uns, und der Löwe wird uns erst entdecken, wenn wir schon in Speerweite sind. Wir müssen uns nicht so beeilen.«

Cheanah sah ihn mürrisch an. »Ich habe schon viel zu lange auf diese Beute gewartet.«

Doch als sie ihrer Beute näherkamen, tauchte eine andere Gestalt aus dem Nebel auf. Sie war groß und grau und lief im hüfthohen Bodennebel. Wie sie so aufrecht auf den Hinterbeinen ging, wirkte sie auf groteske Weise menschenähnlich, während sie schreiend auf den Löwen und das Karibu zustürmte.

»Bei den Mächten der Schöpfung, was ist das?« Manos Gesicht zeigte Angst, Abscheu und eine grauenvolle Faszination, als er neben seinem Vater stehenblieb und starrte.

»Windgeist... Wanawut...« Cheanah zitterte vor Enttäuschung.

Der weiße Löwe sah über die Schulter zurück und erkannte, was auf ihn zukam. Anstatt sich vertreiben zu lassen, drehte er sich um und wandte sich seinem Gegner zu. Er senkte den großen, blassen und zernarbten Kopf und brüllte warnend, aber der Wanawut ließ sich davon nicht zurückhalten. Cheanah und Mano sahen, wie der Löwe zuschlug und dem Wanawut über das Gesicht fuhr, bevor er aufsprang und im Nebel verschwand — aber zuvor hatten die Krallen des Wanawut ihm noch die Flanke aufgerissen.

Cheanah fluchte. Der Löwe war verschwunden. Der Windgeist hatte ihn vertrieben und vielleicht sogar tödlich verletzt.

Mano hob einen Speer.

»Halt!« befahl Cheanah scharf, aber war schon zu spät.

Manos Speer traf den Wanawut an der Schulter und verschwand dann im Nebel. Der Wanawut ließ seinen Blick vom Speer zum Jäger wandern, der ihn geworfen hatte. Der Löwe hatte ihr breite, blutige Schrammen über die häßliche Schnauze gezogen, und die Bestie hielt sich die rechte Schulter mit der linken Hand. Blut quoll zwischen den großen, behaarten Fingern hervor. Sie starrte das Blut an, während sich ihr großes Maul vor Wut verzerrte und lange Zähne entblößte. Die Bestie brüllte eine Warnung und beugte sich dann über den Kadaver des Karibus.

Mano sprach leise zu seinem Vater, während er seinen Blick nicht von der Bestie abwandte. »Wir könnten es töten. Wenn wir jetzt beide losrennen und unsere Speere schleudern, bevor es fortlaufen kann ... Denk nur, was würde dein Stamm zu einer solchen Jagdbeute sagen? Das ist doch viel besser als ein weißer Löwe, oder?«

»Nein. Menschen erheben ihre Speere nicht gegen Geister.«

Mano lachte rauh. »Hast du nicht gesehen, wie es geblutet hat? Es ist kein Geist.«

Bevor Cheanah ihn aufhalten konnte, hob Mano einen Speer, rannte ein paar Schritte und warf ihn mit aller Kraft. Er schrie triumphierend, als sich zu Cheanahs Überraschung die Speerspitze in den Rücken des Wanawut bohrte. Die Bestie schrie auf und krümmte sich. Doch dann richtete sie sich wieder auf und packte den Speer in ihrem Rücken. Als sie den Speer nicht herausziehen konnte, zerbrach sie den Schaft. Während noch ein handbreites Stück aus ihrer Schulter ragte, drehte sie sich um und warf die andere Hälfte zurück zu Mano.

Ohne Speerspitze, die den Flug stabilisierte, ging sie weit daneben.

Die zwei Jäger waren bereit zur Flucht, aber die Bestie rührte sich nicht. Sie stand steif da, offenbar im Todeskampf. Dann bückte sie sich langsam und griff in den Bodennebel, aus dem nur die Geweihenden des Karibus herausragten. Während Cheanah und Mano ungläubig zusahen, hob sie den Kadaver des Karibus hoch, hielt ihn über dem Kopf und kam auf die Männer zu. Mit einem Wutgeheul schleuderte sie ihnen den

schlaffen und blutigen Körper entgegen, als ob er nicht mehr
wöge als ein leerer Lederbeutel.

Cheanah und Mano wurden davon so überrascht, daß sie
keine Zeit mehr hatten, sich zu ducken, bevor der Kadaver
sie umwarf. Eine der Geweihspitzen verhakte sich in Manos
linkem Mundwinkel. Als er seinen Kopf nach rechts ruckte,
spürte er, wie die Spitze ihm die Lippe aufriß. Er hatte den
Geschmack von Blut im Mund. Neben ihm versuchte Cheanah verzweifelt, sich von dem Kadaver zu befreien. Als er
auf allen vieren darunter hervorkam, begann er sofort zu rennen und rief Mano zu, er solle ihm folgen, bevor der Wanawut ihn erreichte.

Der Junge verzerrte wütend das Gesicht, als er erkannte, daß
sein Vater ihn seinem Schicksal überlassen hatte. Inzwischen
war auch er auf die Beine gekommen und losgerannt, während
er prüfend seinen Mund abtastete. Seine Wange war zur Hälfte
aufgerissen. Er würde dort für den Rest seines Lebens eine
Narbe tragen. Obwohl er damit prahlen konnte, daß er diese
Narbe im Kampf mit dem Wanawut davongetragen hatte,
würde sie ihn auch immer wieder daran erinnern, daß sein
Vater davongelaufen war, als sein Leben in großer Gefahr
schwebte.

Aber Cheanah war in einem großen Bogen durch den immer
höher steigenden Nebel zurückgekehrt und blieb neben seinem
Sohn stehen. »Sieh! Jetzt wird alles gut werden. Der Wanawut
flieht in die Hügel. Und er ist nicht allein.«

Während er seine aufgerissene Wange hielt, starrte Mano in
die Ferne, wo ein kleinerer Windgeist an der Seite des älteren
lief. Er hielt seinen Arm, als ob er das Gewicht der größeren,
verwundeten Bestie stützen wollte. Hinter ihnen rannte ein
noch kleineres Geschöpf her.

Als die drei in der Ferne verschwanden, runzelte Cheanah
die Stirn. »Hast du den Schwarzhaarigen gesehen? So etwas
habe ich noch nie gesehen! Ich habe genau erkannt, wie der
Wanawut den Schwarzhaarigen aus dem Nebel hob und ihn
dann auf Verletzungen untersuchte. Das kleinere Junge muß
unter dem gestürzten Karibu gelegen haben, und als der
Wanawut aus dem Nebel kam, um den weißen Löwen anzu-

greifen, hat er damit sein Leben riskiert, um das Junge zu retten.«

»Unmöglich.« Mano bedachte seinen Vater mit einem verächtlichen Blick. »Es sind Tiere. Du bist ein Mensch. Und das wäre mehr, als du für mich zu tun bereit warst.«

Mutter lag im Sterben.

Das Menschenjunge kniete neben ihr. Hinter ihm heulte Schwester mitleiderregend, während sie in der Höhle auf und ab ging. Der Junge wünschte sich, sie würde damit aufhören. Das schlurfende Geräusch ihrer Füße ging ihm auf die Nerven. Ihr stakkatohaftes Heulen erinnerte ihn an das ängstliche Piepen von gefangenen Vögeln, kurz bevor er sie tötete. Er wollte jetzt nicht an den Tod denken, um ihn damit nicht heraufzubeschwören.

Mutter seufzte. In diesem Geräusch lag großer Schmerz. Er winkte Schwester zu, still zu sein und an Mutters Seite zu kommen. Obwohl sie ihre Lippen aufeinanderpreßte, ging Schwester weiter auf und ab und wollte nicht kommen. Sie starrte nur auf ihre Füße. Er wurde wütend, aber das Gefühl wurde sofort durch Mitleid abgekühlt. Er hatte schon vor langer Zeit akzeptiert, daß Schwester anders dachte als er. Sie wurde so schnell verwirrt und verängstigt.

Mutter lag auf der Seite in einer Blutlache. Aus den langen Schnitten in ihrem Gesicht und auf ihrem Arm sickerte Blut. Es quoll auch aus ihrem Mundwinkel und dem Loch im Rücken, in dem der zerbrochene Knochen steckte. Er streichelte sie vorsichtig, damit er ihr dadurch keine Schmerzen verursachte. Ihre Haut kräuselte sich unter seiner Hand. Ihre Augen blickten ihn an — ihre wunderschönen, nebelgrauen Augen, die immer wie die kühlen, wolkigen Höhen der Berge gewesen waren, die er so sehr liebte. Er neigte den Kopf. Jetzt war keine Kühle in ihnen. Sie waren heiß, glasig und rosa vor Fieber. Dann wich das Grau plötzlich in einem dünner werdenden Ring zurück, während sich die Pupille weitete. Er riß seine eigenen Augen auf. Dieses schwarzes Loch machte ihm Angst. Es schien wie ein Öffnung zu ... was? Er hielt den Atem an. Was hatte er in

Mutters Augen gesehen? Eine schreckliche, schwarze Leere, als ob Mutter nicht mehr in ihrem Körper war, als ob ihre Haut, ihre Knochen und ihr Fell nur noch eine leblose Hülle waren, in der gar nichts mehr war...

Sie blinzelte. Das schwarze Loch in ihren Augen schrumpfte, und sie sah das Junge aus dem nebligen Grau an, das er kannte und liebte. Er seufzte erleichtert. Mutter war wieder in ihrer Haut. Ihr Mund öffnete sich. Doch kein Geräusch drang heraus, nur das leise Blubbern des Blutes, das von irgendwo in ihrer Brust hochstieg. Langsam und unter großer Mühe hob sie die Hand. Darin hielt sie immer noch ihren Menschenstein. Sie öffnete ihre Finger, worauf das lange, lanzettförmige Messer dem Jungen in den Schoß fiel.

»Mah... nah... rah... vahk...« seufzte Mutter, und in ihrer Stimme lag soviel Schmerz, daß er keinen Schmerz spürte, als ihre Hand so schwer auf seine Schulter fiel, daß sie sie ihm fast gebrochen hätte. Er spürte nur den Schmerz, den er mit ihr teilte.

»Mah... nah... rah... vahk«, machte er nach, ohne zu wissen, warum. Dann sah er, wie das Grau aus Mutters Augen verschwand, wie ihr Leben gemeinsam mit ihrem Blut und Atem aus ihrem Körper verschwand.

Er berührte sie, aber sie bewegte sich nicht. Ihr Kinn hing schlaff herunter, und ihre Augen waren offen und leer und ohne Farbe. Er stieß sie an. Doch er wußte bereits, daß es nutzlos war, denn Mutter war tot und würde sich nie mehr um ihre Jungen kümmern.

Benommen saß er da und horchte auf Schwesters Heulen und Schlurfen. Jetzt wirkte das Geräusch beruhigend. Mutter war nicht mehr, aber Schwester war noch bei ihm. Er war nicht allein. Als er den Menschenstein ansah, dachte er an den weißen Löwen und die Menschen mit ihren Wurfstöcken. Sie hatten Mutter getötet. Jetzt würde er sie töten.

Sein Herz füllte sich mit Haß — und mit etwas Bitterem, mit Selbstvorwürfen und Reue. Es war sein Ungestüm gewesen, das sie in den Tod geführt hatte! Wenn er nicht seinem Trieb gefolgt wäre, seine eigene Beute zu erlegen, hätte Mutter ihm nicht zu Hilfe kommen müssen! Sie wäre noch am Leben. Er sah sie an und berührte ihr geliebtes Gesicht. Der Schmerz, der in ihm aufstieg, war so heftig, daß er glaubte, daran sterben zu müssen.

Schwester trat neben ihn. An ihrem leeren Gesichtsausdruck erkannte er, daß sie nicht verstand, daß Mutter tot war. Er fragte sich, ob sie es jemals verstehen würde. Er seufzte, als sie sich neben ihn setzte. Sie kauerte sich an ihn und suchte Trost in seiner Wärme und Nähe, während sie ihn anlächelte. Zum ersten Mal in seinem Leben kam ihm das verzerrte Lächeln des Wanawut leicht auf die Lippen. Er fragte sich, warum sich seine Augen mit einer seltsamen, brennenden Flüssigkeit füllten. Sie quoll unter seinen Lidern hervor und lief seine Wangen hinunter. Dann schluchzte er plötzlich, während Schwester ihm irritiert die Finger auf das Gesicht legte und sie sich dann in den Mund steckte, um etwas zu schmecken, das dem Wanawut wie jedem anderen Tier auch unbekannt war: seine Tränen, seine menschlichen Tränen.

3

Sie verfolgten den weißen Löwen, bis es dunkel wurde.

»Ich sage dir, es *ist* ein Geisterlöwe«, schäumte Cheanah, denn das Tier lief immer weiter, obwohl es verwundet war. Als jetzt die Nacht hereinbrach und der Nebel dichter wurde, verloren sie es ganz. Sie hielten zwischen hohen Hügeln am Fuß eines in Wolken gehüllten Berges an. Ein feiner Eisnebel begann herabzuregnen.

Mano kniete sich hin, untersuchte den steinigen Boden und stand dann auf. »Riechst du es?« fragte er erregt.

Cheanah brummte. »Ich rieche keinen Löwen.«

»Nein! Es ist der Gestank des Wanawut! Er ist hier vorbeigekommen und dann den Berg hinaufgestiegen. Wir könnten ihm folgen.«

»Einem Windgeist in die Wolken folgen?«

»Warum nicht? Er hat eine blutige Spur hinterlassen. Dort

auf den Steinen neben deinen Füßen. Sie stammt nicht von der Verletzung des Löwen. Es ist dunkles und dickes Blut. Das Wesen ist auf den Berg gestiegen, um zu sterben. Wir könnten es töten und seine Jungen auch.«

Cheanah blickte mißtrauisch die Felswand hoch. Trotz seiner geschwollenen und mit Sehnen genähten Wange war Manos Stimme voller jugendlicher Begeisterung gewesen. Cheanah fühlte sich dadurch plötzlich alt. Er hatte die Bestie mit eigenen Augen gesehen und kein Bedürfnis, noch einmal auf dieses monströse Ding zu treffen.

»Es ist Zeit umzukehren. Bald wird der Wind stärker werden und Schnee bringen«, sagte er mit der Selbstverständlichkeit einer lebenslangen Erfahrung voraus.

Mano starrte zu den nebligen Höhen hinauf. »Stell dir nur vor, was der Stamm sagen würde, wenn du mit seiner Haut zurückkommst, während ich die Zähne und Krallen um den Hals und die Pelze der Jungen auf dem Rücken trage! Das wäre viel besser als dein weißer Löwe, der sich nie fassen läßt.«

»Es ist nicht mein Löwe.«

»Scheint so.«

Cheanah zuckte bei Manos Tadel zusammen. Sein Kopf fuhr hoch, und er kniff die Augen zu schmalen Schlitzen zusammen. »Ich werde ihn töten!«

»Vielleicht hat der Wanawut das schon für dich erledigt.«

Cheanah fragte sich verstimmt, ob die anderen Männer ihre Söhne ebensowenig mochten wie er Mano. Ein plötzlicher Windstoß zerrte an ihm, während die Nacht von einem herzzerreißenden Heulen durchschnitten wurde.

»Es ist eins seiner Jungen, das geheult hat!« sagte Mano. »Der erwachsene Wanawut muß tot sein! Ich habe ihn getötet!«

»Zhoonali wäre stolz, wenn ihr Sohn Cheanah in der Haut des Wanawut ins Lager zurückkommt...«

Manos Augen funkelten. »Das wäre viel besser als ein weißer Löwe. Aber wenn der Wanawut tot ist, bin ich derjenige, der ihn getötet hat!«

Cheanah wehrte den Einwand ab. »Und ich bin der Häuptling dieses Stammes! Die Haut gehört mir! Du kannst die der Jungen haben!«

Mano gab nach, fügte aber schnell hinzu: »Aber nur, wenn ich dein Wort habe, daß ich bei jeder Frau liegen kann — einschließlich Bili — wann immer ich will. Dafür gebe ich dir mein Wort, daß ich Zhoonali und jedem anderen im Stamm sage, daß es Cheanahs Speer und nicht mein eigener war, der die Bestie getötet hat.«

Cheanahs Mundwinkel zogen sich nach unten. Sein ältester Sohn war so schnell und egoistisch wie ein Vielfraß. »Ich sollte meinen Speer durch deinen Bauch treiben und dich hier für die Aasfresser zurücklassen«, knurrte er. »Bili bedeutet mir nichts. Wenn diese Nacht und der folgende Tag vorbei ist und wir mit der Haut des Wanawut zum Lager zurückkehren, kannst du sie und jede andere Frau im Stamm benutzen, wie du willst.«

Weit entfernt im Verbotenen Land fuhr Umak plötzlich aus dem Schlaf hoch. Er saß aufrecht da und starrte mit aufgerissenen Augen in die Dunkelheit der Höhle. Sein Mund war trocken, sein Magen verkrampft, und sein Herz schlug rasend.

»Was ist los?« fragte Dak, der sich verschlafen neben ihm in den Schlaffellen rührte, die die zwei Jungen miteinander teilten.

Umak schüttelte den Kopf. »Ein Traum.«

»Dann schlaf weiter. Torka und Simu haben gesagt, wir sollen vor Tagesanbruch aufstehen, damit wir...« Er unterbrach sich, denn Umak war aufgestanden und ging durch die Dunkelheit zu den Fellen, die als Wetterschutz vor dem Eingang der Höhle hingen.

Dak sah, wie Umak die Felle zur Seite schob und nackt ins Sternenlicht trat. Er atmete keuchend, als wäre er gerade schnell gerannt. Besorgt stand Dak auf, wickelte sich in sein Schlaffell und folgte seinem Freund.

»Was ist los?« wiederholte er seine Frage mit gedämpfter Stimme.

»Der Traum... er wirkte so echt«, flüsterte Umak.

Er drehte sich um und sah Dak an. In seinen Augen standen Tränen, als er sich ihm anvertraute. »Wenn jemand stirbt, den du sehr lieb hast... dein Vater... deine Mutter... nur dann würdest du dich so traurig fühlen wie ich jetzt.«

»Der Traum ist vorbei. Leg dich wieder schlafen!«

Umak packte Daks Schlaffell. »Träumst du manchmal, daß du jemand anders bist?«

Dak dachte kurz nach und nickte. »Manchmal träume ich davon, daß ich ein Jäger bin wie mein Vater, stark, mutig und...«

»Nein. Jemand ganz anderer! Und trotzdem immer noch du selbst. Als wenn es zwei verschiedene Daks in deinem Körper gäbe.«

Dak lief ein kalter Schauer über den Rücken. Der Gedanke gefiel ihm nicht. »Nein. Niemals.«

»Ich schon, manchmal.« Umak seufzte. »Und in dieser Nacht weiß ich, daß er in Gefahr ist. Ich habe es gespürt, gleichzeitig mit der Trauer.«

»Er?«

»Mein... mein Bruder.«

»Dein Bruder ist tot.«

»Ja, aber in meinen Träumen sehe ich ihn, wie er irgendwo ganz hoch oben durch den Nebel wandert. Er ist ein Junge wie ich, aber er ist verdreckt, trägt zerlumpte Felle, hat wirres Haar und...«

»Wenn ich einen Bruder hätte, der wie deiner gestorben ist, würde ich auch von ihm träumen. Erzähl es Karana! Zauberer kennen sich mit solchen Dingen aus. Jetzt laß uns noch etwas schlafen, bevor wir aufstehen müssen!«

Umak versuchte, dem Rat seines Freundes zu folgen. Er schlief nicht ein, bevor das erste Licht der Dämmerung zuerst bläulich und dann rosa durch die Felle vor der Höhle drang. Er fiel in einen unruhigen Schlaf, in dem er von furchtbarer Trauer und drohender Gefahr träumte. In seinem Traum lief er davor weg und versuchte, Dak, der vor ihm lief, zu erreichen, ohne seinen Vorsprung aufholen zu können. Dak, der viel wilder als in Wirklichkeit aussah, drehte sich um, schüttelte den Kopf und lachte höhnisch. »Du wirst mich niemals fassen!«

Aber Dak war gar nicht Dak. Er war ein anderer Junge mit zerfetzten Fellen und ungepflegtem Haar. In seinem Gesicht war soviel Ähnlichkeit zu Torka, daß Umak ihn anbrüllte: »*Ich* bin der Sohn Torkas!«

»Nein, das bist du nicht!« schrie der fremde Junge. »Ich bin es!«

»Nein!« Umak weinte, als der Junge davonlief und im Nebel seiner Träume verschwand.

Torkas Berührung machte ihn auf einen Schlag hellwach. Er fuhr hoch, keuchte und wischte sich die Tränen aus den Augen.

»Was hast du?« fragte Torka und kniete sich hin.

»Nichts...« schluchzte Umak. »Es war nur ein Traum.«

4

Die Menschen kamen mit ihren fliegenden Stöcken, und es gab nichts, was der Junge dagegen unternehmen konnte. Während er sie vom Vorsprung vor der Höhle aus beobachtete, wuchs sein Haß auf sie im gleichen Maße wie seine Faszination. Sie bewegten sich genauso wie er, aufrecht auf langen Hinterbeinen, mit fast geradem Rücken und an den Seiten schwingenden Armen. Ab und zu blieben sie stehen, um hochzuschauen. Er bezweifelte, daß sie ihn entdeckt hatten, denn er war zu hoch über ihnen, und der Felsvorsprung verbarg ihn vor ihren Blicken.

Schwester kam und kniete sich neben ihn. Sie beugte sich vor und starrte die Wand hinunter. Als sie die Menschen sah, keuchte sie verwirrt und ängstlich auf. Besorgt sah sie ihn an, als ob sie von ihm erwartete, die Menschen zu verjagen. Als er sich nicht rührte, klopfte sie sich auf die Brust und kreischte und ging dann zurück in die Höhle, wo sie Mutters Leiche anmaunzte und an der Schulter anstupste. Aber Mutter bewegte sich nicht.

Als er sie beobachtete, wünschte er sich, er könnte ihr verständlich machen, daß sie sich vergebens mit Mutter abmühte. Wenn die Menschen vertrieben werden sollten, würden Schwester und er selbst sich darum kümmern müssen.

Er sammelte ein paar Handvoll Steine und Abfall auf und warf sie zu den Eindringlingen hinunter. Offenbar hatte er damit Erfolg. Sie hielten an und drückten sich eng an den Berg, aber im nächsten Moment stiegen sie bereits weiter. Hektisch sammelte er schmutziges Gras aus dem Nest, Fäkalien und alte Knochen zusammen, aber als er alles über den Felsvorsprung warf, befanden sich die Menschen bereits darunter und waren davor geschützt. Bald würden sie ihr Ziel erreicht haben.

Allmählich geriet er in Panik. Er sah sich zu Schwester um. Sie war soviel größer als er, und ihre Krallen und Zähne waren furchtbare Waffen. Aber Schwester war keine Kämpferin. Sie würden sie töten und von ihr essen, ohne daß er sie aufhalten konnte, denn sie würden auch ihn töten und essen.

Tief in seiner Kehle knurrte er. Er hatte nur noch eine Möglichkeit zu handeln. Er nutzte sie – aber nicht ohne Bedauern.

Cheanah und Mano erreichten die Höhle und stellten sich mit wurfbereiten Speeren auf. Aber von der großen grauen Leiche, die in der übel stinkenden, düsteren Höhle lag, drohte ihnen keine Gefahr.

»Wo sind die Jungen?« flüsterte Cheanah, als wäre er an einem heiligen Ort.

»In den Nebel nach oben verschwunden. Aber wir müssen nicht weitergehen.«

Schweigend legten Vater und Sohn ihre Speere beiseite, zogen ihre Steinmesser und begannen, die Leiche zu enthäuten.

Den ganzen Tag lang versteckten sich das Junge und Schwester im Schatten der großen Felsblöcke, die auf dem Gipfel des Berges verstreut lagen. Tief unter ihnen fiel etwas die Bergwand hinunter. Sie hörten es mehrmals aufschlagen und weiterrollen. Steine lösten sich, wo es aufprallte, und bald hörten sie das Poltern eines Steinschlags. Einer der Menschen schrie auf, und dann war es still. Die Jungen des Wanawut kauerten sich in der langen, bitterkalten Nacht aneinander, und obwohl Schwester ihn in ihren dick behaarten Armen hielt, konnte sie dem Jungen keine Wärme geben. In seiner Hand hielt er den Menschenstein, den Mutter ihm gegeben hatte, und in seinem Herzen die Erinnerung an ungezählte Tage und Nächte ihrer Liebe — einer Liebe, die er nie wieder erleben würde.

Schwester wurde unruhig und hungrig, spürte eine Wühlmaus in der Dämmerung auf und aß sie. Er hatte keinen Appetit. Er mußte zuerst zurück in die Höhle und mit eigenen Augen sehen, was die Menschen getan hatten.

Er kannte die Formen der Berge, wie er einst die Formen von Mutters Brüsten gekannt hatte. Selbst im eisigen Nebel der Dämmerung führte er Schwester problemlos über den Berg, aber er zögerte noch, die Höhle zu betreten. Er roch einen intensiven Geruch nach Mensch, aber auch einen anderen Geruch, bei dem er mit den Zähnen knirschte und seine Fäuste so fest ballte, daß der Menschenstein ihm in die Handfläche schnitt. Neben ihm machte Schwester einen angewiderten Laut, aber sie zögerte nicht weiterzugehen. Zunächst war es still. Dann kreischte sie. Aber nur einmal.

Der Junge holte tief Luft, um sich bereitzumachen. Er hielt den Atem an, als er die Höhle betrat, und stieß ihn aus, als er so schockiert starrte, daß er sich nicht bewegen konnte. Schwester ging maunzend und heulend im Kreis. Noch nie hatte er sie so verzweifelt gesehen, aber auch er war noch nie so entsetzt und schockiert gewesen. Hinter ihr lagen Eingeweide, Fleischstücke und ein Haufen blutiger, zerbrochener Knochen. Das war alles, was noch von Mutter übrig war.

Sie hatten sie geöffnet und ausgeweidet. Sie hatten sie enthäutet und ihren Kopf und die hohlen Arme und Beine ganz gelassen. Diese leere Hülle hatten sie aus der Höhle geworfen, um sie nicht hinuntertragen zu müssen. Das war das Geräusch gewesen, das er gehört hatte! Er zwang sich, die Überreste ihrer Schändung anzusehen. Er verstand nicht, warum die Menschen das Fleisch zurückließen und nur die Haut mitnahmen ... die langen Arme, die ihn einst liebevoll gehalten hatten ... die Brüste, die ihn genährt hatten ...

Er konnte es nicht länger ertragen. Er lief zum Eingang der Höhle und heulte qualvoll auf. Er heulte immer wieder, bis ihm aus der Weite der Welt unten die Wölfe antworteten, als ob sie seinen Schmerz erkannten und Mitleid mit ihm hatten. Irgendwann wurde sein Heulen zu einer Klage und dann zu einem Gesang von vollkommener, trauriger Schönheit. Doch er wußte nur, daß dieses Lied seinen Schmerz linderte.

Schwester kam zu ihm. Er sah einen leeren, fragenden Blick in ihren Augen und wußte, daß sie Angst hatte. Sie verstand die Laute nicht, die aus seinem Mund kamen, oder warum eine heiße Flüssigkeit aus seinen Augen quoll oder warum sein Körper von Schluchzen geschüttelt wurde, als er sie liebevoll umarmte.

Er drückte sie fest an sich. Beruhigt legte sie ihre Arme um ihn. Dann wurden ihre Augen klar und sie begann leise zu schnurren. Er wußte, daß ihr seine Liebe genügte, aber ihm genügte sie nicht. Schwester war ein Wanawut, und der Junge begann zu verstehen, daß er etwas anderes war ... etwas Unbestimmtes und Unfertiges, das sich in dieser Welt nicht zurechtfand. Warum war er anders? Was war er? *Wer* war er?

Und wie sollten er und Schwester in dieser Welt der Menschen ohne Mutter überleben?

Sein Haß wurde immer stärker. Er verkrampfte seine Eingeweide und blähte seine Nüstern, bis ihm übel davon wurde. Seine Finger schlossen sich immer wieder um den Menschenstein, so fest, daß es bald schmerzte und Blut aus seinen Händen tropfte. Er wollte diesen Schmerz spüren. Er sollte eine tiefe Narbe hinterlassen, die er nie wieder vergessen konnte. In Zukunft sollte er sich jedesmal, wenn er seine Handfläche betrachtete, an den Schmerz erinnern.

Er schrak zusammen, als er sich plötzlich an die fliegenden Stöcke erinnerte, die die Menschen auf Mutter geworfen hatten. Einer hatte ihren Arm verletzt und war dann im Nebel verschwunden. Er mußte noch dort liegen ... auch der weiße Löwe mußte noch irgendwo dort sein. Mit seinem Menschenstein und einem Wurfstock könnte er das geschwächte Raubtier töten und es häuten, wie die Menschen es mit Mutter getan hatten. Und mit diesen Waffen konnte er auch die Menschen töten, die seine Mutter getötet hatten!

Aber zuerst mußten Schwester und er sich einen anderen Unterschlupf suchen, denn die Menschen hatten sie mit Mutter fliehen gesehen und Schwester kreischen gehört, als sie den Berg herabgestiegen waren. Irgendwann, wenn ihnen wieder danach war, auf Wanawut-Jagd zu gehen, würden sie zur Höhle zurückkehren.

Schließlich schlief Schwester ein, und sein düsterer Haß verwandelte sich in entschlossene Tatkraft. Während Schwester friedlich auf dem Felssims schlief, stand er auf und stieg den Berg hinunter. Er wußte, daß sie den Berg nicht allein verlassen würde, wenn sie aufwachte. Obwohl er allein durch die wilde Polarnacht zog und nur seinen Menschenstein in der Hand hielt, hatte er keine Angst. Bald würde er zu Schwester zurückkehren – mit einem Wurfstock in der Hand und dem Fell des weißen Löwen auf dem Rücken.

5

Die Tage des endlosen Lichts waren angebrochen. Das Leben im wunderbaren Tal war gut. Überall waren die Geräusche der Neugeborenen und das Lachen der Frauen und Kinder von Torkas Stamm zu hören.

In den Marschen an den Seen, Flüssen und Bächen nisteten viele Vögel. Langbeinige Kraniche und Reiher wateten durch die Sümpfe. Wassertreter drehten im seichten Wasser ihre Kreise und fischten nach Krustentieren und Larven. In unzähligen Teichen spiegelten sich Seetaucher und andere Wasservögel. Lonit freute sich besonders darüber, daß im See, der Torkas Höhle am nächsten lag, ein elegantes Paar schwarzer Schwäne Seite an Seite schwamm.

Erneut wurden Vorräte für den Winter in die Höhle eingelagert. Auch die Vorratsgruben wurden aufgefüllt. Wieder hingen in Streifen geschnittenes Fleisch, Fische und Geflügel wie Fahnen an den Trockenrahmen. Und erneut sahen die Männer und Jungen entzückt zu, wie die Frauen und Mädchen Blumen pflückten und ihre Zöpfe, Stirnbänder, Halsketten und Armbänder mit farbigen und duftenden Blüten schmückten.

Karana, der mit Aar auf dem Grat stand, kniff die Augen zusammen und beobachtete sie aus der Ferne.

Naya konnte bereits laufen und sprechen. Er konnte ihre Gestalt im Tal tief unten gerade noch erkennen. Sie ging inmitten einer Gruppe aus drei blumengeschmückten Kleinkindern, die von den Frauen und Mädchen beaufsichtigt wurden, die fröhlich mit den vielen Welpen, die Aars zwei Weibchen zur Welt gebracht hatten, in den Blumen herumtollten.

Karana war allein, und es war immer kalt auf dem Berg, aber es war besser für ihn, hier oben in seinem kleinen Zelt aus Fellen zu wohnen, das er auf dem Grat errichtet hatte.

Ihm kam die Idee, daß er bereits wie ein Ausgestoßener lebte und sich somit keine Sorgen machen mußte, von Torka verbannt zu werden, wenn der Stamm von seinem Verrat erfuhr.

Karana runzelte die Stirn. Etwas kam die Schlucht hinauf. Er erstarrte und lauschte auf die Schritte. Sie waren langsam und stapfend, aber auch kräftig und sicher. Karana brauchte keine Zauberkraft, um zu erkennen, daß Grek bald vor ihm stehen würde.

Karana gefiel der Gesichtsausdruck des alten Mannes nicht. »Sprich!«

»Ich bin gekommen, um über zwei Sachen zu sprechen. Die erste ist Mahnie. Sie ist schon viel zu lange ohne Mann. Sie ißt und schläft weniger, als sie sollte. Sie vermißt dich.«

»Ich bin ein Zauberer.«

»Aha! Und wo ist dein Zauber?« fragte der alte Mann ernst und leicht erzürnt. »Du mußt hinunter ins Tal kommen.«

»Das kann ich nicht.«

Grek schüttelte den Kopf und zuckte dann die Schultern. »Der Geist eines Menschen könnte hier oben auf dem Berg absterben, Karana. Aber das Leben geht weiter. Unten im Tal werden Wallah und ich älter. Mahnie ist bekümmert. Simu und Eneela, Torka und Lonit, sie alle machen neue Babys. Die Kinder wachsen auf. Aus Jungen werden Männer. Und damit komme ich auf den zweiten Grund, der mich zu dir geführt hat: Sommermond wird bald zu einer Frau werden. Viele Vorbereitungen sind notwendig ... und für einige davon wird ein Zauberer gebraucht.«

6

»Ich mag es nicht, wie Mano mich ansieht«, beschwerte Bili sich bei Ekoh.

»Er kann dich ansehen, wie er will, aber solange ein Baby in deinem Bauch ist, wird er sich von dir fernhalten, genauso wie Cheanah.«

»Wie zwei Füchse, die warten und lauern...«

Sie riß den Kopf hoch. Ihre Nasenflügel bebten. »Du kannst es ihnen verbieten!«

»Ich kann gar nichts tun!«

»Warum?«

»Weil einer der Häuptling ist, der den Kopf eines Wanawut über dem Eingang seiner Hütte angebracht hat und die Haut der Bestie auf dem Rücken trägt. Und der andere ist der Sohn des Häuptlings! Die Traditionen verlangen, daß ich ihnen gestatten muß, worum auch immer sie mich bitten.«

»Traditionen...« stöhnte sie, als würde die Last dieses Wortes sie erdrücken. »Ich weiß nur, daß du sehr vorsichtig sein mußt, Ekoh. Denn wenn dieses Baby geboren ist, hast du vielleicht bald gar keine Frau mehr, die du mit Cheanah, Mano und den anderen Männern dieses Stammes teilen kannst.«

Sein Gesicht verzerrte sich vor Wut, so daß Bili einen Augenblick lang glaubte, er würde sie schlagen. Doch statt dessen zog er sie an sich und hielt sie in seinen Armen. »Ich wünsche mir, wir wären mit dem Mann aus dem Westen in das Verbotene Land gegangen.«

»Ich auch«, flüsterte Bili und vergrub ihr Gesicht an seiner Brust. »Ich auch!« Für einen kurzen Moment überlegte sie, ob sie ihm ihr Geheimnis anvertrauen sollte – daß sie sich nämlich alte Felle unter ihr Kleid gestopft hatte, damit sie schwanger aussah und die ›Füchse‹ in Schach hielt. Aber sie zog es vor zu schweigen. Dies war einzig und allein ihr Geheimnis. Aber wie viele Monde konnten noch auf- und wieder untergehen, bis es jemandem auffiel, daß sie irgendwann viel zu lange ›schwanger‹ war?

Der alte Teean trottete eifrig hinter Honee her, als sie frisches Wasser aus dem Bach hinter dem Lager zur Erdhütte des Häuptlings trug.

»Verschwinde!« sagte das Mädchen zu ihm.

Er lächelte das schräge Lächeln eines alten Mannes. »Warum hast du es so eilig, in deine Hütte zurückzukehren? Warte...« Er bemühte sich, sie einzuholen, und zeigte ihr sein altes Glied. »Sieh, was ich hier für dich habe!«

Sie blieb stehen und starrte darauf, während die Stammesmitglieder, die im Windschatten neben ihren Erdhütten hockten, amüsiert zusahen.

»Das ist kein netter Anblick!« stellte Honee fest. »Tu es wieder weg, alter Mann. Gib dir keine Mühe, du wirst nicht als erster bei mir liegen!«

»In einem Stamm ohne Zauberer, der das Ritual des ersten Eindringens durchführen könnte, muß es ein anderer Mann tun«, gab er zu bedenken. »Cheanah hat es mir nicht verboten!«

Ihr Gesicht wurde knallrot. »Aber er hat es dir auch nicht erlaubt! Zhoonali hat gesagt, daß ich so lange warten kann, wie ich will.«

»Auch Zhoonali müßte wissen, daß du dich in einem Stamm mit so wenigen Frauen nicht ewig zieren kannst!«

»Aber zumindest so lange, bis du gestorben bist!« Sie drehte sich um und lief davon.

Die Zuschauer lachten auf. Teean war es gleichgültig. Früher oder später würde er sein Ziel schon erreichen, jeder würde irgendwann an die Reihe kommen. Kein Mann war darauf erpicht, Honee an seine Feuerstelle zu nehmen, dazu war sie zu zu reizlos, zu fett und zu widerspenstig, als daß man es auf

Dauer mit ihr aushalten könnte. Außer dem alten Teean. Ihre Jugend erregte ihn. Er mußte nur an ihre fetten, kleinen Brüste denken, an ihre festen, zarten Brustwarzen und die Feuchte ihrer unberührten Tiefe, und schon war er mit schwingend aufgerichtetem Organ bereit.

Aber der Gedanke an das erste Eindringen erregte jeden Mann, und schon riefen einige Männer nach dem Mädchen.

»Komm an mein Feuer, Tochter von Cheanah!« forderte Buhl sie auf und schnalzte vieldeutig mit der Zunge. »Komm, solange du noch zwischen den Schenkeln verschlossen bist. Du wirst es nicht bereuen!«

»Nein, komm an meins, denn hinterher wirst du lächeln und nach mehr verlangen!« lud Kivan sie ein, während seine Frau gerade aus der Bluthütte kam, die Arme in die Hüften stemmte und ihn über das Lager hinweg anfunkelte.

Ram senkte seinen Kopf und holte Honee mit zielstrebigen Schritten ein. »Spar es dir nicht zu lange auf, Mädchen. Du könntest sonst vertrocknen.«

Honee knurrte und fixierte ihn mit schwarzen Augen, die so scharf und glänzend wie Obsidiansplitter waren. »Ihr seid widerlich! Ihr alle!« sagte sie, als sie mit einem verächtlichen Hüftschwung weiterging und in der Hütte ihres Vaters verschwand.

Vom Anblick ihres Hinterteils erregt begann Teean sich selbst zu bearbeiten.

»Verschwende nicht deine Kraft, alter Mann!« rief Ram ihm. »Sonst hast du später nicht mehr genug, wenn du an der Reihe bist!«

»Meine Kraft würde dich überraschen ... und sie!« Teean arbeitete sich schnell auf den Höhepunkt zu. Als er fertig war, seufzte er demonstrativ, zitterte und schüttelte sich. Dann schlenderte er gemächlich zu seiner eigenen Erdhütte zurück, wo er sich neben die alte Frahn in den Windschatten setzte.

Sie rührte sich nicht. Die Sehnen, die sie zu einer Schnur geflochten und gestreckt hatte, lagen um ihre schlaffen Hände gewickelt in ihrem Schoß.

Teean erschlug eine Fliege hinter seinem Ohr, lehnte sich zurück und erzählte Frahn von den Vorteilen einer jungen Frau, die ihr bei der Arbeit helfen konnte. Er redete noch eine ganze Weile weiter, um sein Verlangen nach Honee zu rechtfertigen.

Irgendwann fiel ihm auf, daß Frahn überhaupt nicht auf ihn reagierte. Entweder schlief sie, oder sie war tot. Er beugte sich zu ihr hinüber und zuckte zusammen. Es war schon sehr lange her, daß Frahn eine einigermaßen gutaussehende Frau gewesen war. Aber wie sie jetzt an ihre mit Flechten gefütterte Rückenlehne gestützt dasaß und in ihren Sommerfellen steif wurde, war sie überhaupt kein angenehmer Anblick mehr. Ihr Lebensgeist mußte schon vor Stunden ihren Körper verlassen haben.

Schockiert starrte er sie an. Er hatte Frahn nie richtig gemocht. Wenn er jemals mit ihr zufrieden war, dann nur, weil sie hart arbeitete und sich als erfindungsreich und unersättlich erwiesen hatte, wenn sie mit ihm schlief. Als sie jetzt offensichtlich ihren letzten Atemzug getan hatte, lächelte Teean.

»Du hast lange genug gelebt«, sagte er zu ihr und beugte sich vor, um ihr geräuschvoll einen Kuß auf die Stirn zu geben. Frahn hatte Teean gerade zu einem Mann ohne Frau gemacht, und das in einem Stamm, wo alle erwachsenen Frauen schon vergeben waren. Wenn Teean jetzt um Honee bat, mußte Cheanah sie ihm geben, ob es dem Mädchen paßte oder nicht. Zhoonali, die weise Frau, würde darauf bestehen. Die Traditionen dieses Stammes verlangten es so!

»Nein!« kreischte Honee.

Cheanah schrak bei dem lauten Protestschrei zusammen, der keinen Widerspruch gelten ließ. »Ich habe Teean gebeten, es sich noch einmal zu überlegen, aber das wird er nicht tun. Er will dich zur Frau haben, und du hast keinen Mann. Die Sitten verlangen, daß du zu ihm gehst.«

»Ich werde niemals zu ihm gehen!« Honee senkte ihre Stimme. Mit ihren funkelnden Augen und ihren gefletschten Zähnen sah sie aus wie ein gehetzter Dachs. »Ich habe das Recht, den Mann zu benennen, der zuerst bei mir liegen soll! Und ich weiß, wen ich will: Karana! Vielleicht wird er eines Tages zurückkommen, und dann...«

»Karana! Karana ist tot, irgendwo im Verbotenen Land,

genauso wie Torka und alle anderen, die ihm gefolgt sind!« Er war plötzlich wütend.

Zhoonali schüttelte den Kopf mit offensichtlichem Bedauern. »Es ist meine Schuld. Ich habe dich verzogen. Aber in dieser Angelegenheit mußt du dich den Sitten und Traditionen deines Stammes beugen. Es geht nicht anders.«

Honees Gesicht war ausdruckslos. »Warum? Warum geht es nicht anders? Ich will Teean nicht!«

»Was du willst, spielt keine Rolle«, sagte die alte Frau eindringlich zu Honee.

»Es spielt eine Rolle!« Honees Unterlippe zitterte. »Teean ist alt. Er hat fast keine Zähne mehr. Ich werde ihm sein Essen vorkauen müssen! Und sein Ding ist blau und krumm.«

»Krumm?« Cheanah klatschte sich auf die Schenkel und lachte laut auf.

Zhoonali brachte ihn zum Schweigen. »Mit ein wenig Zuspruch wird es schon gerade werden«, sagte sie weise. »Es gibt keinen Grund, darüber zu lachen, Cheanah. Die Gesänge des ersten Blutes sind für Honee gesungen worden. Doch der Gesang des ersten Eindringens muß noch für sie gesungen werden. Jetzt haben die Geister einen Mann für sie erwählt.«

Honee biß sich auf die Lippe. In ihrer kindlichen Verzweiflung griff sie auf das einzige Mittel zurück, das ihr noch erfolgversprechend erschien. Sie schluchzte wie ein verletztes kleines Mädchen und fiel schutzsuchend ihrem Vater um den Hals. »Cheanah muß nicht auf das hören, was Zhoonali ihm sagt! Du bist der Mann in der Haut des Wanawut! Nicht einmal die Windgeister können dich dazu zwingen, mich einem alten Mann mit einem krummen Ding zu geben!«

Zhoonali bemerkte, daß das Mädchen gezielt den Stolz ihres Vaters angesprochen hatte.

»Ist ja schon gut! Ich wußte doch nicht, daß du einen solchen Widerwillen gegen ihn hast. Dann brauchst du auch nicht zu gehen! Wozu bin ich schließlich Häuptling, wenn ich in solchen Dingen nicht meine eigenen Entscheidungen treffen kann . . .«

»Nein!« Zhoonali wurde es plötzlich eiskalt, als sie von einer furchtbaren Panik ergriffen wurde. »Du bist Häuptling, weil die Mächte der Schöpfung dich dazu erwählt haben, deinen

Stamm mit der Weisheit deiner Vorfahren zu führen und deine Entscheidungen im Sinne der Traditionen des Stammes und der Sitten der Ahnen zu fällen!«

Cheanah hob den Kopf. Er hatte sich entschieden. Als er sprach, ließ sein Tonfall Zhoonali zurückschrecken. Er sprach in einer Weise zu ihr, die keinen Widerspruch duldete. Er war der Häuptling! Endlich! Zum ersten Mal in all ihren gemeinsamen Jahren wußte sie, daß sie keine Macht mehr über ihn hatte. »Du bist die weise Frau dieses Stammes, aber ich bin der Häuptling. Das ist ein Unterschied. Deine Rolle ist es zu beraten. Und meine ist es, deinen Rat anzuhören und zu handeln. Du hast mich beraten, ich habe dich angehört. Und jetzt, wo ich gesprochen habe, wirst du nichts mehr dazu sagen. Hast du das verstanden?«

Langsam kam die alte Frau auf die Beine. Sie sah Honee an, während sie nickte und erbittert sprach: »Ich habe besser verstanden, als du glaubst.« Dann wandte sie sich mit erhobenem Kopf an Cheanah: »Nimm dich in acht! Die Mächte der Schöpfung sehen zu. Mit den Entscheidungen, die du jetzt triffst, muß dein Stamm morgen und bis in alle Zukunft leben.«

7

Obwohl Schwester zurückblieb, wurde der Junge mutig. Er ging jetzt im Fell des weißen Löwen. Es war ein zernarbtes und verdrecktes Fell, denn der Löwe war bereits tot gewesen, als er ihn gefunden hatte. Außerdem konnte er noch nicht gut mit Mutters Menschenstein umgehen. Er hatte erwartet, Wut auf den Löwen und Freude über seinen Tod zu empfinden, aber er hatte gar nichts empfunden. Er nahm das Fell, ließ den Kopf und die Pranken daran, und nachdem er gegessen hatte, setzte er sich neben den Kopf des Löwen, während Schwester noch mehr von dem faserigen, fast ungenießbaren Fleisch aß.

Er berührte den großen, zernarbten Kopf und glitt mit den Fingern über die leere Augenhöhle, in der es von Fliegen wimmelte, über die vielen Narben und das ehemals schöne Fell. *Gib diesem Jungen deine Weisheit und deinen Mut, Weißer Löwe. Ich habe den Wurfstock der Menschen gefunden. Mach mich tapfer und stark genug, damit ich ihre Waffen gegen sie benutzen kann, denn sie verschwenden viele Leben. Wenn ich sie töte, werde ich es für Mutter und für dich tun. Ich werde der weiße Löwe sein. Die Menschen werden mich fürchten und vor mir davonlaufen, wie sie einst vor dir die Flucht ergriffen haben müssen.*

Es war nicht einfach, einen neuen Unterschlupf zu finden, nachdem sie die Höhle verlassen hatten. Schwester wollte, daß sie zum Berg zurückkehrten, aber der Junge widersetzte sich ihr. Im Fell des weißen Löwen mit Mutters Menschenstein in der einen Hand und dem Wurfstock der Menschen in der anderen führte er sie nach Westen, ohne ein bestimmtes Ziel im Sinn zu haben. Er wußte nur, daß er in der Nähe ihres Jagdgebietes bleiben mußte, wenn er den Menschen auflauern wollte. Außerdem würde ihre Verschwendung dafür sorgen, daß Schwester und er immer genug zu essen hatten, wenn sie sich nicht blicken ließen.

Seine linke Hand klammerte sich um den Knochenschaft des Wurfstocks. Er hatte nur einen Stock, aber die Menschen hatten viele! Er hielt ihn hoch und sah ihn an. Die scharfe Spitze war aus Stein. Der Stock selbst bestand aus dem alten Knochen eines Kamels oder Bisons. Er schnupperte daran und prüfte seinen Geschmack mit der Zunge. Er stank nach Feuer. Er runzelte die Stirn. Wie war das möglich? Wo hatten die Menschen diesen Stock gefunden? Wo hatten sie all die anderen Stöcke gefunden?

Seine Augen verengten sich. Aus der Richtung, aus der die Menschen gekommen waren, drang der Geruch nach Rauch, verbranntem Fleisch und — angesengten Knochen zu ihm! Er riß die Augen auf, als er verstand, daß die Menschen das Ding nicht gefunden hatten. Sie hatten Steine, Knochen und Haut genommen und dann irgendwie mit Feuer ein Ding gemacht, das es vorher so nicht gegeben hatte... einen Wurfstock! Und wenn sie einen gemacht hatten, konnte er es auch tun... und viele andere..., bis er so viele Wurfstöcke hatte, wie er brauchte, um die Menschen zu töten!

Diese Erkenntnis versetzte ihn in den erschütternden Rausch des Entdeckers. Er war atemlos vor Begeisterung, als er den Wurfstock zum Himmel hob und ihn schüttelte. Und dann lachte er. Es war ein leichter, perlender Laut, der seinem Geist Freude machte. Schwester maunzte ihn verstört an. Aber das war ihm egal. Er lächelte, als er sich umdrehte und sie weiterführte. Jetzt wußte er endlich, wohin er ging und was er tun würde, wenn er dort angekommen war.

Er suchte das Hügelland direkt im Norden des Tals auf, in dem die Menschen wohnten. Hier fand er hoch oben an einem südwärts geneigten Abhang einen hervorragenden Platz für ihr Nest. Von diesem alten Steinschlag in der Nähe eines mit Sträuchern bestandenen Baches aus hatte er einen weiten Ausblick auf das Jagdrevier der Menschen.

Schwester schmollte. Er wußte, daß sie unglücklich war. Immer wieder zerrte sie an seinem Arm, um ihn dazu zu bringen, zur Höhle zurückzukehren. Als sie erkannte, daß es zwecklos war, wollte sie ihm auch nicht dabei helfen, Zweige für ihr neues Nest zu sammeln. Sie suchte sich einen kühlen, glatten Felsblock aus, setzte sich mit ihrem breiten Hinterteil mit dem Stummelschwanz darauf und schlang ihre langen, behaarten Arme um ihre kurzen, genauso behaarten Beine. Sie stützte ihr Kinn auf den Knien ab und starrte ihn mürrisch an, bis das Nest fertig war.

Dann wurde sie plötzlich neugierig und kam herbei. Sie gab zufriedene Geräusche von sich, stieg ins Nest und schlief sofort ein. Er legte ihr liebevoll eine Hand auf ihre muskulöse Schulter. Sie zuckte zufrieden in ihren Träumen. Sie war ein so einfaches und unkompliziertes Wesen.

Das Loch im Himmel war warm, und sein goldenes Licht machte ihn schläfrig. Er legte sich hin, schloß die Augen und träumte... von Mutter... vom weißen Löwen... und einem Paar schwarzer Schwäne, die nach Osten flogen, in das ferne, bergige Land, wo die Sonne geboren wurde.

Lonit stand in ihrem Lieblingskleid aus Elchfell und mit einem Halsband aus Muscheln und Federn im Eingang von Torkas Höhle.

Unten im Tal waren Umak und Dak mit Aar auf der Jagd nach frischem Fleisch. Es sollte ihr Beitrag zu diesem besonderen Fest werden, das sie später am Tag feiern würden. Als die beiden Jungen am See vorbeikamen, flogen die zwei schwarzen Schwäne auf.

Lonit starrte nach Westen und fühlte sich traurig. Das alte Verlangen war wieder da, und ihre Arme fühlten sich plötzlich leer an. »Manaravak...« flüsterte sie.

»Heute ist kein Tag für Tränen«, sagte Torka, der sich ihr von hinten genähert hatte und seine Arme um sie schlang.

Sie drehte sich um und sah lächelnd zu ihm auf, während er ihr die Tränen aus den Augen wischte und sie dann auf die mit Blüten und Blättern bekränzte Stirn küßte. Er hatte seinen vollen Häuptlingsschmuck angelegt: Auf dem Kopf trug er den Reif aus Adler-, Falken- und Kondorfedern, um den Hals einen Kranz aus geknüpften Sehnen, die mit Steinperlen und versteinerten Muscheln besetzt waren, an denen die Krallen und Zähne von Wölfen und dem Bären hingen, den er vor langer Zeit erlegt hatte. Bei seinem wunderschönen Anblick hielt sie den Atem an.

»Woher wußtest du, daß ich traurig bin?« fragte sie und strich ihm zärtlich über das Gesicht.

»Weil wir nach all unseren gemeinsamen Jahren einen Geist und eine Seele haben, Lonit. Und ich vertraue dir jetzt an, daß auch ich traurig bin. Aber es ist eine schöne Traurigkeit, die wir gemeinsam haben — Erinnerungen an unsere Jugend und an all das, was wir gemeinsam durchgestanden haben. So große Entfernungen, so viele Jahre, so viele Tränen, so viel Lachen und Freude. Am heutigen Tag, wenn unsere erstgeborene Tochter als Frau in diesen Stamm aufgenommen wird, ist es gut, wenn wir uns an die erinnern, die wir zurücklassen mußten.« Seine Hand legte sich auf ihren geschwollenen Bauch. Er drückte vorsichtig, worauf er eine leichte Bewegung unter seiner Handfläche spürte. »Vielleicht wird dieses Kind ein Sohn werden. Ein Bruder für Umak, ein Sohn, mit dem ich ...« Er verstummte, da er den Rest seiner Gedanken offenbar nicht laut aussprechen wollte.

Sie sah auf. Seine Kiefermuskeln waren angespannt, und die Trauer in seinen Augen war so tief, daß sie das Gefühl hatte, darin zu ertrinken. Der weiße Löwe brüllte wieder in ihr, und mit ihm kam die Furcht ihrer Vergangenheit zurück.

Hat er den Verdacht, Umak könnte nicht sein Sohn sein, sondern der von ...?

Torka sah auf sie hinunter. »Sei nicht so betrübt, Frau meines Herzens! Ich würde mich auch über eine weitere Tochter freuen.«

Erleichterung durchströmte sie. Der weiße Löwe verschwand. Torka hatte also doch keine Bedenken wegen seiner Vaterschaft. Sie lachte laut über ihre eigene Dummheit. »Es ist in Ordnung, wenn Torka sagt, er möchte lieber einen Sohn. Wenn die Mächte der Schöpfung an diesem besonderen Tag zuhören, werden sie dir vielleicht deinen Wunsch erfüllen, denn Torka erweist den weiblichen Geistern Ehre, indem er Sommermond zur Frau weiht. Nicht in allen Stämmen wird das Erwachsenwerden ihrer Töchter gefeiert. Mein Vater hätte niemals meine erste Blutung gefeiert. Es war ihm egal, ob ich lebte oder tot war, außer wenn er mich benutzen konnte. Und was Cheanah betrifft, glaube ich, daß er höchstens für seine wolfsäugigen Söhne eine Feier abhalten würde.«

Torkas Mundwinkel verzogen sich amüsiert. »Erinnerst du dich an Cheanahs Tochter? Das widerliche und widerspenstige Ding?«

»Ich hoffe trotzdem, daß Zhoonali eine Aufnahmezeremonie für Honee abhält. Sie müßte inzwischen eine Frau sein.« Sie seufzte, als ihr schmerzhaft das Verstreichen der Zeit bewußt wurde. »Das ist schon so lange her! Ich möchte wissen, was aus ihr geworden ist und all denen, die bei Cheanah geblieben sind.«

Er hielt sie fest. »Vergiß sie! Schau! Karana kommt durch das Tal im Schatten der fliegenden Schwäne zu uns. Heute ist kein Tag für die Vergangenheit. Es ist ein Tag für die Zukunft.«

8

Im Hintergrund der Höhle lag Sommermond nackt in dem kleinen Zelt aus geflochtenen Zweigen, das die Frauen für sie errichtet hatten. Die Fellstücke, die ihr Blut aufgesogen hatten, waren nacheinander den Frauen hinausgereicht worden, die sich um sie gekümmert hatten. Die Felle waren auf einer besonderen Lederplane gesammelt worden. Später würde sie nackt aus der Hütte des ersten Blutes kommen und sie mit einer brennenden Fackel entzünden, um anschließend die Asche als symbolisches Opfer an die Mächte der Schöpfung aus der Höhle zu werfen. Damit besiegelte sie den ›Tod‹ ihrer Kindheit.

Tränen standen Sommermond in den Augen. Sie hatte Angst. Etwas Besonderes würde bald geschehen, und sie wußte nicht, wie sehr es schmerzen würde. Sie schluckte. Sie hatte schon die Geburt von Babys miterlebt, konnte es noch schlimmer sein?

Das Mädchen setzte sich auf und lauschte. Außerhalb des kleinen Zeltes tuschelten die Frauen leise und verschwörerisch, aber auch fröhlich miteinander. Lonit war gekommen, um die Schnüre zu entknoten, die die Felle vor dem Eingang verschlossen hielten. Dann trat sie gebückt herein, während sie die Arme voller Lederschläuche hatte. Von draußen verschloß jemand die Felltür des Zeltes hinter ihr.

»Es ist Zeit, daß du dich bereitmachst, als Frau wiedergeboren zu werden«, verkündete Lonit, entlud ihre Arme und kniete sich neben sie.

Sommermond schluckte erneut und nickte. Der Duft der Blätter und Blüten, mit denen ihre Mutter geschmückt war, erfüllte die Hütte. Lonit sah wunderschön aus und strahlte vor Freude.

»Ich habe Angst«, sagte Sommermond freiheraus.

Lonit lächelte zärtlich. »An diesem Tag brauchst du keine Angst zu haben, meine Liebe. Du mußt dich nur in der Liebe sonnen, die wir alle für dich empfinden. Wir sind so stolz auf dich und freuen uns so für dich!«

»Wenn alles vorbei ist, muß ich dann an Simus Feuerstelle gehen?«

»Natürlich! Eine Frau muß eine Frau sein! Sie kann nicht mehr bei ihrem Vater und ihrer Mutter leben. Sie muß mit einem Mann zusammenleben und Babys für den Stamm machen.«

»Ich würde lieber an Karanas Feuer gehen. Er ist jünger und sieht besser aus, und ... ich ... ich habe ihn schon immer geliebt.«

Lonit umarmte sie, als wäre sie immer noch ein Kind. »Schon seit er ein kleiner Junge war, haben sich alle Mädchen und Frauen nach Karana umgesehen. Aber warum willst du an das Feuer eines Mannes gehen, der wie ein Bruder für dich ist? Für die arme Mahnie gibt es schon viel zu wenig zu tun. Karana würde dich nicht glücklich machen. Ich bezweifle, daß er dir mehr Babys geben würde, als er Mahnie gegeben hat.«

»Es ist Mahnie, die ihn traurig macht. Ich würde ihn glücklich machen! Und ich bin mir nicht sicher, ob ich Babys machen will — außer es sind Karanas.«

»Unsinn! Dieser Stamm ist klein, und wir brauchen Babys, um uns stark zu machen. Außerdem ist eine Frau ohne Babys wie ein Jäger ohne Speer — ohne jeden Nutzen für den Stamm! Das Blut, das vergossen wurde, soll nicht umsonst vergossen worden sein. Sei froh darüber! Die Mächte der Schöpfung sind dir an diesem Tag günstig gestimmt, denn auf dem Weg von diesem Zelt zur Feuerstelle von Simu mußt du zuerst eine Weile in der Hütte der Wiedergeburt verbringen, und dort wirst du einen Zauber entdecken, der dich überraschen wird.«

Dak, Umak und Aar kamen Karana entgegen, der auf dem Weg zur Höhle war.

»Wir sind auf der Jagd nach einem Geschenk für Sommermond, Torka und Lonit!« erklärte Dak, der stolz eine schwere Gans an seinem Schulterriemen trug.

»Ein besonderes Geschenk für einen besonderen Tag«, fügte Umak strahlend hinzu und präsentierte zwei große Seetaucher. »Hast du Zeichen für meine Schwester gesehen?«

»Zeichen?« brummte Karana. »Ich habe keine Zeichen gesehen.«

Dak runzelte die Stirn. Auf Karana zu treffen war wie auf eine Sturmwolke zu stoßen und darauf zu warten, daß der erste Blitz einschlug. »Komm, Umak! Ich bin mir sicher, der Zauberer muß noch einige Dinge in der Höhle erledigen, bevor die Zeremonie beginnt, und ich möchte noch ein paar mehr Gänse erlegen, bevor wir umkehren.«

»Ich treffe dich am See. Ich muß noch kurz mit Karana sprechen. Über meine Träume.«

»Träume!« wiederholte Dak entrüstet. Er verstand nicht, wie Umak zunächst ein ganz normaler Freund sein konnte und im nächsten Augenblick ein von Träumen geplagter Seher. »Nicht schon wieder von deinem Bruder!«

»Was für Träume?« wollte Karana wissen.

Umak kam sich vor, als würde er einem Wolf gegenüberstehen, der ihm sofort dem Kopf abreißen würde, wenn er etwas Falsches sagte. »N-nur Träume. Ich habe Dak davon erzählt, aber ... v-vielleicht ist jetzt nicht die richtige Zeit, dich damit zu belästigen ...«

Dak trat unwillkürlich einen Schritt zurück. Es gefiel ihm überhaupt nicht, wie die Augen des Zauberers sich plötzlich auf Umak konzentrierten, als gäbe es in der Welt nichts Wichtigeres – oder Bedrohlicheres – als diesen mittelgroßen, antilopenäugigen Jungen. »Komm schon, Umak! Karana hat wichtigere Dinge zu ...«

Der Blick des Zauberers traf Dak wie ein körperlicher Schlag. »Es gibt nichts Wichtigeres als Träume! Und du kannst mir glauben, Junge, daß ich es heute nicht eilig habe, zur Höhle zurückzukehren!«

Dak schluckte und nickte. Dann hatte er das Gefühl, daß er für Karana und Umak gar nicht mehr existierte. Er fühlte sich ausgeschlossen, aber andererseits wollte er mit diesen Dingen auch gar nichts zu tun haben. »Na gut, wenn ihr beiden unbedingt über Träume reden wollt, lass' ich euch eben allein!«

Mit einem leisen Bedauern sah Umak ihn gehen. Aar lief hinter ihm her.

»Träume?« Karanas starke unbehandschuhte Finger packten Umaks Kinn. »Erzähl mir von deinen Träumen, Umak!«

Umak riß erschrocken die Augen auf. Er spürte deutlich die Drohung, die von Karana ausging. »Ich ... d-dachte, du könntest mir sagen, was sie b-bedeuten. Ich habe sie schon seit einer ganzen Weile. Manchmal sind es gar keine Träume über meinen Bruder, sondern einfach nur eine Art Wissen.«

Karanas Gesicht wurde knochenbleich. Seine Augen waren leer wie die Tundra in der dunkelsten Winternacht.

Umak beschloß, daß es das beste war, einfach zu erzählen. Um so eher konnte er sich dann wieder von dem Zauberer verabschieden. »Ich sehe meinen Bruder manchmal als Baby. Er ist ganz blau und hat eine Schlinge um den Hals. Immer sieht er Torka sehr ähnlich, aber er ist sehr schmutzig. Manchmal fühle ich ihn in mir, seine Einsamkeit und Trauer, und sehr oft habe ich das Gefühl, daß er in großer Gefahr ist.« Er unterbrach sich, denn Karanas Gesichtsausdruck war erschreckend. Er war wirklich ein Wolf und würde ihn wirklich fressen, wenn er noch ein Wort über seine Träume sagte. Fast hätte er seinen Riemen mit den Seetauchern fallengelassen. »Es tut mir leid, Karana! Heute ist Sommermonds Tag, nicht meiner! Geh nur ruhig deinen Aufgaben nach. Ich werde irgendwann einmal mit Torka über meine Träume sprechen, wenn ...«

»*Nein!*« Umak hatte sich bereits umgedreht, als Karana ihn am Arm packte und zurückhielt. »Dein Bruder ist tot, verstehst du das? Und wenn du Torka nicht wütend oder deine Mutter traurig machen willst, wirst du nie wieder von ihm sprechen!«

Umak schien bei diesen Worten immer kleiner geworden zu sein. »Aber wenn er in Gefahr ist?«

»Er kann nicht in Gefahr sein, wenn er tot ist, oder?«

»N-nein.«

»Dann wirst du nie wieder über ihn sprechen. Niemals!«

»N-niemals«, versprach Umak erstaunt und erschrocken über die seltsame Mischung aus Wut und Qual in Karanas Gesicht. »Nie wieder.«

Noch nie hatte Umak ein menschliches Gesicht gesehen, das so heftig von Gefühlen aufgewühlt war. Der Zorn verzerrte die ebenmäßigen Züge des Zauberers zur Fratze eines wahnsinnigen Wolfes.

Es war Wahnsinn! Der Junge hatte so etwas noch nie gesehen, aber er war sicher, daß es Wahnsinn war, der in Karanas Augen funkelte und sein Gesicht in eine Grimasse aus purer Häßlichkeit verwandelte. Er hielt Umak immer noch gepackt und verdrehte dem Jungen den Arm, bis Umak erschrocken aufschrie.

»Kann es sein? Ist es möglich? Lebt er in dir weiter?« murmelte Karana im Selbstgespräch. Er sah sich genau Umaks Gesichtszüge an, als würde er sie zum ersten Mal sehen. »Nein. Es kann nicht sein. Nein.« Die Häßlichkeit verschwand langsam. Er ließ Umak mit einem Schubs los, daß der Junge zu Boden fiel.

»Vergiß meine Warnung nicht, Umak! Sprich nie wieder zu mir oder sonst jemandem über deine Träume. Denn wenn du es tust und ich jemals Grund zum Verdacht haben sollte, daß *sein* Geist in dir lebt, werde ich dich finden, auch wenn Torka dich seinen Sohn nennt. Ich werde in der Nacht kommen als unsichtbare Eule mit gespreizten Krallen, die dir deine Kehle zerfleischen wird. Und wenn sie dich tot auffinden, wird niemand wissen, daß es mein Zauber war, der dir das Leben genommen hat. Niemand!«

Torka stand am Fuß der Hügel, und als Umak ohne ein Wort an ihm vorbeirannte, wartete er auf Karana, um ihn zur Rede zu stellen.

»Was wollte der Junge von dir?«

»Worte. Rat.«

Torka spürte, daß er ihm auswich. »Er sah sehr verstört aus.«

Karana erwiderte seinen Blick. »Ich sage dir, es war nichts Wichtiges.«

Torka nickte. Wenn der Junge ihn um einen persönlichen Rat gebeten hatte, gingen ihn die Worte, die zwischen ihnen gesprochen worden waren, nichts an. »Ich bin froh, daß du hier bist.«

»Ich werde nicht tun, worum du und Grek mich gebeten habt. Ich werde die Gesänge anstimmen, den Zauberrauch machen und die Tänze anführen, aber nicht mehr.«

»Du mußt, Karana! Unser Stamm braucht deinen Zauber. Grek und Simu sind auch dieser Meinung. Was wir jetzt tun, werden die geheiligten Rituale für all die Generationen sein, die uns folgen werden. Wenn Sommermond in vielen Jahren alt und unfruchtbar ist, soll sie ihren Enkelinnen erzählen können, daß sie als erste neue Frau in diesem neuen Land ein Zaubergeschenk erhalten hat, bevor sie an die Feuerstelle ihres ersten Mannes ging.«

Karana sah ihn finster an. »Simu hat zugestimmt, sie zur Frau zu nehmen. Er kann doch...«

»Er ist kein Zauberer, mein Sohn! Zwischen ihm und Sommermond ist keine richtige Liebe. Es gibt keinen Mann der ersten Liebe in diesem Stamm für Sommermond. Es gibt keinen Zauber für sie, kein Feuer, außer wenn du es für sie erschaffst.«

Karana schwieg betroffen über diese bittere Wahrheit. Konnte er Sommermond geben, was er Mahnie verweigert hatte? Nein! Er konnte es nicht, er durfte es nicht, nie wieder, nicht mit ihr oder irgendeiner anderen Frau. Doch er konnte Torka nicht sagen, warum. »Ich... sie... ist meine Schwester.«

Torka machte eine wegwischende Handbewegung. »Ein Schamane steht jenseits von solchen Verwandtschaftsverhältnissen. Worum ich bitte, ist ein Ritual, das alle Stämme im Westen kennen. Das Ritual der Öffnung kannst du nach Belieben durchführen. Ein Mädchen behutsam zur Frau zu machen, muß keine Paarung sein. Nur laß es ein Zauber sein, Karana! Ein Zauber in der Dunkelheit beim Feuerschein. Ein Geschenk, das für immer in ihrem Herzen weiterleben wird.«

Er wußte nicht mehr, wie lange er schon in der kleinen Hütte aus grünen Zweigen saß. Er hatte sie heimlich betreten, nachdem Sommermond aus der Hütte des ersten Blutes gekommen war. Zuvor hatte er getanzt und viel von einem halb bitteren, halb süßen Gebräu aus gegorenen Beeren getrunken, das im Kreis herumgereicht worden war. Während des Tanzens und Trinkens war Grek zu ihm gekommen und hatte ein paar Worte gebrummt, daß Karana nach der Zeremonie doch zu Mahnie zurückkehren sollte.

Eine besondere Feuerstelle war hergerichtet worden. Karana hatte das ›magische‹ Feuer mit ›magischem‹ Feuerwerkzeug entfacht, einen ›Zauberrauch‹ gemacht und ›Zaubergesänge‹ zu Ehren der neuen Frau des Stammes angestimmt.

Und während der ganzen Zeit hatte er es vermieden, Mahnie oder die kleine Naya anzusehen. Mahnie wirkte geschwächt, sie war dünner und kleiner als früher, sah aber immer noch reizend aus in ihrem einfachen, dünnen Sommerkleid aus Rehfell und dem Blumenschmuck. Karana kehrte seiner Frau den Rücken zu, damit er nicht schwach wurde und zu ihr und seiner Tochter hinüberging, um sie in seine Arme zu nehmen, sie zu küssen und ihnen zu sagen, wie sehr er sie liebte. Wenn es dazu kam, würde er nie wieder in seine kalten, einsamen Berge zurückgehen können.

Er war dankbar, als die Männer und Jungen mit grölenden Rufen forderten, daß die neue Frau herauskommen sollte. Karana sah zu, wie Sommermond aus der Hütte des ersten Blutes kam. Sie war nackt und eingeölt und glänzte wie ein neugeborenes Baby.

Aber sie war eindeutig kein Baby und auch kein Kind mehr. Fasziniert starrte Karana ihren Körper einer jungen Frau an. Torka gab Sommermond eine brennende Fackel, mit der sie zum Eingang der Höhle ging und den Haufen blutiger Fellreste entzündete, die die Frauen gesammelt und mit Öl getränkt hatten. Als sie zu Asche verbrannt waren, übergab Sommermond sie stolz dem Wind.

Begeisterte Rufe wurden laut, vor allem von Simu. Eneela funkelte ihn an und versetzte ihm einen Stoß in die Rippen. Darauf beugte er sich ihr hinüber und küßte sie zärtlich. Dann flüsterte er ihr etwas ins Ohr, was sie zum Lachen brachte. Tränen des Stolzes schimmerten in Lonits Augen. Torka nahm sie an der Hand, als der jungen Frau Blumengirlanden um den Hals gelegt wurden und sich alle Stammesmitglieder um sie versammelten.

Demmi, die in ihrem neuen Kleid aus Elchfell sehr ehrwürdig und fast erwachsen aussah, brachte die kleine Schwan zu Sommermond und umarmte ihre große Schwester lange und überraschend zärtlich. Umak trat ungewöhnlich scheu vor und murmelte einen Glückwunsch.

Durch Karanas Herz ging ein Stich, als er den Jungen ansah. Für einen Augenblick hatte er tatsächlich geglaubt, der Junge wäre Navahks Kind. Er dachte, daß es der reinste Hohn wäre, wenn Navahk unter ihnen lebte, ohne daß jemand etwas davon ahnte, und heimlich daran arbeitete, Verderben über den Stamm zu bringen, der ihn zerstört hatte.

Nein! Wenn Umaks Träume Visionen waren, hatte er diese Gabe von Torka und seinen Vorfahren, die Herren der Geister gewesen waren, geerbt, und nicht von Navahk. Aber wenn Umak tatsächlich diese Gabe besaß, würde er dann wissen, daß Karana ihn angelogen hatte? Würde er die Wahrheit über Manaravak wissen? Karanas Kopf schmerzte, und ihm wurde übel. Er konnte den Anblick Umaks, Torkas oder Lonits nicht ertragen, denen seine Lügen soviel Trauer gebracht hatten.

Er floh in die kleine Hütte aus grünen Zweigen. Als er nicht mehr in der Nähe der Feuerstellen war, wurde es überraschend kühl, und es duftete angenehm unter dem geflochtenen Dach. Aber es war auch dunkel, und er konnte nicht aufrecht darunter stehen. Er setzte sich bedrückt hin und stellte zufrieden fest, daß die Frauen den Boden mit angenehm weichen und bequemen Fellen bedeckt hatten. Die frisch gesammelten Blätter, Flechten und Blüten unter den Fellen gaben einen beruhigenden Duft nach Sommer ab. Karana sog den Geruch ein, der eine beruhigende Wirkung auf ihn hatte.

Als er wieder einen klaren Kopf hatte, sah er sich in der Dunkelheit um. Die Hütte der Wiedergeburt war leer – bis auf die Felle am Boden, eine einzelne weiße Feder neben einer kleinen, freien Stelle, ein Gefäß aus einem Antilopenschädel mit Öl, zwei Schläuche aus Harnblasen mit Wasser und gegorenem Saft und ordentlich zusammengestelltes Feuerwerkzeug.

Der Feuerbohrer sah nach Lonits handwerklichem Geschick aus, und die doppelte, nach oben gebogene Linie, die in den Feuerstab geritzt war, sollte Mammutstoßzähne symbolisieren und stellten Torkas Eigentumszeichen dar, mit dem er auch seine Keule, seine Speere, Messer und Speerwerfer markiert hatte.

Karana lächelte. Er spürte ihre Liebe und ihre unausgesprochene Hoffnung auf das, was bald in dieser Hütte geschehen würde.

»Zauber«, sagte er und berührte die Dinge, die für ihn hiergelassen worden waren ... und für sie.

Bedächtig zog er sich aus und legte seine Kleidung zur Seite, um dann langsam seinen Körper und sein Gesicht mit Öl einzureiben. Er entfachte ein kleines Feuer und tauchte seinen rechten Zeigefinger in die erste Asche. Damit malte er sich Muster auf die Stirn und die Wangen, unter die Augen und seine Mundwinkel und dann auf seinen ganzen Körper. Widerstrebend stellte er fest, daß die Vorbereitungen auf das Ritual ihn erregten.

»Nein, dazu wird es für mich nicht kommen – nur für sie«, beschloß er.

Es kam Karana so vor, als würde er sehr lange allein dasitzen. Bald fühlte er sich warm, hungrig und durstig. Er nahm einen Schluck aus dem Wasserschlauch. Das Wasser kühlte ihn ab, linderte aber weder seinen Hunger noch seinen Rausch. Als ihm wieder warm wurde, döste er ein und träumte von Mahnie ... von ihrem ersten Mal, das auch das letzte Mal gewesen war.

»Karana?«

Er sah hoch.

Sommermond hielt ehrfürchtig den Atem an. Hinter sich hörte sie die Frauen – alle bis auf Mahnie –, die kichernd und flüsternd die Tür aus geflochtenen Zweigen hinter ihr schlossen und fortgingen.

Vom Tanzen war sie warm und verschwitzt. In ihrem Kopf rauschte es, nachdem sie reichlich Beerensaft getrunken hatte. Ihre Fingerspitzen, ihre Zunge und ihre Hautoberfläche fühlten sich heiß an und prickelten.

Die Decke der Hütte war so niedrig, daß sie sich hinkniete, ihre Arme schüchtern über ihren bloßen Brüsten verschränkte und durch den Duft, den Feuerschein und den leichten Rauch starrte.

»Karana? Bist du es?«

Er saß kerzengerade und reglos vor dem kleinen Feuer. Außer den dunklen Spuren der rituellen Bemalung und einer einzelnen weißen Feder auf seinem rechten Schenkel war er genauso nackt wie sie. Sein eingeölter Körper glänzte. Er war so hübsch und männlich, daß ihr der Atem wegblieb.

»Karana ist nicht hier«, antwortete er. »Nur Sommermond, die neue Frau, ist hier. Das Übrige, was nun zwischen uns geschehen wird, ist Zauber.« Seine linke Hand hob sich und winkte sie mit gekrümmten Fingern heran. »Komm...«

Gehorsam kroch sie auf den Knien heran und hielt vor dem Feuer an. Seine Augen starrten unentwegt auf ihren Körper, als sie sich ihm gegenüber hinkniete. Sie riß die Augen auf. Er war nicht nur ein Zauberer, sondern unverkennbar ein Mann. Sie senkte ihren Blick und spürte die Hitze seiner Gegenwart in der Dunkelheit.

»Komm...«

Sie kroch schnell um das Feuer herum und war ihm jetzt ganz nah. Er nahm ihre Arme und zog sie vor ihren Brüsten weg. Seine Augen schienen auf ihrer Haut zu brennen. Tief in ihrem Innern spürte sie eine leichte Veränderung. Sie bemerkte, daß ihr Gesicht errötete, und war für die Dunkelheit dankbar. Er beugte sich leicht vor und tauchte seine Hände in einen Antilopenschädel und bestrich dann ihre Schultern, Arme und Hände mit Öl.

»Es fühlt sich gut an«, sagte sie und wünschte sich, diese Worte würden ihr leichter von den Lippen gehen.

»Ja, es ist gut! Denn in diesem Augenblick wird eine Frau

geboren, indem sie vom Mann geöffnet wird. Du mußt keine Angst haben.«

Er sprach mit sanfter, liebevoll besorgter Stimme. Trotzdem steckte ihr die Angst wie ein eingeschüchterter Vogel in der Kehle. Sie öffnete den Mund und entließ sie mit einem Seufzen.

»Ich habe keine Angst«, sagte sie. Als sie die Augen schloß und seine Hände auf ihrem Körper spürte, wußte sie, daß sie wirklich keine Angst hatte. »Ich habe schon immer davon geträumt ... mit dir, Karana, nur mit dir. Ich habe dich schon immer geliebt.«

»Nein. Karana ist nicht hier ... nur die neue Frau ... nur der Zauber.«

Er ölte sie weiter ein, bis seine Arme sich um sie legten. Sie war ihm jetzt ganz nah und spürte ihn an ihrer Schläfe heftig einatmen, als ihre Brüste seinen Körper berührten. An ihrem Bauch bewegte sich das, was sie an Männern immer gefürchtet hatte. Es härtete sich zu einer pulsierenden Säule aus Hitze. Überrascht stellte sie fest, daß sie jetzt keine Angst mehr davor hatte. Sie bog ihre Hüften und preßte ihren Bauch gegen seine Wärme. Sie hielt ihren Atem an, als sie ihn erneut keuchen hörte.

Für einen Augenblick zog er sich von ihr zurück und sah sie mit ernsten Augen prüfend an.

»Es ist gut!« flüsterte sie und senkte ihren Blick, um ihn anzusehen und vorsichtig und neugierig zu berühren.

Plötzlich zerrte er sie mit einem heftigen Keuchen auf die Felle und ließ seine Hände langsam über ihre Brüste streichen, als er sich über sie beugte und sich hinkniete.

Sie sah zu ihm auf. Seine Augen waren so schwarz und heiß wie das Feuer, das er in ihren Lenden entfacht hatte — und in seinen eigenen. Sie wand sich unter ihm, als er sich bewegte und ihr den Platz gab, den sie instinktiv suchte, um sich ihm weit und verlangend zu öffnen. Sie wollte ihn wieder spüren, doch als sie in sein Gesicht sah, legte er sich nicht auf sie, sondern langte hinter sich und nahm die weiße Feder. Während sie mit ihren Händen über ihn strich, fuhr er langsam mit der Feder um ihre Brüste, zwischen ihren Rippen hinunter, über ihren Bauch, ihre Schenkel entlang und dann zurück, während er eine brennende Spur hinterließ, die sie vor Erregung aufschreien ließ. Plötzlich verschloß er ihren Mund mit seinen Lippen.

»Nein«, stöhnte er. »Schrei nicht! Mahnie darf nichts hören!«

»Mahnie!«

»Ja, Mahnie!«

Seine Stimme hatte sich verändert. Seine Hände packten ihre Handgelenke, als er sich über sie beugte und sie küßte, wie noch niemand sie je geküßt hatte, wie sie es sich niemals erträumt hätte. Und als er endlich langsam und tief in sie eindrang und ihr den Schmerz brachte, den er zu vermeiden versprochen hatte, gab sie sich ihm hin. Obwohl sein Kuß ihre Lustschreie erstickte, schrie sie dennoch, während sie unter ihm wild um sich schlug, bis die letzte Welle der Lust verklungen war.

Er zitterte und hielt sie fest, während er sich weiter bebend in ihr bewegte. »Es ist schon viel zu lange her...« flüsterte er. »Viel zu lange... Oh, Mahnie, wie soll ich es nur ertragen, dich nie wieder zu besitzen?«

Sie spürte, wie er erstarrte, kurz bevor er sich mit einem verzweifelten Keuchen von ihr herunterwälzte und seinen Samen neben sie ergoß.

Er lag eine Weile still da, bis er sich aufsetzte und den Kopf schüttelte. »Es tut mir leid, Sommermond. Simu wird ein besserer Mann für dich sein.«

»Das war kein Zauber!« sagte sie verärgert zu ihm, als sie sich neben ihn setzte. In der Hütte war das Feuer heruntergebrannt, genauso wie das in ihren Lenden. Sie strich ihm über die Stirn. »Ich will nicht Simu. Ich will dich... Mit uns wird es genauso sein wie mit Lonit und Torka, für immer und ewig.«

»Nein, meine Kleine. Das geht nicht.«

»Natürlich geht das. Du bist ein Zauberer. Und ich bin keine ›Kleine‹ mehr. Ich bin eine Frau! Hier an diesem Ort hast du mich dazu gemacht!«

Er zog sich an und verließ die Hütte der Wiedergeburt. In der Höhle war es still. Dak und Umak spielten leise miteinander. Umak sah zu ihm auf, erbleichte und wandte seinen Blick ab. Alle anderen schienen sich zurückgezogen zu haben. Selbst die Hunde schliefen. Es war Grek, der ihn zurückrief.

»Warte, du!«

Karana drehte sich um und starrte den alten Mann an. Er ärgerte sich über Greks schmähenden Tonfall. »Was gibt es?«

Grek kam mit gesenktem Kopf und drohend gesträubten Augenbrauen auf ihn zu. »Gehst du jetzt? Einfach so? Ohne darauf zu warten, daß die neue Frau herauskommt und ihren neuen Mann annimmt? Und ohne ein einziges Wort zu Mahnie?«

Er sah sich suchend nach ihr um, war jedoch erleichtert, als er sie nirgendwo entdeckte. »Mir scheint, daß alle die Nachwirkungen der Zeremonie mit Schlafen kurieren. Ich wußte nicht, daß Simu mich braucht, wenn er seine zweite Frau annimmt. Und gibt es etwas Bestimmtes, das ich deiner Meinung nach zu Mahnie sagen soll?« Erst nachdem er diese Worte gesprochen hatte, wurde ihm klar, wie herzlos sie geklungen haben mußten.

»Nein«, knurrte der alte Jäger. »Was zwischen dir und Mahnie gesprochen werden müßte, hätte schon vor langer Zeit gesprochen werden müssen, bevor du irrtümlich den Eindruck erweckt hast, du wärst in der Lage, eine Frau zu nehmen!«

»Er ist dazu in der Lage!«

Karana wirbelte herum, als Sommermond aus der Hütte der Wiedergeburt kam. Sie hatte sich in Felle gehüllt und lächelte ihn liebevoll an. Er war schockiert. Sie hätte nicht aus der Hütte kommen dürfen, bevor Simu sie gerufen hatte. Und wie konnte sie ihn nach allem, was gerade zwischen ihnen geschehen war, ansehen, als hätte er ihr gerade das größte Geschenk der ganzen Welt gemacht?

»Bah!« war Greks Erwiderung auf Sommermonds Feststellung. »Jedes männliche Geschöpf mit Fleisch zwischen den Beinen ist dazu in der Lage! Aber ein richtiger Mann braucht mehr, hier ... und hier!« Er schlug sich auf die Brust und an seine Schläfen. »Du hast eine Tochter, Karana! Und eine Frau, die dich liebt! Obwohl es mir ein Geheimnis ist, was sie an dir findet! Du hast Verantwortung zu tragen!«

Karana trat unruhig von einem Fuß auf den anderen. Die Stimme des alten Mannes hatte die Schlafenden geweckt. Paarweise erhoben sie sich aus den Schlaffellen. Auch Mahnie, die neben Wallah und Iana geschlafen hatte, sah ihn mit einem besorgten Blick an. Sie sah so bleich aus, so ausgezehrt und traurig.

Er konnte ihren Anblick nicht ertragen. In der Zeit, die sie zusammengelebt hatten, war sie in seinen Armen immer völlig empfänglich und voller Liebe gewesen. Aber nie hatte sie die treibende, tierische Hitze in ihm erregt, die Sommermond entflammt hatte. Als das Mädchen ihn berührt hatte, dachte er, er müßte vor Ekstase explodieren. Noch nie hatte er eine solche Leidenschaft und Erfüllung erlebt. Er war schon wieder hart vor Verlangen, als er nur daran dachte, und schämte sich, weil Mahnie ihn ansah.

»Ich muß gehen!« Er drehte sich abrupt um und ging zum Höhlenausgang.

»Karana?«

Mahnie hatte ihn gerufen. Er blieb stehen und wartete.

»Möge dein Weg sicher sein und dich bald zu uns zurückführen, mein Zauberer.«

Ihre sanften Abschiedsworte versetzten ihm einen tiefen Stich, aber dann ging er ohne ein weiteres Wort. Er würde nicht so bald wiederkommen! Er durfte es nicht! Er mußte sich zuerst von dem erholen, dem er beinahe erlegen war.

»Nie wieder!« schrie er dem Wind, dem Himmel und dem wachsamen Auge der Mitternachtssonne entgegen, als er sicher war, daß man ihn von der Höhle aus nicht mehr hören konnte. »Niemals! Hörst du mich, Navahk?«

Der Wind drehte sich. Staub geriet ihm in die Augen. Er verfluchte den Wind, den Staub und die Erinnerung an seinen Vater, die ihn niemals losließ. Und er verfluchte sich selbst, weil er immer noch an seine geliebte Mahnie denken mußte. Aber seine Seele war schwarz und geknickt vor Verzweiflung, denn obwohl er an sie dachte, verlangte es ihn nach dem warmen und willigen Körper der Jungfrau, die er sein ganzes Leben lang Schwester genannt hatte... und an die er nie wieder als seine Schwester denken könnte.

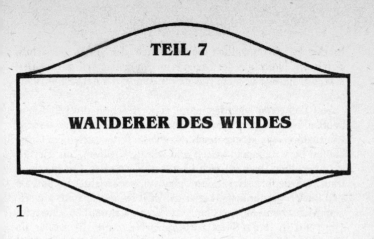

TEIL 7

WANDERER DES WINDES

1

Der Wind wehte aus dem Westen und Norden über das Verbotene Land, und viel zu schnell war es wieder Winter — ein trockener, dunkler und harter Winter mit unaufhörlichen Winden und Stürmen.

Beim Aufgang des nächsten Mondes stand Eneela kurz vor der Niederkunft ihres dritten Babys. Obwohl sie ein großes Signalfeuer errichteten, kehrte Karana nicht durch das Tal zur Höhle in den Hügeln zurück. Umak war froh darüber. Eneelas Baby kam in der Sturmdunkelheit zur Welt und wurde Nantu genannt, um einen Jugendfreund von Simu zu ehren, der vor vielen Jahren im fernen Land im Westen getötet worden war.

»Karana sollte hier sein«, sagte Simu verstört. »Warum hat er meiner Frau die Gesänge und Räuche verwehrt?«

»Und vielleicht auch etwas Heilzauber, damit Eneelas Nachblutungen aufhören«, fügte Wallah mit sichtlicher Verärgerung hinzu.

»Karana würde uns seinen Zauber nur vorenthalten, wenn er wirklich nicht kommen kann«, sagte Mahnie. »Vielleicht ist er verletzt ... oder sogar ...«

»Wir werden sehen«, sagte Torka, der seine winterliche Reisekleidung anzog.

Mit Umak, Dak, Aar und zwei der inzwischen erwachsenen Welpen machte er sich auf den Weg durch das wunderbare Tal.

In der Winterdunkelheit bewegte sich der Junge vorsichtig durch den Nestplatz der Menschen. Da er das Fell des weißen Löwen trug, war er nicht nur warm, sondern auch fast unsichtbar.

Seit mehreren Monden hatte er jetzt schon die Menschen beobachtet und sich immer näher herangewagt, um zu lernen, wie sie ihre Wurfstöcke machten, wie sie Feuer aus einem Grashaufen hervorzüngeln ließen und wie sie Kleidung aus Tierfellen herstellten. Er hatte sich immer näher an den Ort herangetraut, wo sie ihre stinkenden Behausungen errichtet hatten, als sich die Winterdunkelheit über die Welt senkte. Er kam mit seinem Menschenstein und dem Wurfstock, während er Schwester schlafend in ihrem Nest zurückgelassen hatte. Er wollte sie nicht bei sich haben, denn sie war nicht für eine solche Jagd geeignet, wie er sie vorhatte.

Er ging vorsichtig zwischen den Hütten hindurch. Der Wind war kräftig, und es fiel dichter Schnee. Durch seine Beobachtungen wußte er, daß die Menschen bei stürmischem Wetter in ihren Behausungen blieben. Sie kamen dann nur heraus, um sich zu erleichtern oder im Rudel auf die Jagd nach Fleisch zu gehen. Obwohl die Wahrscheinlichkeit, daß jetzt jemand herauskam, sehr gering war, erregte ihn diese winzige Chance und erhitzte sein Blut.

Er ging weiter. An der windabgewandten Seite der größten Behausung am anderen Ende des Nestplatzes stand die größte Anzahl dessen, wonach er suchte: Wurfstöcke.

Sie waren lang, weiß und wunderschön und standen aufrecht im Schnee. Ihre wundervoll gearbeiteten Steinspitzen waren mit Schnüren aus Haut an den feuergehärteten Schäften befestigt. Der Junge blieb stehen, während ihm bei dem Anblick das Wasser im Mund zusammenlief. Seine Hand klammerte sich um seinen eigenen Wurfstock. Leise löste er die Riemen, mit denen sie festgebunden waren und zog sechs Wurfstöcke aus dem Schnee. Er klemmte sie sich unter den Arm und schlich zur Vorderseite des Nests.

Er blieb unvermittelt stehen, als er die ausholenden Fußschritte auf der harten Schneekruste hörte. Ein Mensch. Ein sehr großer Mensch!

Er drehte sich um und wollte losrennen, aber dann traf ihn ein heftiger Windstoß, und die Speere fielen klappernd zu Boden. Nein! Er konnte sie unmöglich zurücklassen! Er bückte sich, sammelte sie auf und drehte sich um, um sich zu vergewissern, daß der Mensch ihn nicht verfolgte. Dann sah er den Kopf von Mutter, der blicklos in die Nacht und den Sturm hinausstarrte.

Cheanah hatte sich ein wenig Vergnügen mit Kivans Frau gegönnt. Auf dem Rückweg zu seiner eigenen Erdhütte flog etwas an ihm vorbei. Ein Speer? Wer würde in seinem eigenen Lager mit einem Speer nach ihm werfen? Dann sah er es: ein schwarzhaariges Ding mit weißer Mähne, das vor dem Eingang seiner Erdhütte kauerte und ihn drohend wie ein in die Enge getriebenes Tier anknurrte.

»Wanawut? Löwe?« Er starrte ungläubig und duckte sich, während er es bereute, keinen Speer mitgenommen zu haben.

Und jetzt fletschte das Geschöpf, das gleichzeitig wie ein Mensch, wie eine Bestie und wie ein Löwe – wie ein *weißer* Löwe – aussah, seine Zähne, als es ihm einen weiteren Speer entgegenschleuderte. Doch er konnte ihm noch rechtzeitig ausweichen. Der Wurf war nicht besonders geschickt gewesen, aber es hatte viel Kraft dahintergesteckt. Dann sprang das Wesen mit den Speeren unter dem Arm auf und rannte an ihm vorbei auf die offene Tundra.

Vor Angst blieb Cheanah wie angewurzelt stehen. Der tiefe und peinigende Schrecken begann an seinem Selbstbewußtsein zu nagen. Das Geschöpf war ein Windgeist gewesen! Er hatte gut daran getan, es nicht zu verfolgen. Menschen konnten keine Geister töten. Sie würden immer wieder in verschiedenen Gestalten zurückkehren, um sich zu rächen.

Sein Mund war wie ausgetrocknet. Die Haut des Wanawut auf seinem Rücken war mit einem Mal unerträglich schwer geworden. Trotz der Kälte brach ihm der Schweiß aus, als er die Hände der Bestie sah, die über seiner Brust baumelten. Es schien ihm, als würden sich die Hände bewegen und nach oben langen, um ihn zu erwürgen. Er warf die Haut von seinem Rücken.

»Ich hätte die Suche nach ihnen nicht so schnell aufgeben dürfen... nach dem Löwen... und den Jungen der Bestie. Ich hätte sie töten müssen! Ich...« Er verschluckte die übrigen Worte, als er plötzlich das Gefühl hatte, beobachtet zu werden.

Es war Zhoonali. »Ich habe dich gewarnt, dich vor dem in acht zu nehmen, was du tust, Cheanah. Ich habe dich gewarnt, daß die Geister dich im Auge behalten würden.«

Stand sie schon so lange im Eingang der Erdhütte, daß sie ihren Sohn noch waffenlos gegenüber dem Nachtgeist gesehen hatte, der mit seinen eigenen Speeren nach ihm geworfen hatte? Konnte sie den faulen Gestank seiner Furcht riechen, den er selbst jetzt roch? Sein Gesicht errötete vor Scham. »Du hast überhaupt nichts gesehen!« bellte er sie an.

»Ich habe genug gesehen«, erwiderte sie und drehte sich ohne ein weiteres Wort um, um ihn allein mit der Nacht, dem Wind und seiner Furcht zurückzulassen.

2

Trotz seiner Sorge um Karana war Torka froh, aus der Höhle herauszukommen und mit Umak und Dak durch das weite Tal zu gehen, während die Hunde vorausliefen.

Sie gingen immer weiter, bis Torka spürte, daß die Jungen das Bedürfnis nach einer Rast hatten. Sie hielten an und hockten sich hin. Die Hunde kamen zurückgelaufen und setzten sich in ihre Nähe. Die Jungen sammelten schweigend ihre Kräfte. Umak saß mit dem Gesicht in die Richtung, aus der sie gekommen waren, als erwartete er, daß ihnen jemand folgen würde, oder als würde er gerne sofort wieder umkehren. Nach seiner Meinung mußte man einen Zauberer nicht zum Kommen auffordern, denn seine Gabe des Sehens würde ihm sagen, wann er gebraucht wurde.

Torka musterte Umak nachdenklich. Irgend etwas war zwischen dem Jungen und Karana vorgefallen, bevor Sommermond zur Frau geweiht worden war. Es hatte ihre frühere Freundschaft zerstört, und diese Erkenntnis besorgte Torka.

»Ich bin froh, daß du uns mitgenommen hast«, sagte Dak zu Torka, während er auf seiner Fettration kaute und die winterliche Landschaft beobachtete. »Der Weg ist für einen einzelnen Mann viel zu weit.«

Daks gutgemeinte Kühnheit brachte Torka zum Grinsen. Er hörte einen Magen knurren. War es Umaks? Oder sein eigener? Es war egal. Sie hatten schon einen sehr langen Weg von der Höhle aus zurückgelegt. Er teilte noch einige Fettstücke aus und warf auch den Hunden ein paar hin.

»Glaubst du, daß es meiner Mutter schon wieder besser geht, wenn Karana mit seinem Zauber kommt?«

Torka dachte nach, nickte und sprach seine Meinung ehrlich aus. »Ich denke schon. Eneela ist stark, und Wallah versteht sich fast ebenso gut wie Karana aufs Heilen. Sie kann zwar keinen Zauber machen, aber sie weiß, wie man einen Blutfluß stillt.«

Torka sah zurück und zeigte auf das Glimmen des Signalfeuers, das Simu und Grek auf dem Felsvorsprung vor der Höhle unterhielten. »Jetzt, wo der Sturm nachgelassen hat, wird Karana das Feuer sehen. Es ist gut möglich, daß wir ihn unterwegs im Tal treffen.« Er hoffte, daß seine Stimme nicht seine Besorgnis enthüllt hatte.

»Er will gar nicht kommen«, erklärte Umak.

Torka hatte sich schon immer darüber geärgert, wenn Umak leichtfertig Behauptungen aufstellte, statt Vermutungen auszusprechen. »Das kannst du nicht wissen.«

»Umak weiß *immer* genau, was los ist«, bemerkte Dak gelassen.

»Ist das wahr, Umak?«

»Nicht immer.« Der Junge stand auf und blickte in die Richtung, aus der sie gekommen waren. »Zum Beispiel wußte ich nicht, daß sie wirklich die Nerven hat, uns zu folgen.«

»Wer?« Torka war sofort auf den Beinen.

Dak wußte es auch nicht und zuckte die Schultern, aber Aar

rannte bereits freudig bellend los, als eine kleine Gestalt auf sie zugetrottet kam, einen Arm hob und rief.

»Es ist Demmi«, beantwortete Umak die Frage. »Sie hat uns schon seit einer ganzen Zeit verfolgt.«

»Und du hast überhaupt nichts gesagt?« Torka wurde wütend auf seinen Sohn. »Sie ist allein! Sie hätte angegriffen werden können ...«

»Demmi kann sehr gut mit dem Speer umgehen und mit dem Messer und der Steinschleuder auch«, sagte Umak.

Es dauerte eine Weile, bis das Mädchen sie eingeholt hatte. Völlig außer Atem hatte sie Mühe zu sprechen. »Du mußt zurück in die Höhle kommen, Vater! Mutters Wehen haben eingesetzt, aber Wallah macht sich große Sorgen. Grek kommt mir nach. Er will mit Dak weitergehen, um Karana zu finden. Du, Umak und ich, wir müssen jetzt zur Höhle zurückkehren!«

Seit drei langen Tagen lag Lonit nun schon in den Wehen.

»Zu lang ... zu lang ...« jammerte Wallah, die nicht mehr wußte, was sie noch tun sollte. »Karana hat einen besonderen Zauber, um eine Mutter zu entspannen und die Geburt des Babys zu beschleunigen: Öle, zerstampfte Knochen und ein Getränk aus Drüsenfleisch, grünen Blättern und zerriebener Rinde. Er hat diesen Zauber von Sondahr und den Schamanen und Heilern auf der Großen Versammlung gelernt. Mein Wissen ist im Vergleich zu seinem nur gering.« Sie zögerte. »Torka, ich muß dir die Wahrheit sagen. Das Baby steckt rückwärts im Geburtskanal. Ich kann keinen Herzschlag spüren.«

Iana, die an Lonits Seite saß, sah Torka mit traurigen Augen an. »Vielleicht ist es Zeit, daran zu denken, die Kralle zu benutzen.«

Lonit erhob sich. »Nein, Iana! Torka, sag ihr, daß das nicht geht!«

Er nickte ihr beruhigend zu. Langsam gab er die Hoffnung auf, daß er bald einen weiteren Sohn haben würde, der nicht wie Umak Navahks Lächeln auf dem Gesicht hatte.

»Wenn Karana zurückkehrt, wird auch das Baby kommen«, versicherte Sommermond ihm, die mit der kleinen Schwan in den Armen neben ihm stand.

»Ja«, stimmte Mahnie zu. »Wenn mein Zauberer zurückkehrt, wird alles wieder gut!«

Demmi, die mit Umak am anderen Ende der Höhle hockte, sah düster auf. »Wenn das Herz des Babys nicht mehr schlägt, ist es schon tot, und auch Karanas Zauber wird es nicht wieder zum Leben erwecken können. Er hätte schon vor Tagen kommen müssen. Und wenn er wirklich über Zauberkräfte verfügt, hätte er längst wissen müssen, daß diese Geburt gefährlich verlaufen würde.«

Umak sah sie verwundert an.

Sommermond bedachte Demmi mit einem düsteren Blick. »Du hast doch überhaupt keine Ahnung von Männern oder sonstigen wichtigen Sachen!«

»Scht! Still jetzt!« brachte Eneela die Kinder zum Schweigen, als wären sie Babys. Sie saß mit ihrer Rückenlehne neben Simu, Nantu und Larani auf ihren Schlaffellen. »Genug! Jetzt ist nicht die Zeit für Streitereien!«

»Aber es ist Zeit, etwas zu unternehmen!« rief Demmi, stand auf und ballte die Fäuste. »Wie lange wollen wir noch auf Karana warten, während meine Mutter immer schwächer wird und ihr Baby sich weigert, auf die Welt zu kommen? Es muß jetzt etwas geschehen, und zwar von uns, von denen, die jetzt bei ihr sind!« Dann schluchzte sie auf, rannte durch die Höhle und brach neben Lonit zusammen. »Dieses Mädchen will dir helfen! Gibt es denn gar nichts, was ich tun kann?«

Torka runzelte beschämt die Stirn. Demmi hatte recht! Vielleicht konnte man das Baby in Lonits Gebärmutter drehen. Wenn man es nicht mit der Kralle zerfetzte, sondern mit kleinen, vorsichtigen Händen drehte, könnte Lonit es herauspressen, und sowohl die Mutter als auch das Kind wären gerettet! Warum hatte er nicht vorher daran gedacht? Vermutlich weil er auf Karana gewartet hatte.

Er legte eine Hand auf Demmis Rücken und die andere auf Lonits Wange. »Ich brauche Demmis kleinen, starken und behutsamen Arm und die Kraft der ersten Frau meines Herzens. Kann ich damit rechnen?«

»Für immer ... und ewig«, flüsterte Lonit.

Demmi blinzelte und nickte.

»Gut«, sagte Torka und holte tief Luft, um sich Mut zu machen. »Ich werde meine Lonit festhalten und ihr im Schmerz beistehen, der kommen wird ... während Demmi das Kind dreht und herauszieht.«

Als es vollbracht war, war es jedoch zu spät. Das Baby, ein Junge, war tot. Sie hatten ihren Sohn bereits verloren, bevor er auf die Welt kam. Lonit weinte, und Torka bebte vor Trauer, als Wallah das Kind der zitternden und bleichen Demmi aus den Händen nahm und es in die Hände seines Vaters legte.

»Es tut mir so leid«, flüsterte Demmi.

»Du hast dein Bestes gegeben, Mädchen!« sagte Wallah zu ihr. »Schau dir mal die Nabelschnur an. Siehst du, wie sie sich um seinen Hals gewickelt hat? Dadurch hat es sich nicht umdrehen können. Dieses Baby schwebte von Anfang an in großer Gefahr.«

»Ich wußte es«, sagte Umak lakonisch.

»Red keinen Unsinn, Junge«, tadelte ihn die alte Frau.

»Ich wußte es. In meinen Träumen. Mein Bruder, verloren und allein in Gefahr. Ich habe es Karana gesagt. Ich habe ihn gefragt, was dieser Traum zu bedeuten hat. Aber er sagte nur, daß mein Bruder tot ist. Er war sehr wütend. Er hat mir gesagt, ich dürfe nie wieder davon reden, zu niemandem. Er sagte, er würde mich töten, wenn ich es doch tun würde. Aber wie kann ich jetzt weiter schweigen? Mein Bruder ist tot, und Karana hat die ganze Zeit gewußt, daß es geschehen würde. Wenn er hätte verhindern wollen, daß dieses Baby stirbt, hätte er hier sein müssen.«

»Ich bin jetzt hier«, sagte Karana, der Umaks letzte Worte hörte, als er mit Grek, Dak und den Hunden in die Höhle trat. »Was ist los? Warum starrt ihr mich so an?«

Torka drehte sich um.

Karana hatte gerade seine Kapuze gelöst. Sein Gesicht wurde aschfahl, als er die Leiche des Babys sah.

Langsam, wie in Trance, mit seinem toten Baby in der linken Armbeuge durchquerte Torka die Höhle.

Der Schlag, der ihn niederstreckte, kam so schnell, daß

Karana ihn nicht sah. Aber plötzlich war sein Gesicht blutig, als Torkas Faust ihn mit einem Hieb zu Boden warf.

»*Warum?*« Das Wort traf Karana wie ein Fußtritt in den Magen. Benommen setzte er sich auf, legte die Hand an sein Gesicht und kämpfte gegen den Schmerz. Er wußte, daß seine Nase gebrochen war. Das Blut aus seiner gespaltenen Oberlippe drang ihm warm in den Mund. Seine oberen Schneidezähne fühlten sich locker an. Mit der Zunge wollte er das Ausmaß seiner Verletzungen sondieren, aber auch sie war aufgerissen.

»*Warum?*« brüllte Torka erneut. »Im Namen aller Mächte der Schöpfung, warum hast du, den ich zu meinem Sohn ernannt habe, Umak bedroht und mich nichts davon wissen lassen? Warum bist du nicht gekommen, obwohl du die Heilkräfte besitzt, die Lonits Wehen beschleunigt und das Leben meines Kindes gerettet hätten?«

Tief in Karanas Kopf schien etwas zu zerbrechen. Er hörte das Geräusch und spürte den überwältigenden Schmerz. Und dann kam aus der Schwärze, die in seinem Gehirn zu brodeln schien, eine Taubheit und ein tiefes, rauschendes Dröhnen.

»Ich verlange eine Antwort! *Warum*, Karana?«

Karana sah zu Torka auf und fragte sich, ob er je ein boshafteres Wort gehört hatte. Torkas totgeborener Sohn, an seiner eigenen Nabelschnur erstickt. Ja, Umak hatte den Tod seines Bruders vorausgesehen. *Ein Junge... ganz blau... mit einer Schlinge um den Hals.* Aber er hatte nicht zugehört. Vor Angst hatte er angenommen, daß der Junge von der anderen Vision sprach, die er und Umak gemeinsam hatten: die von dem anderen Zwilling, dem wilden Jungen, der in Felle gekleidet aus der Ferne kam, an dessen einer Seite eine Bestie ging und das furchtbare Gespenst der Wahrheit an der anderen.

»Narr...« bezichtigte er sich flüsternd. Schmerz flammte auf. Er war so intensiv, daß er beinahe ohnmächtig wurde. Das Blut strömte immer heftiger, es floß in seine Nasenhöhlen zurück, so daß er nur noch durch den Mund atmen konnte. Aber auch dort sammelte sich immer mehr Blut an.

Statt verzweifelt über das zu schluchzen, was er getan hatte, begann er zu lachen. Er wußte nicht, warum, aber er konnte ebensowenig aufhören, wie er zu bluten aufhören konnte. Er glaubte, daß er irgendwo in der dröhnenden schwarzen Wolke in seinem Kopf das Lachen Navahks gehört hatte — aber er lachte nicht mit ihm, sondern *über* ihn. Blinzelnd sah er hoch und erkannte Torkas wutverzerrtes Gesicht. Ohne daß er etwas dagegen tun konnte, mußte er wieder lachen. »Narr... sah nicht, wußte nicht. Aber konnte nicht sprechen... kann nicht sprechen... werde nicht sprechen. Dieses Baby... ist unwichtig... Es...«

Karana bemerkte, daß alle ihn entsetzt und verständnislos anstarrten. Selbst Mahnie sah ihn an, als wäre er ein Fremder. Neben ihr stand Umak mit leerem Gesichtsausdruck. Plötzlich fixierte er den Jungen mit reiner, zügelloser Wut. »Sieh!« Das Sprechen schmerzte, aber er sprach trotzdem, während seine Zunge offen in seinem Mund lag und ihm das Blut aus dem Gesicht strömte. »Sieh, was du angerichtet hast! Ich werde dich in der Nacht heimsuchen! Ich habe dich gewarnt, auf keinen Fall...«

»Nein!« Während er noch sein totes Kind im Arm hielt, riß Torka mit der freien Hand Karana an den Haaren hoch. »Kein Wort mehr! Keine weiteren Drohungen! Verschwinde! Hinaus! Dies ist das zweite Mal, daß ein Sohn von mir gestorben ist, weil du lieber wie ein einsamer Wolf durch die Hügel gestreift bist, statt uns zu helfen, wenn wir dich am dringendsten gebraucht hätten. Wärst du in der Nacht des roten Himmels und des schwarzen Mondes auf meiner Seite gewesen, hätten deine 'magischen' Worte die dummen und verängstigten Menschen umstimmen können. Dann wäre mein Sohn nicht den Kiefern des Wanawut zum Opfer gefallen, und ich hätte auch nicht das Land des Vielen Fleisches verlassen müssen, um durch das Verbotene Land zu irren! Vor langer Zeit, als du mir aus Cheanahs Lager gefolgt bist, hast du geschworen, daß es nie wieder geschehen würde. Aber es *ist* wieder geschehen! Dieser totgeborene Sohn, den ich in meinen Armen halte, wäre noch am Leben, wenn du hier gewesen wärst! Du hast das Vertrauen und die Liebe verraten, die uns einst verbunden haben, Karana. Ich werde dich nicht länger meinen Sohn nennen. Verschwinde, sage ich! Dein ›Zauber‹ wird hier nicht mehr gebraucht. Ich bin Torka! In mir fließt das Blut vieler Generationen von Herren der Geister. Es ist an der Zeit, daß ich mich daran erinnere und daraus meine Kraft beziehe. Dieser Stamm braucht keinen Zauberer, wenn Torka Häuptling ist, denn zumindest weiß ich, daß meine Instinkte mit der Weisheit der Geister zu mir sprechen, solange Lebensspender mein Totem ist. Und von heute an bis ans Ende meiner Tage werde ich in mein eigenes Herz blicken, wenn ich ›Zauber‹ brauche. Denn ich weiß, daß dort die Mächte der Schöpfung leben, so wie sie in jedem denkenden, klugen Menschen in der Gestalt von Weisheit und Verstand leben! Also verschwinde jetzt aus meinem Leben, Karana! Geh! Sei wieder das wilde, einsame Geschöpf, das du warst, als ich dich zuerst traf. Du bist nicht mein Sohn. Du bist am Ende doch der Sohn Navahks. Ich verstoße dich! Dein Stamm wendet dir den Rücken zu! Nie wieder werden wir dir ins Gesicht sehen!«

Karana war entsetzt. Sein Lachen ertrank im Blut in seiner Kehle. Die Schwärze in seinem Kopf schien sich auszudehnen. Für einen Moment blickte er durch den Schmerz, das Blut und den Zorn und wußte, daß er nicht gehen und das alles verlassen wollte – Torkas Gesellschaft, die Höhle, die warme, liebevolle Umarmung seiner Mahnie, das Lachen der Kinder und die Gemeinschaft der Freunde. Er wollte kein Zauberer sein. Er wollte nur bleiben und ein Mensch unter anderen Menschen sein, nicht mehr und nicht weniger. Er wollte Verzeihung. Aber wie konnte Torka ihm verzeihen? Wie konnte er sich selbst verzeihen? Torka hatte recht: Er war der Sohn Navahks, und deshalb gab es keine Gnade.

3

Der Winter wurde immer schlimmer. Niemand aus dem Stamm von Cheanah konnte sich erinnern, jemals eine kältere und stürmischere Zeit der langen Dunkelheit erlebt zu haben.

Zhoonali sprach nie wieder vom Eindringen des Windgeistes in das Lager oder von Cheanahs Unfähigkeit, ihm in den Sturm zu folgen. Sie bewahrte sein Geheimnis, denn solange er Häuptling war, brauchte sie nicht um ihren Platz im Stamm zu fürchten, ganz gleich, wie lange der Winter dauerte. Und seine gestohlenen Speere hatte er bald durch neue ersetzt.

Dennoch hielt der Winter an, und wenn die Sonne kurz über dem östlichen Horizont aufging, um den Frühling anzukündigen, sahen sie es wegen der unablässigen Stürme nicht. Allmählich ging Cheanahs Stamm im Land des Vielen Fleisches die letzten verschimmelten Vorräte aus.

»Vielleicht sind die Geister böse auf uns«, überlegte Ank. »Vielleicht hätte Honee doch zu Teean gehen sollen, wie es die Sitten der Vorfahren verlangen. Zumindest müßten wir uns dann nicht ständig ihr Gejammer anhören. Und vielleicht war es auch nicht so gut, den Wanawut zu häuten und...«

»Genug jetzt! Ich will keine Kritik von einem Welpen mehr hören!« brachte Cheanah den Jungen in einer Lautstärke zum Schweigen, die keinen Widerspruch duldete.

»Ich habe Hunger«, jammerte Honee.

Xhan sah das Mädchen mit offener Verachtung an. »Da bist du nicht die einzige!«

Der alte Teean war in die Erdhütte des Häuptlings gekommen. Er hatte gehofft, daß eine der Frauen zumindest eine kleine Wühlmaus gefangen hatte, von der sie ihm etwas abgeben würde. Er hörte Honees Klagen und kam näher. »Du bist immer noch in meinen Schlaffellen willkommen, Tochter von Cheanah, um diesen hungrigen alten Mann in der Nacht zu wärmen. Ich werde mein Fleisch mit dir teilen.«

Das Mädchen bedachte ihn mit einem angewiderten Blick. »Du gibst wohl nie auf, was? Ich würde eher verhungern, als meine Beine für dich breitzumachen!«

Der alte Mann schüttelte traurig den Kopf, als er im kalten, unaufhörlichen Wind zitterte. »Vielleicht werden wir tatsächlich alle verhungern, bevor dieser Winter zu Ende ist.«

Eine bedrückte Stimmung hatte sich im Lager breitgemacht, und die Gereiztheit der Männer, Frauen und Kinder nahm zu, während sie immer schwächer und kranker wurden.

»Wir hätten mehr lagern und weniger essen sollen«, sagte Ekoh knapp. »Cheanah hätte darauf bestehen müssen!«

»Wir haben noch ein paar Vorräte übrig!« warf der Häuptling ein.

»Verschimmelten Fisch, verfaultes Geflügel und so vergammeltes und stinkendes Fett, daß einem schon vom Anblick schlecht wird!« schimpfte Bili.

»Halt deinen Mund, Frau von Ekoh, oder ich verspreche dir, daß du und deine Familie in den nächsten Tagen überhaupt nichts zu essen bekommen werdet!« warnte Zhoonali sie.

Bili senkte erbittert den Kopf. »Aus eigenem Antrieb habe ich dafür gesorgt, daß ich größere Vorratslager als jede andere Frau in diesem Lager angelegt habe! Und ich habe sie mit dir und allen anderen geteilt! Droh mir nicht, du alte Hexe! Daß du noch Fleisch auf den Knochen hast, hast du mir zu verdanken!«

Zhoonalis Kopf fuhr auf ihrem dünnen, sehnigen Hals herum und sah Cheanah hilfesuchend an. »Sprich für deine Mutter, mein Sohn! Erlaubst du dieser Frau, so zu mir zu reden?«

Cheanah sah Zhoonali eine Weile schweigend und nachdenklich an. Sie hatte ihm gerade unbeabsichtigt die Möglichkeit gegeben, ein Stück der schweren Verantwortung für den langen Winter auf sie abzuwälzen. Er lächelte und zuckte mit den Schultern.

»Bili sollte natürlich jederzeit mit mehr Respekt zu der weisen Frau sprechen, aber diesmal hat sie leider recht, Mutter. Du bist die weise Frau dieses Stammes, und die Knochen haben durch dich gesprochen. Aber ich kann mich nicht erinnern, daß du diesen Stamm vor einem harten Winter gewarnt hast ... oder daß du den Frauen geraten hast, größere Vorräte anzulegen.«

Die alte Frau richtete sich in ihrem Bärenfell auf. Cheanah sah, wie sich ihre Gesichtszüge verkrampften und dann wieder entspannten.

»Die Knochen sprechen durch mich! Nicht ich bin es, der spricht, sondern sie! Wenn jemand die Weisheit dieser Frau anzweifelt, soll er doch mit den Knochen sprechen! Vielleicht werden sie dann mit größerer Weisheit sprechen ... vielleicht werden sie aber auch gar nicht mehr sprechen!«

4

Allein wanderte Karana durch die Nacht. Die Verletzungen in seinem Gesicht, die Torka ihm zugefügt hatte, waren verheilt. Aber es waren Narben geblieben, nicht nur in seinem Gesicht, sondern auch in seinem Herzen. Wie ein einsamer Wolf streifte er herum, aus dem Stamm ausgestoßen, und durchwanderte sein Revier. Er ging um den See herum, bis die Wände des Gletschers in der nördlichen Schlucht ihm den Weg versperrten. Dann kehrte er wieder um und begann seinen Streifzug von neuem. Er hoffte, daß seine Wanderung eines Tages ein Ende haben würde, wenn er wieder willkommen war.

Diese Hoffnung beunruhigte ihn, denn sie erinnerte ihn daran, daß er nach der Verbannung durch Torka fast mit der Wahrheit herausgeplatzt wäre, die er jetzt laut aussprach: »Vielleicht bin ich doch nicht für den Tod deiner zwei Söhne verantwortlich. Der eine, der vor langer Zeit ausgesetzt wurde, lebt. Er sucht mich in meinen Träumen auf, ebenso wie Umak. Der Junge hat mehr vorausgesehen als nur die Geburt deines toten Sohnes. In seinen Träumen hat er auch seinen lebenden Zwillingsbruder gesehen. Ja, so ist es! Ich habe gelogen, damit du nicht dem Wanawut folgst und erkennst, was ich wirklich bin – denn ich bin nicht nur der Sohn Navahks, sondern auch der Bruder einer Bestie und verdiene es nicht, in der Gesellschaft von Menschen zu leben!«

Von den Bergen aus konnte er winzige Lichter in den Hügeln flackern sehen. Die Frauen in Torkas Höhle waren aufgestanden, schürten die Kochfeuer und entzündeten die Talglampen. Bald würde es hell werden, und Karanas Mund wurde trocken vor Sehnsucht.

Er spürte, wie der Wahnsinn in ihm stärker wurde, eine dunkle, furchtbar entschlossene Besessenheit. Er wußte, daß Navahk hier bei ihm auf den Bergen lebte. Er hatte von seinem Geist Besitz ergriffen und kämpfte mit ihm um die Vorherrschaft.

Ein bitteres Gefühl verkrampfte sein Herz, als er an die schöne Sommermond dachte. Ihr hatte er aus dem Weg gehen wollen, als er nicht auf das Signalfeuer reagiert hatte, das ihn zu Lonit rufen sollte. Er hatte es für einen Trick von Navahk gehalten, der ihn in die Höhle zurücklocken wollte, damit er wieder mit Sommermond oder Mahnie schlief, so daß der böse Navahk durch Karana in eine der Frauen schlüpfen konnte und wieder zum Leben erweckt wurde, um Torka zu zerstören. Dadurch hatte er Lonit den Zauber, der ihre Wehen erleichtert hätte, vorenthalten.

Ein tiefes Schuldgefühl drückte ihn nieder. Er drehte sich um und rannte ziellos davon, bis er stolperte. In der Dunkelheit fiel er auf die Knie und war dankbar für den Schmerz. Er hatte ihn verdient. Fluchend stand er wieder auf. Mit einem wütenden Knurren machte Karana sich auf den Weg zum hohen, schwarzen Grat, auf dem er sein einsames Zelt errichtet hatte. Er hoffte, daß er unterwegs sterben würde.

Weit entfernt im Westen setzte im Land des Vielen Fleisches endlich das Tauwetter ein. Die Steppe verwandelte sich in einen riesigen Morast, als das Schmelzwasser von den umgebenden Bergen herunterfloß. Lawinen aus Schnee und Matsch ließen die Berge erzittern. Flüsse wälzten die Schlammassen ins Tal, in denen die Fische erstickten. Ströme schwollen an und traten über ihre Ufer.

Die Kadaver von Tieren, die während des langen, grausamen Winters erfroren waren, wurden aus den Schluchten geschwemmt und verfaulten auf der Ebene. Fliegen und Vögel verdunkelten den grauen, blejernen Himmel, und Raubtiere machten den Menschen das Fleisch streitig.

Der verhungernde Stamm von Cheanah jammerte, als der Wanawut mit den Wölfen in der Nacht heulte. Babys saugten an Brüsten, die kaum noch Milch hatten. Obwohl es Nahrung gab, hockten die Kinder hohläugig neben unterernährten Frauen, deren Monatsblutung ausblieb, weil ihre Männer zu schwach für die Jagd geworden waren — selbst für die Jagd nach Aas.

»Ich komme, um die Wahrheit zu sagen«, begann der alte Teean, als er demütig zitternd in der Häuptlingshütte vor Cheanah trat. »Dieser Mann hat lange nachgedacht. Vielleicht ist es an der Zeit, daß dieser Stamm diesen Ort verläßt. In diesem Land des Vielen Fleisches gibt es kein Fleisch mehr. Noch nie hat dieser Mann soviel Regen gesehen. Das ist nicht normal. Die Herdentiere können in diesem Jahr die Pässe nicht überwinden, die Flüsse sind zu tief und zu breit, als daß die Herden sie überqueren könnten! Vielleicht sollten wir wie Torka in Richtung der aufgehenden Sonne gehen, bevor es zu spät ist.«

Cheanah kniff ärgerlich die Augen zu schmalen Schlitzen zusammen und beobachtete die gebeugte Gestalt des alten Mannes. Wie hatte Teean es geschafft, diesen Winter zu überleben? Wie hatte es überhaupt der Stamm geschafft? »Was glaubst du, wie weit du – oder irgend jemand sonst – kommen könntest, alter Mann, wenn wir unser Hab und Gut nehmen und durch das sumpfige Land ziehen?«

Die Frage hing unbeantwortet in der Luft. Cheanah sah zu Zhoonali hinüber, die mit ihrem leeren Dachsfellbeutel im Schoß dasaß und immer wieder die sprechenden Knochen warf. Die Knochen rasselten und klapperten, wenn sie zu Boden fielen. Ihre bleichen, skelettartigen Hände waren kaum davon zu unterscheiden. Auch sie hatte unter dem Hunger gelitten.

Mit einem Schuldgefühl wandte Cheanah den Blick ab. Seit er die Verantwortung für das Wetter auf sie abgewälzt hatte, hatte sie nicht mehr genörgelt oder ungefragt ihre Meinung verkündet. Sie war seine Mutter, aber seit er in seinem eigenen Lager von einem Wanawut mit seinen eigenen Speeren angegriffen worden war, hatte ihm ein Gedanke keine Ruhe mehr gelassen. *Wenn Zhoonali stirbt, wird niemand mehr wissen, daß er in dieses Lager eingedrungen ist und ich ihn nicht aufhalten konnte. Niemand wird wissen, daß ich über meine gestohlenen Speere die Unwahrheit gesagt habe. Was ist, wenn Zhoonali recht hat? Was ist, wenn die Mächte der Schöpfung mir tatsächlich zürnen, weil ich mit der Tradition gebrochen habe?*

Draußen vor der Erdhütte verwandelte sich der Regen in einen Wolkenbruch. Honee legte den Kopf auf ihre Knie und begann zu weinen. Zhoonali sah das Mädchen skeptisch an, dann Teean und schließlich auch ihren Sohn. Ihr Blick war herausfordernd — es lag ein offener Vorwurf darin.

Cheanah wurde wütend. Er würde auf keinen Fall seine Meinung ändern. »Wir werden etwas zu essen finden«, sagte er und wußte, daß er für diese Worte einstehen mußte. »Wenn der Regen nachläßt, werden wir aufbrechen. Und diesmal werden wir Fleisch finden!«

Am nächsten Tag rief Cheanah seine verhungernden Jäger zusammen. Das Ziel der Jagdgruppe lag am östlichen Horizont, wo kreisende Vögel Fleisch versprachen.

Die Vögel hatten sie nicht enttäuscht. Die Männer fanden eine kleine Gruppe Löwen, die vom Kadaver eines verwesenden Elchs fraßen. Der Wind wehte den Jäger Gestank ins Gesicht. Das Tier war schon sehr lange tot.

»Vergammeltes Fleisch ist besser als gar kein Fleisch«, sagte Kivan, dem das Wasser im Mund zusammenlief. »Meine Frauen haben mir gesagt, ich solle nur irgend etwas mitbringen, ganz gleich was, damit die Kinder essen können.«

»Ich zähle fünf Weibchen, alles erwachsene Tiere. Es wird nicht einfach sein, sie zu vertreiben.« Ekohs Gesichtsausdruck verriet seine Skepsis.

»Wir haben unsere Speerwerfer«, gab Mano zu bedenken. »Was ist los, Ekoh? Hast du die Nerven verloren? Du bist wohl zu lange ohne Frau gewesen, während du darauf wartest, daß Bili sich endlich von diesem Kind befreit, mit dem sie immer noch schwanger geht!«

»Nimm nicht den Namen meiner Frau in den Mund!« Ekohs Gesicht verzerrte sich vor Wut. »Außerdem sind wir jetzt nahe genug, um die Löwen vertreiben zu können. Und du, Kivan, kannst deinen Frauen bald mit Löwenfleisch den Mund stopfen!«

Kivan nickte glücklich über diese Aussicht.

»Vielleicht rennen die Löwen davon«, überlegte Yanehva. »Vielleicht aber auch nicht. Sie könnten genauso hungrig sein wie wir.«

Mano schnaufte tadelnd. »Stets der vorsichtige Yanehva! So ängstlich wie eine Frau beim ersten Mal. Löwen und Bären haben mich bisher von jedem angeschwemmten Kadaver vertrieben, seit das Tauwetter eingesetzt hat. Aber heute werde ich mich nicht vertreiben lassen!«

In Cheanahs Augen strahlte der Stolz über Manos Unerschütterlichkeit. »Mano hat recht. Wir können sie von drei Seiten einkreisen. Teean, du bleibst hier und schreckst sie durch Schreie auf. Deine Lungen sind noch stark, aber deine Beine und Arme sind nicht mehr das, was sie einmal waren. Du würdest uns sonst nur im Weg stehen.«

Es war ein guter Plan. Aber der Wind drehte sich, und die großen Katzen witterten die Jäger, bevor sie einen Überraschungsangriff starten konnten. Die Löwen trennten sich und griffen an. Die Männer flohen.

Während die anderen Weibchen umkehrten, um weiterzufressen, setzte eins die Verfolgung fort. Kivan schrie auf, als ein mächtiger Tatzenhieb ihn zu Boden warf.

Ekoh und Ram stellten sich auf, um ihre Speere zu werfen, aber Kivans Schreie waren bereits verstummt, so daß Cheanah sie zurückrief. Die Jäger wandten sich wieder den anderen Löwen zu und vertrieben sie mit ihren Speerwerfern. Dann zerrten sie die zerfleischten Überreste des Elches und Kivans zurück zum Lager.

Die Frauen und Kinder von Kivan trauerten um den Toten. Zhoonali machte ein kleines Feuer für Kivan und sang leise zu seinem Geist, während sich der Stamm am Elchfleisch satt aß. Es war schon spät in der Nacht, als sich herausstellte, daß das Fleisch schlecht war. Nur Zhoonali konnte sich um die vom Winter ausgezehrten Menschen kümmern, als sie davon krank wurden. Die meisten konnte sie retten, aber nicht alle.

Erstaunlicherweise überlebte Teean, während Kivans jüngste Witwe starb, ebenso wie Klee, Bilis und Ekohs kleine Tochter, und Shar, Cheanahs jüngste Tochter. Auch für eine der Frauen von Ram war es zu spät, und nachdem die Leichen fern vom Lager zurückgelassen worden waren, damit sie für immer in den Himmel blickten, stolperte der Stamm krank und trauernd zurück.

Zhoonali geriet in Verzweiflung. Die Muttermilch der Mütter mit Fleischvergiftung machte auch die überlebenden Babys krank. In einer einzigen Nacht starb ein Kind, und drei weitere Mädchen wurden so krank, daß ihre Väter sie erstickten. Wie in Hungerzeiten üblich wurden die Leichen der Babys aus dem Lager gebracht, um als Köder für kleine Aasfresser zu dienen, für die ringsherum Fallen aufgestellt worden waren.

In dieser furchtbaren Nacht saß der Stamm Cheanahs schweigend im Lager und lauschte auf den Wind, den Regen und das Geräusch des Wassers, das unablässig über das Land strömte. Weder die Wölfe noch der Wanawut heulten, aber die Menschen spürten lauernde Raubtiere, die hungrig auf das zarte Fleisch der nackten Kleinkinder waren.

»Ganz gleich, was wir morgen in den Fallen finden werden, ich werde nichts davon essen«, flüsterte Bili verbittert, als sie in Ekohs Erdhütte Seteena an sich gedrückt hielt. Es verursachte ihr Schmerzen, als sie spürte, wie mager der Junge war. Sie wunderte sich, wie er hatte überleben können, während ihr auf den ersten Blick viel kräftigeres Mädchen gestorben war.

»Sprich nicht so, Frau«, beruhigte Ekoh sie. »Bald wird es uns besser gehen. Wir haben schon schlimme Jahre überstanden.«

Sie zitterte. »Aber noch nicht so schlimme.«

Seteena strich seiner Mutter über das Gesicht. »Es wird schon wieder gut, Mutter. Du wirst sehen.«

»Deine Schwester ist tot«, erinnerte sie ihn leise.

Der Junge sah sie nachdenklich an. »Vielleicht hat das Kind, das in Mutters Bauch wächst, so lange gewartet, damit meine Schwester wieder auf die Welt kommen kann. Wenn es ein Mädchen ist, werden wir es nach Klee nennen. Sie wird wiedergeboren werden, du wirst sehen.«

Bili seufzte. Der Junge war so abgemagert, aber dennoch so liebenswert und tapfer. »Ich werde immer traurig sein, Seteena, solange wir in diesem Stamm leben.«

»Was sollen wir sonst tun?« fragte Ekoh.

»Wir könnten ihn verlassen und genauso wie Torka nach Osten ziehen. Vielleicht werden wir ihn finden. Oh, denk nur,

Ekoh! Wenn wir Eneela wiedersehen könnten, und Lonit und Iana, und wenn wir wieder über die wunderbaren schlimmen Witze von Grek lachen könnten...«

»Wir drei ganz allein? Halb verhungert und von der Krankheit geschwächt und du hochschwanger? Wir würden es niemals schaffen. Bili, wir würden es nicht überleben!«

»Wir werden es nicht überleben, wenn wir hierbleiben. Du wirst sehen. Wir werden alle sterben.«

In der Erdhütte des Häuptlings lagen die Söhne Cheanahs in ihren angeschimmelten, aber warmen Fellen wach.

»Habt ihr den roten Stern gesehen, kurz bevor sich der Himmel wieder bewölkte?« fragte Yanehva, der auf dem Bauch lag und die Arme unter seinem Kinn verschränkt hatte. »Es scheint derselbe Stern zu sein, den wir vor langer Zeit gesehen haben. Erinnert ihr euch?«

Mano schnaufte. »Laßt uns hoffen, daß es nicht derselbe Stern ist. Der Himmel hat gebrannt und die Erde gebebt, und der Mond wurde schwarz. Darauf können wir verzichten.«

»Der rote Stern«, dachte Ank nach. »Wenn er am klaren Himmel scheint, bringt er uns vielleicht Glück. Vielleicht wird viel Fleisch in den Fallen sein, die wir um die toten Babys aufgestellt haben. Das wäre doch was!«

5

Dies war die erste Nacht, in der Schwester ihn den Hügel hinunterführte. Der Junge war nicht besonders hungrig, aber Schwester, die jetzt voll ausgewachsen war, hatte immer Appetit, und der Geruch nach Fleisch, den der Wind herantrug, war wirklich sehr verlockend.

Seine Finger klammerten sich um die weichen Schäfte seiner Wurfstöcke, mit denen er schon sehr gut umgehen konnte.

Wann immer er das Nest verließ, nahm er jedesmal zwei mit. Er ging schneller. Schwester war ihm schon so weit voraus, daß er sie nicht mehr sah. Der Fleischgeruch war kräftig im regenfeuchten Wind. Es war ein merkwürdig süßer Geruch, der aber auch an den Gestank der Menschen erinnerte.

Und dann hörte er Schwester schreien.

»Hast du es gehört?«

»Ja«, sagte Cheanah zu Zhoonali.

Mano setzte sich auf und zwängte seine Füße in die Stiefel. »Glaubst du, es war eins der Jungen oder vielleicht eine andere Bestie?«

»Du hast gesagt, die Jungen des Wanawut wären tot«, erinnerte Honee ihn an seine Worte. Vor Furcht hatte ihre Stimme gezittert.

»Seid still!« Cheanahs Befehl brachte seine Familie auf einen Schlag zum Schweigen. Dicht neben ihm starrte der kleine Klu, der seit seiner Geburt der Lieblingssohn des Häuptlings war, fragend zu seinem Vater hoch.

»Ich habe Angst vor dem Wanawut«, wimmerte Honee. »Wenn doch nur sein Kopf nicht draußen vor unserer Hütte hängen würde!«

Wenn das Mädchen in Reichweite gewesen wäre, hätte Cheanah ihr jetzt eine Ohrfeige versetzt. »Dummes Mädchen, du hast doch überhaupt keine Ahnung! Und gib ihm keinen Namen, bevor du es gesehen hast, damit du es damit nicht Wirklichkeit werden läßt!«

»Benenne es ruhig, denn ich würde gerne meine Speerspitze in das Blut des Wanawut tauchen!« sagte Mano.

Yanehva sah seinen älteren Bruder skeptisch an. »Die Haut eines Wanawut hat schon genug Leid über dieses Lager gebracht.«

Sie hörten, daß die anderen Stammesmitglieder aus ihren Hütten kamen. Kurz darauf standen sie vor Cheanahs Erdhütte. Er stand auf und öffnete die Felltür.

»Hast du es auch gehört?« fragten sie alle gleichzeitig.

»Glaubst du, er ist uns in die Falle gegangen? Haben wir

einen lebenden Wanawut gefangen?« rief Ram mit zitternder Stimme.

Der Junge fand Schwester auf dem Boden liegen. Sie wälzte sich auf dem Rücken, strampelte mit den Beinen und hielt mit den Händen verzweifelt einen langen Knochensplitter umklammert, der sich auf irgendeine Weise durch ihre Schnauze bis in den Gaumen gebohrt hatte. Als er sie endlich durch Streicheln und Laute beruhigt hatte, erlaubte sie ihm, das Ding herauszuziehen. Doch sofort schoß das Blut in Strömen hervor, und sie versetzte ihm instinktiv einen Stoß, der ihn zehn Fuß weit durch die Luft schleuderte. Er landete auf dem Rücken, und es wurde schwarz um ihn.

Als sein Kopf klar wurde und er wieder aufstehen konnte, sah er, daß Schwester auf dem Rücken lag und fast an ihrem Blut erstickte. Er lief zu ihr und brachte sie wieder auf die Beine. Im Stehen konnte sie atmen. Während sie verwirrt und voller Schmerzen maunzte, entdeckte er das Fleisch und die Falle. Der Junge knurrte über die Schlauheit der Menschen, als er die Funktionsweise erkannte.

Ein leichter Schneeregen setzte ein. Instinktiv erkannte er, daß die Menschen Schwesters Schreie gehört haben mußten und sicher bald kamen. Er mußte sie von hier fortschaffen.

»Er ist entkommen«, erklärte Cheanah und hoffte, daß die anderen ihm seine Erleichterung nicht angehört hatten.

Der Schneeregen wurde immer heftiger.

»In diesem Wetter haben wir keine Chance, seine Spur zu verfolgen!« knurrte Mano mit offensichtlicher Enttäuschung. »Die Spuren sind bereits verwischt!«

Ank war in die Knie gegangen. »Nicht alle. Hier sind noch ein paar. Und Blut. Ja. Man kann es riechen, wenn man nah herangeht.«

»Paß auf die Fallen auf, Junge! Sonst hast du schnell ein Loch in deinem kleinen Schädel!« warnte Ekoh ihn.

»Rührt die Fallen nicht an«, bestimmte Cheanah. »Wir können sie morgen früh noch einmal kontrollieren.«

Mano warf dem stürmischen Nachthimmel einen haßerfüllten Blick zu. »Wenn wir Glück haben, können wir noch ein paar Spuren finden, wenn es heller ist.«

»Dann dürfte es sehr interessant werden«, sagte Yanehva, der sich hingekniet hatte und die langsam verschwindenden Spuren berührte. »Es sind nämlich zwei Spuren! Und eine davon stammt von Fellschuhen!«

Am nächsten Morgen mußte Mano seinen Vater erst dazu drängen, die Führung einer Jagdgruppe zu übernehmen, die dann unter einem dicht bewölkten Himmel aufbrach. Der Wanawut war nicht zurückgekommen, aber in einer der Fallen fanden die Jäger Grund zur Freude: Acht Füchse waren gekommen, um sich über die Leichen der toten Babys herzumachen. Sechs hatten sich im Netz verfangen. Mano brach ihnen mit bloßen Händen das Genick und lachte vor Freude, die ihm das Töten bereitete. Die restlichen zwei waren bereits tot. Sie waren in Fallen geraten, wie sie auch den Wanawut verletzt hatten. Aber niemand sprach darüber. Die Menschen waren hungrig, und der Regen hatte alle Spuren der Bestie ausgelöscht. Obwohl sie alle den Schrei gehört hatten, kam es ihnen jetzt wie ein böser Traum der vergangenen Sturmnacht vor.

An diesem Tag aß der Stamm Cheanahs die unterernährten Füchse, die gerade ihr Winterfell verloren. Falls jemand an die toten Babys dachte, die als Köder gedient hatte, so sprach niemand davon. Sie hatten etwas zu essen, und die Babys waren sowieso schon tot gewesen.

Als die letzten Knochen abgenagt und das Mark ausgesaugt war, zerstampften die Frauen die Schädel und Knochen und warfen sie zusammen mit den Ohren, Schwänzen, Sehnen und Fellen in einen gemeinschaftlichen Kochbeutel. Regenwasser wurde hinzugefügt und erhitzte Steine hineingetan. Dann wurde der Beutel mit mehreren Schichten wassergetränkter Felle umhüllt und in der Asche der Feuerstelle vergraben. Von Zeit zu Zeit gruben die Frauen ihn wieder aus, um neue heiße

Steine hineinzutun und die Felle wieder anzufeuchten, damit sie nicht verbrannten. Nach mehreren Stunden wurde der Beutel geöffnet und der Inhalt in Schalen aus Antilopenschädeln gegossen. Es war eine dünne, aber nahrhafte Suppe. Sie wurde restlos ausgetrunken. Die Männer bekamen die größten Portionen und außerdem die inzwischen weichgekochten Ohren, Schwänze, Schnauzen, Sehnen und Fellstücke.

Als Ekoh sich erhob und Seteena ein Stück Ohr abgeben wollte, stand Zhoonali auf der Frauenseite des Feuers auf und schlug es ihm aus der Hand.

»Nein! In der Hungerzeit hat er kein Recht auf Essen! Er ist ohne Nutzen für diesen Stamm. Gibt es denn gar keine Traditionen mehr, die in diesem Stamm noch geachtet werden?« Ihre stechenden, hungrigen Augen wandten sich ihrem Sohn zu. »Sag es ihm, Cheanah!«

Er starrte sie an, während das Fuchsohr, das er gerade unter seinem Umhang für den kleinen Klu versteckt hatte, auf seinen Bauch tropfte. Er sah Ekoh an, dann die ausgezehrte Gestalt Seteenas. Er mochten den Jungen nicht und hatte ihm auch nicht verziehen, wie er ihn zur Verteidigung seiner Mutter angegriffen hatte. Aber wenn Bilis Schwangerschaft endlich vorbei war, würde er das Leben des Jungen als Druckmittel brauchen. Bili würde nicht mehr dieselbe sein, wenn er wieder unter ihre Schlaffelle schlüpfte.

»Sei nicht beleidigt, alter Freund«, sagte er beschwichtigend zu Ekoh. »Unsere weise Frau spricht aus berechtigter Sorge. Deine Kraft wird gebraucht, um Fleisch für den Stamm heranzuschaffen.«

»Und für meinen Sohn«, entgegnete Ekoh.

Cheanah musterte den Jungen mit unverhohlener Abneigung. »Seine Mutter soll ihm geben, was sie mag. Du hast schon eine Tochter verloren. Der Junge soll das essen, was ihm als Kind zusteht, bis die Geister diesem Stamm wieder freundlich gesinnt sind.«

»Das wird vielleicht nie geschehen!« gab Bili zurück. Sie wollte offenbar noch mehr sagen, aber in diesem Augenblick schlug Zhoonali sie so heftig, daß sie zur Seite fiel und ihr Blut aus Mund und Nase schoß.

»Sprich nicht so zum Häuptling dieses Stammes, Frau von Ekoh!«

Ekoh hatte sich bereits halb erhoben, wurde aber von der kräftigen Hand Manos zurückgehalten. »Viele Männer beneiden dich um deine Frau, Ekoh, aber sie redet zuviel.«

Cheanah hob beschwichtigend die Hände. »Als Häuptling dieses Stammes könnte ich jetzt Ekoh befehlen, seinen nutzlosen Jungen für immer dem Wind auszusetzen. Aber statt dessen sage ich – großzügigerweise, möchte ich hinzufügen – daß du ihn durchfüttern darfst, Ekoh, aber nicht von deinem Anteil als Jäger.«

Zhoonali sah aus, als würde sie jeden Augenblick vor Wut platzen, aber ein Blick ihres Sohnes ließ sie schweigen. »Du hast deinen Rat gegeben, weise Frau. Dieser Häuptling hat dir zugehört. Und jetzt hat er gesprochen! Also wirst du jetzt still sein!«

»Mein Junge wird sterben, wenn er nicht mehr zu essen bekommt!« protestierte Ekoh.

Cheanah zuckte die Schultern.

»Dann wird er eben sterben. So wie es die Geister und die Mächte der Schöpfung bestimmen. Cheanah will jetzt nichts mehr hören!«

Schweigend und mit gesenkten Blicken aßen die Menschen weiter, während Zhoonali wütend ihre Knochen warf und Seteena stumm geradeaus starrte. Sein mageres Gesicht war ausdruckslos, aber seine eingefallenen Augen leuchteten vor Stolz auf, als Bili ihm den Rest ihrer Brühe anbot. Ihr Gesicht war blutig und ihre Lippen angeschwollen. Er nahm die Schale nicht an, sondern stand auf und ging mit steifen Schritten zur Erdhütte seiner Eltern.

»Laß ihn gehen!« rief Cheanah Bili zu, als sie Anstalten machte, ihm zu folgen. »Der Junge bedeutet nichts! Bleib hier, oder ich werde ihn fortschicken, damit seine Seele für immer im Wind wandert!«

Es war spät. Die anderen Mitglieder des Stammes schliefen ungestört, obwohl die jüngsten Kinder aus ihren Hütten huschten, um zwischen der sterbenden Glut des großen Feuers nach Suppenresten zu stöbern.

Sie fanden nur noch Knochensplitter und Fellreste, aber die Kinder waren so hungrig, daß sie dankbar darauf herumkauten und sie aussaugten. Dann entdeckte eins der Kinder die einzigen Fleischstücke, die die Erwachsenen verschmäht hatten, die Milz und die Nieren der Füchse, die als giftig galten.

Am Morgen waren alle Kinder krank. Aufgrund ihrer Schwächung durch Hunger und ständiger Unterernährung fielen alle außer einem bis zum Abend den giftigen Organen zum Opfer. Vielleicht war es das Ohr des Fuchses gewesen, das Klu, Cheanahs jüngstem und innig geliebtem Sohn, die Kraft gegeben hatte, noch länger zu leben. Aber Cheanah hatte all seinen Söhnen beigebracht, sich niemals zurückzuhalten, und so hatte Klu den größten Anteil vom gestohlenen Fleisch gegessen. Er starb bei Tagesanbruch.

Als an diesem Morgen die Frauen weinten, während sie Klu neben die anderen Kleinkinder des Stammes legten, damit er für immer in den Himmel blickte, zerbrach Cheanah unter seiner Trauer und der drückenden Last seiner Verantwortung.

Der Häuptling stand schweigend da. Wasser rann die Haut des Wanawut hinunter, die auf seinem Rücken lag. In seiner Hand hielt er den Stab, auf dem der Kopf des Wanawut befestigt war. Langsam hob er den Kopf der Bestie und legte die Haut ab. Dann stieß er den Stab durch den Matsch tief in den gefrorenen Boden und hing den Umhang darum.

Mit zurückgeworfenem Kopf und ausgebreiteten Armen rief er: »Nehmt zurück, was dem Wind, dem Sturm und den nebligen Bergen gehört! Es gehört nicht auf den Rücken eines Menschen! Nehmt das Leben des Wanawut zurück und gebt diesem Mann und seinem Stamm seine Kinder wieder!«

Cheanah wartete. Die Menschen sahen zu. Aber die Geister nahmen die Hülle des Wanawut nicht zurück. Bebend nickte er, als antwortete er einer inneren Stimme, und zeigte dann mit dem Finger auf Seteena.

»Dieser Junge hat sein Leben verwirkt! Dieser Junge wird nicht mehr die Nahrung dieses Stammes essen! Dieser Junge wird für immer im Wind wandern!«

Ekoh erstarrte und legte seinem Sohn schützend eine Hand auf die Schulter. »Er wird nicht allein gehen«, sagte er herausfordernd, aber Cheanah hörte nicht zu.
Der Häuptling ging auf Honee zu. Er packte sie an den Haaren und zerrte sie zu Teean.
»Nimm sie! Sie gehört dir! Öffne sie jetzt, vor uns allen! Zhoonali hat recht. Die Geister beobachten uns! Sie sollen sehen, daß Cheanahs Stamm seine Vorfahren und ihre Sitten achtet! Sie sollen das Unglück, das über diesen Stamm gekommen ist, zurücknehmen!«
»Nein!« schrie Honee und wollte davonlaufen, aber Cheanah packte sie erneut an den Haaren und zerrte sie zurück.
Während der Stamm atemlos zusah, zögerte Teean, denn die vergangenen Monde des Hungers hatten ihm seine Überheblichkeit genommen. Er stand zitternd da und löste seine Kleidung. Sein Glied war schlaff. Auch als er es hektisch bearbeitete, hatte er keinen Erfolg.
Honee hörte, wie ihr Vater enttäuscht zischte. Er drehte sie herum und begann, ihr die Kleider vom Leib zu reißen, während sie sich immer noch heftig wehrte. Mit einem Hieb warf er sie nackt in den Matsch zu seinen Füßen.
»Mach dich breit! Sofort!«
Der eiskalte Schneeregen schmerzte auf ihrer Haut, als sie sich auf Händen und Knien stützte und aufzustehen versuchte. Aber der Boden war glitschig, so daß sie erneut hinfiel, während Teean sie von hinten bestieg.
»Mutter! Zhoonali! Sagt ihm, daß er aufhören soll!«
Doch niemand sagte ein Wort, als der Stamm einen engen Kreis um Honee und den alten Mann schloß. Sie starrten sie ausdruckslos an, während der alte Teean ihre Brüste in seine knochigen, kneifenden Finger nahm und sie festhielt. Er stieß sein geschrumpftes Organ gegen ihr Hinterteil, aber es gelang ihm nicht einzudringen.
Honee ließ sich vor Kälte und Scham zitternd und schluchzend nach vorne fallen und rollte durch den Matsch. Sie hoffte, damit den alten Mann abzuschütteln. Aber statt dessen warf er sich auf sie und stieß wieder mit verzerrtem Gesicht zu, ohne jedoch etwas zu erreichen.

»Die Mächte der Schöpfung wollen diesem alten Knochen kein Leben mehr geben.«

Honee blickte auf. Mano stand über ihr und hatte sein eigenes Organ entblößt, das aufgerichtet im Regen stand.

»Nein...« stöhnte Honee. Doch es würde geschehen. Sie wußte es. Sie warf den Kopf zurück und schrie, wußte jedoch, daß es sinnlos war.

Die Männer des Stammes hatten denselben starren, gierigen Blick in den Augen wie Mano. Sie waren zur Vergewaltigung bereit. Sie waren halb verhungert und kraftlos, aber der Anblick einer ungeöffneten Frau, die nackt und hilflos im Regen lag, hatte ihnen neue Energie gegeben. Selbst Cheanah hatte sein Glied hervorgeholt.

Sie starrte ihn an. »M-mein Vater... nein...«

Sein Ausdruck war entschlossen. Der Kreis wurde immer enger. Die Frauen waren nicht mehr da. Selbst Ank hielt sich drohend bereit. Nur Yanehva blieb im Hintergrund, bis Cheanah ihn anbrüllte.

»Nein! Die Mächte der Schöpfung sehen zu! Wir müssen es alle tun! Alle!«

Yanehva schüttelte langsam den Kopf. »Das ist nicht recht. Sie ist eine Jungfrau.«

»Sie ist niemand!« brüllte Cheanah. »Die Kraft des Stammes ist alles!« Er war wie ein großer Bär, als er sich bückte und mit einem ungeduldigen Knurren den protestierenden Teean wegzerrte.

»Zeit... nur noch etwas Zeit!« bettelte der alte Mann.

Honee haßte sie beide, als sie schluchzend unter den grausam suchenden Händen ihres Vater erschlaffte. Sie wünschte sich, Mutter Erde würde sie in ihren schützenden Schoß hinabziehen.

Aber es war nicht Mutter Erde, dessen Befehl Cheanah dazu brachte, mit der Vergewaltigung seiner eigenen Tochter innezuhalten. Es war Zhoonali. Honee sah auf und schöpfte für einen Augenblick Hoffnung. Doch dann sah das Mädchen die lange Kralle des Riesenfaultiers, die ihre Großmutter in der Hand hielt.

»Teean wird seine Frau auf die Weise unserer Vorfahren öffnen — wenn schon nicht mit seinem eigenen Knochen, dann hiermit!« erklärte Zhoonali.

»Nein!« schrie Honee, die ihren Blick nicht von der Kralle abwenden konnte. Sie hatte die doppelte Länge einer Männerhand und war eine eingeölte, blutverkrustete Drohung. Kreischend wand sich das Mädchen aus dem Griff ihres Vaters und versuchte aufzustehen.

Doch es hatte keinen Zweck.

Cheanah bekam sie zu fassen, warf sie wieder zu Boden und zwang sie auf den Rücken, während Mano ihre Beine packte und sie weit auseinanderzog — so weit, daß sie das Gefühl hatte, verrückt zu werden. Ank und Ram hielten jetzt ihren einen Fuß, während Mano noch immer den anderen festhielt.

»Warte!« flüsterte er. »Stell dir vor, ich würde in dich eindringen.«

»Niemals!« schrie sie und war überrascht, als aus ihrer Kehle nur ein leises Krächzen kam.

Zhoonali hatte Teean die Kralle überreicht. Er kam auf sie zu.

»Wehr dich nicht dagegen, Honee«, riet ihr der alte Mann. »Ich werde es auf die Weise unserer Vorfahren tun, die es schon seit Anbeginn der Zeiten zum Wohl des Stammes so getan haben.«

6

Der Stern ging im Osten auf und im Westen unter, wo auch die Sonne hinter dem Rand der Welt verschwand. In der Nacht starrte Torka lange zu ihm hoch. Und bei Tag dachte er lange darüber nach.

»Was besorgt dich, Torka? Der Stern ist doch ein gutes Zeichen, nicht wahr?«

Er sah Grek an. »Ich weiß es nicht. Das Wetter scheint besser zu werden. Komm! Hilf mir, Aars Welpen beizubringen, Gepäck zu tragen!«

»Welpen? Diese Hunde sind so groß wie Wölfe! Und sie lächeln diesen Mann nicht so freundlich an wie Torka, Karana und Umak. Du wirst dich allein mit den Hunden beschäftigen, mein alter Freund. Warum willst du, daß die Hunde Gepäck tragen?«

»Ich denke daran, im nächsten oder übernächsten Jahr in ein anderes Lager zu ziehen, entweder am anderen Ende des Tals oder vielleicht sogar ganz woanders.«

»Meine Wallah kann nicht laufen.«

»Wir werden sie auf einen Schlitten legen, der von den Hunden gezogen wird.«

Grek runzelte nachdenklich die Stirn. »Es wäre gut, wieder einmal in einem neuen Land zu jagen. Aber ich bin ein alter Mann, Torka, und dies ist ein gutes Land. Warum willst du es verlassen?«

Torka seufzte unruhig. »Ich habe gelernt, daß du recht hast: Menschen dürfen nicht zu lange an einem Ort bleiben. Ich spüre es. Ich spüre das unruhige Verlangen, weiter in Richtung der aufgehenden Sonne zu gehen.«

Mano tobte. »Ekoh ist fort und Bili auch! Sie haben über Nacht ihre Erdhütte abgebrochen und sind mit dem Jungen verschwunden!«

Cheanah saß mit untergeschlagenen Beinen in seiner Hütte. Sie waren allein. Cheanah war seit Klus Tod in düsterer und niedergeschlagener Stimmung. »Ich habe den Jungen verdammt, für immer im Wind zu wandern. Seine Eltern haben das Recht, ihn dabei zu begleiten.«

»Du hast versprochen, ich könnte jede Frau haben, die ich will, wenn ich dein Geheimnis bewahre. Und ich will Bili.«

»Dann lauf ihr hinterher. Hol sie zurück ... wenn Ekoh es zuläßt. Aber nicht den Jungen. Jetzt, wo er fort ist, wird das Wetter besser. Jetzt, wo Honee zu Teean gegangen ist und sich für die Männer dieses Stammes öffnet, wird auch das Wild zurückkehren. Jetzt, wo ich zu den Traditionen unserer Vorfahren zurückgefunden und die Haut des Wanawut abgelegt habe, werden die Geister unserem Stamm wieder günstig gestimmt sein. Du wirst sehen.«

»Beeilt euch! Ich will bis zum Anbruch der Nacht in den östlichen Hügeln sein«, drängte Ekoh.

Seteena ging bleich und keuchend unter der Last seiner Rückentrage gebückt. »Mutter ist schwanger, sie kann nicht so schnell gehen. Warum sollten sie uns folgen? Sie wollten mich doch aus dem Stamm verstoßen!«

»Sie werden nicht wegen dir kommen, sondern wegen deiner Mutter.«

Bili blieb stehen, sah zurück und schrie dann überrascht auf. »Seht! Es sind Mano und Ank!« Ihre Gesichtszüge versteinerten, als sie sich daran erinnerte, wie hungrig Mano sie angesehen und was er mit ihr getrieben hatte, bevor sein Vater ihn und alle anderen Männer einschließlich Ekoh vertrieben hatte. Sie zitterte haßerfüllt. »Wir haben einen guten Vorsprung. Wenn wir uns beeilen, können wir die steinigen Abhänge vor uns erreichen, wo sie unsere Spuren nicht wiederfinden können.«

»Aber kannst du schnell genug gehen, Mutter?«

Bili lächelte. Im nächsten Augenblick hatte sie das, was ihren Bauch hatte schwanger erscheinen lassen, zum Vorschein gebracht: eine gut gefütterte Rückenlehne. Ekoh und Seteena starrten sie entgeistert an. »Es tut mir leid, Ekoh. Ich hätte es dir sagen sollen. Aber es hat mir die Wölfe in Cheanahs Stamm vom Leib gehalten. Ich hatte schon Angst, du hättest es bemerkt. Mano hatte bereits Verdacht geschöpft. Und Cheanah auch. Keine Frau trägt mehr als zwölf Monde ein Baby in sich.«

Ekoh drückte sie an sich und zwinkerte ihrem Sohn zu. »Wir werden unseren eigenen Stamm gründen, mein Junge!«

Sie gingen weiter, bis der Junge stolperte und hinfiel. Er kämpfte gegen seine Erschöpfung an und versuchte aufzustehen, aber sein unterernährter Körper ließ ihn im Stich. Bili nahm sein Gepäck, Ekoh hob ihn in seine Arme, und sie gingen schnell weiter. Nur ab und zu blieben sie stehen, wenn sie das Gefühl hatten, beobachtet zu werden – und zwar von irgendwo über ihnen im Nebel.

Als das Geräusch der menschlichen Schritte nähergekommen war, hatte der Junge seine Wurfstöcke und seinen Menschenstein genommen, Schwester mit seinem Löwenfell zugedeckt, damit sie nicht fror, und nackt das Versteck verlassen. Er kauerte sich hinter einen Felsblock und beobachtete die Menschen.

Nach ihrem Gang zu urteilen waren sie sehr müde, aber sie gingen sehr schnell, und er konnte ihre Furcht riechen. Der Wind wehte ihm auch den Geruch von zwei weiteren Menschen heran, die sich in größerer Entfernung befanden. Sie liefen sehr schnell, und er roch nur ihre Wut, aber keine Spur von Angst.

Bald wurden die Schatten länger, bis es dunkel war. Die drei Menschen machten Rast. Sie setzten sich dicht nebeneinander auf den Boden, aßen etwas und machten leise Geräusche. Dann legten sie sich hin und umarmten sich gegenseitig, genauso wie Schwester und er, wenn sie sich in einer kalten Nacht wärmten.

Ihm kam die Idee, daß jetzt eine gute Gelegenheit wäre, sie zu töten, aber ihre zärtliche Besorgnis ließ ihn zögern. Mit einem Seufzen kehrte er zum Nest zurück. Schwester hatte Fieber und heulte nach ihm. Er begrüßte sie mit einem beruhigenden Laut und legte sich wieder das Löwenfell um. Er war dankbar für die Wärme, als er an ihrer Seite blieb und sie streichelte, bis sie in einen unruhigen Schlaf fiel. Er hatte Angst, sie könnte von der Wunde in ihrer Schnauze sterben.

Er lag lange wach und dachte an die drei Menschen, die unten in den Hügeln schliefen ... und an die anderen, die sich ihnen näherten. Dann nahm er seine Wurfstöcke und seinen Menschenstein und verließ das Nest, um sie erneut zu beobachten.

Es schneite heftig. Er konnte keine Spur der drei Menschen entdecken. Offenbar waren sie weiter nach Osten gezogen. Die zwei Verfolger waren umgekehrt. Er folgte ihnen. Als der kleinere ausrutschte, trat der größere mit dem Fuß nach ihm. Der Wind brachte ihm den bösen Unterton ihrer Laute. Als er sie hörte, hatte er Lust, ihnen einen seiner Wurfstöcke hinterherzuschleudern. Er zielte sorgfältig auf den größeren Menschen, aber der kleinere ging schreiend zu Boden.

Der Junge grunzte angewidert. Er fletschte die Zähne und kreischte enttäuscht. Der Wurfstock war für immer verloren.

Der größere der beiden ging im Kreis und suchte die schneebedeckten Berge ab. Dann bückte er sich, hob seinen Kameraden auf die Schulter und lief im Schneetreiben davon. Der Wurfstock ragte dem kleinen senkrecht aus dem Rücken.

Wieder einmal wurde in Cheanahs Stamm getrauert, als ein weiterer Toter aus dem Lager gebracht wurde, um für immer in den Himmel zu blicken. Im Schneesturm stand Mano über Anks Leiche und legte seinem Vater den Speer, der seinen Bruder getötet hatte, in die Hände.

»Das ist es, was ihn getötet hat! Dein Speer! Ekoh hat nicht nur die beste Frau dieses Stammes mitgenommen, sondern es auch gewagt, die Waffen unseres Häuptlings zu stehlen und uns damit zu töten, wenn wir ihm folgen!«

Cheanah starrte den Speer an. Mano hatte die Wahrheit nicht erkannt und Zhoonali sie gnädigerweise nicht ausgesprochen. Cheanah zerbrach den Speer über seinem Knie und legte die Hälften auf den Körper seines toten Sohns.

Mano starrte seinen Vater mit brennenden Augen an. »Wenn es wieder aufklart, müssen wir auf die Jagd nach Ekoh gehen! Er muß dafür mit seinem Leben bezahlen!«

»In diesem Stamm gibt es keinen Mann, der die Kraft für einen solchen Marsch hätte«, gab Yanehva nüchtern zu bedenken. »Laßt uns in Frieden um unsere Toten trauern und Ekoh seinem Schicksal überlassen.«

Cheanah runzelte die Stirn. Es war schwierig, einen klaren Gedanken zu fassen. Er war zu hungrig und vom Tod seiner Kinder zu sehr mitgenommen. Er war Häuptling dieses Stammes, und die Menschen starben wie die Fliegen. Warum? Plötzlich wußte er die Antwort. Sie wurde ihm mit so grausamer Wucht bewußt, daß er schwankte. Yanehva hatte ihm vor langer Zeit dringend geraten, so zu jagen wie Torka — auf der Jagd kein Fleisch zu verschwenden und die Herden nicht auszurotten. In Cheanahs leerem Bauch grollte sein Haß auf Torka wie eine Sturmwolke. Damit würde er sich später auseinandersetzen. Jetzt war es Zeit, zu seinem Stamm über die Zukunft zu sprechen.

Die Menschen bildeten einen Kreis um ihn, als sie die Veränderung in ihm spürten. Er war sich bewußt, daß alle Blicke auf ihn gerichtet waren.

»Die Leichen unserer Toten haben zu Cheanah gesprochen«, verkündete er. »Haben wir die letzten der Füchse gegessen, die in diesem Land lebten? Haben wir den letzten Adlern, Falken und Kondoren die Knochen zersplittert und die Federn gespalten? Ist kein Lebewesen mehr übrig, das unsere Toten fressen könnte? Nein! Dies ist nicht mehr das Land des Vielen Fleisches. Es ist das Land des Hungers, und wir müssen es verlassen! Wir müssen den Tieren in den Osten folgen, wenn wir überleben wollen!«

Zhoonali hob ihren Kopf unter der schneebedeckten Bärenfellkapuze. »Wir sind zu schwach. Wir haben kein Fleisch, das uns die Kraft dazu geben könnte.«

»Wir haben Fleisch«, sagte Cheanah und zeigte nach unten auf die Leichen der Kleinen. »Unsere Kinder werden uns ernähren. Unsere Kinder werden uns für die Reise kräftigen, die vor uns liegt. Wir werden von ihrem Fleisch essen. Dafür sind sie gestorben — damit der Stamm überlebt.«

7

Der Junge hatte verständnislos zugesehen, wie die Menschen ihre Nester abrissen, sie sich auf den Rücken luden und nach Osten wanderten. Sie kamen so langsam voran, daß sie sich bei Anbruch der Dunkelheit kaum von ihrem früheren Nestplatz entfernt hatten. Sie hielten an, errichteten kleinere Nester und krochen darunter — um zu schlafen, nahm er an.

Als das Loch im Himmel aufging, standen die Menschen auf, legten wieder ihre Nester zusammen, liefen eine Weile herum, wobei sie die Dinge aufsammelten, die sie am vorigen Abend von ihren Rücken abgeladen hatten. Er war verwirrt. Wohin gingen sie? Und warum?

In den nächsten Tagen mußte er immer größere Entfernungen innerhalb der Hügelkette zurücklegen, um sie im Auge zu behalten. Schwester weigerte sich noch immer, mit ihm die Höhle zu verlassen. Ihre verwundete Schnauze war geheilt, obwohl eine häßliche Narbe zurückgeblieben war und ihr Atem pfeifend ging. Sie war wieder gesund und kräftig und hatte guten Appetit, aber der Junge hatte den Eindruck, daß diese Verwundung auch ihren Geist irgendwie verletzt hatte.

Bisher hatte er immer einen guten Beobachtungsposten gefunden, von dem aus er die Wanderung der Bestien verfolgen konnte. Doch er hatte schon einen ganzen Tag und noch ein Stück der Nacht gehen müssen, bis er sie entdeckte. Heute war er besonders weit gewandert. Schwester würde böse mit ihm sein, wenn er zurückkehrte.

Sie war ihm immer böse, wenn er zurückkehrte. Und während seiner Abwesenheit heulte sie — wenn sie nicht gerade schlief — so lange, bis er zurückkam, um sie zu beruhigen, daß er sie nicht verlassen würde.

Er kämpfte gegen seinen starken Beschützerinstinkt an, der es ihm nicht erlaubte, Schwester zu verlassen. Sie brauchte ihn viel zu nötig. Aber auch er hatte Bedürfnisse — er wollte das Nest verlassen und nach den Menschen suchen. Er konnte sich nicht vorstellen, in einer Welt ohne Menschen zu leben. Er konnte nicht mehr ohne die Hoffnung leben, sie zu töten, nachdem er alles gelernt hatte, was er wissen wollte.

Er wollte sie für das töten, was sie Mutter angetan hatten. Und Schwester. Und all den Tieren, die unter dem Loch im Himmel lebten. Doch dazu konnte er nicht bleiben, wo er war, während sie über den Rand der Welt hinauszogen. Schwester mußte das verstehen und ihm folgen — oder zurückbleiben.

Unmutig, aber entschlossen kehrte er um und begann den langen Marsch zurück zum Nest. Er würde alle seine Wurfstöcke mitnehmen, seine Steinsplitter, seine Trinkschale...

Er blieb stehen, denn Schwester kam auf ihn zu. Seine Speere hatte sie unter den Arm geklemmt, und seine Steinsplitter klapperten in der Trinkschale, die sie ihm jetzt mit ihrer mächtigen, behaarten Hand reichte.

Zum ersten Mal in ihrem Leben sprach sie ihn mit einem Laut an. Es war der furchtsam zitternde Laut einer Kreatur, die Angst davor hatte, allein gelassen zu werden. »Man-nah-rah-vak!« rief sie, und als sie in seine ausgebreiteten Arme lief, sah er die für einen Wanawut völlig untypische Flüssigkeit aus ihren Augen rinnen. Er drückte sie an sich und wiegte sie, aber er versuchte nicht, ihr die Feuchtigkeit aus dem Gesicht zu wischen. Denn auch aus seinen Augen kamen Tränen.

In dieser Welt voller Licht dachte Karana nicht mehr so oft ans Sterben. Die dunklen Gespenster seines Wahnsinns wurden von der Helligkeit des unaufhörlichen Tages vertrieben. Als sich jetzt auf dem Land der Herbst ankündigte, verbrachte er die meiste Zeit damit, die Zutaten zu einem großen Medizinbeutel zu sammeln, den er seinem Stamm schenken wollte. Sie wollten zwar seinen Zauber nicht, aber es war etwas anderes mit seinen Fähigkeiten als Heiler, die hier oben auf dem Berg verschwendet waren. Er durfte sie ihnen nicht vorenthalten.

Er schuldete Torka sein Leben und alles, was er gelernt hatte. Wenn er die Gabe verloren hatte, sich dem Geisterwind zu öffnen und die Zukunft zu erkennen, war das seine Schuld und nicht Torkas. Die Geister erwählten die Menschen, die sie als Gefäße benutzten. Sie hatten ihn erwählt, und er hatte sich als unwürdig erwiesen. Aber bevor die Zeit der langen Dunkelheit erneut anbrach, wollte Karana Torkas Stamm seine Heilgaben zurückgeben, damit die, die er liebte — ganz besonders Mahnie und Naya — sich selbst heilen konnten.

In ihm regte sich wieder die alte Unruhe. Er konnte sie sehen, wie sie im Tal tief unter ihm ihren Beschäftigungen nachgingen. Solange er sie sah, fühlte er sich ihnen noch verbunden. Sie waren vor den bösen Umtrieben Navahks sicher, solange er hier auf dem Berg blieb. Als neues Lebensziel hatte er sich gesetzt, seinen Stamm vor Navahk zu beschützen. Und sich vor Torkas Zorn zu schützen, denn der lebende Beweis seiner Lüge, die ihm niemals verziehen werden konnte, näherte sich aus dem Westen: Torkas Sohn.

Sein Kopf schmerzte plötzlich vor Verwirrung. Er spürte die Gefahr, die sich gemeinsam mit Manaravak näherte. Müßte er Torka nicht davor warnen? Er lehnte sich gegen den warmen Stein auf dem Grat und sah zur Sonne hinauf. Ihr Licht durchströmte und wärmte ihn, doch wenn er die Augen schloß und einschlief, waren seine Träume kalt und dunkel und voller

Sterne, die vom Himmel fielen. Er hatte das Gefühl, darin zu ertrinken.

Indem er seine kalte, feuchte Nase unter seine Handfläche schob, weckte Aar ihn auf. Karana lächelte und setzte sich auf. Aar bewahrte ihn oft davor, in der Finsternis seiner Träume zu versinken.

Geh vom Berg hinunter und kehre wieder in die Welt der Menschen zurück, schien der Hund ihm sagen zu wollen.

»Das kann ich nicht, mein Bruder, denn dann wird Navahk mich begleiten.«

Der Hund und der Mensch standen auf und gingen zusammen den Grat entlang. Sie kehrten entlang des großen, grauen Sees zurück, in dem nur Eisberge lebten, die sich von der steilen Gletscherwand am nördlichen Ufer lösten.

Der Hund winselte leise. Der See schwappte kalt und hungrig gegen seine felsigen Ufer und die Eiswand, die ihn gefangenhielten. Selbst bei Sonnenschein blieb die zerklüftete, staubbedeckte Oberfläche des Gletschers düster. Das Wasser des Sees war schlammig und bewegte sich unruhig, als die unsichtbaren Finger des Windes kleine Schaumkronen aufwühlten. Karana war besorgt. Er blickte sich um, um die Quelle seiner Besorgnis zu entdecken, kam ihr jedoch nicht auf die Spur.

Der Zauberer wurde beim Anblick dieser Spuren des Alters und des Zerfalls von einem Gefühl der Trostlosigkeit überwältigt. Diese Hochlandsenke war ein uraltes Eismonstrum, das sich langsam und unaufhaltsam vorwärtsschob, und dabei die Knochen des Berges zu Geröll zermahlte. Karana fragte sich, warum es ihn so oft an diesen Ort trieb. Er ging zum Ausläufer des Gletschers, der die nördliche Schlucht ausfüllte und eine Barriere bildete, die den See in seinem Becken gefangenhielt. Ohne den Gletscher würde es keinen See geben. Das Wasser würde die Schlucht hinunterströmen und das wunderbare Tal überfluten.

Von tief unten drang das Lachen eines Jungen zu ihm herauf. Umak schwamm nach einem Tag der Jagd allein im Fluß. Karana runzelte die Stirn. Warum war der Junge so oft allein? Umak, der Träumer, der in seiner Unschuld Karanas Welt auf den Kopf gestellt hatte. Er vermißte die Freundschaft, die ihn einst mit Torkas Sohn verbunden hatte. Aber als Umaks Lachen erneut die Schlucht hinaufdrang, begann plötzlich Navahks Geist zu lachen und Karana hatten den strengen Geruch des Todes in seiner Nase.

Wessen Tod? Höchstwahrscheinlich sein eigener.

»Komm!« sagte er zu Aar, als er sich auf den Rückweg zu seinem kleinen Unterschlupf machte. »Ich habe ein Geschenk, etwas, das du zum Stamm bringen sollst.«

Der Hund ließ sich geduldig das Gepäck auf den Rücken schnallen, das Karana so liebevoll zusammengestellt hatte. Darin waren heilende Kräuter, wertvolle Öle und Zeichnungen auf Birkenrinde, die dem Stamm zeigen sollten, wie sie die Medizin anwenden mußten.

Als der Hund schließlich lossprang, fragte sich Karana plötzlich, ob er seinen Bruder jemals wiedersehen würde.

Cheanahs Stamm fand keine Spuren der großen Herden, aber sie stießen auf die Überreste der Lager von Ekoh, Bili und Seteena ... und auf die alten Feuerstellen, die Torkas Stamm errichtet hatte, während sie immer tiefer in das Verbotene Land eingedrungen waren.

»Ich hatte erwartet, irgendwo ihre Knochen zu finden, die im Wind trocknen«, sagte Ram.

»Glaubt ihr, daß sie alle noch irgendwo dort am Leben sind?« Die Erschöpfung, der Hunger und die Trauer hatten tiefe Spuren in Yanehvas Gesicht hinterlassen. »Wenn wir sie finden, könnten wir wieder mit ihnen auf die Jagd gehen. In Torkas Lager hat es immer Fleisch gegeben.«

Cheanah blickte düster um sich. »Torka ist unser Feind«, sagte er mit seltsam hohler Stimme. »Wenn wir ihn finden, werden wir sein Fleisch nehmen, seine guten Frauen und seinen Schamanen, genauso leicht, wie ich ihm einst seine Jagdgründe und sein Lager weggenommen habe. Aber diesmal werde ich ihn töten. Jetzt weiß ich, daß Torka uns getäuscht hat, als er unser Lager verließ. Er wußte, daß sein Schamane ihm folgen würde. Und er wußte, daß unsere Glückssträhne zu Ende sein würde, wenn Lebensspender ihm vorausging. Solange dieses

Mammut und Torka leben, werden wir vom Unglück verfolgt sein. Dafür wird ihr Schamane schon sorgen. Wir müssen sie finden und sie für unsere Toten zur Rechenschaft ziehen.«

»Du wirst die Frauen doch nicht töten?« fragte Mano nach.

Cheanah sah zu seinem ältesten Sohn auf. »Du und ich werden viel Vergnügen mit den Frauen haben.«

»Und den Mädchen und Bili, wenn wir sie finden?«

»Auch sie, ja. Alle Männer dieses Stammes werden ihr Vergnügen an ihr haben! Und an Torkas Mädchen!«

Schließlich kamen sie an den Zusammenfluß zweier großer Flüsse. Sie folgten den Spuren von Ekoh und Torka und hielten sich an den größeren, östlichen Strom. In einem von Flüssen durchzogenen Tal sichteten sie eine kleine Bisonherde.

Nachdem sie seit ihrem Aufbruch nichts außer den Überresten ihrer Kinder, kleinen Tieren, Vögeln und Fischen gegessen hatten, errichteten sie das erste gute Lager seit vielen Monden. Dort jagten und töteten sie und aßen sich satt, bis ihre Bäuche voll waren. Sie wurden nicht müde, Cheanah dafür zu loben, daß er den Mut und die Voraussicht gehabt hatte, sie aus dem Hungerlager in gute Jagdgründe zu führen. Dann warf Zhoonali ihre sprechenden Knochen und sagte für die Zukunft bessere Tage voraus, wenn der Stamm sich weiterhin an die Weisheit seiner Vorfahren hielt.

Sie ruhten sich aus und aßen, bis alles Bisonfleisch aufgezehrt war. Erst als die Fliegen in den ausgehöhlten Skeletten der Bisons summten und die Jäger ihre Kräfte durch stundenlange Paarungen mit ihren Frauen erneuert hatten, wachten sie aus ihrem Verdauungsschlaf auf, sahen sich um und erinnerten sich daran, daß das Land des Vielen Fleisches durch eben diese Jagdpraktiken zum Land des Hungers geworden war. Ernüchtert gingen die Männer in den nächsten Tagen mit mehr Umsicht auf die Jagd, während die Frauen Fleisch trockneten und Sehnen dehnten.

Der Stamm brach das Lager ab und zog weiter nach Osten. Da ihre Rückentragen bereits schwer beladen waren, hatten sie eine große Menge Bisonfleisch zurücklassen müssen. Was sie eingepackt hatten, war bald aufgebraucht. Die Nahrung wurde wieder knapp, da die Jäger jetzt nur noch selten Beute machten.

Teean starb einen Tag, bevor sie nach vielen Wochen wieder eine richtige Beute entdeckten — ein Kamel mit gebrochenem Bein und ihr Kalb. Honee jubelte. Jetzt gab es einen Mann weniger, dem sie sich hingeben mußte. Nie wieder würde der knochige alte Teean sie in der Nacht stoßen, während er es nicht einmal geschafft hatte, sie mit dem Saft zu füllen, von dem die Frauen behaupteten, daß dadurch neues Leben in einer Frau entstand.

Der Junge und Schwester waren glücklich. Sie profitierten von der langen Wanderung durch das neue Land. Schwester war so vorsichtig, wie der Junge neugierig war, aber jetzt folgte sie ihm bereitwillig. Mutters harte Ausbildung leistete ihnen gute Dienste. Eine reichliche Mahlzeit gab ihnen genug Kraft für einen zwei- oder dreitägigen Marsch. Auf ihrer langsamen Wanderung verursachten die Menschen so viel Lärm, daß viele Tiere zur Freude der beiden vor dem Stamm flüchteten, um dann ihnen in den Weg zu laufen. Sie blieben mehrere Tage lang an der Stelle, wo die Bisons getötet worden waren. Als sie endlich wieder aufbrachen, trug der Junge blutige Fleischstücke aus dem Buckel in einem Beutel, den er sich selbst gemacht hatte.

Nachdem sie den Menschen nun seit Tagen durch eine Gegend gefolgt waren, in der es nur wenig Wild gab, lockte sie der Geruch von altem Fleisch. Bald vertrieben sie ein kleines Rudel Wölfe von etwas Eßbarem, das die Menschen vor kurzem hier zurückgelassen hatten.

Schwester machte sich sofort über das Fleisch her. Der Junge hielt sich zurück, als er erkannte, daß die Menschen einen aus ihrem Stamm zurückgelassen hatten. Er berührte die haarlose Haut und beugte sich tiefer herunter, um daran zu schnuppern. Angewidert wich er zurück. War es möglich, daß er selbst einer von ihnen war? War das der Grund, warum er so von ihnen fasziniert war und unbedingt von ihnen lernen wollte? Nein, er war Mutters Junges!

Schwester blickte auf und hielt ihm ein Stück zerfleischte Hand hin. Es sah aus wie seine eigene Hand, bleich, haarlos und ohne Krallen. Zitternd erbleichte er, als er ihr Angebot ablehnte. Er zog sein Löwenfell enger um die Schultern und wandte sich ab, um sich mit dem Rücken zu Schwester hinzusetzen. Die Wahrheit lag jetzt offen wie eine frisch gehäutete Antilope vor ihm. Es fühlte sich an, als wäre seine eigene Haut umgestülpt worden und würde jetzt blutig im Wind trocknen. Eine Flüssigkeit, die so salzig wie Blut war, rann aus seinen Augen. Er wußte jetzt, daß er einer von ihnen war – ein *Mensch*, und kein Junges von Mutter ... aber trotzdem würde sie für immer seine Mutter bleiben.

»Manaravak ...« keuchte er leise. »Manaravak!« schrie er dann in die hereinbrechende Dunkelheit hinaus, in der der rote Stern sichtbar geworden war. Er weinte, als in ihm die Gefühle tobten. Als sie nachließen, flüsterte er noch einmal ... seinen Namen.

Und weit entfernt schreckte Umak aus dem Schlaf hoch.

Dak sah ihn an und schüttelte mit einem verzweifelten Seufzen den Kopf, als er sich wieder unter seine Felle kuschelte. »Schon wieder Träume?«

»Nein«, erwiderte Umak nachdenklich. Langsam stand er auf und stieg über die schlafenden Gestalten seines Stammes hinweg. Die Hunde hoben den Kopf und legten sich dann wieder hin. Nur Aar folgte ihm bis zum Eingang der Höhle.

Gemeinsam standen sie in der Dunkelheit und blickten hinaus in die nächtliche Welt und auf den roten Stern.

»Er ist irgendwo dort draußen«, flüsterte Umak dem Hund zu. »Ich spüre ihn in mir und dort draußen.«

Aar neigte seinen Kopf.

Umak hockte sich hin und legte dem Hund einen Arm um den Hals. »Ich werde dir ein Geheimnis anvertrauen, alter Freund: Ich hoffe, daß er stirbt, denn ich will nicht im Schatten eines Bruders stehen. Die Trauer der Vergangenheit war schon schlimm genug.«

8

In den letzten Herbsttagen zogen Ekoh, Bili und Seteena weiter nach Osten, während über ihnen langgestreckte Keile aus Gänsen und anderen Wasservögeln vorbeiflogen. Sie folgten der Spur von Torkas alten Lagerstellen, bis eines Tages, als der schwere Geruch im Wind einen Schneefall ankündigte, Ekoh zurücksah und am Horizont die winzigen Gestalten von Reisenden entdeckte.

»Der ganze verdammte Stamm!« zischte er. Dann sah er seine kleine Familie an und lächelte. Seine Frau und sein Sohn sahen gesund und kräftig aus. Seteenas Augen waren wieder klar, und er konnte stundenlang marschieren, ohne sich zu beschweren. »Wir werden die Spur verlassen und Cheanah allein weiterziehen lassen. Wir werden einen Platz finden, wo wir den Winter verbringen und ein Lager für die Zeit der langen Dunkelheit aufschlagen können.«

Sie folgten den Spuren von Pferden und Elchen in die Hügel, wobei sie darauf achteten, selbst keine Spuren zu hinterlassen, und verschwanden in einer tiefen, windgeschützten Schlucht.

Lange bevor die Sonne im Westen verschwand, tobten die ersten Winterstürme über das Verbotene Land. Doch in Torkas gut versorgter Höhle kannten die Menschen weder Kälte noch Hunger.

Torka sah zu Sommermond auf, die an seine Feuerstelle kam.

»Glaubst du, daß es ihm gut geht, so ganz allein auf dem fernen Berg, Vater?«

Er runzelte die Stirn. In den letzten Tagen hatte er oft an den Zauberer denken müssen. »Karana kann sich gut selbst versorgen. Er hat ein solches Leben gewählt.«

Lonit, die mit Schwan in ihrem Schoß neben Torka saß, schüttelte traurig den Kopf. »Nein, die Geister haben es für ihn gewählt. Sie sind nicht freundlich zu ihm gewesen. Und dennoch hat Karana uns ein Geschenk mit seinem heilenden Zauber geschickt, damit wir in der Winterdunkelheit nicht darauf verzichten müssen.«

»Wir mußten darauf verzichten, als unser Sohn starb.« Torkas Stimme klang hart und unbarmherzig.

»Karana ist unser Sohn«, wandte sie gutmütig ein.

»Nein, er ist nicht unser Sohn.« Der Häuptling war erleichtert, daß Schwan ihn seine Grübeleien vergessen ließ, als sie ihn anstrahlte, ihre pummeligen kleinen Hände aussteckte und lachte.

Torka lächelte, als er seine Tochter nahm und sie hochhob. »Nur ein Schwan kann mein Herz wieder froh machen. Was meinst du, kleines Mädchen? Wenn das Wetter weiterhin so schlecht bleibt, soll dein Vater ins Tal hinausgehen und Karana bitten zurückzukommen?«

»*Ja!*« Nicht das Mädchen hatte geantwortet, sondern alle Menschen, die sich in der Höhle befanden.

Torka nickte. »Dann soll es so sein.«

Kurz darauf machte er sich mit Grek, Mahnie und Aar auf den Weg.

Sommermond hockte inzwischen schmollend an Simus Feuer.

»Du bist jetzt meine Frau. Du wirst hierbleiben.«

»Ich will nicht bleiben! Mahnie geht auch!«

»Mahnie ist Karanas Frau!« erwiderte Simu.

»Aber ich werde ihn glücklich machen. Ich werde ihm Söhne zur Welt bringen. Wenn ich an seiner Seite wäre, würde er bei mir liegen und glücklich sein.«

Eneela war wütend. »Du bist als Karanas Schwester aufgewachsen und gehörst nicht an Karanas Feuer.«

»Er hat nicht als Bruder bei mir gelegen!«

Simu sah das Mädchen verärgert an, aber es war Demmi, die alles mitgehört hatte, und sagte: »Du kannst niemanden glücklich machen, Sommermond. Wie kannst du das, wenn du immer nur an dich selbst denkst?«

Torka, Grek und Mahnie gingen immer weiter, bis das Bedürfnis nach einer Rast zu groß wurde und sie anhielten. Sie errichteten einen provisorischen Unterschlupf und setzten sich an das kleine Feuer, das Mahnie entfacht hatte, während der Hund vorauslief.

Torka kaute auf einem Stück zerstampftem und mit Beeren vermengten Fett, das Mahnie ausgeteilt hatte, und sah der wolfsähnlichen Gestalt nach, die im Schneetreiben verschwand.

Am nächsten Morgen betraten sie den Paß und stiegen durch die Schlucht hinauf. In der Kälte und Dunkelheit kamen sie nur langsam voran. Stellenweise entzündeten sie die Fackeln, die sie mitgebracht hatten und gingen unter einer Wolke aus Rauch und flackerndem Licht weiter.

Schließlich erreichten sie den Grat. Die Fackeln waren abgebrannt. Die übrigen drei Stäbe mit ölgetränkten Flechten und Fellen blieben in ihren Rückentragen, denn sie brauchten sie für den Rückweg. Sie gingen weiter und folgten dem Geruch von Karanas Feuer.

Karana und Aar hatten schon seit Stunden beobachtet, wie die Lichter sich die Schlucht hinaufbewegten und und in der nebligen Dunkelheit flackerten.

Selbst für einen Zauberer konnte die Dunkelheit unerträglich werden. Sie lebte jetzt auch in ihm.

Sie sprach: »*Jetzt . . . jetzt kommen sie, um dich zu holen.*«

Er neigte lauschend den Kopf.

»*Hörst du die Stimmen? Du wußtest, daß sie kommen würden!*«

»Mahnie?«

»*Ja, Mahnie. Die sanftmütige und liebliche Mahnie.*« Die Dunkelheit flüsterte im allgegenwärtigen Wind. Er kannte die Stimme so gut wie seine eigene. Es war Navahks Stimme. »*Jetzt wirst du mit ihnen zurückkehren. Jetzt werde ich wiedergeboren werden!*«

»Nein!« schrie er. »Niemals!«

Der Hund knurrte. Er senkte den Kopf, legte die Ohren an und wich langsam zurück. Aar war der Bruder Karanas, aber den Mann, der jetzt vor ihm auf dem Grat stand, kannte er nicht.

Sie blieben stehen, als sie ihn sahen.

»Kommt nicht näher!« warnte er sie. Seine Stimme war so tief und kalt wie der Wind, der von der Höhe herabwehte.

Torkas Hoffnung verflüchtigte sich. »Du hast zu lange auf dem Berg gewohnt, mein Sohn. Es ist Zeit, daß du zu deinem Stamm zurückkehrst.«

»Ich bin nicht dein Sohn! Ich habe keinen Stamm! Sie sind tot, sie starben vor langer Zeit im Tal der Stürme.«

»Du bist Karana. Grek und Wallah und Mahnie sind Überlebende deines Stammes. Und du bist mein Sohn und der Zauberer von Torkas Stamm.«

»Ich bin Karana, der Sohn von Navahk! Grek, Wallah und Mahnie gehören jetzt zu Torkas Stamm. Sie brauchen mich nicht. Für den Zauber ist Torka zuständig.«

»Das ist nicht genug.« Er wollte noch mehr sagen, offen mit ihm reden und ihn um Verzeihung bitten, dem er keine Verzeihung gewährt hatte, aber sein Kummer war zu groß. Er konnte es kaum ertragen, was er in Karanas Gesicht sah: Es war Wahnsinn.

»Dieser Mann hat ein Geschenk mit Medizin ins Tal geschickt. Hat Torka es nicht erhalten? Haben Torkas Frauen die Bedeutung der Zeichnungen nicht verstanden oder...«

»Ich habe es erhalten, und sie haben es verstanden. Aber...«

»Dann brauchst du Karana nicht mehr. Geh!«

»Karana? Mein Zauberer?« Mahnies Stimme brach, als sie einen Schritt vortrat und ihm voller Liebe die Arme hinstreckte.

»Nein! Du wirst nicht zu mir kommen! Niemals! Nie wieder!«

Während Torka und Grek entsetzt zusahen, warf sich die junge Frau in Karanas Arme, doch er stieß sie brutal zu Boden und floh in die Nacht.

Grek und Torka suchten noch eine Weile nach ihm, während Mahnie mit Aar auf dem Grat blieb. Zunächst fiel ein leichter Schnee, doch als sich der Wind drehte, schien allmählich der Sturm heraufzuziehen. Sie saß stumm da und beobachtete, wie der Schnee sich in ihrem Schoß sammelte, während der Hund neben ihr lag. Schließlich kehrten die beiden Männer zurück.

»Wir haben wirklich überall gesucht!« berichtete Grek. »In seinem Zelt ... oben am See ... in der nördlichen Schlucht mit dem Gletscher. Aber es ist keine Spur von ihm zu finden. Dieser Narr! Wir werden ihn niemals finden, wenn er es nicht will. Er kennt den Berg zu gut.«

»Er ist schon viel zu lange allein gewesen«, sagte Torka.

»Ja«, stimmte Mahnie zu. »Aber jetzt nicht mehr. Ich bin seine Frau. Ich werde hier bei ihm bleiben.«

»Auf keinen Fall!« schimpfte Grek.

»Ich werde bleiben, Vater! Es ist meine Aufgabe. Eine Frau braucht einen Mann. Und dieser Mann braucht seine Frau! Hast du gesehen, wie schlimm es um ihn steht? Bald wird es ihm wieder besser gehen. Wenn der Sturm vorbei ist, werden wir zusammen den Berg verlassen. Ihr müßt gehen, bevor der Sturm losbricht. Gib Naya einen Kuß von mir. Sag ihr, ich werde versuchen, bald wieder mit ihrem Vater bei ihr zu sein.«

Die zwei Jäger schwiegen betreten. Mahnies Entschlossenheit ließ sie plötzlich viel größer und reifer erscheinen. Torka verstand sie, Lonit würde dasselbe für ihn tun.

»Sein Zelt ist nicht groß, aber es scheint gut ausgestattet zu sein. Da ist Feuerwerkzeug und etwas Zunder. Du wirst es warm haben, bis er zurückkommt. Komm, ich werde es dir zeigen.«

Grek ereiferte sich in väterlicher Besorgnis, aber er wußte, daß Torka recht hatte. Mahnie war schon lange genug ohne Karana unglücklich gewesen. Er dachte, wie es für ihn wäre, wenn Wallah nicht mehr bei ihm war. Eine unerträgliche Leere. Und genau das hatte er in den Augen des Zauberers gesehen: Leere, Einsamkeit und ein tiefe, schwarze, schmerzliche Verzweiflung. Aber konnte er Mahnie hier bei ihm zurücklassen, wenn er in einer solchen Verfassung war? »Es gefällt mir nicht«, brummte er. »Wenn sich das Wetter verschlechtert, kommst du vielleicht nicht eher wieder von diesem Berg herunter, bis die Zeit des Lichts anbricht. Und wenn die Schlucht durch Eis versperrt ist, können wir dir vielleicht auch nicht zu Hilfe kommen, wenn du uns brauchst!«

»Ich werde trotzdem bleiben!« Sie umarmte ihn herzlich. Sie zerrte das hervorstehende Futter seiner Kapuze auseinander, um ihm liebevoll auf beide Wangen seines breiten Gesichts zu küssen. »Geh jetzt, Vater! Gib diesen Kuß an meine Mutter und an Naya weiter, und sag ihnen, sie sollen sich keine Sorgen machen, selbst wenn ich bis zum Frühling hier oben bleiben muß. Ich werde bei meinem Zauberer sein. Karana wird mich beschützen.«

Aber Karana war nicht mehr auf dem Berg. Jemand anders ging in seiner Hülle umher. Er versteckte sich hoch oben und beobachtete, wie die Fackeln in der Tiefe der Schlucht verschwanden. Zwei Gestalten, nur zwei! Männlich, der Kleidung nach zu urteilen. *Sie* war also zurückgeblieben!

Geh zu ihr, leg dich zu ihr, liebe sie! Ja, denke nur an ihren warmen Körper, an ihren Mund, ihre Brüste, an ihre weichen Schenkel, zwischen die du dich legst. Du wirst mit ihr in der endlosen Winterdunkelheit eins werden, während ich durch dich mein Leben in sie ergieße... und zu neuem Leben erwache. Ja. Du würdest nicht den Mut haben, mir das Leben zu verweigern, wenn sie mich als zartes Baby in ihren Armen hält. Sie würde dich hassen und mich vor dir beschützen, wenn du das tun würdest...

»Ja...«

Als der Sturm hereinbrach, flüsterte Navahk im Wind zu ihm. Aber er hörte nicht zu. Er war jetzt wieder er selbst. Er legte die Hände an den Kopf und preßte sie auf seine Ohren. Und als die Stimme Navahks immer noch nicht verstummte, heulte er trotzig in die Nacht und die Kälte, bis er sie nicht mehr hörte. Er ging immer weiter, bis er vor Erschöpfung zusammenbrach.

»Mahnie, ich werde nicht zu dir kommen! Ich kann es nicht!«

Er blieb einfach liegen, bis er steif vor Kälte wurde, überall Schmerzen spürte und sich sein Geist leblos anfühlte. Der Hunger trieb ihn zurück zu seinem Unterschlupf... bis er das Feuer roch, das sie gemacht hatte, und das Fleisch, das sie geröstet hatte.

»Nein, ich werde nicht zu dir kommen!«

Er machte kehrt und taumelte davon, zurück in den Sturm, die Nacht und den Wind. Aus Schnee machte er sich einen neuen Unterschlupf und lebte wie ein Karibu von Flechten. So verbrachte er den Sturm — und auch alle folgenden. Noch nie zuvor hatte er solche Kälte erlebt.

Er hatte keine Ahnung, wieviel Zeit vergangen war oder wie lange er fortgewesen war, aber als er eines Morgens erwachte, war es wirklich Morgen. Die Sonne ging im Osten auf. Er war sicher, daß Mahnie inzwischen längst den Berg verlassen hatte. Langsam kroch er aus seiner Schneehütte und ging zu dem Ort zurück, wo sie auf ihn gewartet hatte.

Sie war wirklich fortgegangen — aber nur ihre Seele.

Ihr Körper wartete immer noch auf ihn. Sie lag neben der eiskalten Asche des letzten Feuers, das sie gemacht hatte, neben ein paar verstreuten Knochenresten, die ihre letzten Wintervorräte gewesen sein mußten. Sie war steinhart gefroren und mußte schon sein Wochen tot sein.

9

Der Winter wollte das Land nicht loslassen. Der Himmel schien auf die Tundra heruntergefallen zu sein. Ein feiner Schnee wirbelte unablässig durch die Welt, und Cheanahs Leute fragten sich, ob die Sterne jemals wieder für sie scheinen würden.

»Wir müssen weitergehen«, sagte er zu seinem hungrigen Stamm. »Irgendwo vor uns muß es Fleisch geben. Irgendwo vor uns befiehlt Torkas Schamane den Geistern des Windes, uns dieses schlechte Wetter zu schicken. Wir müssen ihn finden und seinen Gesang für immer verstummen lassen!«

Sie zogen weiter, bis sie etwas zu essen fanden — einen alten, kranken Hengst, der weder die Kraft noch den Willen hatte, vor den Jägern davonzulaufen. Das war günstig für Cheanah und seine Jäger, denn auch sie hatten kaum noch Kraft. Das Pferd brach unter ihren Speeren zusammen. Endlich konnten sie wieder essen, bis der schlimmste Hunger gelindert war. Den Rest gaben sie den Frauen. Nur Zhoonali bekam eine größere Fleischportion.

Kimm war neidisch. »Was ist mit uns?« jammerte sie, genauso verärgert wie ihre Tochter. »Xhan und ich haben euer Lager aufgeschlagen, euer Gepäck getragen und euch Kinder geboren! Verdienen wir nicht genausoviel Fleisch wie Zhoonali oder sogar mehr?«

Cheanah bedachte seine Frauen in der Erdhütte mit einem eiskalten Blick. »Solange die Knochen und die Weisheit unserer Ahnen durch den Mund von Zhoonali sprechen, um unseren Jägern Mut zu machen und Cheanahs Weisheit zu bestätigen, wird Zhoonali nicht hungern!«

Xhans Gesicht verzog sich wütend. »Zhoonali ist wahrlich eine weise Frau!«

»Ja«, stimmte Kimm mit unverhohlenem Spott hinzu. »Weise genug, um sich selbst wichtig zu machen. Weise genug, um nichts Genaues zu sagen, wenn sie mit der 'Stimme' der Knochen spricht. Und weise genug, daß niemand je den Mut aufbringen wird, mit dem Finger auf sie zu zeigen und zu sagen: 'Alte Frau, du bist nutzlos für diesen Stamm! Geh und überlasse deine Seele dem Wind, und nimm deine sprechenden Knochen mit! Sieh selbst, wohin sie uns geführt haben!'« Cheanah versetzte Kimm einen so heftigen Schlag, daß er ihr den Kiefer brach. »Sprich nie wieder so über die Mutter von Cheanah! Du bist die nutzlose alte Frau! Du unfruchtbare, schlaffbrüstige Schnarcherin! Warum füttere ich dich überhaupt durch? Du hast mir keinen einzigen Sohn gegeben, um die zu ersetzen, die ich verloren habe!«

Kimm schluchzte und strengte sich an, trotz ihres anschwellenden Kiefers etwas zu ihrer Verteidigung zu sagen. »Schwillings... schöhne... schöhne...« Mehr brachte sie nicht heraus.

»Zwillinge! Was sind schon Zwillinge? Etwas, das die Mächte der Schöpfung verboten haben!« Zhoonali war aufgesprungen und wandte ihren Blick nicht von Cheanah ab, während sie tobte. »Wie Cheanah Kimms Zwillingssöhne getötet hat, so wird er auch die Zwillinge jeder anderen Frau töten! Ich sage dir, Kimm, wenn die, nach denen wir suchen, tot sind, wirst du nicht mehr unfruchtbar sein. Dann wird unser Lager voller Fleisch sein. Dann wird Honee Mano nicht mehr dafür hassen, daß er sie in der Nacht besteigt, denn er wird Torkas Frauen zu seiner Verfügung haben – und wird sie schlagen können, weil sie es verdient haben!«

Ekoh achtete auf Zeichen von Cheanah. Ab und an, wenn der Wind günstig stand, wehte er ihnen den Geruch seines Lager zu oder schrille Geräuschfetzen, die sie als Zhoonalis ›Knochenstimme‹ erkannten.

»Es ist erstaunlich, daß sie so lange lebt«, sagte Bili nachdenklich. Dann machte sie plötzlich ein besorgtes Gesicht. »Warum zieht Cheanah immer weiter nach Osten? Sucht er etwa auch nach Torka?«

»Warum sollte er das tun?« fragte Seteena.

Ekoh dachte nach. »Vor langer Zeit, als wir noch Mitglieder des Stammes des armen alten Zinkh waren, habe ich Gerüchte gehört, daß Cheanahs Stamm in schlechten Zeiten davon lebte, die Lager der anderen Stämme zu plündern und ihnen das Fleisch und die Frauen zu stehlen! Jetzt sind schlechte Zeiten. Vielleicht kehrt Cheanah zu seiner alten Lebensweise zurück.« Er wollte den Gedanken nicht laut aussprechen, weil vielleicht die Geister zuhörten. »Es wäre gut, wenn wir Torka fänden, bevor Cheanah es tut.«

Mehrere Tage nachdem Cheanah Kimm den Kiefer gebrochen hatte, wurde die zweite Frau des Häuptlings sehr krank. Die Verletzung heilte nur schwer, sie stöhnte und murmelte im Fieber und schnarchte immer wieder. In der Dunkelheit seiner Erdhütte lag Cheanah nackt bei seiner Tochter und versuchte, nicht darauf zu hören. Ungeduldig schob er Honee in eine Position, die ihm schnell Befriedigung bringen würde, während er sich wünschte, jemand würde Kimm ersticken.

»Jetzt ...« sagte er und bestieg das Mädchen, drängte ihre Beine weit auseinander und verschaffte sich Einlaß, während er mit seinem steifen Glied in den ebenso steifen Körper seiner Tochter stieß.

»Nein!« wimmerte sie und versuchte, ihn von sich wegzustoßen.

Er stieß tief und heftig zu und lächelte befriedigt. Weil sie sich verkrampft hatte, war er zu groß für Honee. Als etwas in ihr zerriß, spürte er einen langen, heißen Schauer der Ekstase durch seine Lenden fahren. Dann bewegte er sich immer heftiger und schneller.

Abgelenkt durch Kimms unablässiges Gestöhne begann sein Glied zu schrumpfen und das warme Lustgefühl nachzulassen. Mit einem Fluch wälzte er sich von Honee herunter und sorgte dafür, daß Kimm ihn nicht wieder stören würde. Sie wehrte sich, aber es hatte keinen Zweck. Ein starker Mann brauchte nicht lange, um eine kranke Frau zu ersticken. Als es geschafft war, sah Cheanah sich um. Im Schatten der Hütte sah Mano ihn lächelnd an. Xhan nickte anerkennend. Zhoonali setzte sich auf und begann, die sprechenden Knochen zu werfen. Cheanah drehte sich um und schnitt Honee den Weg ab, die gerade aus der Hütte kriechen wollte. Er bekam sie am Fußknöchel zu fassen und zerrte sie zu seinen Schlaffellen zurück. Er hatte sich auf sie geworfen und war wieder in sie eingedrungen, bevor sie Luft holen konnte. Und als er fertig war und noch in ihr steckte, kam Mano.

»Ich muß mich erleichtern«, flüsterte er.

Und für Honee begann alles von neuem.

Der Junge war froh, wieder in den Bergen zu sein, obwohl die drei Menschen Angst vor der Höhe zu haben schienen. Der Junge beobachtete sie, wie sie langsam durch die Schluchten zogen und nach verkohlten Löchern im Boden suchten, die ihren Weg bestimmten.

Fleisch gab es überall, obwohl die Menschen es nicht immer fanden. Er jagte auf Wanawut-Weise und litt keinen Hunger, während er Schwester immer tiefer in die Berge führte. Er mußte oft an den fernen Berg denken, auf dem Mutter ihm beigebracht hatte, zu jagen und im wilden Land zu überleben. Er wünschte sich, Mutter könnte sehen, wie er für Schwester sorgte und wie gut es ihnen jetzt ging.

Die Menschenfamilie stieg immer höher den gewaltigen Gebirgszug hinauf. Sie erkletterten gerade einen schmalen Paß, der zu einem schwarzen Grat führte, hinter dem es nach Eis und offenem Grasland roch.

Langsam machten sich Veränderungen auf dem Land und am Himmel bemerkbar. Jeden Tag erhob sich die Sonne höher über die Gipfel der eisbedeckten Berge am Horizont. Jede Nacht sang der Wind ein anderes Lied, und Wölfe heulten in fernen Schluchten.

Wenn Schwester sich in klaren Nächten neben ihm eingerollt hatte, lag der Junge auf dem Rücken und starrte zum roten Stern hinauf. Sein Schweif schien länger geworden zu sein, und er war größer, heller und roter, seitdem er ihn zum ersten Mal gesehen hatte.

Und dann drang eines Nachts das Heulen eines einsamen Wolfes an seine Ohren, und er erhob sich aus seinen Träumen, als hätte ihm dieser Klang die Kraft dazu gegeben. Obwohl die Wölfe in jeder Nacht heulten, berührte ihn dieser Gesang tief im Innern. Der Junge stand ganz still da und lauschte angestrengt. Er wußte, daß es kein Wolf, sondern ein Mensch war, dessen Laute voller unermeßlicher Qualen und Schmerzen war.

»Mah... nieh... mai... neh... mah... nieh...« schrie das Wesen. »Mah... nieh... ver... gib... mir... mah... nieh!«

Er neigte seinen Kopf. Die Laute hörten nicht auf. Sie waren so voller Schmerz, daß sie ihn selber schmerzten. Dennoch lauschte er weiter und versuchte, ihre Bedeutung zu verstehen.

Schwester wachte auf, setzte sich auf, horchte kurz, legte sich dann die Hände auf die Ohren und winkte ihm, zurückzukommen und weiterzuschlafen.

Er reagierte nicht darauf, sondern stand wie gebannt da, denn die Laute dieses fernen Menschen waren ihm irgendwie seelenverwandt... er spürte das Bedürfnis nach Trost und Mitleid.

Plötzlich, obwohl er gar nicht die Absicht dazu hatte, erwiderte er die Laute, indem er ihnen seinen eigenen Klang gab:

»Mah ... nieh ... veh ... gieb ... mieh ... mah ... nieh! Mai ... neh ... mah ... nieh! Mah ... na ... rah ... vak!«

Als er aufhörte und lauschte, waren auch die fernen Laute verstummt. Seine Hände fuhren ihm an die Kehle. Es schmerzte ihn zu atmen, aber er mußte wieder diese Laute machen. Er mußte einfach weitermachen.

»Mah ... nieh!« rief er in den Wind. Als Tränen unter seinen Lidern hervorquollen, warf er den Kopf zurück und heulte. »Mah ... na ... rah ... vak!« Er wartete darauf, daß der ferne Mensch ihm antwortete und seine Qual linderte, wie er die Qual des Menschen zu lindern versucht hatte.

Aber es gab keine Antwort auf seinen Ruf.

»Hast du das gehört?« Torka war plötzlich hellwach. Er fror, aber seine Nerven waren aufs höchste angespannt. »*Manaravak!* Jemand hat den Namen gerufen! Hast du es nicht gehört?«

Lonit regte sich an seiner Seite. »Nur der Wind ... und die Wölfe. Schlaf weiter, Mann meines Herzens! Du hast nur geträumt.«

Doch Torka war schon aufgestanden, zog sich an und schlüpfte in die Stiefel. Auch die anderen waren durch den Laut geweckt worden, aber niemand wurde dadurch so beunruhigt wie er.

»Was ist los?« fragte Simu und stützte sich auf seinen Ellbogen.

»Wieder Wölfe in den Bergen?« brummte Grek

»Keine Wölfe und auch kein Wind.« Torka hielt inne und starrte durch die Dunkelheit der Höhle. Er sah, daß Umak ebenfalls hellwach war und ihm direkt in die Augen sah.

»Ich habe Wind und Wölfe gehört.«

Torka runzelte die Stirn. Warum sah der Junge aus, als würde er lügen?

»Ich hab's auch gehört«, meldete sich Demmi. »Es war furchtbar traurig. Es waren zwei Stimmen: Die eine rief nach Mahnie, dann eine andere den Namen meines verlorenen Bruders Manaravak!«

Umak drehte sich um und funkelte seine Schwester an. »Du

weißt nicht, was du gehört hast! Du hörst mit den Ohren eines Mädchens, nicht mit denen eines Jägers!«

Torka durchquerte die Höhle und griff nach seinen Speeren. »Bei den Mächten der Schöpfung! Es ist schon viel zu lange her, seit wir ein Feuer auf dem Grat im Westen sahen. Irgend etwas stimmt dort oben nicht.«

Simu und Grek waren jetzt auch auf den Beinen. Die Frauen sahen zu, wie die Männer sich in ihre Kleidung zwängten.

»In der Schlucht ist noch Eis«, warnte Simu.

Grek sah ihn mit grimmiger Entschlossenheit an. »Meine Mahnie ist oben auf dem Berg! Ob Eis oder nicht – wenn der Zauberer zugelassen hat, daß ihr etwas zugestoßen ist, werde ich ihm mit diesen beiden Händen das Genick brechen, ja!«

Torka legte dem alten Mann beruhigend die Hand auf den Arm. »Du wirst niemandem das Genick brechen, sondern höchstens dein eigenes, alter Freund. Du bleibst hier! Simu, Dak und Umak, nehmt eure Speere und Schneeschuhe und kommt mit mir!«

10

Obwohl die Jahreszeit den Weg zum Grat recht kalt und beschwerlich machte, gab es weniger Eis, als sie befürchtet hatten, weil die Schlucht sich genau in Richtung der aufgehenden Sonne erstreckte. Einmal sahen sie kurz eine Gestalt, die auf dem Grat hoch über ihnen tanzte ... ein Mann, der in die weißen Felle eines im Winter erlegten Karibus gekleidet war, dessen schwarzes Haar im Wind flatterte und der eine geflochtene Stirnlocke mit der weißen Flugfeder einer Polareule geschmückt hatte ... und sie hörten einen schrillen Gesang des Wahnsinns.

»Karana?« Torka verlor den Mut, als er den Namen aussprach. Ja, er kannte dieses Gesicht, diese Gestalt und die Schulterhaltung. Und dennoch war die Gestalt nicht der Junge, den er großgezogen hatte, sondern ein Gespenst aus der Vergangenheit. Es war Navahk... der Geisterjäger... der in Karanas Haut lebte!

Nein! dachte Torka. *Das ist unmöglich!* Er rieb sich mit dem Handrücken über die Augen. Als er wieder hochsah, war die Gestalt, wie er gehofft hatte, verschwunden.

»Hast du ihn gesehen?« fragte Dak. »Warum hat er sich so verkleidet? Warum bringt er sich in Gefahr, indem er so wild auf dem Grat tanzt? Glaubst du, daß mit ihm alles in Ordnung ist?«

»Nein.« Torkas Stimme war so kalt wie der Wind und so bitter wie der Geruch nach Gletschereis und verwittertem Fels, der ihnen vom Berg entgegenwehte. »Mit Karana ist schon seit langem nichts mehr in Ordnung gewesen.«

Schweigend gingen sie weiter. Sie fanden Mahnie sorgfältig auf Flechten gebettet. Fichtenzweige bildeten ein Zelt über ihrer Leiche, die in Felle gehüllt war, die einst der Zauberer getragen hatte. Aber von Karana fanden sie keine Spur. Der kleine Unterschlupf, in dem Torka ihn zuletzt gesehen hatte, war zum Grabmal für Mahnie geworden. Alles strömte den Hauch des Todes aus. Sie entfernten die Zweige und Felle, um sich zu vergewissern, daß es wirklich die Frau von Karana und die Tochter von Grek und Wallah war, die allein auf dem Berg lag. Die Zeit hinterließ gewöhnlich schnell ihre Spuren an den Toten, aber hier oben auf dem Berg waren die Temperaturen kaum über den Gefrierpunkt gestiegen, so daß weder die Zeit noch Raubtiere sie gestört hatten. Oder hatte Karana einen besonderen Zauber eingesetzt, um beide fernzuhalten?

Sie riefen nach ihm, aber er gab keine Antwort. Sie warteten, aber er kam nicht.

Simu holte tief Luft. »Mahnie war nicht in bester Verfassung. Eneela hat sich Sorgen um sie gemacht. Ich bin mir sicher, daß Karana alles Menschenmögliche getan hat, um zu verhindern...«

»Hast du ihn gesehen?« Unter seinem schwarzmähnigen Wintermantel aus goldenem Löwenfell war Torkas Blick kalt und hart wie Granit. Er versuchte, sich einzureden, daß er Mitleid mit Karana haben sollte, aber in seinem Herzen fand er keinen Platz dafür. Das Bild des Zauberers, der auf dem Grat tanzte, ging ihm nicht aus dem Kopf. »Ich bin mir mittlerweile über gar nichts mehr sicher, was Karana betrifft. Nur daß er recht hatte: Er ist nicht mein Sohn. Er ist Navahks Abkömmling. Wo ist er jetzt? Was ist er jetzt? Falls Mahnie krank wurde, warum hat er sie nicht zu uns heruntergebracht oder uns zu Hilfe geholt? Warum kommt er jetzt nicht, um uns zu sagen, wie sie starb? Was ist er für ein Mann, daß er seine Frau so zurückläßt? Ganz allein und ohne jemanden, der um sie trauert!«

»Er trauert um sie, Torka«, sagte Simu bedrückt. »Er ist ein Heiler. Wenn er ihr nicht helfen konnte, was hätten wir tun können?«

Simus Frage war berechtigt, aber Torka war tief betrübt und hatte das furchtbare Gefühl, unverantwortlich gehandelt zu haben. »Ich habe sie hier oben zurückgelassen! Obwohl Grek dagegen war, habe ich ihr erlaubt, ihr Leben in Karanas Hände zu legen. Wieder habe ich ihm vertraut! Und wieder ist durch mein Vertrauen jemand zu Tode gekommen!«

Simu legte ihm tröstend eine Hand auf die Schulter. »Es war Mahnies Entscheidung. Was geschehen ist, kann nicht mehr rückgängig gemacht werden. Wir müssen Mahnie den Berg hinunterbringen. Gemeinsam wird ihr Stamm den Gesang ihres Lebens anstimmen. Für Grek, Wallah und Naya ist es Zeit zu trauern.«

»Und was ist mit Karana?« fragte Dak, der sich um das Wohlergehen des Zauberers Sorgen machte.

»Was soll mit ihm sein?« gab Umak zurück, der Torkas düstere Stimmung bemerkte und ihm zeigen wollte, daß er auf der Seite seines Vaters stand. »Wenn Karana uns folgen will, wird er es schon tun.«

Torka sah auf den Jungen hinunter. »Du hattest recht, Umak. Es war wirklich der Wind und ein ›Wolf‹, den ich auf dem Berg heulen gehört habe. Jetzt erkenne ich es. Laß den Wolf ein Wolf sein. Als ich Karana vor langer Zeit fand, lebte er wild auf einem Berg. Jetzt, auf einem anderen Berg, lasse ich ihn wieder frei und lasse ihn das sein, als was er geboren wurde — ein wildes Tier, das mir immer wieder gezeigt hat, daß man ihm nicht vertrauen kann. Es war falsch, daß ich von ihm erwartet habe, etwas anderes zu sein, als er ist: der Sohn Navahks, einem Betrüger, der nichts anderes als einen Wolf zeugen konnte. Vergeßt Karana! Er kann nicht unter Menschen leben ... nicht einmal unter denen, die ihm immer wieder verziehen haben und ihn zu lange als ihren Sohn und Bruder bezeichnet haben.«

Der Mond des grünen Grases ging auf und wieder unter, während im wunderbaren Tal getrauert wurde, als Mahnies Seele für immer dem Wind überlassen wurde. Grek saß grübelnd auf dem Felsvorsprung vor der Höhle und bearbeitete seine Speerspitzen so heftig, daß er die meisten ruinierte und sich die Finger blutig schnitt. Aber es machte ihm nichts aus. Wallah verbrachte die Tage in ihr Bärenfell gehüllt mit ihrem Bein im Schoß in den schattigen Tiefen der Höhle, während sie immer wieder Mahnies Sachen sortierte. Iana versuchte das alte Paar aufzumuntern, indem sie sie an ihre Verantwortung für ihr Enkelkind erinnerte. Aber es war zwecklos. Wenn Naya nachts nach ihrer Mutter schrie, war es Iana, die sich um sie kümmerte.

Während die Tage länger wurden, sah Torka mit zunehmender Beunruhigung zu, wie Lebensspender seine Verwandten weiter und weiter zum östlichen Rand des Tals führte. Immer wenn Torka einen einsamen Wolf in den westlichen Bergen heulen hörte, der gar kein Wolf war, zitterte er vor Kummer.

Lonit lauschte und flüsterte ihren Töchtern zu, daß es sehr bitter war, wenn man drei Söhne zu betrauern hatte.

»Ich wünsche mir, Vater hätte mich zu Karana in die Winterdunkelheit gebracht«, sagte Sommermond zu Lonit.

»Wenn du gegangen wärst«, erwiderte Lonit leise, »wäre Karana wahrscheinlich immer noch auf dem Berg, und ich wäre genauso in Trauer.«

»Du hast die arme Mahnie angestachelt, mitten im Winter die Höhle zu verlassen«, gab Demmi gelassen zu bedenken. »Dein Platz ist an Simus Feuer.«

»Simu ist jetzt bei Eneela. Er mag sie lieber.«

»Ich auch«, sagte Demmi.

Lonit schüttelte den Kopf und fragte sich, ob die Geschwister sich wirklich nicht ausstehen konnten. Demmis Gesichtsausdruck veränderte sich, sie sah jetzt ungewöhnlich traurig aus. »Du bist so ein eigensinniges Mädchen, Sommermond. Du hast schließlich noch Simu. Für mich gibt es in diesem Stamm keinen Mann.«

Lonit erschrak. Ein Mann für Demmi? Natürlich! Es wäre wirklich bald an der Zeit. »Du wirst Dak bekommen«, sagte sie ruhig. »Wenn die Mächte der Schöpfung ihnen günstig gesinnt sind, werden Dak und Umak ihre letzten Prüfungen in Ausdauer und Überlebenstechniken abgeschlossen haben, bevor das Land in den ersten Herbstfarben entflammt. Dann werden sie Männer dieses Stammes sein.«

Demmi seufzte. »Aber in meinen Augen sind sie noch Jungen, und außerdem bin ich älter als sie!« erwiderte sie ohne Bitterkeit, als stellte sie lediglich eine bedauerliche Tatsache fest. »Es wird niemals einen Mann für mich geben, wie es Torka für dich gegeben hat, Mutter. Niemals.«

Sommermond grinste ihre Schwester an. »Es sei denn, Cheanahs Stamm kommt irgendwann über die Berge marschiert. Dann kannst du einen seiner...«

Lonit schlug ihrer Tochter ins Gesicht. »Niemals!« schrie sie. »Sprich niemals so! Nicht einmal im Scherz! Vielleicht hören die Geister zu.«

Cheanah hockte vor seiner Erdhütte und setzte gerade eine Steinspitze auf einen Speerschaft, als Mano vorbeigeschlendert kam.

»Hast du den Rauch eines Lagerfeuers im Wind gerochen?«

Der Häuptling machte sich nicht die Mühe aufzublicken. »Das habe ich.«

»Du scheinst darüber nicht begeistert zu sein.«

»Seit die Karibus vorbeigezogen sind, ist dies ein gutes Lager gewesen. Er war gut, wieder etwas zu essen zu haben und die Frauen wieder lächeln zu sehen. Bald gibt es vielleicht wieder Kinder.«

Mano nickte. »Vor uns liegen noch viel bessere Lager.«

Cheanah lächelte. »Ja, hinter dem schwarzen Paß. Aber er ist noch weit weg. Yanehva und Ram haben gesagt, daß sie keine besondere Eile haben. Sie sagen, wir könnten hier den Sommer verbringen, viel Fleisch einlagern und überwintern. Vielleicht bleiben wir dann noch eine Weile und warten ab, ob die Karibus durch den Paß zurückkehren, wie sie im Gesicht der Sonne verschwinden, bevor die lange Dunkelzeit anbricht.«

Mano warf seinem Vater einen mißbilligenden Blick zu. »Und was sagt Cheanah?«

Der Häuptling lächelte. Es machte ihm Spaß, Mano zu reizen. »Cheanah sagt, daß zu wenig Frauen in diesem Stamm sind. Cheanah hat Verlangen nach einer Jungfrau, die sich wieder einmal fest und heiß um diesen Mannknochen schließt. Also sagt Cheanah jetzt zu Mano: Nimm Buhl und Kap mit und mach die Quelle des Rauchs ausfindig. Wenn es Ekoh ist, töte ihn und seine Welpe und bring mir Bili. Inzwischen werden Cheanah und die anderen neue Speere machen und neue Spitzen behauen, denn wenn du uns berichtest, daß Torkas Lager in der Nähe liegt, werden wir uns auf den Weg machen, um ihn zu überraschen, während er schläft, und ihn, Simu, den alten Mann und den Schamanen zu töten. Um seine Frauen und Mädchen zu nehmen, vom Fleisch seines Totems zu essen und das Glück zurückzuholen, das Torka und sein Stamm uns fortgenommen haben.«

11

Seit Tagen beobachtete Karana den Rauch, der am Fuß des westlichen Gebirgszuges von den Lagerfeuern des Stammes aufstieg. Die Erdhütten sahen aus dieser Höhe winzig aus und die Menschen nicht größer als Insekten, trotzdem erkannte er sie an der Anordnung ihrer Hütten und ihrer verschwenderischen Jagd. Es war Cheanah. Warum war er hier?

Aber der Wahnsinn hielt ihn gepackt, und so hatte die Frage für ihn keine große Bedeutung. Er hatte sich kaum abgewandt, als er schon gar nicht mehr an Cheanahs Lager dachte. Das, was er am meisten in der Welt fürchtete, befand sich nicht in diesem Lager. Manaravak verfolgte ihn. Er war hier irgendwo auf dem Berg. In seinem umnebelten Geist spürte er die Bedrohung, die sich nachts verstärkte und bei Tage schwand. Sie trieb ihn dazu, die Felsen zu durchstreifen, die Schluchten zu durchsuchen und auf die Stimme zu lauschen, die ihm in einer blauen Nacht geantwortet hatte, die den Namen des Geistes ausgesprochen hatte, den er nun zerstören wollte.

Er ging immer weiter, ein in Weiß gekleideter Wahnsinniger, der seine Hände gegen die Schläfen gepreßt hielt. Er wandte sich nach Westen und nahm seine Hauptbeschäftigung der letzten Monde wieder auf. Er legte Fallstricke, überprüfte seine Fallgruben, schnitt Äste, um sie abzudecken und richtete scharfe Spieße darin auf, die er aus den langen Knochen erlegter Tiere herstellte.

Besessen von seiner Aufgabe, machte er kein Feuer mehr. Wenn er überhaupt etwas aß, dann verschlang er es roh. Das weiße Fell des im Winter getöteten Karibus, das er trug, war bald blutbesudelt und stinkend. Wenn er schlief, schlief er wie ein Toter, bis die Träume kamen und er schreiend aufwachte.

Nach einem dreitägigen Fasten wurden Umak und Dak von Torka und Simu aus der Höhle zum Fuß der Hügel geführt. Die Jungen waren nackt und waffenlos wie der Erste Mensch. Der Häuptling hielt ihnen das gegabelte Brustbein eines Kondors hin. Dak sollte die eine Gabelung und Umak die andere in die Hand nehmen. Lonit und Eneela hatten den Vogel gefangen und den Knochen eigens für diesen Tag präpariert.

»Torka hat Umak und Dak jetzt den Knochen der Entscheidung gegeben. Wer das größere Stück abbricht, wird nach Osten gehen, und der andere nach Süden. Wenn ihr von eurer letzten Prüfung zurückkehrt, werdet ihr Umhänge aus den Federn und Halsketten aus den Krallen dieses Tieres tragen. Der Kondor war für diesen Stamm schon immer ein glückliches Zeichen. Mögt ihr beide sicher zu uns zurückkehren, gekleidet und mit gefüllten Bäuchen und mit der Waffe eines Jägers des Stammes in eurer Hand.«

Als Umak das größere Stück abbrach, nahm er es als ein gutes Zeichen. Durch das lange Hungern waren seine Sinne geschärft, und als er unter dem Auge der warmen Sonne aufbrach, kamen die Träume zu ihm. Er träumte von Nahrung, großen Haufen Fleisch, Augäpfeln und Innereien, während das rote Blut aus den Bäuchen strömte und dampfte. Dann verwandelte sich das Blut in Wasser, das von einem der Berge herabströmte und sich über das Land ergoß. Das Wasser war so tief und dunkel, daß es das wunderbare Tal erfüllte. Nur noch die Gipfel der weißen Berge ragten heraus.

Er trottete durch das Tal auf die fernen Gebirgszüge zu. Er war ganz allein und hatte keine Angst außer vor seinem eigenen Versagen. Aber Torka hatte ihn gut unterrichtet, ebenso wie Simu und Grek. Eine Herde grauer Pferde mit einem braunen Streifen auf dem Rücken wieherte und stob davon, als er auf sie zulief. Sie hielten auf einen zerklüfteten Landstrich zu. Er sah ihre runden Augen in der Sonne leuchten und ihre Schweife im Wind flattern, während sie davongaloppierten und von einem Schwarm Fliegen verfolgt wurden.

Die Fliegen waren die erste Herausforderung. Er wurde sie los, indem er sich in einem Sumpf in der Nähe wälzte. Er schmierte seinen Körper mit Schlamm ein, auch die Ohren, seine Genitalien und die Fingerspitzen. Der Schlamm trocknete auf seiner Haut, wurde im Wind rissig. Es machte ihm nichts aus, denn er verbarg seinen Körpergeruch und die Fliegen kamen nicht mehr an seine Haut heran.

Eine große Bärin und ihre Jungen, die auf einer Wiese nach Knollen gruben, sahen auf, als er vorbeiging. Er hielt respektvollen Abstand, und sie ließen ihn vorbei. Er sah nicht nach Fleisch aus und roch auch nicht so.

Bevor der Tag zu Ende ging, hatte er seine eigene kleine Wiese gefunden und aß sich an stärkehaltigen, süßen Wurzeln satt, um die der große Bär ihn beneidet hätte. Er stellte primitive Fallen auf, die er aus Steppengras und Pferdehaaren herstellte, die sich im Gestrüpp verfangen hatten. Bald aß er Vögel und Nagetiere.

Aus den Knochen machte er sich Nadeln und aus den Sehnen Zwirn. Dann ging er auf die Jagd nach größerem Wild. Er folgte den Pferden nach Westen. Aus Weidenzweigen, die er an einem Bachufer gefunden hatte, stellte er einen Drehbohrer her, mit dessen Reibungswärme er ein kleines Feuer entfachen konnte, wenn er genügend Zunder und Brennstoff gesammelt hatte. Von jeder Mahlzeit hob er die Knochen auf und sammelte unterwegs die Hinterlassenschaften grasender Tiere. Er nahm sich die Zeit, sie aufzubrechen und in der Sonne trocknen zu lassen, bevor er weiterzog.

Nach mehreren Tagen erreichte er den Fuß des fernen Passes. Er hatte genug Dung, abgestorbenes Holz und Knochen zusammen, um ein Feuer zu machen, an dem er sich einen Speer schärfen und härten könnte. Er hatte bereits einen geeigneten Stein für die Speerspitze und ein abgeworfenes Karibugeweih gefunden, mit dem sich der Schaft begradigen ließ. Er hatte vor, sich einen Speer aus feuergehärtetem Knochen zu machen, über den Torka stolz sein würde.

Er setzte sein ganzes Geschick ein, um sich an die kleine Pferdeherde heranzupirschen, einen Streifen hügeliges Grasland in Brand zu setzen und die aufgeschreckte Herde die Hügel hinaufzutreiben, wo sie von einer Kuppe stürzten. Wie geplant fielen sie in eine steinige Schlucht. Er kletterte vorsichtig hinunter und verbarg sich unter ihren zuckenden Körpern mit gebrochenen Knochen, bis das Grasfeuer sich verlief.

Dann bereitete er sich ein Festmahl aus köstlichem Pferdefleisch zu. Er aß die Augen, und die Innereien dampften in der Luft, als er die Bäuche öffnete. Das war es, was er in seinem Traum gesehen hatte! Er aß, bis er nicht mehr konnte. Nach einer kurzen Rast untersuchte er seine Beute. Wenn es richtig bearbeitet wurde, konnte Pferdefell sehr weich sein. Er häutete das Tier, dessen Fell am wenigsten versengt war, entfernte die Fleischreste und spannte es zum Trocknen auf, während er mehrere Speerschäfte vorbereitete, die nicht nur für ihn, sondern auch für Torka, Simu und Grek gedacht waren. Es sollten seine Ehrengeschenke für die Männer sein, die ihn so gut unterrichtet hatten. Er war so stolz über seinen Erfolg, daß er seine Speere hob, sie schüttelte und brüllte: »Ich bin Umak, der Sohn Torkas!«

So fiel ihm der Weg nach Westen zurück zur Höhle viel leichter. In Pferdefell und Federn gekleidet und mit seinen Speeren in der Hand kehrte er ins Lager zurück, wo er erfuhr, daß Dak noch nicht eingetroffen war. Ein strahlendes Lächeln lag auf seinem Gesicht, als der Stamm sang, auf Trommeln schlug und auf Knochenpfeifen blies, während Torka in seinem Häuptlingsschmuck vortrat und stolz verkündete, daß er nun ein Mann war.

Es dauerte nicht lange, bis auch Dak zurückkehrte. Der Stamm trank den gegorenen Saft des Sommers. Das Blut des Kondors wurde hineingerührt und auf die Stirn und die Wangen der zwei jungen Männer gestrichen, die reglos dasaßen, während Torka und Simu ihnen Umhänge aus schwarzweißen Kondorfedern um die Schultern legten.

Umaks Glück schwand plötzlich, als er nach Westen starrte. Die furchtbare und schmerzhafte Traurigkeit des Jungen in ihm hatte seine Stimmung zerstört. *Nein*, dachte er zähneknirschend. *Nicht heute! Mein Bruder wird nicht heute ins Leben zurückkehren. Das lasse ich nicht zu!*

»Ist dein Geschenk für deine Eltern bereit?«

Umak nickte und war Dak dankbar für die Frage. Er fühlte sich schon etwas besser. »Ja«, sagte er. »Mein Geschenk ist fertig.«

Ferne Musik und Menschenlaute weckten den Jungen auf. Der Wind trug die Geräusche von Osten heran, sie mußten von irgendwo hinter den spitzen Gipfeln kommen, die rings um ihn in den Himmel ragten.

Der Junge setzte sich auf. Er ging hinüber, um die kleine Menschenfamilie zu beobachten. Sie schlief immer noch ungestört unter den zottigen Fellen toter Tiere. Je länger er sie beobachtete, desto geringer war sein Verlangen geworden, sie zu töten. Ihre Gestalt und ihr aufrechter Gang waren ihm selbst so ähnlich. Und sie waren den streitsüchtigen Menschen, die ihnen folgten, so unähnlich. Die Familie – er konnte einen Mann, eine Frau und ein Junges unterscheiden – sorgten füreinander und teilten ihre Nahrung unter sich auf.

Dann brachte ihm eine Windböe wieder die Musik und den Gesang. Er war gefesselt und bezaubert davon.

Er achtete kaum darauf, daß Schwester ihm folgte und ihm zumaunzte zurückzukommen, während er sich in östliche Richtung bewegte. Dann zerrte sie an seinem Arm. Er dachte kurz darüber nach, ob er auf sie hören und umkehren sollte. Doch dann erregte ein sorgfältig arrangierter Kreis aus Steinen seine Aufmerksamkeit und machte ihn neugierig. Schon seit langer Zeit hatte kein Feuer mehr in der verkohlten Mulde zwischen den Steinen gelebt, aber ein schwacher Geruch war noch da. Er reagierte darauf so heftig, als würde eine Erinnerung an ihm zerren. Doch woran sollte er sich erinnern? Instinktiv wußte er, daß die Antwort vor ihm lag.

Er ging immer weiter, bis er schließlich in einen weiten Talkessel im Hochland kam. Er stieß auf einen großen grauen See, in dem Eisinseln trieben. Dieser See beunruhigte ihn. Er schien wie ein unruhig brütendes und gefräßiges Wesen.

Er wich nach Süden aus, wandte sich dann wieder nach Osten und blieb einen Augenblick lang stehen. Drohte ihm hier eine Gefahr? Der Ostwind lenkte ihn mit Musik und dem Geruch nach Rauch von Menschenfeuern ab. Er roch geröstetes Fleisch, tropfendes Fett und die Menschen selbst. Sie stanken nicht so übel wie die Menschen im fernen westlichen Lager, sondern hatten einen guten Geruch. Er erinnerte ihn an die verkohlte Feuerstelle, und es war ein beunruhigend vertrauter Geruch.

Er hetzte weiter, weil er wußte, daß er etwas sehr Wichtigem auf der Spur war. Schwester packte ihn an der Schulter und versuchte ihn gewaltsam zurückzuhalten. Er wußte, daß sie sich in dieser seltsamen Umgebung fürchtete und umkehren wollte. Aber der Junge ließ sich von ihr nicht aufhalten.

Er kauerte sich auf den Grat. Dunkle, flechtenbewachsene Felsblöcke gaben ihm Deckung, als er mit Schwester, die ihm über die Schulter lugte, in ein so riesiges Tal hinunterblickte, daß es ihm den Atem raubte. Dann entdeckte er schließlich, wonach er gesucht hatte: das ferne Lager der singenden Menschen. Waren sie von seiner Art? Ja!

Jetzt konnte er zum erstenmal die Wahrheit anerkennen. Er war ein Mensch, genauso wie der tote Mann auf der Tundra und die, die Mutter verletzt und getötet hatten. Aber er war auch so wie die drei, die die Schlucht hinauftrotteten und sich umeinander kümmerten. Er war tief von dem Gefühl der Verbundenheit mit ihnen getroffen.

Er versuchte, mehr zu erkennen, aber sie waren zu weit weg. Er sah nur winzige Gestalten, die die wunderbaren Geräusche machten, während zwei kleine Männchen abseits standen und gefeiert wurden. Sie trugen Federn von großen schwarzweißen Vögeln. Der Junge griff sich mit der Hand an die Kehle, als sein überwältigendes Verlangen, bei ihnen zu sein, zu einer schrecklichen Trauer und dann zu einer unermeßlichen Einsamkeit wurde.

Er begann, ihnen mit Lauten zu antworten, aber Schwester stieß ihn tadelnd an. Zum ersten Mal in seinem Leben sah er sie als etwas Fremdartiges. Sie war ein bepelzter, mit Zähnen und Krallen bewehrter Wanawut, und ihre Angst vor allem, das sie nicht verstand, verband ihn mit ihr wie Flechten sich an einen Stein klammerten. Er knurrte und schlug so heftig nach ihr, daß er sie fast umwarf.

Erschrocken und verwirrt starrte sie ihn mit aufgerissenen Augen an. Er wußte, daß er sie verletzt hatte, aber er konnte keine Reue darüber empfinden. Er knurrte erneut und gestikulierte drohend. Mit einem jammervollen Winseln machte sie kehrt und floh kreischend.

Unvermittelt begann er zu schluchzen. Er stand auf dem Grat, während die Gesänge, das Lachen und die Musik in seinem Kopf dröhnten, und er weinte. Wenn er jetzt durch das weite und schöne Tal zu ihnen hinunterginge, würden sie ihn dann als einen der ihren erkennen und akzeptieren? Er würde es niemals erfahren. Seine Liebe und Sorge um Schwesters Sicherheit veranlaßte ihn, sich loszureißen und ihr zu folgen.

Yanehva hatte gerade den Grat erreicht, als etwas Großes und Graues kreischend neben ihm im Nebel verschwand. Etwas anderes folgte ihm – es war weiß und hatte eine Mähne wie ein Löwe. Mit klopfendem Herzen drehte sich Yanehva um. Aber was immer es gewesen war, es war verschwunden, bevor er es deutlich hatte erkennen können.

Er stand wie angewurzelt da und lauschte. *Windgeister?* Ja, dachte er und packte seine Speere fester. Dies war ein geeigneter Ort, um auf Windgeister zu stoßen. Glücklicherweise hatten sie ihn nicht bemerkt.

Er ging langsam weiter und achtete auf jeden Schritt. Kurz darauf war er oben und hatte einen Ausblick auf das großartigste Tal, das er jemals gesehen hatte. Die Musik und die Gesänge hatten ihm sofort Torkas Lagerplatz verraten. Irgendwie tat es ihm leid, daß er ihn gefunden hatte.

Er wollte gar nicht hier sein. Er war nicht damit einverstanden, was Cheanah mit Torka vorhatte oder was Mano Ekohs kleinem Lager antun wollte. Doch als er erkannt hatte, daß sein Bruder und Buhl auf Mord und Vergewaltigung aus waren, wußte er, daß es ihm nicht gut bekommen wäre, wenn er sie aufzuhalten versucht hätte.

Also machte Yanehva ermüdet von der Kletterei und immer noch unter dem Schock seiner Begegnung im Nebel Rast. Hungrig öffnete er seine Vorratstasche am Gürtel und zog ein paar Streifen getrockneter Bisonzunge heraus. Sie waren schon etwas angeschimmelt, aber das war in dieser feuchten Jahreszeit nichts Ungewöhnliches. Er aß langsam, beobachtete das ferne Lager, lauschte auf die rituellen Gesänge und beobachtete die Tanzenden. Angenehme Erinnerungen an die Zeit, als Torka noch Häuptling seines Stammes gewesen war, versüßten den bitteren Geschmack des Schimmels. Für einen Moment schmeckte es ihm tatsächlich gut — bis er Bili schreien hörte. Er sprang auf und wußte, daß er ungeachtet des Risikos, das er damit einging, nicht zulassen konnte, daß sein Bruder Mord und Vergewaltigung über Menschen brachte, die etwas Besseres verdient hatten.

Honee versteckte sich hinter dem Steinschlag. Sie hatte immer wieder Zweifel an ihrer Entscheidung, heimlich ihren Brüdern und Buhl zu folgen. Sie hoffte, auf diese Weise Torkas Lager zu entdecken, loszurennen und den Mann um Schutz zu bitten. Doch ihre Zweifel verflogen, wenn sie sich daran erinnerte, warum sie überhaupt fortgelaufen war. Nach Bilis Schrei war sie erschrocken mit klopfendem Herzen stehengeblieben. Sie konnte sich nicht von der Stelle rühren, denn was nun in Ekohs kleinem Lager geschah, war ein zu entsetzlicher Anblick, als daß sie sich davon hätte losreißen können.

Mano und Buhl hatten Ekoh überrascht. Mano stieß Ekoh seinen Speer in den Bauch und nagelte ihn damit am Boden fest. Bili stand auf und bedrohte die Angreifer mutig mit einem Speer. Sie lachten sie aus. Sie sagte ihnen, daß ihr Junge sich in einer Falle verletzt hatte und daß sie Gnade mit Seteena haben sollten. Mano ging zum Kind hinüber und schnitt ihm die Kehle durch.

Honee wurde übel. Der Junge lag noch immer im Todeskampf. Auch Ekoh machte schreckliche, würgende Laute und hielt den Speer gepackt, während er versuchte aufzustehen. Es wäre ihm vielleicht gelungen, wenn Buhl die Waffe nicht noch tiefer in seine Eingeweide getrieben hätte. Bili kam wutschreiend ihrem Mann zu Hilfe, aber Mano brachte sie zu Fall. Der Speer fiel ihr aus der Hand, und dann warf sich Mano auf sie.

Honee wurde fast ohnmächtig vor Ekel. Seteena lag jetzt tot in einer Blutlache, aber Buhl und Mano beachteten ihn nicht mehr. Buhl hielt Ekohs Kopf an den Haaren hoch und sagte ihm, er sollte zusehen und die letzten Augenblicke seines Lebens genießen. Mano zerrte an Bilis Kleidern, schlug sie und erwürgte sie fast, bevor er sie bestieg, während er Ekoh verspottete.

Plötzlich hallte ein gellender Schrei von animalischer Wut durch die Schlucht. Ein Speer kam wie aus dem Nichts geflogen. Er fuhr Buhl mit solcher Wucht durch den Hals, daß er rückwärts hinfiel und die Speerspitze aus seinem Genick herausragte.

»Yanehva?« Honee blinzelte nach oben.

Der Junge schleuderte einen seiner Wurfstöcke mit aller Kraft, aber nicht auf den Menschen, der die Frau verletzte, damit er nicht versehentlich sie traf. Er kreischte begeistert, als er den anderen Mann zu Boden gehen sah. Er hielt den Speer in seiner Kehle umklammert und würde langsam sterben. Der Junge lächelte zufrieden.

Er sprang dem anderen Menschen auf die Schultern, aber der Mann reagierte nicht in blinder Furcht wie ein Karibu oder eine Antilope. Statt dessen packte er ihn mit geübtem Griff und warf den Jungen ab.

Der Mensch mit dem Narbengesicht stand jetzt über ihm und hielt ihm einen Speer an die Kehle, als auf dem Berg Schwesters Schreckensschrei hörbar wurde, der dem Jungen durch und durch ging.

Das Narbengesicht wandte sich verblüfft den furchtbaren Lauten zu, bis Schwester plötzlich verstummte.

Mit einer heftigen Bewegung hatte sich der Junge weggerollt und war aufgesprungen. Benommen rannte er auf den Steinschlag zu. Seine Gedanken waren in Aufruhr. Schwester war tot, er wußte es. Er rannte, so schnell er konnte, und begann über die Felsen zu klettern. Schwester brauchte ihn jetzt. Als er einen gellenden, verzweifelten Schrei hörte, rief er sie. »Ma-na-ra-vak!« schrie er, als ihn im nächsten Augenblick etwas am Hinterkopf traf und ihn zu Boden gehen ließ.

Torka konnte sich nicht erinnern, sich jemals besser gefühlt zu haben. Der Junge hatte seine Aufgabe hervorragend gelöst! Jetzt stand Umak im Umhang aus Kondorfedern vor ihm. »Für meine Eltern, denen ich mein Leben verdanke und deren Namen ich mit Stolz und Ehre ausspreche, überreiche ich diese besonderen Geschenke, als Zeichen für ihre Liebe zueinander und zu ihrem Stamm. Denn sie sind wie die großen schwarzen Schwäne, die immer wieder aus dem Gesicht der aufgehenden Sonne zurückkehrten, um dem Stamm Mut zu machen. Für immer und ewig, für Torka und Lonit, überreicht Umak diese Umhänge!« Umak holte sie und hielt ihnen in jeder Hand einen hin. »Seit vielen Monden habe ich sie heimlich für euch gemacht.«

Torka starrte sie wie jeder andere in der Höhle fassungslos an. Es waren zwei lange Umhänge, die gänzlich aus der Haut von weißen Schwänen genäht waren. Nur die Schultern waren mit schwarzen Federn besetzt. Die zwei seltenen schwarzen Schwäne würden in der Zeit des Lichts nie wieder aus dem

Gesicht der aufgehenden Sonne zurückkehren. Umak hatte sie beide getötet. Er hatte sie aufgeschlitzt und ausgeweidet, die Haut gestreckt und getrocknet und sie sorgfältig präpariert, damit keine Feder verlorenging. Aus den langen Flügeln hatte er Kapuzen hergestellt, indem er sie so an die ausgestreckten Hälse genäht hatte, daß die Köpfe die Kapuze krönten.

Torka konnte seinen Blick nicht von den Umhängen und Umaks strahlendem Gesicht abwenden. Umaks breites Lächeln entblößte seine kleinen, spitzen Zähne. Als Lonit sich plötzlich abwandte und weinend ihr Gesicht an Torkas Schulter verbarg, keuchte der Häuptling, als hätte ihm jemand einen tödlichen Schlag versetzt.

Mit zitternden Händen entriß er Umak die Umhänge. Der Gesichtsausdruck des Jungen verwandelte sich urplötzlich in Schmerz und Schrecken. Obwohl er gar nicht mehr lächelte, sah Torka immer noch sein Lächeln vor sich. Sein verfluchtes, wölfisches Lächeln! Es hätte auch Karana sein können, der ihn bleich und ungläubig anstarrte. Karana, der Sohn Navahks ... und Bruder Umaks?

Die Erkenntnis ihrer Ähnlichkeit traf ihn wie ein Speer. Er hätte sich fast übergeben. Es war kein Zweifel möglich! Das Kind einer Vergewaltigung, der Sohn Navahks, dessen Absicht es war, ihn für den Rest seines Leben zu quälen. Torkas Herz war leer. Würde er niemals einen eigenen Sohn haben, der ihm Freude machen würde?

»Vater! Ich habe mir solche M-Mühe gegeben, um etwas zu machen, a-an dem du F-Freude hast!«

»Freude! Diese Umhänge sind ein Geschenk der Qual!« tobte Torka. Als er die schluchzende Lonit schützend an sich zog, ließ er seinem Zorn und seiner Verzweiflung freien Lauf. »Was bist du für ein Sohn, daß du das Symbol der Liebe deiner Eltern tötest? Wie kannst du deine Mutter zum Weinen bringen? Du bist nicht mein Sohn!«

In diesem Augenblick hörten sie es – körperlose Laute und Schmerzensschreie. Und ein Wort, schwach, aber deutlich und so voller Qual, daß jeder in der Höhle es hörte und davon ergriffen wurde: »Ma-na-ra-vak!«

Als Torka und Lonit nach Westen sahen, wußten sie, daß ein

verstoßenes und verlorenes Kind Torkas Verzweiflungsschrei aus lange zurückliegender Zeit beantwortete, als er auf einem fernen Berg die Mächte der Schöpfung angefleht hatte, die Seele seines Sohnes zu retten. Und jetzt war es endlich an der Zeit, Manaravak zurückzuholen.

12

Torka, Simu und Dak legten ihre Reisekleidung an, nahmen ihre Speere und wollte gerade die Höhle verlassen, als Lonit sich ihnen anschloß.

»Ich werde mitkommen!« verkündete sie. »Wenn mein Sohn dort draußen ist, Torka, will ich bei dir sein, wenn du ihn findest! Verbiete mir nicht mitzukommen!«

Er tat es nicht.

Aus der Höhle beobachtete Umak niedergeschmettert zusammen mit seinen zwei älteren Schwestern ihren Aufbruch. »Ich wurde nicht gefragt.«

»Niemand wurde gefragt«, gab Sommermond zurück. »Wer weiß, auf welche Gefahren sie stoßen werden? Der einzige Grund, daß Grek freiwillig bei uns zurückbleiben wollte, ist seine Langsamkeit, die sie nur behindert hätte, statt...«

»Grek bleibt zurück, damit er uns beschützt, wenn wir Hilfe brauchen sollten! Das einzige, was diesen Stamm behindert, ist dein Mund, Sommermond!« Demmi sah ihre Schwester fassungslos an und wandte sich dann an ihren Bruder. »Torka hat es nicht so gemeint«, sagte sie.

»Natürlich hat er es so gemeint!« entgegnete Sommermond. »Wie konnte er nur so etwas Dummes tun und die schwarzen Schwäne umbringen? Warum hast du nicht gleich Lebensspender gejagt? Torka wird es dir niemals verzeihen!«

»Doch, das wird er«, beschwichtigte Demmi.

»Warum sollte er?« Umak starrte blicklos geradeaus. »Ganz gleich, was ich mache, in seinen Augen nimmt es immer ein schlimmes Ende.«

Dann kam Iana, um Umak liebevoll die Hand auf die Schulter zu legen. »Du mußt deinen Vater begleiten, Umak.«

Der Junge sah sie mit verbitterten und anklagenden Augen an. »Ist er wirklich mein Vater, Iana?«

Der Gesichtsausdruck der Frau veränderte sich. »Ehrlich gesagt, Umak, frage ich mich das manchmal auch. Ich war bei deiner Geburt dabei. Du kamst als erster und hast dir deinen Weg ins Leben erkämpft. Manaravak kam viel später – und behutsamer, denn er war so klein, daß die Hebamme sagte, daß er aussehen würde, als wäre er noch gar nicht für die Geburt bereit gewesen, als hätte sein Leben in Lonit viel später als deins begonnen. Ich weiß nicht, ob es möglich ist, daß eine Frau die Söhne von zwei verschiedenen Vätern in ihrem Bauch trägt. Manchmal, wenn ich dich lächeln sehe, sehe ich den Geist Navahks in deinem Gesicht. Aber wer kennt schon die Wahrheit? Dieser Mann ist schon seit langem tot. Ich weiß nur, daß du der erstgeborene Sohn deiner Mutter bist und daß Torka alles riskiert hat, damit du überlebst und an seiner Seite aufwächst. Wenn er sich Gedanken über die Umstände deiner Geburt macht, dann behält er sie für sich. Was kannst du mehr von ihm verlangen, du dummer Junge? Er ist der einzige Vater, den du jemals haben wirst! Du hast einen großen Fehler gemacht, als du die Schwäne getötet hast – aber du hast es aus Liebe getan, und wenn Torkas Zorn verflogen ist, wird er es erkennen. Also sage ich jetzt zu dir: Wenn du wirklich Torkas Sohn bist und sein willst, dann verhalte dich auch so! Laß nicht zu, daß der Geist Navahks in diese Welt zurückkehrt, so wie es Karana getan hat. Laß die Schatten der Vergangenheit hinter dir. Sie können dir nichts anhaben, Umak, wenn du es nicht zuläßt. Geh jetzt und sei der Sohn Torkas! Hilf mit, deinen Bruder zurückzuholen!«

Kreisende Vögel führten sie zu der Stelle, wo Ekoh und Seteena gestorben waren. In der Nähe fanden sie Honee, die unter Schock stand und sich neben einen Felsen gekauert hatte. Lonit legte ihren Speer zur Seite und nahm das verängstigte Mädchen in eine herzliche Umarmung, während Torka, Dak und Simu schützend einen Kreis um sie bildeten. Von heftigem Schluchzen geschüttelt erzählte sie, was geschehen war.

»Sie haben Bili und den Wanawut-Jungen mit in Cheanahs Lager genommen. Ich dachte, Mano wollte ihn töten, aber Yanehva hat gedroht, ihm den Schädel einzuschlagen, wenn er es versuchen würde. Also haben sie den wilden Jungen wie eine tote Antilope verschnürt, und Yanehva hat ihn sich auf den Rücken geworfen. Er knurrte und fauchte wie ein Tier, und er war sehr dreckig, aber es war wirklich ein Junge — ein wilder Junge im Fell eines weißen Löwen. Er hatte dein Gesicht, Mann aus dem Westen, und er war sehr mutig.«

»Das Fell eines weißen Löwen?« Tränen liefen Lonits Wangen hinunter. Torka brach das Herz, als er ihre Qual erkannte. »Als die Zwillinge geboren wurden, dachte ich, ich würde an niemals endendem Schmerz sterben. In meinen Träumen verwandelte ich mich in einen Wolf. Ein weißer Löwe erhob sich und stellte sich drohend zwischen mich und meine Söhne!«

»Cheanahs Leute sind Wölfe, aber sie werden den weißen Löwen nicht töten.«

Die Worte überraschten sie — wie auch jeden anderen.

Torka drehte sich um und sah, daß Umak über den Steinschlag geklettert und hinter sie getreten war. Aar stand an seiner Seite. Torkas Augen verengten sich. Umak sah aus, als wäre er verprügelt worden. Dafür waren seine Worte verantwortlich gewesen. Torka bereute es bereits, so voreilig gesprochen zu haben.

Ganz gleich, welche Zweifel er auch über Umaks Herkunft haben mochte, es war falsch, den Jungen dafür zur Rechenschaft zu ziehen. Umak hatte die Umstände seiner Geburt nicht absichtlich herbeigeführt — kein Kind konnte das. Und was war mit dem verlorenen Zwilling? Könnte er nicht auch ein Nachkomme Navahks sein?

Die Frage fuhr ihm durch und durch, und er verfluchte sie. Er wußte nur eins mit Sicherheit, daß Navahks Macht Karana den Verstand verdreht hatte, ihn in Lügen verstrickt und in den Wahnsinn getrieben hatte. Er würde nicht zulassen, daß Navahks Geist auch noch Umak zerstörte. Er hatte Umak in seine Arme genommen und sein Leben gegen Cheanahs Stamm und die Mächte der Schöpfung verteidigt. Er hatte den Jungen großgezogen und ihn wie einen Sohn geliebt. Es war sein Junge! »Ich bin froh, daß du gekommen bist«, sagte er zu ihm und fügte mit Nachdruck hinzu: »Umak. Mein Sohn.«

Umak riß abwehrend den Kopf hoch. »Wirklich?«

Honee sah sich wie ein gehetztes Tier um. »Wir müssen gehen! Cheanah und seine Männer werden bald über den Berg kommen und den Wanawut-Jungen vor sich hertreiben. Mano hat gesagt, daß Torka den Jungen nicht zweimal sterben sehen würde und sie deshalb durch das Tal in seine Höhle kommen lassen würde.«

Torka beobachtete die hohen Berge und nickte. »Kommt, wir wollen Ekoh und Seteena an einen Ort bringen, von wo sie auf das Tal hinausblicken und für immer in den Himmel schauen können. Der Grat ist ein guter Ort. Ihre Geister werden zusehen, wenn wir zur Höhle zurückkehren und die Ankunft von Zhoonalis Sohn erwarten.«

»Aber Cheanah und seine Jäger werden dich töten!« rief Honee, deren kleine schwarze Augen vor Schrecken funkelten. »Sie haben es geschworen! Sie werden euch alle töten, und dann werden sie euer Totem jagen. Während sie von seinem Fleisch essen und Freudenfeuer mit euren Knochen machen, werden sie auf euren Frauen und Mädchen liegen und sagen, daß die Mächte der Schöpfung ihnen günstig gesonnen sind, weil sie sich das Glück von denen zurückgeholt haben, die es ihnen weggenommen haben!«

»Wir werden sehen!« sagte Torka. »Wir werden sehen.«

Cheanah trug das zerlumpte Fell des weißen Löwen über den Schultern. Zu seinen Füßen strampelte der wilde Junge und knurrte und fauchte ihn an.

»Das Fell des weißen Löwen gehört jetzt mir, so wie ich es immer geschworen habe«, sagte der Häuptling zu dem Jungen. »Ob du ihn getötet oder irgendwo seinen Kadaver gefunden hast, spielt keine Rolle. Auf jeden Fall gehört es jetzt mir. Und wenn du mir bei meinem Plan geholfen hast, Manaravak, Sohn von Torka, dann wirst du sterben.«

Zhoonali trat neben ihn. »Es ist ein Geist. Nimm dich in acht, was du mit ihm tust. Mit meinen eigenen Händen werde ich dafür sorgen, daß das Kind für immer in den Himmel blickt. Es muß sterben!«

Cheanah stellte dem Gefangenen einen Stiefel auf die Kehle und hob seinen Speer. Langsam zog er mit der Speerspitze eine blutige Linie vom Brustkorb bis zum Bauch des Jungen. »Was blutet, kann auch sterben.«

Sie runzelte die Stirn. »Du wirst in letzter Zeit zu kühn, Cheanah.«

Cheanah nickte und bedachte Zhoonali mit einem nachdenklichen Blick. Allmählich machten sich doch ihre Jahre bemerkbar. »Hast du mir nicht von Anfang an beigebracht, daß Risiko lebenswichtig ist? Daß ein Häuptling wagemutig sein muß, wenn er den Respekt und die Verehrung seines Stammes behalten will? Denk nach, Mutter: Torkas Höhle liegt hoch und trocken an einem guten, südwärts gerichteten Abhang. Denk nur, wie gemütlich es dort wäre!«

Ihre Lippen verzogen sich zuckend zu einem Lächeln. »Ja, das wäre gut. Aber es wäre auch sehr gefährlich.«

»Sie hat recht.« Yanehva sah seinen Vater angewidert an. Sein Gesichtsausdruck verriet, daß er den wilden Jungen, der heulend an seinen Fesseln zerrte, für weniger bestialisch hielt als den Häuptling, der sich schon mehrere Male mit Bili vergnügt hatte, nachdem Mano die benommene und erschütterte Frau zurück ins Lager gebracht hatte. »Ich bitte dich erneut darum, es dir noch einmal zu überlegen. Warum sollte es Blutvergießen zwischen unseren beiden Stämmen geben? Das Tal, das vor uns liegt, ist riesig und hat genug Wild für alle. Laß den Jungen frei, und richte ihn ein bißchen her. Dann wollen wir friedlich in das gute Tal gehen und anbieten, wie Brüder mit Torka zu jagen und die Vergangenheit hinter uns zu lassen. Und als Zeichen unseres guten Willen bringen wir Torka seinen Sohn zurück, der durch unsere Schuld kaum mehr als ein Tier ist.«

Mano kam und zerrte Bili an ihren verfilzten Haaren. Er stieß sie zu Boden, während er mit unverhohlener Verachtung zu seinem Bruder sprach. »Du hast vergessen, daß diese wilde Bestie Buhl getötet hat. Und Honee ist verschwunden. Zweifellos hat der dunkle Zauber von Torkas Schamanen sie gerufen. Seine Männer benutzten sie jetzt ... und zwar so.« Er warf sich auf Bili, die wie eine schlaffe Puppe unter ihm lag und reglos geradeaus starrte, während er zu einem schnellen Höhepunkt kam und aufstand. An Manos Organ war Blut, als er es wieder unter seiner Kleidung verschwinden ließ.

Yanehva runzelte die Stirn. »Jeder Mann dieses Lagers hat es immer wieder mit Bili getrieben. Du wirst sie töten, wenn du so weitermachst. Sieh dir ihre Augen an! Es ist kein Leben mehr darin. Wie soll sie in Zukunft noch Kinder zur Welt bringen, wenn sie innerlich so verletzt ist?«

»Das macht nichts«, sagte Mano. »In Torkas Lager gibt es viel bessere Frauen. Sie werden unsere Kinder gebären.«

Cheanah legte Mano mit offensichtlicher Zuneigung einen Arm um die Schultern. »Und bald werden wir sie alle besitzen!«

»Seht! Die Mammuts verlassen das Tal!« rief Demmi besorgt.

»Ja, meine Tochter. Und wir müssen es auch verlassen.«

Torkas Worte hinterließen einen starken Eindruck.

Demmi verstand nicht. »Aber du bist ohne unseren Bruder von den Bergen im Westen zurückgekehrt!«

»Und ohne Karana!« fügte Sommermond hinzu.

»Wir müssen aufbrechen«, erwiderte er ernst. »Sofort! Feinde nähern sich. Sie sind doppelt so viele wie wir, und ich werde nicht zulassen, daß sie diesen Stamm übernehmen oder auch nur einer von uns ihren Speeren zum Opfer fällt. Wir müssen gehen. Wohin Lebensspender zieht, muß auch dieser Stamm, der ihn sein Totem nennt, ziehen: ins Gesicht der aufgehenden Sonne.«

Demmi sah besorgt ihre Mutter an, weil sie nicht verstand, wieso Lonit ausgerechnet jetzt gehen konnte, wo sie doch endlich wußte, daß Manaravak am Leben war.

Als Grek auf seine geliebte alte Wallah hinuntersah, verfinsterte sich sein Gesicht. »Dies ist ein gutes Lager für uns gewesen. Wir könnten es verteidigen...«

»Bah!« Zur Überraschung aller stand Wallah plötzlich auf ihrem Bein und stützte sich auf die neuen Krücken, die Umak für sie gemacht hatte. »Trauer herrscht in diesem Lager! Die Seele unserer Mahnie wird uns folgen, wohin wir auch immer gehen, denn sie lebt in unseren Herzen und unseren Erinnerungen weiter. Und Naya ist noch nie über die weite Steppe und unter dem offenen Himmel gewandert. Du machst dir viel zu viele Sorgen um diese alte Frau, alter Mann! Wenn Torka sagt, daß wir gehen müssen, dann werden wir gehen! Noch nie hat er uns in die Irre geführt. Diese Frau stellt seine Entscheidung nicht in Frage. Und du solltest das auch nicht tun!«

Grek war verblüfft. »Aber unser Weg könnte sehr lang sein und viel zu schwierig für eine einbeinige Frau!«

Sie zeigte auf ihre Schlaffelle. »Ich habe meine beiden Beine bei mir! Was macht es schon für einen Unterschied, wenn ich auf dem einen gehe und das andere trage?«

Zum erstenmal seit Torkas Ablehnung seiner Geschenke war Umak wieder glücklich. Endlich machten sie sich auf die Reise! Sie gingen und ließen Manaravak zurück.

Seit Tagen hielt sich Karana jetzt schon in der Nähe der Grube auf, in die die Bestie gefallen war. Zuvor hatte er alles andere beobachtet: die Ermordung von Ekoh und Seteena, die Vergewaltigung Bilis und den mutigen und selbstlosen Angriff Manaravaks. Er hatte zugesehen und nichts unternommen. Als sie Manaravak niedergeschlagen hatten, war sein erster Gedanke gewesen: *Gut, sie haben ihn getötet!* Und als sie ihn fortgebracht hatten: *Jetzt wird er niemals zurückkehren!*

Dann hatten ihn die Schreie und das Jammern des Wanawut angelockt. Als er das Wesen gesehen hatte – graubepelzt und häßlich – hatte er einen Stein genommen und sich bereit gemacht, es zu töten. Er hatte diese Fallen aufgestellt und diese Gruben ausgehoben, um die Bestie zu fangen, das Kind von Navahk und dem Wanawut ... seine Schwester! Das Gespenst, das ihn langsam, aber sicher in den Wahnsinn getrieben hatte.

Aber dann hatte sie ihn aus fiebrigen und schmerzvollen nebelgrauen Augen angesehen. Sie hatte eine Hand gehoben und ihm schwach gewunken, während sie leise maunzte, als hätte sie in den letzten Augenblicken ihres Lebens einen guten alten Freund wiedergetroffen. »Man... a... ra... vak?«

Die Bestie konnte sprechen! Die Bestie war gar keine Bestie! Der Stein fiel ihm aus der schlaffen Hand, während er mit offenem Mund in die Grube starrte. Falls Navahk sie gezeugt hatte, so lebte zumindest sein Geist nicht in ihr. Ihre Augen waren offen und arglos und voller Liebe. Als er in sie sah, wurde der Wahnsinn in seinem Geist weggewischt, als hätte ihm eine kühle und liebende Hand über die gerunzelte Stirn gestrichen.

Karana weinte, als er in die Grube hinabstieg. Schluchzend ließ er zu, daß sie ihren langen, behaarten Arm hob und ihm mit einer großen, krallenbewehrten, fast menschenähnlichen Hand bewundernd über das Gesicht strich. Der breite Mund der Bestie zog sich mühsam nach oben, bis ein so bedingungslos liebevolles und strahlendes Lächeln um ihre Mundwinkel erschien, daß Karana das Geschöpf umarmte. Sie keuchte, als ihr Körper von den spitzen Knochenspeeren gehoben wurde. Sie erzitterte, entspannte sich aber, als er sie in seinen Armen wiegte, ihr ins Ohr flüsterte und sie mit seiner Umarmung beruhigte. Er hielt seine Schwester in seinen Armen, bis sie starb, und mit ihr starb auch sein Wahnsinn. Und in den Armen des Wanawut wurde Karana wiedergeboren.

Torkas Stamm verließ die Höhle. Sie zogen schweigend los, während die Hunde mit Gepäckstücken beladen nebenher liefen und die Kinder laut rufend vorausrannten, als wäre alles ein wunderbares Spiel.

Sommermond trat nach Steinen und Grasbüscheln. »Es war falsch, Karana zurückzulassen. Er ist unser Bruder, unser Zauberer.«

»Torka genügt uns als Zauberer«, wies Lonit ihre Tochter zurecht, aber in ihrer Stimme lag eine unverkennbare Trauer und Anspannung.

Sie gingen viele Meilen weit und hielten an ihren verschiedenen Vorratsgruben an, um die wertvollsten Dinge mitzunehmen.

»Wir werden Cheanahs Stamm nichts zurücklassen«, schwor

Torka. Obwohl es bedeutete, daß ihr Gepäck dadurch schwerer wurde, fühlten sie sich erleichtert. Die Männer urinierten auf die Reste in den Vorratsgruben.

Nach zwei Tagen erreichten sie das andere Ende des Tals und den Eingang des Passes. Als sie zurücksahen, regnete ein Meteoritenschauer vom Himmel.

Torka sah hoch. Seit der rote Stern erschienen war, hatte es schon so viele Sternschnuppen gegeben. Er machte sich Sorgen. Er legte Umak seine Hand auf die Schulter. »Der Weg, der vor uns liegt, wird lang und neu sein. Viele unbekannte Gefahren liegen vor uns.«

»Lebensspender geht uns voraus. Ich habe keine Angst!« erwiderte der Junge.

»Ein weiser Mann lebt mit seiner Angst, als wäre sie seine zweite Haut, mein Sohn. Nur mit Angst ist ein Mann vorsichtig genug, und nur ein vorsichtiger Mann kann darauf hoffen zu überleben. Du bist jetzt ein Mann, Umak – du und Dak –, und ich werde mich darauf verlassen, daß ihr Grek und Simu zur Seite steht, wenn ihr Lebensspender in das Gesicht der aufgehenden Sonne folgt und für unsere Frauen und Kinder neue Jagdgründe sucht.«

Demmi riß die Augen auf. Was sagte ihr Vater da?

Es war Grek, der die Frage stellte. »Dieser Mann wird stolz sein, mit Simu, Dak und Umak an der Spitze dieses Stammes zu ziehen. Aber wo wird Torka sein?«

»Ich muß nach dem suchen, der ausgestoßen wurde und lebt.«

»Warum gehst du ein solches Risiko ein, wenn du dasselbe für Karana nicht tun willst?« fragte Sommermond pikiert.

»Karana hat das einsame Leben gewählt. Er ist selbst für sein zukünftiges Wohlergehen verantwortlich. Manaravak ist noch ein kleiner Junge, und er ist mein Sohn. Ich werde ihn nicht denen überlassen, die ihn mit Sicherheit töten werden, wenn sie entdecken, daß wir verschwunden sind. Und deshalb muß der Stamm in den Tagen, die noch kommen, stark sein. Wenn ich nicht zurückkehre, müßt ihr – Grek, Simu, Dak und Umak – den Stamm führen. Die Geister haben mich schon seit vielen Monden gewarnt, daß es an der Zeit ist, dieses Tal zu verlassen.

Ich hätte schon damals auf meine Instinkte hören sollen, statt den Worten von Navahks Sohn zu vertrauen. Wenn es der Wille der Geister ist, werde ich Manaravak finden und euch mit ihm folgen. Wenn das nicht ihr Wille ist, werdet ihr in Sicherheit sein – und mein Sohn, der allein gelebt hat, wird zumindest nicht allein sterben.«

»Nein!« schrie Lonit. »Wir werden zusammen gehen. Iana, Sommermond und Demmi können sich um Schwan kümmern. Umak ist erwachsen. Sie werden im Stamm sicher sein. Aber ich muß an deiner Seite sein, Liebster, für immer und...«

»Nein!« unterbrach er sie. »Nicht diesmal. Wenn du an meiner Seite wärst, würde meine Sorge um dich nur uns beide in Gefahr bringen. Wenn ich weiß, daß du auf mich wartest, wirst du mir Kraft geben, so wie deine Anwesenheit dem Stamm Kraft geben wird. Du bist die erste Frau dieses Stammes, die Mutter von Torkas Kindern und vielen kommenden Generationen. Wenn die Geister mir nicht erlauben, mit unserem Sohn zurückzukehren...« Er hielt inne, sah Umak an und lächelte. »Mit unserem verlorenen Sohn«, berichtigte er sich. »Und nun vertraue ich Umak, dem erstgeborenen Sohn von Torka und Lonit, dem Zwillingsbruder von Manaravak, dieses an.«

Der Junge starrte mit ungläubig aufgerissenen Augen, als Torka mit einer großartigen Geste seine Keule aus versteinertem Walknochen aus der Scheide aus Fichtenrinde zog. Dann hielt er Umak die Waffe mit beiden Händen hin. Er bemerkte, daß Lonit ihn voller Stolz ansah. *Was du tust, ist richtig! Was du tust, muß getan werden! Du wirst zurückkommen! Ganz sicher!*

Er nickte, während sein Herz voller Liebe war. *Aber falls ich nicht zurückkomme, so kann sich kein Mann mehr für sein Leben gewünscht haben, als an deiner Seite gegangen zu sein, Lonit! Für immer und ewig.*

Er wandte sich wieder Umak zu. Er sah Lonits Gesicht in dem Jungen und ihre Liebe in seinen Augen. »Schau dir diese Keule an, mein Sohn. Ich habe die Geschichte der Wanderungen unseres Stammes in den Stein geritzt. Wenn ich nicht wiederkomme, wird es deine Verantwortung sein, diese Aufgabe weiterzuführen. Du mußt unsere Geschichte an unsere Kinder weitergeben und an die Kinder unserer Kinder, bis du die Keule an deinen ältesten Sohn übergibst. Dann werden die Geschichten in ihm weiterleben. Auch ich werde in ihm weiterleben, und jene, die nach uns kommen, werden wissen, wie es war, als Torka seinen Stamm im Schatten des großen Mammuts Lebensspender führte.«

Dem Jungen standen Tränen in den Augen, als Torka ihm die Keule in die Hände legte.

»Sei stark, Umak, erster Sohn von Torka, Enkel von Manaravak und Urenkel von Umak. Unser Leben liegt in deiner Hand. Du mußt leben und ein Mann der wilden Steppe, der weiten Tundra und der nebligen Berge sein. Wenn ich sterbe, wird meine Seele durch dich wiedergeboren werden. Und jetzt sage ich vor allen, die hier versammelt sind, was ich schon vor langer Zeit hätte sagen sollen: So wie Lonit und ich zusammengehören, so gehören auch wir zusammen, du und ich, mein Sohn, mein Fleisch und meine Seele ... für immer und ewig!«

13

Cheanah hatte seinen Stamm am westlichen Ufer eines seltsamen Bergsees rasten lassen. Über den steilen, eisbedeckten Gebirgszügen flimmerte ein Meteoritenschauer über den goldenen Himmel, dessen Feuerspuren sich in der Oberfläche des eisigen Sees spiegelten. Zhoonali, die allein am schneebedeckten Ufer saß, blickte auf. Die alte Frau mochte weder die fallenden Sterne noch den See oder die hohen, kalten Berge, die die große, unruhige Wasserfläche gefangenhielten. Angesichts dieser Berge fühlte sie sich klein und unbedeutend.

Erneut strich ein heller Lichtfinger über den Himmel, der sich kurz in der Seeoberfläche spiegelte. Zhoonali verstand nicht, warum die Sternschnuppen immer häufiger wurden. Sie hatte sie immer als schön empfunden — aber diese Sterne fielen am Tag und außerdem scharenweise. Das war ungewöhnlich und daher ein Grund zur Sorge.

Auch der See hatte etwas Bedrohliches, als würde ein monströser Geist tief unter der Oberfläche leben, der das Wasser aufrührte und die Eisinseln stöhnen ließ.

Bili schrie auf. Verärgert sah Zhoonali sich nach dem Geräusch um und schüttelte den Kopf. Mano und zwei andere waren schon wieder über die Frau hergefallen. Die Männer lagen gemeinsam unter einer Decke aus mehreren Bisonfellen, um den kalten Wind abzuhalten, während sie die Frau bearbeiteten. In der Nähe saß der gefangene, nackte Junge, dessen Hände hinter dem Rücken gefesselt waren und der sie wütend anfunkelte. Er lehnte jede Nahrung ab, wollte nicht schlafen und wartete auf eine Gelegenheit, die Menschen anzufallen, die ihn gefangen hatten. Zweimal hatte er schon versucht, Bili zu verteidigen, und zweimal war er daraufhin heftig verprügelt worden. Er schien unempfindlich gegen Schmerz oder zeigte ihn seinen Peinigern nicht. Er war wahrhaftig Torkas Sohn!

Sie wandte den Blick ab und wünschte sich, sie hätten ihn niemals gefunden oder er wäre vor langer Zeit gestorben. Aber schon im nächsten Augenblick wußte sie, daß dies ein dummer Wunsch war. Der Wanawut-Junge war ein Geschenk der Geister. Durch ihn konnten sie sich in Torkas Stamm einschleichen.

Sie dachte kurz an Honee und fragte sich, ob ihre Enkelin hinter den Bergen den Tod gefunden hatte oder den Mann ihrer Träume.

Karana. Die Augen der alten Frau blickten zum Himmel. Vielleicht war es sein Zauber, der das Feuer vom Himmel regnen ließ. Das war gut möglich. Er war noch ein Junge gewesen, als er Cheanahs Stamm verlassen hatte, aber er hatte wirklich die Gaben des Sehens und des Rufens besessen. Jetzt war er ein Mann, und sein Zauber mußte sehr mächtig sein. Sie machte eine stumme Beschwörung gegen den Zauberer und seinen Stamm, kuschelte sich dann in ihren Bärenfellumhang und sehnte sich nach Wärme.

Bald wirst du ein warmes Lager haben. Yanehva hat es gesehen, und Cheanah hat es versprochen! Sie seufzte, nahm ihren Dachsfellbeutel und schüttete die sprechenden Knochen in ihren Schoß. Die Knochen würden ihre Vermutungen bestätigen und sie in diesem kalten Bergwind wärmen. Sie raffte sie zusammen und warf sie auf ein kleines Stück Fell. Die Knochen klapperten hohl, als sie hinunterfielen.

Zhoonali hielt den Atem an und hob abwehrend die Hände. Zum ersten Mal in ihrem Leben sah sie in den Knochen nicht das, was sie darin sehen wollte, sondern eine echte Botschaft, die sie entsetzte. Sie sprang auf die Beine.

»Was ist los, Mutter?« Cheanah war neben sie getreten.

»Die Knochen weissagen den Tod!«

Er lächelte. »Ja«, bestätigte er und nahm sie liebevoll in den Arm. »Den Tod von allen, die es wagen, sich gegen den Sohn von Zhoonali zu erheben, während er seinen rechtmäßigen Anspruch einfordert!«

In den nächsten Tagen führte Cheanah seinen Stamm durch das wunderbare Tal, während Zhoonali wie eine Königin auf Fellen getragen wurde, die Mano und Yanehva sich über ihre verschränkten Arme gelegt hatten. Der wilde Junge ging neben Cheanah, der ihn mit einer Schnur um den Hals festhielt.

Seit Tagen hatte Karana ihre Annäherung und Torkas Auszug beobachtet. Er würde seinem Stamm folgen, aber zuerst hatte er noch etwas zu erledigen. Er hatte Torka Manaravak gestohlen, und jetzt mußte er ihn zurückbringen.

Cheanah ließ das letzte Lager errichten und Rauch aufsteigen, um Torka auf den Stamm aufmerksam zu machen. Die Höhle lag direkt vor ihnen, aber es war keine Spur von Leben zu entdecken.

»Sie müßten uns inzwischen gesehen haben«, sagte Yanehva. »Warum kommt uns niemand entgegen?«

Mano grinste. »Vermutlich warten sie in der Höhle, um zu sehen, warum wir kommen und was wir ihnen bringen.«

Bili saß wie ein Häufchen Elend da, während die anderen aßen und sich hoffnungsvoll auf einen Tag wunderbarer Freuden vorbereiteten, den sie mit Mord und Vergewaltigung verbringen würden. Der Häuptling legte seinen Federschmuck an und prüfte seine Lieblingsspeere.

Nicht weit von Bili entfernt hockte der Junge. Voller Verwundungen und zitternd war er mit einer Schnur an einen Pfahl angebunden, während seine Arme hinter dem Rücken gefesselt waren.

Bili beobachtete ihn. Sie konnte sehen, daß er im Sterben lag, daß seine Seele herausblutete. Doch mit ihr geschah dasselbe. Sie würden sie töten, wenn sie die Höhle erreicht und andere Frauen gefunden hatten, an denen sie sich befriedigen konnten. Mano hatte es versprochen. Sie seufzte. Ohne Ekoh und den kleinen Seteena, wenn Torkas Männer ermordet und seine Frauen versklavt waren, hatte sie keinen Lebenswillen mehr.

Während die anderen aßen und über ihre morgigen Taten prahlten, bewegte sie sich so langsam vorwärts, daß niemand sah, daß sie dem wilden Jungen immer näher kam. Niemand bemerkte den Augenblick, in dem sie ihn befreite, dazu geschah es zu schnell.

Er starrte sie an.

»Geh!« flüsterte sie und zeigte ins Tal. Er nahm ihre Hand und wollte sie mit sich zerren, doch sie schüttelte den Kopf. »Lauf, bevor es zu spät ist!«

Manos Speer fuhr ihr durch den Rücken und drang in ihr Herz ein. Noch während sie starb, wußte sie, daß es gleichgültig war, denn ihr Herz war bereits gebrochen. Und der Junge, Torkas Sohn, war frei.

Mano schleuderte einen weiteren Speer.

»Halt!« schrie Yanehva, aber es war schon zu spät.

Mano hatte den Jungen nicht töten wollen, er wollte das wilde Wesen lediglich einschüchtern und seine Flucht aufhalten. Schockiert sah er zu, daß Torkas Sohn nicht nur weiterlief, sondern seinen Speer mitten im Flug auffing. Der Junge wirbelte elegant wie eine Steppenantilope herum, schleuderte den Speer zurück und rannte weiter.

Die Waffe fand ihr Ziel. Mano hatte ungläubig und erschrocken die Augen aufgerissen, als er zu Boden ging und wußte, daß der Junge ihn getötet hatte. Als er jetzt stürzte und die Welt in seinem Kopf dunkel wurde, wußte er, daß er mit

Bili einen Menschen zuviel getötet hatte. Durch diesen letzten Mord hatte er es schließlich geschafft, sich selbst zu töten.

Manaravak rannte. Die anderen verfolgten ihn, also lief er schneller. Er war schnell, so schnell wie ein weißer Löwe, der um sein Leben rannte. Er rannte immer weiter, so wie Mutter ihm beigebracht hatte, vor Raubtieren davonzulaufen. Er rannte, bis er nicht mehr konnte und zusammenbrach. Er wußte, daß sie ihn verfolgten. Auch wenn er eine große Entfernung zurückgelegt hatte, war es nur eine Frage der Zeit, bis sie ihn einholten und töteten.

Keuchend stemmte er seine Hände gegen den Boden und zwang sich trotz der brennenden Schmerzen in der Brust zum Aufstehen. Aber zu seiner Überraschung riß ihn etwas hinter ihm von den Beinen. Einen Augenblick lang sah ihm der Mensch in die Augen, bevor er ihn über seine Schulter warf und in Richtung der fernen Hügel losrannte. Seine Augen waren leuchtend und feucht gewesen, und sein Mund hatte das schönste Lächeln gezeigt, das er jemals gesehen hatte.

»Manaravak!«

Der Mensch machte seinen Laut! »Ma-na-ra-vak!« gab er zurück.

Und der Vater warf den Kopf zurück und heulte triumphierend, als er sich umdrehte und mit seinem Sohn in den Armen auf den östlichen Rand des Tales zulief, ohne sich noch einmal umzublicken.

Hätte er es getan, hätte er die einsame Gestalt im weißen Bauchfell eines Karibus gesehen, die auf einer Anhöhe zwischen ihm und seinen Verfolgern tanzte.

»Geh!« rief Karana Torka zu. »Jetzt habe ich dir deinen Sohn zurückgegeben! Jetzt überlasse ich meine Seele dem Wind! Und jetzt werde ich Navahk für immer töten!«

Mit den Speeren in der Hand und den im Wind flatternden schwarzen Haaren war Karana eine Gestalt aus purer Macht, als er nach Westen rannte, um Cheanahs Männer aufzuhalten. Sie blieben unvermittelt stehen.

Als hinter ihm ein Meteoritenschauer den Himmel verbrannte, streckten ihn fünf Speere nieder. Doch er sah noch den großen Stern fallen, dessen Schweif am Himmel brannte, während er zur Erde fiel, den Berg im Westen streifte und in den großen, grauen Bergsee stürzte.

Das Wasser stieg kochend auf, und der obere Ausläufer des Gletschers in der nördlichen Schlucht brach auf, um den Dammbruch aus seinem Alptraum auszulösen.

Als der Gletscher zerstört war, gab es nichts mehr, was das tosende Wasser des Bergsees aufhalten konnte. Während Zhoonali sich an ihn klammerte, sah Cheanah entgeistert zu, wie Wasser und Felsen in einer gewaltigen Explosion die Schlucht hinunterstürzten. Die Erde erzitterte, und die Wälder in den Hügeln wurden hinweggeschwemmt, als die Flutwelle durch das wunderbare Tal auf sie zuraste.

»Die Knochen! Es war unser Tod, den sie geweissagt haben!« rief Zhoonali, deren Stimme im Getöse kaum hörbar war. »Hilf mir, Cheanah! Bring mich in Sicherheit, trag mich hinauf zu Torkas Höhle!«

Er drehte sich mit gefletschten Zähnen zu ihr um. »Du hast gelogen! Der Zauberer ist tot, aber mein Glück ist immer noch nicht zurückgekehrt.« Dann rannte er los und überließ die alte Frau ihrem tödlichen Schicksal.

Plötzlich war Yanehva neben ihr, während Cheanah wie ein Wahnsinniger schreiend nach Osten floh.

»Er wird es niemals schaffen«, sagte Yanehva zur alten Frau, als er sie in seine starken Arme nahm und mit ihr auf höheren Boden zulief.

»Du?« Sie erstickte fast an ihrer Überraschung. »Du bist zu mir zurückgekommen? Ich hatte bisher nichts als Verachtung für dich übrig. Du hättest die Höhle vielleicht noch erreicht, Yanehva.«

»Ja, aber du hast immer gesagt, daß ich viel zu weich bin. Bis heute wußte ich nicht, wie recht du damit hattest.«

Sie war so leicht in seinen Armen, und er bemerkte gar nicht, wie sie starb, während er immer schneller rannte, hinter den anderen herstolperte und endlich die Höhle erreichte.

Nur sein eigener Stamm war hier. Torka war gegangen — und mit ihm auch sein Glück. Es war mit Torka und seinem Sohn nach Osten geflohen.

Dann sah Yanehva auf Zhoonali hinunter. Ihr Kinn hing im Tod schlaff herunter. Er blickte sich um. Hier war der Tod. Sein Tod und der des ganzen Stammes. Yanehva hielt seine Großmutter fest in den Armen, als er sich ihm zuwandte.

»Na komm schon!« schrie er der Wand aus brodelndem Wasser herausfordernd zu. Sie rollte mit einer Geschwindigkeit über das Land, die ihre Wucht noch verstärkte. Und in diesem letzten Augenblick seines Lebens wünschte er sich, die alte Frau hätte noch gesehen, daß er als einziger des ganzen Stammes keine Angst vor dem Tod hatte. Er kam mit einem ohrenzerreißenden Dröhnen, das sich in die Höhle ergoß und die Menschen darin zerschmetterte.

Ihre Körper wurden wie Treibgut durcheinandergewirbelt, als die große Welle weiterraste, die Hügel überschwemmte und das wunderbare Tal ausfüllte, bis es nicht mehr existierte.

»Karana!« rief Torka noch, als der Rand der großen Welle ihn erfaßte und in eine schwarze, erstickende Dunkelheit mitriß. »Nein!« schrie er den Mächten der Schöpfung zu. »Ich bitte für diesen Jungen, nicht für mich, uns mit dem Tod zu verschonen!«

Aber der Tod war eine erbarmungslose, erbitterte Macht ohne Augen, Ohren oder Mitleid. Wasser drang in seinen Mund ein und brannte ihm in den Lungen und in den Kopfhöhlen, während er sich verzweifelt an seinen Jungen klammerte. Die Strömung versuchte, ihm Manaravak aus den Armen zu reißen.

Torkas offene Augen schmerzten und schienen aus den Höhlen treten zu wollen, als er von einer kalten Welle getroffen wurde, die Treibgut mit sich führte. Etwas Großes und Weißes schoß an ihm vorbei — ein Löwe oder ein Mensch? Irgendwie war es beides. Das kochende Wasser brachte es zu ihm zurück. Jetzt sah er es: Es war Cheanah mit aufgequollenen Augen und aufgerissenem Mund. Seine Arme und Beine schlugen leblos in der Strömung um sich. Als der Körper gegen ihn stieß, versuchte er seinen verlorenen Sohn festzuhalten, aber der Stoß riß ihm den Jungen aus den Armen. Ertrinkend schrie Torka in qualvollem Schmerz, als sein Sohn von der Dunkelheit verschluckt wurde.

»Manaravak! Manara...«

Als er erwachte, wußte er nicht, wieviel Zeit vergangen war. Aar, der treue Freund, leckte ihm über das Gesicht und brachte den Blutkreislauf und das Leben zurück.

Grek beugte sich über ihn, und Lonit, Umak und Demmi ebenfalls. Der ganze Stamm sah auf ihn hinunter. Nur Honee hielt sich im Hintergrund. Von Manaravak entdeckte er keine Spur. Der fallende Stern und der zornige Himmel hatten ihren Sohn zurückgeholt. Torka brachte kein Wort heraus.

Lonit gab ihm frisches Wasser, und als er wieder gehen konnte, zogen sie weiter. Er blieb oft stehen, um zurückzuschauen. Er wußte, daß er sich immer wieder umdrehen würde, denn ein Stück seines Herzens würde immer bei Karana und Manaravak im ertrunkenen Tal bleiben, unter dem neuen See, der durch den roten Stern geboren wurde, der vom zornigen Himmel herabgefallen war.

Ein warmer, freundlicher Wind wehte ihnen aus dem Land im Osten entgegen und lockte die kleine Gruppe der Überlebenden weiter. Torkas Stamm trottete immer weiter, während sie gebeugt unter der Last ihrer Rückentragen und ihrer Trauer gingen. Es gab keine Worte, die die Schmerzen lindern konnten, die sie wegen des zweimal verlorenen Sohnes empfanden. Schließlich ließen sie den Paß und die aufragenden Berge hinter sich zurück.

Ein gutes Stück weiter trompetete Lebensspender, der mit seinen Verwandten vorausging.

»Wohin geht das große Mammut, Vater?« fragte Sommermond. »Glaubst du, daß er es weiß, oder geht er einfach nur immer weiter, immer tiefer in das Verbotene Land?«

Torka sah das Mädchen traurig an. Aber sie war kein Mädchen mehr. Sie war eine Frau — eine traurige Frau. Doch als er ihr liebevoll seinen Arm um die Schultern legte, schien es, als wäre sie dasselbe kleine Mädchen, das ihm vor langer Zeit dieselbe Frage gestellt hatte. »Niemand weiß es. Aber wir sind die neuen Menschen, und wir werden ihm folgen, wie wir ihm immer gefolgt sind.«

»Seht!« Demmis Ausruf war so voller Freude und Erstaunen, daß es ihnen für einen Augenblick die Trauer nahm.

Torka drehte sich um und Sommermond neben ihm ebenfalls. Als sie sah, was auf Demmis ausgestreckter Hand gelandet war, schossen ihr Tränen der Freude in die Augen.

»Langsporn!« rief Demmi. Auch sie weinte. »Schaut nur! Es ist Langsporn, wie Karana versprochen hat! Er sagte, ich würde ihn im wunderbaren Land finden! Ach, er hat sein Versprechen also doch nicht gebrochen!«

Während Aar den Kopf neigte und leise winselte, starrte Umak den kleinen Vogel mit aufgerissenen Augen an. Er plusterte seine Federn auf und flog nach Osten davon. »Er ist bei uns. Karana ist bei uns. Sein Geist führt uns in ...«

»... das Gesicht der aufgehenden Sonne!« sang Lonit.

Und so zogen sie weiter, während der Wind der Vergangenheit hinter ihnen sang und der kleine Vogel vorausflog, um sich auf die hohen Schultern Lebensspenders zu setzen, der sie immer tiefer in das Verbotene Land führte. Schließlich überwanden sie den großen Paß. Als sie zurücksahen, schien es ihnen, als würden sie sich selbst sehen, die Geister der Vergangenheit, die ihnen zuwinkten und ihnen eine gute Reise in das Verbotene Land wünschten.

Als Simu die anderen weiterführte, starrte Umak noch einen Augenblick in die Ferne zurück. Torka drehte sich um und trat mit seiner kleinen Familie neben ihn. Zusammen blickten sie über die eisbedeckten Gebirgszüge und auf das überflutete Tal, das sie einst ihr Zuhause genannt hatten. So viel Freude und so viel Trauer.

»Komm!« drängte Torka. »Es ist Zeit. Wir müssen die Vergangenheit hinter uns lassen.«

»Ja«, antwortete Umak düster. Dann rief er spontan mit schallender Stimme den Namen seines Bruders über das Land. »Manaravak! Geh an meiner Seite als mein Bruder! Das ist besser als in meinen Träumen zu leben!«

Torka und Lonit tauschten besorgte Blicke aus, als der Wind Umaks Worte in die zerklüfteten Berge, über das ertrunkene Tal und die schwarzen Berge dahinter trug.

»Komm!« drängte Torka erneut. Doch dann, gerade als er sich abwenden wollte, sah er eine Gestalt vor dem Hintergrund des westlichen Himmels.

»Seht!« riefen Demmi und Sommermond.

Schwan wand sich in Sommermonds Armen und zeigte mit dem Finger. »Junge!« rief das kleine Mädchen. »Da! Junge!«

Torka und Lonit sahen ihn und fielen sich lachend und weinend vor Freude in die Arme. Die Mädchen hüpften auf und ab und riefen den Namen ihres verlorenen Bruders.

»Manaravak!« schrien sie, als die Gestalt im Westen sich auf sie zubewegte.

»Ma-na-ra-vak!« antwortete er ihnen aus der Ferne.

Demmi und Sommermond winkten ihm mit erhobenen Armen und riefen immer wieder seinen Namen. Dann liefen sie los. Torka nahm Schwan in seine Arme und folgte ihnen mit Lonit.

»Er kommt!« sagte Umak zu Aar und lächelte, weil ihn diese Worte zum ersten Mal in seinem Leben glücklich machten. »Mein Bruder kommt! Ich habe es die ganze Zeit gewußt!«

Im Juni 1994 erscheint von William Sarabande

Nachwort des Autors

Seit ich mit der Arbeit an der Serie *Die Großen Jäger* begann, bin ich oft gefragt worden, wie ich mich in die Vergangenheit hineinversetzen konnte, um die Welt wieder so lebendig werden zu lassen, wie sie gewesen sein muß, als jene ersten Männer und Frauen Asien verließen, um die beiden amerikanischen Kontinente zu besiedeln. Die Antwort ist ganz einfach – und sie liegt nicht zur Gänze in der oftmals überwältigenden Menge an Lektüre, Recherchen und Laufarbeit, die in jedes Buch investiert werden muß. Die Knochen und Werkzeuge der Vergangenheit geben Aufschlüsse darüber, wie diese Menschen lebten, wie sie aussahen, wie sie jagten und wohin sie gingen. Aber *wer* waren sie, diese ersten Amerikaner? Was haben sie gedacht, gefühlt, gefürchtet, geliebt? Genau da liegt der Hase im Pfeffer!

Ich habe die Tundra, in der Torka lebte, besucht, aber oftmals habe ich die Inspiration während der Arbeit an meinen Manuskripten auch in den waldreichen Hügeln meines heimatlichen Big Bear Valley in Kalifornien gesucht. Einst bedeckten Gletscher die Gipfel der höchsten Berge. Über den geheimnisvollen, sumpfigen *ciénagas*, die in den hohen Schluchten des 3300 Meter hohen San-Gorgonio-Massivs liegen, kann ein Bergwanderer bis über die Baumgrenze steigen, um Talkessel, Hügel und Täler zu erkunden, die von Gletschern geformt wurden. In den Hochebenen unter den Gipfeln grasten einst Riesenfaultiere, die von Säbelzahntigern gejagt wurden. Ich weiß es. Ich habe ihre Knochen gesehen und berührt und bin auf einem 2400 Meter hohen Grat entlanggewandert, der einen Blick nach Osten ›ins Gesicht der aufgehenden Sonne‹ erlaubt.

Hier fallen die Berge zum Schmelztiegel der großen Mojave-Wüste ab, die sich bis hinter den Horizont erstreckt. Große Trümmerhaufen aus uralten Schlackenkegeln erheben sich in den Himmel. Lange schwarze Narben aus Lavaströmen breiten sich wie Adern aus, die einst vom geschmolzenen Blut der Erde durchströmt wurden.

Die Welt unten ist so, wie sie schon immer gewesen ist: wild, lebensfeindlich und großartig. Hier und dort dringt eine Straße vor, schnurgerade und haardünn, nicht mehr als ein zaghafter Vorstoß in das Land, das seit Anbeginn der Zeiten vom Menschen praktisch unberührt geblieben ist ... seit Torkas Nachkommen zum erstenmal die großen Pässe herabstiegen, um auf ein Land hinauszublicken, das während der Eiszeit keine Wüste, sondern ein weites und wunderbares Grasland war.

Wenn man auf dem Grat steht, während die Wolkenbänke vom Wind nach Osten getrieben werden wie die Geister der alten paläo-indianischen Stämme, kommt die Inspiration wie ein Geschenk der Geister der Vergangenheit. Es ist leicht, sich vorzustellen, es herrschte immer noch die Eiszeit — oder sie würde erneut hereinbrechen, wenn die Mächte der Schöpfung es so bestimmen sollten.

Viermal hat sich in den vergangenen zwei Millionen Jahren das Weltklima geändert, und es wurde kälter. Trotz intensivster wissenschaftlicher Forschungen weiß immer noch niemand, warum, ob oder wann die nächste Eiszeit kommt. Wir wissen nur, daß wir, wenn sie kommt, Mittel und Weg finden müssen, um zu überleben und uns an ein neues Leben anzupassen.

Und in dieser Beziehung — wie in jeder anderen Beziehung auch — sind wir genauso wie unsere ältesten Vorfahren. Trotz unserer Technokratien und wachsenden Großstädte, sind wir unter der dünnen Tünche der komplexen und facettenreichen Zivilisation, mit der wir uns schmücken — und unter der wir uns allzu oft verstecken — immer noch dieselbe »Bestie« ohne Fell, ohne Fangzähne und ohne Klauen, die im Sumpf steckengebliebene Mammuts in der arktischen Tundra überfiel und die

Konkurrenz der Säbelzahntiger bei der Jagd auf das Fleisch der großen Riesenfaultiere in den San-Bernardino-Bergen fürchten mußte. Wir lächeln nicht nur, um Freude auszudrücken, sondern auch wie die Menschenaffen, um unsere Zähne in knurrender Wut oder anzüglicher Bedrohung zu fletschen. Wenn man die Tünche abwäscht, die wir für unsere Zivilisation halten, wird das Leben wieder wie in der Urzeit, und wir sind wieder Höhlenmenschen, die sich um das warme Feuer unserer Gemeinschaft versammeln. Wir lieben, wir hassen, wir träumen. Und ganz anders als jedes andere Geschöpf auf dieser Welt lachen wir laut auf, um unsere reine, beschwingte Lebensfreude auszudrücken. Wir wagen es, dem Unendlichen die Frage nach dem ›Warum?‹ zu stellen, und trotzen den Mächten der Schöpfung, indem wir neue und bessere Mittel erfinden, um unsere täglichen Aufgaben zu bewältigen und unser Überleben zu sichern.

Der Urmensch lebt immer noch, und nicht nur in den schwindenden Urwäldern, den Wüsten oder abgelegenen Gebirgszügen. Er lebt in uns, in jedem einzelnen von uns. Je zivilisierter wir werden, desto tiefer begraben wir diese Wahrheit, aber sie wird in den Sagen aller Völker dieser Welt weitererzählt. Dieser Mythos wurde von einem Geschöpf erschaffen, das angesichts seiner körperlichen Schwäche die Welt fürchtet und sie unter seine Herrschaft zwingen will, um überleben zu können.

Vielleicht suchen deshalb so viele die Geborgenheit in den Städten, in den Lichtern, dem Lärm, der Hektik und der beruhigenden Umwelt, in der alles von Menschen gemacht und kontrolliert wird. Es ist eine tröstliche Illusion. Aber man muß nur die Lichter in irgendeiner Großstadt ausschalten, und die Menschen werden sich wieder schutzsuchend wie Beutetiere unter der riesigen schwarzen Haut der Nacht aneinander kauern, während andere wie die Wölfe heulen und zu Raubtieren werden. Die Instinkte liegen in uns verborgen. Sie werden uns schließlich retten oder zerstören, denn wir sind immer noch das, was wir schon immer gewesen sind: Raubtier und Beute, Navahk und Karana, Dunkelheit und Licht, Tier und Mensch, Mensch der Neuzeit und der Urzeit, der in derselben Haut lebt.

Im Juni 1994 erscheint von William Sarabande

Land der vielen Wasser
Die großen Jäger 4
(Bastei-Lübbe 13 554)

Torka hat seinen Stamm durch viele Gefahren geführt. Endlich scheint den großen Jägern Frieden beschieden zu sein, doch da geraten sie ins Land der vielen Wasser und sind wieder den Naturgewalten ausgeliefert — Feuer und Wasser. Und zu allem Überfluß kämpfen Torkas Söhne plötzlich um ein und dasselbe Mädchen und bringen nicht nur sich, sondern den ganzen Stamm in Gefahr.

Wir sind immer noch ein Stamm, der zu den Sternen aufblickt und ›Warum?‹ fragt, der immer noch in das Gesicht der aufgehenden Sonne starrt und ihr wie Torka und sein Stamm zu folgen wagt.

Noch einmal möchte ich allen Mitarbeitern von Book Creations danken, die Torkas Stamm den Weg immer weiter in die Neue Welt geebnet haben, und ganz besonders der Lektorin Laurie Rosin, die sehr gut weiß, warum dieser Dank von Herzen kommt.

William Sarabande
Fawnskin, Kalifornien

Band 13 432
William Sarabande
Land aus Eis
Deutsche Erstveröffentlichung

Vierzigtausend Jahre vor unserer Zeitrechnung: Wilde Stürme toben über der zugefrorenen Bering-See; gefährliche Mammuts ziehen durch die endlose Schneesteppe. Für den jungen Krieger Torka und seinen Clan ist jeder Tag ein Kampf ums Überleben. Wenn sie nicht, bevor der barbarische Winter beginnt, Nahrung finden, sind sie verloren. Also zieht Torka mit seinen beiden tüchtigsten Kriegern los, um ein Mammut zu erlegen, während der Stamm im Winterlager ausharrt. Die Zeit vergeht. Als Torka nicht zurückkehrt und die Hoffnung auf Nahrung schwindet, bricht der alte Umak in die schier endlose Scheewüste auf. Schon bald macht er eine furchtbare Entdeckung: Ein riesiges, sagenumwobenes Mammut jagt durch das Land aus Eis.

Sie erhalten diesen Band im Buchhandel, bei Ihrem Zeitschriftenhändler sowie im Bahnhofsbuchhandel.

Band 13 465
William Sarabande
**Land der Stürme
Die großen Jäger**
Deutsche
Erstveröffentlichung

Eine atemberaubende Saga voller Liebe und Abenteuer vom Anbeginn der Zeit
Vierzigtausend Jahre vor unserer Zeitrechung: Der junge furchtlose Krieger Torka muß die wenigen Überlebenden seines Stammes durch das Land der Stürme führen. Tausend Gefahren lauern auf sie: heftige Schneeorkane, wilde Tiere und böse Zauber, denen kein noch so tapferer Krieger trotzen kann. Doch Torka und seine schöne Frau Lonit schaffen es. Sie gelangen in ein Winterlager am Ende der Tundra. Hier aber erwartet sie keine Rettung, sondern der finstere Schamane Navahka, der den unheiligen Eid schwört, Torka und seine Sippe zu töten.

**Sie erhalten diesen Band
im Buchhandel, bei Ihrem
Zeitschriftenhändler sowie
im Bahnhofsbuchhandel.**

Band 13 476
Robert Silverberg
Herr der Finsternis

Eine kurze Kaperfahrt nach Brasilien sollte es werden. Doch einundzwanzig unglaubliche Jahre voll nie gekannter Abenteuer im tiefsten Afrika dauert es wirklich, ehe der aufrechte englische Seemann Andrew Battell seine Heimat wiedersieht.

Afrika um 1600 – das ist wildeste, fremartige Exotik und dunkle Bedrohung, das ist vor allem dämonische Faszination. Für den blonden Andrew Battell bietet es immer neue Begegnungen mit immer rätselhaften, betörenden und gefährlichen Frauen, mit mordgierigen Söldnern und kannibalistischen Kriegern. Vor allem aber muß Battell erkennen, daß er so viel anders gar nicht ist als die Wildesten dieses Kontinents – denn eine dunkle Macht droht von seinem Innersten Besitz zu ergreifen: der HERR DER FINSTERNIS.

Sie erhalten diesen Band im Buchhandel, bei Ihrem Zeitschriftenhändler sowie im Bahnhofsbuchhandel.

Band 13 470
Michael Clynes
Im Zeichen der weißen Rose
Deutsche Erstveröffentlichung

Sir Roger Shallot, Abenteurer und Bonvivant, liegt nun, in seinem neunzigsten Jahr, mit der molligen Margot im Bett, läßt sich von ihr und vom Claret-Wein wärmen und erinnert sich an sein bewegtes Leben.
In seiner Jugend, als er sich noch des schnellsten Geistes und der schnellsten Beine der ganzen Christenheit rühmen durfte, geriet er in schlechte Gesellschaft. Erst die Freundschaft mit dem naiven Neffen des mächtigen Kardinals Wolsey rettet ihn – nur um ihn in noch tödlichere Gefahren zu stürzen. Denn gemeinsam sollen sie eine unheimliche Mordserie aufklären, der die Hofleute Margarets zum Opfer fallen, der Schwester Heinrichs des VIII. Will gar eine Geheimgesellschaft die Tudor-Monarchie stürzen? Und wer läßt die weiße Rose bei den Mordopfern zurück? Derselbe, der nun auch Shallot eine solche Rose schickt?

Sie erhalten diesen Band im Buchhandel, bei Ihrem Zeitschriftenhändler sowie im Bahnhofsbuchhandel.

Band 13 475
Edna Buchanan
Bullenhitze
Deutsche
Erstveröffentlichung

Lassen Sie sich nur nicht von Britt Monteros Aussehen täuschen: Wenn es um ihren Job geht, ist sie knallhart. Das muß sie auch, denn für die Miami Daily News steckt sie ihre Nase in alles, was in dieser Stadt heiß und gefährlich ist. Eben diese Nase sagt ihr, daß bei dem tragischen Tod des Ex-Footballstars Wayne Hudson irgend etwas gewaltig stinkt – Hudson, ein Farbiger, ist angeblich auf der Flucht vor der Polizei bei einem Unfall umgekommen.
Britt Monteros Recherchen führen sie mitten in eine mörderische Geschichte, bei der die Guten und die Bösen kaum noch auseinanderzuhalten sind. Auf welcher Seite aber steht der Mann, den sie liebt?

Pulitzerpreisträgerin EDNA BUCHANAN startet mit *Bullenhitze* eine fulminante Serie um die gefährlich lebende Reporterin Britt Montero – das Alter ego der berühmtesten Polizeireporterin der Staaten. Kein Wunder, daß sich dieser ungewöhnliche Roman liest wie die aufregende Seite der Wirklichkeit . . .

Sie erhalten diesen Band
im Buchhandel, bei Ihrem
Zeitschriftenhändler sowie
im Bahnhofsbuchhandel.